中国报告·2016

中短篇报告文学集

中国作家协会创作研究部 选编

作家出版社

编者前言

为了及时、生动地反映中国人民在中国共产党领导下实现中华民族伟大复兴中国梦过程中取得的重大成就和涌现的感人事迹，中国作家协会于2016年3月开始，正式组织实施"2016·中国报告"中短篇报告文学专项创作工程，面向全国文学界定向公开征集相关主题的选题及作品。这些作品要求反映在推动"五位一体"总体布局和"四个全面"战略布局、践行五大发展理念过程中涌现出的新人、新事、新风尚、新气象，讴歌人民创造历史的伟大实践，讲述中国故事，彰显中国道路，弘扬中国精神。

"2016·中国报告"专项工程由中国作协重点作品扶持办公室、中国作协报告文学委员会、中国报告文学学会、文艺报社、人民文学杂志社、中国作家杂志社和民族文学杂志社共同承办。启动以来，得到了全国广大作家的普遍关注、积极响应和热情参与。截至2016年9月，共征集到申报选题500余项。我们于2016年5月和9月组织了两次评审论证会，先后确定两批共35项选题予以资助扶持。除扶持选题外，一批正面描写现实生活的优秀中短篇报告文学作品，也被纳入本专项工程，在各大报刊上发表。自4月以来，《人民日报》《人民文学》《中国作家》《民族文学》《文艺报》等国家级报刊先后刊发"2016·中国报告"作品60余篇。现精选"2016·中国报告"已发表的部分作品结集出版，以飨读者。

编　者
2017年1月

目 录

塘约道路

王宏甲

海,昨天退去。

出现在眼前的山,从天上俯瞰,宛若无数远古征战的帐篷安扎在大地。它不像太行山、神农架或者欧洲的阿尔卑斯山那样连绵不绝,多是一座一座平地而起。好像有一只上帝之手,曾经在这里做游戏,造了这么多小山峰。

这里的山,便是两亿年前海底世界的景观。在这些高度差别不大的群山之间,曾经有许多海底生物在"山"与"山"之间游弋,是两亿年前海底的自然力量造就了这里特有的群山。

我们今天所说的青藏高原,就在那时候出生。它曾是远古的浅海低陆,距今约二三百万年前开始大幅度隆起,形成今天的"世界屋脊"。最后露出水面的这片海底世界,因无数小山峰耸立于斯,便成为当今中国唯一没有平原支撑的省。

这里是贵州。我没有想过,工业发展滞后的贵州能在信息时代为全国提供什么经验,但是,现在这远山深土是如此生动地教育了我,令我不得不重新审视眼前的世界。

(一) 这是坏事,还是好事

2015年以来,有关"很多企业关门了"的说法就多起来,2016年更见有文章说"工厂机器沉寂,马路货车渐稀"。有人说,一批外企外资撤离中国,留给中国打工人口的失业震荡不小。还有人描述道:"别小看每月三千元的工资。小小一张工资条的后面,有数百万留守儿童嗷嗷待哺,还有千百万白发苍苍的空巢老人的殷殷期待……"在这些说法中，失业的绝大多数是农民工。

与此同时，房价令人吃惊地暴涨，波及各类房租上扬，地下室也不例外。下岗农民工能在城市里等到企业再录用他们吗？能等到撤离中国的外国资本返回来再录用他们吗？

农民工回乡了。

不仅是单枪匹马外出打工的，不少农民夫妻带着孩子在城市打工的也拖家带口回来了。这些年，政府努力使农民工的孩子在城市拥有上学的书桌。现在，他们也回来了。

这是坏事，还是好事？

农民工回来了，还是这片天空，还是这片土地。不少人的地转让给别人种了，或撂荒了。现在干什么，日子怎么过？

多年前，我到洛水上游采访，看到许多"空壳村"，看到公路两侧的墙上刷着大标语"外出打工如考研，既学本领又赚钱"。那是当地政府部门刷出的标语。

曾经，面对"空壳村"，村干部感到无可奈何。现在村民们回来了，党支部能怎样？村支两委能带领村民重建家园吗？

今年，我五次去贵州省安顺市一个叫塘约的村庄，这里前年还是个"榜上有名"的贫困村。我走进他们新建的村委会小楼，看到最醒目的四个红色大字就是：穷则思变。

他们确实在变。他们把改革开放初分下去的承包地重新集中起来，全村抱团发展，走集体化的道路，变化和成效皆惊人。我在这里看到了百姓的命运、国家的前途、党的作用、人民的力量。

（二） 在一贫如洗的废墟上

塘约村辖十个自然村，三千三百多口，劳动力一千四百多人，外出打工最多时达到一千一百多人，青壮年几乎全走了。这是个典型的"空壳村"。

白纸厂寨是村里最低洼的一个寨子，洪水半夜来了，村里多是妇女和老幼病残，寨前的村路被水淹得不见了，二牛从无路的半山踩过去到了寨子，就听见大人的喊声、小孩的哭声。天已微亮，水从后山涌进寨子，从寨子人家的前门里涌出来，村民在慌乱中喊叫着往屋外搬东西。

"别搬了，快往山上撤！"他大声喊道。

几乎没人听他的。

他进了一户姓邱的人家，这家夫妻都是智障，还有个小孩。夫妻俩站在水里发愣。他说："走啊！"

男的说："外面下雨！"

他喝道："屋子会倒啊！"他不听他们说什么了，硬把他们一家拽了出来。

这时他发现村主任彭远科也到了这里，还有两个村委委员也在疏散群众，他们把残疾妇女的一家人弄出来了。

瓢泼大雨还在下。滔滔洪水把衣服、鞋子、灶具、家具、电视机都从前门冲出来了。快六点时，水更大了，有个八十多岁的老人全身浸在水里从屋里出来，人们说他是"游泳出来的"。老人从水里被拉上来，搀扶上山。这时二牛看到，还有一些不是这个寨子的群众也来帮助抢险。

天亮了，部分房屋倒了。现在能清楚地看到寨子前方的土地不见了，一片汪洋般的混浊水面上漂浮着小寨人家的衣物和用具……这是塘约地势最低的一个村，塘约还有九个村在暴雨中，九个村都有危房。

二牛姓左，大名文学，这年四十三岁，是村党支部书记。这一天是2014年6月3日，塘约村遭遇百年未见的大洪水。田也毁了，路也毁了。左文学在暴雨中望着被洪水洗劫的家园，灌满他脑子的一个巨大问题就是：怎么办？现在怎么办？

受灾的不仅是塘约村。安顺市位于贵州省中西部，地处长江水系乌江流域和珠江水系北盘江流域的分水岭地带，有两区一县，还有三个少数民族自治县。这场暴雨，使这片土地受灾很广。

6月5日，安顺市市委书记周建琨等人踩着泥泞，来到受灾最重的白纸厂寨，看到几个人正在帮一对残疾夫妻修房子，一问，这几个人都是村干部，是义务帮忙。

"村书记呢？"周建琨问。

"也在帮人修房。"有人马上去叫左文学。

几个妇女围住周建琨哭诉："啥都没了，粮也泡水了……帮帮我们吧！"

周建琨问："怎么帮？"

"先帮我们修路！"

男人们出去打工了，女人是村里种田的主力，路没了，她们下地干啥都难。周建琨后来告诉我，他当时忽然很感动，她们不是要粮要钱，而是说修路。

周建琨正在跟几个妇女说话，村支书左文学来了，浑身沾着泥浆，两眼通红，像一匹狼。

左文学回顾，那天周书记看望了家家都在修房的村民，然后就在受灾现场跟他谈话。

周书记说："你这个村子有前途！"

左文学愣着，心想什么都没了，前途在哪儿？

周书记说："我看你这个班子很强。这么大的水，人住得这么散，没死一个人。你们干部了不起！"

左文学还是愣着。

"你为什么不成立合作社？"周书记又说，"你这里百姓也很不错，党支部可以把人组织起来呀！"

左文学说村里大都是妇女、儿童和老人。

"不管怎么讲，你要记住，"周书记说，"政府永远是帮，不是包。党支部也一样，要依靠人民群众。"

左文学告诉我，就在这天，他记住了周书记说的"要靠群众的内生动力"这句话。周书记说："妇女讲先修路，好，政府出水泥出材料费，你们出工出力干起来，行不行？"

左文学说："行。"

周书记接着说："要致富，你要有思路，有魄力，要敢于踩出一条新路来！你想想怎么干，我下次来，你给我讲。"

左文学告诉我："那天，周书记走后，我哭了。我一个人，躲起来哭得忍不住。"

我感到他的哭里有内容，大约有很多辛酸的往事涌上来吧，于是就问他为什么哭。他说："我看到了前途。"左文学告诉我，之前，村里人靠传统农业勉强度日，这场大水把很多农户冲得一贫如洗。是穷到底、困难到底了，大家才重新走上这条全村抱团发展的集体化道路。

（三） 左二牛的奋斗史

左文学这天躺进了一个椭圆形的大木桶，桶里热水齐腰深，他泡在桶里想往事想前途。

左文学做过文学梦，可是，读完高中回乡，父亲说，种地吧！家有九亩地，种粮，有饭吃，没钱。年底结婚了，要养家，他必须出去打工。这是1991年初春。他这时的梦想，是赚了钱回来到县城开个大超市。

少年时的朋友大多对他那个文绉绉的名字不感兴趣，叫他二牛。二牛有种干什么非干成不可的劲儿，同学都喜欢跟他玩。现在他是跟人出去的，到北京海淀区苏家坨搞房屋装修。

"做电工，现学的。"他读过物理，很快学会做电工，但渐渐感到"这不是一条路"。

打工半年多，他带回一千多块钱。

当然也带回来见识。他注意到北京郊区的大棚菜，他想，要是我们那里有大棚，也能在冬天种蔬菜，还能养羊、养猪、养鸡……回到家乡想搞大棚，没资金。他决定种药材，到信用社贷款五百元，去四川眉山引进党参、桔梗、独角莲……回来，播种，搞了两个月，失败了。

决心养猪。最多时养了六十头猪，那时他家前后左右都是猪圈。他还到信用社贷款购置了碾米机、磨粉机、压面机，在家里搞了个粮食加工厂。给村民加工米，对方把糠给他。加工小麦，做成面条，加工费就是糠和麦麸。他逐渐存下了六七万元，被寨子里的人认为是个能人。

养猪前五年是赚钱的，第六年养得最多，一下就亏了。他说："改革放开了农民手脚，确实没人捆住我的手脚，我可以放手去干了。但是，我深深体会到了，单打独斗很难抵御市场风险。"

不甘心，决定养牛，养了三十头母牛、六头公牛。在整个平坝县（后来改成平坝区）都很出名："那个养牛的叫左二牛。"

他越来越明白，养猪养牛，都得用头脑养。他发现一群牛中必有一个头牛，众牛都会围绕着它。于是给它脖子上系铃铛，别的牛四处吃草时不会走出牛耳听不到铃铛的范围。他感觉这个范围至少有五十米。他开始梦想搞一个大的养牛场。

养牛得去放牛，他每天带两样东西：雨具和书。他记得初中语文老师彭万师曾对同学们说，你们一生中一定要看看《古文观止》。现在有时间了，他就买来读，读得津津有味。

2000年换届，左文学被村里人选为村主任。乐平镇大屯片区总支书朱玉昌来村里找他谈话。他说我在养牛，脱不开身。父亲听说后表示，他说了不算，等晚上开个家庭会。

当晚，父亲主持家庭会，问儿媳妇："这个村主任，你同意不同意他干？"

儿媳说："他想做的事就做吧，我从来都没拦着他。"

父亲说："村干部要付出的，没有你支持，他干不下去。"

儿媳问："咋支持？"

父亲说："你就支持他两点：一是他有事，随时要走的，你不能拖后腿；二是有人来找，端椅倒茶要及时，找你吵架，你也必须先倒茶。"

儿媳说可以。

父亲再问二牛什么态度。二牛说牛还在。父亲说："没必要老想着挣钱。盖多大的房，你只有一张床。你消化再好，一天也是三餐饭。"二牛说："现实中，没钱也挺难的。"父亲说："能生活就行了，到我这个年龄，给我钱也没用。"

父亲又说："村干部就像一栋房子要有几根柱子，没几根靠得住的柱子，一个村庄撑不起来。你有机会给大家做点儿事，是福气啊！"

左文学的父亲叫左俊榆，当了三十八年的村支书。

第四天，二牛把牛全部卖了，开始当村主任。这年他入了党，2002年底任村党支书。

塘约村有条河叫塘耀河，河上有座桥，近三十米长，桥面只有一米宽。小孩上学，四个寨子的村民进出都靠此桥。桥面临水很低，雨下大点儿，一涨水就把桥淹了，人就过不去了。生产队散伙后，村里只见个人不见集体，这座桥听凭水淹水落，几十年无可奈何。二牛决心修建一座高大的桥。找上级支持，县里给了六万元，只修了三个桥墩，钱用完了。

桥面没钱做，只好伐木用木板搭起临时的桥面。又去找了三个煤厂的老板化缘，又发动村民捐钱、出工出力，总算把桥建起来了。左文学想，一定要让后代记住这些拿自己的钱做公益事业的人，于是在桥头立了一块"功德碑"，碑上刻着一副对联：众手绘出千秋业，一桥沟通万民心。

当地有煤炭资源，左文学曾想给村里办个煤厂，还想给村里办个木材加工厂，可是没有启动资金，也怕办砸了，不好给全村人交差。直到今天，周书记问他为什么不成立合作社，党支部可以把人组织起来呀！这话比洪水之夜的电闪雷鸣更让他震撼。

左文学在浴桶里泡了一个多小时，感到有重大的事要发生了。他爬出来，开始用手机通知"村支两委"全体成员：今晚开会。

一个政府，若无资产就无法管理社会。村是一个小社会，怎么能没有集体资产？村是中国最基层、幅员最广的地方，缺集体经济，村就涣散了，社会就会缺乏坚实的基础。左文学意识到，眼下最重要的事不在修桥或办厂，而是要把村民重新组织起来，靠集体的力量抱团发展。

（四） 塘约村的十一人干部会

2014年6月5日晚，"村支两委"十一位成员齐聚村委楼。小楼还是改革开放前夕生产大队那时盖的，如今已破旧不堪，屋顶滴滴答答漏雨。

"今天周书记问我：为什么不成立合作社？"左文学直接点明了会议主题。

合作社已不是新话题。早先沿海地区出现的那种大户承包，也有外面的老板来承包，雇农民干，种菜的、种果的、养鸡的……这类"专业合作社"，如今贵州也有很多。可是塘约村没有大户，没有谁承包得起。现在路坏了，田坏了，更没有外面的老板来包了。

"我们要成立怎样的合作社？"此刻，这是大家的问题。

"我想好了。"左文学说，"把全村办成一个合作社，把分下去的责任田全部集中起来，由合作社统一经营。"

"这可以吗？"会议室顿时热闹起来，大家七嘴八舌。穷！这是会上讨论到的一个核心问题。曹友明等年长的村委说，他们童年时的村庄穷到令人难以置信。

"这是真的，"曹友明说，"我小时候还盖过秧被。"

"啥是秧被？"我问。

"就是把插秧剩下的秧苗洗净晒干，用上面绿的编织，下面白的根须软软的，可以贴身。"

我在他们新建的办公楼里试图找回那个夜晚的声音。他们告诉我，家家都有织土布的织布机，穿自己织的土布衣，住茅屋。结婚，"一套新衣一尺红布"，这一套里没有内衣内裤，一尺红布用来盖头。生孩子，烧热水，用剪刀在火里烧一烧剪脐带。没剪刀的用瓷片。没有草纸，孩子生在灰堆里，烧得干干净净的草木灰。

"生病了怎么办?"

"请土郎中。用针刺放血,取老烟斗里的烟油烟垢抹上。拔草药煎喝,用生姜擦太阳穴。"

"大病怎么办?"

"没办法,只有死。"曹友明说这话时很平静。

我接着问,那时候,用钱,从哪里来?

他们说,背柴去城里卖。当地还有煤,背煤去卖。山地坡度大,只能背,去县城要走三个小时。当地有一种土,黏性高,可以烧制砂锅,拿去城里卖。

点灯?点不起。逢年过节,有客人来,办红白喜事才点灯。黑夜很长,没有火柴,用蒿草晒干搓成细绳,山里有一种黑石头,铁匠铺能买到一种小铁片,用这三样东西打出明火。1950年塘约村有了火柴,叫"洋火",两分钱一盒,家家户户都买得起了……

回到2014年这个夜晚。天上还下着雨,屋顶滴滴答答地漏着,会议室里的讨论在继续。

左文学说:"强强联合,可以使富的更富。强弱联合,强的帮弱的,才能同步小康。这道理是明白的。问题是,你是较强的,你愿不愿意跟弱的联合?"

"可是,你强吗?"有人这样问。大家都听懂了,这是问在座的每个村委委员。

在这漏雨的小楼里开会的十一个委员,一般说,都被村民们看作是村里的能人。他们绝大多数都有打工的奋斗史。村主任彭远科曾经到浙江慈溪打工四年。他们几乎一致的体会是,生产队解体后,确实没有人捆住你的手脚,你有多少本事都可以使出来。他们也确实奋斗了、拼搏了。但是村里没有人靠打工富起来的,反倒是从前一家人团聚的生活变得支离破碎。左文学最深的体会是:"单打独斗没出路。"

他们谈到,离乡去打工,你的农民身份就是束缚。青壮年都走了,本村落后的环境缺少人去改造,留在村里耕种的妇女、老人很辛苦,收获很少。

仿佛是一种心中早有的愿望,在这个夜晚苏醒,村委委员们都激动起来了。

左文学讲自己是在浴桶里想啊想,想明白了:"要踩出一条路来,第一步就是要成立合作社,把全村的土地都集中起来,搞规模经营,实现效益最大化。第二步就是调整产业结构。"

什么叫调整产业结构?左文学展开来说,村里出去打工的人里面,搞建筑、跑运输的很多,分散了都看不见。我们可以把回来的人组织起来,搞建筑公司、运输公司。

这两步，怎么去实现？他说："我看到有个'流转'的说法，是十八届三中全会关于全面深化改革的决定里说的，农民有承包地经营权，这个经营权可以向专业大户、家庭农场、农民合作社、农业企业流转。"

说到这里，左文学加大了声音："我们为什么不成立一个土地流转中心？通过流转，把承包地重新集中到我们办的村合作社。你们看，行不行？"

大家发言热烈。有人提出疑问："把分下去的承包地重新集中起来，是不是走回头路啊？"

"我想过了，"左文学说，"以前那叫改革，我们这叫深化改革。"

作为过来人，大家都深有体会，比较一致的说法是：生产队解体后，村里只见个人不见集体，青壮年都出去打工了，村不村，组不组，家不家。

"日子不能再这样过下去了。"村委们都这样认为，并很快转为积极出主意。有人说，我们干部带头，先去做贫困户的工作，这事就容易做起来。有人提议，先成立一个老年协会，去做老年人的工作。村里多是老年人，看重土地，还在种地的也多是老年人。先把老年人团结起来，很重要。这个建议被大家一致认可。

曹友明被推举为老年协会会长。他当过民办教师、大队会计，还当过平坝信用联社营业部主任，退休后就被左文学请来当"军师"，是塘约村最年长的超龄干部。

左文学肯定了干部带头的意义，接着说："这件大事还是要村民来定。"

他说十八届三中全会那个决定的最后一条写着："人民是改革的主体。"他从笔记本里把他抄下来的话念给大家听，"要坚持党的群众路线，建立社会参与机制，充分发挥人民群众的积极性、主动性、创造性。"

会议最后决定：明后两天做准备工作，第三天上午召开村民代表大会，对成立塘约村合作社，把承包地重新集中起来统一经营一事，进行公决。

贵州省省委省政府向全省提出同步小康，旨在2020年贵州省要与全国同步实现小康，不拖后腿。在塘约村表现为，要同步小康就必须把单家独户的农民从零散的地块里解放出来，实行规模经营、多种经营。这里深刻的原因还在于，在信息时代，仅靠传统农业方式已无法承载农民生计，真正的贫困已日益表现为旧有生产方式的束缚，在改革的基础上深化改革势在必行。

（五） 村民的选择

老年协会是塘约村最年轻的一个组织，因为它刚刚成立。

"塘约村六十岁以上的老人有六百二十人。"曹友明说。

采访中我得知，塘约村的老人也多是打过工的，三十多年前，他们中的很多人也曾是打工仔、打工妹。那时候，山里父母还多是让男孩在家乡成家立业，被推向市场的多是女孩。一趟趟"盲流专列"把乡下人如集团军般拉到南国的劳务市场，火车到站，汽笛声响得让人心慌。

那以后月尾节初，有打工族的地方，邮局就挤满了他们的身影。把流水线上的劳动所得变成汇款单，寄往贫穷的家乡，被家乡人戏称为"外汇"。谁能说他们没有过青春梦想？可是几十年过去，把汗水洒在东部的许多城市，他们回来了。每个人都比从前更知道哪里是自己真正的家乡。

先去做老人的工作，不是因为难，而是更容易。曹友明喜读古典，他说这符合老子说的"天下难事必作于易"。

从村支两委开过会议的第二天开始，村干部就分头工作。老人协会也开始紧张工作。村民代表怎么产生？每十五户人选一个代表，原则就是：你相信谁就选谁。

2014年6月8日上午，出太阳了。这是个不寻常的日子，十个自然村寨的村民代表，集中到塘约村本部开大会。

会议开始，先由左文学向大家报告，我们村为什么要办合作社，办怎样的合作社。他说，把土地集中后就能统一规划，组建农业生产、养殖、建筑、运输、加工等专业队，将来发展成专业公司。妇女也要组织起来，开展适合妇女的创业。男女都可以在各专业队上班，按月领取工资。另外，村民入股到合作社的土地经营权，可以按每亩一年的约定价领取资产性底线收入，年底还能分红。

为什么现在做这件事？

左文学说，洪水把村路冲坏了，是按老路修，还是拓宽修好一点儿呢？我们想修一条把塘约十个村都连起来的"环村路"！这就要经过一部分人的承包地。如果土地转到合作社，这事就比较好办了。还有一部分田地被水冲毁了，不管冲了谁的，要修复都很难。土地转到合作社后，修复就是集体的事了。

怎样才叫入社？

不是行政命令，也不是简单的报名参加。前提是，必须维护农民的土地承包经营权。是农户自愿把土地承包经营权转给合作社，这个"转"，上面的专家给取了个新名词叫"流转"。大家记住，把土地"流转"到合作社，也就是"入股"到合作社，也就是入社了。

左文学在讲话中反复强调了一个原则：入社自愿，退社自由。左文学讲得明白易懂，一讲完，会场就像开了锅。

最后对是否同意成立塘约村合作社投票公决，参会代表八十六人，全票通过。

土地确权流转，是一项艰巨、细致的工作，要对村民承包地重新丈量，登记存档，张榜公示，接受全体村民监督。最后由政府颁给土地承包经营权证，简称"土地确权"。

但是，我这样描述，是远远不够的。

渐渐地，先前也曾耳闻目睹的事，现在以不同的情势在眼前呈现，我问自己：难道没有看见农村土地被大量征用，名目繁多的各种"开发区"几如燎原之火不可遏止，已大大超过20世纪90年代初期的"开发区热"，很多农民成为"无地农民"……这是与我们这些非农民无关的事吗？

2013年12月下旬，中央农村工作会议在北京召开。会议发布公告说，要用最严谨的标准、最严格的监管、最严厉的处罚、最严肃的问责，确保粮食安全，坚守十八亿亩耕地红线。

会议把这十八亿亩耕地红线定为我国粮食安全的底线。

为什么必须守住这条底线？

中国有近十四亿人口，以十八亿亩耕地为底线，人均耕地是一亩二分多。目前中国粮食平均亩产约三百二十公斤，按此计算，一亩二分多耕地的粮食产量约三百八十公斤。以一般人均粮食三百七十公斤计算，十八亿亩耕地也就是中国人的"口粮田"。这条底线一旦破除，大量耕地势必被强势资本圈占，中国的粮食生产就不可能做到自给。

国内外都有人竭力促使中国取消这条耕地红线，论述"在中国种粮不如向国外买粮"。然而一个人口大国，粮食安全的主动权若不掌握在自己手里，岂不是很危险吗？所以中央农村工作会议强调，中国人的饭碗任何时候都要牢牢端在自己手上，中国饭碗应该主要装中国粮。

再看2014年的中央一号文件，强调深化农村土地制度改革一定要守住三条底线。

第一条就是要坚持农村土地集体所有制不动摇。

第二条是要坚持农村基本经济制度。其含义是在农村土地集体所有权的基础上，巩固家庭经营在农业中的基础性地位，不能随便侵犯农民的承包地经营权。

第三条仍是要坚守十八亿亩耕地红线。

为什么一再强调要守住这些底线？因为这些底线不断遭到国内外资本的挑战。

土地所有权是集体的，农民的承包地只是得到经营权，这种从承包政策中得到的经营权并不稳定。承包地常常被"代表着集体"的权力出卖了，名义多是政府征用、发展需要用地，然后转卖到了地产开发商手里。农民拿到一笔钱后，那本属于他经营的土地就不复存在了，也永远失掉了本属于他的土地经营权。

改革开放三十多年来，农村在土地方面积攒了不少问题，如增加人口不增土地、死亡人口不减土地等。在侵害土地集体所有制方面存在的问题，被概括为"四地"问题：一是违约用地，二是违规占地，三是非法卖地，四是暴力征地。

塘约村或因地方穷而偏僻，尚无房地产商涉足，没有非法卖地，也没有暴力征地，但塘约村有违约用地和违规占地。

违约用地，指承包人没有按照责任制承担起应尽的责任，致使土地荒废、农田设施毁坏、土地用途改变等。

塘约村土地撂荒达到百分之三十，这就是没有履行承包职责的违约行为。

由于土地的所有权是农村集体所有，村集体是有权收回撂荒土地的。如果这么做了，在塘约人看来，这是重视土地而忽视人。

村集体没有这样做，而是在土地确权中，对撂荒的土地丈量后依然确权给承包人，再由承包人自己选择——如何使用确权颁证后的承包地经营权。此举，深得塘约村民之心。这百分之三十撂荒的土地，确权后全部流转到村合作社。

如此，塘约村的土地确权，无疑巩固了集体所有制，也保障了每一户村民的承包地经营权，维护了全体村民的利益。

但是，我这样叙述，仍然是不够的。

当今的"确权"和"流转"，出现在我国深化改革的"现在进行时"，与之有关的不仅仅是作为个体的农民，更不只是贫困地区的农民。当今的专业大户、外来资本，也盯着农村土地确权，也可以成为农村资产"确权"后的"流转"对象。而且，他们比一般农民，特别是贫困地区的农民，更有资本购买"确权"后的种种权益。

至此我看到，"确权"是"流转"的基础，流转给谁，才更为关键。农民一旦把承包地确权后的经营权出卖给大户或外来老板，农民自身就丧失了对承包地的经营权，就只剩下打工的身份了。

今天塘约村民的道路中有他们自己的选择，他们知道参加合作社后，可以选择在农业生产专业队干，还是选择去建筑队或者运输队。他们还知道，将由自己来选举他们的专业队长。如果他们的队长不称职，或者不能领导着大家完成订立的指标，他们的队长是会被罢免的。

现在塘约村的土地流转中心，由曹友明挂帅。

具体操作时，有些村民还是有顾虑的。如果一一去动员，则工作量巨大，去动员的干部也不一定都能讲得准确，于是由曹友明执笔，最初是以村支两委的名义（后来也以土地流转中心的名义）给全体村民写信，印刷了发到各家各户。类似的信，后来多次在塘约村的改革发展进程中出现。

我感觉这种工作方法，带着曹友明这位乡村知识分子的做事风格。他说现在家家户户都有会识字的人，把信发到户，与每一户人好好沟通，这是个节约人力的好办法。

他还说："村里发生了什么大事，每一户村民都要知情。他们可以慢慢看，看了想，想了再看，就都明白了。"

我看到这封信的开篇是这样写的：

尊敬的全体村民：

自6月3日、7月16日两次特大洪灾以来，本村得到了各级政府的关心和支持。市委周书记多次组织工作组到塘约考察调研并指示："要使塘约村民富裕起来，必须把农民从土地上解放出来，去从事第二三产业，或重新回到自己的土地上（指外出打工的回乡），从而激活农村经济，推动美丽塘约建设的加快发展，实现'双赢'的目的。"

传统农业已经不能适应当前农村经济发展形势，须把土地流转集中使用。鼓励村民用土地作价入股，把身份转变为合作社社员……

我在他们的方法中，感到了村领导集体与村民沟通的意义。在这封信里，可以清清楚楚地看到，塘约村的土地确权、流转，都不是目的，目的是为了调整产业结构，改变乡村沿袭了几千年的、传统的、单纯的农业生产方式，推动家乡的发展。

同时，我还得知，干部带头把土地确权流转到合作社，也很重要。

具体丈量土地，先用仪器测量，再用土办法量一次，直到两种方法测量的结果基本一致。

曹友明介绍说，按老子讲"天下大事必作于细"，我们这件事也做得很仔细。我听着他的说法，心里想，民以食为天，这真是天下大事。他说合作社起步之初，缺集体经济，老人协会成员协助做了很多工作，是义务的。

"他们被称为'老人志愿者'。"曹友明说。

土地承包制三十多年了，土地上也积下了不少纠纷，原因五花八门。如果是有纠纷的地界，"老人志愿者"就会去指定地界做裁判。土地确权历时十个月，他们始终与相关农户到地头指定地界，协助丈量，并在亩数确认后协助村里与农户签约、按手印等。

我渐渐发现，这个老人协会是塘约村当今一个发挥了很大作用的组织，他们的核心成员有十六人。他们不是一般的"发挥余热"，他们在少年时天天听"社会主义好"的广播长大，说这些"老人志愿者"身上活跃着"社会主义的因素"是不过分的。他们期望用自己此生尚存的力气，使第二代、第三代有更好的家园，这是他们的内在动力。我甚至感到，他们!内心有这一代老年人悲壮的情怀!

建国以来，塘约村一切激动人心的变化几乎都与组织起来有关。塘约村前还有一条河叫洗布河，早先只是一条弯弯曲曲的水沟，下大雨就要淹没周边的大片田地。1975年大搞农田基本建设时，靠集体的力量开掘成一条小河，最宽处有八米，就在塘约地势最低的白纸厂寨旁边。由于这条河还是太小，2014年大洪水来的时候，无法起到泄洪作用。村里把土地集中起来统一规划后，为了保障这片土地久远的安全，他们把河道拓宽到三十米，还修筑了两岸的防洪堤。

他们说："这是一条生态河。"

我问："为什么这么说?"

他们说："堤上种树种花草，河里有鱼有虾。"

与此同时，靠集体力量，他们还进一步疏通塘耀河道，也修筑了两岸的防洪堤坝。如今呈现在我们眼前的塘耀河，已是一条河面达三十五米宽的家乡河。

"这次拓宽洗布河，全体村民一起干，用二十二天就修好了。"左文学说。

大洪水后，安顺市市政府出材料费，村民出工出力，修建了连接起十个村寨的硬面环村路。这条环村路有十六公里，它的修成，使村民们切实地感到十个分散的村寨是一个整体，同时重新体会到，大家都肯为公益事业出点儿力，村庄就会出现奇迹。

还有一件令人意想不到的事情，塘约村在土地确权之前，全村的耕地面积是一千五百七十二点五亩，从土改到人民公社，到家庭联产承包制时期，一直是这个数目。这次经用仪器测量和土法丈量后，确认的全村耕地面积是四千八百六十二亩。

没错，多出了三千二百八十九点五亩。

这是纯粹的耕地，不包括山林。

2016年4月，习近平总书记在安徽小岗村主持召开农村改革座谈会，在会上强调：不管怎么改，都不能把农村土地集体所有制改垮了，不能把耕地改少了，不能把粮食生产能力改弱了，不能把农民利益损害了。

对照一下塘约村的土地确权流转，塘约人自己都没有想到，每一户人的承包地都比从前多出一倍以上，确权后入股到合作社，得到的资产性收入也增加了一倍以上。

"越到后来，希望流转入股到合作社的积极性越高。"左文学说，"之前，由于大量青壮年外出打工，塘约全村百分之三十的土地撂荒。荒在那儿什么收入也没有，流转入股了就有收入，在外打工的也回来把土地流转入股了，谁也不想落下。"

曹友明说："后面流转的都看到好处了。当他们把承包地之间的田坎界挖掉时，那种高兴劲儿跟土改时分到土地也差不多。"

他们说的"田坎"，就是江南农民说的田埂，全体村民的承包地全部流转入股到村合作社。

把承包地确权流转到合作社统一经营，这是在三十多年改革的基础上继续改革，是中国农民再一次选择命运、选择前途、选择生活、选择同步小康的发展方向。

（六） 重新组织起来

左文学说的"第二步"，就是土地集中后的农村"产业结构调整"。

负责组建合作社各专业队的村干部叫丁振桐，三十二岁，他中专毕业后到江苏打过五年工。

合作社组建各个专业队，村民们根据自己的能力和愿望，选择参加哪个专业队。专业队由大家选队长，报村支两委认定。

农业生产团队有四个组，领导人称班长。四个班长分别是罗光辉、李从祥、肖红、张贵方，他们都是外出打工回来的。

四十五岁的罗光辉被选为种地的班长，他重视精耕细作，用拖拉机耕地，别人耕两遍，他耕三遍。他还把工厂里的标准化生产运用到农地里，如此就把个人的优势传播到众人的劳作中。在他的带领下，一亩地产出辣椒七八千斤，去年一斤辣椒卖一块二，一亩收入就达到万元了。之后还能种一季小白菜，一亩收入三四千元。

"过去主要是种水稻和玉米，一亩田种下来，除去成本，大小季合起来最好的也不到五百元。"他们说的大小季，大季指水稻，小季指水稻收割后还可以种一季别的作物。

四个生产种植组共八十人，季节性用工（如采摘时）可用到三百多人。

"目前，"左文学说，"合作社农业团队的主力军还是妇女，人数占到八成。"

一个妇女在水田劳作一天一百元报酬，作旱地一天八十元。一个月有四个休息日，最低月工资两千四百元。出勤二十六天算一个月。不满二十六天，按天扣工资；超过，按天付加班工资。按月付薪。

班长罗光辉的年薪五万元。如果完不成预订产值，扣年薪；超过了，超产部分百分之三十归他，百分之七十归合作社。归合作社的部分，年终全社分红，百分之四十给农户，百分之三十归合作社，百分之二十提留公积金，百分之十提留村委会用于办公。所定产值，是能够保障团队支付基本工资的费用。

罗光辉因种植业绩突出，很快被推举为合作社的农业社长。这里，四个组不存在竞争，而是可以互相学习，互传经验，资源共享，共同向外开发市场，更好地发挥规模效益。

合作社成立一年多，这个以妇女为主力的农业团队，把先前所有撂荒的土地都种上了，其中种植了精品水果一千二百五十亩、浅水莲藕一百五十亩、绿化苗木六百一十二亩，还建成四百亩用农家肥的无公害蔬菜基地。这蔬菜，专供城里的学校食堂。所有这些，都是以前单打独斗不可想象的。

选择参加建筑队的也有不少妇女。

谷掰寨有个王学英，丈夫七年前因肝炎恶化去世。家里留下四个子女，最小的不到两岁，最大的不到十岁。为给丈夫治病，家里还欠下六万多元债。家里只有一亩五分承包地，没法维持生活。那年她三十五岁，没有改嫁，把地种上，就去附近建房子的地方做小工挣钱养家。

"你家怎么只有一亩五分地？"黄海燕问。

黄海燕是平坝区区委宣传部副部长。我在塘约村采访，对当地有些方言听不懂时她就给我翻译。

王学英是从外村嫁过来的媳妇，她和孩子都没有地，这一亩五分地是她丈夫的承包地。而三十多年前，这地最初的承包人也不是她丈夫，是她丈夫的父亲。后来，做父亲的把承包地分给几个长大的儿子，她丈夫就只分得一亩五分。

为了攒钱还债，在丈夫去世后，她自己和四个孩子都没有买过一件新衣服，身上穿的都是亲戚邻居送的。孩子的衣服总是大的穿了小的穿，缝缝补补，直到不能再穿。没有给孩子做过一个生日。过年，孩子也没有得过一分压岁钱。人家说她"省"，她说她不是"省"，而是没有东西可"省"。

孩子的爸爸去世时，最小的儿子只有两岁，他要爸爸，母亲就告诉他，爸爸去打工了。一次儿子发高烧几天不退，她害怕了，背着儿子到五公里外的乐平镇去看病。在镇医院输完液，往回走的时候已经是晚上八九点，出了镇子，路上就没有行人了。

她背不动儿子了，这时的儿子快三岁了，她只好把儿子放下来，牵着儿子的手走。幸好天上有月光，走了一会儿，儿子突然说："妈妈，我怕，你打电话叫爸爸来接我们吧！"

她心里一颤，泪水流下来，又把儿子抱起来走。她是有个老手机，也是别人换新手机时把不用的送给她，她有这手机联系做工就方便了些。她对儿子说："你爸爸的电话打不通。"

她说丈夫去世后，没有一个亲戚朋友到过她家里做客。世上有很多人，可她经常感到只有她一个人。多少年了，她都是半夜睡，天蒙蒙亮就起。苦不怕，累不怕，饿不怕，最怕孩子生病。孩子把她抱得紧紧的，然后她跟孩子一起哭，哭得叫天天不应，叫地地不灵。

忽然，听说村里要成立合作社了，她是谷掰寨头一个报名参加合作社的。又听说合作社要成立建筑队，妇女也可以报名，她又是头一个报名的。大家也都知道，她这些年净在建筑工地上做小工。

大洪水后，平坝区区委书记芦忠于到村里扶贫，看望了王学英和她的孩子，非常感动："这个母亲很了不起啊！坚持把四个孩子抚养大，每个孩子都供去读书，还把债还了。"

洪水把她家那又小又破的土房子泡得没法住了，政府拨款帮扶她建新房，合作社的建筑队承建。她就是建筑队的一员，建她的房子，她是拌灰沙的副工，同时还负责做饭给建房的工人吃。这样她有工资，一个副工一天工资是一百二十元。

但是，王学英没要。她说："这是给我盖房子，我做什么都是应该的，怎么还能拿工资呢？"

政府给她建的新房子有一百二十平方米，在她看来，这就是天堂一般的房子了。她说她做梦都没想过怎么有这样的好事。

左文学告诉她，她是精准扶贫对象。

她听不懂什么是精准扶贫。

黄海燕告诉她，"精准扶贫"是习近平总书记2013年11月提出来的，2014年3月在两会期间再次强调要实施精准扶贫，瞄准扶贫对象，要"重点施策"。这项政策刚刚落地，你就享受到了，是你的福气。王学英这才有点儿明白了。

但由于这件好事是跟合作社成立一起来的，她总觉得这件事跟合作社有关。现在她心里就是感到合作社是她的靠山。自从加入合作社建筑队后，她不用自己东奔西颠去找小工干，有建筑队安排，她有了稳定的工作，欠人的钱很快就还清了。

她说："我现在什么都不怕，就怕合作社解散了。"

采访中我还得知，因贫困还欠着债的，村里有个说法叫"债民"，塘约村有百分之三十的"债民"。

左文学告诉我："他们，都是最拥护成立合作社的。"

原因就在于，他们平日在困境中比别人更体验着孤独无助，现在也更感到合作社是他们的靠山。

合作社建筑队总队长叫彭德明，今年六十六岁。多年来，他一直在本县内做工程，石工、泥水工、木工都会做。人民公社时期，他当过大队出纳、保管员，土地承包制后当过村委会副主任，有管理能力，有公信度，大家就选他。

彭德明介绍说："搞建筑，一般两个主工，需要一个副工，副工主要是妇女。"

讲到妇女，我想知道作为副工的妇女主要承担什么。彭德明说："副工搅拌灰沙，把砖放到提升机里，运上脚手架。有集体，能安排，妇女就有活儿干。"

他还说："我们建筑队，主工每天工资三百元，副工一百二十元至一百五十元。"以此算来，作为副工的妇女，月薪至少可拿到三千六百元。

"也有妇女是做主工的。"左文学说，三十岁的王桥仙就很出名，远近的人家都喜欢她粉刷的墙壁。

建筑总队下面有十二个队，共二百八十六人，分水泥工、粉刷工、石匠、水电安装、室内装潢等工种，其中妇女近百人。

合作社运输队的队长叫刘尧光，他的父亲刘仁全当兵时学会驾驶，退伍回乡后开拖拉机，后来买车跑运输。刘尧光十来岁就跟着父亲在车上跑，很早就学会了开车。

运输队有四十多人，六成以上是打工回来的。土地确权流转到合作社后，合作社出面担保给农户贷款，没车的可以用贷款买大货车或中型车。现在运输队有四五十辆车。开大型车的每月收入三万元左右，开中型车有一万多元，没出车的日子还可以做别的工。

就在他们投票公决后不久，塘约村合作社把老队部的旧楼拆了，盖成一座更大的新楼。这新楼就是他们自己的建筑队和运输队合力的"作品"。

他们说合作社是全体村民的总部，村民的大家庭，要有一个有号召力的新形象。这座楼里有一个"道德讲堂"，不仅讲孝道，也讲科学养殖等。我看到来听讲座的男女老少都有，热闹得让我恍若置身于某个电影中农会的场景。

2015年4月，塘约村的运输队正式成为运输公司；建筑队成为建筑公司，注册资金八百万元；还建立了一个水务管理工程公司，把全村自来水、提灌站集中起来管理，注册资金九百万元。

现在可以归纳一下，塘约村成立合作社后，第二步就是产业结构调整。之前，土地的产出率不高，商品率更低，现在生产的组织化和产业化焕然一新。这无疑得益于产业结构调整，然而产业结构调整是从组织生产的技术层面去说的，深刻的原因还是把全体村民重新组织起来，才有如上所见崭新的劳动生活。现在，塘约村支两委更加认定自身的责任和意义，进而知道，就在这乡土里还有更多农村资产需要确权，并落实到集体和每一个村民。

（七） 七权同确

"我看到你们的内生动力了，很好！你给我讲讲下一步怎么干。"在塘约村，周建琨见到左文学就这样对他说。

这一天是 2014 年 8 月 16 日，塘约村尚在土地丈量确权之中。

左文学汇报了成立农业、建筑、运输各专业队的情况，还讲了要建三个基地……他把已经做的、正在做的和准备做的都说了。

"你们看，只要支持一下，他们的内生动力就会爆发出来。"周建琨这话是对一同来的区、镇党委领导说的。他还说，"有些事，是要领着农民干的，有些是农民已经干起来了，我们要跟上。"

周建琨此后在很多场合说到塘约村，讲基层的内生动力起来后，会产生不少首创，首创一旦出来，党委、政府怎么办？他说："要去学习，去补位。不能落在后面，更不能阻挡。"

我在一个夜晚访问了周建琨书记，"夜访"是因为他忙。我注意到左文学现在常说的"内生动力"，还有干部们说的"农民的首创"，都来自"周书记说"。

周建琨是从农民的贡献说进去的，他说："新中国的成立，靠农村包围城市，农民的贡献非常大，这不用说了。就说改革开放以来，去东部和城市打工的多数是贫困地区的农民。两亿多农民离乡离土去打工，在哪里都是用最长的劳动时间，干最辛苦的活儿，为东部的建设，为城市建设，做出了巨大贡献。但是，他们自己的家乡现在还很穷。"

我说："是的。"

他说："所以，我们今天扶贫，怎么帮扶都不为过。但是，最重要的是农民自身要产生内生动力。内生动力出来了，就可能出现种种新的做法。上级如果认为以前都没有这样做过，不妥，那就会把农民的首创熄灭。从这一点讲，我们也要警惕体制束缚农民的首创。中国农村这么庞大的群体，要引向致富不容易。农民在基层的首创是走向发展进步的首要因素，党委和政府要及时补位，就要敢于担当。"

他告诉我，他读了毛泽东当年亲自编的《中国农村的社会主义高潮》这部书，很感动，很受教育。他说毛主席当年是那样一心一意地为使"六万万穷棒子"走上社会主义道路而工作。他从手机里点出当年毛主席写在安顺马鞍山合作社调研报告上的按语，那是一张影印照片。我看到毛主席在一张稿子上修改得密密麻麻的文字，最后一段话是："领导一定要走在运动的前面，不要落在它的后面。在一个县的范围内，党的县委应当起主要的领导作用。"

我于是领略了"内生动力"和"农民的首创"之间的关系，也理解了周建琨为什么说，有些事是要领着农民干的，有些是农民已经干起来了，我们要去学习，去补位。

现在周建琨再次来塘约，他对左文学说："你们有了合作社，还要有电商平台，要有新型的金融中心。"

左文学听得似懂非懂，但他会去买书来看。他很快知道了要学会运用网络、电话建立销售渠道，而不只是把产品弄到市场上去叫卖。他还琢磨了"互联网＋"，考虑怎么弄"互联网＋塘约＋蔬菜"。

什么是"新型的金融中心"？就是如何运用确权后的土地、山林等生产资料，向银行融资贷款，使农村资源变资金，用来发展集体经济，而不是依靠招商引资等外来老板的资本。

左文学说："周书记每次来，说的话不多，但我都要拼命看书学习才能懂。"左文学家里没书柜，读的书在床头、厕所、浴桶旁边随便放着。

左文学说："这次周书记还嘱咐，你们的土地确权了，还有山林、房屋可以确权，你再全面想想，争取搞个农村产权制度改革试点，行不行？"左文学还不知要怎么做，就说行。

2014年10月，安顺市农委把塘约定为全市深化农村改革试点村，称之"拉开了农村产权制度改革的序幕"。

今春，他们已是贵州省农村产权"七权同确"第一村。

什么是"七权同确"？它们的意义在哪里？他们是怎么做的？

先说有哪"七权"。

他们告诉我，除了土地承包经营权，还有农民宅基地使用权、林权、集体土地所有权、集体建设用地使用权、集体财产权、小水利工程产权。

为什么要"七权同确"？

前面说过，农村的"四地"问题，塘约也有"违规占地"问题。这是指把集体的土地、荒坡地或林地占为己用，或种植或建房。当对集体所有的土地、林地全面进行确权时，那些侵占集体耕地的行为就在确权中显露出来，就该归还集体。

你可以仔细看看，上述七权，全都指向巩固农村集体经济所有制、巩固农村土地集体所有制。

怎样来理解和看待这项工作的意义？

生产队散伙三十多年了，村里出现了不少村民侵犯村民利益、村民侵占集体资源的行为。纠纷发生时，怎么解决？

"看谁的拳头大。""看谁兄弟多。""看谁有权力……"

那侵占，有的是强占，霸道出来了。管，还是不管？

尤其是村民侵占集体资源的现象，多年来，存在村干部不愿得罪人或不愿管、不敢管的情况，以致集体资源被随意占用。主要有以下三种现象：一是建房侵占集体土地。山村的房屋距离土地近，比方说，他的宅基地只有一百平方米，建的时候，往往扩宽挤占到一百二十平方米，甚至更多，这就蚕食了集体土地。二是占用集体沟渠。大集体时修建的沟渠，在生产队散伙后年久失修，渐渐废弃。有些承包地紧靠沟渠的人家，把沟渠挖平占为自己的田地。三是占用集体山地。土地承包到户后，荒山无人管理，部分村民在山上开荒种玉米，久而久之，那山地就变成"他家的"了。

这些情况，管还是不管？怎么管？

比如怎么看待在荒山上开荒种玉米这件事情。这荒山要是荒着也是荒着，比起那些违约撂荒了责任田的事，这件事是有功还是有过呢？如果他们家多种这几十亩日子比别人好了，那不是"劳动致富"吗？

要是不管，这山地分明属于集体资源。

左文学汇总、梳理，发现几十年积累下来的矛盾有十七种。

老年协会则在调查盘点中指出，有不少问题出在村干部身上。

十八届三中全会提出全面深化改革，我现在感觉到了，这里确实存在一场深刻的改革。当改革改到干部头上了，怎么推进？

左文学去向毛主席请教。他从《毛泽东选集》第三卷里读到《关于领导方法的若干问题》，看到毛主席开篇就写道：我们共产党人无论进行何项工作，有两个方法是必须采用的，一是一般和个别相结合，二是领导和群众相结合。

左文学说他受到启发，感到首先要解决四种人的问题。

"哪四种人？"我不禁好奇。

"村委、党员、村民组组长和村民代表。"他说这四种人不是都有问题，有问题的只是"个别"。又补充说，这"个别"虽然不止一两个人，但比起一般群众，这些有问题的干部毕竟是少数。我们先解决好这"个别"的问题，一般群众就好办了。

他首先去做前任党支部书记的工作。因为调查反映，前任党支部书记私占集体的荒坡种。再有，他还私占集体荒坡地建房。现在怎么处理？

前任支书支持了村支两委现在开展的确权工作，把耕种的集体坡地完全归回集体，一共有两块，共一点二亩。

那么在集体坡地上建房怎么办呢？

村支两委讨论，大家认为建房也不容易，不能把房子推倒，于是讨论了一个价格，按每平方米五十元计算，让当事人把钱交给该坡地所属的村民组，这个宅基地使用权就确权给当事人。前任书记私用的这个宅基地共有一百二十平方米，应交六千元。这个处理方法，最后提交村民代表大会讨论，得到通过。

就这样，通过解决"个别"党员干部的问题，"一般"群众的问题果然都比较顺利地得到解决。左文学由此体会说："毛主席他老人家的办法还是好。"

农村确权与流转等新事物涌现，在塘约呈现出一个丰富的世界。在新办公楼里，左文学打开电脑，向我演示了一个管理系统，这是在GPS、航拍定位等工作的基础上做的全村"七权"数据。只要点击眼前的卫星地图，塘约各类资源就会以不同的色块标示出来。点击某个蔬菜基地，就能看到该区域在哪儿，涉及哪些农户的多少亩多少宗地块。

村主任彭远科介绍说，为了更精确，我们招标外请专业公司来做测量，用卫星测绘，上级有关部门配合，做林权勘界等，最后由平坝区人民政府确认后颁证。解决了农村各类产权关系归属不明、面积不准、四至不清、登记不全、交易不畅等问题。

左文学说，现在我知道"大数据"的重要了，这个系统还要升级，要细化到每一块土地的酸碱度、肥沃度，才好选择最适合的利用方式……这里一经成立合作社，就像整个村庄被发动起来，干部群众都进入一个快速学习期，他们因此建立了一个"综合培训中心"。

从他们的学与做中，我还看到，那些适用的接地气的科研知识，才会在农民的土地里结出硕果，真正的社会进步是在运用中。我也由此看到他们墙上大书的"培育新农民，发展新农业，建设新农村"，是有激动人心的实在内容的。

塘约村的森林覆盖率达到百分之七十六点四，山林确权后，两千多亩林地正在逐步开发"林下养鸡"，这是个两百万羽生态鸡的规模。

从前大集体时搞的小水利工程确权后，流入小箐龙潭的水是完全无污染的山泉，水量很大，合作社正在筹建山泉水厂，将主要安排妇女就业。他们还在下游搞了个占地三十多亩的水上乐园，其中有山泉游泳池，水清澈、透亮。从贵阳到此五十分钟车程，从平坝区到此只有二十分钟。他们开始建设美丽家乡，为村民的生活舒适建设，也为迎接游客。

他们正在硐门前寨建一个大型现代养猪场，农民家庭养猪不免有村舍污染。先前左文学养猪房前屋后都是猪圈，全家就生活在臭烘烘的环境里，并影响邻居。现在合作社择地集中养，大型养猪场可以建大型化粪池，水肥一体化系统可解决有机肥问题。与此配套，他们在硐门前寨前方又新辟了六百亩蔬菜基地。

塘约村民原本居住很分散，上述各项建设不可避免地会遇到村民的房屋，房屋确权后就可以参与交易。

我注意到塘约还有个"金融服务中心"。他们说金融进村，塘约是贵州第一家。这不光是方便合作社与金融部门交易，更在于方便村民与金融部门交易。

安顺市总结塘约村的变革是这样描述的：在这过程中，测量、勘定是村的行为，称"确权"；颁证是政府行为，称"赋权"；交易属市场行为，称"易权"。通过这"三权"促"三变"，资源变资产，资金变股金，农民变股民。巩固了农村资源集体所有权，维护了农民土地承包权，放活了土地经营权。

左文学的总结是半夜写出来的，他说塘约村得到的好处就在于全村实现了"一清七统"：一清是集体和个人产权分清了；七统是全村土地统一规划，产品统一种植销售，资金统一使用管理，村务财务统一核算，干部统一使用，美丽乡村统一规划建设，全村酒席统一办理。

面对塘约村涌现的新气象，我再次注意到他们的"综合培训中心"，心想现在这里还真是需要这样一个学习场所。

今天，对于一个西部山区的贫困村来说，过去长期处在单家独户的耕作中，农民感到自己缺乏面对市场去赚钱的技能，也缺少自信。县乡的干部们也常常思索穷村要有个怎样有技术含量的支柱性产业，才能改变贫困命运，这自然是没错的，但苦于村里没有人才。现在塘约村农民在合作社综合培训中心里学技能、学新技术推广、学政策、了解市场规律、培养村庄自己的人才。这样的培训，实在是非常重要。

但在塘约村，比教学知识与才能更重要的，大约还有政策导向为这里出现的"七权同确"创造了变革的环境，大量新知识扑面而来，因之促使农民产生学习的冲动。一切社会最重要的建设是人的建设。求知欲的苏醒，也是缔造内生动力的源泉吧！

然而，面对塘约的实践，我也不断意识到自己正面对着一个广阔而陌生的新课堂。许多事，他们已经做了并坦诚告诉我了，我并不是马上就懂的。我为我能迅速察觉自己的不懂而感到庆幸，否则，有许多能够开人眼界的新事物就会受阻于我的自以为懂。

农业部近日发布消息，今年将进一步扩大农村承包地确权登记颁证整省试点至二十二个，这只是指"承包地确权登记颁证"。塘约的"七权同确"不仅是贵州省"第一村"，在全国也是走在前列的。

塘约的"七权同确"，贵在步步为营全是巩固集体所有制，这正是把改革的成果更多更公平地惠及全体村民。塘约人因此对自己"村社一体，合股联营"的合作社有更多的体制自信。左文学把"全体村民所有"简称为"我们是全民所有"。当村民在这个集体中体会着有尊严的劳动生活时，才有主人的地位，这是产生"内生动力"的真正的源泉。从人的意义上说，这是人的解放。

（八） 红九条与黑名单

"村风要正。"左文学对塘约历史上的村风很自信，"我们塘约从来没有一个人出去讨饭，再穷，饿死也不讨饭。但是这些年，村里光是办酒一项，就能把我们村毁了。"

都说城里吃喝风严重，中央八项规定六条禁令管住了干部，难道这么穷的地方，农民也有惊人的吃喝风？左文学早就痛感应该刹住，可是，竟然也是周建琨书记提出来后他才启动，这是为什么？

塘约村有个叫杨成英的苗族老党员，她丈夫去世了，儿子弱智，儿媳妇哑巴，生活很困难。2014年底，周建琨到杨成英家看望她，听她说"吃酒吃不消"。

周建琨问："像你这样，包礼要包多少？要不要五十？"

杨成英笑了："五十？现在五十拿得出手吗？最少要一百。"

"那你一年要包多少礼？"

"一万两千块。"

"钱从哪里来呢?"

"贷款。"

"贷款吃酒?"

"是呀,不光我一户人。"

周建琨知道现在乡村盖房子办酒,放线开工要办,盖到一层要办,二层要办,封顶要办,建成还要大办。也知道有人卖猪卖牛借钱甚至贷款办酒……现在从一个老党员口里听说"贷款吃酒",他不禁一惊。为什么非要贷款吃酒?要应付的太多,穷,没钱,又不能不送礼……乡风民俗中有一种让你"不得不"的力量。

乡村办酒真是五花八门,办酒规格年年攀升,一办几十上百桌,鸡鸭鱼肉、烟酒饮料俱全。礼金一般的,并不是特困户杨成英说的"我就包一百",而是最少二百,内亲要一千。不光本村人办酒你要去,还有邻村、邻乡镇亲戚朋友办的酒,也不能不去。有些人家仅仅是为躲避包礼,六十多岁了还选择到远方去打工,过年了也不回村。

"逢年过节前后十天半月,不是在吃酒,就是在吃酒的路上。我们左家有一个人'专业吃酒'。我没时间,我哥去。"左文学说。

"吃丧酒最厉害。"孟性学说。

孟性学也是个村干部,他说:"死一个人,整个寨子的人都去吃,最少百余人,中等三百多人,多的五六百人;最少吃五天,最长吃九天。村里有句话说:'人死饭甑开。'"

像这样吃,东家花钱多的要七八万元,少的也要三万元以上。来帮忙的没事干,玩牌打麻将、扎金花、斗地主,那真是"风声雨声麻将声"。来帮忙、来吃酒的损失都很大,县内打工的,不管你干什么都要请假回来。一请一周,要请人去代班,你一百五十元一天的工资,请人去替要花二百五十元到三百元,不然你回去就没那个岗位了。能不来赴宴吗?不能。最不能不来的就是丧宴。不来,你会被看作不敬老人。

赴很多酒宴,把礼送出去了,也得找个名目办酒把钱收回来。收来了还得还出去,有人把请柬说成是"催款通知书"。谁都懂这是还不完的人情债,如此一直在恶性循环。

左文学做过一个调查,铺张浪费、误工损失,一笔一笔并不夸张地算给大家听,最后那个数据是:仅滥办酒席一项,塘约一年吃掉将近三千万元!

"一个贫困村，一年自身损失近三千万，要是拿这笔钱来扶贫，什么样的项目才有这么大呢？"周建琨对左文学说，"我们把它作为一个大扶贫工作来做，刹住滥办酒，你这里开个头，好不好？"

"要开头，就拿我们整个镇来开头。不然，塘约压力太大。"一同前来的乐平镇马松书记这样说。

为什么这么说？因为邻村亲戚办酒，塘约人不能不去。如果全镇开展，塘约人不去就有理了。

周建琨说："好。回去具体研究一下，就这么办。"

左文学曾这样对我说："我知道周书记还会来，但没想到他来了十一次。"

"十一次？"我问。

"没错。"左文学说，"我知道的有九次，他还偷偷来了两次。"

"怎么叫'偷偷'？"

"就是'暗访'吧。他直接去农户家里，访问后就走了。村民后来告诉我的。"左文学说这话时，是2016年5月。

左文学说："周书记每次来，叫我干的，我想想有道理，不管有多大困难，我都想尽办法去干。可是，跟风气做斗争，怎么做？"左文学还是苦想了几天，"头都想疼了"。他又把自己泡进浴桶，泡呀泡，泡出一个村规民约，有七条。他想"七条同做"会有更好效果。他通知村支两委开会。

后来加了两条，就成为"红九条"。

每一条都是警戒的红线，谁踩了红线，就被"拉黑"。

讨论中也有人提议，以倡导新风为好，讲应该怎样。但多数人认为，你倡导该怎样，他不那样你又能怎样？最后都同意用警戒和惩罚。

后来我听说，平坝其他村定的村规民约都是应该如何，唯有塘约村定了反向的九条。

后加的两条，一是"不孝敬父母，不奉养父母者"，二是"不管教未成年子女者"。加这两条，当然是因这两条存在的问题也很突出。比如村里有人盖了新房自己住进去，把老人放在破旧危房里不管。这样的事，村里人都看不过去，就得有组织管。还有，父母外出打工，孩子交给老人，老人管不了，孩子打伤了别人的孩子，派出所也管不了。怎么办？谁来管呢？

小垴上一户人到浙江打工，把孩子留给奶奶。奶奶八十五岁了，只有能力做饭给孙子吃。孙子读到五年级读不下去了，独自流浪去浙江找父母。

肚子饿，没钱，犯事进了少管所。

这样的事，村里得管管吧。怎么管？只能管孩子的父母。难道让父母不要打工，回来吧，那生活怎么办？

村里还有许多"留守儿童"，缺少父母的关爱，心灵有难以弥补的创伤，这些问题日后还会成为社会的问题。这又哪里只是一个塘约村的问题呢！

"留守儿童"和"空壳村"，都基于外出打工，支离破碎的生活，从四面八方都涌出问题来。塘约村试图尽量解决自己的问题，成立合作社后，他们确实在创造条件让外出打工的父母回来，这条"不管教未成年子女者"就在为村民的家庭考虑。

这加上去的两条，禁止和惩罚都容易得到大多数村民拥护。禁"乱办酒席"只是九条之一，这就有利于在全村多项整体行动中减少执行的难度。

村规民约草案出来后，召开村民代表大会讨论，通过后，在各自然村各路口张贴公告。与此同时，也给全体农户写了一封信，说明为什么要做这件事，并把"红九条"印成小张公告，发给塘约九百二十一户每户一份。

我注意到公告下面的落款，除了村支两委，还有"塘约村老年协会"，再次感到这一代乡村老年人对整顿歪风重树新风发挥的重要作用。

不仅是发到户而已，还有专人上门督察，检查三个"有没有"：学习了没有？懂了没有？贴上墙了没有？

然后每一户人都签了约定的承诺书——既是"村规民约"就需要签个约——村里存档。

工作做到这里并未结束，更重要的不仅是纸上禁止，而是应该怎么做。村里成立了"红白理事会"，前面提到的孟性学被推举为会长，主抓全村酒席统一办理。

为什么叫"红白理事会"，因为只准许办结婚酒和丧葬酒，此外一律禁止。

全村酒席总量减少了百分之七十。

建立了办酒申报制度，结婚提前一周申报，老人过世当天申报。不到法定结婚年龄的，申请办结婚酒，不予批准。

凡批准了，就由村集体提供餐具、厨具，以及厨师等服务人员为之免费操办。为此，村集体购置了八点七六万元的锅碗瓢盆等餐厨具。厨师和服务人员的工钱，也由村集体支付。

酒席服务队共有三十二人。

酒席规格实行标准化管理。喜宴八菜一汤，不上大菜，以吃光为标准。不上瓶子酒，不发整包烟，烟散放在盘子里，谁想抽就点一支。老人过世，大家吃"一锅香"，五个菜打到一个大盘里，打多少吃多少，相当于自助餐。负责办丧事的服务队共有三十六人，实行火葬，骨灰拿回来后出殡，有小棺木或大棺木。丧葬服务队抬棺到墓地，掘坑，入土，包坟，全过程所有工作都是免费提供服务，服务队的工钱由村集体支付。

孟性学说："过去，办婚宴的东家要给客人发床单，或热水瓶、脸盆等礼物；办丧宴的要给客人发毛巾或寿碗等纪念品。现在一律取消，宴席统一的规格，谁也不用攀比。"

左文学说："我们村集体花了不到六十万元，堵住了过去村民滥办酒席近三千万元的损失，怎么说都太值得了。"

俭朴自古与勤奋相系，责任与权益相邻。堵住滥办酒席之灾，把被贫困压得透不过气来的人心从沉溺中唤醒，才能找回淳朴乡风，这是社会生活的领导者、组织者应该去做的事情。

怎么叫"拉黑"呢？

违反九条中的任何一条，就列入"黑名单"管理，一旦列入，"该户不享受国家任何优惠政策，村支两委也不为该户村民办理任何相关手续。"这是公告中写明的。

"这制裁很严厉吗？"我问。

回答说："很严厉。"

危房改造，低保评定，困难户评定，都不考虑他了。孩子出生上户口，银行存折丢了去挂失，身份证丢了要补办，凡需要村里盖章的都不盖。

"这是村民的基本权利，不能不给办吧？"我问。

回答说："这是村民代表大会决定的，是村民自治。"

什么时候才能取消对该户的"黑名单"管理？

制定的最短期限是三个月，户主改正了，要在村民小组会上检讨，组委会五人签字，报村民代表大会审议通过了，才恢复正常。审议通不过的，再延长三个月，直至村民代表大会审议通过。

"这么严厉，有踩红线的吗？"我问。

"有啊！"他们异口同声。

第一个踩红线的是不交卫生管理费的。

"我是残疾人,我不交。"她曾患小儿麻痹症,她丈夫、女儿都是正常人。卫生管理费每人每月两元,他们家一个月该交六元。她坚持不交,就被"拉黑"。村里停了她每月二百三十元的低保费,她来找左文学了。

左文学说:"你跟村里签约了吗?"

她说:"签了。"

左文学说:"你看看九条的第二条就是'不交卫生管理费者'。"

这一条为什么很重要——先前村庄卫生没有人管,全村脏兮兮的,大家都像生活在垃圾堆里,还谈什么建设美丽乡村呢?交两元卫生管理费并不多,也不在于集一笔钱支付专人负责收集垃圾的工资。重要的是,交两元钱就是对大家的教育,促使每家每户不乱扔乱倒垃圾,并互相监督。

对方仍然说不应该扣了她的低保费,左文学说不管是谁,违反了就不享受国家任何优惠政策,这是村民代表大会定的,只能按村规民约办。

他说:"我说了不算,村民代表大会说了算。"

最后这个妇女补交了卫生管理费,做了检讨。三个月后,村里把暂停的低保费如数给她。

塘约对村规民约的实施,一丝不苟,维护了村规民约及村民代表大会的权威。所有犯规违约的农户最终都检讨并改正,迄今一年多了,全村无一户再踩红线。

塘约的"红九条",每一条都是维护道德的底线。"黑名单"管理看起来是以管的形式实施,然而听听左文学说的"我说的不算,村民代表大会说了算",你就理解这种村民自治,也是村民共治共享。

这个村规民约并不简单,给我们的启示至少有三:其一,这里的村民共治是有民主的,是人民民主;其二,民风是一个国家和社会的基础,塘约红九条所维护的道德底线,是在中国社会最基层重建乡村规范和重建良好民风;其三,当人皆为自己谋而不管公共利益时,人就陷落在自私中,负能量弥漫,社会甚至会出现嘲笑和亵渎正义,因而抑制不良,弘扬正气,不仅关乎经济建设,更重要的是人的精神建设。

(九) 党支部管全村,村民管党员

这句话是左文学的原话。

自从成立合作社后，左文学越来越感到最重要的工作是党支部建设，重中之重是党员的思想建设。

塘约村现有四十三名正式党员、五名预备党员。2015年4月，经乐平镇党委批准，塘约村党支部升格为党总支，领导着四个党支部、九个党小组。村行政有村委会、合作社、老年协会、妇女创业联合会、产权改革办、红白酒席理事会六大机构。六大机构在党总支的领导下，一把手都必须是党总支委员。

"三会一课"制度在这里执行得雷打不动，党总支每周一晚上（或白天）必开例会，村支两委委员必参加并安排工作。

加上学习，党总支会有时每周两次。

在别人看来，可能会认为是不是多了。

左文学说："不多，我们过去学习很少，现在要补课。"

何谓安排工作？如果看到塘约村的变化有多大，就会理解他们说的"安排工作"有多么重要。"我们脱贫，改革攻坚，到了攻城拔寨的时候。"左文学是这样说的。

党小组会最少半月一次，因为部署的工作要落实。

上述会议都开得短，很务实，说了就去干。

党员大会最少每月一次。"一课"融在其中，成为常态。

每次党员大会，党员都要带《中国共产党章程》，是人民出版社出版的小红本。每次党员大会必集体学习两个内容：党员的权利和党员的义务。即使已经学过一百遍了，仍然每次集体学，就像一种庄严的仪式。

左文学说："什么是原则，什么是党性？在每个党员的心目中，要像种树一样，把根扎下去，要把树种活，成为一棵大树。"

左文学还说："党组织定下来的事，不管你有什么意见，可以保留，也可以向上级党委反映，但你必须执行，不能打折扣。"

在塘约村以外的很多老党员看来，可能会觉得这些都是常识。左文学认为，常识最重要。他说："如果党员不知道，如果丢了、忘了，就没有戏唱了。"

他们自己到平坝印刷厂印了《塘约村"两学一做"系列讲话学习材料》，党员人手一册。这册小红本，精选了习近平主席九篇重要讲话，关于全局、关于农村、关于脱贫攻坚……左文学说："每一篇都是我们必须学的，很有用。"

这个小红本与我见过的其他学习材料明显不同，一是字号小，二是每页都印得很满。一眼看去，四周留白很少，连标题都是紧贴着版心上方"顶天"印的，简直就像插秧，把一丘田都插满。

我问："印这一本多少钱?"

他们说："一块八毛钱。"

我在塘约村看到党总支组织的一次学习，学2016年5月16日习近平总书记在中央财经领导小组第十三次会议上的讲话精神。这是刚刚见报的讲话，是上述小册子以外的内容。

他们学习其中讲的"六个必须"，特别讨论了"必须完善收入分配制度，坚持按劳分配为主体、多种分配方式并存的制度，把按劳分配和按生产要素分配结合起来"。

这是因为土地确权入股到合作社后，年终可以分红，如何坚持以按劳分配为主体，怎样把握按生产要素分配的比例，就是当前应该力求合理实行的。

只有做到合理实行，才有利于实现"六个必须"中的另一条："必须弘扬勤劳致富精神，激励人们通过劳动创造美好生活。"

习近平总书记2016年"七一"讲话一见报，他们马上组织全体党员学习。

"我们每个党员都知道了，有八个'不忘初心'。"左文学说，"我认为这是改革开放以来党内最有价值的文献。"这是一个村党支书的评价，我特记之。

在"两学一做"中，党总支给党员布置了一项任务：每个党员都要找出三个存在的问题。

"给村领导班子成员找一个，给自己所在的村民组找一个，给全村社会经济发展找一个。"左文学这样表述。

我问："为什么说'社会经济'?"

他说："有村公共事业方面的，有经济发展方面的。"

"有人提出问题吗?"

"有。"左文学说，"提出的问题交到党小组，党小组从中选出一个问题，提出解决方法和办一件实事。党小组再把这个方案报到党总支，由党总支综合考虑这件事情能不能办，怎么办，什么时候办。"

"举一个例子。"我说。

曹友明说："我在第五党小组，我们组由把丫关和偏坡寨两个村民组的党员组成。把丫关的党员刘尧光提出，现在办红白酒席，到办酒的人家里去办，不够好。应该用组里的集体资金征用一块地，建一幢房子，用来办红白酒席。这样有利于管理，也好控制规模，平时村民组开会学习也有个地方。"

一个农民，辛劳一生，去世了。大家在一个村集体共有的场所，按传统习俗办一个酒宴，纪念其劳动的一生。

这样一座村集体共有的建筑，亦如村庄的一个殿堂。

一对年轻人组成一个家庭，大家在这个殿堂里共聚一堂，共同举杯祝福他们。村庄里新的生命将会因他们的结合而诞生，这里喜气洋洋地预示着村庄的未来。

任何一个家庭但凡有红白大事，走进这个殿堂，由村集体为其操办，都会体验到一种光荣和温暖。

平日，这个乡村殿堂就是村民学习和活动的场所，也是陈列村庄艰苦奋斗的光荣传统和英雄人物的地方。它不是从前哪个家族的祠堂，它是全体村民共有的殿堂和大会堂。

"建了吗?"我问。

"还没批呢。"

"为什么?"

"这件事是要做的。"左文学说，"现在有五个村提出来了，也要建。我们想好好规划设计一下，想建得好一点儿。"

忽想起刚才曹友明说"用组里的集体资金征用一块地"，我问："现在组里也有集体资金了?"

"有。"

"有多少?"

"过去没有一分钱，现在有十五万元。"

"十五万元怎么够建一座房?"

"征用一块地没有问题。"

"那，拿什么钱来建?"

"集体要建，群众力量大，不用担心。"

我接着问，党员提的问题，有做成了的吗? 回答说有。我希望他们举一例。左文学说，第一党小组长邓仕江、党员周其云提出修一条机耕路到田间和山上。为什么要修这条路? 现在间伐木头，交通不便，一立方米只能赚两百元，如果有一条能走中型车的路，把木头运出来，一立方米就能赚六百元。

党总支讨论，做这件事可以降低劳动力成本，增加收入，可以干，就批了。怎么修? 八个字："不等不靠，自己动手。"

于是，相关的六个寨子，出了一千多人，全部是义务劳动，用十八天修成了一条十九公里的机耕路（尚未打水泥的毛路）。有多宽？四米五宽。

"为什么是义务劳动？"我问。

"现在人都在合作社干活，修这条路只有付出，没有收入。"

"为什么是六个寨子的人干呢？"

"六个寨子就是六个村民组。路在这六个寨子的区域，他们受益比较多。"

此前，我还有一个情况不明白：成立合作社后，人都在各个专业公司干活了，原来的村民组还存在吗？

现在我懂了，合作社是从事生产经营的部门，村民组是管理村寨公共事务的部门，比如卫生管理、调解民事纠纷等等。简单说，合作社发展经济，村民组是中国最基层的行政单位。党小组在村民组里，是村民组的领导核心。"村社一体"后，在塘约村形成了更有组织化的党组织和群众密切联系的组织结构。

"我们要求每个党员必须是一面旗帜。"左文学说。

"怎么检验？"

他说他们有个村民议事会，他们把每个党员（包括领导班子成员）的评价表，发给所在村民组的每一户群众，不是一次性调查，是常态，由村民打分，交给村民议事会评议。平均分不及格的，党支部给予警告。三次考评不及格说明过不了群众这一关，不是合格党员，那就劝其退党。他们把这叫作"驾照式"扣分管理模式。

左文学说："我们体会，党建不光是党组织的工作，也要群众参与，党员合格不合格，要群众认可。"

"有不合格的吗？"

"没有。"他说，"以前没有考核，好像也无所谓，现在一考核，都很重视。要是不合格，连孩子都会被村里人瞧不起，丢不起人。"

与此同时，每个党员都有一本《党员积分册》，这相当于大集体时记工分的模式，用来记党员的成绩。这个积分册在村民组的组委会手里，按月记分，每个月的满分为十分。不能只记分，根据什么记分要写出来。

我看到这个积分册的每一页都印着"得分事由"四个字，做了什么好事、怎么关心群众、怎么起带头作用，要把具体事情写在页面里。我看到今年4月得满分的一个老党员的积分册，上面只写着一句话："老人八十五岁了，还参加义务修公路，干到半夜两点钟还不回家。"

虽然只有一句话，但够分量。

这个老党员叫杨进武。我反复读着这句话，心想究竟是什么使老党员杨进武这样做呢？我能感到的只是，这大约也算一种具体事迹和数字化相结合的评价方式吧，它有利于表扬党员所做的好事，也有利于作为表彰优秀党员的依据。

左文学说："好的要得到赞扬，不好的要能受到批评教育。如果是坏的，就不能留在党里面了。中央讲要保持党的先进性和纯洁性，我们只能这么干。"

左文学还告诉我，现在要求入党的年轻人不少，村里有十七个积极分子。

2014年大洪水洗劫塘约之前，塘约还是个二级贫困村，村集体经济只有上级拨给的办公费三万元，加上间伐木材一万多元。到了2015年人均收入达到八千元，2016年到6月份集体经济已超过一百七十万元，年底可超过两百万元。

周建琨曾这样说："选对一个路子，选好一把手，是重中之重。安顺有一千零七个村，如果有十个左文学这样的支部书记，辐射作用将非常大，有一百个，变化不可估量。"

左文学也说了"四个好"："选好一个路子，建好一个班子，带好一支队伍，用好一套政策。面貌就会大改变。"

2015年6月18日，习近平总书记在贵州考察时提出，加大力度推进扶贫开发工作要做到"四个切实"：切实落实领导责任，切实做到精准扶贫，切实强化社会合力，切实加强基层组织。塘约村几乎应声而出就走出了贫困，正是"四个切实"在这片土地上的集中体现。

（十） 三千听众的露天现场会

决定开这样一个现场会，是需要激情的。

2016年4月13日，安顺市市委全面深化改革领导小组第十七次会议暨现代山地农业现场观摩会在塘约村召开。这个会议把安顺全市各区县、各乡镇，以及部分村的主要领导人都集中到塘约村的一个文化广场上来开露天现场会。

左文学把村民们召集来听会，与塘约相邻的村竟也有百姓来。参加开会的干部和听会的群众加起来有三千多人。会场上有扩音器传出来的发言者声音，有领导讲话，偶尔还有抱在母亲怀里的小孩的哭声，间或还有村里的犬吠声。令参加会议的四级干部不无意外的是，这不是看电影看戏，站着听会的三千多群众竟然到会议结束还没有散。

主持会议的是安顺市市长曾永涛，他说："这样的露天现场会，这么多群众在认认真真地听会，是很多年没有见过的事了。特别是群众中有很多年轻人的面孔，可见外出打工的年轻人大部分都回来了。这个村庄朝气蓬勃，非常喜人。"

他还说："开会的干部们也很受鼓舞。到这里开现场会，当然也是想让干部们来亲眼看一看塘约。从前来过塘约的人，说现在看到的塘约几乎难以相信。"

就脚下这个文化广场，面积一千八百平方米，它不是铲平而已的土广场，是石板和砖相结合的建筑，附属的停车场还有一千五百平方米。这些建筑，一个月前还不存在。

一年多前的那场洪水，使塘约的房屋或倒或塌或损，都需要修缮，甚至重建。眼前所见的塘约村，不论修缮或重建的都焕然一新，全用上了陶瓷瓦。

我想起从前大寨人"先治坡，后治窝"，现在塘约人是"窝"与"坡"并治。他们说，外出打工好久了，一直没有个像样的家，非常渴望有个安稳的舒适的家。

他们的做法符合当今倡导"建设美丽乡村"的要求，现在大家看到的塘约几百幢色彩亮丽的房子，正是他们心愿的绽放。

平坝区委书记芦忠于介绍塘约，特别讲了两年前、一年前、半年前、一个月前的塘约是什么样的，以表述塘约变化的速度是怎样不断加快，给大家留下深刻印象。

左文学第一次在这样的大会上发言。

区里曾协助他准备了一个稿子，但他感到直接说更顺口，没按稿子念。他说以前村里大部分人都去打工了，集体经济是空的，想做点儿什么，要人没人，要钱没钱，啥都做不成。现在人大部分回来了，村里不仅人气旺，还有很多人才，光驾驶员就有二百多，还有汽车、摩托车修理工几十人，有八百多个砖、木、漆、电技术人员，还有一批种养能手。还有三百五十多个曾经在流水线上干过活的女工，她们回来了，村里成立了妇女创业联合会，正与衣帽厂、鞋厂、玩具厂商议合作事宜，准备搞村里的轻工业。

他说："要说变化，最大的变化我感觉有三点：一是成立合作社统一经营后，比较好地解决了农村存在的多种矛盾；二是有利于解决实现农业现代化的难题；三是深化改革'七权同确'，而且权利完全落实在村集体和全体村民身上。我们因此有了四大支撑体系：土地储备体系，金融信用体系，风险防控体系，市场经营体系。"

他说："有人问我这么多是怎么做的，我看最重要的有两条：一是党支部管全村，村民管党员；二是村民自治。只要正气和力量发挥出来，什么奇迹都能创造。"

一个月后，我听到村里人说，以前看共产党开会只能从电视上看新闻，都是播音员在讲，也不知在商量啥，这回可是听到了。比如喇叭里说："我们今天这些建筑，这种变化，就外观来说，和东部已经没有什么差别，甚至还会比东部有些地方好。但是，我们还有不足，最大的不足在于两个方面：一是群众的腰包还没有鼓起来；二是公共配套服务还没跟上，大病还看不了，读书还没有优质的学校，垃圾、污水处理还没有完全到位……"

塘约村已经有不少村民认得周建琨书记，有人告诉外出打工新回来的人说，看，这是周书记在说话。

其实，这是周建琨在引述省委书记的话。他告诉大家，这话是省委陈敏尔书记说的。

总之，现在群众不仅听到了干部开会从头到尾都在讲怎么脱贫、怎么解决农村的困难，还知道省委领导也知道我们塘约，感到很自豪。

周建琨在这次会上肯定了塘约"七权同确"充分激活了农村沉睡的资源，肯定了"村社一体、合股联营"的优势，是保障改革的成果真正落实到农民手里。

他说，六十年前毛主席亲自编了一本书，叫作《中国农村的社会主义高潮》，书中收录了当时安顺两个村庄的典型事例：一个在今天的修文县，讲男女同工同酬；一个在镇宁的马鞍山。一九五六年至今刚好六十年。重温六十年前毛主席的思想，同那个年代比，今天已经发生了天翻地覆的变化。在新的情况下，怎么组建合作社，塘约村在"村社一体"上做了一个很好的探索。

他要求全市各乡村要抓住合作社这个"牛鼻子"，不断壮大集体经济，全力消除"空壳村"，走同步小康之路。全市其他地方也成立了各种专业合作社，但是做得还不够，要最大程度把每一个村民都纳入进来，特别是把最后一个村民纳入进来。

他在大会上再次强调："选好一把手，选优配强村级领导班子，是村级发展的关键。"他肯定了塘约左文学、彭远科的领头作用。

最后，他说："今天在塘约村看到的只是初步成效，但给我们展示了一幅未来发展的美好画卷，只要按照这个方向努力，毛主席六十年前倡导的、当时还未能实现的远景，我们今天完全有条件有能力去实现。"

三个月后，7月28日，贵州省召开"全省发展村级集体经济推进大会"。会议全员到贵阳市、安顺市、六盘水市的六个村观摩。省委副书记谌贻琴带队来到了塘约村。

在观摩的六个村中，塘约是唯一把全体村民凝聚在一个合作社里的村庄。谌贻琴副书记对塘约的路子和村集体经济的快速发展给予了充分肯定和赞扬。

8月5日，贵州省委常委会专题听取了安顺市工作情况汇报。省委书记陈敏尔听完汇报后做了点评讲话。其中讲道："今天给你们说的关键词、主题，就是两句话：发挥比较优势，推动黔中崛起。"

安顺成为了"国家新型城镇化综合试点"，陈敏尔书记说这是"拿到了国家新型城镇化综合试点的旗帜"。他鼓励说："这个更具有引领性，更具有综合性，更具有'牛鼻子'的意义，不能错过，错过了就对不起党中央，对不起国务院。这是国家战略，是安顺的使命所在，要有强烈的使命感、责任感和紧迫感。"

陈敏尔书记把"试点"称为"旗帜"，讲得形象而富有深意。他说："拿来了，我们就要高举，举什么旗，走什么路，在发展上也是这个道理。"

再说回来，露天现场会对塘约全体村民和周边村庄的群众鼓舞都很大。目前邻近的大屯村，已有六十户农民，将确权后的土地流转给了塘约村合作社。

大屯村历史上一直经济比塘约村强，自然条件也比塘约好，现在看到过去比他们穷的塘约兴旺起来，竞相前来投奔。乐平镇党委书记马松因此感慨地说："农民是用眼睛选择前途的。"

这是土地流转确权后的跨行政村流转。

新型城镇化建设的试点也激励着"镇村联动"的联手与共享。乐平镇党委正与塘约村党总支商讨建立"八村+塘约"的"合作联社"。

八村，是塘约周边的八个行政村。如果把以塘约为旗帜的九个行政村的村民都组织在新兴的合作联社里，这个变化，我们将怎样来看待？

周建琨说，这确实是涌现的新事物，党委该怎么去引领，去补位？"八村+塘约"，塘约党总支与邻村党支部是什么关系？是不是可以成立党委？如果更大范围的"合作联社"出现，这种形式既不是小岗村，也不是华西村，这种新情况该怎么去认识，是说不行，还是应该支持？这确实很考验我们啊！但我相信，农村这个广阔天地正大有作为。

（十一） 回来吧，乡亲们

再讲一个修路的故事。

2016年3月初，左文学看到"镇村联动"这个词，头脑里一亮，决定去安顺找周建琨书记。一路上，他想好了，可以这样跟周书记说：我们塘约同平坝区和乐平镇在地图上是个三角形，开车去平坝要二十分钟，从平坝转去乐平镇要三十多分钟，这样从塘约到乐平镇绕了一个大圈，开车要花费一个小时，很不方便。周书记你讲"镇村联动"，我们也想搞。从塘约去乐平镇有一条小路，只有五公里，如果把这条小路开成公路，镇村联动有很多事可以做。

安顺市委是个群众来访可以直接走进去的地方，何况左文学是个党总支书记。可是，他找到市委办公室后，得知周书记在开会。等吗？他想起《古文观止》里读过的韩愈《上宰相书》，便想给周书记写个报告。

他向秘书要了纸笔，写的其实是个报告不像报告、留言不像留言的东西。秘书说吃午饭时可以见到周书记，留他吃了饭再走。他说："不了。周书记忙我也忙，我回村还有事。"

下午，秘书打电话告诉左文学："周书记批了。由住房建设局牵头，财政、交通几个单位到塘约现场调研落实。"

第三天，在曾永涛市长的安排下，来人了。

又过几天，开修了。方法仍然是政府出水泥、柏油等材料费，塘约村出人力。

开修的日子是3月12日。这次修路，塘约村出的人力同样全部是义务劳动。

考虑到修公路不是种瓜得瓜、种豆得豆那样能产出果实去卖钱的劳动，如果计报酬打入其他生产成本，将影响到其他生产劳动的分配，于是决定：义务劳动，自愿参加。

结果有多少人自愿？用"男女老少齐上阵"来形容，并不夸张，但是不够。

几乎每天都是倾村而出，每天都干到午夜以后，而且自带干粮。时值春耕，有些不可误农时的活儿不能停下来，白天在田地里忙农活的，夜里也到筑路工地来加班。一半以上是妇女，小学生放学了也来抬土搬石块。

"乐平镇的马松书记、大屯片区的朱玉昌主任，一直跟我们并肩战斗，每天加班到半夜。"左文学说。

"每天？"我问。

"二十八天，没有落过一天。晚上就在指挥部里坚持值班，半夜跟我们一起吃土豆。"

"就像抗洪救灾。"孟性学说。

"他们能调动镇里的资源。施工不能断电断水，突然断了，没他们不行。"曹友明说他们能调动供电所、水利站。特别是最后铺油砂路面那两天两夜，他们跟大伙一样整宿没睡。

现在不是打火把挑灯夜战，村里的摩托车、汽车都出来了，车灯都打亮，烧的都是自己的油。还有采煤用的电瓶灯、手电筒，几百条光柱把路面照得亮如白昼。

天上下着毛毛雨。不仅铺路，还有很多人在挑水洗路。

八十五岁的杨进武老人也来了，他就是前面讲到的那个《党员积分册》上得满分的老党员。

深夜零点了，左文学劝他回家。

"我要看。"老人说，"我年轻的时候见过，现在又看到了。再不看，我就没机会看了。"

"大爷，那您拿个铲子站这里就行了。"

老人拿个铲子站那儿，就像一块碑！

左文学说自己非常感动。年轻人看到这个八十五岁的老党员，都很感动。杨进武老人没有吃晚饭，连一口水都没喝。左文学想要去弄点儿吃的来给老人，正想着，有邻村人做馒头送到工地上来卖，左文学去买。

对方问："买多少？"

左文学说："你这车馒头我全买了。"

于是买了给大家发馒头。那是自带干粮修这条路，仅有的一次给大家发馒头。

就这样，4月9日全部完工。用二十八天，修筑了一条宽八米、长约四公里的柏油公路。之前，从塘约直接去镇里只有一条小路，步行要走一小时，现在公路开通了，开车五分钟就到了。再行七分钟，就上了高速公路，可直通安顺和贵阳。路修成，家家户户都在新路上用手机照相留念，还恍然不敢相信这是真的。

左文学回顾自己种药材、养猪，单打独斗的日子，他说："每天早晨睁开眼睛就在考虑怎么挣钱，要不就在会不会亏本的焦虑中，这人就变得自私、狭隘。天天这样打拼，还说不定哪天就亏大本了。这样的日子有什么意思！"

他还说："合作社改变了我，也改变了大家。"

曹友明说："村还是我们村，人还是这些人，分散了，谁也看不出一个村有多大力量，集中起来真的能愚公移山。"

左文学则说："通过开这条路我体会到，什么力量大，人民力量大。什么资源好，人民资源最好。"

关于左文学，周建琨还告诉我这样一件事。

他说，有人告诉他，组织上发给左文学每月一千八百元的津贴，他没要，而是放进村集体的经费里去了。周建琨去核实了，确实有这件事，于是他严肃地批评了左文学。

周建琨说，你这样可不对。这是组织上给你的法定的津贴，是每个党支部书记和村主任都有的。你上镇里、区里、市里来开会了，就是误工了，没有收入了。实际上，这津贴是你作为村支部书记的误工补贴。你必须拿回去交给你的爱人，因为你顾不了家。

周建琨说，你不拿津贴，村主任彭远科也不拿了，你这就影响了人家，怎么行？县委书记、市委书记也得拿工资呀！你不能这样，你这个错误要改过来。

周建琨对我说，有一年多了，我不知他改了没有。

我于是向曹友明了解，得知左文学和彭远科仍然没有要那津贴，两人的津贴都放在村集体的经费里。

我于是也对左文学说，你这样不对，还是去把钱领回家吧。

左文学回答："我没有要别人学我。我不要那钱，是想要求自己全力以赴搞好集体经济。集体好了，我就有收入。如果集体不好，我拿那一千八百块钱有什么用？"

现在，他们比任何时候都更期望还在外打工的乡亲们回来。

两年间，百分之九十以上的人都回来了。

他们对本村外出打工的做过一项调查，得出的一个说法是："一般的情况，有三个三分之一。"

一是每年能带一部分钱回来的，带回来的钱大约在一两万元之间。二是打平手的，除了在外吃住用，基本没什么结余。三是生病在工厂受伤回乡，或犯错误回来，还有犯法被判刑的。有个少年抢了一个妇女的钱包，里面只有一块五毛钱，被公安抓住后送少管所六个月。村里去把他接回来。如今结婚了，建房了，村里给他建房补助八千元。

目前还有七十多人在外，没有回来。

"是在外过得还不错的吗?"我问。

"不是。主要是年轻人。"

"为什么没回来呢?"

我于是听他们说出一个新词"农二代"，不禁心中一震。

他们的父母是第一代打工者，现在打不动了。

他们这第二代，有的是书只念完小学就随父母出去打工的，已经适应不了农村生活，对农活没技能，也干不了。左文学说:"他们对农村是有感情的，对农活没感情。"

他们在城市受歧视，随时失业。有的上有老、下有小;有的上有老、下没小——年岁不小，还成不了家，哪有小孩呢!

还有一种，他们就生在北京，或生在东部的某个城市，但他们在那里上不了户口。他们是那个城市的人吗?他们是塘约的人吗?都不是，他们就像没有家乡的人。

他们融不进城市，回不了乡村。在城市与农村的边沿漂泊，像没有根的人。不管怎么说，他们是"悲伤的农二代"。

今天的塘约村本部，每天都悬挂着一条大红横幅，上书:"回来吧，打工的乡亲们!"那就是对游子的召唤。

左文学说:"我们村'农二代'的问题，我们解决了。我们要是不能解决'农二代'的问题，叫他们回来怎么办?"

我于是问:"你怎么解决的?"

左文学说:"我们现在有二三产业呀!他们干不了农活，可以选择二三产业。"

他举了一个例子，彭珍强三十二岁，他的父亲彭光德就是第一代打工的，过世了。他和妻子都在浙江打工，有两个孩子，在外面过得很艰难，回来不会干农活。村里成立合作社后，2014年底他回来流转土地，看到村里变了，不走了。他会开车，合作社给他贷款八万元，他买了一辆大货车，参加到运输公司了。

村里现在贷款创业的已经不少。

女的回来有自己开发廊、开服装店、开餐馆的。

车多了还有开小型修理厂的。

男男女女把打工学的本领回乡用起来，从前荒凉的"空壳村"，开始热闹起来了。

他们说，今天的塘约合作社可以这样说，不管外面有多少失业者，我们这里没有一个失业者。不论出去打工的乡亲什么时候回来，你都可以在村里上班，最低月薪是两千四百元。

"回来吧，乡亲们！"听到呼唤了吗？

塘约说："家乡需要你们！"

塘约说："我们这里没有剩余劳力。"

我在想，平日里听到说现在企业不行了，很多外资外企撤离中国，农民工下岗回乡……这是坏事，还是好事？

我在想，从中国共产党诞生到中华人民共和国成立，有两个支部发挥了巨大作用：一是"党支部建在连上"，保证了党领导的人民军队有无坚不摧的战斗力；二是党支部建在村里，保证了党最有效地凝聚起中国最广大的人民群众。即使当今有外资外企撤离中国，我们是等待着外资外企再回来招收中国农民为他们打工，还是依靠农村党支部带领广大农民建设自己的家乡、自己的生活？

农民工"下岗"回到家乡了，这是坏事还是好事？

是好事，好得很的事！

这首先是村党支部大有作为的时候。

我在贵州采访时了解到，截至2016年4月，安顺市在工商登记注册的农民专业合作社达到一千八百三十一个，其中种植业一千三百四十个、畜牧业三百五十八个、农产品加工业二十二个、服务业八十六个……塘约能在短时间内取得飞跃性成就，最重要的原因就是：它不是大户做东的专业性合作社，是党支部领导下的村社一体全体村民合股联营的合作社。

这不仅是农村党支部大有作为的时候，也是市委、县委、乡镇党委大有作为的时候！塘约的变化，离不开镇党委、区委和市委以及各级政府的积极作为。

我在采访周建琨书记时还得知，整个安顺在推行土地确权流转中发现，安顺原先在册的耕地一百五十九万亩，重新丈量后竟有四百四十四万亩，多出二百八十五万亩。

在当今深化改革中，农村产生了很多城里人陌生的事物，当然不只是安顺。贵州是很多人印象中的贫困地区，就地貌而言，它是全国唯一没有平原支撑的省，但今日贵州号称"进入平原时代"，因为每个县都通了高速，驱车各县皆如履平地。这不仅是经济发展必要的建设，也是均衡发展所必要的。我感到了贵州正在追求同步小康的路上，悄然发生着不可低估的进步。

再看塘约，感觉它最重要的成就，并非经济所能衡量。

贫穷并不可怕，当很多人回来报效家乡，必是家乡有着如同旭日东升的气象，如新中国诞生之初，钱学森等众多学子回归祖国。农民需要一个精神焕发的村庄，塘约做到了。我们大家都需要一个精神焕发的国家，我们个人也需要一个精神焕发的人生。

改革同一切发展中的事物一样，需要扬弃。这是哲学告诉我们的。深化改革，意味着需要把改革开放的成果继承下来，对出现的问题加以改进。塘约"村社一体、合股联营"的合作社，吸收了新中国诞生以来，包括改革开放至今的经验和成就，我想可以称之为：一种新型的社会主义的合作社。

2016年5月24日，习近平总书记到黑龙江考察时指出：农业合作社是发展方向，有助于农业现代化路子走得稳、步子迈得开。

"不忘初心，继续前进"，如今大家深感亲切的八个字，凝聚着十分丰富的内涵。

《人民文学》2017年第1期 　　人民出版社2017年1月

鸟道

李青松

■ 候鸟的迁徙是一场生命的拼搏和延续。迁徙呈现了鸟类坚定
的意志。迁徙虽危机重重，但却数千年经久不衰。为了履行那个归来
的承诺，候鸟坚持飞向那遥远而危险的里程。飞翔，飞翔，飞翔，不
停地飞翔，只有一个目标——为生存，最终却献出生命。

■ 在巍山，在巍山的"鸟道雄关"，跟随着候鸟飞翔的翅膀，我
渐渐发现，与自然之间的接触，与动物之间的感情，其实对人类来说
始终是一种需要。它让我们感受到生命存在的奇迹，感受到生物之间
奇妙的感应和联系。

来不过九月九，飞不过三月三。

——巍山民谚

一

当鸟醒来的时候，森林就醒了。

这是一个寒凉的早晨，我带着一支小分队在巍山的林子中穿行，深一脚，
浅一脚，沿着意外横生的林间小道。我们是清晨从管护站出发的。出发时未见
天气异常，走着走着，忽然就下起雨，接着就雾气弥漫了。

细雨和浓雾打湿了衣衫，发梢及鬓角有水向下滴落，也不知是汗水还是雨
水。七拐八拐，湿漉漉的林间小道归入一条蜿蜒的湿漉漉的古道。虽然脚步沉
重，但脚下的古道却令我们兴奋，那是当年徐霞客走过的路，那是当年驮着普
洱茶的马帮走过的路。磨光的石头路面上，泛着幽幽的光，深深的臼形马蹄窝
里尽是传奇。

　　古道旁边是高大的松树，间或，经年的松针和破了壳的松果，跌满路面。松树下的蘑菇和菌子很多，松鼠在树上蹿来蹿去。松林里弥漫着一种松脂、腐殖层和菌子混合的气息，令人神清气爽。我随手摘下一枚松针，用手搓了搓，然后放在鼻孔前，尽情地吸着那浓郁的松香的气味，倏忽间，那种感觉又勾起了我记忆深处的某种东西。

　　是啊，现代文明夺走了我们对气味的敏感性。我们适应了汽车的尾气，适应了工业废气，反而对泥土的气味、草木的气味渐渐生疏了，我们对时令变化的感觉越来越迟钝了。

　　变化莫测的古道总是在前面故意丢下一些诱惑，把我们往高处引。行走相当艰难。说是在行走，实际上是在攀爬一座高山。只不过，一切都被这座猛恶的林子遮挡了，视线之内全是高高低低的树木。森林是以华山松为主的针叶林，树龄在三十年之上了。间有旱冬瓜阔叶树，也有南竹、箭竹、野山茶、厚皮香等竹子和灌木，灌木丛中毛蕨菜多得很。一丛一丛，密不透风。密林深处，偶有惊悚的鸟叫传来，弄得人心里一颤一颤的。

　　这是险象环生的一段茶马古道，垭口，古称隆庆关。

　　康熙年间的《蒙化府志》(古时，巍山被称为蒙化)记载："隆庆关在府城东，高出云表，西有沙塘哨，望城郭如聚，东有石佛哨，西山如峡，八郡咽喉。"这段文字寥寥数语，却把隆庆关的地理位置、险要程度，及所处的地位和所起的作用，描绘得清清楚楚。

　　向导告诉我，从前，在巍山，人跟人吵架吵得不可开交，或者做事发横寸步不让的时候，就会有人说："你狠就到隆庆关站起嘛！"

　　向导是管护站的一名护林员，彝族汉子，绰号"野猫"。每天在山林里巡护，"野猫"熟悉这里的一草一木。他身穿迷彩服，头戴迷彩帽，黝黑的脸膛透着憨厚和淳朴。"野猫"家住在山下的村里，小时候就是捕鸟的高手，后来看了一部电影，就醒悟了，再也不干捕鸟的勾当了。

　　我问："那部电影叫什么？"向导"野猫"说："是一部纪录片，叫《迁徙的鸟》，好像是一个法国人拍的。"我说："对，导演叫雅克·贝汉。那部电影我也喜欢。""噗噗噗！"向导"野猫"用双手做着鸟飞翔时翅膀扇动的动作，说："电影里的空气像是被鸟切开了一样。"我说："是啊，雅克·贝汉是一位了不起的大导演。"

　　忽然间，树干上的爪痕引起我的注意。"林子里都有什么动物？"我问。

"豹子、林麝、野猪常在林子里出没，猞猁爬树最厉害。"向导"野猫"说。

一听说林子里有豹子野猪，大家就有些紧张，眼睛不由自主地往两边的树丛里打探，唯恐跳出一只豹子或者别的什么猛兽，把自己叼走，脚步便有些急促了。

尽管队伍阵形有些散乱，人人腰酸腿软，汗水横流，但没一个人掉队。我们目标明确，信念坚定，什么也动摇不了我们前行的脚步。经过艰难的攀爬，及至晌午时分，我们到达了目的地——准确地说是登临了目的地，那是一个神秘的所在，令我瞪大惊诧的眼睛。

二

那是一座奇崛的垭口。

海拔两千六百米，远看垭口高过云表，两端陡峭，隘口处可谓一夫当道万夫莫过。右侧是一座破败的石坊，名曰"路神庙"，庙旁边赫然矗立着一块长条石碑，碑上刻着四个大字：鸟道雄关。

所立石碑距今已有五百年的历史了。向导"野猫"说，碑宽五尺一，高二尺一，厚三寸。他的粗糙手指就是标尺，那碑已被他量过无数遍了。据说，那四个字为明代万历年间某位文人题写，可惜，其姓名已无从查考了。估计，也不是等闲之辈。向导"野猫"指着石臼状的深深的马蹄窝说，当年出关进关的马帮，马蹄必踩这个蹄窝，不踩，马匹就过不去。我仔细看了看，还真是——不难想象，当年马帮行走至此是何等谨慎和小心呀。

史料记载，这里是昆明由弥渡进入巍山，直通滇南而达缅甸的古道关隘。历史上，此处是滇西古驿道的必经之路，商贾、脚夫、货郎、马帮通过此关进入蒙化(巍山)，往思茅，去西双版纳。往西呢，也可抵保山、达芒市、瑞丽而后入缅甸。

南诏时期，唐朝派出的官吏，就是从此关入南诏的。明代徐霞客也是过此关入蒙化的。"鸟道雄关"所在的山唤作达鹰山，这是前些年改的名，原名叫打鹰山。

有专家考证，这是地球上迄今发现的最早的有明确文字记载的鸟道。此处既是古代马帮通行的地面道路，也是候鸟通行的空中道路，是人道与鸟道的巧合，是一个空间与另一个空间的相叠。

巍山县林业局局长危有信告诉我，每到中秋时节，有成千上万只候鸟从这里经过，越过哀牢山脉，到缅甸、印度、马来西亚半岛等地去越冬。危有信说，每年飞经这里的候鸟有数百种，常见的有天鹅、鹭鸶、长嘴滨鹬、白鹤、海鸥、大雁、黄莺、斑鸠、画眉、喜鹊、鹦鹉、海雕等。当中能叫上名字的，只是一少部分，更多的叫不出名字呢。

碑上的字为繁体字。"鸟"字颇有意味，头上的一撇被刻意雕成了一只鸟和一把刀的形状。繁体字的"鸟"，下面应该有四个"点"的笔画，但碑上的"鸟"字只有三个"点"。也许，这是古人在提醒后人，要注意保护鸟，否则，鸟会越来越少吧。

候鸟迁徙是一种自然现象。

当地有民谣："来不过九月九，飞不过三月三。"

候鸟的迁徙是一场生命的拼搏和延续。迁徙呈现了鸟类坚定的意志。迁徙虽危机重重，但却数千年经久不衰。为了履行那个归来的承诺，候鸟坚持飞向那遥远而危险的里程。飞翔，飞翔，飞翔，不停地飞翔，只有一个目标——为生存，最终却献出生命。当春天来了的时候，候鸟们开始展翅启程，飞往北极出生地，有些是不舍昼夜的急行军，有些则是分阶段的，一程又一程，朝遥远的目的地奋力疾飞。

候鸟以太阳和星星来辨别方向，对地球磁场如同罗盘般敏感，始终如一地在不同纬度间穿梭飞行。它们经历着时间和空间的演进，它们看着花开花落，经历着生老病死，它们俯瞰着地球，呼吸着地球每一寸肌肤散发出来的气息。

它们生命的全部意义就在于飞翔和迁徙。

飞翔在体现候鸟生命存在的同时，也给了它们生命的目标——不畏严寒不畏风暴，无论白天还是黑夜永不停歇，即便是短暂的歇歇脚，也是为了更好地前行。沿途的美景不重要，重要的是目标和承诺。从寒冷的极地到炎热的沙漠，从深邃的低谷到万米高空，候鸟在迁徙的过程中，面对各种艰难环境和人类的贪婪，表现出了惊人的勇气、胆略、智慧和情感。

经过千辛万苦，到达目的地之后，候鸟便筑巢产卵，哺育后代，延续生命。不久，小鸟诞生了。随着时间的推移，新生命将跟随父母进行一生中的第一次迁徙。幼鸟才刚刚学会飞行，就要启程，没有预习也无须探路，便能惊人地抵达数千里外的目的地。

迁徙是候鸟关于回归的承诺，而它们为此却要付出几乎是生命的代价。

周而复始，矢志不渝。

那个永恒的主题还在继续——迁徙，迁徙，迁徙。

鸟类自身虽然拥有看清云层活动的锐利的"气象眼"，但风暴和浓雾等糟糕的天气现象，常常干扰它的分辨力，使得航向选择发生局部错乱，并往往被光源所吸引而迷失方向。

中秋节前后，"鸟道雄关"常出现"鸟吊山"的奇景。

由于"鸟道雄关"特殊的地理位置，使得冷暖气流在此交会，形成浓雾缭绕的现象。夜晚，雾气更是浓重，甚至遮住了月亮星辰。候鸟至此，分不清路线，不得不停留下来。所有的鸟都拥向那个狭窄的隘口，它们互相碰撞，发出各种婉转凄切的叫声。此时，当地村民用竹竿击打，不消两三个时辰，即可捕获一两麻袋的鸟，俗称"打雾露雀"。

鸟类趋光现象，至今科学家没有给出合理的解释。

不单单是"鸟道雄关"，在整个哀牢山地区"鸟扑光"的事情屡屡发生。据说，上世纪70年代，一猎人在山中打猎，夜宿山林，生火取暖时，突然间有大量鸟俯冲下来，扑入火堆，活活烧死。猎人认为这是凶兆。他不知所措，惶惶然逃下山去。

1958年，大理北边鸟吊山脚下有一座木棚失火，恰好那是一个无月有雾的夜晚，熊熊大火映红了夜空。霎时，引来无数的鸟，鸟群在火光附近扑棱飞翔。赶来救火的人，这才猛然想起，这座山为什么叫鸟吊山了。从此，每年秋天都有人来燃篝火打鸟，曾有人创造了一夜打的鸟装了八麻袋的纪录。人背不动，是用四匹骡子驮下山的。

当然，用竹竿击打，致使鸟雀直接毙命之法过于残忍，更多的则是布网于鸟堂或者打鸟场之上，张网捕鸟。

早年间，当地农民在鸟岭上掘出很多坑，坑口用树枝和茅草遮挡，坑底铺之以树叶或者干草，人藏在坑里，眼睛透过坑口的掩盖物看着空中。坑口之上是一张张网，网前是点燃的松明子或干柴堆，也有点煤气灯、电瓶灯的。夜里，雾气弥漫，看不到星星了，鸟会产生一种错觉，把火光或者灯光当成了黑夜里的光明通道，纷纷扑来。坑里的人呢，就蹲着，守网待鸟。鸟扑进网里，就有来无回了。

那坑不叫坑，它有一个文雅的名字，叫鸟堂。而山顶树木砍掉后暴露出的林间空地，并且可以张网捕鸟的地方，则叫打鸟场。在南方的很多地方，田是田，地是地，鸟堂是鸟堂，打鸟场是打鸟场。土改时期，当地有分田分地分鸟堂分打鸟场之说，也就是说，鸟堂、打鸟场与田和地一样，都是革命的果实，是农民赖以生存的生产资料。田和地是可以继承的，鸟堂和打鸟场也是可以继承的。

在鸟堂里、在打鸟场上张网捕鸟是流传已久的民间传统。

1988年之前，一些村民一辈子就靠捕鸟为生，一个鸟堂或一个打鸟场就可以养活一家人。"鸟无主，谁捕谁有""鸟是天子送来的礼"，村民把捕鸟看成如同采野果、采菌子一样寻常。

打开云南老地图就可看到，茶马古道沿线光是叫"鸟岭""打雀山""打鹰山""鸟吊山"的地名就有三十多处。据粗略估算，早年间，每年被捕获的候鸟都有不菲的数量。

年复一年，亘古不变。

直至《野生动物保护法》颁布，村民像挨了一记闷棍，被敲醒了。捕鸟成了犯法的事情，再也不能捕鸟了。鸟堂、打鸟场被渐渐废弃了。

荒草和苔藓，从废弃的鸟堂里百无聊赖地长出来了。

灌木和芭茅，从废弃的打鸟场上肆意妄为地长出来了。

三

一个秋日的黄昏，当雅克·贝汉注视着一群叫不出名字的候鸟戛然划过巴黎上空的时候，他忽然想飞。他说："在人类的梦想里，总有一个自由的梦想——像鸟一样自由飞翔的梦想。"我们这些早已在灵魂上折断了翅膀的鸟儿，在某个早晨或午夜，在登上飞机或走出地铁的一瞬间，是否也有一种久违的冲动呢？

每年，全球有数十亿只候鸟在繁殖地与越冬地之间飞翔迁徙。迁徙距离最远的可达两万公里，是地球上最壮观的景象之一。

候鸟迁徙往往沿着一条固定的路线飞翔。那条固定的路线通常又被称为"候鸟迁徙通道"，简称"鸟道"。

地球上共有八条鸟道，其中就有三条经过中国。一条为东线，来自西伯利亚的候鸟沿大陆海岸线南下，至菲律宾和澳大利亚，以躲过寒冷的冬天。一条为西线，候鸟穿越四川盆地、哀牢山山脉和青藏高原山口，进入南亚次大陆和云贵高原越冬。一条为中线，来自蒙古中东部草原的候鸟经内蒙古克什克腾旗沿太行山、吕梁山越过秦岭，经罗霄山脉与雪峰山脉之间的天然通道，往南方或南半球越冬。

> 鸟在水上飞，
> 鸟在山上飞，
> 鸟在树上飞，
> 鸟在风里飞，
> 鸟在云里飞，
> 鸟在梦里飞。

"鸟道雄关"仅仅为西线鸟道上的一个节点，而这个节点却有着至关重要的意义——它是整个西线鸟道的"喉结"。

喉结通畅，鸟道才能通畅。如果喉结出了问题，就有可能导致候鸟迁徙发生大的灾难。后果难以想象。

雅克·贝汉说："人总是在改变，而鸟却从来不。"鸟的眼睛长在两侧，它们实际上看不到前进的方向，但它们飞往目标的信念从未动摇过。人类的眼睛长在前方，但却常常处在迷茫中，找不到前进的方向。

四

浓雾，渐渐被我们甩到了身后，留给了稠密的森林。

从"鸟道雄关"下到管护站，由于出汗过多，口渴得要命。危有信差人找来刚刚采下来的新茶，用火塘上白铁壶里烧得滚烫的山泉水，为每人泡上满满一杯绿茶。我们顾不得斯文了，端起杯子就喝，结果被烫得够呛。

危有信向我们介绍说，"鸟道雄关"位于哀牢山北段的五里坡林场境内，这绿茶就是林场的茶园自产的，是原生态的高山云雾茶。我又端起杯子，先闻，后品，再饮……果然是好茶呀！

在管护站的屋檐下，我们坐在木墩上，围着一张木桌开了一个小型座谈会。

危有信介绍，管护站于多年前就组建了护林队，队长叫黄学智，1962年生。队员除了今天为大家带路的"野猫"，还有六位，他们都在山林里执勤巡护，晚上才能回到管护站。他们的名字分别叫李友平、李家彪、字兴城、李如祥、字朝家、徐礼兵。他们多数是山下村民，因为自愿爱鸟护鸟，才被招聘来的。工资不高，每月才八百元，由县上财政统一解决。

我说："工资的确不高，应该增加一些。护林员也要养家。"危有信讲话还是带有一些当地口音的，我担心记错，就叫他把护林员们的名字写在一张纸片上。当危有信把写好名字的纸片递给我时，我惊讶地发现，危有信的字写得工整、稳健，是标准的行楷呢。

候鸟迁徙季节，队长黄学智和队员们就干脆在山顶搭上帐篷，昼夜巡护。让当地村民改变或者彻底放弃传统的捕鸟习惯是一件很难的事情。许多村民农闲时出去打工，候鸟回迁的季节，就追随着候鸟的翅膀回来布置机关了。捕鸟机关被护林员拆除后，还伺机报复。护林员到村里办事遭村民围攻或者追打是常有的事。有的护林员家里的稻田被投了除草剂，导致秋天颗粒无收。甚至，有人往护林员家里抛砖头，砸玻璃。

队长黄学智，眼神里透着机警。他个子不高，长得敦敦实实。他穿的那件汗渍斑斑的红马甲，边角都被剐破挂花了。一看就是个老山里通。他从事护林工作已经有三十七年了。在巡山时曾被兽夹夹中，险些失去一条腿。为了救治一只受伤的鸟，他爬树误碰了马蜂巢，结果马蜂群起攻之，他跳下树逃跑，而发怒了的蜂群并不放过他，疯狂追赶，情急之际，他一头扎进一个水塘里，才算躲过一劫。护林护鸟工作，实际上还是做人的工作，把人看住。黄学智经常提上酒，拎上腊肉，到那些老猎手家里喝酒，与他们交朋友。一边喝酒，一边讲解有关国家法律规定，苦口婆心地劝他们以后不再打鸟。就这样，许多捕鸟人转变成了护鸟人。

1997年9月，国际鸟类研究会议在巍山召开。美国、英国、法国、印度、越南、泰国、印度尼西亚等国家和地区的四十多位鸟类专家参加了会议。会议期间，鸟类专家们还专门到鸟道雄关开展了科学考察活动，并环志候鸟八十八个品种两千五百多只鸟。

"都是为小鸟而来吗？"那些蓝眼睛黄头发白皮肤黑皮肤，操着难以听懂的各国语言的外国专家的到来，令巍山人瞪大了眼睛。随着外电的报道，"鸟道雄关"一夜之间世界皆知了。

然而，捕鸟人并没有因为"鸟道雄关"的闻名遐迩而收手。

2009年10月，某日凌晨，危有信正在沉睡，一阵急促的电话铃声把他吵醒，是护林员打来的。说"鸟道雄关"附近的山上有人捕鸟，人数众多，护林员制止无效，请求派森林公安干警出警。冒着细雨和大雾，危有信带领森林公安干警急速赶到现场。好家伙，护林员被围住了，数十束手电筒的亮光照彻夜空。旁边是"咻！——咻！——咻！"不绝于耳的用竹竿打鸟的声响。

危有信命令森林公安干警分两路包抄，说时迟，那时快，有五名捕鸟人被当场擒住，其余捕鸟人见势不妙，呼啦啦消失在夜幕中。现场泥泞不堪，追捕过程中有一名干警摔倒，造成腿部受伤。

这次行动收缴了一批竹竿和死鸟，还有数件雨衣、灯具等物。经询问才知晓捕鸟人都是石佛哨村人。危有信陷入沉思，宣传的力度不可谓不大，打击的力度不可谓不小，可为何捕鸟的事情还屡屡发生呢？

次日，危有信带领鸟类环志人员来到石佛哨村，把夜里收缴的竹竿、雨衣、灯具等一应放在村委会的木桌上，让村主任通知村民来认领。可是两三个时辰过去了，没有一个人来。村民以为，这是来抓人的。偶尔，有几个孩子在门口缩头探脑地张望。危有信把几个小孩叫进屋，问他们都叫什么名字。说话间，环志人员取出鸟环给随身带来的鸟戴上，然后让每个小家伙摸一摸。危有信说每只小鸟都能吃很多虫子，虫子少了，才能多收粮食。

"打鸟好不好？"危有信问。"不好！"几个小家伙异口同声地回答。小家伙们一双双天真的眼睛看着那只小鸟。"来，你们把它放飞了吧。"孩子们手捧着那只小鸟来到院子里，危有信说大家一起倒数五个数："五、四、三、二、一，飞吧！"小鸟呼啦啦飞走了。大家热烈鼓掌。"回家告诉妈妈，不让爸爸打鸟好不好！""好！"孩子们蹦蹦跳跳地离开村委会，回家去了。

到底有没有效果呢？危有信接连几个夜晚上山查访，"鸟道雄关"静悄悄的，一片安宁。

五

"鸟群高声的啼叫激活了漆黑的夜空，那震耳的歌声形成阵阵气流，我在薄雾渐消的黎明，听到了这种吟唱。"这是奥尔森描述的夜晚美国苏必利尔荒原上的鸟鸣。

然而，在中国云南的哀牢山，我分明也听到了类似的鸟鸣。尽管相隔万里之遥，但对于鸟的翅膀来说，距离从来就不是问题。

如果说奥尔森从古朴的荒野中找到了一种抵御外界诱惑的定力，一种与天地万物融为一体的安宁的话，那么我在哀牢山鸟鸣中，时而哀婉、时而欢愉的调子里，却感受到了某种复杂的无法准确描述的东西。这就促使我更冷静地思考，人与自然到底是一种怎样的关系？人该承担起怎样的使命和责任？

危有信告诉我，已将"鸟道雄关"申报自然保护区，保护的对象就是此处的山林及飞经这里的候鸟。巍山县政府颁布了禁捕令，严禁在"鸟道雄关"捕鸟，违者按法律惩处。然而，举凡天下事，从来堵不如疏。可是，如何疏呢？危有信说，准备在"鸟道雄关"建一个观鸟台，开展有组织的观鸟活动。通过观鸟活动拉动乡村生态旅游。山下村民可以搞一些"农家乐"，为观鸟者和游客提供餐饮和住宿服务。让村民参与保护和服务，让村民在保护和服务中获得收益。

"变被动保护为主动保护，"危有信的眼睛眨了几眨说，"当保护候鸟也能使村民的腰包鼓起来，也能买上小汽车，也能盖上新房子的时候，谁还会冒着触犯法律的风险捕鸟呢？"

我无法判定"鸟道雄关"的未来，因为未来不仅仅取决于今天的认识，还有行动和坚守。不过，鸟的翅膀与生态文明的脚步相伴相随，是可以肯定的了。

尽管地球表面被人类糟蹋得面目全非，但在天空中，鸟类仍然是主角，无论是雪鹅、野鸭，还是大雁，都有自己的尊严。雅克·贝汉说："对我而言，唯一重要的东西就是美好的情感。"还用问吗？雅克·贝汉的美好情感一定在空中，那飞翔的翅膀，已经永留在他的梦里，永留在他的心间。然而，对鸟来说，鸟不会等任何人，它的目标是远方。

——稍纵即逝。

——稍纵——即逝。

在巍山走动的日子里，我常常被一种淡淡的幽香所吸引，所陶醉。原来，那是幽兰的芳香。巍山人养兰之风始于唐代南诏时期，民间一直有养元旦兰、素馨兰、朱砂兰的传统。朱砂兰更被尊为明清的贡品，被称为"圣品兰"。随意走进某个村落，推开半掩的院门，满院的清香就会扑鼻而来，让你无法闪避。

我想，爱兰花的人，也一定热爱生活，热爱生命吧。

由幽兰我又想到了候鸟。是的，当"鸟道"与"人道"相遇之后，人性深处的东西——善，或者恶，就淋漓尽致地呈现出来了。

候鸟，为了生存而艰难迁徙的历程，也许，并没有大开大阖的戏剧情节、跌宕起伏的个体命运，有的只是鸟的悲切与顽强、欢乐与不幸。飞翔，飞翔，飞翔。鸟的羽翼在风中闪动，我们似乎能够触摸到风的颗粒了。然而，看得越清楚，内心便越是凄凉了。为鸟？为我们人类自己？此时，这种复杂的心境，连我自己也说不清楚了。或许，今日鸟类的命运，就是明日人类的命运。

在巍山，在巍山的"鸟道雄关"，跟随着候鸟飞翔的翅膀，我渐渐发现，与自然之间的接触，与动物之间的感情，其实对人类来说始终是一种需要。它让我们感受到生命存在的奇迹，感受到生物之间奇妙的感应和联系。

飞吧！飞吧！飞吧！

——候鸟。

《人民日报》2016 年 6 月 15 日

再访皮村

黄传会

皮村，北京东五环外一个典型的农民工集聚地。全村两万多人口，农民工占了十之八九。一位农民工告诉我："刚进城，我们住在三环，后来三环繁华了，房租太贵，就搬到四环；再后来，四环繁华了，又搬到五环、六环。城市变得越来越繁华了，我们却不断被边缘化……"

上世纪90年代，中国掀起了城市化大潮，无数农村青壮年拥入城市，寻找安身立命之所。城市化的过程，也是文化冲击的过程。旧的身份角色失去了，新的身份角色却未确立，彷徨、奋斗、追寻……构成了一个精神变迁的过程。

六年前，为了解新生代农民工的生存状态，我曾经在皮村采访了两天，它给我的印象是拥挤、嘈杂，却又带着几分生气。如今六年过去，皮村有哪些变化？当年结识的那些质朴且有追求的农民工，生活得还好吗？我决定再访皮村。

一进村口，在依然嘈杂和拥挤的氛围中，一股熟悉的气息扑鼻而来。

我在皮村的"老朋友"孙恒在"工友之家"等我，除了略显老成些，几乎没什么变化。久未相见，我们言谈甚欢。

我问："你们的打工青年艺术团，现在还演出吗？"

"演，每年都有几十场演出。"孙恒顿了顿又郑重告诉我："黄老师，我们打工青年艺术团，现在已改名'新工人艺术团'了。"

"哦？"我一听来了兴趣，"为什么要改为'新工人'？"

孙恒说："别看是一个称呼，其实关乎我们的身份呢。"

我追问："怎么讲？"

孙恒滔滔不绝起来："过去，社会上都习惯叫我们'打工者'，这是指我们是一群被雇佣的劳动者，而'新工人'则有了主体性的含义，代表了一种主人翁的社会地位；其次，'新工人'是我们一种自觉的诉求，也包含一种渴求创造新型工人阶级和新型社会文化的冲动。"

从孙恒的话中，我咀嚼出了个中意味：他们已不仅仅是"新一代农民"，他们正在向"新一代工人"嬗变；他们已不满足于做"城市边缘人"，他们渴望进入城市主流社会，甚至成为"新北京人"。

"2016打工春晚"在北京朝阳区文化馆拉开了帷幕。

这是一顿由打工者自己主勺烹饪、表达打工群体在一年辛勤劳作中的酸甜苦辣的劳动文化大餐；舞台上的主人是广大平凡的劳动者，劳动不仅创造财富，也创造充满真情实感的艺术。

孙恒的保留节目是演唱《打工、打工，最光荣》：

> 打工、打工，最光荣！嘿！
> 打工、打工，最光荣！
> 高楼大厦是我建，光明大道是我建；
> 脏苦累活儿是我们干，堂堂正正做人
> ——凭力气来吃饭！

在这个属于打工者的夜晚，孙恒激情澎湃。

1998年，孙恒告别家乡，成了一名流浪歌手。尽管他全身心地投入，却越唱越迷茫。六年前，他同我聊天时，曾倾诉过当初的苦闷："我的生活经常被负面主宰，思想经常处于无力、焦虑和痛苦的状态。觉得活着很压抑，觉得对未来、对人生没什么把握……"

一次偶然机会，孙恒到一个建筑工地待了三天。晚上，他在逼仄的工棚里为工友们唱歌，唱一些老歌，也唱自己编的歌谣。工友们连工装都来不及脱，手里端着饭盆，两眼盯着他，那种目光与在地铁站演唱时路人的目光天壤之别，孙恒突然明白了，这里才是他唱歌的地方。

同吃同住，听工友们讲打工史、讲乡愁、讲婚恋、讲艰辛与憧憬。孙恒觉得自己成了他们中的一员。他还专门为一位叫阿彪的工友写了一首歌《彪哥》，台下的阿彪听得泪流满面：

认识你的时候，已是你干完每天十三个小时的活儿以后。

大伙儿都管你叫彪哥，你说这是兄弟们对你习惯亲切的叫法。

每天起早贪黑，你说你感到特别的累，

可是只能拼命地干，才能维持老少一家安稳的生活……

其时，孙恒结识了王德志、许多、姜国良。来自内蒙古科尔沁的王德志，是怀着学相声、当明星、上春晚的梦想来到北京的；许多高中毕业后，在舅舅的模具厂干过，还当过协警，他觉得"自己是家乡当中的一只鸟，就是要挣脱这片林子、这张网；飞出来了，来到北京"；而姜国良"从电视、电影里看到外面的世界，跟家里的世界不一样，就想出去看看，去挣钱"。四个都喜欢文艺、都怀着青春梦的年轻人走到了一起，惺惺相惜，志存高远。他们成立了"打工青年艺术团"。为使组织和演出合法化，2005年7月，他们又向民政部门注册了"工友之家"机构，孙恒出任总干事。

歌曲《想起那一年》《这矮矮的村庄是我们在这城市的家》《团结一心讨工钱》《天下打工是一家》《电梯姑娘》等，相声《漂》，还有小品《我们的世界，我们的梦》，艺术团唱的说的演的都是熟悉的生活，只要工友们喜欢就行。

这些年来，"工友之家"在皮村建立了社区活动中心，设有法律咨询、维权热线、女工小组、文学小组、舞蹈班等。它要给工友一个聚会的地方，给他们一种家的温暖。

来自河北吴桥的工友郭福来，每到周日晚上，都会步行一个多小时来参加文学小组的活动，听高校的志愿者老师讲课。同时，他又会按照老师的要求，将自己的生活写成作品。

郭福来的那篇《思念妻子的一封信》感动了身旁许多工友：

小英，你听说过两情若是长久时，又岂在朝朝暮暮吗？咱们可以把思念打成包装，放进背囊。到老了，不能再打工时，咱们运回老家。坐在自家的土炕头上，一点点打开，重温今天分居时的思念，不也是一种幸福吗？

而今，创作已成为郭福来的一种生活习惯，周一、周二构思，周三、周四写作，周五、周六修改，周日晚与大家交流。因为有了这个文学小组，因为有了文学，郭福来觉得自己找到了一种个体的尊严。

艺术团在演出过程中，越来越意识到打工文化的重要性。

再次相逢时，孙恒说："以前我不知道自己是谁，孤零零的。做了这些事后，找到了自己的身份认同，自己也是工人群体中的一分子，负面的情绪慢慢消失，逐渐从摇滚歌手的个人宣泄转变到为劳动者歌唱，也更自信了、更有方向了。"

自2009年以来，"工友之家"发起并举办了四届"新工人文化艺术节"。来自深圳、广州、重庆、香港、北京等地的劳工代表和打工诗人、民谣歌手、民众戏剧爱好者、媒体、学术界以及皮村社区居民，会集在皮村。在艺术节期间举办的"劳动文化论坛"上，打工"艺术家"们更是旗帜鲜明地宣告：我们正在进行一场新文化运动！

请听听他们的声音：

打工文学可以作为一种利器，反映我们的生活和我们对生活的看法。一些知识分子躲在高楼大厦写作，他们不关心底层社会，由此不能代表我们的声音。我们的文学可能是粗糙的，但却是我们自己的。

劳动文化一定是靠我们自己来创造的，要通过自己的讲述、自己的拍摄、自己的歌唱来发展自己的文化，来建立自己的文化。

孙恒对我说："现在我们艺术团的活动和创作在文化与价值观上已经有自觉性了。它不再是个体的自娱自乐，目标也非常清楚，就是要承载工人群体的文化，倡导劳动文化，要帮助工人和劳动群体寻得文化上的寄托。"

我与孙恒经过皮村同心实验学校，几位学生欢快地从校园里跑出。

孙恒问我："还记得沈金花吗？"

我说："那个'女娃校长'？记得。"

走进校园，沈金花迎了过来。六年不见，"女娃校长"显得更加干练了。

我有点惊讶："没想到你还坚守在这里？"

沈金花说："只要学校存在一天，我们就坚守一天。"

"工友之家"进驻皮村后，孙恒发现到处都是七八岁、十来岁的孩子在游荡。原来，皮村成为农民工集聚地后，他们的子女也伴随而来。当时打工子女入学"门槛"多多，许多孩子无法上学。孙恒的眉心蹙在了一起，他自己也是从农村走出来的，知道教育对于人生的重要性，打工子女也应该享受平等的义务教育。当时，沈金花在中华女子学院读大四，正在"工友之家"做志愿者。

有一天，孙恒告诉她，"工友之家"准备办一所打工子女学校，鼓动她留下来。沈金花疑惑地说："我自己还是个学生呢，如何办得了学校？"孙恒说："你不是学社会学的吗？现在社会需要这样一所学校，在这里你会大有作为的。"或许是被这段话触动，沈金花真的留下来了。因为有了这所学校，皮村和周边的七八百个打工子女重返校园。

这些孩子有的从小随父母进城，有的就在北京出生，从少不更事起，他们便被自己的身份所困扰。同心实验学校把"爱"放在教育的第一位，努力让每个孩子都能健康自信地成长。一位学生在日记里写道："每天清晨一走进校园，我的心情就特别舒畅。这里没有歧视的目光，只有温暖的眼神。在这里，我时时感到被重视、被关爱，我不会因为自己的爸爸妈妈是农民工而自卑……"沈金花觉得这是孩子们给学校的最高奖赏。

近些年，教育环境发生了很大变化，农民工子女上学问题已经有所改善，我没想到同心实验学校还保留了下来。

沈金花看出我的疑惑，说："打工子女上公办学校是有条件的，要办齐了好几个证才行。那些刚随父母进城打工的孩子还是无法上学，我们把自己的行为看成是一种'教育救急'。"

"听说有机会可以当公务员，也可以到香港继续读研究生，你为什么选择了坚守？"我问。

沈金花沉吟了片刻，说："第一，如果我觉得做一件事是有价值的，就会很有动力；第二，如果身旁有了共同追求的人，而且越来越多，就会感觉很好；第三，如果我们有一个内心想过的生活，如果我们有一种向往，很多人在为之努力，那么我自己也需要付出努力。"

一旁的孙恒插话道："同心实验学校三年前被关闭风潮困扰过，虽然侥幸生存下来，但估计来日不长，因为周围村庄快被拆迁完了，只剩下一个皮村了。虽然如此，'工友之家'活动中心天天开门，各种活动照常进行。我以为经验可以积累，学校也许会关门，但我们的办学经验还在；物质的皮村也许会消失，但皮村精神还在。"

离学校不远便是打工文化艺术博物馆。这是全国第一家打工文化艺术博物馆。

我又一次走进这个简陋、寒酸却又发人深思的博物馆。

墙上的一条横幅，挽住了我的脚步："没有我们的文化就没有我们的历史；没有我们的历史就没有我们的将来！"

每一件展品，都是打工者真实生活的记录；

每一件展品，都是打工者内心世界的反映；

每一件展品，都是打工者为中国经济发展所做出贡献的证明……

广东一位打工妹的工卡，正面是她的照片，写着名字和年龄，背后印着工厂严酷而又冷冰冰的规定：上班时间不得上厕所。

一个烤羊肉串的铁架子，记录着一位工友的打工史：1992年他来北京，在颐和园门口以烤羊肉串为生。1994年，铁架子被城管没收，他托人用两百元赎了回来。后来，他卖过水果、卖过煎饼，当过送报员……

一张照片里，几位建筑工在耸入半空的脚手架上，自豪地打出大标语：我们是城市的建设者！

那是个大雪纷飞的夜晚，打工青年艺术团结束了在一个工地的演出，孙恒、王德志他们挤在一辆借来的破面包车上，你一言我一语地议论着：

"改革开放都快三十年了，中国发生了翻天覆地的变化，我们听到的大多是精英和资本的话语，很少有我们打工者的声音。"

"应该建一个打工博物馆，把打工者的历史记录下来，陈列出来。"

"我们不单单是为了记录和陈列，更是为了促进我们的思考和进步！"

2008年5月1日，打工文化艺术博物馆落成。记得第一次参观博物馆时，我的心为之一震，我在这里体会到了他们的辛勤和甘苦、期颐和盼望，他们用打工者自己的语言和思维方式，保存了其困惑、不安和认知。

在展柜里，我从各式各样的证件中，发现了王德志当年的暂住证和务工证，照片已经微微发黄，充满着一种沧桑感。

我笑说："十五年前，你看上去像是一名童工。"王德志苦笑了一下："可不是吗？那时候我才十七岁，属于未成年人。"

重访旧地，我注意到，博物馆增加了新内容：新工人的文化和实践。

与六年前相比，我发现眼前的这几位已经不算年轻的年轻人，变得成熟了。

酷爱摇滚乐的许多，对摇滚乐本身有了自己的思考："摇滚可以很感性地表达一种愤怒，但是时间长了，愤怒也就被稀释掉了，甚至不知道为什么愤怒了。"

姜国良说："我最初理解的文化就是上学，学文化。现在理解的文化是人的行为。"

王德志则对我说："刚开始一位志愿者组织我们学习马列，我觉得很惊讶，都什么年代了，还学习马列？我们学习了艾思奇的《大众哲学》，不读不知道，一读吓一跳，马列竟然是如此通俗，离我们如此之近。这是一本让我'发家'的书，让我彻底改变自己。从那以后我和大家一起做事，义无反顾。"

这次来，我听说三年前"工友之家"在平谷创建了一个"同心创业培训中心"（又称工人大学）。便问孙恒："怎么想起要办这所'工人大学'?"

孙恒说："我们在为工友们提供公益服务时发现，一些年轻人上完高中或初中就匆匆走入社会，进入社会后发觉自己最缺的是就业技能。'工人大学'的培训和食宿全免费，志愿者为学员讲授电脑维修、平面设计、合作沟通等实用技能。到现在已开班十二期，两百余名学员凭着学到的新技能，找到了新的工作。"

我感慨地问道："你觉得靠你们的力量还能做多大？走多远？"

孙恒充满信心地说："心有多大就能做多大，眼望多远就能走多远！"

夜幕降临了。许多穿着工装的工友匆匆赶到"工友之家"，创业培训、法律咨询、女工小组、文学小组、舞蹈班，"工友之家"又开始一如往日地热闹、忙碌起来……

如果说，我们只用了一代人的时间，走过了西方国家近三百年的城市化演变历程，那么，从农民工到新工人，还有多长的路要走？

让广大农民不断从现代化发展中得到实际利益，而不是成为现代化的被遗弃者，应是我们城市化成败的关键所在。

《人民日报》2016年9月14日

小布的风声

马 娜

在小布，自山涧飘荡而来的风，清润、温软；从林中汹涌而来的风却似波浪，悠悠荡荡拥你入怀……小布的风啊，真是有韵致，亦有灵性。

小布的风，也曾经让毛泽东陶醉过。清新的小布山风，拥他与贺子珍相伴而来，那是他与贺子珍厮守最久、最美好的一段时光。在反"围剿"间隙，毛泽东在小布完成了著名的《兴国调查》，而文稿的每一页都是由贺子珍坐在石板凳上抄写整理出来的。许多时候，毛泽东在小书桌前伸展疲倦的腰身，从阴暗的小屋踱步到院子里，每每看见埋头誊稿的妻子发梢被微风吹扬而起时，他总会被眼前这一幕陶醉。

在历史的记忆中，这一幕是最温馨、浪漫的。小布人民收藏了它。

小布的风，有时也非常犀利。最典型的就是：在红军五次反"围剿"中的前三次反"围剿"，多于我红军十倍的国民党军队屡屡想直捣红军指挥总部与首脑机关。但在毛泽东领导下的红四军与当地人民群众，利用熟悉山势与地形的优势，组成反"围剿"的钢铁长城，与敌人周旋于崖谷密林之中。1930年的最后一天，敌五十师数千名官兵，再次闯入小布地域，结果落脚未稳，便听得山间狂风大作，气温骤降。紧接着，冰雨急落，大雪纷飞。国民党士兵各个冻得浑身发抖，拔腿急往东韶逃窜。一路上，他们直呼"小布的风太厉害、太可怕了"！三天后，这支国民党部队被我军打得落花流水。

我还了解到，小布的风在中国革命和我军历史中，更有着神奇的特性。它温和又神秘、高贵而朴实，它浩荡起伏的韵律犹如我军官兵杀敌制胜的激荡之情；在敌军那里，它的声响又似敲响的阵阵丧钟……

小布的风更深地连着我的情与心。由于我处于特殊的工作环境，工作性质与小布的昨天有着千丝万缕的联系——小布是红军第一部电台的诞生地，也是我军通讯部队的诞生地。这是一片为中国革命战争和建立共和国立下不朽功勋的光荣土地!

几年前第一次到小布时，我坐在诞生我军第一部电台的龚氏家庙的厅堂里，听小布村一位红军的后代向我讲述七十多年前发生在这里的故事。

"我母亲见过毛主席，她经常给埋头写书的毛主席送去晾好的茶喝。毛主席抬头时总会客气地微笑着说：'谢谢老表。'"龚氏后代告诉我，毛主席他们从井冈山到达小布时，一个个都很瘦，像是几个月没有吃饱一顿饭似的。(注：的确没吃过一顿饱饭，我曾在军事史料上查阅过红军这段艰难的历史。)但小布和宁都人民为了支持子弟兵，宁愿自己挨饿，一天内就捐献出五千五百块大洋和七千多双草鞋及其他物资。这是红军下井冈山以来，获得的第一次补给。据说红军军需部门用筹集到的这批钱财和物资，为全军上下每人发了四角小洋和新草鞋、新袜子。得到支援的官兵们顿时精神面貌焕然一新，战斗力大增。而以毛泽东为首的红军也给当地人民带来了福音：农民们"不仅要取得土地的使用权，还要取得土地的所有权"。1931年2月，成立不久的中共苏区中央局在小布村发布了《土地问题与反富农策略》的"第九号通告"，认为"农民是小私有生产者，保守私有是他们的天性"，"他们起来热烈地响应参加土地革命"，就是为了拥有土地的所有权。而深知土地对农民有重要意义的毛泽东还特地依据这一通告精神，以苏维埃中央军委总政治部主任的名义，给时任江西省苏维埃政府主席的曾山写了一封题为《民权革命运动中的土地私有制度》的信，进一步明确了已经分给农民的土地性质："即算分定，得田的人，即由他管所分得的田，这田由他私有，别人不得侵犯。以后一家的田，一家定业，死的不退，租借买卖，由他做主。田中出产，除交土地税于政府外，均归农民所有。吃不完的，任凭自由出卖，得来的钱供给零用，用不完的由他储蓄起来，或改田地，或经营商业，政府不得借此罚款，民众团体也不得勒捐。"并且指出：这样做的目的，"是民权革命时代应该有的过程，共产主义不是一天做得起来的，苏联革命时代也是经过许多阶段，然后才达到现在社会主义的胜利"。"只有实行现在民权革命时代所必要的政策，才是真正走向共产主义的良好办法"。毛泽东的信和他对农民土地的政策精神，使得苏区人民的革命积极性获得了空前的高涨，支持红军的精神也变得彻底而无畏。

那时的小布村，既是以毛泽东为首的红军总部及苏维埃中央局的所在地，也是土地革命的中心，更是革命武装力量最聚集的地方。自然，也是国民党眼中最想拔掉的钉子。

1930年10月，蒋介石调集十万大军，采取"分进合击，长驱直入"的作战方针，对我撤至赣南的红军主力发起了第一次大"围剿"。面对来势汹汹的敌人，红军怎么办？"诱敌深入"，瞅准机会，击其要害。在著名的"罗坊会议"上，经过六天六夜的激烈辩论，毛泽东的这一正确主张得到了采纳。"诱"即为佯退，"深入"即为退至不能退时进行反"围剿"。毛泽东用红色铅笔的笔头在地图上圈出"小布"和邻近的"黄陂"两个地名。选择此地，有六大好处：这里有积极援助红军的人民，这里有有利作战的阵地，红军主力全部集中在这里，在这里发现了敌人的薄弱部分，在这里可以使敌人疲劳沮丧并因此产生过失。毛泽东如此解释，接着又言："人民这个条件对于红军是最重要的条件。这就是根据地的条件，并且由于这个条件的优势，第四、第五、第六等条件也容易促成和发展。所以当敌人大举进攻红军时，红军更容易从白区退撤到根据地来，因为根据地的人民是最支持也最能积极援助红军反对白军的。"他的这一思想成为我军战胜敌人最根本的军事指导思想和法宝，并一直沿用至全歼境内国民党军队。

"那时的小布，有吃的，有住的，我们能落脚，又安心。"朱德夫人、革命老大姐康克清后来回忆小布的战斗经历时，说过这样的话。

"那时，我们村上的青壮年们，穿上草鞋，系上红领巾，拿起大刀长矛，跟着队伍去堵击敌人，村上的妇女和老人、儿童，组织起向导队、侦察队、担架队、运输队、洗衣队、慰问队，而且还设立了兵站。可以说，挖地三尺，砸锅卖铁，倾全村之力，支援反'围剿'的红军主力。"老乡带我站在红军桥上，指着百米之外那块如今已正式命名的"誓师广场"说，"当时这里是一片河滩地，12月下旬，反'围剿'的战幕拉开之前，红军为了鼓劲壮威，在此召开了临战前的一次万人誓师大会。毛泽东、朱德亲自上台作动员，而且毛泽东还亲拟了誓师台两侧的一副对联：敌进我退，敌驻我扰，敌疲我打，敌退我进，游击战里操胜算；大步进退，诱敌深入，集中兵力，各个击破，运动战中歼敌人。"

读到多年前毛泽东的这段经典军事语录，怎能不让人感叹领袖之伟大英明！

"红军在小布誓师大会的那一幕，可以说使我们这个小山村从此在中国革命的历史上闪闪发光！"老乡从他的父辈口中得知了当年的情景，向我转述，"河滩上的会场，红旗猎猎，枪矛林立，与周围的山冈上的红叶交相辉映。'勇敢冲锋''拼命杀敌''多缴枪炮''扩大红军''工农万岁'的口号此起彼伏,震动山河。"

1930年12月,红军在小布村一带为入侵之敌准备了大"口袋"。但狡猾的敌人没有轻易上当,毛泽东、朱德耐心而冷静地等待"大鱼"上钩……

机会终于来了,号称"铁军师"的敌十八师张辉瓒部正从东固向永丰龙冈进发。毛泽东立即下达对张辉瓒部的"伏击"命令,并在30日一早,与朱德披着浓雾,将红军前线总指挥部移至距龙冈仅十五华里的小布黄竹岭半山腰。"总司令,你看这景致,真是天助我也!当年诸葛亮借东风大破敌兵,今日我红军乘晨雾全歼顽敌捉张贼也!"毛泽东诙谐道。

"是啊,该让老蒋尝尝我红军的厉害了!"朱德司令大手一挥,"杀敌冲锋啊!"

顿时,我各路红军全线出击。战斗持续一整天,直到傍晚六时许才结束。张辉瓒部第五十二旅、五十三旅及师部九千余人无一漏网。两个旅长或被毙或被俘,张辉瓒则是被搜山的红军活捉。此次战役红军共缴获枪支九千余支、子弹一百万发、无线电台一部。

1931年元旦,红军乘胜追击,又用了不到三天时间,将敌谭道源的五十师主力军打得落花流水。歼灭一个旅,俘虏三千余人,缴获长短枪两千余支、机枪四十余挺、子弹十三万发、电台一部。至此,蒋介石的第一次"围剿"彻底失败。

> 万木霜天红烂漫,天兵怒气冲霄汉。雾满龙冈千嶂暗,齐声唤,
> 前头捉了张辉瓒。
> 二十万军重入赣,风烟滚滚来天半。唤起工农千百万,同心干,
> 不周山下红旗乱。

毛泽东在反"围剿"结束之时,兴奋不已,诗兴激扬,在小布村的龚氏家庙里写下了著名的《渔家傲·反第一次大"围剿"》

第一次反"围剿",我军歼敌万余,缴获战利品无数。令小布村人最为骄傲的是那一部半(其中半部已坏)敌军的电台。

而我作为一名军人,与一代又一代官兵一样,从此铭记了这个与自己的部队曾经有着特殊关系的地名——小布。

红军在小布时第一次有了"一部半"电台,也从此结束了"瞎子""聋

子"的窘境。

"我们家的厅堂里，因此也热闹起来，每天都有一群年轻的红军战士在这里聚集。有一天，几位红军战士忽然争论了起来，连毛主席也被吸引过来一探究竟。"龚氏后代指着陈列在厅堂侧面的一间"电报室"，向我讲述了他母亲曾经讲给他的一段故事：

那是反"围剿"刚刚结束，毛泽东的警卫员陈昌奉见几位红军战士围在一个笨重的铁疙瘩旁嘀嘀咕咕，于是也凑过去看热闹。陈昌奉左看右看看不出啥名堂，便飞起一脚，踢向那个像酒坛子似的铁疙瘩，嘴里还愤怒地说道："这些国民党老爷兵，打仗不忘喝酒呢！"

"小鬼，你莫要踢啊！这可不是酒坛，是无线电台用的硫酸罐子哟！"陈昌奉回头一看是毛泽东，赶紧收回又提起的右脚。

"无线电台是啥东西？"陈昌奉和红军战士们好奇地问。

毛泽东指指一旁的两只木箱，说："就是这宝贝疙瘩，它的作用可大呢。有了它，两地相通，不用跑路，调动部队灵活得很。"

"你是说它能让两个相隔很远距离的人通话、送情报？"陈昌奉觉得不可思议。

"是嘛！"

"那不成为古书上写的'千里眼''顺风耳'了？"陈昌奉瞅着那箱子里的玩意儿，大惊小怪起来。

毛泽东笑了："是嘛！它以后可要派上大用场了！"

十天后，也就是1931年1月10日这一天，以"一部半"电台为基础的中国工农红军第一支无线电通讯部队正式成立。从国民党军队投诚过来的电台人员王诤任队长、红军指挥员冯文彬任政委，无线电通讯队编有监护排、运输排和炊事班等，共一百多人。毛泽东、朱德又签发了《调学生学无线电的命令》。不久，在小布赤坎陈家土楼开办了第一次无线电培训班，之后，这些骨干又随红军主力在赣闽交界的根据地，用"以师带徒"的方式连续开办数期无线电培训班。至1932年，中国工农红军第一所通讯学校成立，成批的专业军事通讯人才成长为我军的一个个"顺风耳""千里眼"，在配合我军粉碎敌人的一次次反"围剿"中做出了不可磨灭的巨大贡献。小布，因此也成为我军通讯与情报肇始的摇篮。

"嘀，嘀嘀……"

"嘀嘀，嘀！嘀嘀嘀……"

白云山头云欲立，白云山下呼声急，枯木朽株齐努力。枪林逼，飞将军自重霄入。

七百里驱十五日，赣水苍茫闽山碧，横扫千军如卷席。有人泣，为营步步嗟何及！

此刻，站在红军桥上的我，耳边似乎响起了不绝的无线电发报声。伴着这声音的是，我军克敌制胜后雪片般的战斗捷报和毛泽东《渔家傲·反第二次大"围剿"》那气壮山河的朗朗吟诗声。

小布的风啊，轻缓而又温和，葱郁的绿林在山谷间舒畅涌动，而我的思绪继续在飞扬。

记得第一次到小布村时，一位九十一岁的老大爷坐在自家老房前的大树下，用拐杖指着对面那片青青的稻田告诉我，在他七八岁的时候，稻田是一片红军操练的场地。"每天我都能看见一群群红军坐在树的阴凉下弹着'玩意儿'。那'玩意儿'嘀嘀嘀地响，每天都是这样，他们不停地在敲击着，声音很好听。"老大爷捋着白须，笑呵呵地看着我。后来我为他做了一个发报的样子，他笑得更欢了，连声道："是这个样！是这个样！"

当听说我是北京来的"解放军"时，大爷竟激动得两眼闪起泪光，敲着拐杖，让老婆婆拉我一定要在他家吃中午饭。"我知道，今天的解放军就是当年的红军。"大爷喃喃道。尽管他的方言必须有人"翻译"我才能理解其意，但从他的眼神里，我看到了他当年对红军的崇敬与深情，更感悟到了当年军民鱼水的深情厚谊。

他的儿子悄悄告诉我说："他已经八十来年没见过'红军'了，闲时还经常念叨呢……"

我感觉眼眶湿润了，连连向老人家点头，破例答应了他的盛情邀请。可当我弓着背，低着头，走进他家那间低矮而又阴暗的屋子时，内心暗自惊叹，大爷家几乎一无所有，他拿什么来招待我呀？难道这就是老区百姓的生活？这就是当年用生命和鲜血支援红军后人民群众的生存状态？

"不要紧，几只家养的鸡还是拿得出来的。你们从北京来一趟不容易，怎么着也得吃顿饱饭！"大爷的儿子是位忠厚的庄稼汉，立即忙碌起来。

"别别，千万别！这怎么行？"我赶紧阻拦，连说"不了不了"。哪知一旁的老大爷有些激动地支起拐杖，说："吃，要吃……"他的意思，我必须留下在他家吃顿饭。

我无法拒绝朴实而真诚的老人。然而，正是这顿盛情难却的饭，让我对老区和老区人民有了第一次的认识——穷！太穷了！

新中国成立半个多世纪了，为何这里还是这么贫困？在很长的一段时间，我一直都想不明白。直到后来，当我再次踏上这片革命烈士用鲜血染红的热土，再次走进小布老乡们中间时，我明白了一切。

是的，这里本不穷，依山傍水，自给自足。历史记载，数千年来这里都是一片安静祥和的富庶之地。但红军离开之后，"围剿"的国民党大军到处抢掠，再肥沃的土地、再富裕的田宅也经不起如此的豪夺。而且白军实行了"石头也要用刀砍三遍"的政策，且不说小布所在的宁都县一个县在当时牺牲的红军烈士就已经多达一万六千七百二十五人，仅说只有几千人口的小布山村，牺牲的烈士就已经达一千五百多人。白军不光见红军、红属就杀，而且对那些红军曾经驻扎和安居过的村庄，实行烧光和搬光的报复手段。

"许多村没了，许多姓没了，更有许多人没了……到底在红军时期我们这儿死了多少人、绝了多少户、灭了多少村，也许谁也说不清。反正到了20世纪六七十年代，我们整个宁都的人口还是没有大的增长。"有位乡干部这样说。

听到此处，再闻小布之风，似听得一片呜咽声。

"红军走后，白军就来了。"有位老乡悲愤道。他这样向我讲述："红军撤离苏区时，我们村里的青壮年男人都走了，他们走后再没有人回来，十有八九都死在长征前的战斗中了。白军到苏区后，又实行了五次大'清剿'，凡是与红军和苏维埃沾边的，不是被杀就是被烧，死的人比红军五次反'围剿'时还要多，多得到现在还没弄清到底死了多少人。只听老一代人讲，我们邻近的山弯弯里原来都是有村庄的，后来就再也没有了。苏区时，年轻的好女人多数嫁给了参加红军的小伙子，参加红军的小伙子们走了，这些女人们苦啊，不是死就是改变了命运，在这块土地上，落到匪和财主手里的女人只能当牛做马……"

"当年苏区老区人民为了革命和新中国的成立不惜流血牺牲，今天这些地区还比较贫困，党和各级政府要积极支持和帮助这里的贫困群众尽快脱贫致富奔小康，决不能让一个苏区老区掉队！"这是习近平深情的话语。在他的直接关怀下，国务院于2012年正式出台了《关于支持赣南等原中央苏区振兴发展的若干意见》。

"生活在我们伟大祖国和伟大时代的中国人民，共同享有人生出彩的机会，共同享有梦想成真的机会，共同享有同祖国和时代一起成长与进步的机会。有梦想，有机会，有奋斗，一切美好的东西都能够创造出来。"习近平总书记的这段话，一直在激励赣南老区各级党组织和政府的党员干部们，他们在一个个红军烈士墓前紧握拳头，向红色土地和党旗宣誓：用三年时间，让贫困的老区变个样！

啊，这风多么劲烈！这风多么暖心！这风多么有希望！

我第一次离开小布时，就对这风有所耳闻。于是一直也就有了期盼，希望能够再一次到这片红色的土地上，看一看"变个样"的小布到底怎样了……

小布，我来了，再一次。

2016年5月。

淅沥的小雨中，我又站在了小布镇的"红军桥"上。

对面的烈士墓园已有些变样了，而漫山的映山红正将其映得光芒万丈。我蓦然有种异样的感受，似乎今天的烈士们都是在欢笑着的。为什么？我转身再眺望重新规划后如建在花园里的已经是镇级别的小布时，猛然明白了——今天，这不正是当年烈士们甘愿牺牲自己的生命所要追求的幸福生活吗？是的，一定是的。

"为了新中国，为了孩子们的幸福未来，冲啊！"那一刻，我似乎听到了震天动地的冲锋号声，它正伴随着阵阵山风，响彻在小布上空。那天，小布雨后的天空，竟然升起了一道彩虹。

多么神奇！真是太美了！

年轻的镇党委书记李木生笑着告诉我，小布的生态一直很好，现在家家户户都住上了新房，老天也有眼，在欢笑呀！

真是这样？

真的。

李木生很认真地肯定道。

他说："我们这儿有句顺口溜：有了宁都，才有红都，才有首都。毛泽东领导的中国革命队伍从井冈山下来后，最先是在宁都落脚，在小布安营扎寨，设立总部，后来才到了瑞金建立第一个全国苏维埃临时中央人民政府，瑞金因此被称为革命的'红都'。中国革命又从瑞金走到了北京首都，建立了新中国。

"我们这儿除了漫山遍野的翠绿外，现在刚好又是映山红盛开的季节，你看，红得多么动人。"李书记自豪地说，"在习近平总书记和党中央对老区人民的亲切关怀下，这几年我们这儿的变化完全可以用日新月异来形容，一天一个样。变化最大的是百姓的住房问题解决了，这是长久以来难以解决的大难事。过去这里的百姓多数住在山坳里，交通不便，生活困苦。在打仗时，红军把散居在深山老林里的百姓家当掩护和游击作战的护身符，可要说过日子，尤其是想过好日子，在没有电、没有路、没有水的山坳里是很难实现的。所以，这回我们得到了中央政府的支持，把所有山区里的贫困百姓家的房子全部换新了，多数村民已经搬到了新农村的集中区居住了，通路通电通水，彻底告别了过去的旧生活。同时，我们还倾力打造了小布的中心镇区建设，上次你来的时候，我们这个新镇还没有建呢！现在你看看，跟你们北京的那些小区有多少差别吗？"

在李木生等镇干部的引领下，走在这个崭新的花园般的山区小镇，我真的不敢相信，这曾是个地处偏远、长期落后之地，而如今已是道路宽敞平坦，新楼房与街巷干净整齐，商店、饭馆、学校、医院、敬老院、戏台子应有尽有的城镇，还有过去大城市才有的网吧、超市、美容院……这还是我几年前所见过的那个小布吗？

变化真是太大了。

而这里确实是小布，是那个诞生我光荣部队的、为共和国做出巨大贡献的小布！

在小布镇，我又被带进一个叫"大土楼新村"的小区。举目望去，都是一排排崭新、漂亮、整齐的三层小楼房，在大城市里，它该算是连排别墅了。

"这是我们村民住的房子，家家户户都有两三套。"村支书刘星星说。

"都有两三套？"真是不可思议。

"是的。"刘星星支书介绍道，"过去我们一般三代为一家，居住在一起。这回旧村改建过程中，中央给了我们好政策，不仅家家户户换住上了新房子，而且每户在分配时是按照婚姻状况分配的。比如老两口有一套；夫妇俩也有一套；有的孩子大了，领结婚证了，那么他们小两口也可以单独再分到一套。这样，原来的一家人就基本上可以分到两三套新房子了。"

原来如此。

"一般一套大概多少面积？"

"每户实际室内建筑面积为二百二十平方米。统一的。"

这真叫我们城里人羡慕啊！这些房子村民们基本上不用花钱就能享受到。

再看看里面的环境，有环卫工人清扫道路和公共场所，有园艺工人维护绿化环境，花卉及果树成片成行，每天的污水和垃圾全部统一处理，大街上完全看不见垃圾。我还注意到，楼房底层的门槛边都留有一个洞，"这做什么用？"我问。

"农民家一般要养猫狗等小动物，这是我们专门为每家设计的猫狗洞。"刘星星支书的话让我忍不住笑起来，瞧他们为百姓想得多周到！

刘星星支书一定要我们到他家坐坐，于是我们进了他居住的小楼，坐下后听他介绍他带领乡亲们是如何在这几年里从旧房子搬到新房子里的故事。刘星星支书说："村上是2012年开始动员改造土坯房的。以前村里破破烂烂，大家的生活都很简单，似乎也习惯了。当上面动员大伙儿搬迁时，多数人还不理解，不愿挪窝。我也是其中的一个。我是退伍军人，当过兵，家里兄弟五个。父亲留下二百来平方米的房子，自己又建了一百多平方米的房子。一般的老百姓家跟我家差不多。所以刚动员搬家时大伙儿都有些不愿意，主要是不相信那是真的。开始我也是钉子户。尤其是我家的房子刚翻建没多久，不愿意搬是自然的事。负责旧土坯房改造的干部曾多次找到我，他们每次都拿着那张规划好的大土楼新村鸟瞰图。那图上的房子漂亮啊，但我们村里人谁都不相信，私底下议论说，那房子是北京人上海人住的，乡干部拿这来糊弄我们山区老农民，就是不相信！面对负责旧土坯房改造工程的干部们一次次来谈话，最后我被逼急了，问他们说：'你们说的要是都是真的，房子盖得能像图上那么好，我就搬！'人家干部笑了，说：'你不信我们可以签合同呀！本来我们就是要跟每家每户签订合同的嘛！'我又说：'那好，如果以后不是这样的话，你们政府必须赔偿我，而且是加倍地赔偿！'人家回答我：'那是必须的。'就这样，我带头拆了自己的房子，并且被选进大土楼新村规划建设征地拆迁房屋分配理事会当理事。当时村上多数人的工作还是做不通的，尤其是我们村上有三分之一的人在福建三明市那边打工做生意，动员他们回老家参加拆迁工作非常难。我就和老支书李高峰一起到三明，利用晚上时间把大伙儿叫到一起，给他们讲政策做工作，说了好几个小时，并且用自己的事跟大伙儿交心。最后，在那边打工的二三十户全部同意搬迁。那年正值六七月份，几乎天天下雨，8月份天气一好，我们全村基本上就把拆迁任务完成了。2013年，全村人都开开心心地搬进了新房。村民们说，做梦都没有想到能住进这么好的楼房里……"

"现在村民还有土地种吗？"这是我比较关心的事情。

"有啊！全村平均每人还有三分土地，可以种粮食、蔬菜，还有一些山地，可以种果树。像我，过去是养鸡的，现在除平时做一些村上的行政工作外，还养了种鸡三千多只，日子过得很富足。孩子们也都有自己的事做……"刘星星支书说他在村上并不是最富裕的，许多村民比他家要好得多。

"现在我们村上没有贫困户。老人由镇上统一安排到敬老院去了，有些子女在外打工、留在家里的空巢老人也可以安排到那里去。"小布镇的敬老院是赣南地区出了名的单位，我去参观过。老人在那里的生活可谓非常幸福。

"过去小镇上有四个叫花子，现在看不到了。他们也被安排到敬老院去了，有吃有住，还有零花钱。"小布人领着我在街头一边走一边说。

迎面见一位大娘在扫地，我过去问她一个月拿多少钱，大娘立即笑眯眯地回答："我不拿钱，是义务劳动。"

"义务劳动？"我有些质疑。

镇干部点头肯定："他们是义务的，而且不止一位大娘，有几十个这样的义务清洁工。"

在小布还真有这样的事？

"是的。百姓们过上好日子后，心境也变了，许多大婶、大妈，还有老大爷、叔叔们，他们做完自己家的活儿后，就主动上街打扫卫生，做好人好事。有的人有空儿就多做些，若家里有事就少做些，大家已经形成习惯了。这是我们小布的一景，我们叫它'好人好风景'。"

"好人好风景"，真是太独特、太美丽了！

小布街头，此时和风习习，令人心情舒畅。

走到一坊小布岩茶馆，我们坐下后，一位漂亮姑娘为我们摆开了茶道。她的一招一式，十分娴熟柔美。

"请品品我们小布的岩茶，纯天然的，没有一点儿污染，很香的。"姑娘的声音温婉甜美。

"你是本地人？"我有些怀疑地问。

"是，上潮村的。"姑娘大方地回答。

"长得真漂亮。"

"谢谢。"姑娘腼腆一笑，"我们村上的姑娘还有比我长得好看的呢！"

"小布姑娘漂亮是出了名的，当年红军干部不少人娶了我们小布姑娘呢。"镇干部说。

这位叫曾凤梅的姑娘介绍说，她有七个哥哥一个姐姐，她最小。家里有二十亩地，两个哥哥在外打工，姐姐在泉州开饭店。

"你条件那么好，为什么不出去闯天下呢？说不准可以在哪个大酒店当个大堂经理什么的。"

对我的问话，姑娘回答说："我看好小布的未来，我留在镇上再磨炼磨炼，以后自己创业。再说，这样可以在家照顾父母。一举两得。"

有道理，也有孝心。

"小布的今天，已经开始吸引许多在外打工的本地青年回乡创业了。有个叫曾鑫的小伙子，他原来在江苏的一家企业干中层管理。去年回家一看家乡变化这么大，就回来办了一家快递公司，现在生意十分红火。"

"这毕竟是偏远山区，快递生意还会火？"我略有疑问。

"我们镇上现在已经有四家快递公司了。他们的生意都很火，而且最近又有几家新的快递公司要注册了。"镇干部介绍道。

又是不可思议的事。

"我们这儿农副产品特别多，像茶叶、山黄鸡、无公害大米等，农民们过去苦于交通不便，现在他们知道通过电子网商平台可以把生意做到全国去了，甚至还有的跟外国人做起了生意。走，我们去看看农民们自办的电商。"我被小布人吹来的阵阵暖风彻底陶醉了。

"红秀，先别忙了。北京来的作家来参观你的电商了。"镇干部带我们随便走进一家店铺。只见柜台边那位年轻的妇女正专注地盯着电脑操作，柜台另一旁还有一位妇女在包粽子。我用眼睛扫了一下店柜里的商品，清一色的本地土特产，有竹笋干、包装好的咸山黄鸡、山黄鸡蛋、山茶油、腊肉、著名的小布岩茶叶、大米等，琳琅满目，少说也有近百种。

看上去店主熊红秀是小布的知识女性阶层。果不其然，她介绍自己是农村出身，后来上了中专，当过教师，又到赣州打工六七年。"结婚后带孩子再打工就不太方便了，去年回家一看，咱们小布建设得这么好，我就下决心回来创业。"熊红秀是个心直口快的人，一开口就滔滔不绝讲述起了自己的故事，"我最初做电商是为了帮养蜂的父亲把他的蜂蜜卖出去，试了几次，觉得还行。回到小布后，我便开了这家电商。"

"生意如何？"

"不错，养活一家人没问题。"熊红秀说完，自己就开怀大笑了起来。看得出，她是"小财主"了。

"这铺面一年多少租金？"估计五十多平方米的店铺，我盘算了一下，一年也得万把元租金吧。

"政府全免费给我们的。"熊红秀开心地告诉我，"我们小布的干部都是菩萨心，啥事都为我们农民着想。所以小布的老百姓都真心拥护共产党，拥护习近平总书记。"

"这些粽子都是通过网上卖出去？"看到一旁正在包粽子的另一位女工，我问。

"是的。"

包好的粽子都被密封在小包里。

"一袋五只，多少钱卖出去？"

"两袋一卖，十只，三十元。"熊红秀说。

"就是说三块钱一只粽子。哪儿的人要买？"

"全国各地都有，你们北京的也有，前几天我已经发了北京几件。"熊红秀从抽屉里拿出一沓快递单子给我看。

还真是。

"能保证不出问题吗？寄那么远。"

"不会。我们的包装都是真空的，常温下保鲜十天。国家邮政对我们帮助很大，专为我们农民开通了绿色通道，再远的地方，每件只要不超过三公斤都是五元邮费。"

"假如你卖出一件三十元的粽子，能赚多少钱？"我好奇这位农民电商的生意，她的经济效益。

"我们的粽子全是土产和手工做的，米是乡亲们自己种的，粽叶是乡亲们自己摘的，里面的豆啥的也是自家的，包粽子也是我们姐妹们、婶子们动手。一件粽子的成本大约二十元。"

"也就是说每卖出一件粽子你赚十元。不算多嘛！"

"薄利多销。我们网上卖东西，靠的就是这。"熊红秀说。

朴实的山民，朴实的小布人。

"这位大姐是你的帮工?"我指指包粽子的那位妇女。

"她是我村上的。前几年她老公出了车祸,家里有两个孩子要上学,就困难了,所以我让她来帮忙。都是乡里乡亲的,有福同享,有难同当嘛!"熊红秀这么说。

"她是好人。"一直低头包粽子的那位大姐抬起头说。我看到她眼里噙着泪花。

看得出,"农民电商"熊红秀不仅很会做生意,而且是个热心肠。她店门口的一块玻璃板上写着一段卖粽子的广告语:粽里寻亲千百度,蓦然回首在小布——粽想和您在一起。

"嗬,你还挺会写广告语啊!"

熊红秀的脸立即泛红了:"我不是当过几天老师嘛。"

"像熊红秀这样的电商在我们这儿已经有数十家了,而坐在家里自己操作电脑进行家庭电商做买卖已经成为小布人现在的基本生活与工作状态。可以说,它是今天我们这儿最具活力、最有影响,也最牵动百姓心弦、最关切他们利益的一道主风景。它不仅在迅速改变着广大农民的生产与生活方式,更在迅速改变着他们的精神面貌和知识结构、生产结构、思维方式等多方面,使我们身在山区,却不再被边缘,不再感觉这个精彩的世界离我们很远。幸福其实就在我们身边,就发生在我们身上……"

是啊,这就是小布今天的"主风景",这就是当地人民全面落实中央振兴革命老区精神、推进"四个全面"、践行五大发展理念后所发生的巨变。

由此,我感到小布的风声里有党的温暖、人民的幸福欢笑和时代的气息……

啊,小布,让我以军人的名义,并且代表当年曾经在这里喝过你的水、浴过你的风的红军战士们,向你致以军礼!

《人民文学》2016年第9期

为祖国出征

徐艺嘉

人类在面对浩瀚的宇宙时，会天然地充满无尽的幻想。

当人类把自己的视线从脚下的地球移动到头顶的太空时，才猛然发现身处宇宙中的自己是多么渺小，探寻地球之外的世界就成为人类挥之不去的梦想。而梦想实现的过程总是需要付出相应的代价。

——题 记

一

你以为你见证了整个故事，其实你只知道他们的名字。

或许也不尽然。

1997年11月，从俄罗斯加加林航天员训练中心主任克里姆克中将手中接过"联盟"号飞船指令长证书的那一刻，吴杰激动地说："我现在拿的是'联盟'号飞船指令长的证书，回去以后再拿中国自己的证书，然后驾驶着我们中国的宇宙飞船飞向太空，与你们的'和平'号空间站对接，行吗？"

这一问，投掷于看似光明的未来，在2001年3月23日俄罗斯"和平"号空间站坠毁于地球大气层时，成了绝唱。

吴杰是首批航天员队伍中的一员，他比中国其他航天员更早知道这一点。1996年，在中国航天员大队正式成立以前，吴杰和另一名战友李庆龙作为中国提前选拔的两名航天员教员，前往俄罗斯加加林宇航员训练中心接受基础性科目训练。

这个有着四十多年培训经验的基地面对全世界开放，自1960培养的各国航天员多达数百名。基地的名字源自前苏联航天员加加林，以纪念全人类第一个成功飞向太空的人。自加加林飞天之后的六十多年间，世界上因探索太空而牺牲的航天员累计达到二十多位。也就是说，航天员是一个有着极高风险性的职业。

李庆龙用了三个月就攻克了俄语关，并在随后的中国代表团参观加加林博物馆时担任翻译。他把能够熟练掌握俄语视作这辈子"最有成就感的事之一"，并强调，作为翻译他一点儿都没卡壳。

和真正残酷的训练比起来，语言关显得柔软而可亲。一次训练，李庆龙和吴杰被拉到北极圈的一片雪野，在零下五十摄氏度的低温中生存了四十八个小时。训练方提供的全部食物，仅仅是很少的压缩饼干等救生食物。为了节省下食物，以后拿回国供本国科研人员研究，两位航天员以超乎人体生理极限的巨大毅力硬是忍着饿没吃。

"两天两夜很少合眼，感觉异常痛苦。"李庆龙说，一次训练下来，体重足足掉了四斤。

还有心理隔离训练时，一个人被封闭隔离在十平方米的小屋内，整整三天不能睡觉，并且要按照训练程序二十四小时做规定工作内容。"凌晨四五点钟最难熬了，人这时候特别想闭一会儿眼，困得非常难受。但只要你闭一下眼睛，监视的警铃就会大响，把你从濒临睡眠的状态拉回来。如果坚持不下来，在第三天睡过去是很容易的事，但这项训练就算是失败了。"吴杰回忆说。困得受不了的时候，他扯着嗓子，一遍又一遍唱《铡美案》。这项训练主要是对个人在长期极端环境条件下进行心理筛选和工作效率的评判，有些脾气暴躁、心理容忍度低的人很难通过这一关。太空看似美妙，听似梦幻，实则是个黑洞般的存在。置身太空，丧失了时间与空间定位感的个人会面临巨大的孤独，那种远离人类文明的窒息感甚至能够让人崩溃。国外执行过太空飞行任务的航天员回到地面后，有的转向神学研究，有的开始阅读哲学，也有人从此患上抑郁症。

吴杰熬过三天魔鬼式训练。训练结束后，他收到来自加加林中心工作人员的一束鲜花和一瓶香槟。

受训的航天员们来自世界各地，除了中国人，还有美国人、德国人和法国人等。美国人在加加林中心盖起了别墅，把妻儿接到一起同住，可享受天伦之乐。当他们得知中国的航天员在俄训练期间和家属不能相聚，感到不可思议，正与他们对许多其他打着"中国特色"烙印的事物看法相一致。

彼时的中国载人航天工程起步不久，举步维艰，许多航天员训练所需的特殊环境要求只有加加林中心能提供。吴杰和李庆龙像是两个怀揣秘密北行取经的人，用一年时间完成了四年课程，再返回自己的国家以一生所学言传身教，很有些北雁南归衔枝筑巢的意味。

学满一年后，出生于1963年的吴杰是当时俄罗斯唯一一位获得"联盟"号飞船指令长证书的外国人。拥有这张证书，意味着他有资格驾驶任何一艘"联盟"号飞船，完成所有职业航天员内心最为梦想的目标——探索广袤的太空。

毫不夸张地说，当时身处俄罗斯的吴杰和李庆龙，是整个中国离飞天梦想最近的两个人，可以用四个字形容他俩当时的状态——蓄势待发。1998年1月，两人以航天员教练员和航天员的双重身份编入中国航天员大队。

2013年12月，吴杰、李庆龙和首批航天员队伍中的其他三名航天员一起正式停航停训。这一年，吴杰五十岁，他始终没能驾驶着中国的宇宙飞船飞向太空。他的战友李庆龙也是如此。停航停训的信息并没有第一时间对外公开，时至今日，从互联网上输入这五位航天员的名字，会有上百条互无联系的新闻同时涌现。细细筛选下来，可以发现零星关于他们的篇幅不长的报道，外人很难从这些只言片语的缝隙中倒推出他们过去几十年辉煌却又单调的光阴。

这之后，吴杰继续留在航天员中心工作，直到2016年6月，他由于个人身体原因，从科技处处长助理的位置上退休。退休前，处里给他举办了简单的欢送仪式，肯定他在载人航天方面的成就。他在会上做了发言，对组织多年的培养表示感谢。

从1996年到2016年，是吴杰的个人年表中定位在中国航天员中心的二十年。这二十年间，他看着战友慢慢走出了不同的人生轨迹。

从"神舟五号"到"神舟十号"，我国首批十四名航天员中已经有八人的名字为公众所熟知，他们是：杨利伟、费俊龙、聂海胜、翟志刚、刘伯明、景海鹏、刘旺、张晓光。其中聂海胜和景海鹏都已两次执行过飞行任务。除去五位已经停航停训的航天员，还有一位尚未解密。

当总结首批航天员的独特性时，吴杰给出了这样的答案："我们来是为了梦想，为了信念，但也是懵懵懂懂，不懂得世故、利益和危险。我们大部分是'60后'，受到的是传统的理念熏陶，守纪律，能吃苦。我们经历过大变革，想突破，羡创新，没有名利双收的功利心，却有为祖国、家庭和个人争创辉煌的荣誉感。我们赶上了好时代，搞载人航天也许是我们彰显人生价值的最好途径。谁能想象从我们到北京来以后的好运气，载人航天发射百分之百的成功率，但也没想到还有上不了太空的遗憾。"

这遗憾注定伴随他终生。依照后来的形势判断，这也可能是首批航天员队伍里特有的现象，未来的走向谁都无法预测，只能用时间去验证最终的答案。如此说来，首批的十四名航天员某种程度上更像是孤胆探路者，他们把人生中最宝贵的壮年献给了载人航天事业，而这项事业自发轫之始就显示出它复杂而微妙的特质。

在吴杰和李庆龙被派往俄罗斯学习之前的几年间，从1991年到1996年，航天发射经历了惊人的失败，有人说是百分之五十的成功率。载人航天到底搞不搞、敢不敢搞，在当时都是令决策者困惑的难题。

对20世纪八九十年代中国的社会背景稍有了解的人都不难体味，当2003年杨利伟作为中国飞天第一人成功执行"神舟五号"任务时，国人的喜悦为何如同狂涌的火山般喷发出来。中国在世界格局中实在是沉默太久了。一位工程师曾经说过这样一句话："我们留下来的这批人当年对国外了解得不多，对技术差距有多大只有一个模糊的认识。但也许正是这种模糊拯救了我们。因为如果早知道当时中美之间的差距是那么巨大的话，可能我们根本就没有勇气去追赶了。"那时的人们爱国，在一种普遍压抑的氛围中，似乎只有中国的火箭发射成功才能唤起人们共同的家国情怀，并为之欢呼雷动。

可在短暂的喜悦过后，中国的火箭发射曾一度陷入低谷。1991年底，因氢氧发动机二次点火失败，卫星没能进入预定轨道；1992年3月，第一颗澳星发射时火箭紧急停车；1992年底，第二颗澳星升空不久卫星发生爆炸；1994年东方红系列大型通讯卫星发射失败，未进入预定轨道；1995年初长征火箭发射卫星再次爆炸；1996年2月，中国西昌卫星发射中心长征三号乙运载火箭起飞后飞行姿态出现异常，飞行二十二秒后坠地爆炸，星箭俱毁，发射场也遭到了巨大的破坏……

火箭发射遭遇的接连失败阻滞了载人航天的发展进程，给一波三折的道路又添波澜。这样的现实境遇，让元老们既熟悉又陌生，仿佛重走回头路。他们见证了载人航天工程发展的全过程，让尘封的记忆档案再次揭开：20世纪70年代末到80年代后期，载人航天最初的实施计划"曙光"号被迫下马，有关未来科技发展方向研究的不同意见也随即产生，载人航天前途渺茫，航天医学工程研究所（航天员科研训练中心前身，简称"航医所"）被列为裁减缩编的对象之一。在钱学森倡导下，作为主要研究航天科技的尖端单位，它虽然得以幸存，但人员编制曾被压缩到仅剩三百余人，大量有着丰富经验和磨炼的航天科学技术骨干就此流失。一直到1986年3月，"863"计划被提出，针对载人航天的第二轮探索才初见曙光，最终航天技术被确立为国家"863"计划中的第二大领域，简称为"863-2"领域。而由于错综复杂的原因，天地往返运输系统的论证争论时间最久，过程堪比一场持久拉锯战。

让人没想到的是，"863-2"计划经过两年多的调查论证，在一个基本清晰的方案刚刚浮出水面之时，有权威人士对载人航天的意义提出了质疑，并直接导致论证工作回到原点。一个到今天还时有争议的命题被提了出来——在一个相对贫穷落后的国家，老百姓吃饭的问题还没彻底解决，就要花大力气砸大钱去搞载人航天吗？

开展载人航天必要性的讨论重新开始了。这一论又是五年。

最终的结论是：航天医学工程系统被命名为航天员系统，为"921"工程七大系统之一。"921"工程作为载人航天工程历史上的第三轮尝试，终于取得成功，航医所随着工程上马可以公开招兵买马，壮大队伍。从"曙光"号到"921"，航医所中的一百多位工作人员见证了整个过程，为飞天的千古一梦做了长达三十年的准备。当载人航天真正要启动的时候，他们却到了退休的年纪，许多人心有不甘，壮士挥泪。"壮志未酬身先死，长使英雄泪满襟。"

吴杰以为自己的命运会有不同。他所说的"赶上了好时候"，是指他和他的队友们能参与到载人航天的实质发展阶段中来。如果把这个过程比作一场勇敢者游戏，那么这场游戏在骰子每一次的投掷中都不可避免地产生出局者。

我国首批航天员之所以招募人数为十四名，是因为借鉴了美国和俄罗斯的航天员选拔经验，原则上航天员训练过程中的淘汰率一般为百分之五十。2003年7月，在杨利伟首飞之前，十四名航天员集体参加考核，这在他们相当于生死一战。考评委员会分为政治思想、专业技术、心理和医学评价三个组，通过复核试卷、回放录像、计算训练五年多来的各项考试等级和训练成绩，综合各界意见，最后给每个航天员打出总分。

7月3日，评选结果揭晓：十四名航天员全部具备了独立执行航天飞行任务的能力，予以结业，并同时获得三级航天员资格。这意味着中国第一代航天员正式产生，标志着中国继俄罗斯和美国之后，成为世界上第三个能够独立培养航天员的国家。并且，这个成绩还打破了世界航天界的一项纪录——中国航天员大队的训练，淘汰率为零。

但这样的成绩也暗示了另外一个事实——并不是每一个航天员都有执行飞行任务的机会。

尽管人是整个载人航天工程中最重要的因素，让人快慰的办法是安抚人心，可在精神层面的满足之前首先需要生存，需要安全。"863"专家委员会曾要求航天医学工程系统回答和解决三个问题，首先就是要回答人在航天中的作用。航医所的回答简洁明确：从"曙光"号得出的经验是必须以人为本，航天员是整个载人航天工程中占据第一位置的。对这个问题的认识标准被航医所奉为圭臬，并一直延续至今，从载人航天这个无比繁复的巨型工程开始运转以来，所有的落脚点都归于一处——确保航天员的生命安全。人与机器相依相生，"人和设备的关系，单纯、直接，甚至还有种信任在里头。"翟志刚说。

"神舟一号"到"神舟四号"都是为载人航天做实验。机器在无声地呼唤人类的加入，人类期待着与机器并肩配合，共同完成开拓空间的使命，他们的关系是相依相生，一旦有一个环节出问题，后果就是机毁人亡。"神舟一号"的返回舱运回北京的第二天，当时的国务院总理朱镕基曾到北京航天城视察，反复强调质量问题："人命关天啊，同志们。你发射失败了都没问题，哪个科学实验发射不失败？但是不能死人，要保证人的安全哪。十四个——十二个航天员，还有两个教员，他们都是我们的后代，都是我们的孩子啊。"当朱镕基意识到他讲话时十四个尚未执行任务的航天员全部在场时，抱歉地一笑："哎呀，我不知道你们在这里啊，我就怕这一讲你们害怕了。你们是英雄，尽管你们现在还没上天，但你们一定要上天，一定会上天，一定会回来。你们放心，你们的名字将留在中华民族的史册上。"

第一个把名字留在中华民族史册上的航天员是杨利伟。朱镕基总理发表讲话的时候，吴杰还不知未来什么时候能够驾驶中国的飞船和空间飞行器对接，杨利伟也想不到命运之神会对他如此眷顾。当时载人航天的整体计划是，经过四次无人飞船的探索，争取在2002年、确保于2003年实现中国的载人航天任务。

于是，经过航天员大队十四名航天员五年零六个月（吴杰和李庆龙的俄罗斯训练时间不计入内），两千多个日日夜夜的奋斗，时间倏忽跨越到2003年。

这一年，中国载人航天迎来了属于自己的新纪元。

二

2003年的春节，十四名航天员和家属在一起迎接新年。

这样的习惯已经延续了五年。从航天员大队成立起，每年除夕之夜，所有的航天员都带上家人一起出来放鞭炮、点烟花。坐落于京郊的北京航天城对外一直保持着神秘的形象，航天员的选拔、训练都由航天员科研训练中心完成。

航天员们平时封闭在有着苏式结构外形的航天员公寓内训练，只有周末和节假日才能和家人团聚。年三十的惯例是每家出一个菜，2003年的这一天，杨利伟家出的菜是他爱吃的水煮鱼。

春节过后，十四名航天员再次回到航天员公寓封闭训练。大家都能感觉得到，这时的氛围不同往常。航天员们已经接到通知，结业考试就要开始了，考试结果不仅决定能否取得航天员资格，还要作为选拔首飞航天员的基准成绩。

俄罗斯的一位航天员教练曾经说过这样一句话："航天员经过大量的训练，最后的机会却只能属于少数人，这就是航天员的生活内容之一。"事实上，对于航天员来说，职业生涯更像是一场被无限拉伸的学生晋级比赛，学习，考核，再学习，再考核……如同人体永动机般周而复始。可比赛的结果却导致各人之间命运的千差万别。

杨利伟飞天过后，曾写下这样一段话描述一天之间人生发生的两极变化：那一天，无疑我们的生活分成了色调和节奏有所不同的两个阶段。那一天之前的若干年，基于保密需要，我和我的航天队伍中的战友们极少为外界所知，那一天之后则举世瞩目；之前默默无闻，日复一日埋首于艰苦的训练，之后则作为"航天英雄"接受人们的鲜花、欢呼和掌声，而"杨利伟"这个名字与嫦娥、万户常常一起出现在报章中。

在他的家乡葫芦岛市建有一座飞天广场以弘扬载人航天精神，如今已成为城市的标志性建筑。其中的艺术雕塑由杨利伟的写实全身塑像作为主体，上刻碑文：被誉为"中国航天第一人"的首飞航天员杨利伟系本市绥中县人，时年三十八岁。此次勇当大任，一飞冲天，功勋卓著，被中共中央、国务院、中央军委命名为"航天英雄"，家乡倍感荣耀。他曾就读的绥中县第二高级中学在2004年改名为"绥中县利伟高中"，所在的班级被命名为"利伟班"。国际航天组织专门命名了一颗"杨利伟星"。

这样的荣誉是首批航天员所能达到的顶峰。在许多人看来，这个小个子冥冥中必有大福。

毛泽东曾在1965年5月写下《水调歌头·重上井冈山》："三十八年过去，弹指一挥间。可上九天揽月，可下五洋捉鳖，谈笑凯歌还。"2003伟首飞，距离毛泽东作诗时间正好过去三十八年，正应了"可上九天揽月"。如今去韶山旅行，这个巧合被当地导游频繁提及。首飞后两年，也就是2005年，杨利伟曾借一次重走革命路的主题活动到韶山拜谒毛主席像，并敬献花篮。

杨利伟小时候的家离飞行基地不远，上初中的时候他和同学们吃完饭去玩旋转滚梯，大部分人一上去就受不了，几分钟后便呕吐，而杨利伟几乎没有任何不适，接下来其他器械也都应付自如，他心里暗想：飞行员能做的我都能做。这个念头变得清晰起来，变成了具体的想法，他为此制订了详细的健身计划，包括踢球、游泳、长跑，以及在屋前的门楼上做规定数额的引体向上。很难想象，一个少年，当他仰头看到欣羡的航天员驾驶着飞机贴着他的头皮腾空而起时，低下头还能够继续稳扎稳打。

如此自律的人也有感性的一面，杨利伟结婚时父母曾给他两万块钱，却被他花光了，用来买了一套音响。航天员训练时，其他的航天员用画流程图的方法背操作流程，他却拍了个短片，片头配乐并署名：航天员工作室。

当命运终于垂青于他时，杨利伟感觉自己早就做好了准备。1996年8月，身高一米六八、体重六十五公斤的杨利伟接到通知，赴青岛疗养院参加航天员初选。体检用了一个多月的时间，杨利伟形容为"似乎动用了一切可能手段，对我们进行了从头到脚的逐项检查"。和飞行员的飞行环境不同，航天员要在真空条件下飞行，因此针对特殊因素的检查是航天员特有的。事实上，航天员的选拔工作在"921"工程开始时就被中央批准，1995年9月开始实施，从空军现役飞行员中选拔预备航天员，共分为预选、初选、复选、复审四个阶段。

预选的标准包括：要有良好的政治思想基础；身高一百六十厘米至一百七十二厘米，体重五十五公斤至七十公斤，年龄二十五岁至三十五岁；歼击机、强击机飞行员，累计飞行六百小时以上。此外还包括林林总总的其他标准，统计下来符合要求的有一千五百余人，再经筛选共有八百八十六人参加初选，到了复选时只剩下六十人。

初选通过后，杨利伟又被通知到北京空军总医院进行复检，他比规定的时间提前了三天。护士诧异地说："你也太早太积极了，我们都没准备好呢。"三天之后，当所有人都到齐了体检才开始，为期十几天。为了保证准航天员的安全，六十人分为四批进京，每批十五人，又进行了上百个项目的筛查。杨利伟是第二批来北京体检的，聂海胜和景海鹏都在这一组。

复选过后，杨利伟回到四川继续进行飞行训练。几个月过去了，仍然没有得到确凿的消息。1997年春节，时任航医所书记的吴川生带专家来到杨利伟的部队考察，重点问了他妻子对他当航天员有没有什么想法。他的妻子张玉梅回答："利伟当飞行员这么多年了，有危险不算什么事情。他看重自己的事业，无论他做啥，我都支持。"航天员的妻子基本都非常支持丈夫的事业，翟志刚的妻子曾因怕自己身体不合格拖累丈夫，表态说："如果我有问题，我愿意和你离婚。"

1997年4月，中国载人航天工程指挥部集中了多名著名专家，从最后的二十人中录取十二人为预备航天员。这十二人，学历都在大专以上，驾驶飞机都在八百小时以上，大都有处置空中险情的经历，平均年龄三十二点八岁。

1998年1月5日，十二名航天员和两名"国际航天员"证书拥有者——吴杰和李庆龙，一同成为中国航天员大队的成员，这一天成了十四个人共同的生日。

从一名优秀的飞行员到一名合格航天员之间，不仅是从地面到天空几公里扩展到几百公里的距离，而且是另外一些越过生命极限、超出想象之外的考验。采访过程中，几乎所有航天员都提到过一个细节——他们在晚上十二点以前没睡过觉。

航天员的一日生活大略如此安排：早上六点半起床，七点吃早饭。上午训练从早八点开始，连续四个小时。中午休息，下午两点到六点继续训练。晚上六点吃晚饭，之后开始自习，一直到晚上回宿舍。航天员们通常在晚自习后回宿舍继续自学到十二点以后。平时的日常生活需要遵守"五不准"：不准在外就餐，节假日不准私自外出，不准与不明身份的人接触，不准暴露自己的身份，不准抽烟喝酒。

在苛刻得近乎残酷的制度下，航天员们在五年内学习了五十八门课程，包括基础理论训练、体质训练、心理训练、航天环境耐力和适应性训练、专业技术训练、飞行程序与任务模拟训练、救生与生存训练七大项目，其中每一个大的项目中又包含从十几到几十个不等的子项目学科，人均训练时长达到八千小时。

训练强度和难度非常人所能忍受。为了通过低压缺氧考验，航天员要在低压舱中进行适应性训练，相当于迅速从华北平原上升到青藏高原并持续三十分钟。为了熟练掌握近七十万字的飞行程序手册，三名航天员要挤在不足两平方米的模拟器内，面对上百个按钮，一次训练五到六个小时，最后做到闭上眼也能知道哪个按钮在什么位置、什么形状、什么颜色。为了对抗空间运动病，航天员要进行多自由度转椅训练，一般人上去要不了一分钟就会头晕、呕吐。为了增强自身超重耐力，航天员要在离心机中承受四到八个G的过载，近似四到八个人的体重压到身上，不仅脸部肌肉严重变形，眼泪不由自主地往外甩，连呼吸都非常困难。在航天员身边安有一个红色按钮，一旦挺不住了可以请求暂停，可是在实际训练中，从没有一个航天员碰过它。

景海鹏的母亲曾有一次到训练现场看儿子训练，看了一会儿眼泪就流下来了，摇摇头说："不看了，太苦了！"

一切的拼搏与付出，在2003年等待一个答案。看似是一场十四个人的竞争，但是从整个中国科技史甚至人类科技史的进程表上来看，这一役有着非比寻常的意义。

有太多的偶然和巧合涌进这一年。就在航天员们过完春节备战任务之时，世界航天界正经历多事之秋。2月，美国"哥伦比亚"号航天飞机爆炸解体，七名航天员全部丧生。紧接着，5月，俄罗斯"联盟-TMA1"飞船偏离落点四百多公里。8月，巴西火箭在发射台爆炸。在这个微妙紧张的时刻，接连的航天事故刺激着航天员们的神经，似乎在提醒他们，过去的所有努力都为着争先的一刻，如同运动员永远为渴望金牌而激动，但争先却也意味着可能遭遇死亡。

就杨利伟个人来说，2003年他也正遭遇着最大的困难。妻子患了严重的肾病，在她术后第二天，他就要去吉林训练。航天员的许多训练项目都是一次性的，缺了课不能弥补，一次的缺失就有可能导致和即将进行的载人航天飞行任务失之交臂，之前的所有努力也将前功尽弃。犹豫的那一晚，杨利伟在妻子病床前坐了整整一夜，体重减掉了一斤半。第二天晚上，他还是和队友们如期登上火车奔赴训练场地。出发前，他回了趟家，第一次把屋子从里到外彻底打扫了一遍。

7月，评选委员会根据任务需要和成绩排名进行了第一轮航天员遴选，杨利伟排名第一。在很多科目的排名上，航天员之间的差距仅是零点几分。再之后，评选委员会和专家组无记名投票，杨利伟和排名第二的翟志刚、排名第三的聂海胜入选为"首飞梯队"。成绩公布后，杨利伟陪着一个落选的队友绕着操场跑了一下午。落选的遗憾是必然的，但是每个人都尽量不表现出来。李庆龙回忆说："我是军人，国家让我上，再危险我也要保证完成任务；国家不让我上，我也会认真履行自己的职责。"

9月14日，所有航天员前往酒泉卫星发射中心，进行最后的训练和选拔。9月21日到24日，首飞梯队的三人进行"人—船—箭—地"联合测试演练。发射现场有五千多套设备和一千多个岗位、几十万个软件程序，背后参与的工作人员累计达到数十万。

10月，航天员们又返回航天城。在国庆节的几天假期里，杨利伟难得和家人待在一起。他们聊了许多，似乎在弥补往日交流的匮乏，却都有意无意地回避一个话题——死亡。10月12日，第一梯队的三名航天员赶赴酒泉发射场。一早上起来，翟志刚拿起小号，吹起了冲锋号。接着，三人分乘两架飞机到达东风基地。

杨利伟被确定为首飞飞行员执行"神舟五号"任务。在首飞的前几天，他心里已经有数了。和他一同前往酒泉的两个战友心里也有数了。三人都在默然期盼着同一天的到来。

15号这一天来了。凌晨两点钟，医保人员敲响了杨利伟的门，敲了两次才把他敲醒。杨利伟做了临飞前最后的身体测试，他此时的身体状况是：高压一百一十六，心率七十六，体温三十六点一度。一切正常。

出发前，翟志刚和聂海胜各倒了半杯红酒，并在杨利伟的矿泉水里滴了几滴，三人举杯饮尽。到了三点钟，三位航天员开始进行飞行准备。临行前，他们在问天阁房门上签名留念。

五点二十分，航天员出征仪式在问天阁举行。房间小厅左侧的门打开了，胡锦涛总书记和其他几位中央首长、中央军委首长走进来，一同为三人送行。

杨利伟从座椅上站起，和翟志刚、聂海胜并肩而立。

隔着玻璃罩，胡锦涛总书记说："杨利伟、翟志刚、聂海胜同志，'神舟五号'马上就要发射了，这是你们盼望已久的庄严时刻，也是全国各族人民盼望的庄严时刻。一会儿，杨利伟同志就要作为我国第一个探索太空的勇士出征，就要肩负着祖国和人民的重托去实现中华民族的千年梦想。"

　　说到这儿，总书记停顿了一下，他示意杨利伟，接着说："相信你一定会沉着冷静，坚毅果敢，圆满完成这一光荣而神圣的使命。我们等待着你胜利归来！"

　　五点二十八分，三名航天员走过专用通道，来到广场上。广场上站满了送行的人，里面有教员、各系统的老专家，还有身穿少数民族服装的各族群众。杨利伟一出现，人群里自发响起雷动般的掌声："杨利伟！杨利伟！祝你成功！胜利凯旋！"

　　人群的沸腾感染了杨利伟。他走向去发射塔架的汽车。在车前，三名航天员拥抱在一起。翟志刚和聂海胜对杨利伟说："利伟，明天北京见。"

　　杨利伟说："放心吧，一定的。"

　　翟志刚说："我会帮你把东西带回去。"

　　翟志刚和聂海胜不禁流下了眼泪。

　　杨利伟后来说，从问天阁转身的时候，他看到胡锦涛总书记眼角有泪光闪烁，让他感到前所未有的心灵震撼，甚至有了"风萧萧兮易水寒，壮士一去兮不复还"的献身冲动。而临行前两个战友的眼泪再一次击中了他的心。

　　在地面最后一个和杨利伟接触的人是一位工程师，他为首飞航天员关上了飞船舱门。关门之前，他笑着告诉杨利伟，当年给加加林关舱门的工程师现在已经成了俄罗斯航天博物馆的馆长。杨利伟飞天归来后的日子里，再见到这位工程师，一直称他作"馆长"。

　　倒计时开始了。

　　"五，四，三，二，一……点火！发射！"零号指挥员发出指令，大漠深处的戈壁滩随之被一片沸腾的欢呼声所笼罩。重达四百八十七吨的火箭和飞船在推力的作用下疾速上升，橘色焰火爆发的绚烂与直冲心脏的巨大震感令人群惊叹。

　　逃逸塔分离，助推器分离……当火箭上升到三四十公里的高度时，火箭和飞船突然开始急剧抖动。两者产生的共振让杨利伟极为痛苦，他感到自己承受不住了，甚至快要死去，而这种感觉在地面训练时从未发生过。

　　共振持续了二十六秒，并慢慢减轻，杨利伟从难受的状态中逐渐解脱了，如释千钧重负，仿佛重生一般。

　　此时，与"神舟五号"飞船天地相隔的地面大厅的指挥间内，大家安静得不得了。所有人都紧紧盯着大屏幕，一时弄不清楚飞船画面中的杨利伟为何一动不动。在飞船发射三分二十秒后，整流罩打开，飞船外的光线透过舱窗刺到了杨利伟的眼睛，他忍不住眨了一下眼。

这个动作立即被人们敏感地捕捉到了，于是有人大喊："快看啊，他眨眼了，利伟还活着！"所有的人都鼓掌欢呼起来。

三

杨利伟在地球之外感受到了阳光。

这时他第一次向地面报告飞船状态："'神舟五号'报告，整流罩打开正常！"

回到地面后，杨利伟通过录像看到了自己报告的全过程。他还看到白发苍苍的老专家，盯着大屏幕掉眼泪，哭得像个孩子；看到一米八大个子的队长申行运捂着脸哭，教员们、战友们都在流泪。如今再去回想，心中仍然酸楚。

几年之后，杨利伟的夫人张玉梅陪同他参加活动，遇到一位医生，医生告诉她："你们虽然对我不熟悉，但是想当年，我也是掉着眼泪在地面陪着利伟经历了整个飞天过程。"

一种延宕千年的集体无意识会在关键时刻把拥有共同血脉的人紧紧联系在一起，即使在今天这个倡导多元和个性的时代亦然。

杨利伟作为中国的第一名"太空人"，看到了太空奇景。地球"美得令人窒息，散发着彩色明亮的光芒，日出气势磅礴、撼人心魄，像是给地球的边缘镶了一道金边，慢慢逐渐扩散，迅速照亮整个大地，光明的一天就这样来到了"。

这样的场景在接下来的几年中被九位航天员述说。与此同时，另一种情怀也是航天员们共有的，置身太空会生发出对亲人们无限的眷恋，对故土根脉的向往，这大概是人类无法避免的集体无意识情结。我们渴望探索，我们害怕分离。

从太空归来后，杨利伟被授予"航天英雄"荣誉称号，并颁发"航天功勋奖章"。短暂的休整过后，他和所有航天员一样，一切"归零"。也就是说，尽管拥有了诸多荣誉，但并不说明他就此拥有再次飞行的资格。2004年6月，在所有航天员再次全力备战"神六"任务时，杨利伟获得了新的任命——航天医学工程研究所副所长、载人航天工程航天员系统副总指挥，主要职责是负责航天员的选拔、训练和管理工作。

剩下的十三名航天员重新洗牌。"神六"的最大特点是竞争激烈，共产生了三个飞行梯队。选拔引入了数学模型的方法，最大限度避免主观因素的影响。初选从十三人中选十人，复选后剩下六人，再将这六人两两分组。景海鹏、翟志刚、刘伯明、吴杰都曾入选，三组航天员都曾在出征前进驻问天阁与媒体见面，最后的胜出者是费俊龙和聂海胜。在飞天前的五个小时，两人才被最终确定执行任务。

费俊龙在成为航天员之前已经是特级飞行员，级别最高。聂海胜当初接受航天员选拔时体重就稍有点儿超标，但训练中身体消耗很大，不吃东西不行，吃不好也不行，只有通过加大运动量来实现。妻子聂捷琳说，为了陪聂海胜训练，全家都成了运动员。

此时，杨利伟的一项重要工作是每天不停地和科研人员座谈，回忆过程，补充数据，反复描述自己的生理感觉和心理变化。在费俊龙和聂海胜上天之前，飞船的改变及改进内容有一百多项。

"神六"任务执行前一晚，杨利伟在酒泉基地发射塔前和载人航天工程总指挥陈炳德彻夜长谈。就在两年前，他曾在此地出征，今日再临发射场，感慨颇多，彻夜难眠。

2005年10月12日，费俊龙和聂海胜作为"神舟六号"乘组出征，实现"一人变两人，一舱变两舱，一天变多天"的飞行，飞行时间是"神舟五号"的五点五倍。

这之后，中国的载人航天按部就班地迈开步子向前进，如同一个暗含机关的文物重新破土启动。按照中国的载人航天计划，载人航天工程分为"三步走"战略。第一步，发射无人和载人飞船，将航天员安全送入近地轨道，进行适量的对地观测和科学实验，并使航天员安全返回地面。第二步，实现航天员出舱太空行走以及完成飞船与目标飞行器的交会对接，并发射长期自主飞行、短期有人照料的空间实验室，尽早建成完整配套的空间工程系统。第三步，建造大型长期有人照料的空间站。

"神五"和"神六"完成了第一个步骤，到了"神七"，中国航天员要实现首次出舱，进行真正意义上的太空行走。一场大战即将打响。

此时又要说回吴杰。在"神六"选拔之前，也就是2004年7月，吴杰、刘旺两位航天员和其他四名航天员中心的工作人员组成六人团队，前往加加林中心进行出舱活动训练，这已经是吴杰自1996年后第三次来到俄罗斯。团队中的一名女性，现任航天服研究室主任的张万欣，从原理开始学习舱外服的研制。

舱外活动的最关键技术就是舱外服，航天员出舱时，舱外服相当于一个拟人的航天器，为航天员在太空环境下生存和工作提供生命保障和安全防护，要承受从零下一百一十度到零上一百七十度的温度差。表面看上去舱外服是一件衣服，实际里面包含复杂的结构，包含九十个左右的大组件。在2007年的一次舱外服试验中，加压的时候背包突然崩开，按照专家的说法，此时若是有航天员在服装里面，相当于已经牺牲了一次。美俄研制航天服大约用了八到十年，而中国自主研制的飞天舱外服则用了三年多的时间。事实上许多事情并没有捷径可走，之所以用了三年，剩下的工夫是从三年里额外加班挤出来的。2008年7月，舱外服终于完善，胡锦涛主席为中心研制的舱外航天服亲笔题名"飞天"。

在加加林中心，为了保护吴杰和刘旺的航天员身份，团队给他俩起了代号，称作"大小熊猫"。俄罗斯这个尚武民族恰在当时有特殊党派出没，专门攻击异族人，却对女性很尊重。于是大家出门的时候制定了"排队顺序"：两个女性一头一尾，随行的另两个男性工作人员排在第二和第五个，把"大小熊猫"夹在中间，但凡出门都是竖队列行进。

吴杰在加加林中心为"神七"出舱预热，之后回国又参加了"神六"的选拔。尽管进入备份梯队，却还是和执行任务失之交臂。

他提前的付出给"神七"选拔带回了宝贵经验。在"神七"之前，经过十年左右的训练，航天员的年龄普遍达到四十多岁了。在杨利伟执行"神五"飞行任务的时候，航天员队伍中年纪最大的已经四十二岁，若是当初留在空军，靠着航天员训练的强度和毅力，也已经是师级领导了。正常人在四十多岁的时候身体已经开始走下坡路，可此时的航天员身体状态反而越来越好，成绩也提高了，都在为能够执行任务奋力一搏。如果仍无缘"神七"，对于有的航天员来说，便意味着也许终生无缘进入太空了，于是竞争更加激烈。

最终"神七"乘组确定，分别是翟志刚、景海鹏、刘伯明。为了锤炼出舱活动技能，他们身着二百四十公斤的水槽训练服，在近十米深的水中连续训练两三个小时，出水后往往能从训练服中倒出一二公斤汗水，有时他们甚至累得连碗筷都拿不稳。

国人也许说不上每个航天员的名字，但是很难忘记航天员出舱时在太空挥舞国旗的场面。那个人就是翟志刚，他的心理素质出奇的好。景海鹏是李庆龙一手带出的徒弟，他们既是同事，又是师徒。李庆龙在空军飞行团当副大队长时，景海鹏是他带的飞行学员。景海鹏的身体状态在近二十年的训练中都保持稳定，两次飞天，李庆龙的嘱托只有短短六个字："等你平安回来！"

　　"神七"的成功又为中国载人航天工程添上了浓墨重彩的一笔，然而鲜有人知，出舱活动曾经历过短暂的"意外"。

　　2008年9月27日，是"神舟七号"预定的开舱时间。大屏幕上传来这样的画面：翟志刚缓慢地移动到舱门口，抬起手，十分努力地开始逆时针转动把手。大概两分钟过后，把手被移动到了预定位置，舱门却没有打开。这种情况和水槽实验时遭遇到的不一样。翟志刚迅速调整身体，重新拉了几次，但舱门仅开动了一点儿，又自动关回去了。

　　翟志刚立即和地面进行了保密通话，他说，那门有一股向外吸的力量，虽然在地面演练过许多遍，但是真正太空情况下的操作状况，地面永远无法百分百模拟。负责配合的刘伯明想出了一个办法。太空操作体力消耗极大，翟志刚已经气喘吁吁。刘伯明说："不然我们交换位置，我帮你把门打开，然后再把位置换回来，你出去。"两个人稍作调整，进行新一轮尝试。事后翟志刚回到地面说，那几分钟在当时感觉无比漫长。

　　刘伯明在狭小的舱体内抱住翟志刚的腿，帮他找到好的发力点。此时飞船正快速行驶，即将飞出侧控区，他们必须在这之前打开舱门。翟志刚用辅助工具撬了两次，结果和之前一样，舱门稍一打开就又被吸力迅速关上了。

　　时间一点儿一点儿过去。

　　翟志刚拼尽全力，刘伯明压住翟志刚的右手大喊："稳住！顶住！"翟志刚用力一拉，舱门终于开了。这一开，中国人一下子把古老的中国文明输送入浩瀚宇宙。整个过程耗时七分钟。

　　舱门打开，翟志刚粗重的喘息声传回地面。十六时三十四分，这个世界上第三百五十四个出舱行走的航天员把安全锁固定在安全扶手上，慢慢爬出轨道舱。他将上半身探出舱外，向地面中心报告："神舟七号"向全国人民、向全世界人民问好。请祖国放心，我们坚决完成任务。接着，翟志刚从刘伯明手中接过国旗，身着中国自主研制的"飞天"舱外服在天空中挥舞飘扬，飞过了九千一百六十五公里，成为中国飞得最高、走得最快的人。尽管此前舱内刚刚响起了异常火灾报警信号，事后才证明是虚惊一场。两人回到地面接受采访时说："即使我们回不去，也要让五星红旗在太空留下永远的瞬间。"

　　9月28日，三名航天员返回地面。三天的时间，他们共见证了四十六次日出日落。

尾 声

"神七"之后，首批航天员中已有六人执行过任务。剩下的航天员如同此前每一次任务结束之后一样，迅速地、别无选择地继续恢复到备战状态。备战，已经成为航天员的一种本能。刘旺的训练成绩曾一度下滑，后来媒体问他用了多长时间恢复，他说大概用了一星期。刘伯明在杨利伟执行过"神五"任务之后更清晰自己要提升和改进的地方在哪里，用了几个月的时间做了几十万字的学习笔记，后来入选"神六"乘组，执行"神七"任务。张晓光在"神七"选拔时成绩靠后，得知没有入选的消息，他曾流过泪，但后来凭借顽强的毅力继续艰苦的训练，最后执行"神十"任务。航天员的压力都是持续的，只有不断地调整状态，才能有新的机会出现。

"神九"与"神十"的亮点依旧多。2012年6月，"神九"景海鹏二次出征，刘旺在综合了一千五百多次交会对接训练后，上演了"太空穿针"的奇迹。2013年6月，"神十"指令长聂海胜同样二次出征，带领张晓光和王亚平圆满完成了任务。太空教师王亚平现场授课，催生了亿万个孩子的航天梦……

2010年，中国航天员中心迎来了第二批航天员，共计七人，其中男性五人、女性两人。这两名女性，就是后来分别在"神九"和"神十"任务中广为世人所知的刘洋和王亚平。二批中曝光的男航天员有此前刚参加国际洞穴训练的叶光富。

已经成为"921"办副主任的杨利伟全程参与了二批航天员的选拔训练，他对后来的战友们说："对我们首批航天员来说，是上不上的问题，可对你们来说，是上几次的问题。"

随着国家载人航天的发展，队伍建设愈发稳健从容，"神舟十一号"任务即将展开。

这时回首首批航天员，颇有些依依深情送老兵之意味。八人执行过任务，五人退役，一人未解密。可中国载人航天历史这一页，将永远镌刻着这十四位英雄的名字。

退役的航天员之一陈全于2014年11月加盟某航空俱乐部。加盟仪式上，陈全带了一幅题有"壮志凌云"四个字的书法作品，上面有中国航天员大队全体航天员的签名。航空俱乐部似乎对能够引进航天员加盟队伍感到兴奋，他们在对外宣传语中这样描述新盟友：陈全分别于2008年、2013年进入"神七""神十"梯队并圆满完成任务，更荣立二等功，为我国航天事业做出重要贡献。

吴杰转发了这条讯息，并评价：广阔天地大有作为。退休之前，他曾说："载人航天搞起来了，我们也来了，并为此奋斗终生。"

杨利伟说，他一直保持着一定的训练强度。由于工作原因，他已经见到过百位以上的国际航天员。航天员之间见面，问得最多的问题就是："你还飞吗？你还训练吗？"如果你已经停飞，对方会有些看不起你，可如果他们知道你仍然在训练，就马上感觉你非常了不起。这是职业人看待职业人的标准，而非普通人仰望英雄的标准。尽管执行"神五"任务给杨利伟带来了诸多荣誉，但他仍然梦想着将来中国实施探月工程，能够有机会当中国登月第一人。

20世纪70年代初期"曙光"号短暂的上马期间，我国曾在1970年到1971年间进行过一轮航天员的选拔。最终的入选者如同后来的首飞航天员一般，在没得到确切消息之前先回到自己的飞行部队等待召唤，可这一等就是几十年。

其中的一位退休将军方国俊，至今肚子上还有十几个红斑块，是当年选拔做离心机超重试验时留下的。他说，如果当年真的打飞船上天，也许太空第一人的足迹就是他的。

王志跃坚持说自己也是航天员，他说无论身高、体形还是长相，自己都和杨利伟非常相似，尤其穿上飞行服，两人简直一个模子刻出来的。2003年杨利伟飞天时，他全程紧盯着"神五"发射直播。他感觉自己就是杨利伟，灵魂、血脉、心跳都已相通。他感到和杨利伟一起穿上了航天服，一起经历了惊心动魄到达太空，一起在太空看日出云落的壮阔，一起经历中国的首个"二十四小时"，并一起返回地面。从杨利伟安全返回地面以后，他不再为没有飞天而感到一丝遗憾了。

《人民文学》2016年第11期

水土中国

哲　夫

2015年10月中旬，接到《中国作家》副主编高伟的电话，寒暄几句便切入正题。他说，你有没有时间和兴趣写一篇关于中国水土保持的报告文学。之所以应下来，是自以为这事与我有关。前不久台湾有个大学校长来大陆讲演，有几句话很打动我，他大意是说：国家兴亡，匹夫有责，匹夫是指大家，说了等于没说，得说我有责任。他就是这样要求他的学生的。1997年我弃小说而纪实便是这样想的。他的话也无形中要求了我。这是宿命。相约2015年10月18日在西安会面，16日又被告知提前到17日延川县碰头。斯时我正在漓江边上徜徉，接到电话后我提前结束旅程，连夜飞回太原，睡了一晚，次日大早飞西安。落地后又坐汽车奔向延川。延川下车时，见水利部宣教中心的陈主任和高伟等人在门口迎我，不觉心里有些感动。情况介绍会上她又说了一番语重心长的话，再次打动了我，更觉责无旁贷。我知道自己被套住，而且套得很牢。之所以牢，是因为责任这个东西原本就是一个套，当泛指的匹夫，换成具体的我，任谁都在劫难逃。不是逃不掉。而是不想逃，还自己往里边钻。

那天我们一行数人在梁家河村口一块巨石之下合了个影，然后他们离去，留下了我和那块巨石。阳光下这块高高矗立在墚与峁之间的形态自然的巨石，似乎在暗示什么。巨石之上几个红色的大字：梁家河国家水土保持示范园。

巨石上这一行字就此拉开了我此行的序幕。

明代隆庆三年(公元1569年)，陕西子洲县黄土洼，因自然滑坡、坍塌，形成天然聚湫，后经加工而形成高60米、淤地800余亩的淤地坝，距今已有400多年历史。

法天贵真仿造自然原本是人类的强项。有天然便会有人工的。人工淤地坝最早的文献记载见于山西省《汾西县志》。明万历年间，这个最早的人工淤地坝是老百姓自发修建的："涧河沟渠下湿处，淤漫成地易于收获高田，值旱可以抵租，向有勤民修筑。"

清朝引起官方注意，据《续行水金鉴》卷十一记载，清乾隆八年，陕西监察御史胡定在奏折中呈请："黄河之沙多出自三门以上及山西中条山一带涧中，请令地方官于涧口筑坝堰，水发，沙滞涧中，渐为平壤，可种秋麦。"皇上采纳否？修筑规模如何？无考。

1922年水利专家李仪祉著书向民国政府款款陈情："皆渭沟洫可以容水，可以留淤，淤经漯取可以粪田，利农兼以利水，予深赞斯说。""治水之法，有以水库节水者，各国水事用之甚多。然用于黄河，则未见其当，以其挟沙太多，水库之容量减缩太速也。然若分散之为沟洫，则不啻亿千小水库，有其用而无其弊。且有粪田之利，何乐而不为也。"

絮絮叨叨的陈情过后响动全无。直到1945年"黄委会"才批准关中水土保持试验区在西安市荆峪沟流域修建淤地坝一座，此可谓民国政府留在黄土高原上的唯一淤地坝丰碑。

相映成趣的是，物换星移，在距今四十年前，有那么一个北京知青领着社员，七年内竟然修了四座淤地坝。

我的采访便是从梁家河的淤地坝开始的。

在陕西，接下来的日子里，我先后走访了延川、宜川、洛川、富县、延安、渭河沿线等地。还遵循水保路线，不间断地走访了江苏、福建、山西、深圳、黑龙江等地，在2015年春节前完成了22万字的长篇报告文学《五色共和》，因篇幅所限，只能从中先行截取6万余字率先在《中国作家》发出，以助推中国水土保持近些年来取得巨大业绩和雄风。视角下沉，从中截取最基层的一条线，水土保持一线状况与人物速写，难免挂一漏万，遗珠之憾只能待全书出版时补救。

之所以将这一组萃取的片断定名为《水土中国》，是因为早些时候我所写一首曲牌为《荆州亭》的词，词曰：昨夜枝鸣朵喋，拂晓雨晴云雾。波绕小桥西，碧绿繁荣罔替。日丽重于体制，风和关乎国计。水土即江山，民本风流皇帝。

如此而已。

1. 黄土高原，不单是大风携来黄色尘埃的自然堆积，也是雨水冲刷华夏五千年历史的金色文明的沉淀。黄土高原有多厚，中华文化的埋藏就有多深，只要稍微留心，文化的蛛丝马迹随处可寻，发现的已经在那里，没有发现的还有多少？却是个未知数。

从延安走210国道向东到文安驿镇，在去往梁家河村的路上，可以看到一座2012年修建的通往梁家河村的北京知青大桥。这是一座可以沟通过往的桥梁。那天，我长久地逡巡于这座知青桥上，并拨通了那个时代的电话。电话那头传来史铁生诵读他的小说作品《我的遥远的清平湾》的声音："我们那个地方虽然也还算是黄土高原，却只有黄土，见不到真正的平坦的塬地了。由于洪水年年吞噬，塬地总在塌方，顺着沟、渠、小河，流进了黄河。从洛川再往北，全是一座座黄的山峁或一道道黄的山梁，绵延不断。树很少，少到哪座山上有几棵什么树，老乡们都记得清清楚楚；只有打新窑或是做棺木的时候，才放倒一两棵。碗口粗的柏树就稀罕得不得了……春天播种；夏天收麦；秋天玉米、高粱、谷子都熟了，更忙；冬天打坝、修梯田，总不得闲。单说春种吧，往山上送粪全靠人挑。一担粪六七十斤，一早上就得送四五趟；挣两个工分，合六分钱。在北京，才够买两根冰棍儿的……"

动人的不仅是苍凉、悲情、惆怅，还有悠扬如民歌般的温存。

"那时的梁家河村，分上队和下队，5男4女9名知青安排在上队，习近平等6名男知青被分给下队。6人住在位于村庄中部的窑洞里。那时，村里人吃得差，一年见不上荤腥，白面馍是头八节吃上一顿，白米饭就根本吃不上，天天就是土豆、玉米面馍、小米黑豆熬稀粥，下饭菜是白菜萝卜腌酸菜。炒个白菜土豆算是改善伙食，一个月就那么几两油，炒上不几回回就没了。我大（山陕方言：父亲）那会儿在学校里教书，是个老师，村里的文化人，村上让我大去给他们几个知青做饭，我大回来说，打小小在家里还不知咋的吃香喝辣，来咱这达（山陕方言：同圪垯，地方。）不习惯，娃们这下可是受了大苦了！"说起当年，现任支书石春阳，仍然有无限感慨，"他能吃苦，力气大，是个好受苦人，挑上一二百斤的担子，走十来里山路也不懂得换肩。"言及于此，石春阳满脸都是轻怜痛惜。

"你说没有油炒菜怎么办呢？"石春阳微笑着问我，"他们就四处寻找杏核，把杏仁捣碎了，在热锅里炒，等到炒出油来，哗地倒进白菜土豆一炒，味道还挺香。不过村里的杏树也不是很多,这周围的杏树也就有数的几棵。也得看季节,得杏子熟的时候。五黄六月,冬天,连这个也是没有的。就是腌酸菜啥的,清汤寡水的,吃不上好的,天天又要受苦,近平干活又不会偷懒,那时人长得挺瘦,人瘦了就显得个子高。地头上歇一歇,他就曲着腿在一边上看书。都是厚书,学问深的那种书。有时候在地头上唱唱歌,他一张嘴,别人就不好唱了,他嗓子好,说话的声音就好听,吸引人。肚子里学问多,说起话来一套一套的,都不带重样的。每天晚上,年轻人都往他窑里跑,听他说这说那,把大家迷得五迷三道的。"

2015年2月13日习近平回梁家河调研考察时,站在40年前他带领群众修建的淤地坝之上,与当年的村民一起回忆当年打坝淤地的劳动场景。村民王宪军流利背诵出了当年习近平编写的鼓劲口号:"决战1974年,干部带头抓路线,群众都是英雄汉……打坝一座迎新年。"习近平感慨地点点头说:"40年了,你还记得!"那时同习近平一起劳动的村民石春阳,当时是生产大队队长,如今是梁家河村支部书记,习近平亲切地叫他的小名随娃。随娃笑逐颜开地向当年的村支书习近平介绍了近年来村里开展治沟造地,利用淤地坝增加耕地面积、发展农业生产的情况。习近平边听边同村民们一起回忆当年打坝淤地时的火热场面,恍惚又回到那个贫穷却充满回忆的峥嵘岁月。他详细询问了村里水土保持和耕地保护情况。这位务农七年打过四座淤地坝的内行人,以切身感受这样说:"淤地坝是流域综合治理的一种有效形式,既可以增加耕地面积、提高农业生产能力,又可以防止水土流失,要因地制宜推行。"

这无疑对陕西,尤其对延安的水土保持工作,是一种肯定和鼓舞。

2. 有人这样描述:"如今浑浊昏黄、涓涓细流的延河,当时被称为清水。鲜卑语称清水为去斤,故延河在当时又称去斤水。"我在延安曾专门看过延河,经过这么多年的水土保持治理,成效也非常明显,可是延河里的水流,却还是那么小,那么黄,何以恢复 "去斤"?

先去了宜川,县水保队的王艳红,带我们先去看桃花沟小流域治理工程。宜川有被誉为天下奇观的国家重点风景名胜区黄河壶口瀑布。这里的老人想来还记得,昔时黄河壶口上下游的河面,湍奔如黄绢千匹,起伏似秋稻万顷,一里之外隐隐可闻雷鸣之声。远望之有弥天白雾直冲云际,近观之则有点点虹彩四射迸溅。如今黄河水量年复一年如股市飘绿人人减持，似老僧心如止水。

王艳红身材健美，眉清目秀，脸色呈健康的红润，全然不见城市女性的苍白。她站在十里桃花沟一处刚刚平整出来的土地面前，讲述着桃花沟小流域治理的过程，笑容抚平了她被紫外线灼烧的格外红润的脸色，眼角眉梢，流露出一种成就感。她说："过去这里水毁很严重，到处都是山洪拉出的沟壑和崩塌的堆土，能够种植的面积已经没有多少，经过平整后全种植面积增加了500亩。头年产量能上800斤，二年亩产能翻一倍，亩产能上1600斤，以后产量还会增加。滩地肥沃，生土变成熟土，肥力就显出来了，能增收很多粮食！"

回去的路上她讲起孤身一人去勘探一条深沟的故事。

"水保人就是这样没运气，车开不进去时你来了，到了大车也能开进去时，你却施完工走了。"王艳红迄今说起犹有余悸，"我们是经常走着走着，前边沟里就没有路了。这就是我们水保人的尴尬。只好让司机开车绕过沟去，在前边村里等你。那天，司机走后，我就背起行囊，扎起头发，顺着山羊踩出的小径，拨开荆棘，深一脚浅一脚往沟里走。野山野沟里也不见一个人影，就我一个人。大伏天，太阳毒辣地晒。哦，你说打伞，在这里，伞根本是打不成的，凉帽也是戴不成的，全是酸刺蒿草，不拿手撩开来，人就走不过去。它们会划你的伞、摘你的帽、扯你的衣裳、割你的皮肉，所以我们一般都不戴那些个东西。哪里都有它们出没，好多蜘蛛网，横七竖八，为捕小虫吃。你往前走，这些网丝就飘过来粘你的脸，粘你的头发，腻腻的，黏黏的，你也得忍着。野外作业，就是这样儿，我们早就习惯了。

"不过，等我走到沟底一看，绿茫茫一片，也是吓了一跳。沟里全是密密实实的比人还高的芦苇。我想妈呀这要是进去了，出得来出不来还是个问题。心里这么想时，腿却已经带着身子走进去了。没有退路，车已经走了，这里也没有手机信号，要是我一个人退回去，靠两条腿走一天也走不回家。只能咬住牙往沟里头钻。还得要测量地形，记下一些数据，也就顾不上东想西想。芦苇丛里静悄悄的，洼地里还积着一些水，不时有什么东西惊起，叫着飞走。虫子也叫，乌鸦也叫，还有不知什么叫。山里有狼和野猪，这么一想，心就怦怦乱跳，要是撞上绝不能露出胆怯的样儿，你不怕它，它也怎么不了你，你要是胆怯了，自己乱了阵脚，慌里慌张地想跑，那它一定不会放过你的，它会追撵着咬你的！

"你得不时给自己打气，还得自己给自己壮胆，不然就会害怕！闷闷的那个热，蒸笼一样，满身的汗，流得跟水似的，擦是擦不过来的，就不管它，让它自己流。要命的是带了一瓶水，没留意就喝光了，到后来渴的渴死，又不敢喝洼里的积水，只好就忍受。两米多高的旱苇埋了人辨不清东南西北，想看地形就得往沟边高处爬，记下测量数据后再爬下去，继续往沟底深处走。风是吹不进来的，汗水流得眼睛里酸涩难受，眼睛睁不开，只好眯着。衣衫湿漉漉的，贴在身上，那个难受跟有蚂蚁在全身爬似的。后来实在是受不住热，就……

"不怕你笑话，反正里边也没有一个人，还不如凉快一下，我就索性……索性脱了衣服，在一个水洼里撩水洗了洗……其实连水都是热的哩，不过跟身上的热一比，就很是清凉了。当时顾不上想，我后来想，自己这样处理是对的，要是不这么降一降温，我怕自己会中暑，会热晕在里头……让狼啃了野猪拱了都有可能的，也没人能找到我。后来当然也有一点后怕，后怕万一恰巧有一个男人进来，还是个坏男人，那我可就惨了。不过当时根本顾不上想那么多，就想着完成任务，然后出沟，好好喝一气水，洗一个澡……"

长期的野外生活，水土磨砺，使王艳红巾帼不让须眉，成长为一名水保队的副队长。她一边说一边笑，说到要紧处，脸上浮现出女性特有的妩媚和娇羞，让人不胜感慨。

3.黄河船夫曲曰：你晓得天下黄河几十几道弯？几十几道弯上几十几条船？几十几条船上几十几根杆？几十几个艄公要把船来扳？我晓得天下黄河九十九道弯，九十九道弯上九十九条船，九十九条船上九十九根杆，九十九个艄公要把船来扳。最大一道是延川的乾坤弯。

在我眼里雷同的沟坡，在任宏祥眼里，却个个是不一般的"娃"。任宏祥是延川水保队的队长。他晃荡着瘦高的身形，在带我去看沟坡造地时，嘻嘻哈哈笑说当年。天天在野外作业，任宏祥的脸色也就比非洲人略微白些。一路走来我已是见怪不怪。他指点着他的娃，那些沟坡、那些埂坝、那些平展展的农田，眼里全是自得和温情："这些25度坡以下的田都是些小块块，还被洪水冲出些沟壑，零零碎碎边边角角，能种几苗庄稼？农民跟过去不一样了，国家给他粮食补贴，他乐意退耕还林吃现成。不给会咋样谁也不敢说。退耕还林好处是使延川水土流失面积大大减少，坏处是耕地总面积也因此减少一多半。尤其是随着第二轮退耕还林8年的钱粮对接期限到来，会不会出现不给粮食，继续实行退耕还林政策，农民因耕地减少口粮没保证，会不会退林还耕呢？沟坡造地，这是一个既能巩固退耕还林又可以增加农民口粮田的好办法？别的工程你得找他商量着做，这个工程，他找上门闹着要让你去给他做。

"以前施工不小心辗坏几棵青苗，拦住你不让走，要你赔钱。我这人火大，一句话不对就想要抡拳，又不能，得好生央告人家。这个工程，反过来了，他找你，处处配合你。那天我平地回来，见路边有个老汉，上来就拦我的车，我心说这是又惹下哪个神鬼爷了？没想老汉二话不说拉开我的车门就丢下一个化肥塑料袋说：任队长，上午见你过去了，我已经在这儿等你半晌了！然后就走了。打开那袋子一看，全是向日葵大饼子，颗粒都饱满，有十几个不止。这才想起，是去年沟坡造地时那个偏老汉，他不太懂，刚开始拦住机具不让人平地，还跟我大吵大闹。现在尝到甜头了，敢是心里过意不去，拿个瓜子给我嗑！"

任宏祥吸烟不用嘴唇衔，也不用手指夹，而是用牙咬，举凡香烟，无论好坏他都会将香烟的过滤嘴咬得扁扁的，像咬着个烟嘴，丝丝缕缕地在牙齿间吞吐。

"也有误解，以为只要退耕还林、封山育林生态就能好，水土保持没什么用处，不如马放南山，解甲归田。这是错误的。"延川水务局局长刘世华，脸上总是挂着谦和甚至羞赧的微笑，似乎还有一点无奈和苦涩，"时代变了，水土没有变，气候没有变、降雨没有变、沟和壑、塬和峁没有变，老头树还是小老树，抵御自然灾害的能力还是那么差，一场病虫害，就能把你的防风林带撕个稀巴烂。为什么？就是因为水土的蓄养能力还没有恢复过来，需要提升。水土保持也要与时俱进，从单纯治理，提升到美化、园林化，新时期得有新办法。"

任宏祥告诉我："我们局长的口头禅是喊破嗓子，不如做出样子。长年累月蹲守在工程一线是他工作的常态，民主决策、严格招投标，严把资金关、确保工程质量，是他持之以恒的坚持。有技术、有能力，他委以重任。再忙也要爬山头、钻山沟。对口帮扶村他每月都要带领人去了解情况，这个村的农民人均纯收入，已经达到5600元。表彰奖励多了去了！"

4. 社稷坛五色土以黄土居中。金木水火土，东西南北中，土为中。手拿绳子掌管四方的土神后土，辅佐黄帝在核心地带统率天地，调停山川。土神足智，掌阴阳，滋万物，是五色之中唯一的女性神，相传乃最早之地

王，与主持天界的玉皇大帝婚配，被称为大地之母。

去富县时，正值深秋时节，秋雨连绵，不绝于途。

我注意到沿途所有的苹果树下，都铺有银光闪闪的塑料膜，以为是地膜覆盖技术，一问才知道，原来是苹果着色的反光膜，这才明白何以富县的苹果没有阴阳脸，个个苹果都呈现均匀的红色，原来是这个反光膜在变魔术。富县水保队的李延岭慢条斯理地说，"我们富县的苹果驰名全国，栽培技术也不输烟台和青岛。2014年产量55万吨，产值达到25亿元，果农人均苹果纯收入达到1.36万元，2015年预计总产值将达到56.7万吨。"

"这和水土分不开，"他解释说，"我们富县属于渭北旱原与陕北丘陵沟壑区过渡带，适宜苹果生长。延川、宜川、洛川，他们是川我们是塬。陈忠实在《白鹿原》里写到的就是塬。我们这里的土层深达150米。塬和川的水土流失状况不一样，我们塬上主要是水蚀和重力侵蚀。水蚀分为溅蚀、面蚀和沟蚀，以沟蚀为主。大部分裸露的地面都有溅蚀和面蚀发生，特别是植被覆盖密度小的荒坡地最严重。沟蚀是面蚀的继续，在塬边较陡的坡地，沟蚀非常强烈。"

果然是三句话不离本行，明明是在说苹果，话锋一转就说到水土流失了。

富县，古称鄜州。川塬相济，光照充足，昼夜温差大，素有"五谷杂粮遍地有，九州不收鄜州收"的俗谚，故有"塞上小江南""陕北小关中"之称。

"富县1公里以上沟道2213条，沟壑密度为每平方公里2.48公里，15度以上坡地面积占总面积的65.3%。1949年全县有水土流失面积1507.3平方公里。至1989年全县治理水土流失面积508.9平方公里，占流失面积的33.76%。"

说到这里李延岭念了几句顺口溜："治沟不治塬，还是三跑田。水、肥、土，照样还留不住。治塬不治坡，冲毁水坝灾害多。这是多年实践总结出的经验。现在主要是以小流域治理为单元，主要是平整土地，深翻改土，推广川塬地垄沟种植法和山坡地水平沟种植法，也称水土保持种植法。生物措施主要是退耕陡坡地，还林还牧，植树种草，发展特色经果林，工程措施主要是打椽帮堾，沟头防护，打淤地坝等。"

去几个苹果园走访时，果农见了李延岭，那个亲热劲让人纳罕。

"今年苹果大丰收，人手缺，有好多苹果还在树上哩！"年近古稀的老支书慨叹说，"人手不够啊！"我问："是不是青壮劳力都进城打工去了？只剩些老人孩子？收秋时节也不回来帮帮忙？苹果烂在树上怎么办？"村支书怔了怔，咧开嘴忽然无声地笑了，笑容透着天大的欢乐，"可不是你说的那样，我们这里和别处不一样，我们村没人出去打工，倒是外乡人给我们村打工哩！我们村家家有果园，家家都雇得有人手，还招不下好人手哩！"

李延岭也笑着解释："种苹果需要人手，像剪枝、拉条、黏虫啥的，全家老幼上阵都不行，还得雇人，还得雇有技术的人手，一天上百块钱，还雇不下那么多人手。一户年收入几十万，谁还出去打工？你说的那个空壳村，在川里有，在我们塬上几乎没有！""还是国家政策好，"村支书咧着嘴说，"那些年我们村里的青壮年也都出去给人家打工，做梦也想不到现在反过来，让别人为我们打工。这个绿水青山里头，还真的有金山银山哩！"现在轮到我吃惊，原来水土保持搞好，生物措施跟上，鱼与熊掌兼得完全可能。

5. 洛川黄土国家地质公园是世界上独一无二的黄土地质公园，它记录着过去数百万年中国北方乃至地球气候与环境的丰富信息。黄土高原如纸，千沟万壑似字，它淋漓尽致地记录了土与水在时空大笔下的行云流水，点捺钩撇的是自然的章节，横平竖直的是人类的历史。

驱车赴洛川，竟然又下起了雨。

"洛川与富县差不多，也有川也有塬，他们的水保任务跟富县相类似。"延安水保人张海东在路上介绍说，"洛川滑坡、塌陷、沟蚀，比富县还要厉害。去年我们几个去拍片子，就是拍他们的地质灾害，结果摄影师不小心，把摄像机的镜头盖掉进塬边的沟里。东西不贵重，可是要靠它保护摄像机呀，总不能就不要了吧？刚下过雨，塬边全是烂泥，沟很深，镜头盖也没掉到底，被泥巴粘在半中腰，拿棍子也够不着，只好求助村支书，村支书来了一看，说，你们拍你们的，没事情，这个交给俺！结果我们就去拍别的，一会儿人就把镜头盖送过来了！"

我们第一站去看的就是这个地方。洛川县水保局现任局长赵民生和老局长桂千红，还有张海东说的村支书，都在那里。他们和海东都是熟人，见了面自有一番亲热。这个塬就在村边上。这时雨小了点，我们踏着田里的烂泥走向塬边。赵民生剪小平头，性子有点急，一副精明干练的样子。他回头说："这一大片，包括塌陷去的，以前全是村里的好田地，有十来亩，前些年都滑塌下去了，再滑塌，你们这个村子就得搬上走了！"后一句是对村支书说的。

村支书是个中年人，面很善，憨笑点头："可不，俺心里透亮，这些年全靠你们水保队护着，要不，村子早没啦！""那个镜头盖就是你找人捡上来的？"我问。村支书惊讶地望着我，张海东忙解释，"是我说的，他问我，这么深的沟，镜头盖你是咋拿上来的？"村支书说："也容易也不容易，俺在村里找了俩后生，拿了一卷子绳子，往后生腰上一拴，绳子绑在那棵树上，算是个保险，然后放后生下沟，就拿上来了，不过后生也成了个泥猴了。这不挺容易？不容易是这些年跟过去不一样，人人都懂得要酬劳，这么危险的事不给后生几个钱，肯定说不过去。还好，俺一说这是水保上的事，后生们就没二话！"

这话说得沟沿边上泥水之中几个水保人神色忽然凝重起来。

雨，越下越大，我们往沟里留下最后一瞥，告别老支书又去看一处即将被沟壑吞没的危塬地。那儿有十几座新建的高层建筑和一所书声琅琅的学校，还有一些旧的居民住宅区。我们踩着各种废弃物在泥水中沿塌陷的塬边走了一圈，赵民生指着烟雨茫茫的一大片沟壑让我们看，隐隐约约的，塬壁上可见一道道钢铁的框架，如梯田也似逐级向上伸展。这是肉眼可以看到的。还有埋在里边的各种防护措施，是看不到的，例如明的暗的排洪沟等等。雨水径流要汇排到泄洪渠流走。雨水渗透也会造成塌陷，这也是有措施的。赵民生充满信心地说："多项工程措施并举，加上生物措施，这地方肯定保住了，要不得多大损失啊！"

210国道两侧位于灾害易发沟壑边缘的几个村镇都有大片果园环绕。国道上车来车往，并不理会路边这吓人的沟壑。只有几只鸡，散漫地在沟边啄食深秋饱满的草籽。

"如果不做水土防护，这条国道早就不存在了！"赵民生指点上百米宽阔的沟壑对面塌陷处，问我，"你能看出对面那塌下的崖壁上有什么吗？"我顺着他指的方向看去，却见那崖壁上有四五个圆圆的浅痕，仔细辨认，不觉大吃一惊："那不是几孔窑洞吗？是塌陷下前边部分，只剩下后边部分的窑洞吧？"桂千红插话说："那是2003年塌陷的，不过发现早，没有人员伤亡，那个村子塬边上的人家，后来也都搬走了，只是财产损失也不小哩！"

去塬边村时，雨终于停了，还似乎要出太阳。

塬边村沟壑，居心叵测，张着黑洞洞的嘴，似乎在问：你是谁？触目可见洪水冲刷过的痕迹，还有塌陷的狼藉。十几丈深的大坑，有几株大树被全然地陷入坑中，绿叶婆娑，还在东倒西歪顽强地生长着自己。坑里郁郁郁葱葱，全是种植的乔灌草。无处不见的，代表着乡村生活的，三三两两的鸡，结伴在坑边觅食。几个老者从屋里走出来，远远望着我们。

"我们站的地方，过去都是庄稼。这里是塬边最严重的一片侵蚀区，现在你看沟壑里长满了树，里边还有防护工程。这几年已经不再塌陷，要是不治理，今天恐怕已经塌陷进村子里去了。这说明防护工程的效果很好。"桂千红戳点着说，"那个花园，中间那个大水池子就是我说的涝池。不过已经不是普通的涝池了。村里的雨水会顺排水渠往池子里流，池子里边也有排洪渠，水到了池子里会顺着排洪渠绵绵流走，不会汇流冲刷塬沟。蓄水可为景观水，也可以养鱼，夏天还能歇凉。这个村子是很富的，家家都有自己的果园。塬地面积越来越小，越来越金贵了。要是把土地全塌陷完了，老百姓吃什么？连人都不能住，就什么都完了。

"这些年，沟进人退，沟进村退，沟进塬退，已经严重影响了当地群众的生产和生活安全。水保治理项目，现在已经不同以往，不再单纯是生态性工程，已成为民生工程，是救民于水火的工程，责任重大。"赵民生若有所思，眼里有思想的火花，他说："我觉得洛川的水土保持也有点习总书记所说的那个意思：进则全胜，不进则退。不能退，只能进！"

这时，我注意到，天真的晴了。

6. 山川是河流的载体，河流是山川的血脉。上善若水，水利万物而不争。水是液态物，如酒似茶。土是固形物，水土相合，可以塑形，大者为沟渠库堤，小者如盘碗杯盏。水因土而异，也具有了不同的出身、个性、品格、色相。土是水之器，水乃土之魂。

2013年7月初，延安市遭遇了自1945年有气象记录以来过程最长、强度最大、连续暴雨天数和量最多且间隔时最短的一次持续性强降雨，超过百年一遇标准。延安水保科张海东说起当年依然惊心动魄："吓死人了，12天下了一年的雨，长这么大还没见过，泥水顺着山坡流淌下来，瞬间就把街道淹了。河道水库哪能经得住，不害怕那是假的，打电话报警的人在电话里都哭出了声，说他们水库的堤坝眼看着就要垮塌了……可是最终的结果，却让人很意外，受灾的程度没有预计的那么大，你知道这是为什么？"张海东这样问我。

延安吧里的一个帖子也提到了这件事。这个帖子的标题是："大家来看看七七年延安发生的特大洪水吧，是该反省了"。忍不住好奇：延安，该反省一些什么呢？帖文大意如下：

　　1977年7月6日凌晨，房门被砸响并有人喊："发大水了！"出门一看南川河已经看不到河堤，公路不见踪影，只有汪洋一片。刚还离我十几米远的水头，已经涨到了我的脚跟前。我急忙往高处紧走，浪头也跟着追上来。延河大桥洪水已经与大桥持平。洪水凶猛，漩涡大浪一个接一个，漂浮物有牛羊、大树、立柜等等，顺流而下。洪水中忽然出现了一个大锅炉，轰的一声撞在桥上，桥栏杆马上粉碎得不见踪影，锅炉跌回水中，又被一个大浪推上桥，翻滚着把另一侧的桥栏杆也撞碎，这才滚入桥下被洪水带走。这时有个特大房盖冲向大桥，房盖上坐着十几个人，浪高水急也听不见他们在喊什么，霎时间房盖到了桥跟前，就见有一个人猛然站起，一个飞跃跳到桥面上，脚刚挨到桥面便向桥东边狂奔而去。大房盖上的其他人就没有这么幸运，房盖与桥身猛烈撞击，瞬间变成碎片，上面坐着的人也随之不见……

　　大街黄泥磅礴，洪水沿着马路奔东而去，损失最惨重的地区是南关的市场沟口至南门坡一带，水深近三米。北关西沟往北一带水深也有两三米。东关受损也相当可观（严重）。延安地区运输公司的汽车被洪水冲走好几辆。人说北关遭遇水灾时有一个年轻轻的女子被上涨的洪水吓住，双臂紧紧搂住一根电线杆不放，但她也不会往上爬，活活被上涨的洪水淹死，其实她如果往高处跑也来得及，可她估计是吓坏了，大概也是命中注定的……

　　第二天延安上空飞来一架直升机，在我们头顶盘旋，红红绿绿的传单飘落下来，捡起一张一看，是中共中央给延安人民的慰问电，老百姓们都捡起来看，一个个都是热泪盈眶，说这下有救了。第三天下午也不知道有多少辆军用大卡车运来了救灾物资……

只有亲历者的描述才可以如此生动骇人铭心刻骨。

这篇帖文是个名叫lhhjpzyq的网友，在2013年7月25日20：57贴出来的。恰好正在我寻找2013年7月26日洪灾进行时。"柠檬没我萌"就此回复说：这个事听大人说过些，延安不会再有这么大的洪水了，这次的大雨早点停。"黑猫咪米"回帖念了三声阿弥陀佛。"王丑丑"反问：楼主想表达个什么意思，你觉得就这几天下的雨能和以前比了。然后，时空转移，2015年3月22日1：56，一名叫长离寐的网友，回了最后一个帖子：2013年的雨，我是碰到了，"延长"那边，大山一倒就是半座，路上的稀泥能到大腿上，前面走，后面山还塌，幸亏那次没送小命，我们公司一人直接被活埋了，最后又给刨了出来。

斯时的落款，水已归经，泥已落定。

意外的是我还搜到一篇当年以孩子的眼，看见了1977年那场洪灾，长大成人后写的回忆文章，摘编如下：1977年夏天我与祖母去延安入住机场。黎明时分有人喊，发大水了。往外面一看，见洪水自北向南呼啸而来，已经快淹到二层楼平台。洪水山呼海啸般向南飞奔，大浪把地底一块泥土带出水面，使之分崩离析，那泥土中间部分居然还是干的，泥土分开的瞬间，还有粉尘升起……多年后说起这个细节少有人信，但当时确实是我亲眼所见。这时水面距离我们的二楼楼顶只有20厘米，大楼被冲倒的话我们都会死无葬身之地。洪水冲来的木板、圆木以及各种杂物和牛羊随着水流向南方而去。机场上面一辆被冲来的卡车停了下来，一头健壮的大牛在机场上面立住了脚，洪水漫到了它的脖子下面，它显得很无助也很无奈……

北京老知青也参与回忆：延安1977年7月6日，上游特大暴雨，水量空前，洪水迅猛而来，延河水位短时间抬高十米上下。造成的人员损失、经济损失极为重。延安大生产运动中著名的老劳动英雄杨步浩，把自己拴在窗框上，没有被洪水卷走却被淹死。同时被淹死的还有北京女知青李锦，她是杨步浩的儿媳妇，昨晚专门来看望公公，不幸罹难。

走笔于此，忽然匣地里听见有信天游的曲调，如泣如诉。陕北民歌如同黄土高原也似旷达雄浑，也如千沟万壑那般深沉含蓄。有人这样描述，"女人们忧愁哭鼻子，男人们忧愁唱曲子"。倘如此，洪水过后，从此天地间又会添多少个伤情的活人？女人哭丝丝地浅吟低唱，漫坡坡中多一个用"拦羊的嗓子回牛的声"哭唱的汉子。

时光折射出的歌声、色谱，难道没有丝毫变化？

7. 山西的黄土高原多山，迤逦有太行、吕梁、五台、恒山、太岳、中条等名山；境内自东北向西南，依次排出大同、忻州、太原、临汾、运城

五大盆地。黄河在山西拐了个弯，滋润了一部分土地，哗哗的汾河从中流过，地肥水美，五谷丰登。但那已经是过去的事情。

山西最轰轰烈烈的就是30万户承包治理千沟万壑。真正能坚持下来的不容易，钱没有挣到，欠一屁股债的也有。治理有成果，靠这个发家致富的，成了大户的，数得上能有几万户也就不错。这几个大户，各人都有各人的特点。先说平定县柏井镇里牌岭村的耿黑眼。

耿黑眼生下来，睫毛长长，毛茸茸的使得眼睛看起来又大又黑，煞是喜人，可惜是个女孩，父母便应景儿起个小名：黑眼。黑眼长大上学，随父姓，学名便成了耿黑眼。家里穷且是个赔钱货，只上了几年小学，便辍学回家，帮着母亲干家务，兼做农活。大了便嫁出去，成了人家的婆姨。生了孩娃自然就成了娘。家里家外，风里去日阳里晒，人瘦瘦的皮肤黑黑的，眼睛更大更黑，欢眉欢眼，不管日子过得多苦，都是满脸的喜色。1997年中央出台农村荒山荒坡绿化承包政策，黑眼听说便怦然心动，对家人说：咱村山大坡大，撂荒地多，要种上果树，结了果拿到城里卖，总好似鸡屁股换油盐，能得多少闲钱？咱也承包一座山试试！家人已经习惯了听黑眼的，无可无不可。于是耿黑眼便与村委会签订了治理经营本村孟家掌沟2000亩小流域的承包合同，承包期50年，承包范围内有荒山1500亩、荒地200亩、零星枣树130亩、苹果幼树170亩，以上家当便是她创业伊始的原始资本。

说起来也是个有心人，合同签订后她先跑去县水利水保局，请人家派技术人员对小流域勘察，请人家因地制宜，制订出一个科学规划。然后便一丝不苟地开始按规划进行治理。林果业、养殖业、农业三管齐下，荒山营造水保林，荒地种植经济林，撂荒地种植农作物。这样一来，桃三杏四梨五年，光有投入没有产出，日子肯定难过。但因为科学种植，长线是林业，短线是粮食和养殖，中线是经果林，以短养中，以中促长，结果头一年粮食丰收，猪羊满圈，虽然数量不大，可却尝到了甜头，全家人欢欢喜喜过了个如意好年。接下来自然就是顺理成章的事，三五年之后，中线果品丰收，摘果实的季节，丰收的喜悦无须细说。

那天干活时，耿黑眼一个不留神，摔坏了自己的腿。好了后，走路却不利索了。承包地山大坡大，瘸腿怎么走？就算是有钱能雇人干活，可也得不时到地里巡看巡看，指点指点呀。一咬牙，决定了一件大事。大清早便跑去镇上，直奔县里的骡马市场。东瞅瞅西看看瞄上一头遍体黑亮皮毛，额上有朵白斑的骡子。骡主人伸出手来要跟她捏手指头，也就是在暗处比画价钱。耿黑眼却不会，直撞撞地问：你说多少钱？人家看她是个外行就笑着伸出四个指头，黑眼说：四百？人家摇头：四千！黑眼摸遍全身，说：我只有这么多！人家问她多少？她说八百。人家冷笑：这点钱，只能买个蹄子，便不再理她。耿黑眼很灰心，便讪讪地想走开，却见那花额骡子目光炯炯地盯着她看，睫毛长长眼睛黑绽绽的，也是个黑眼。便咬牙道：我先给你这些，剩下的两天后再给，骡子我先骑上走。人家不同意，恰好周围有好多人是认识黑眼的，就说：三邦头，你当她是谁？她就是耿黑眼，承包荒山发了财的，县上还广播过她的事，还怕人家欠你醋钱？这一说，交易达成，黑眼从此有了自己的坐骑。

如今耿黑眼已年过古稀，看上去年纪却不过半百。大大小小加上骡子，已经拥有了六辆坐骑，还有自己的庄园别墅。孟家掌小流域，山、水、田、林、路一应俱全，松柏缠绕、瓜果满地，鸡场、猪场、牛羊数以几万计，被全国妇联授予"全国绿化奖章"，被阳泉市授予"农业战线十大标兵"，连续几年获得"县级劳动模范"称号。说起个中滋味只是一个笑。

长治县张富贵承包的荒山荒坡上，伫立着一条健壮的黑花狗，在阴霾的天空下，呈现剪影的效果。

老张见了我们，只寒暄了几句，就带我们上山。远远地那狗儿跟着。我就问老张，那是你养的狗？老张脸上露出疼爱的神情，点头说："它对我可好哩，我巡山，它就在我屁股后边跟着，我去哪，它就跟到哪。我回办公室，它也跟，不叫它，它也不进门，就在外边守着我。这些年，山上生态好了，野猪、野羊、野兔子，常来光顾糟害，全亏这些狗儿们在山上守着。不是这一条狗，好几条哩，白天黑夜都在这山上守。你看我这大樱桃，一颗能有杏那么大个，再看我这杏树，结的杏比梨子还大。可惜你来晚了，现在没了，明年你早些来，给你吃大杏大樱桃，一年四季，我这里，除了现在果都下了，春起五六月，就有东西吃了！"

大部分情况我已经知道，所以赞叹了几声，还是关心那条狗，就又问："那是什么品种的狗？"老张不屑道："也就是些土狗子，土狗子忠诚！"我瞅了瞅那狗："我怎么觉得你的这条狗有狼狗的血统？"老张说："是杂交，土狗和狼狗配的，有狼狗的猛，土狗的忠！""咋不养几条藏獒？"老张答："藏獒那狗不敢养，着了急还吃人哩，咬着人咋办？""给狗儿起名字没？""没有哩，起啥名字，反正它们都是我养的，都认得我，我也认得它们！"

老张承包的荒山没有修路，全是原生态，一半山是生态林，一半山是经果林，很大。坡高山大，而且刚下过雨，野草掩映的山道泥泞难行。我走得气喘吁吁，跟在后边的几个人远远地落后了。老张却悠悠地在前边带路，还一边不断指点着解说，连口大气儿也不喘。我钦佩地说："老张你身体真好！"老张奇怪地看着我："咋就好了？""走这么多路连口大气都不喘，还不好？"老张说道："这还叫走路？这才走了几步？我天天少也要在山上走两回，多了几趟，一趟也就一小时，汗都不出。"我由衷地称赞老张说："牛，今年有没有60？"老张大笑："我真有那么小？我都72岁的人了！"我瞠目结舌，不知说什么好。老张心却不在这些闲话上，说："最怕过年，一过年就成杨白劳，寻黄世仁借钱。年底总算账，得给工人们发钱，你知道人工费涨得凶，过去一天一只手够了，现在两只手还挡不住哩！"我同情地道："那你咋办？"老张叹了口气，胖胖的脸上显出忧郁的神情，小小矮矮一个人，一佝偻显得更小了，可一仰脸却又笑了："总是有法子想的，我有技术哩，还有好苗木哩，不怕！"

我看到不远处，郁郁的林地中有一群用头巾掩住口鼻的女人，一边干活一边说笑。"怎么都是娘子军？"老张苦笑："青壮年都进城打工去了，村里就剩下些女人和老人。山上的活女人干也轻省，剪剪枝打打药也不累，工钱80就行，壮劳力没有120拿不下来！"我开玩笑说："老张，那你不成红色娘子军的党代表洪常青了？"老张听了纵声大笑："可不是！"

笑声，在山谷间回荡，传得很远，可很快被风吹散了。

8. 黄河泻落大地，流经岁月，逡巡红尘，在自然与人类长期深刻干预与交互扰动之中，渐次啜土饮沙，并愈演愈烈，终至于，色授魂予，失去了原本的模样，水与土合，染上了黄土的颜色，到唐宋时才被称为黄河。岁月的流水在黄土高原侵蚀出千沟万壑。

与耿黑眼不同的是，以白计昌为首的这4个人，都是乡政府的干部。4个人打一个商量联合购买了保安村2536亩荒山和50年使用权。这里的意味，除了响应国家号召，自然也是看好承包前景的。30年后，我见到白计昌时，却只剩他一个人。这个外表粗放内心缜密的山西汉子，说起当年不胜感慨："先头几年只是往山上撂钱，撂到最后，也没见个成效，却把3个人相继都撂丢了。

挣不下个钱，都退了，把股份撂给我一个。就剩我强撑，还是天天往里撂钱，撂得你心里慌慌的！"我注意到他的"龙泉沟绿色生态园"里有农家乐，他的办公室里的墙上挂满了各种奖状证书，其中有阳泉市市委书记程步云的手书条幅，可见郑重。

他的业绩始于2002年，截至目前，已累计完成投资600多万元，打坝6座，蓄水15万立方米，打谷坊坝26座，荒山造林2000多亩，栽植各类苗木32万余株，养殖草鱼、鲫鱼、鲤鱼5万余尾，散养笨鸡5000多只，种植杏树、梨树等经济林200多亩，硬化道路5公里，生态园林木覆盖率达到70%，生态环境明显改善。2015年，按照市、区政府发展"生态观光""知青大院"及"水上乐园"的建设规划，投入资金50万元，整修窑洞八眼，修建了怀旧室，农家乐餐厅，整修了垂钓中心，添置水上乐园游船等设备，发展观光旅游。

阳泉市郊区水保局的同志笑着说："阳泉市郊区这些年总共完成水土流失治理面积213平方公里，水土流失治理度达到63%。2002年以来以建设'生态阳泉'为目标，以大户治理小流域为突破口，深化改革，创新机制，对老白的扶持力度也不小。不过因为人工费也水涨船高，经营也不易。"

听了这话，大叹苦经的老白忽然就有些不好意思，起身走出门去。阳泉的同志就笑说："老白诉苦，是以为你是管资金的，多诉诉苦能多给点扶持资金，咱们这儿的人，都是这样，这个你懂！其实，老白这些年早就翻身了，他现在是咱阳泉最有实力的大户！"

眼见为实。老白的庄园除了满山满坡的经果林和鸡场、鱼塘，竟然还养着几头原汁原味的野猪。之前我见过二代三代的人工繁殖野猪，还未如此近距离观察过地道的野猪。据资料介绍，野猪分为欧洲野猪和亚洲野猪，有27个亚种，能吃的东西都吃。公猪有獠牙，耳披有刚硬而稀疏的针毛，背脊鬃毛较长而硬。腹小脚长，毛色棕褐或灰黑色，因地区差异，喜群居群行。公猪打斗时，互相从20米~30米远的距离开始突袭，胜利者用打磨牙齿来庆祝，并排尿来划分领地，失败者翘起尾巴逃走。也有造成头颅骨折或被杀死。常通过哼哼的叫声来进行远近距离的交流。其肉赤色如马肉，食之胜家猪，牝者肉更美。成长速度较家猪慢，体重亦较重。有人曾猎获重达500公斤之野猪。据说野猪悍泼异常，连虎狼都怕它三分，不知这么凶险的动物，老白是如何活捉入圈的？

怀着这样的好奇又去走访了娘子关的马瑞昌。马瑞昌年过半百，神定气足。老马早年在河北等地做煤炭运销生意，多年打拼，原始积累十分丰厚。用他的话讲是几辈子也花不完，完全可以含饴弄孙安享富足的余年。只是他内心有一个打小儿就有的愿望，这个愿望不让他逍遥人生。马不解鞍，人不卸甲，买断了娘子关村3800亩荒山荒坡40年开发使用权，并于2009年3月以本村村民土地入股的形式成立平定县娘子关富利生态农业专业合作社，开始了第二次创业打拼。近年来经济发展滞后，村人纷纷外迁。马瑞昌却反其道而行之，从城里回到了村里，将自己跑煤炭运输赚来的钱分批投入到荒山的治理开发上。没有向国家要一分钱，迄今累计投资1200余万元，每分钱都是自己的。以每天80元的工资和20多个农户签订了长年劳务合同，坚持一年四季不间断开发治理。

老马说："也就是为了圆小时候一个绿色的梦。就是不想让山秃坡荒，不想让村子里的人都去城里打工，村子成个空壳村，不想让村人穷一辈子。总想有一天村人怎么走的还怎么回来！不是说中国梦吗？各人有各人的梦，这就是我的中国梦！"老马爽朗地大笑。

听我说起野猪的事，老马跟我一样，表现出孩子般的好奇："我这山上也有成群结队的野猪，要是能活捉来养起，那一定很有趣，咋才能捉住狗日的？设套、挖坑、拿枪打？""老马你还真笨，"阳泉水保笑道，"人家老白是搞色诱，放几头母猪上山，然后你第二天再看，不动一枪一弹，公野猪毛顺顺地就在圈里了，还正忙着跟母猪亲热呢！然后你天天可以换一头母猪进去，天天让个公野猪忙活，一年下来，你家的二代野猪就满圈了！呵呵！"

老马听着，眼珠子圆睁，笑逐颜开，一拍脑门道："哎呀，这办法好，我咋没想到呢，咱就这么办！"我也恍然大悟，却原来是美人计，填一首《阮郎归·家猪诱得野猪归》以记此事曰："猬袍牙笏拱田獠，威仪随耳摇。天荒地老野生妖，良宵风月撩。云彩眼，雪花腰，远山因梦遥。三宫六院意轻佻，上它如上朝。"嫔妃成群公野猪如皇上般快活。也就是多借几个种，功德圆满时还可放生，还不违反野生动物保护法，岂非一举两得。

阳泉市平定县理家庄位于太行山腹地，总面积14平方公里。属典型的土石山区，水土流失较为严重，水土流失面积10.2平方公里，占总面积的72.85%，为中度侵蚀区。老支书讲起当年仍充满激情："生在农村，长在农村，祖祖辈辈受苦，受穷。根源在哪里？单纯依靠苦干、实干，不能取得最佳效益。只有科学技术才能解放生产力，农民致富要在科学技术上找出路。"第二任村支两委也不含糊，坚持治山富民。现任村支书说："和习总书记所说的一样，一任接着一任干，一张蓝图绘到底!"我问他："那你们这一任如何开拓发展?"他笑了笑说："什么你们我们，怎么对大家好，就怎么干!"这话说得到位。

9. 水土钟灵，山川毓秀，草木旖旎，人物风流。水与土血脉相连，须臾不可或离。土为水生色，水因土则异。水土互为因果同生同荣，共性与个性并存不悖。水土即江山，大美天地，丰五谷百姓不饥。草木乃天下，形胜山川，荣万物千秋自雄。反之则异也。

"别的省是先有水利厅后有水保局，而且多数水保部门，只是水利厅的一个处室。我们陕西和别处不一样，我们是先有水保局，后有水利厅，而且最初时级别一样。"陕西省水保局副书记马乐斌在介绍情况时，这样告诉我，并补充说，"不是谁要这么着，是历史造成的。责权相连，权力越大责任也越大。还有，这也说明陕西在历史上就是个水土流失的重灾区!"

追溯这段历史，不仅饶有意味，而且很有必要。20世纪50年代出生在县城的人，大约都会知道或是经见过那样一群人，他们不是农民，是公家人，却天天每每在泥水里讨生活。他们是城里人，衣服上却全是泥巴和土。夏天时他们经常会光着膀子，冬天时，在北方，腰里还会系一根绳子。他们裸露的手脸，如同高岭土烧就的粗陶，还被镀上一层厚厚的阳光釉。小时候只知道他们是令人生畏的一群人，却不知他们具体做什么，他们的存在如同随处可见的废品收购站也似平常。说到这一点时，延川县水保局的任宏祥队长，笑呵呵地给我念了几句顺口溜："远看是一群要饭的，近看是一群烧炭的，一问才知道是水保队的，那就是我们过去的形象!"

终生从事水保事业的延安水保局已经退休的赵西安局长，谈起当年也感慨万千。他谈了许多艰辛的水保往事，也失落于大会战的辉煌不再，但他仍然钟情于今天的水保事业，并有许多独特的见地。他说："那时水保没有大型机具，治沟治坡光靠锹镐根本不行，也没有钱买炸药，就自己学着做炸药，捡一堆干羊粪磨成粉末，和化肥柴油混合在一起，装上雷管，不行，再来，按各种比例混合，一次一次地试验，根本也没有想到会出危险什么的。终于试验成功，往崖上拿钢钎戳一个洞，把土炸药塞进去，还要一点一点捶实，不捶实就会放空炮，说起来很危险的，好多地方出现过问题，我这里没有出现。弄好了，然后一点导火索，人赶紧就跑开，跟过年放炮仗似的，然后就听轰的一声巨响，半边崖就塌下来，那个高兴比吃碗羊肉还来劲儿！"说到这里，赵局长纵声大笑，欢乐一如当年，"然后我就去陕西水校上学了。上完学回了老家。我们老家有座山，叫骡子山。这座山以前本来叫狼神山，因为我们老家人把'狼'念成'骡'，最后就成骡子山了。还在骡子山开过现场会。我这一辈子也不知开过多少现场会。比方说我独自干的第一个工程，那地方没有路只能人背驴驮，沙子水泥都得驴驮。从黄河那么深的峡谷驮到山上来，最多时几百头驴，从山上往下看，全是驴，那种壮观场面，可惜当时没有照相机，不能拍下来，我现在想起来都觉得激动。后来还在工地开过现场会推广我这种干法。过去我们水保人就是这么成长起来的。"他讲完这几个小故事，然后做了小结，他说："从多年水保工作实践中我得出一个结论，我们这个行当，开现场会是最合适的一种工作方法，去现场一看，一解说，怎么干，如何干，一目了然，然后回去大会战，村村户户，男女老幼，大家都上阵，苦干实干加巧干，干就行了。那时工作简单，不像现在这么难！"

许多欣慰，许多无奈，在赵西安的脸上交织。

10. 南方多红壤，高温多雨的南方土壤，矿物质风化分解强烈，易溶于水的矿物质大部分流失殆尽，只剩氧化铁、铝等矿物质残留而形成红色土壤。此色由炎帝掌控，手持秤杆掌管夏天的火神祝融效力于他。火神知礼仪，郁郁葱葱，旺旺腾腾，色如夏叶之绚烂。

永春县水利局郑双伟局长，肤色黝黑，爽朗健谈，操一口闽南普通话，十句勉强听懂七八，多半得靠猜。透过他的谈吐和他对永春水保的思路，突显了学生物搞水保的优势，工程措施加生物手段，相得益彰，可谓绝配。似乎还有文学情结，见面就诗意地对我说：

"欢迎你们来我们永春采风，我们永春的城镇化建设，就是一篇好文章。中央城镇化工作会议上，总书记说，城镇建设，要体现尊重自然、顺应自然、天人合一的理念，依托现有山水脉络等独特风光，让城市融入大自然，让居民望得见山、看得见水、记得住乡愁。我们就是这么做的，你看我们永春县，有山有水，桃溪河穿城而过，沿河两边全是绿地、花园、休闲场所、文化设施，山上全是树，城市融入大自然，山水环绕城市，这些年我们一直在这么做。要记得住乡愁还得有文化，乡愁是一首诗，写诗的是台湾诗人余光中，他是我们永春人哪。我们刚刚在桃溪边给他建了个纪念馆，打的就是乡愁牌，你一定要去看看哦！"

还没等我询问，他便开始滔滔不绝夸奖永春的各种好，天文、地理、人文，几乎无所不包："我们永春在后唐叫桃源，虽然不是陶渊明说的那个桃花源，风光也有一比。晚唐诗人韩偓在这里住过好多年。南宋那个朱熹好多次来玩，还留下'千浔瀑布如飞练，一簇人烟似画图'的诗。改叫永春也是恰当的，永春永春，四季如春。我们永春一县有三种不同气候类型，西半县属中亚热带，东半县属南亚热带，而千米以上山地则属于北亚热带。这在全国都很少见。1985年我们永春就被国务院列为闽南金三角经济开放县。牛姆林去过吗？被誉为闽南西双版纳，4A级景区。好玩的地方多去了，百丈岩、魁星岩、乌髻岩、普济寺都值得看。还有永春的白鹤拳，就是咏春拳，电影里的那个叶问就打的是这个拳，看过吧？"

"我的普通话说不大好！"他善解人意地问我。我笑着点头："不过，我也能猜个八九不离十。"他无声地大笑，咧开一嘴白牙，表扬我说："你们作家记者都有这个本事！"然后放慢语速，把字句尽可能往普通话里说。说到忘情处依然故我。他继续说，我继续猜。为让我多看几个地方，饭后他提议："难得来，想让你们尽量多看看，我们不如走回去，也没有多远，散散步，顺便看看我们桃溪流域综合治理工程，我们桃溪的夜景美着呢！"

顺着灯火璀璨的桃溪，边看夜景边听他聊，倒也心旷神怡。

县委书记林锦明要求，从2011年开始，永春县以桃溪流域综合治理为突破口，按照"安全水利、生态水利、民生水利、景观水利"的理念，通过三年努力，实现"为下游百姓送上一泓清水，为环境改善、生态提升提供一个保障，为展示历史文化风貌腾出一片空间，为经济社会发展开辟一方天地，为沿岸居民宜居宜业构筑一道风景"的"五个一"效应，并摘得了国家级水利风景区的荣誉，荣获桃溪国家湿地公园的称号。

"水色还是有点不那么好看。"郑双伟对水质仍有不满，他指着河岸下的树说，"你看这些河堤上的树、灌木、杂草，过去就长在这里的。没的要种，有的就要留着，这就叫保护原生态，不能一刀切，砍掉重种，那叫生态破坏，这个是我本行。老百姓说，没想到曾经是崩岗、泥石流、洪水泛滥、水土流失的地方，也会变得这样美。过去桃溪自然灾难多。改革开放后这里又成了生态破坏环境污染的重灾区，水色是脏的是浑的，到处垃圾遍布，到处污水横流，满溪面都是各种漂浮物，滋生的蚊蝇乱飞，热臭蒸腾的味道难闻，惨不忍睹，不堪回首啊！现在，白天晚上游人不断。总书记说的，望得见山、看得见水、记得住乡愁，我们这里都实现了。永春人说过去的永春现在又回来了。自豪感和幸福感是要自然来支撑的。渴了走进个商铺就能有人招呼你喝茶，听着水声，喝着香茶，闻着花香，扯着闲篇，那叫一个心旷神怡。让永春人去泉州住都不肯哪，北京我都不会去住！"这位皮肤过多吸收了永春阳光因子的中年人，望着被华灯打扮得美轮美奂的桃溪，一时无语，似乎陷入了对往事的回忆。

翌日，先走去看小流域治理的典型大丰村。进村便看见一块大牌子上写道：丰山，中国生态乡村。这座被青山怀抱绿水环绕的村庄，湖中竟然还有一只大黄鸭在细雨中随波荡漾。掩映在绿树红花中的村民住宅皆为别墅。若非尚有鸡鸭偶尔出没，哪里还有乡村的影子，观山村、蓬莱村、大羽村、丰山村、太山村5个精品村，都获得了"全国美丽乡村"的称号。

去五里街镇大羽村时，正值大羽村给游人表演咏春拳，出场的不是村民，而是几个非洲黑人、几个欧洲白人、几个东南亚人，悉为大羽村各位拳师教出来的徒子徒孙。台上哼哼哈哈比画，门头脚道虽然不懂，却让国人很提气。大羽村广场宣传栏有一张照片，一个赤脚的拳师正在表演咏春拳，环绕有一圈人在观摩，其中有一个熟悉的面孔，双手抱臂，脸上流露出赞赏和好奇的神情。2002年6月15日，时任福建省省长的习近平到大羽村调研，问起大羽村有什么特色。村支书说这里是咏春白鹤拳的发祥地、大人小孩几乎都会一招半式的。习近平马上来了兴趣，说："来啊，谁会啊？"打小儿便练白鹤拳的周金盛踢掉脚上的拖鞋赤脚上阵，表演了一套白鹤拳。于是便有了那张宣传栏里的照片。看过表演之后，习近平成竹在胸地马上给大羽村今后的发展支了个招，他委婉而循循善诱地说："新农村建设也要因地制宜，要有自己的特色，如果能把白鹤拳文化结合起来，就更好了。"如同醍醐灌顶让大羽村人脑洞大开，习近平走后大羽村便开始有模有样地打白鹤拳发祥地的特色牌。11年过后，"咏春拳第一村"的名头便不胫而走，人均纯收入从2000元攀升到11936元。

11. 汀江堪称水土共存共荣之造化杰作。它源于武夷山南麓，经长汀山涧溪谷汇流，在途经上杭之时，自然驱策，随形顺势，如玉带将上杭环绕三匝，形成三褶洄澜。晚清诗人丘逢甲诗赞曰："东南山豁大河通，汀水南

来更向东；四面青山三面水，一城如画夕阳中。"

长汀县别称汀州。被中外友人誉为与湖南凤凰古城等量齐观的"中国最美丽的山城"，2012年获"中国十大最具人文底蕴古城古镇"称号。然而，不足为外人道的是，早在20世纪40年代，福建长汀就与陕西长安、甘肃天水被列为全国三大水土流失治理实验区。

当时有一位名叫张木匋的学者撰写了一份调查报告，描述了长汀县河田镇的水土流失状况，这是现存的关于长汀水土流失最早的资料。这个报告是1941年到1942年之间写的："四周山岭皆是一片红色，闪烁着可怕的血光，树木很少看到，偶然也杂生着几株马尾松，正像红滑的癞秃头上长着几根黑发，萎绝而凌乱，仿佛又化作无数的猪脑髓，陈列在满案鲜血的肉砧上面，不闻虫声，不见鼠迹，只有凄怆的静寂，永伴着被毁灭了的山灵。"

顺口溜说：长汀哪里苦，河田加策武，河田哪里穷，朱溪罗地丛。头顶大日头，脚踩砂骨头；三餐番薯头，山穷田又瘦。长期以来，越砍越光，愈垦愈穷，互为因果，恶性循环，不能自已。

1982年9月13日，长汀县委、县政府发出《关于水土保持工作的意见》，并恢复了水土保持委员会及其办公室。1984年光山种上了马尾松，还长出了芒萁草。30年的封山治理发生了很大的改变。1999年11月27日是长汀水土流失治理划时代的日子。

1999年11月27日上午11时许，时任福建省委副书记、省长习近平，专程来调研长汀水土流失治理情况。他在河田镇露湖村项公亭前伫立良久。1983年4月，时任福建省省委书记项南考察长汀时写下《水土保持三字经》，同年，长汀即被省委和省政府列为治理水土流失的试点。项公亭是当地群众自发筹资修建以纪念项南对长汀水土保持的关爱。

项公亭四周的板栗已经成林，冬青树在寒风中依然翠绿，使不远处未经治理过的血红荒山愈加锥心刺目。习近平面色沉凝，对时任长汀县负责人语重心长地说："长汀水土流失治理工作在项南老书记的关怀下，取得了很大成绩。但革命尚未成功，同志仍须努力，要锲而不舍、统筹规划，用8到10年时间，争取国家、省、市支持，完成国土整治，造福百姓。"

在参观河田镇长坑里果场时习近平看到满山的果树非常开心，他还主动与果场主人赖木生在果树前来了张合影，鼓励赖木生要继续发展，扩大规模，带领别人一起致富，治理水土流失。在策武乡黄馆万亩果园前听完汇报后，习近平赞许地颔首说："鼓励机关干部种果树治理水土流失，干部带劳带资搞开发，这条抓得准。没有等靠要，做什么事情都需要干部示范带头，你要群众做的事，只有干部带好了头，起到了示范，群众才能相信你。"

临行前习近平要求长汀县尽快起草一份详细材料报送省政府。

2000年1月8日长汀县县委书记着请示材料兴冲冲地来到省里向习近平汇报。有人给他泼了瓢凉水，"这件事估计很难，因为省委和省政府为民办实事项目，还从来没有安排到县一级的先例。"意外的是习近平见到报告后，当即批示："同意将长汀县百万亩水土流失综合治理列入为民办实事项目和上报长汀县为国家水土保持重点县。为加大对老区建设的扶持力度，可以考虑今明两年由省财政拨出专项经费用于治理长汀县水土流失。"

当年2月，"开展以长汀严重水土流失区为重点的水土流失综合治理"被列为全省15件件为民办实事项目之一，确定每年由省级有关部门扶持1000万元资金。长汀大规模治山治水的大幕就此拉开。此后连续10年，长汀水土流失治理都列入省政府为民办实事项目。

2000年5月29日，习近平得知长汀正在建设生态园，专程托人送去1000元，捐种一棵香樟树。2001年10月13日，习近平再次到长汀调研水土流失治理工作。看到河田世纪生态园一侧，他捐种的香樟树已长得枝繁叶茂、郁郁葱葱。习近平高兴地上前去为香樟树培土、浇水。他对长汀县以栽种常青树为主，兼种花木；以绿化为主，兼建植物品种园；以科研为主，兼搞农业观光，打造水土教育"户外教室"、水土治理"大观园"的思路，十分赞同。听取长汀两年来水土流失治理的汇报后，他说："水土保持是生态省建设的一项重要内容，对水土流失特别严重的地方要重点治理，以点带面。长汀水土流失治理要锲而不舍地抓下去，认真总结经验，对全省水土保持工作起到典型示范作用。"几天后，10月19日，习近平对长汀水土保持工作再次做出批示："再干8年，解决长汀水土流失问题。"

这意味着第一个8年已经在不知不觉中过去。2011年12月8日长汀水土流失治理迎来了新的机遇：时任中共中央政治局常委、国家副主席的习近平对《人民日报》有关长汀水土流失治理的报道做出重要批示："长汀县水土流失治理正处在一个十分重要的节点上，进则全胜，不进则退，应进一步加大支持力度。要总结长汀经验，推动全国水土流失治理工作。"并要求中央政策研究室牵头组成联合调研组深入长汀实地调研。

2012年3月在京看望参加全国"两会"的福建代表团时习近平再次殷切嘱咐：要认真总结推广长汀治理水土流失的成功经验，加大治理力度、完善治理规划、掌握治理规律、创新治理举措，全面开展重点区域水土流失治理和中小河流治理，一任接着一任，锲而不舍地抓下去，真正使八闽大地更加山清水秀，使经济社会在资源的永续利用中良性发展。

2012年5月17日水利部陈雷部长在总结推广长汀水土流失治理经验座谈会上说：长汀曾经是我国南方红壤区水土流失最为严重的县域之一，水土流失面积之大、程度之深、危害之重，均居福建之首。1985年遥感普查显示，全县水土流失面积达146.2万亩，占全县面积的31.5%，"山光、水浊、田瘦、人穷"是当时水土流失区自然生态恶化、群众生活贫困的真实写照。如今水土流失区的生态环境和城乡面貌发生了翻天覆地的变化。全县累计治理水土流失面积117.8万亩,森林覆盖率由1986年的59.8%提高到现在的79.4%，治理区植被覆盖率由15%-35%提高到65%-91%，土壤侵蚀模数由每年每平方公里8580吨下降到438-605吨，径流系数由0.52下降到0.27-0.35……昔日"火焰山"如今已变成"花果山"。

"这个重要批示为做好新时期水土流失治理工作指明了方向。"陈雷部长坦言，"全国仍有180多万平方公里水土流失面积、3.6亿亩坡耕地和44.2万条侵蚀沟亟待治理。"他还谈到革命老区的水保治理，"全国1389个革命老区县中筛选491个水土流失严重、经济欠发达的县作为规划实施范围。近期初步选定其中水土流失最为严重的279个县，从明年开始用5年时间进行重点治理，涉及陕甘宁、井冈山、东北抗联等12片革命老区，20个省、自治区、直辖市。"他最后强调说，"长汀水土流失治理虽然取得了显著成效，但仍面临加大力度、巩固成果、提高效益的艰巨任务。财政部和水利部研究决定，2012年至2021年10年间，中央财政每年安排长汀县国家水土保持重点建设工程补助费1000万元，其中2012年的补助费1000万已于3月份下达到位……最后，衷心祝愿长汀的明天更美好！"

长汀县水保局局长林豫峰说：没有习总书记的关怀和水利部的大力支持就没有长汀水土保持的今天。

12. 汀江经上杭、永定二县，在粤三河坝与梅江聚合成韩江注入南海。

古属闽越瘴气弥漫为蛮荒之地。历千万年造化，水土功运，河两岸千峰竞秀，万木葱茏，凝碧流翠，如蓝似玉，聚三峡之奇，汇漓江之秀，宛若仙境。然而，因果使然之，得也水土，失也水土。

清末民初，地处南国的汀江流域，水土流失之惨状，已直追北方黄土高原。事实上，南方红壤丘陵区若搬去干旱的北方，会可怕十倍百倍，黄土高原有万丈黄土，而红壤丘陵区的土壤，却只有薄薄一层，流失过后，便会露出砂质的岩层，如同大地被切割剜剥出的血淋淋的伤口，露出粗糙的肌腱和坚硬的骨骼。这样可怕的伤口在水土流失学科里被形象地命名为崩岗。让人想见炸药爆炸时皮肉在刹那间分崩离析的恐怖场面，以及皮肉被崩溃带走后留下的那个可怕伤口。事实比这还要惨，轰一声崩开，那是热兵器的专利。自然的专利是千刀万剐自己。起因是人类的贪婪，成因是植被渐次破坏、地表被严重扰动，草木有若大地的衣服被剥离殆尽，露出土壤的皮肤。人类留在这些皮肤上的切痕、伤口，被雨水汇流的刃器，切开、撕裂、深挖，并将以脓血的形式一点点带走，先是形成细小的切沟，渐次扩展撕大、剜深切碎，演变成巨大的崩岗沟，最终形成连片的崩岗群。破碎的山体血肉模糊，好像被零剐碎敲骨碎筋断支离破碎的肢体，随时都会在外力的扰动下分崩离析。以退耕还林封山禁牧恢复它，除非历百年不止，因为它寸草不生，逢雨便流，仅靠自然已无法自我修复。

类似这样的崩岗群，在长汀县，竟然有3000多座。

"1000万元造个屋很快就能看见。"钟炳林形象地比喻说，"拿去种树往山上撒1000万什么也看不见。花钱多还是慢工夫。靠它带来财富并不容易，许多满怀热情的农民走上荒山后遭遇了超乎想象的艰难。像策武镇南坑村的沈腾香、濯田镇山东媳妇马雪梅都是这样。"

那天，我先去策武镇南坑村，采访了沈腾香。策武乡南坑村，1992年人均纯收入不足600元，被讥为"难坑"。是方圆周知的"山上无资源、人均三分田、卖柴换油盐"的著名贫困村。1997年35岁的沈腾香被选为村支书。现在年近半百的沈腾香，不像一个村支书，倒似一位干练的公司白领。她举止彬彬有礼，说起当年的艰难，犹有余悸：

"我是河田人，从小就记得村里的荒山光秃赤烈，砂石裸露，只有房前屋后长有几棵小松树，小时候我和同龄人经常在小松树下'掐松毛'，拾一些松针做柴火。长大后嫁到了南坑村，这里荒山的情形和河田差不多。也是'种田填饱肚，打柴割草换油盐，养只家猪等过年’的生活。村里决定以绿化荒山治理水土流失为契机脱贫致富时，好多村民开始不同意，他们说：耕田都赚不到钱，在秃岭上种果树不是把钱砸进无底洞吗？真的好难噢！”

"别处干旱我们这儿愁雨，每次下雨，村民都得到田里应付雨水带来的麻烦。只要下一场较大的雨，附近那些崩岗就会有大量泥沙冲下来，流进水沟和农田里面，红泥巴汤子，要花费很大的工夫，把它们从水沟和田里清理出来，否则泥沙淤积就会导致严重后果，把房子淹了。这个红泥浆它是很坏的，它进了田里面，就会让土地板结，田都种不了。不下雨田里的庄稼植物它就长不出来，下雨又会冲下许多泥沙，把种苗给淤死，这是不是很矛盾？"

现任水保局局长林豫峰插话说："种了树还有人砍，所以定了村规民约，割草要鸣锣，叫他鸣锣宣传治理水土流失的意义，割草比较多的人，会罚他给村民放电影，那个时候放一场电影得二三十块钱，小学教师工资才四十多块钱。砍了树要他把家里最大的一头年猪杀掉，还要他自己一份一份给全村人送去，赔礼道歉，请求大家原谅。因为你砍树损害的是大家的共同利益。补贴煤电加上严格的处罚管理这才把砍柴现象逐渐遏制住。"

我问沈腾香，真的敲过锣？放过电影？还杀过猪？

"呵呵，怎么会没有呢？都有过啊！"沈腾香笑得什么似的，"有人砍了树之后，藏得很严实。你去问他，他嘴巴还很硬，柴草就藏在床下，在下边捂着，得捂干才好烧。村民都留心，烧柴总要冒烟，很容易就被发现的。你被大家发现了，你就自己看着办，你不想杀自己的年猪会有人帮你杀的。你犯的不是国法是村规民约，大家定的，你也按过手印。全村人都盯着你呢？你砍的不是山上的树是大家共有的财产，你不赔礼道歉，以后在村里还活不活人？"

"这主意好！"我赞叹道。然后我问起银杏树。

"都是大家的主意，"沈腾香笑着说，"那是原福建省省委书记项南出的主意，他来南坑村说了种银杏树的好处。我觉得有道理，就率先种起来，大家也觉得好，跟着一起种，就种出了规模。银杏树的叶和果都是保健用品，银杏树也是很好的治理生态的树种。以前一下雨河道都是沙，现在山上流下的水都是清清的，效果很明显。我们还想继续扩大种植面积。还想在银杏基地规划开发休闲运动区，为村民带来更多的经济效益。这是一件双赢的事情。"

"要想富就得先治理好水土，没有好的水土，想种树都种不活。你知道我们的银杏树怎么种，先要在红砂土上挖个一立方米的大坑，然后施下六担农家肥，和红砂土拌和在一起，这才可以种银杏苗，否则根本就种不活的。年年还要施肥，下的本钱和功夫比在正常土地种要多三分之二。有的银杏树过了12年都不结果，为啥？土地太贫瘠。不施肥还会枯死掉。不过最难的日子已经过去了。现在我们正在全力推出'银杏水乡，生态南坑'乡村旅游项目建设，力争把南坑打造成以农家乐休闲游为主的省级农业旅游示范村和全国新农村建设示范村。现在每到周末，来我们这里的游客，已超过2000多人。"

这些年崩岗恢复了三春的美艳，而她的青春却如水土般流失了。

13.汀江逶迤穿行神工鬼斧的红土地，山岭拱卫天生地养的清涧水，水因土而生，土因水而旺，水土和平共处繁荣草木，草木孕育林泉养育水土，两岸因此而千娇百媚，水土因此而齿白唇红。木生火，火生土，土生金，金生水，水生木，五行济，荣万物。

有那么一位女子，从小在山东青岛长大，大大的眼睛，中等个头，留齐耳短发，生性活泼好动，爱说爱笑，一派天真烂漫，爽快大方劲儿，典型山东大妞一个。1980年她来到福州上高中，与伯父一家人住在一起。高中毕业后，考了几年大学，均未果，不免就有些心灰意冷。恰逢其时，天缘凑巧，便结识了退伍兵赖荣清。赖荣清退伍后在福州一家公司找到一个司机的工作。小伙子正值年华，孔武英挺，女子出落得如花似玉，正值青春，两人一见钟情。一来二去便走到了一起。1986年两人决定洞房花烛，却遭到家里人的坚决反对，伯父一家人也不同意，理由是：赖荣清虽然是个退伍兵，但在公司里当司机，没有铁饭碗，还是长汀濯田镇园当村人，地地道道一个农民。退伍兵又不能当饭吃，一个大城市的漂亮姑娘，嫁谁不好，嫁个农村人，不瞎也不残，是脑子有毛病吧？姑娘却不管不顾率性顶真，一门心思要嫁给我们的农村退伍兵，那股九头牛也拉不回的劲头，终于使两人得偿所愿。婚后的小日子过得也还不错。1996年姑娘远在青岛的父亲忽然病重，两口子急忙赶回老家，在老人面前汤汤水水服侍了一年之久，尽足了孝道，也未曾挽住父亲西去。

哭哭啼啼料理完父亲的后事，夫妻俩便双双返回丈夫的老家长汀濯田镇园当村。丈夫工作也丢了，一没田二没地，两人靠什么生活？正发愁的当儿，却从电视新闻中看到一则海南种果树发家致富的新闻，脑洞大开，心想没房没地，还有几分力气，我们何不试试。便和丈夫商量，从村里租得来四百亩荒山。从来没有做过农活的城市女子，便告辞了胭脂口红，开始终日与铁锹锄头为伍。孰料这农民也不好相与，种下葡萄不挂果，种下玉米不结穗，种下果树只长枝。一年下来颗粒无收，而租金却是一分钱也不能少的。这时却有救星来了。

1999年长汀县水保局副局长钟炳林到濯田镇园当村察看，发现这个青岛女子，虽然不懂农事，不知水土保持治理的方法，可是人年轻，又有文化，虎虎有生气，还有股不服输的拗劲，要是有人指点，说不定还是把治理荒山荒坡的好手。于是便让她不必再转包承租他人的荒山，不如去承包镇政府干部集资在南安村"塘尾角"荒山种下的158亩板栗，而且不要一分钱承包费。女子一听，眼亮得像星星，当即就满口答应。没想到回家和丈夫一说，丈夫却说知道，已经有人跟他说过，说："你老婆没种过田，难道你也傻吗？这种光秃秃的山能长东西就不会有那么多土生土长的农民外出打工了，谁不愿意留在家里过安逸日子？"

女子却舍不得放手，翌日便跑去南安村"塘尾角"视察。视察的结果让她也有点灰心丧气。所以这女子见我的第一句话就是连说带笑地抢白和我一起来的老局长钟炳林："当年，我是被他骗过来的，他们在山脚下只种了一圈圈板栗，就说要无偿交给我承包。可那叫啥山呀？天上下一点小雨，水就从山头冲到山下，就变成了泥石流，冲得整座山一道道全是深沟。"

钟炳林却晃着个大脑袋笑说：这就是马雪梅，山东人性格！

马雪梅却咯咯地笑，也不再多说什么，忙着去烧水泡茶。趁着她泡茶的当儿，我仔细打量了一下这位具有传奇色彩的山东女子。时光荏苒，她已经不再是那个为了爱情九头牛也拉不回来的青春女子。如今她，身体已经明显发福，风韵犹存的脸上，眼角和额头已经有了细细的皱纹。只是一颦一笑，仍然阳光灿烂，举手投足，尤其是说话时，爽利劲不减当年。

我们坐在院子里的红木椅上，一边喝着功夫茶，一边听马雪梅开聊。说起往事，马雪梅满怀感慨。开言先笑，说："俺是被人家骗来的，不过俺也不笨，心里什么都明白。福建这个地方跟山东不一样，长汀这个地方，跟青岛也不一样，这里气候好，雨水勤，种什么都能活。只要肯下力气，横下心做，就没有过不去的沟沟坎坎、栽不活的树树苗苗。所以我就认骗了，还不知谁骗谁呢？"马雪梅翕开一嘴白牙。烧水、倒茶、说话，什么都不误。"所以俺就签了字，画了押，头一年就在这山上种下了192亩板栗。周围的人都笑俺，说这山土贫得连马尾松都长不起来，更别说种果树。但俺根本不听他们说。俺这人，在这个世界上就相信一件事，只要肯下功夫，有这么好的气候、雨水，荒山也能变成聚宝盆，走着瞧！"

周遭全是树，头顶也是绿色的，这些绿色映入马雪梅的眼里，如幽深的湖，马雪梅在那个湖里探出脸来说："从小儿俺就喜欢下雨天，这地方的雨却让俺怕了，一场很小的雨，也是会水夹着泥巴往山下冲，冲下去就把俺种在平台上的树一起冲没了。那个是钱呀，都给我流掉了。那流的不是泥巴不是水，是钱啊！"迄今说起，马雪梅都眼圈红红的，似乎又回到那个时空，"俺那时没有钱，好多钱是找人借来的，那个心痛，简直是痛不欲生啊！这才明白，光有劲头还不行，还得要有技术，要科学种植！俺就找水保局，水保局就给俺派来了技术员，他们指导俺如何种植。像俺过去那样种是不行的。要想种好树先得保持好水土，得前坎后沟，前坎是挡水的，后沟是把植物吸收不完的水储存起来。这还不行，还要不断种草，大量施肥，从根本上改善土质，这个过程是需要时间、人力和金钱的。这个艰难远远超过了俺最初的想象。正常的荒山这样治理，四到五年一般就有收益了，但俺辛辛苦苦干了五年多，树上连果都没挂。俺全家仅有的12万元积蓄全投了进去，还借下了30万元的外债。那个生活过得……不怕你笑话，跟你这么说吧，吃饭都没钱买。这个荒山它是……怎么说来着？用水保的术语是水土流失超强度的荒山，难怪会无偿承包给俺，俺这才明白，天上是不会掉馅饼的。那时，还真觉得俺是受了骗了呢！当时有不少承包人都放弃了，但俺是个山东人，天生就性子倔，咬住牙还想再坚持几年……当时也没有看到多大希望，就是心里舍不得，就跟谈对象一样的，投了太多感情，太多精力，还有那个爱，让俺放弃心里不舍得，跟老赖那会儿俺就是这样，死活跟了他。再打个比方，就像俺生个傻瓜儿子，投了很多精力，操碎了心，别人一句放弃，说这个孩子长大是个废人，赶紧扔了，你舍得吗？俺当时就是这种感情！那些天，俺一见人来就心跳。为啥？2001年春节前，也就是年三十下午，俺家里20多个债主临门要钱，把家里的钱还得不剩一文也还不上。央告人家走了，冷锅冷灶，才想到年三十，晚上吃什么？明天过大年了，又得吃什么？唉，说起来，也幸亏那年俺远在福州的妹妹，不放心，过来看俺这个没出息的姐姐，帮俺掏钱买了些年货，才勉强过了个年……"

说到这里，马雪梅的眼睛已经泪汪汪的。静默。

静默中，一条花狗摇着尾巴，悄悄走过去，卧在马雪梅脚下。马雪梅伸出手，在狗的头上爱抚了一下，笑道："俺过去还养过一条黑狗，比这条个头大点儿。俺干活的时候，把衣服挂在树上，它就在下边守着，谁要是想过来拿走，它就汪汪地叫，通人性呢！起先就是俺一个人起早摸黑地干，荒山野地，沟里静悄悄的，没有一个人影，俺再胆子大，也有怕的时候，那会儿，就靠它给俺壮胆，有它在，就像有个小人守着俺，俺这心里踏实着呢！可是有一天，忽然就找不着它了，俺满世界找也找不见。俺心想，不会是被野物给吃了吧？这山上后来也有一些野物，再也没有找过它，俺有时挺想它的！" 我不知长汀都有些什么野物，是否大到可以吃掉一只狗。但我知道有种两条腿的野兽，专门捕狗吃。只是我不想说出来，因为这种说法对爱狗的人来说，当是一种心灵上的最大的摧残，所以我欲语又止。

"最可气也最让俺伤心的是还有人搬弄是非往你伤口上撒盐！"马雪梅说，"特别是在俺老公面前挑弄是非的，气得俺要死，话说得还很是难听。说他好好个男人，怎么就讨了这么个败家的老婆，我们要是你，讨了这种老婆，倒贴钱都不要的。你说这话气人不？不过俺想了想也不气了，俺要好好做，要让说坏话的人有一天在俺面前抬不起头！俺这人虽然能力不大，但俺老是遇到贵人，我接触的水保系统的领导，大家是很帮我的，县里的钟局长，市里的谢晓东局长，都是帮我的。公家的钱也多少会借一点给我，后来钟局长看俺可怜，他自己私人的钱也还借了我两万块钱。俺还开玩笑问过他们，你们图什么帮我？现在这个社会上你看看，帮人总是要有所图的，不然图财，不然图色，不然图回报，我要钱没钱，要色没色，回报更没有，你们图什么帮我？你们不帮我，难道工资就不能拿了吗？还不是照拿？"

钟炳林笑着插话："我们大家帮她，一个是被她不屈不挠的精神打动，二是我们知道，那个荒山是块硬骨头，啃起来好不容易的，如果连我们水保人都不支持她，她可能就倒下了，可能就退了，那荒山就胜了，水土就会继续流失，前功尽弃，这事不能发生！那是2013年吧？我们福建年度十大人物评选结果在福州揭晓，感动福建的十大人物就有我们长汀水土流失综合治理中涌现出来的'山东媳妇'马雪梅、'断臂铁人'兰林金、退休医生林慕洪，合称长汀'三杰'，后边的两个人和马雪梅都有一个共同点，那就是不服输！"

老局长的话让马雪梅眼圈又红了，她却掩饰着喊：喝茶，喝茶，凉了！

"现如今，十几年过去了，你再看她，"钟炳林喝了几口茶，似乎也有点兴奋，这位老水保继续他的话题，说，"她把养猪养鸡的规模扩大，把养殖的收益再投到治山上，土壤渐渐改善，板栗收成年年都增加，林果树下是河田鸡，圈里有两千头猪，猪粪便都投到山上养土、养树、养草，树更绿了，草更肥了，固水保土的能力更大了。她外债早还清了，还在村里中心盖了一座三层别墅，还买了好几辆汽车。要是当年不坚持，能有这些成绩吗？"

"呵呵，敢情这天下还真掉下个馅饼，让俺给捡着了！"马雪梅欢乐地说，"俺们家那口子也高兴了，扬眉吐气了，我娶的媳妇如何？你们自己看！还用我说吗？俺生的不是傻瓜儿子，过去的傻瓜儿子变成正常儿子了。俺觉得俺捡了个大便宜，要是起初这荒山就这么好看，俺能这么容易就得到几百亩地吗？说实话，刚来那当儿俺一心就是为了赚钱，不是为了治理水土流失，但后来就转过来了，为啥，明白了，要想发财致富，你先就要把水土治好，只有保住了水土，才能种树长草养鸡养猪，连水土都保不住，俺的效益到哪里去找？"

14. 赣江是长江的第7大支流，南北纵贯江西省，在赣州由章江、贡水汇合而成。流域面积8.16万平方公里，占江西省面积的51%。中上游多礁石险滩，水流湍急；下游江面宽阔，多沙洲，因此赣州以下便可以通航。旧时沿岸均为长江下游与两广的交通纽带。

20世纪80年代赣州全市水土流失面积高达11186.7平方公里，占到赣州国土面积的28.37%，被中外专家称之为"江南红色沙漠"，有"兴国要亡国""宁都要迁都"之说。20世纪90年代全市年土壤侵蚀量达4600万吨。2013年勘测仍有水土流失面积7816.67平方公里，占国土面积的19.85%。有崩岗3.25万多处，占全省总数的69.7%。30多年来赣州市县两级鼓励和引导近3000个民间资本投资人参与水土流失治理，治理面积达到1120多平方公里。

我走访的赖林生便是这3000个民间资本投资人中的一个。

《山海经》载：南方有赣巨人，人面长臂，黑身有毛，反踵，见人则笑，唇蔽其面，因即逃也。《尔雅》云，今交州、南康郡深山中皆有此物也，长丈许，脚跟反向，健走，披发、好笑，雌者能作汁，洒中人即病。土俗呼为山都……传说除满足人的好奇心，还可以佐证赣州也即赣南的过去，水土共济，植被旺发，竟然可以孕育赣巨人这等神秘传说。

当地人说，一只老鼠从山坡上跑过，远远的，也能一眼尽收，历历在目。何故？只因寸草不生，连老鼠都无处藏身！故我那天在走访赖林生时以《宁都叹》为题五律平水韵之曰：形同火焰山，色似血斑斑。壤瘦红尘陋，岩肥碧水顽。慈悲财愈厚，寡鲜物偏悭。老鼠坡头走，饥无寸嫩衔。炊烟频断绝，灶柴未寻还。赤子流朱潜，丹青溅紫潺。狂樵阎王恨，乱垦菩萨蛮。一管繁华笔，千秋草木删。赣巨人的兴，与此相关，灭，亦与此相关也。

年过而立之年的赖林生，敦实的个头，红黑的脸膛，眉眼全是微笑和自信。

"我家离这里没有多远，就在山下边的那个村子里，我家里人没事也会来帮忙干活。我们村里的老表，几乎都在我这里工作。老表过去都要离开村子出去打工，现在老表不用出去，在我这里做事，我每年至少也要付给老表每个人2.6万元的工资，老表是很满意的。科技园区今年葡萄收入40万元，蘑菇房收入95万元，水库养鱼收入35万元，脐橙收入300万元，苗木收入预计200万元，合计今年的年收入可达670万元，全年开支在700万元左右，今年收支基本平衡。明年将能产生纯利润，年纯利润预计可以达到300万元。"

"我过去是做生意的，挣过大钱，也够我们家花的。过去我们村的老表没有柴烧，把山上的树都砍光了，我小时也上来这里砍过柴。这个债迟早得还。我承包这个荒山就有这个想法。"忽然赖林生又苦起脸发愁地讨教我说，"不过我有个很坏的毛病，小时候爱跟人打架，长大也脾气不好，老是爱发火，忍也忍不住。发过火又后悔，有什么办法治治这个坏毛病？"

赖林生指着雨雾中几座还没有治理的荒山，问我那像不像人的皮肤上长了红斑狼疮，又从脚下抓起一把红砂土放在我手上，让我摸摸看，还歪着头问我说："你看这疙疙瘩瘩的全是沙砾，连点土星子都没有，怎么能种出这么好的脐橙？"我摇头表示不知道，他大笑说："我们种树就跟栽花一样，挖一个深坑，填上肥土，然后才把苗种在里边，再浇水打上鱼鳞坑。你看，我们这哪里是在种树，明明是在栽花嘛！"我笑着问他："那要是根把盆装满是否还得换花盆？"没想到这一下把他问住了，他支吾了一下，没了下文。这个承包荒山的赣巨人，竟然红了脸，无言以答。于是我明白，赣巨人的生灭，与植树如种花类似，赣巨人的脚大，而自然的鞋子变小时，赣巨人的脚撑不破自然，于是便只好撑破自己，委身于尘土。

"也许不会，"我笑道，"自然很奇妙，跟猴子一样，会顺竿往上爬。比方说你这红砂岩，得在人身上就是皮肤癌，没有自然的帮助，光靠吃药打针，就是不治之症。但得在自然身上，没有人类帮助，它也是不治之症。这是相对而言。如果千年之后，它肯定可以重新生长出绿色。但在这个相当长的有人类干扰的时期，那是不可能的。只有在得到人类的帮助之下，它才会找到发力点。

这些崩岗不是活过来了吗？因为是你唤醒了自然，给了自然一个抓手。植物的根能把岩石扎开缝，这些并不坚硬还破碎的红砂岩，更不在话下。你这个破花盆在肥水和根须的作用下会碎成土，树根会扎破它们，伸到外边去保土蓄水改良生态！"

他这才明白，我是在故意刁难他，拍着我肩膀大笑。

15. 兴国位于江西省中南部。建县始于三国。文天祥曾在此开府抗元。苏区时期全县23万人口参军参战达8万多人，为国捐躯达5万多人，姓名可考烈士达23179名。孕育了肖华、陈奇涵等56位共和国开国将军。乃中国著名苏区模范县、红军县、烈士县和将军县。

兴国山歌源起秦末兴国上洛山造阿房宫时伐木工所唱之号子。中原古风遗韵和土著文化长期融会，故有"唐时起，宋时兴，唐宋流传到至今"的说法。悠扬与刚猛同在，唱情唱爱唱悲欢：哎呀嘞——哥是白糖妹是水，若是有情结缘来。月光弯弯在半天，船子弯弯在河边；船要下滩赶大水，妹要恋郎赶少年。哎呀嘞——山上无树、地上无皮、河里无水、田中无肥、灶前无柴、仓中无米，砍柴要出国，挑水要离乡哟！哎呀嘞——老表哥，兴国要亡国，唔要砍树棵，宁都要迁都，唔要砸饭锅，唔有青山不能活……

中外专家考察后的结论是：再不治理，就来不及了！

山歌只能唱出兴国的穷，却唱不来绿婆娑，将军们虽然开过国，但没有治理过水土流失的病。要想治住穷，先得放下斧头和锄头，不能乱砍乱垦。那年我们来采访时，兴国已经变了模样。用他们自己充满感情的话说是，山上有果树，田里绿油油，沟里有水流，家家烧沼气，人人吃米饭。陪同的兴国干部说，人屁股、鸭屁股、猪屁股，三个屁股解决了兴国人的烧柴做饭。兴国缘何没有亡国？全国人大环资委"中华环保世纪行"记者团尚莒城团长，一言以蔽之曰：兴国之道，在于水保！十几年过去，现在的兴国，又有什么变化呢？

黑瘦的郑习东在他新建的别墅前接待了我们。

郑习东新建的三层别墅就在他承包的荒山之中。别墅的周遭是脐橙树和橘子树，还有几十株高大的杨梅树。这几十株杨梅树高大到让人怀疑它们不是杨梅树。但赖局长却说它就是杨梅树。个头不高的脐橙树，每一个枝条上都结满了拳头大的金色的脐橙，沉重的枝条已经不堪重负，细心的主人只好在枝条的下边绑了棍子以便助力。矮小的橘子树似乎更惨，纷繁如星星般的果实，结满了树枝，不仅压弯了树身，而且许多树枝已经被压得倒伏在地上，黄澄澄的橘子像金子似的躺在地上，似乎不是树生而是一些藤蔓植物。这样的丰收景象许多人和我一样还是初见，自然少不了大呼小叫。只有黑瘦的郑习东和赖局长、赖高工，脸上挂着司空见惯的微笑。郑习东拿来了剪刀招呼大家剪几个橘子或是橙子尝尝鲜，于是一片欢呼声。

"天天都有城里人来开车采摘，"赖局长告诉我，"这个项目是最受欢迎的，大家自己剪，想剪哪个是哪个，也不贵，一斤三四元钱，对吧？小郑。比市场价还要低一些，为什么呢？省去了中间环节。然后拎着回家去送朋友、亲戚什么的，还能吹吹牛。这些橘子可是我自己亲手从树上剪下来的。有成就感。还有孩子们、学生们也喜欢来这里，既可以玩，又可以吃，还可以学习一点植物知识。这里的所有植物，都是挂了小牌子的。"

"过去这里是寸草不生的癞痢山、溜沙岗，如今已被苔藓、地衣、蕨类等植物覆盖，野鸡、野兔、野猪也开始出没，野猪还拱田、偷吃农民的苞米，很吓人的！"赣州水利局副局长周益萍是个很有个性的女性，说起话来如同爆豆一样。局长却相反，是个稳重而慢条斯理的人，他字斟句酌地说："兴国县现在的水土流失面积下降至750多平方公里。除崩岗外大部分地区的流失程度降至强度流失以下。土壤流失总量由每年1106万吨下降为314.08万吨，保水效率超过18%。与1980年相比，有机质、氮、磷、钾流失每年减少了27.68万吨。绝大部分农田实现了'旱改水'和'一季改二季三熟'，'落水河'面积由8万亩下降至不足2万亩，'望天丘'面积由4.6万亩下降至1.6万亩。至2014年，全县油茶面积达64.3万亩，脐橙面积8.6万亩，全县农村经济特色产业初步形成，农业产业结构得到优化调整。"

我们一边吃着汁水四溅的赣州脐橙，一边剥着瓣瓣红润的矮树上结的兴国橘子，一边聊着百感交集的兴国变化。晚上，郑习东还请我们在他的别墅里，煮了他自己农庄里养的鸡和鱼，还请我们品尝了他自己泡的杨梅酒，相谈甚洽。这个貌不惊人的甚至表情还有点腼腆的小伙子，说起自己的成功，翻来覆去只咬住了一句话：都是沾水土保持的光！

我想，有了这样好的水土，赣巨人迟早会回来。

16.亚洲第一大河、世界第三大河的长江是幸运的，春来江水绿如蓝的

描述，至少在20世纪80年代始，还可以让人触景生情。遗憾的是短短30多年以来，长江也不幸濡染了与黄河相似的颜色，并黯然神伤，啜饮着沿江两岸馈赠的毒酒，流向不归。

"这还只是个开始。"南京市水利局水保处的谷成标处长，威风凛凛一个大汉，却心细如发，思路清晰。他能把枯燥的话以闲聊的方式讲出来："高淳的县委书记，也就是国际慢城（桠溪）小流域的所在地，觉得高淳生态好，想打生态牌。习近平总书记当时还在浙江当省委书记，他在那个时候就说过，青山绿水就是金山银山，这个县委书记受这个启发，就把高淳搞成了国际慢城。慢城这个东西，不光是节奏慢，什么都要慢下来，人总是匆匆忙忙的，把许多事情都忽略了，慢下来好好想一想，把该补的东西补上不是挺好吗？这个慢城现在不仅成了我们南京和江苏的一个品牌，还是全国走向世界的品牌，外国人常来。慢城小流域、山河小流域、江宁石塘小流域都获得了'国家水土保持生态文明清洁小流域'的称号。你都应去看一看！"

南京拥有着6000多年文明史、近2600年建城史和近500年的建都史，有"六朝古都""十朝都会""江南佳丽地，金陵帝王州"之称。水域面积占总面积的11%以上，林木覆盖率26.4%，建成区绿化覆盖率45%，人均公共绿地面积13.7平方米，位居中国前三名。

这样一座历史悠久的现代化发达城市，在人们的印象中似乎与水土保持这个古老的话题已经风马牛不相及。然而，让许多人感到意外的是，南京市的水土流失面积和流失量，竟然居江苏全省各市之首，防治任务较其他地市更为艰巨。事实是，旧有的水土流失还未完全治理完，新的水土流失现象已悄然发生，并随社会发展和人的不经意逐年加剧。

去石塘村那天，大清早，有微雨，寒气逼人。小雪也就过了三天，想不到南京的冬天如此凛冽，倒让我这个北方人小小吃了一惊。江宁区水保站女站长，一个中年女性，穿着厚厚的宝蓝色的长羽绒服，一副严冬打扮。我有点替她发愁，到了三九还能穿什么？好在车内是温暖的，且驰行有顷，也就四十分钟，便到了地方。下得车来，只觉一股清冷幽绝之气扑面而来，萧瑟中，却依旧翠色撩人，毛竹一竿一竿，成片成丛，寒气逼得竹叶边缘有些泛黄，偶尔有三三两两的飘下。竹林夹护着一条满是泥的小路曲折向前，沟渠里的水环绕着蓬蓬勃勃的绿，激溅敲金漱玉的声音。

过了一座拱形的小桥，眼前便呈现出一泓碧水，水面上竟然袅娜起缕缕白雾，宛若仙气祥云也似缭绕。还适时地吹着寒风，将万千白雾吹得如仙女的裙裾，飘飘舞将起来，丝绦般缕缕吹散，直吹入对面那一片低低矮矮的山，白雾便被吹入那些堆叠而起的浓黑的山上的绿里去了。这一来让那山便愈加显得影影绰绰不甚分明了。

恍若仙境般景色引来的不只是我这个北方人的惊喜，也引起了同来的南国人的一片大呼小叫，却原来这一等一的美景，是连他们这些地里鬼也寻常遇不上的。于是，大家都驻足于池畔屏息敛神，只听得手机、相机的扫射声，与流水与白雾的碰撞声，如同天籁。这样的辰光大约也就维持了有十多分钟，水面上的雾被风吹得滴溜溜乱转，忽然就不见了。我等却方兴未艾，仍然沉浸在兴奋之中，举着手机和相机，眼巴巴盼它再现。

伊始一幕，往后去，人便有些恍惚，身心全然地被一派清幽之气所俘获，以致竟将萧瑟的景象也归入清幽的范畴，而拱手相认，以为风情了。不同季节有不同物候的诉说，也是风情万种的表露。横溪环绕着石塘，使街道和村都具有灵性。近千年的历史，肥肥地孕育着传说：上千年以前，两颗流星划过夜空，拖着雪亮的尾巴，同时砸向横溪环绕的这两个地方，轰然一声巨响，两股烟尘腾起在天空上方，不知何时方才慢慢散去，烟尘腾起的地方，从此便砸出两个池塘，便有了上下石塘村。这里南距南京市中心38公里，西距马鞍山市区25公里，这边安徽，那边江苏。镇南方位属横山山脉，镇西方位属云台山山脉。话语、乡俗、建筑、风情，也融会有两省的半斤八两。后石塘村民居，朱漆黑瓦，典型的苏派民居。而前石塘村却"青砖小瓦马头墙，回廊挂落花格窗"，花格雕窗，翘首门楼，俨然是徽派房舍的特有格局。漫步青砖铺地的林间幽径，追看院边草地上的鸭行鹅步，追到它们蹿入渠水，沉入寒塘，呷呷哦哦地凫水远去，以避我这个俗人。我则在寒风中想象草长莺飞时的光景渐入佳境。

石塘村拥有连片翠竹3万亩，与九龙湖相依相偎，还有千亩茶园产上好的碧螺春和雨花茶。几处池塘，一条长廊，亭台阁楼、小桥流水，实现了人与自然的完美融合。森林覆盖率为90%以上。自行车道蜿蜒，家家都有"农家乐"，一个双休日家家能挣几千块。过去那个陋旧、破败、塘坝泥满、沟渠废弃、愚昧落后、贫穷寒酸的丑小鸭，摇身一变成天鹅了。

若无水土保持先行，小流域建设跟进，南京水乡焉能有今天这样的美轮美央。说起来石塘村之于我也十分不薄，初来乍到，便酬我以寻常见不到的美景，故即兴《前后石塘村》五律曰：烟波生瑞气，芳草映明溪。流水穿村秀，毛竹抱瓦齐。鸭鹅凫树影，鸡狗动墙篱。前后石塘美，农家乐所居。

意犹未尽，又《南京水乡美》诗曰：萧森砌碧泓，翡翠绕金陵。涣峻平三地，秦齐宋六京。山荒吴语乱，水堵倭声惊。课以家乡美，恩仇寸土争。以北地人的艳羡眼红又《定风波》两首以记相思曰：安步苔泥古道晴，素墙玄瓦惹流莺。桥榭阁亭花木捧，争宠，前苏后徽点龙晴。琉岸璃山芳径通，犹恐，峰羁波绊缚游踪。莫以高低斟万顷，杯净，壶留些许济苍生。渠畔白鹅哦哦鸣，鉴楼映树动幽情。追撵春尘临画境，神定，垂眉顺眼被丹青。浓岭淡溪泼墨景，风劲，何时吹落并州城？西汉邀约霍去病，还请，南朝陶氏字渊明。

什么时候，天下方能处处有此美景，供人安身立命。

高淳县被誉为南京的后花园，位于江苏西南端，北邻溧水，东邻溧阳，西南与安徽郎溪、宣州、当涂毗邻。周边有固城湖、石臼湖和长江支流水阳江所环抱。东部为丘陵地区，西部为平原圩区，总面积802平方公里，陆地面积约占70%，水域面积约占30%。

驰入高淳县境的感觉如同驰入一片起伏的绿色。在慢的理念的影响下，似乎连这里的山坡和草木都有了悠然而神秘的况味。这种况味的神秘来源于一种真水无香的宁静，喧嚣的繁闹与滚滚红尘就此被阻绝在外边，被远远地抛在了身后。平缓的丘陵一望无际，宁静致远地慢慢伸向远天。远天的那边通向魏晋时期。被欲望和利益驱动得不能自已的人类，千百年来如同那个朝代的癫狂诗人阮籍那样"时率意独驾，不由径路，车迹所穷，辄恸哭而返"。这番古老的滋味，被现代欧洲以另类眼光描述为"被自己追赶得穷途末路""蓦然回首，那人却在灯火阑珊处"。这才知道欲速则不达。一门新的城市哲学，悄然在欧洲一些小城首先诞生，这套哲学叫作"慢"。1999年10月意大利托斯卡纳基安蒂地区的格里韦、奥维托、布拉和波西塔诺4个小城的市长联合发起一场"慢城"运动，并发布了著名的《慢城运动宪章》。迄今全球已经有波兰、奥地利、西班牙、葡萄牙、挪威、德国、法国、英国、瑞士、日本、韩国、德国等共25个国家的150多个城市加入该组织。这些闲散的慢城人会在路边咖啡馆一坐就是大半天，闲聊或是看人来人往。树荫环绕的广场上，飘散着丁香花与薰衣草的香味，石凳上的老人如雕像般呆坐，每个人都有时间从容思考悠然享受人生。

意大利波利卡市市长安杰罗瓦萨罗曾三次来高淳，他的另一重身份是世界慢城联盟副主席、国际部主席。据说他是高淳走入国际慢城的倡导者，但要满足国际慢城54项具体规定的只有桠溪。远远的，著名的"慢城"蜗牛便开始了它著名的微笑，它的微笑慢到从我们看见它，到走近它，参观完桠溪并与它告别，都没有结束，它还在说：欢迎。

6个村子两万多人口分布于48公里的田园风光带上。环境真的优美，而生活在这里的人们似乎还没有完全适应安逸的节奏。他们还在忙忙碌碌地为客人准备午餐，几乎家家户户的房屋都改造成了农家乐。真正悠闲的是猫和鸡。鸡互相依偎着，在墙角晒太阳，有一搭没一搭地啄食。猫则眯着眼睛卧在那里，半天一动不动。如果没有汤锅和老鼠的呼唤，它们才是这座新兴"慢城"里最名副其实的居民。满眼宁静的河道与绿地、竹林、茶园、果树、鱼塘、散落在高高低低丘陵上的民居，都令人感到新奇和愉悦。有诗为证：桠溪慢美兮，意态适丰仪。旅苦眉山伴，乡愁眼水依。魂牵灵肉地，梦绕古今居。欲远蝇头利，蜗牛角勿期。

数字最能说明问题，去年仅金花节，就接待游客258万人次。

17. 窃以为，需要拾遗补阙如下：率土之滨，莫非王臣？滨者，水也。有了土，自然得有水。水土连体，土中有水，水中有土。如同，你中有我，我中有你。土中没有水则为流沙风尘。水中没有土，那就是蒸馏水了。

那些年，山是绿的，水是清的，天是蓝的，夜里是可以看星星的。那些年，人们呼吸着不要钱的洁净空气，吃着数量匮乏但有机的绿色食品，喝着不要钱的江河水、矿泉水，穿着无公害的或棉布或丝绸的衣裳，虽然是补了又补，可心里是熨帖的，不以为耻。如同避秦的秦人住在桃花源里，过着布衣粗食的生活，不知有晋。然而，自打知道有晋的存在，避秦的桃花源人便急不可耐，开始羡慕晋的奢华、富有、光鲜、好吃好喝好穿戴，如过江之鲫急于游向晋朝，去吞食饵钩，一时之间，物欲横流，乌七八糟，鱼龙混杂，躲穷胜似避秦，纷纷从桃花源逃将出来，还不忘临走时尽可能多地夹带桃花源里的日月星辰青山绿水清风化雨破烂换钱。其乐也陶陶也没的几天，忽然有一天，开始呼吸雾霾并开始有价的空气，喝不好却有了价码的饮水，吃伪劣还不健康的食品，穿戴使用涂抹有毒害作用的物品，便开始说不满意的话，说，这样的晋比秦还坏，是要人命的。避晋之心更胜避秦，却找不到回桃花源的路了。

于是举凡山清水秀还有一口洁净呼吸的地方虽千万人吾往矣。

想要阻止乡村走向城镇的趋势，阻止农民走出贫困走向富裕的脚步，如同当年试图农转非离开土地一样困难。时光填平了自然的沟渠之后，落差便自然而然降了下来。貌似跌落的水流、湍急的瀑布，安详地在平缓处从容流动，内里却怀了更多顾盼，更多梦想，更多美好愿景，更多急切心情，更多意气风发，正在流向大海。大海是世界潮流汇聚的地方。

《大学》有语曰："物有本末，事有终始，知所先后，则近道矣。"水土保持是农林牧副渔全面发展的前提条件，也是与生态建设、环境保护相辅相成的基础保障。只要有建设就不可能不动土。破坏地表必然会扰动水土，若措施不当，势必会造成新的水土流失。

与其说古人迷信，不如说是古人为保护水土想过许多办法，迷信也在其中而已。动土得看皇历，一年之中有许多日子不宜动土，累积起来绝非小数，这在某种意义上也变相保护了水土。先人对水土的认识质朴而简约，动土被称为破土地，土主财，破者当头，黄白之物的流失便在其中。事实也正是如此。皮之不存，毛将焉附，这话不是随便说来听听的。水土乃大地之皮万物之基，皮若崩溃，基若不存，生态环境之毛必然四散。不争的事实是，城镇化战略和城市工作会议，将我国水土保持工作推向了一个前所未有的崭新的历史高度。

近些年来，城市病重，红尘锁喉，人居环境备受诟病。工业污染、交通拥堵、雾霾天气几成常态，城市水土流失加重、山体滑坡频发、饮用水不洁不足、土壤污染、农作物残留化学毒素、许多城市无雨则旱有雨则涝，成为顽症。大有城乡完全逆转之势。热岛效应等极端气候所衍生的环境危害与经济高速发展成为连体婴儿，生态修复已成为刻不容缓的话题。2015年4月2日确立了首批16个城市为海绵城市试点城市；2015年10月16日国务院发布《关于推进海绵城市建设的指导意见》称，通过海绵城市建设，最大限度地减少城市开发建设对生态环境的影响，将70%的降雨就地消纳和利用，到2020年，城市建成区20%以上的面积达到目标要求，到2030年，城市建成区80%以上的面积达到目标要求。

习近平指出："要建设自然积存、自然渗透、自然净化的海绵城市。综合采取渗、滞、蓄、净、用、排等措施，最大限度地减少城市开发建设对生态环境的影响。"

乡村生活的美好和诗意，从来都是属于过路人的。盘陀的山、蜿蜒的路、野旷的天、苍茫的地、星星点点的各色草花，黄、黑、花、白的牛羊、皱起的村舍、袅袅的炊烟、土狗村鸡的身影，都有惊艳的效果，但是，只限于偶尔的一次路过，偶尔的惊鸿一瞥，都属于有钱有闲，属于居高临下，属于短暂的居留，都属于城里人。若是长期安身立命，那便是一种对人性和文化的挑战。人往高处走，水向低处流，自打城乡砌起森严的门墙，城市便成了高地而乡村却成了低处。试图打破差异，并无视门墙的森严，结果会适得其反。高差越大水流就越急，瀑布就是这样形成的。只有低处不再低、高地不再高，水在土上才可缓流。

2016年1月，中央城市工作会议在北京举行。习近平在会议上指出："要着力解决城市病等突出问题，不断提升城市环境质量、人民生活质量、城市竞争力，建设和谐宜居、富有活力、各具特色的现代化城市。"会议的大背景便是国家新型城镇化战略。

在这个世界上理想主义的天赋人权是自然存在的，而绝对平等在现实生活中却根本不存在。生于帝王家还是生在百姓家是自然的选择，由不得自己。于是，物竞天择的伊始，便有了不平等，不说也罢。出生在城市还是出生在乡村竟然也有天壤之别，却是千百年来后天的不公。成也萧何，败也萧何，历史原因与社会原因并存，但终归是一种不公平。比上不足比下有余，不患贫而患不均之类农民心态，其实是一种辛酸而无奈的衍生物。抛开剥离政治色彩和种种猜测，举凡致力于取消这种差异和不平等的行为和主张无疑是伟大的。

天时、地利、人和，缺一不可。如今三者已齐备。当前的格局和态势是，旧的水土流失还有相当大的面积在继续流失，还需要加大力度继续治理，而新的水土流失却已经与建设同步伴生，与发展同时出现，并将随时间的推移与时俱新、同速增加。因此，水土保持在新时期防微杜渐的功能和基础性建设的作用将会愈加明显，任务也将会变得更为艰巨和复杂。

这是摆在水土保持工作者面前的一道新的考题。

18. 清代陕北南部，如延河两岸的延安等地，还残存有大小不等的森林片段，这些森林以松柏为多，间以杂木。黄河以西至黄龙山，林区广大。极目长林，使山行人难以辨其所至的远近。黄龙山的洛川、黄龙支峰深谷，也有不少森林。与黄龙山东西对峙的子午岭，森林茂密。由鄜州西

望，浓绿的树林可以与天空的乌云相辉映。

2010年，延安市斥资1.3亿元开展延河水环境治理工程，在宝塔山下的延河与南川河汇合处，修起延安市第一座橡胶坝，2011年6月25日正式开始蓄水，目前已经在延安城区宝塔山下形成一个23万平方米的水域，当年"水映宝塔"的神奇景象已在这里重现。

延安水保局的张海东全程参加了延河橡胶坝建设与蓄水。

"蓄水那天，人们扶老携幼都去看，那个热闹场面，让人觉得感动。消失多年的水映宝塔景象重现延安城，让老年人从中又找到了过去那种老延安的感觉，两岸的房价也跟着噌噌地往上涨。自从蓄了水，几乎天天都有人来，唠的、走的、看的、拍照的，满满的都是人。我参加了设计、施工、蓄水全过程，感受就和别人不一样。最重要一个感觉是，水对一座城市，尤其是对城市里的人，实在是太重要了，水能让城市有灵气，能让人有生气！"

原本城市是一本书，码放着字儿一样的建筑，字里行间行走着生命，岁月句逗一样荣枯着草木，繁衍出许多苍老和年轻的故事，人们把这些故事序列成历史。这些书开卷相似，往里翻，就各有不同。人生无常，历史厚重，感叹出一个又一个问号：这些年在外边漂着，看多了东西南北的城市，越来越觉得城市与城市之间，雷同越来越多，差异越来越少。

这些年，许多城市在攀比似的翻新，都是计算机设计激光排版现代印刷装订出来的产品，而且封面、版式、纸张出自同一位设计师。距离在缩短，差异也在消失。晚上没事时，拿高倍放大镜细细追觅，才寻见一些已经失落了2500多年的意趣。这样说时已经不是说延安，而是暗换为我所居住的那座城市太原。二者相同的是都属于黄土高原，都修建起一座橡胶大坝。而且，太原的橡胶坝，要早于延安好多年，在这一点领先于延安。

太原始建于公元前497年的春秋时期，称为晋阳邑，战国初期为赵国都城。秦代为全国36郡之一，为全国13州之一。前赵、后燕、前燕、前秦及北齐均为国都。隋朝时是仅次于长安、洛阳的第三大城市。唐朝发祥于此，封为北都，与京都长安、东都洛阳并称"三都"。后唐、后晋、后汉、北汉亦以太原为国都。名将廉颇、呼延赞、杨延昭，名相狄仁杰，满街传唱"竹枝词"的名诗人白居易与白行简是土生土长的哥俩好，还有诗人王翰、王昌龄、王之涣，书画家米芾、作家罗贯中等等，均籍贯并州，可见历史之悠久、文化之灿烂。

风水曾经与延安一样堪夸，同样地处黄河流域中部，三面环山，汾河比延河更大，横贯全市，可行船漂木，流经境内约100公里。史载有"控山带河，踞天下之肩背"的盛誉，郭沫若先生也有"远望太原气势雄"的诗句。诚如歌中所唱：人说山西好风光，地肥水美五谷香，左手一指太行山，右手一指是吕梁。其时不患水贫而是患水多，史载汾河有一年发起大水，卷巨木一根，撞城槌一样将太原老城紧闭的城门撞开，摧枯拉朽般，一举将老城毁去。

太原乃表里山河。表里者内外也，山河者，有山有河也。

如今，已不复往日，吕梁山、太行山还在，濯濯如童，秃秃如僧。寻常看不到蓝天和太阳，没有刮大风时，天空每每是含蓄的。费尽力气治理，可视性颗粒已经不见了，遗憾的是可吸入性颗粒还在增加，因此空气每每是暧昧的。汾河两岸，屡关屡开的污染企业龌龊人们的生活，若一时不往河里排污，便连臭水也没的流。记忆所及的地方，烟望雾视之中，引黄济渴的人们黯然销魂地哼唱流行歌曲：幸福着你的幸福，痛苦着你的痛苦，要说恨你，实在的不忍心；要说爱你，也真的不容易。这种百味杂陈的复杂情感，想来，不仅太原如此，延安如此，其他城市也概莫能外。随着人口增长，城市森林在不断茁壮成长，而周边河流和地下水却在枯竭和消失。城市，不再是一本各有不同，而且耐读耐回味的书，渐次变成一支浮泛躁动红尘万丈的流行歌曲。流行城市流行建筑流行社会，主宰了流行人类流行生命流行道德。流行人类穿着流行服装唱着流行歌曲吃着流行套餐喝着流行饮料，被囚禁在流行的建筑材料里，自我拥抱，远离自然，漠视生命，爱心涣散，害着各种时髦的流行病。

挽留自然，仿制河流，成为改善生存环境的唯一手段。这座城市的决策层，三届领导班子一个思想，协力于打造一段盛世佳话，名为汾河公园。历数年而不止，蓄水开园那天，我恰好不在，据说万人空巷，摩肩接踵，呼儿唤女，扶老携幼，皆欢喜雀跃曰：看水去！

数日后，远游归来，竟然也未能免俗，下车伊始，连家也没回，便急忙驱车前往汾河公园看水。久久，围着一河清波荡漾久违了的心情，美美地转了一圈又一圈，不忍离去。浮思如水，心潮迭起，不禁怆然而涕下……曾经的拥有和现在的失落，电光石火一样在心中闪动。

想问：眼前这一湾子滞水，何德何能，竟然能赚出我的泪水？啮岸的波头，不语，唯叹息声，若五线谱上头重脚轻的蝌蚪。想说：流行城市，迟早也会流泪，流行歌曲，毕竟大同小异。把一个流行的说法最后给你：救救城市！也救救自己！

19.春秋战国时期，陕北高原还是山清水秀的好地方。出于战国人之手的《尚书·禹贡篇》中有"既修大原"之句。这个大原所在，顾炎武《日知录·三》中说，在今陕北毗邻的陇东。以大原为名，当是形容原的广大，绝不是目前所见的沟壑纵横，梁峁遍布。

有文章这样描写："公元2010年7月23日夜至24日凌晨，一场500年不遇的特大暴雨灾害袭击了陕西省商洛市丹凤县竹林关镇，239mm的降雨量使这个被省政府命名为陕西名镇、号称商洛山中小江南的秀美古镇，瞬间变成一片黄汤泽国，洪水涌着泥石流从竹林关镇南面的大柴沟滚滚卷来，吼发出令人毛骨悚然的沉闷雷声，大地在闪电的影子里颤抖摇晃，成千上万块像小汽车一样大小的石块穿墙破壁，一座座房屋倒塌了，泥石流淹没了一切。街面上漂浮着大、小汽车，农用三轮车，横七竖八的房椽及家用电器、牲口家禽……"

"为了防治水土流失，我们在桃花谷中，几乎使用了所有水土保持工程手段。"谷主雷锋涛带我们去看了桃花谷里多处泥石流塌陷区，整座房屋被泥石流吞没，只剩一个屋顶，大如轿车、小似车轮、碎如碗块的石头，仍然保持在那里，炫耀着自然的威力。"留下几处让游人参观，让大家都明白，什么是泥石流，它有多可怕，人在自然面前，有多脆弱！"

"惹不起，总能躲得起吧？"我半真半假，"许多自然灾害，都是人自己招惹来的。军阀冯玉祥在四川说，谁砍我的树，我杀谁的头。自然会怎么说，谁砍我的树，我就毁谁的村庄。这泥石流，多半是人招惹来的，你好好保护树木，树木就会保持水土，人就有乐土！"

正说着，见一个老者在崖畔上笑，我就走上去，崖畔上有一片平地，平地有几楹顽健的老屋，接近屋顶处，尚且残留着斑斑点点泥石流淹过的痕迹，其中一楹还撞塌了半壁。我问老者当时情形，老者翕开一根孤悬唇间的门齿说："睡梦里，轰轰地打雷，起初一看，乌隆隆地就来了泥污，一下淹到人胸脯，亏得家里就俺一人，上了高处那间房头。眼见得泥水哇哇地往上涨，眼看人要没命时，就听轰轰乱响，涨起的水头塌陷下去，呼啦啦就冲到下头去了。俺住在沟崖上，下头先是有东西堵住泥水上涨，涨到不能涨时，把下头堆堵住的物什就全冲塌，水头这就往下头泻，这么一泻一冲，沟里的村子、房屋、人畜哗啦就冲没了……"

我感叹："大爷，您老真个好命！"老者只是个笑，说："不是命好，是阎王他还不想收俺，想让俺多受几年苦！"我笑说："现在这桃花谷修得跟碉堡似的，游人越来越多，往后享福的日子，还长着呢！哦，对了，大爷，您怎么不开个农家乐？"老汉鸡啄米似的点头："是哩是哩，俺这房太烂要不也修个农家乐，海海地挣些钱花！可怜见的那些人，都是认得的，唉，这也是命，邻里邻居的，呼啦一下好些人就没了。要早下手修这个就好了……"

望着老者红了苦涩的眼，一时不知说什么好。惜乎谷主没上来。不知他听后作何想？每每事后诸葛亮，屡屡灾后重建，忘了施治于未病之时。格外青睐水利部水保司刘震司长"从源头严控人为水土流失"的说法，便是因为水土流失，乃狼亢巨物也，必得扼其要害，除源头治理，可事半功倍，甚至一劳永逸而外，其余皆不能锁其喉，只能搔以痒，抑之咳嗽，未能清其肺也。

此自然之道：人为止则水土定，源头治则生态安。

还有一个更好的佐证是缠在咸阳中部和乾县、礼泉、泾阳、三原4县北部的旱腰带。这条旱腰带属渭北黄土高原与关中平原的过渡带。东西长约100公里，南北宽约20公里，总面积有将近2000平方公里。从20世纪60年代开始，在"以粮为纲"的大气候下，这里经历了三次有组织的大规模开荒。开荒种地缺少肥料，便铲草皮烧成灰当肥料，这对灌木及植被几乎是毁灭性的破坏。陇西全县总面积99.6%的水土流失面积，大概与当年铲草皮不无关系。

省水保局的樊涣林处长，曾是某部一位团政委，转到水保局之后，几年工夫，便对水保业务烂熟于心。在带我去三原县的路上，给我讲了旱腰带的来历，无限惋惜地说："1978年被誉为世界生态工程之最的中国三北防护林工程启动之后，渭北旱腰带经过好多年的绿化造林，重新变成一条绿色走廊。可是，你也知道，随后而来的大发展，把这个成果几年工夫就毁了。十年长不成一棵树，五分钟就能砍掉一棵树。采石、石灰、水泥等行业企业破坏起来惊人。富平县你不是去过了吗？水保局副书记马乐斌以前在那里当过县委书记。他最了解了。当年富平县的北部山区满目疮痍，采石企业一度达到850多家、石灰窑1000多家。山体被整体扒皮，人工形成的陡壁峭崖随处可见，青山变裸山，环境破坏那叫个惨！"

进入三原县之后，樊涣林又讲起了旱腰带上农民的生活："这里有几句顺口溜，不知你听过没有？在这里是广为流传：种了一料子，打了一抱子，收了一帽子。都是陕西土话，意思是撒一斗的种子，收割的庄稼，拉到场上只有双手这么一抱，打下的粮食，只能装一帽子。说明这地旱得不能种庄稼，广种薄收，农民日子不好过，这是过去的写真，现在好多了！"

20. 渭河病重是上游水少，中游污染，下游淤积。三门峡水库建成以来渭河下游泥沙淤积已达到12.75亿立方米，潼关入黄口至西安草滩约200公里河道河床抬高了1至5米，使渭河成为悬河。为给渭河治病，陕西省渭河全线整治规划及实施方案，投资607亿元。

我问起渭河治理期间有没有什么故事，渭河管理局的人笑说，有啊！于是我费了一番周折找到了王澍。他绘声绘色地给我讲了他参与渭河治理时亲身经历的几个故事。多年前，咸阳农民跨过渭河，来到西安落脚，并在西安的地界形成咸阳的自然村，如同飞地。西安为治理渭河，要清理西安河滩上的咸阳自然村，难度之大非常人所能想象。

王澍说："我所在的第二组负责10个自然村。滩地清点我们计划从西向东进行，先难后易，都说这几个村的人不好打交道，我们就从这里先开始，迎难而上。27日清点工作率先从窑店镇的中隆开始。负责配合的村组长村民代表有五六个人早早就来到了渭河大堤上，我们见面后相互介绍认识。组长是一个30多岁的年轻人。我把人员立即进行了分工，量地的量地记录的记录。人员开始没有分组，一是让大家相互都学一学量地的知识和方法，二是让清点人员和协调的村组长村民代表先熟悉熟悉，磨合磨合。这一天是西安天气预报过的最高气温，36摄氏度，滩地里的地表温度在50摄氏度左右。地里种的农作物主要是玉米，都是长得一人多高的旱玉米，地里暑气蒸汽闷热难耐，汗如雨下擦都来不及。在玉米地里拉钢卷尺，清点人员相互看不见，做好标记之后只能用嗓子使劲喊着报数字。玉米地里的虫子蚊子蜘蛛特别多，咬得人胳膊脖子到处是红疙瘩。玉米秆高过头顶，荒草没过膝盖，玉米叶子的倒刺，刺得人胳膊全都是血道子，大家也不叫苦，就这么深一脚浅一脚地艰难工作着。"

说到这里，王澍感叹道："这一体验真能感受农民的辛苦，我们待一会儿就受不了，农民天天在田里劳动，怎么受得了呢？土地是农民的命根子，是他们生存的依靠。农民面朝黄土背朝天，日出而作日落而息，劳动耕作的艰辛，我是非常理解的，也感同身受，因为我祖上也是农民。第一天上午土地丈量工作进行得挺顺利，中午时分，我领大家在草滩农场场部附近一个小餐馆吃饭，大家相互敬酒，互道辛苦，已然忘记了疲劳。征迁者与被征迁者能相处得这么融洽和谐，让人欣慰，但他们心里怎样想谁也不知道，以后能否像今天这样顺利，心里也没有底。大家都被这种表面的友好场面所感染，想得不多或者说根本没有多想。

"天气太热了，树上的叶子动都不动，一丝儿风都没有，空气像是被凝固住了。中午吃完饭我们休息了两个小时，躲过晌午最炎热的时分，下午四点开始工作，不和谐的音符终于出现了。量过一块玉米地后，出现了一道土梁子，宽约15米，长约200米，有四五亩地的样子，村民代表和组长说要把这一块地丈量成玉米地，我们不同意，双方协商不下去。怎么和对方讲对方就是不同意。无奈，我只好折中，跟组长说，先量别的地吧，土梁子放到最后再说，但组长不同意，说这块地不量别的地就不要量了。我当时听后很气愤。怎样解释怎么说都不行，最后我干脆也就不再让步了，直接说，把这里要是量成玉米地，你们村就不量了，明天我们量下一个村。双方一下子僵住了，此时天色将晚，我们也只好收工回营。

"6月1日早9点多，二组打来电话讲，很多村民来到渭河大堤上阻挡量地，协调的村民代表也没有办法。我赶快从三组往卓所村赶去，离得老远就看见在渭河大堤上聚集了很多人，男男女女一大群，妇女和老人居多。这时我还没有下车，一组三组分别来电话讲有村民在阻挡不让量地。"王澍神情凝重地说，"尤其是三组，姜工反映：带头阻挡的是两个年轻人，开了一辆微型面包车，一下车一人手中拿了一把二尺长的砍刀，砍刀用报纸包着，刀尖露在外面，明晃晃挺吓人的，我告诉他立即拨打110报警，人身安全第一重要。

"从这天以后，每天农民们都聚集在渭河大堤上,吵闹谩骂，想尽办法阻挠清点工作进行。经我们再三做工作后，个别农民愿意清点，我就让清点组抓紧量地。农民一群人跟着尺子转，在报读数字时，每次数字都要让往大了填写，如不遂意，就抢尺子摔尺子，把清点人员推搡来推搡去，根本无法工作。我们只好报警，请求警察的支持。有时一天打三次报警电话。警察在时农民若无其事，警察一走，马上又开始吵闹、谩骂、威胁，不让清点。没办法我们只好进村到农民家去做工作，跟人家讲道理，说政策，苦口婆心，口干舌燥，费尽了心思，就这还要时时为自己的人身安全着想。每天工作进展仍然异常缓慢。渭管中心的各位领导也深入基层深入一线做群众的思想工作，找村组长谈话，但大多数人和你说话态度倒挺客气就是不表态，环顾左右而言他。没有办法，只能做通一家清点一家，慢慢向前推进。

"那天，约好带会计去谈补偿，村主任说他有事要晚点去，你们先去谈。我当时还多了个心眼，让会计不要去，等我说好了给你打电话，你再过来。会计是女同志不要有个闪失。结果让我料个正着。我们七八人去了说好的地方，在一块玉米地边上，到了地方，瞅着怎么一个人没有，大伙正纳闷的当儿，呼啦一下，伏兵四起，有百十个农民，忽然从玉米地里向我们冲过来，手里拿着棍子、铁锹、各种农具，冲上来围住我们，也不说话，冲着大家就劈头盖脸地抡家伙，没几下就把几个小伙子打趴下了。有个小伙子被打惨了。起先看我长头发，像个领导，就没有上来打我。我冲上去阻挡他们时他们就不客气了，上来一个小伙子，冲我后背就踹了一脚，对面一个小伙子，拿铁锹冲我肚子铲了一锹，随后又来了一个小伙子，冲我腿上狠狠铲了一铁锹，把我一下就铲倒了，那个疼啊，人快都晕过去了。村主任就在玉米地里藏着指挥，他们有组织，还有人拿摄像机拍，说我们是来强行占地的。他们打完我们之后就四散跑了。我们只能挣扎着报警，警察来了之后，一看，也没有办法。抓人吧，人早跑了，那么多人，谁也不承认，也没有办法。后来我们几个被打伤了的人都住了医院了。领导一拨一拨地都来看我们，也是没有办法，都不想把矛盾扩大化，还要跟人家继续协商继续清点，还要想办法在期限内完成任务，所以也不能把关系搞僵了，为了渭河大局也只能忍了！

"大家挨了打，心里都不好受。我也沮丧，但不能表现出来，还得给大家打气。"王澍也很坦白，他对我说，"我那会儿也是气得不行，要给大家伙出这口恶气，所以非要公安处理那些打人的人。公安也去调查了一下，也锁定了几个人，村里也有人害怕了。有一天有个小伙来医院找我道歉。后来知道是那个村主任也觉得打人不对，打发那个铲我一锹的小伙子来给我道歉，我说，你不要这么赔罪，你要是真的有种，就回去准备上四斤酒，哪天我去你们村里，你二斤，我二斤，咱都喝了，这事就算拉倒了。那小伙子嘿嘿地笑，说行，就走了。"

"打也挨了，活不干还不行。总不能老在医院里住着，眼看日子嗖嗖地过，自己都觉得心慌。休息了没几天就出院，鼓励大家说，每天我们只要能量几家，就少几家，剩下的人他总有撑不住的。到最后剩下几个人，他们要是不量，我们和村民代表偷偷地先把地量了，把地亩数字先掌握到手。我们不找他最后他也得找我们。"王澍不慌不忙地说，斯文中还偶尔透出些霸气，"我也理解农民，在这个社会上，他们是最不容易的。咸阳地少，不够种，他们为了吃饭，从咸阳跑到西安这边，天天在滩上种地，很辛苦。那里有一户农民，他竟然修了一条工程量很大的水渠，水渠不是在地下挖一条沟，是在地面上堆起了一条沟渠，在四周还种了一大片树。你说他们有多了不起。可惜是种错了地方，种在这河滩上，发洪水时会影响行洪，要是造成损失谁敢负责？理解是理解，但农民爱动手打人，这一点是不对的！"

"这时候，村主任让我去村里喝酒，有人说这是鸿门宴，我说鸿门宴也得去。于是我就真的去了。到了村里，见村主任摆了一个席，那个小伙子坐在那里，桌上放着几瓶酒。然后二话不说我们就在一起拼酒，你一瓶我一瓶喝了不止一人二斤酒。小伙子倒了，我还好好的。村主任和好多人都吓住了。他们哪知道我这人，别的不行就是酒量大。再来一瓶也不会倒！"

"你还别说，这招还挺管用！"王澍大笑，"过后我们还成了好朋友。他们开始反过来帮我们做村民的思想工作，坚冰一下子就融化了。就这样，在我们锲而不舍的努力下，艰难的时期终于过去了。主动要求清点自家滩地的农民越来越多。我们也忘记了伤痛和天气的炎热，所有的不愉快都烟消云散。历时40多天，共清点滩地8600多亩。计算精确登记无误，在以后的渭河滩地清点回收兑付时兑付工作非常顺利，受到了各级领导的表扬和肯定。"

21. 有资料称：隋唐两代陕北成为安置内迁党项、吐谷浑等游牧民族的主要地区。隋至唐中叶前，白于山南北、横山山脉以南仍有大片草地、森林。唐中叶以后，陕北生态环境逐渐恶化。宋夏对峙拉锯争夺与防御屯守，消耗了大量的环境资源，又加剧了这种恶化。

我注意到一个奇怪的现象。一方面是新中国成立60多年以来，榆林市历届政府都坚持"南治土北治沙"，半个多世纪筚路蓝缕，林草覆盖率从新中国成立前的1.8%达到目前的30.8%。林草郁闭度达到0.7以上的林草面积已达1500百万亩。造林保存面积从新中国成立前的63万亩增加到目前的2008万亩；在沙漠腹地营造起万亩以上成片林165处，建成了总长1500公里、面积175万亩的4条大型防护林带。固定沙地占沙化土地总面积81.2%，流动沙地只占沙化土地5.7%。境内860万亩流沙有600余万亩得到固定、半固定，实现了区域性荒漠化逆转，150万亩农田实现林网化，恢复和改良草场2295万亩，沙区初步治理度达到69.1%。沙丘年移动速度从5~7米降到1.68米以下，沙区每年输入黄河的泥沙比50年代减少了76%。

沙尘天气由20世纪60~70年代每年20多天，减少到10天左右。每年浮沉扬沙天气由66天减少至24天，林网地的风速降低28.8%~49.4%。通过引水拉沙、垫土改良、围堰造地等措施，在沙漠腹地累计新增农田160万亩。有文章这样描述：如今榆林北部沙区郁郁葱葱的植被将昔日肆虐的黄沙牢牢锁住，再也遇不到"大风一起，黄沙滚滚"的场面。历史遗留下的900余万亩流沙现已有近700万亩得到固定、半固定。榆林人民用了短短的50多年时间，将上千年来被破坏的地表植被提高了20多倍。在我国土地沙化以每年2000多平方公里速度扩展的趋势下，榆林率先实现了荒漠化的逆转，让"沙进人退到人进沙退"梦想成真。

然而，破坏方式与时俱新，却万变不离其宗。

2013年10月10日陕西省榆林市榆阳区法院向长庆油田送达了《执行裁定书》，要求长庆油田缴纳2009年7月至2012年3月期间在陕西榆林境内开采石油、天然气水土流失补偿费7.4亿元，以及1.1亿元的罚款，并且冻结了长庆油田23个银行账户。《水土保持法》明确规定有"水土流失防治费"和"水土保持设施补偿费"，"谁损害，谁补偿"，由于当时尚无"水土流失补偿费"的全国统一标准，被地方政府征收巨额费用及罚款的长庆油田觉得"很委屈"。地方政府相关人士则有充足的理由："除了府谷县，长庆油田的主产区遍布整个榆林市。"1990年始，长庆石油勘探局地球物理勘探处所属的6个作业队，在榆林市10个乡镇范围内活动，破坏地貌林草植被420万平方米（折合6301.2亩）。长庆油田采用爆破地震法，采用大功率推土机开道，单宽4米左右，所过之处沙柳、沙蒿等林草植被全部连根铲掉。长庆遍地开井，大密度油气井开掘。几乎每年长庆油田都有石油泄漏事件发生，有时候会污染附近的河流，甚至影响到油田附近居民生活用水。2008年11月陕西省出台《陕西省煤炭石油天然气资源开采水土流失补偿费征收使用管理办法》规定了煤炭、石油、天然气资源开采企业水土流失补偿费计征标准，长庆以征费过高，非国家规定为理由，扯皮不止。

笔者以为，这是一座很大的冰山，浮在表面的讨价还价只是十分之三，而沉在海底的生态破坏，才是十分之七。这根本就不是钱的问题，如果破坏的速度与治理同步甚至超过治理的速度，那一切都将是徒劳的。时下这座冰山沉在海底的部分，已经变得巨大无比，如果我们不能及时地施治和融化这座在以与时俱新的手段继续破坏生态的冰山，无论交或收多少费用，都无法补偿生态损失之万一。以此类推，及于全国，这座冰山之巨，足以沉船。

22. 窥一斑见全豹。水土保持、生态建设、环境保护的及时性、迫切性、重要性，由此可见。想起《黄帝内经》说："圣人不治已病治未病，不治已乱治未乱。"药王孙思邈在《千金要方·诊候》中亦曰："上医医未病之病，中医医欲病之病，下医医已病之病。"

2011年10月广东省第二届省农运会在江门举行，首届组团参加省农运会并斩获奖项的深圳决定弃权，因为深圳没有农民。深圳农林渔业局方面解释说，自2004年"村改居"完成后，深圳已经没有农民。"农运会是农民参加的，我们不搞形式主义，所以不参加。"该局强调说，深圳是一座现代化都市，参加农运会不适宜。最终以观摩形式出席未参加比赛。可见这座被一个老人画了个圈而发展起来的新型城市，已经不再是一个小渔村。这个圈画到2004年，本地人便没有了城市人与农村人之分，每个村都成立了自己的股份公司，投资建设厂房，收益拿来分红。这座处处领先一步的城市，可谓最先在中国实现了城乡一体化。

1993年9月26日的深圳大水灾，很是丢了深圳人的脸，来访的尼泊尔比兰德拉国王一行多人，被围困在富临大酒店，不得不动用橡皮艇，在一片狼藉之中，仓皇之下，将其一行接出。1994年6月26日洪水猝然来袭，仅布吉镇当时就造成直接经济损失6亿元……

基于以上状况，1995年8月，水利部在深圳市召开了全国部分沿海城市水土保持工作会议，在会上第一次提出了城市水土保持的概念。也就是在这个具有全新意义概念的推动和启发下，1995年9月，中央电视台《焦点访谈》节目组，针对雨后造成的深圳市布吉、龙华一带严重水土流失状况做了焦点调查，以《警惕城市水土流失》为题播出。斯时正值《焦点访谈》大红大紫，收视率奇高，一经播出，便引起强烈反响，城市水土流失问题如同一条往日华丽忽然翻白肚皮的鱼，浮上水面，引起了党和政府以及社会各界人士的关注。人们这才恍然大悟，华丽如孔雀那样的城市之躯，竟然也有一个与落后农村也相似的水土流失的暗疮。

中国城市水土保持就此拉开序幕。深圳就此开创了中国城市水土保持从无到有的先河。起先深圳市根本没有水土保持机构，破冰时只有三四个人凑在一起做，那时艰辛与忙碌的情形，迄今说起，深圳水保人陈霞，都为之莞尔和感奋。在人们的印象中，水保是落后农村才搞的事，类似深圳这样繁华的城市还搞水保？不是个笑话吗？许多人不理解甚至瞧不起这个职业。

图片上是一座巨大的沟坡，形如一片被虫子细细啃啮过的起伏不平的坡形的树叶，叶脉清晰可见，可是叶肉却已经荡然无存，只剩下了枝形的血脉。形状比黄土高原流失出的千沟万壑更为可怖，因为它流失的不是土而是石头。只是为了挖土采石而使大地血肉模糊、骨碎筋断，又惨遭积年日久的雨蚀水磨，终致大自然无力靠自身力量去修复和愈合这种丑陋而可怕的伤口，在深圳竟然有661处。我在这里描绘的仅仅是1995年水保人摄于观澜茜坑的一张普通的水土流失照片。这如同是一张术前的造影，接下来的人工手术是需要高超技艺的。陈霞告诉我："这是我们发明的一项专利技术，如今这项技术已经在全国应用，公路边坡治理几乎全部是使用这项技术，许多技术有所改进，但千变万化根在我们这里。"

这项技术的特点是帮助大自然愈合伤口，也即是说在光山裸山上为植物提供一个立脚的平台，让根须能有一个攀附的可能，然后它们会和自然交谈、沟通、亲密接触，并最终让根须被岩石的隙缝所接纳，得以将伤口全部覆盖，并最终消磨坚硬为泥土，让血肉重生。同时还需要运来泥土，种树种灌木，以为它们的坚强的支持和后援。恢复一处这样裸露山体缺口的治理最少也得五年时间。我去看了几处这样的地方，如雷公山、乌石岗、盐田港边坡等一批裸露山体缺口亮点治理工程，郁郁葱葱的树木和花草，在崖壁与沟壑间蓬蓬勃勃，连泥土和山体都看不到。如果不刻意指点几处破绽，几处留以警人痕迹，我还以为这是自然的杰作。

这项技术的成功运用充分说明了水保工程措施的必要性。发轫之初的城市水保，在与时俱新的发展建设格局中，正在变得愈来愈重要。同时，这种异军突起的城市水土保持的迫切需要，也彰显中国水土保持在新形势下正在呈现捉襟见肘亟待关注的危局。中医核心理念是防病。防未病而治已病，诚属无奈之治，若不治则会危及性命。泥石流下，安有贫富？水土流失，焉分贵贱？呼吸之虐，遍及朝野，生态面前，夫复城乡。环境好坏，人人平等，自然优劣，个个均沾。敢说"十三五"亦如是也。还得从源头开始，否则治理无尽期，会没完没了。这个说起来容易做起来难。《中华人民共和国水土保持法》规定，存在水土流失隐患的生产建设项目需编制水土保持方案报市、区水土保持行政部门审批。

2002年通过"政府购买服务"的方式委托企业对水土流失进行监督监测，在全国首创水土保持监测市场化运作模式，成功建立了一市十区全覆盖的水土保持监督监测网络。2014年底深圳市建设项目水土保持信息公开系统正式上线。但他们不满意。群众虽然欢迎，但关心程度还嫌不够。为了普及城市水保知识，他们还拍了全国首部以水土保持为主题的3D电影《水土保持总动员》，目前已累计播放3000余场。还创作了水保歌曲，在央视做了城市水保公益广告。2015年，深圳市水务局水土保持处，竟然通过各种关系，把水土保持的课程正式纳入市委党校主体班教学安排，他们试图借党校的教育资源优势打水保的牌，以提升深圳市领导干部保护水土资源、建设生态文明的意识。这种"处心积虑"无孔不入的水保宣传意识让人感动。

目前深圳水土流失面积还有40多平方公里有待水保人的治理。

23. 北方为黑土地，我国东北平原湿润寒冷，微生物活动较弱，土壤中有机物分解慢，积累较多，土色较黑。以北方颛顼帝为主管，手持秤槌掌管冬天的水神玄冥辅佐。水神玄冥以诚信为本，与水性不谋而合。玄冥，则有冬天光照不足、日色晦暗、寒冷萧索之意。

时属冬季，驱车前往齐齐哈尔拜泉县时，沿途白雪茫茫，遮蔽着四野。

曾经"捏把黑土冒油花，插根筷子也发芽"的黑土地，长期以来水土流失严重。中俄界河黑龙江，流经漠河至呼玛县境长792公里，流失面积达70.86平方公里。塔河县某段1956年版图，与现在相比较，国境线因我方这边河岸崩塌已后退200多米，有的地方甚至达500米。省林业厅2000年调查结果显示，同新中国成立初期相比，黑龙江上游与俄罗斯隔河相望的漠河镇，附近36公里江段林缘平均后退了3公里。开库康至欧浦段，其中长170公里林缘平均后退了3公里，最大6公里。中俄界河黑龙江流域面积为11.96平方公里，因大兴安岭原始森林减少、水源涵养功能减弱，又缺少工程治理措施，致使江岸坍塌，上游段平均年冲刷强度为5—8米，每年流失国土面积达2.7—4.5平方公里；中游段冲刷强度为5—8米，流失国土4.7—7.9平方公里，严重江段每年冲刷强度为10—12米，最大可达20米，累计起来仅中上游段，每年流失相当于10—16个珍宝岛。我们可以为一个珍宝岛自卫反击流血牺牲，却眼睁睁着每年16个珍宝岛从我们版图上流失。

20世纪70年代末，拜泉县黑土层厚度，由原来的1米锐减到20~30厘米，坡耕地年跑水1亿立方米，流失表土1400万吨，跑肥12万吨，土壤有机质含量由8%下降到3%—4%到百分之四，侵蚀沟高达2.7万条、侵占耕地8万亩。亩产不足百斤，人均收入不足百元，成为国家级贫困县。刘喜仁屯东北的"五指状"侵蚀沟最高处达160米，境内100米以上的侵蚀沟多达143条，其中稳定沟22条，发展沟多达121条。500米至1000千米的发展沟11条，1000米至2500米的发展沟10条，2500米至5000千米的发展沟2条。全县水土流失面积高达525万亩，2.7万条侵蚀沟侵占耕地8万亩，沟壑密度0.32公里/平方公里，年均土壤侵蚀模数2594吨/平方公里，属中度侵蚀区。黑土地，是上天的恩赐，长此以往流失，情何以堪？

更糟的是黑土在变薄变瘦，但黑龙江粮食产量却年年递增。现代化农业发展处处靠科技力量来支撑。科技支撑的背后却往往会尾随一组让人担忧的数据。2012年黑龙江省化肥施用为240.3万吨；亩均化肥施用量11.48公斤，比1982年增加3.37倍，但粮食单产仅提高1.55倍。20世纪60年代，农民施用1公斤氮肥可以增产15—18公斤粮食，到了2012年同样的投入量只能增产5—7公斤粮食。化肥使用量的增加和使用效果的降低，与黑土地"变瘦"形成鲜明的对比。这种恶性的差异说明黑土地的肥力在变弱，想要多打粮食就得超量施用化肥。化肥投入逐年加大，小型农机具普及应用，导致土壤板结硬化程度日益加剧，耕层变薄，犁底层变厚、变硬、上移，耕地质量差，土壤蓄水能力降低，加剧水土流失。

有过这样诗意的描述：千百年来黑土地的形成是这样的，成千上万株生长在北纬46度的铁线莲枯萎了，这种构成"五花草塘"的美丽植物，倒伏在后来被称为松嫩平原的黑土地上。漫长的冬季使得微生物分解速度减缓，植物中的有机质得以在寒冷中大量留存。历经300~400年的时间，每年倒伏下的枯枝败叶大约能够形成1厘米厚的黑土，积年以往便形成了20世纪50年代的大开荒时的黑土地。当那样一片天荒地老的肥沃的黑土地被54马力的进口拖拉机犁开时，中外土壤专家欣喜地发现，土壤中的黑土层竟然厚达80厘米，有机质含量高达5%~7%，超过黄土地的数倍。从此黑土地成为中国东北的图腾和象征。然而数十年以后，这个黑土地图腾和丰收的象征却以每年2~10毫米的速度悄无声息地流失、板结。

中国，你的黑土地正在你的鼻子底下大踏步地离你而去。

24.包括延安、榆林在内的陕北，处于黄河流域中部，属黄土高原腹心地带。生态环境经历了山川秀美—人为破坏—自然恢复—人为再破坏—生态恶化，这样一个漫长反复的变迁过程。有人说，陕北贡献给历史的，是森林和草地；陕北贡献给革命的，是生命和鲜血。

2013年7月2日晚9点到7月31日，延安遭遇了百年不遇的强降雨。借用当时的延安市委副书记、市长梁宏贤的话说是："延安此次遭遇的强降雨，有3个史无前例。" 一是"暴雨强度高、历时长、落点重复，史无前例"；二是"洪水迅猛、量级超高，有的城镇内涝与外洪并发，史无前例"；三是"南北分别遭遇强降雨，史无前例"。这话的确不假。但此言说出时已经是灾后了。而在之前，从6月入汛，大半年未见过雨水的延安人，便开始眼巴巴地盼雨。异常缺水的延安，每每在汛期也下不了几场雨，近年来，即使是主汛期，延河和汾川河，通常河床里只有半河缓缓流淌的黄泥汤子，瞅着都让人觉得憋气。许多以窖水为生的人家已经心慌慌的，望着即将见底的水窖和枯萎的库塘，在祈求一向吝啬雨水的龙王高抬贵手开恩了。谁也没有想到今年的龙王忽然无端地变得如此慷慨，一个哈欠打出来，便哈欠连天再也没有停过。除了在一个月内打了十几个哈欠外，还咳嗽连天，连着打了五个挟雷走电的长长的喷嚏，横流的涎水、鼻涕、眼泪，化为五轮强降雨，以成系列的洪涝、滑塌、泥石流等阵势，迅雷不及掩耳席卷了延安全市13个县（区）的158个乡（镇）、社区，其中10个县（区）灾情严重。全市因灾死亡42人，78万人紧急撤离，直接经济损失114亿元。

使人不得不怀疑，管延安雨水的这个龙王生病了，而且还病得不轻。何以生病？究竟生了什么病？众说纷纭，莫衷一是，迄今也没个结论，但生病却是共识。这一路上，我都在和各色人等讨论，是我们自己有恙在身未能察觉或是偏不承认，还怪自然恶疾缠身发高烧打摆子五行有伤四时失衡元气大乱？是否偏废了什么？分离了什么？误导了什么？究竟是什么地方出了问题？水土保持，包括工程措施和生物手段两大类，从严格意义说流域治理、兴修水库、打淤地坝、筑塘坝、农田改造、坡改梯、小块田变大块机耕田都属于工程手段，植树造林、畜牧业、种植业、养殖业等都属于生物措施。山水田林路，包括矿山开采、公路建设、城市建设、农林牧副渔建设改造，只要是涉及扰动水土的建设，都与水土保持密切相关，都是水土保持必须去规划、监管的范围。

24日，当第五轮降雨到来时，久经雨水浸泡的黄土地极度饱和，脆弱不堪，多处水库超过汛限水位，灾情源源不断地传来：山体滑坡、窑洞坍塌、水位猛涨、道路毁坏、人员被埋……延川县告急！安塞县告急！宝塔区告急！延长县告急！吴起县告急！红庄水库、高掌坪水库、胜利水库告急……全市10个县（区）150多个乡（镇）告急！先后启动一级、二级防汛应急响应的延安市果断决策以"撤离群众为第一位"，强令各县（区）把撤离靠近山体和防汛隐患区域里的全部居民作为防汛抢险的头等大事。在20多天的时间里实现了78万人安全大转移，转移人口占全市总人口的三分之一。穷家难舍，为了说服群众离家可谓奇招迭出，甚至逼着村民离家……68岁的个体户鲁大吉被乡干部"抓"上山，又中途偷跑回来，被巡查发现后抬离商店，随后洪峰到达新市河乡将沿街门面房全部吞没……倔巴巴的张生富不顾政府工作人员劝阻坚持回家，并让老伴刘翠英和正当花季的两个孙女，在家中做饭吃。孰料大雨驱动山体滑坡，闻香而来，两个机敏的孙女反应奇快，发现泥石流袭来之前原本已经跑到了门口，却被跑出窑洞的爷爷喝断去拿藏在衣柜中的几千元钱，结果钱还未找到却被泥石流逮住，将张生富的老伴和两位花季孙女以及钱和窑洞统统摧毁并且带走……

承担着5万人用水任务的宝塔区胜利水库，在7月25日凌晨暴雨中出现严重险情，排洪沟涌满洪水，溢洪道大面积塌方，严重威胁坝体安全。虽经水利工作者和200多名武警官兵以及民兵应急分队人员紧急抢险保住了大坝，但没有及时腾泄的洪水造成洪水叠加，加剧了下游灾情。22日富县大申号水库水位12小时上升5米，超汛限水位4.6米，放水口全部被柴草和树枝堵死，导致无法泄洪，水库安全命悬一线。虽然经过各方人员连续四昼夜艰苦奋战，最终使水库化险为夷，顺利泄洪，但这次洪水暴露出的一些问题，如柴草、树枝与泥水就能将泄洪洞堵塞，表明水库设计的科学性有待商榷。而包括延长县刘家河乡寺河村寺河坝等淤地坝的坍塌不在少数，更加剧了下游的灾情和群众财产损失。

洪水过去反思却仍然在继续。我注意到延安市副市长、防汛抗旱指挥部指挥长杨霄的一番话："这次降雨过程虽然雨量很大，但延安市主要3条河流北洛河、延河、西川河均没有达到警戒流量，主要水库王瑶水库也未达到汛限水位，却造成多处山体滑坡、民房倒塌、人员伤亡，值得深思。"延安市气象局副局长杨东宏从专业的角度做了说明，他认为："此次降水过程主要受沿海地区台风影响，冷空气云集延安形成持续降雨，历史罕见百年不遇。全市1米以下土壤的水分饱和度已达到100%，加剧了地质灾害的发生。"客观存在，不容忽视。

"为什么这次暴雨让延安人世代居住的窑洞几乎全军覆没？为什么退耕还林后植被增加了，而这次暴雨洪灾中山体滑坡依然没减少？"延安市国土局副局长韩继宏的反思与我很相近，他分析认为："一是降雨量太大，密集降水对土壤的渗透非常严重；另外，延安的地质结构属于湿陷性黄土，土质疏松黏性非常差，大量降雨使得土壤中水分饱和，容易造成山体滑坡，冲毁窑洞。植被有保持水分作用，暴雨一来，很快就能使土壤中的水分饱和。"这便涉及我在前边所说到过的，水保的许多工程手段是双刃利剑。但他仍然坚持认为："但我们不能因噎废食，而是要在做好规划的基础上，坚持退耕还林和水土保持建设。"我很同意这个观点，当我们还没有发现更好的工程手段时，暂时只能择其利大的一面为刃，来加大水土保持的力度，同时也要想方设法将其不利因素的一面减至最小，这需要加大研究力度。

"暴雨也让人们意识到，延安是不是到了告别窑洞的时候。为什么延安河道内的洪水一直处于安全峰值内，却还淹了村镇呢？"延安市水务局副局长马建民说，"由于暴雨形成的水量被山体吸收了，加之近年来进行的河道堤防建设和监测预警机制，大河的安全有了一定的保障，但雨水极易冲毁泥山形成山洪，并在小河道泛滥，淹没堤岸和村庄。"我以为延安市水务局副局长马建民的如下这个小结应引起相关方的高度关注："随着极端恶劣天气、自然环境、生态环境和社会发展的变化，原先的一切秩序、规则都需要适时改变，就像陕北人民世世代代居住的窑洞，现在已经暴露出许多隐患。原来大江大河一直是防汛的重点，而现在不起眼的中小河流也能造成大灾。退耕还林和水土保持建设如何既能保护生态环境，又能有利于防洪减灾？新形势下黄土高原地区如何做好防洪工作？这些都需要进一步深入研究。"

至此，张海东考我的那道延安水灾谜题，豁然破解。

25. 在拜泉随处可见这样的警示："请大家警醒：我们的国土还能流失多少年？""保护方寸土，留给子孙耕。"美国密执安大学和联合国粮农组织的生态专家参观拜泉后激动地与王树清紧紧相拥并高声称赞："真是宏大的工程，伟大的事业，这里的领导很了不起！"

那天，踏着半尺深的积雪，拜泉县水保负责人曲国平，带我们深一脚浅一脚地去看丁家沟小流域治理。纵目望去，漫坡漫川的白雪，成片成排的林草，侵蚀沟里探头探脑伸逸出几树缀满霜花的枝条，在阳光下闪闪发光。只有常绿树种还在沟的深处，顽强地顶托着成挂的雪团，错落有致地炫耀着天荒地老的苍翠。这让几个随行的人从中找到了童年的感觉。

"我们这儿是漫坡漫岗，算不上山，叫坡水田林路，意思差不多，都是综合防治为主要治理模式，采用十子登科法，让坡土田林路争着当状元！"曲国平诙谐地说，然后就摇头晃脑念了一段顺口溜，"山顶栽松戴帽子、梯田埂种苕条扎带子、瓮地栽树结果子、退耕种草铺毯子、沟里养鱼修池子、坝内蓄水养鸭子、坝外水田种稻子、平原林网织格子、立体开发办厂子、综合经营抓票子，实施立体开发。这就是老书记王树清总结出的十子登科法。"

"爱听不？还有呢！"曲国平笑道，"还有水土保持生态建设三十二字令：绘山水画，写田园诗，奏松涛曲，唱兴牧歌，建资源厂，创优质牌，销国内外，发绿色财。通过实施水土保持试点工程以后，项目区内80%的新修梯田、50%的地埂植物带和30%的改垄地上升为一等地，每年增产粮食达百万公斤以上，产苕条211万公斤，水保林年增加活立木0.17万立方米，年增加经济收入763.7万元。年均可增产粮食322吨，人均增收700元。昔日穷山川如今已变成米粮仓。这些改变都与原县委书记王树清分不开。"

拜泉县的黑土地在历史上曾以"榛柴岗，艾蒿塘，不上粪，也打粮"而著称。等到王树清担任拜泉镇党委书记，拜泉县厚达一米的黑土地已经只剩下薄薄的一层。1981年王树清任职伊始便向县委立下军令状，要用5年时间建成护城林网。有人觉得他虎了吧唧的，连前人栽树后人乘凉的道理也掰扯不清，5年做啥都比栽树强。王树清不为所动我行我素这一坚持就是30年。天道酬勤，在他离任拜泉县时，累计完成人工造林123万亩，森林覆盖率由原来的3.7%提高到23.7%。三北防护林成了拜泉人民生存发展的屏障。全县防护林、用材林、薪炭林等林木价值超过50亿元。如果把这些树单行排起来，能沿赤道绕地球一圈半。

2012年，全县粮食总产量达到14亿公斤，创历史新高。一个县委书记为官一方能给地方留下50亿元年年增值的绿色资产，这在全中国也不多见。王树清悉心揣摩通过实践应用提出的"三种水库"理论，在拜泉已经深入人心。在他的倡导下，拜泉人修水库、塘坝1490处，围泉、打机井943处，构建了生态建设的第一种水库——工程水库；大规模营造人工林，编织农田防护林网，构建了生态环境建设的第二种水库——生物水库；采用松、翻、耙、旋等耕作技术，使土壤蓄水、保墒能力大大提高，构建了生态环境建设的第三种水库——土壤水库。王树清头发未白之前便说"愿以满头白发换来青山绿水"。如今他果真满头华发，而拜泉山水不负他，也的确是变青变绿了。我还发现他不仅是植树造林的县级土专家，还是生态农业、水土保持的大专家，他那套充满实践精神的生态理论，已经走进大学课堂成为教案。他带领群众治理千沟万壑总结出的6种生态农业模式，配套组装成七大技术，组织实施十大工程。前边曲国平已经念诵过他精心设计的"十子登科法"和32字令。

他荣获全国生态农业建设先进个人、全国绿化十大标兵、国际生态工程一等奖、第三届地球奖、国际杰出人士奖、全国疆土绿化突出奉献人物奖、全国农田水利建设、水土保持先进县、全国第一个人工造林百万亩县、国际绿色产业示范区等殊荣，但这些并非王树清所追求的全部。他如此坚持、如此奉献、如此几十年如一日，还有别的什么追求吗？我想。

这便是我来拜泉县走访王树清老人的原因。

26. 城市水土流失是一种典型的现代人为加速侵蚀，比农村水土流失影响因素复杂，可以理解为当建设规模或开发建设活动扰动土（岩）体超越城市的承载力和管理水平时，在自然外营力（降雨、重力、径流冲刷）的作用下，造成的水土资源的损失和生态景观的破坏。

过去，治理水土流失往往局限于农村，在措施上多采用田边加林加草的办法，按照小流域进行综合规划，而这些显然不符合城市水土流失的治理。我国城市中的水土保持工作起步晚，而城市水土流失防治模式又趋于多样化，所以治理难度大，特别是山丘城市，开发建设应绕道而行，并尽可能少破坏植被，一定要破坏的要尽可能地恢复植被，如果破坏山体的要提前做好水土保持治理措施，而这些都需要大量的资金。城镇化建设尤其应重视水保。

另外需要强调的是，人们对城市水土流失观念较为淡薄，这些都加大了城市水保工作的艰巨性。这些年来我国经济的快速发展，带来了城市化，也引起了城市中一系列水土流失相关的问题，并且造成的水土流失远比农村严重。可见，减少城市化发展中带来的负面效应，在城市建设中注意加强采取水土保持措施尤为重要。水保工作与城市建设是相辅相成的，城市建设的发展，促进经济的发展，提高了人们的觉悟，会促进水保工作的开展。反过来，水保工作的有力开展可以减少水土流失带来的经济损失，从而间接地促进我国的城市建设。

遍布于许多城市周边的尾矿也不容忽视。

如果把城市水土流失比做一种病，便如梁惠王所说，寡人有疾，寡人好色。孟子说好色不是病，你自己好色若能兼顾百姓的色欲，那就没有人会指责你。遗憾的是城市里的好色与好钱类似。寡人好色易患性病，城市好钱易患隐疾。隐疾是不方便告人的一种病，因好钱而患隐疾的城市绝非一个小数。按照水土保持法和环保法的规定，除了指定的受纳场，不合法的弃土渣以及各种垃圾的倾倒，几乎在所有城市都随处可见。便连被指定的受纳场或是堆放尾矿的渣场，也在此列。如果没有采取严格的水土保持工程措施，依然是一个包藏祸心的隐患。它居心险恶而且叵测，平时它似乎无足轻重，却不知在什么时候，就会爆发。

2008年发生在山西省襄汾县新塔矿业公司特大尾矿库溃坝事故便是一例。新塔公司擅自在停用的980沟尾矿库上筑坝放矿，尾矿坝脚出现渗水现象，新塔公司采取在子坝外坡用黄土贴坡的方法防止渗水并加大坝坡宽度，并用塑料膜铺于沉积滩面上，阻止尾矿水外渗，使库内水边线直逼坝前，无法形成干滩。尾矿坝总坝高约50.7米，总库容约36.8万立方米，储存尾砂约29.4万立方米。2008年9月8日7时58分，980沟尾矿库左岸的坝顶下方约10米处，坝坡出现向外拱动现象，几声巨响过后，数十秒内坝体全线溃塌，库内约19万立方米的尾砂浆体全泻，吞没了下游宿舍区、集贸市场和办公楼等设施，波及范围约35公顷（525亩），影响距离约2.5公里。死277人，伤33人。有4人在事故中失踪。

类似事件绝非少数，只是程度大小，有所不同而已。

我曾对很多人表述过这样一个疑惑："总感觉水土保持这些年提得似乎少了，其实绿化也好，生态也好，环境也好，都是毛，水土保持才是皮，毛想长得好，首先得皮好，水土就是皮就是根本。标本兼治，先要固本守元，先要在水土保持上做大文章。水土保持不仅是平田整地种树种草，它直接关系江河湖海的水质，关系人们的呼吸和空气的净化，更关系到绿色植物的生长，没有好的水土种什么树都是徒劳无功的。千百年来，自然因素是水土流失的潜在原因，人类不合理利用水土资源已成为主导因素。这是人人都知道的常识。再多的水再厚的土也经不起长年累月日久天长的流失。何况流失的都是肥土和氮磷钾。人常说，庄稼一枝花，全靠肥当家。肥在田里是好东西，流到河里就成污染。沙尘暴是什么？PM2.5又是什么？不就是微小的颗粒物吗？不就是微尘吗？微尘不就是土吗？污染又是什么？污染是物质的错位。尘归尘、土归土、水归水、物质归物质，不就万事大吉。水土安则万事安！"

隐隐约约，我一直试图说出这样一个担心：这一切的成因，究其原因，是否因为我们一度边缘化了水土保持？丢失了以水土保持为纲的这个老传统？舍本逐末，偏废了水与土之间和衷共济的血脉关系，扰乱了水土与生物共荣共存的生态秩序。种树的光管种树，水土是否适宜、是否可以成活却是后话。以为种树就是水土保持，殊不知种树方法不得当，也会造成新的水土流失。兴修水利的光顾修水利，以为修水利就是水土保持，只要安顿好江河溪流，就可以万事大吉。却忘了在安抚江河的过程中，扰动了土，漠视了土。水土被长期人为分离，各自为政，互相扯皮，只顾争先，全然忘了水土保持这个根本，这个大局。

他们觉得这个观点挺新鲜却不置可否。

27. 中医核心理念是防病。防未病而治已病，诚属无奈之治。若不治则会危及性命。泥石流下，安有贫富？水土流失，焉分贵贱？呼吸之虐，遍及朝野，生态面前，夫复城乡。环境好坏，人人平等，自然优劣，个个均沾。敢说"十三五"亦如是也。

王树清的故事，三言两语说不完，这里择要一二。

农民淳朴似土地，而土地有时是冥顽的，说起话来，多半听不进去。种树是要种在土里的，占地、费工、花钱，一时半会儿也未必有收益，便嫌麻烦。窃自思忖之，最好的法子莫过于你种树我刨树的法子好，等到你种不下去，知难而退，也就不种了。所以，种树人前脚挖好了坑，后脚便有人把挖好的树坑填平，甚至将栽好的树苗偷偷拔起、扔掉。无奈，也找不到是谁干的这勾当，王树清便只好带人再挖坑、再栽树。久了，便多了个心眼儿，有时便留在种好树的地里猫着过夜。猫到半夜，便听得远处有人走来。以为能逮个现行，却没想到只是个路人，便只好染一身露水和晨曦打着哈欠走回去。吃过早饭以后，带着人上山继续栽树。那天正在栽树的当儿，却见山下有一群人蜂拥而来，领

155

头一个人，不由分说，举起丁字镐就要刨山坡上刚刚种好的小树。王树清冲上前去与之理论，无奈对方很无赖，任是什么油盐也不进。面对无赖只能以其人之道还治其人之身。王树清情急之下，也顾不得好言相劝了，只好也耍起了无赖，挺身拦在树的前面，大声吼道："你们要刨树，先刨我王树清！"

来人没想到王树清为了一棵树，竟然敢舍身家性命来护持，便有些胆怯，终于心虚虚地将举起的镐头慢慢地放下，灰溜溜地离开，领头人一走，乌合之众也跟着散了。满坡的小树因之全部得救。这还不算，王树清为护树急了眼跟人玩命的事儿，就此被人口口相传开去，说好说孬的都有。但经过这一战，挖树填坑的人，心里便有了计较，碰上这么个敢以命相搏的护树人，不值得蹚这个浑水。何况，人家种树毕竟也不是为自己好，那就让他种吧！

王树清那时只是个镇书记，不过是个科级干部，许多人并不把他当回事。王树清说："最大的障碍是来自一些领导，他们总问：什么时候见效？他们不认这个呀。什么生态农业，不就是栽几棵树吗，独出心裁，好高骛远，净整景。要走出发展生态农业的误区。一些人风言风语，有时开会都不让提生态农业，我就差没掉泪了。这么多年，我不知挨了多少骂和白眼，有一次上级部门接到上访信来调查，群众都说我好，结果我被提拔当上了副县长……"

有人说，王树清有特异功能，能看出树的死活。

与王树清交谈，发现他少豪言壮语而多睿智之词。他说："民以食为天，土为粮之本，水土资源是人类赖以生存发展的基本条件，是不可替代的基础资源，拥有丰富的水土资源是富民立国的基础。"他还说："有句古话叫：大道行于百代，权宜利于一时。我认为，为官一任，要基业百年，应该上对得起中央，下对得起老乡。留下的是青山绿水，是发展后劲。现在有少数干部整天玩弄数字，喜欢搞一些浮光掠影的所谓政绩，对大自然进行掠夺式的榨取，这种短暂的造福会留下长期的后患。我觉得，作为党的干部，应该扎扎实实做些事。"

所以我明白他不是为了种树而种树，不是为了拜泉种树，也不是为了齐齐哈尔种树，更不是为了黑龙江种树。从小处说，他是为了中国种树。从大处说，他是为了人类种树。在我们的周围，其实一直有个误区，而王树清早已走出了这个误区。他早已从狭隘的个人主义、地理范畴走了出去，走进中国这个院子，面向了整个地球村，所以他很明白，他率领拜泉人种的每一株树，绿化的是中国，受益的是地球，是人类，而每一个人，都是人类一分子。

1986年担任县委副书记的王树清总结小流域治理经验，提出建设以林业为主体的生态农业县设想，得到大家响应，正式写进县域经济发展规划，又担任了县长、县委书记，在农民眼里，成了县太爷，过去是要坐轿子鸣锣开道的，便多了些尊敬和顾忌，知道这个人最是爱树，想要不得罪这个县太爷就得多种树。何况这个人没有架子，每每亲自种树，三道镇利华村是他抓造林的一个点，他给自己定目标，这个村的村民栽多少树他就要跟着栽多少，且一棵不能少。这让村人开始感动，心想，给咱村里种树，又没种他家炕头上，何乐而不为。

所以在王树清的带动下，两年后利华村便林成网，田成方，绿树绕村，成为全县的植树样板村。当了县太爷的王树清下乡植树的习惯仍然没有变，他抓植树质量那是从不含糊的，水浇得足不足，坑挖得够不够深，他一眼就能看出来。树种活了还是种死了，他拿手一摸就知道。有人不服，问：王书记，你又没有透视眼，能看到土里事情，怎么能知道树死了？王树清笑一笑，将那树轻轻一拔便拔起，众目之下根已经烂黑，王树清道，活树摸起来是凉而润的，死树是热而枯的，只要用手一摸就能知道的。说得人咋舌。从此没有敢于心存侥幸者，种树认认真真，都不敢应付差事，敷衍了事。所以王树清后来每每走到哪儿，他只要一站下，人们就会心里打鼓，以为种下的树死了。乡镇干部说："不怕王树清看，就怕王树清站。"

王树清说："生态农业是一门科学，不是单纯造几棵树，不是头脑发热搞起来的。我现在是东北农大和浙大的客座教授，我讲课时就说，应该学会用哲学、政治经济学的观点，用生态学和生态经济学理论来重新审视我们的县情、省情和国情。要学会遵循自然规律和经济规律办事，变人与自然的对抗为人与自然的协调，使农业生产成为以自然物质、能量生态循环为基础的经济再生产，形成在一定地点上有生命的生物群体与无生命的环境之间的能量物质循环，使生态效益成为稳定的长期经济效益的源泉。要不断从实践中总结出理论再进一步指导实践。现在拜泉已形成了六种生态农业模式、十大经济工程和七项生态技术。"

说起王树清，拜泉人的第一句话就是：树是王树清的爹。

举凡拜泉人经见过的，听别人说的，都知道王树清种树是跪着种的。用他自己的话说是"栽了不活是罪人；活了不管也是罪人"。樟子松的树苗很小，不跪下去就很难保证把苗压实。他每次带头跪在树坑边，小心翼翼地放好树苗，然后精心地培土压实，然后浇水。他对大家说："跪着种树既是科学的要求，同时也可以在人的意识上，产生一种对树的虔敬之心。"

拜泉有两大奇事,一没有人偷砍树,二是全县没专职护林员。天寒地冻时,王树清趴在坑里抓偷树砍树的人;发现楼盘开发商砍了工地里的一棵树,他厉声背诵《中华人民共和国治安管理处罚条例》,要求对方在毁林之处栽上一片林子作为补偿……保护生态这个信念已经嵌入王树清的骨髓里,怎么也无法抹去。大年三十晚上,他怕有人砍树杈子当灯笼竿使,便领着人专门看守。大冷的天,一晚上下来,脚都冻得失去了知觉,袜子粘在鞋底上,脱都脱不下来。

那天,县里召开全县秋季农田基本建设现场会。会议途中,路过新乡村的时候,坐在车里的王树清透过车窗,看到山坡上一片被羊群啃得白花花的护村林,在王树清的眼里那些树都是有生命的,所以他眼里的这些遭难的树,都是血肉模糊的,他都能听见树的哭声。这些无辜遇难的树刺痛了竿王树清的心。他当即叫车队停下来,让100多名代表,列队站在山坡下,一字排开,在被毁坏的树木面前向这些绿色的生灵默哀三分钟。当时还有人笑着质疑王树清小题大做,说,不就是些树嘛,又不是你爹?王树清竟然当仁不让,针锋相对,斩钉截铁,义正词严:树就是我爹!

从此,树是王树清的爹,便不胫而走,传遍拜泉县。这件事说法不一,有的说这简直是自己埋汰自己,拿树当爹,叫人笑话。但更多是打动了大家的心灵,对树的爱护和尊重从此植根于拜泉人的心灵,若有人想砍树时,便会有人说:不敢砍,那可是王树清的爹!

1998年他从甘南调回拜泉,一回来便当场抓住了两个盗伐者,他们说:"不知道王树清回来,要不然打死也不敢偷树。"这几年,仅他亲自处理的盗伐林木案件就有百余起,30多人受到判刑、撤职、罚款等处理。有时调查来调查去,发现竟是乡镇领导干的,这时候说情的比树都多。对这种情况他有一个原则,不但不能从轻还要从重处理,谁让你是领导呢!

2010年冬,为了给齐齐哈尔市的联通大路两侧选樟子松树,王树清十下拜泉,四下甘南,跑遍齐市周边县区,绿化树木高达5米、树坨直径2米,分量达10吨,是王树清定下的"铁规"。他天天兜里揣着皮尺和卡尺四处"巡查",一经发现不达标的树立刻退回。在王树清的"严格看管"下,联通大路两侧2850棵樟子松树棵棵达到规范,且成活率100%。

从齐齐哈尔市副市长的位置退下来后,面对权与法的冲突、理性与欲望的龃龉、长远利益与眼前利益的较量,王树清依然选择了坚守。依然壮志不改地回到拜泉县，继续他的生态事业。退休后的这些年里，王树清照样当起义务护林员，只要发现毁林现象，他就立马出面当即制止。他曾"三鞭子"打走了蛮不讲理的羊倌，铁面无情整治盗伐者，甚至正月十五他也要"闹园林"，揪出盗伐松树的凶手。树是"高压线"，谁碰谁触电。

倘若中国基层官员皆如是，那中国生态环境该当如何？

28. 水土保持，如同给地球治病，得要标本兼治。《大医精诚》有云："凡大医治病，必当安神定志，无欲无求，先发大慈恻隐之心，誓愿普救含灵之苦。若有疾厄来求救者，不得问其贵贱贫富，长幼妍蚩，怨亲善友，华夷愚智，普同一等，皆如至亲之想。"

新华社长沙2016年1月7日电：记者7日从湖南省水利厅了解到，湖南省第三次水土流失遥感调查结果显示，随着一系列水土保持工程、退耕还林工程和石漠化治理工程等的实施，湖南省水土流失状况较20世纪90年代末期有所好转，水土流失面积比1999年调查结果减少0.3035万平方公里，水土流失强度相对降低、土壤流失量逐步减少。不过水土流失结果依然惊人，全省现有水土水土流失面积3.7357万平方公里，占湖南土地面积的17.63%，比海南岛3.39万平方公里的陆地面积略大。除洞庭湖区、湘资沅澧"四水"尾闾地区水土流失轻微外，其他地区水土流失均较严重。湘西土家族苗族自治州、张家界、郴州、娄底、永州、邵阳、衡阳7个市州为水土流失相对严重地区，长沙、株洲、湘潭、岳阳、常德、益阳、怀化7个市的水土流失相对较轻。全省各水土流失严重地区恢复缓慢，湘西北武陵山区、湘中丘陵区和湘南南岭山区等区域仍然是中度和强烈水土流失集中分布的地区。相对于洪涝灾害、水体污染，水土流失似乎没那么触目惊心，但是水土流失是"慢性病"，很隐蔽，会造成表土丧失，土壤肥力下降，使土地丧失农业利用价值。水土流失还会加剧洪水、污染的发生，既可能引发滑坡泥石流等地质灾害，造成生命财产损失，还会直接导致水污染。

2015年12月20日中午11时40分左右，光明新区光明办事处凤凰社区恒泰裕工业集团后侧发生一起山体滑坡事故，滑坡事故共造成22栋厂房被掩埋，涉及15家公司。截至6日12时，接报核实的失联人员总数77人，已发现58名遇难者。新华社深圳2016年1月8日电称：深圳市宝安区人民检察院8日对外发布消息称，该院6日以涉嫌重大责任事故罪，对光明新区红坳余泥渣土临时受纳场经营人林某武、受纳场现场指挥庄某明、受纳场监理人刘某阳等5人批准逮捕。类似事件并不孤立，2014年3月31日凌晨3点40分许，受持续暴雨影响，深圳市龙岗区南湾街道丹竹头社区与雅兰集团交界处边坡发生垮塌，大量泥土砂石顺流而下，冲向丹河北路30号小区，泥石流将小区A栋入口堵死，将单元大门撞损。楼下停放的一台电单车损毁，电线杆及监控设备被埋在土内。所幸事故未造成人员伤亡。

类似不如意又何止于湖南、深圳。

据报道：2015年12月31日上午，龙岗区委书记冯现学、区长吕玉印率队到坂田街道检查边坡地质安全工作。区领导胡嘉东、曾子伦等参加了检查活动。当日，冯现学、吕玉印一行现场查看了位于坂田街道新利厂后侧高边坡地质隐患情况以及边坡上游隐患状况。据介绍，新利厂后侧山体边坡上游是布吉水径渣土受纳场，目前存在大量堆土，土石方边坡高出周边地形60多米，堆土距离新利厂后侧崩塌边坡仅1米距离，且排水系统和水土保持措施不完善。新利厂后侧高边坡目前存在严重水土流失，一旦原山体水土流失突破最后防线，遭遇暴雨时极易造成泥石流，对山坡下厂房、供油、供气管线及布龙路进行冲击，安全隐患极大。"对于现场出现的多处开裂、破损及鼓胀等问题，宜治早治小，及时修补及加固。"冯现学、吕玉印要求，要加强巡查和监测，对危险性进行综合研判，马上清除新利厂后侧水土流失边坡隐患，确保不发生安全事故，同时尽快拿出整体根治方案，每个街道、每个社区要进行"地毯式"排查，找出安全隐患，进行整改消除，筑牢城区安全底线。

水土中的祸心已熟，中国所有的城市，都需要警惕。

29. 为了提高油田采收率，延长石油通过加大水平井推广力度，实施启动21亿吨储量的注水规划，截至2013年底，注水量达到17亿吨，一边是缺水，一边是注水，是不是有点可怕？利用二氧化碳催油等方式成功实现科技增产，连续7年实现稳产千万吨石油。

42岁的李进，属于那种人高马大，红色脸膛，说话不多，行事如风，为人爽快的陕北汉子。他是水保高级工程师，从事水利、水保、水资源管理、灌溉工程设计和勘测等技术工作多年。时任宝塔区南泥湾灌区管理处主任，主要负责宝塔区胜利水库的管护任务及下游2.5万亩农田的灌溉任务。该水库控制流域面积达137平方公里，总库容398万立方米。它不仅是宝塔区南五乡镇的重要水源和防洪枢纽，直接关乎松树林、麻洞川、临镇、官庄等乡镇、社区政府和川道村组安全，也关乎下游宜川境内云岩、新市河等乡镇群众的安危。

作为灌区主任的李进深知自己责任重大。2013年7月3日，防汛伊始，他便待在灌区精心组织，周密安排，全员动员，逐人逐级夯实责任，严格实行24小时值班制度。同时将全处人员合理调配，组建了巡查、抢险队伍，制定了防汛抢险预案，扎实做好了各种准备工作。7月21日晚暴雨如注，胜利水库波涛汹涌，在肆虐的风雨中，不安地翻滚呻吟，似乎马上就要呜咽失声……一阵紧似一阵的暴雨狠狠地敲打在李进心里……到清晨6点降雨量达127毫米，几乎是全年降水量的四分之一。7时30分大雨丝毫没有减弱的迹象，水库如一片枯黄的叶子在风雨中飘摇……李进带领职工冒雨奔赴现场。在距水库1公里处，公路塌方严重，抢险车辆无法进入。他一边冒雨步行赶往现场，一边迅速安排铲车疏通道路。

7时50分左右他们进入坝梁，看到水库溢洪道和卧管放水明渠周围山体出现了塌方和滑坡；放水明渠被堵塞，洪水开始冲刷坝角；水库水位急剧升高1.5米，超出汛界水面3米，蓄水量从80万方猛增到150万方。若不及时清理卧管放水明渠滑坡泥石和溢洪道塌方，水库危在旦夕。一旦发生溃坝将对下游3个乡镇、5万多群众生命安全造成巨大威胁。后果不堪设想。危急关头，李进不顾瓢泼大雨立即组织石向礼、贾强、冯改艳、刘延军、惠琦、高小柱等单位职工，拿着铁锨、榔头、耙子、锄头等工具下到水库卧管放水明渠段进行抢险，搬石头、铲烂泥、除杂草、通水渠，雨水、汗水、泥水湿透全身。水渠通了，大坝水位也开始下降，险情得到排除。就在此时，水库卧管放水明渠上方的狰狞山体忽然"轰隆"一声，再次发生滑坡塌方。巨大的泥石流挟着石块，向正在施工抢险的李进几人冲将下来，6人被泥石流当即打倒，李进在组织其他人撤离时才发现自己的双腿陷在泥石流中不能自拔……

区水利局得知情况后，立即组织抢救，将受伤人员用铺盖抬到坝梁，安排车辆将两位伤员送往医院。暴雨如注，一路上，险象环生。祸不单行，车辆行驶至南泥湾林场附近时，公路旁边被雨水泡软了的山体突然发生滑坡，将李进乘坐的车辆整体打翻在公路下方，泥石掩埋并包裹了整部车辆，导致车上4人不同程度地受到伤害，使李进、石向礼两名伤员二次受伤。后在及时赶到的区林业局、麻洞川交警队、南泥湾镇党委、政府工作人员及时大力的救援之下，4人才从泥石流中脱险，于下午4时到达延大附属医院。经紧急救援检查，李进右腓骨中部骨折1处、右胫骨中部骨折2处、右肋骨骨折1处，石向礼右胫骨中部骨折4处。由于李进等同志的及时抢险，胜利水库险情得以排除，人民群众的生命和财产得到挽救。在全市防汛抢险救灾表彰大会上，李进荣获全市防汛抢险救灾工作"先进个人"。

那天下午，李进开着自己的爱车，带我去胜利水库。胜利水库位于延安市宝塔区松树林乡邓屯村，紧邻公路边，属于河谷盆地。一眼望去，横亘的河床上下延伸，地形中间低外围高，向南开口，原本是一条浅缓的自然河流。这里是陕北黄土高原强烈侵蚀区，河流切割基岩深达30余米，河槽呈U形。河谷纵横、塬、梁、峁，黄土高原地貌景观明显，相对高差达147－273米。历史上就多有暴雨洪水发生。过去每到汛期，下游的农田村庄经常被洪水淹没，给当地农民造成很大的经济损失，这就是胜利水库修建的原因。不用问也可以推断，这座水库是当年兴修水利的产物，类似这样的名字可以在网上搜一大把。

刚刚下过暴雨，雨后初晴，道路积水遍布，路上坑坑洼洼，如果不是四轮驱动，根本无法行驶。好在李进已经在这条路上跑了不知有多少遍，七拐八绕，车居然开得游刃有余，很是稳当。沿途路畔，不时可见三三两两的"磕头虫"，花花绿绿的，在山洼、沟坡、谷边，舞弄着钢铁的头颅和身躯，各自起起落落的，也不知是朝拜群山，还是朝拜赵公元帅。

时光可以淡漠一切，日复一日，整个就是一块橡皮，它可以即现即灭无声无息毫厘不爽地销毁岁月的痕迹，隐匿灾难的证据，褪色人的记忆。让人依稀想起，恍惚忘记，全然忽略甚至遗忘。偶尔想起，也是一片模糊景象，哦，记得好像有过那么一回事，不过已经是两年多前了，你想做什么？腿不利索想从南泥湾管区调回来工作？那可不好办啊，现在都是一个萝卜一个坑，你想回来只能改行，别干水利了，随便找个什么地待着，就可以嘛！这和你三等残疾有关系吗？这已经是莫大的照顾了，该满意了，就这么着了！2013年不就是一个寻常的年头吗？如同天上的烟云和水中的泡沫，一旦消散，几乎不会留下任何蛛丝马迹。然而时间的蛛网却似乎在李进的心灵中植入了几根丝头，使沉默寡言的李进，每每一开口，便喷出丝丝缕缕的2013年的丝头……

"我还年轻，还想干水保，不想窝在这里！"他说。

30. 在一些土壤专家看来，农家肥是提高黑土有机质含量、增强土壤涵蓄雨水功能的最好快餐。庄稼最喜欢的食物却被人们抛弃，就连可以还田的秸秆也被老百姓一把火烧了。厕所也得花钱请人去淘，却让农田最爱的那些有机肥流入河流去污染水源，物质全部错位。

宾县位于黑龙江省南部，站在高冈上远远望去一马平川，走近发现"微地形"很多，到处都是起伏不平的漫川漫岗，侵蚀沟随处可见。东北地区的降雨多集中在夏季，特点是历时短，雨势急。农民为了让雨水顺利排出形成了顺坡打垄的传统。这种耕作习惯也导致暴雨很容易在坡耕地的垄沟内形成地表径流，雨水裹挟着滚滚黑土，汇入沟渠，流向江河。整个宾县共有12058条侵蚀沟。这些侵蚀沟起先可能就是坡耕地低洼处不易觉察的一条集水线，有时甚至是农民收工时，插在地里没及时抬起来的犁铧豁出的一道小沟。这些其貌不扬的小沟发展起来速度惊人，很快就会冲成大沟。多数张牙舞爪到可以开进一列火车。宾县民和乡的一条大沟将一个屯子从中间劈成了两半。沟有三层楼那么深，沟底常年淌水。卖菜的在沟南喊价1元，到沟北就涨到1元1角，因为从南到北还要绕上好几里地。这让我想起千沟万壑的黄土高原有一首山歌，描写一男一女隔沟相望，看得到，听得见，要绕过沟去却要跑死马，故而只能以山歌传情。是否有一天中国还会出现一个名叫"万壑千沟的黑土丘陵区"，并且也来上一曲这样的信天游："对面慢坡那是谁在稀罕人？那就是嘎牛的小丫蛋儿美珍。你在慢坡那圪垯嘚瑟得好认真，哥在慢岗这圪垯只能是个等。哥显包一下带话让一阵风，给妹子敞亮哥哥这一颗心，你要是带劲了哥哥的人，就麻溜点儿嗯哪一声。"

据说，位于黑龙江出海口的鄂霍次克海里生活着一种灰鲸，总也不愿远离这片海域，后来发现，这里海水的有机质含量特别高。流失的黑土部分沉淀在了通向大海的河道上。这就是为什么，这么多年来，素有"铜帮铁底"之称的松花江，河床比20世纪50年代抬高了50厘米的原因，有效航程从1500公里缩短到如今的580公里，是黑土流失造成的。

黑龙江省水保所的数据显示，2003年以来，截至2011年，全省已经治理黑土流失面积达1760平方公里。起步较早的拜泉县，就曾在其他地区饱受涝灾的年景依然获得大丰收。另一组数据却是，就目前的速度，治理现有水土流失面积需要50年。如果不加快治理，再经过四五十年，也许用不了那么长时间，东北黑土层就不复存在，流失得差不多了。

资料称：从2003年开始，国家接连投资数亿元，治理黑土流失。水土流失是按小流域治理的，一个小流域就是一个封闭的集水系统，面积在30平方公里以内。立陡的沟沿儿被削缓，种上护坡的柳条子，沟头筑起了结实的浆砌石跌水，沟底的谷坊呈阶梯状排下去。植物封沟后，沟道就不再扩展，土就不会再跑了。5度以下坡耕地采用顺坡垄改横坡垄，这样地表就不容易形成径流。5~15度的坡耕地在改垄的基础上，修筑田间地埂或者梯田，埂上栽种胡枝子、黄花菜等植物带，好像在木桶外箍上一道道铁丝。改垄是坡耕地治理中最简单最实用的方法。顺坡垄时，一家几根垄，有好也有坏。横坡打垄后，谁要上面的瘦田，谁要下面的肥地？退耕还林也有不乐意的，怕自己这辈子享受不成。难道给儿女们留笔财富不好吗？你死了他们上坟时认认真真给你哭一哭，难道不好吗？这只是几句玩笑话。

如果丧失了黑土地，那靠什么来喂养13亿人口？

31.抚慰水土如同抚慰心灵，太过漠视、太过不以为然、太过粗暴，都会造成不应有的水土流失。自然生态破坏和流失是个漫长的过程，而人文生态的侵蚀往往迅雷不及掩耳。治理自然水土流失的同时也不能忽视修复人文生态的侵蚀。自然水土流失得靠人文生态来保持。

2008年起，宾县把"保护黑土地、治理水土流失"作为首要任务，把"地增力、粮增产、民增收"作为根本目标，下大力气治理水土流失。3年来，分别治理了8条小流域，治理耕地面积15.47万亩，取得明显生态效益和社会效益，每年可减少土壤流失量30.77万吨，增加水源涵蓄能力983万立方米，增加经济收入817万元，增产粮食103.5万公斤，受益人口20万人，脱贫人口1360人。山西大寨式梯田现身黑土地上倍感新鲜。今年狼洞山一处就新建梯田1万多亩，每亩1500元至2000元的投入全部由政府支付。村民出工修建田埂等政府提供相应补助。坡地变平地，基本遏制了水土流失，又增加了粮食产量，形成农民增收与水土生态保持的良性循环。宾州镇宝泉村因泉眼河得名，但由于水土流失严重，泉眼河由"宝泉"变成害河，泉眼河小流域成了宝泉村村民最头疼的地方。但好与坏是相对的。

村民王树才就不信这个邪，他看到了泉眼河流域的前景，用自家好地对换下流域里的500多亩山坡地。在小流域修筑一个小塘坝、一条沙石路，挖了2540个果树台田栽上了果树，县里按每棵树为他补助10至50元。3年过去了，小流域果树遍地，池塘鱼肥。

这说明，只要加大水土保持力度，黑土生态是可以恢复的。

拜泉县王树清总结出的治理侵蚀沟方法行之有效，他们根据沟壑的侵蚀类型，集雨面积的多少，沟道的长短、宽窄和比降大小等因素，因地制宜进行布设。对狭长的浅沟坚持预防为主、防治并重的原则，固定沟头，控制侵蚀沟的发展；对狭长的大型主沟道按10年一遇洪水设计标准，修塘坝、水库；对继续发展的侵蚀沟采取工程措施和植物措施相结合的办法。上部修土柳跌水沟头防护工程，沟底修土柳谷坊，沟岸削坡插柳栽杨种笤条，做到植物封沟。对宽浅式的稳定沟，主要采用植物措施，乔灌草结合，实行植物封沟，巨细无法备述。

处于半山区的宾县耕地经多年侵蚀，沟口宽度10米以上、深6米以上的侵蚀沟就有6000多条。侵蚀沟一遇暴雨就形成山洪，洪水夹杂泥土顺沟而下，沟越冲越深，土越来越少，治理侵蚀沟成为宾县水土整治难点。宾县吸取多年经验教训，对侵蚀沟采取"层层拦、节节蓄"的方式，在主沟道内以10米为间距修建沙石的大谷坊（水坝），全部由政府出资修建。洪水要依次通过一道道的谷坊拦截和沉淀，大大减轻冲刷危害。谷坊周边还种植牛、羊等牲畜不吃的紫穗槐等树木，与谷坊一起发挥固土保水作用。谷坊高度一般与沟两岸齐平，利于行人和农用机车通过，方便了农业生产。

我想：树是王树清的爹，而黑土地，才是王树清的娘。

那天，我们在宾县二龙山黑龙江科技示范园区踏雪而行，丰腴的雪让人举步维艰，每一脚迈出去都要犹豫不决半天，因为你不知道，白玉无瑕的处女雪的下边，是个深深的坑还是陡陡的坎，说不定下边还有一块尖尖翘翘的石头等着扎你的脚，纯净、安全、祥和的下边也会暗藏凶险，走起来得赔上几个小心。白雪皑皑的二龙山水土保持科技示范园，在冬日晴丽的阳光之下，银装素裹，美不胜收，如一幅纯白的画，让人想起白雪公主和七个小矮人。

这一路上大大小小的科技示范园看过不少，但我觉得最大一个示范园当是拜泉县，这是一个举全县之力示范的超大园区，如果我们最基层一级的县，都能够如拜泉一样，那中国的生态环境一定会很快好起来。所以，我觉得，王树清真正的奉献，绝非表面上的种树、护林、生态管理，而是对自然家庭的一种刻意的维护。古人对天地人的理解朴素而无华，天在地之上自然是爹，地在天之下当然是娘，人在天地之间必然是儿女。以天为父以地为母以自己为天地儿女的人类，却以万物为自己的吃喝用项以及玩伴，这岂非有些无赖气象？水土在下而草木在上，依例也可为爹，水土是大地母亲的血肉，为娘亦无不可。男爹主外，而女娘主内，爹风风光光如草木，锦绣天下，娘默默奉献似水土，抱残守缺。儿女每每只看见草木的风光无限，却屡屡忽略了水土的无私奉献。这就叫，草木长在水土上，水土躺在草木下，没有草木水土流，水土流失娘改嫁。故而，王树清的以树为爹，其实只有一个目的，那就是维护爹和娘的婚姻关系，使人类儿女有一个幸福和睦的家庭，不至于沦为造化的孤儿。

这是自然的伦理道德，水土保持的仁义礼智，生态环境的歌词大意。

然而，让我心情沉重的是王树清老伴临别时的几句话，这位从播音室走出来的女性，仍然保有字正腔圆的纯净音色，她面有忧色地告诉我：好多人不理解，好多人骂他攻击他写匿名信发帖子骂他，我们全家人都反对他继续管，他儿子都急得给他跪下求他，让他不要再管了，管了一辈子了，人都退休这么多年了，还管，好好享点清福，多好！可他就是不听！

无语。我看见雪地上有一串孤独的脚印迤逦向远方……

32. 过去我们总是感慨，何以年年种树不见树？何以年年兴修水利却水患不断？何以环境保护多年却污染依旧？不仅黄河还是黄的，甚至连长江和诸多河流也都变黄、变脏了？泥石流不仅频发于山区乡村城镇，还登堂入室公然侵入大城市，繁华如深圳亦不能幸免？

在十八大报告中，习近平指出：要"坚持节约资源和保护环境的基本国策，坚持节约优先、保护优先、自然恢复为主的方针，着力推进绿色发展、循环发展、低碳发展"。

"生态环境质量总体改善"是五中全会提出的全面建成小康社会新的目标要求的重要内容。习近平指出："我们已进入新的发展阶段，现在的发展不仅仅是为了解决温饱，而是为了加快全面建设小康社会、提前基本实现现代化；不能光追求速度，而应该追求速度、质量、效益的统一；不能盲目发展，污染环境，给后人留下沉重负担，而要按照统筹人与自然和谐发展的要求，做好人口、资源、环境工作。"

在海南考察时他指出："良好生态环境是最公平的公共产品，是最普惠的民生福祉。"在中央政治局第六次集体学习时再次指出："生态环境保护是功在当代、利在千秋的事业。要清醒认识保护生态环境、治理环境污染的紧迫性和艰巨性，清醒认识加强生态文明建设的重要性和必要性，以对人民群众、对子孙后代高度负责的态度和责任，为人民创造良好生产生活环境。"习近平特别强调发展要以生态环境为依托："生态环境是经济社会发展的基础。发展，应当是经济社会整体上的全面发展，空间上的协调发展，时间上的持续发展。""经济发展、GDP数字的加大，不是我们追求的全部，我们还要注重社会进步、文明兴盛的指标，特别是人文指标、资源指标、环境指标；我们不仅要为今天的发展努力，更要对明天的发展负责，为今后的发展提供良好的基础和可以永续利用的资源和环境。""中国将继续承担应尽的国际义务，同世界各国深入开展生态文明领域的交流合作，推动成果分享，携手共建生态良好的地球美好家园。"

习近平强调说："必须加快推动生产方式绿色化，构建科技含量高、资源消耗低、环境污染少的产业结构和生产方式，大幅提高经济绿色化程度，加快发展绿色产业，形成经济社会发展新的增长点。必须加快推动生活方式绿色化，实现生活方式和消费模式向勤俭节约、绿色低碳、文明健康的方向转变，力戒奢侈浪费和不合理消费。"

习近平说："坚持可持续发展，坚定走生产发展、生活富裕、生态良好的文明发展道路，加快建设资源节约型、环境友好型社会，形成人与自然和谐发展现代化建设新格局，推进美丽中国建设，为全球生态安全做出新贡献。"

这是生态的福音，全世界，全人类，都在认真聆听。

水利部水保司司长刘震在贯彻党中央、国务院《关于加快推进生态文明建设的意见》精神的一文中这样表述：全国尚有水土流失面积294.91万平方公里，占国土总面积30.72%，不仅分布广泛，且土壤的流失总量大，侵蚀强度高。年均水土流失总量约为41.5亿吨，土壤侵蚀模数在2500 t/a·平方公里以上的中度以上面积占到53%，侵蚀强度远高于土壤容许流失量。西北黄土高原区和东北黑土区分布着96万多条侵蚀沟，其中89%的侵蚀沟仍在发展扩张。

把生态安全提升到相关国家未来的安全高度上来看：水土流失导致土地退

化，生态功能减弱，加剧生态恶化和灾害性天气事件发生频率，如不有效防治，则可能引发生态的系统性破坏。按现在的流失速度测算，35年后西南岩溶区石漠化面积将增加一倍。

水土保持直接关系防洪安全和国计民生：水土流失搬运大量的泥沙进入河流、湖泊和水库，削弱河道行洪和湖库调蓄能力，增加了洪水发生的频率和洪峰流量，加大了洪涝危害程度。黄河水患、河床抬高的症结就在于黄土高原的水土流失。十河九高于田，已成常态，这是个可怕的现实。

从饮水安全看民生：水土流失作为水源污染的载体，输送大量化肥、农药和生活垃圾等污染物进入水体，加剧水源污染。全国现有重要饮用水源区中，作为城市水源地的湖库95%以上处于水土流失严重区，如果上游的水土保持工作做不好，将直接威胁饮水安全。

从粮食安全看水保：近50年来，我国每年因水土流失损失的耕地达100万亩，如不妥善治理，50年后东北黑土区1400万亩耕地的黑土层将流失殆尽，粮食产量将降低40%左右。

生态文明建设需要四两拨千斤，而水土保持是牛鼻子：目前全国水土保持措施保存面积已达到107万平方公里，累计综合治理小流域7万多条，实施封育80多万平方公里。实践证明在我国水土流失地区，大力开展水土保持就抓住了生态建设的"牛鼻子"，抓住了解决生态环境问题的关键和基础。

清醒地认识到面临的危局：目前正值我国经济社会发展的重要转型期，农业人口锐减，城镇化率不断提高，资源开发强度增加，基建规模依然较大的形势，以及推进新型工业化、城镇化、信息化、农业现代化和绿色化等一系列的新要求，使水土保持工作面临着全新挑战。

矛盾现状：当下仍有近1/3的国土面积存在水土流失，3.59亿亩坡耕地和96万条侵蚀沟亟待治理。然而在治理旧的水土流失的同时，人为水土流失仍然严重，在加快实现工业化、城镇化的形势下，大规模生产建设和资源开发，给人为水土流失控制带来更大压力。

在特定发展时期出现的与时俱新的突出问题是：基于目前状态，水土保持法规体系还需加快完善，"三同时"制度有待全面落实。各级水行政主管部门依法履行水土保持监督管理的能力与方式尚不能完全适应新形势和政府职能转变的要求，也有待进一步完善。

困难在于新形势下的水土保持投入严重不足："十二五"期间全国完成水

土流失综合治理面积26.15万平方公里，但国家重点治理工程只有6.58万平方公里，仅为综合治理面积的1/4，其余则需要地方和社会力量投入治理，但是地方配套资金落实难，群众参与难度大，劳动力成本节节攀升，导致治理标准较低，影响了治理效益的发挥。公众水土保持意识有待提高；重经济发展、轻水土资源保护的现象仍较普遍；防治水土流失的责任感、紧迫感尚待加强。

想起一句成语：工欲善其事，必先利其器。

故制《炎黄令牌》一面，调寄《解佩令》曰：神州困窘，江山怜悯，兽禽惊、忍岳残波剩。放下平生，借诗词、犁狂耕佞。种曦暝，天人感应。细搜绝美，巨钩殊胜，畅形声、色眸华听。悦著清微，一纵横、十方鸣磬。使炎黄、重登上乘。又五言云：日落香花木，星寒寂路途。风生兴大户，水起又何如？江山贫富共，社稷智愚扶。楚汉无前后，唐明有茂枯。景帝肥黄老，乾隆肉和珅。尊卑滋骛傲，善恶养汹岬。好坏碑黎庶，黑白易甲鳞。光阴衰腐朽，万物却荣春。

《中国作家》2016年第5期

东方白帽子军团

丁一鹤

黑客，又叫骇客，源自英文"hacker"一词。

这是一个不具有任何褒贬意味的中性词。黑客特指追求技术的计算机高手，也就是网络江湖中具有强大攻防能力的绝顶高手。比如华山论剑的洪七公、欧阳锋、黄药师，武功不分正邪，侠客与败类分正邪，毁誉只在他们用绝世武功做了好事还是坏事。

黑客鼻祖凯文·米特尼克在《欺骗的艺术》一书中，指出黑客的核心精神价值是：被好奇心驱使，被探索技术的欲望与智力挑战的虚荣所驾驭。

好奇心、探索欲、挑战性，这是黑客存在的三个原始驱动力。就像江湖高手的巅峰对决，网络安全的本质就是攻防。在攻防中，黑客分出了正邪。

在黑客世界里，所有黑客被归为三种类型：

一是白帽子，比如洪七公，就是我们所说的正能量的安全黑客，愿意站在公众视野里匡扶正义。他们大多供职于网络安全公司或政府、企业的安全部门，主要工作是监测漏洞、查杀木马、修复系统。白帽子可以识别计算机或网络系统中的安全漏洞，但并不会恶意去用来获利或者进行破坏，而是公布并修补漏洞，防止被黑帽子利用，同时建立起强大的防火墙，阻止恶意攻击。

二是黑帽子，比如欧阳锋，是神龙见首不见尾的充满负能量的黑客，他们大多身处江湖之远，擅长攻击技术，精通攻击与防御，或通过网络盗取他人财富，或攻城略地伤害他人。

三是灰帽子，比如黄药师或者周伯通。他们是以自我为中心率性而为的绝顶高手，研究攻击技术的目的就是惹是生非，属于黑客江湖中亦正亦邪的角色。

这是站在中国江湖语境中，对于黑客的基本理解与分类。

而在现实世界中，黑客发动的网络攻击，已经成为对国家安全层面的严重挑战。

美国著名军事预测学家詹姆斯·亚当斯在《下一场战争》中预言：在未来的战争中，电脑本身就是武器，前线无处不在，夺取作战空间控制权的不是炮弹和子弹，而是电脑网络里流动的字节。

美军战略司令部前司令、空军少将约翰·布雷德利直言不讳地说：我们现在花在网络攻击上的时间，远超过花在网络安保研究上的时间，因为非常非常高层的人对网络攻击感兴趣。

早在2002年，美国国防部就提出了网络中心战理论，未来战场必然是一场又一场黑客军团发动的没有硝烟的大战！

从克林顿时代开始，美国着手网络安全领域的战略部署，网络安全的主题以防护为主。到小布什时代，在网络反恐主题下展开攻防结合，并建立网军司令部。2005年8月，美国国防部成立了代号为"暴雨"的反黑客行动小组。美军近年来不断强化网络安全意识，一边渲染国外黑客或敌对势力对自己的网络威胁，一边加强筹建各军兵种的网络战部队。美国组建了三支全新的部队——战略"黑客"部队、第67网络战大队和网络媒体战部队。

2007年5月，美国空军组建的第一个网络战司令部已经形成战斗力。该司令部升格为一个由四星空军上将领导的一级司令部，成为与空中作战司令部、空中机动司令部等其他9个一级司令部平级的单位。按照计划，整个美军的网络战部队将于2030年左右全面组建完毕。届时，它将担负起网络攻防任务，确保美军在未来战争中拥有全面的信息优势。

无论美国还是中国，网络安全，都已上升到国家安全战略层面。

2014年2月27日下午，中央网络安全和信息化领导小组宣告成立，在北京召开了第一次会议。中共中央总书记、国家主席、中央军委主席习近平亲自担任组长，李克强、刘云山任副组长。习近平在讲话中指出："没有网络安全就没有国家安全。"

你来帮我清理门户

2006年12月，爽朗的南海热风携带着芒果木瓜成熟甜腻的奶香，吹进海口市一座五星级酒店的海景房里。

阔大的双人床上，四仰八叉地躺着一个肉乎乎的男孩。在微微的鼾声里，他再次进入自己构建过的无数次梦境之中。那是由无数编码和数字组成的梦境，在黑白的数字变幻中，一连串的程序编码向他眼前涌来，像群星闪烁的夜空，又像一张无形的大网，铺天盖地扑向他的眼前。

《黑客帝国》开篇的镜头！没错，这个男孩梦中的景象与他看过无数次的电影一样！梦中的主人公仿佛电影中的救世主尼奥，可眼前那鲜活的景象，分明是自己，不是虚拟的尼奥！面对铺天盖地汹涌而来的长着触角的章鱼形状机器人，他挥舞着双手，想撕开那张由编码和数字组成的无边无际的大网，一次次打碎怪兽。可费尽全力，却撕不开那张由万千机器章鱼构成的黑网。

在满头大汗的搏斗中，他挥舞着双手突然从床上坐起来。醒来才发现，除了梦，什么也没有发生。只不过，床上被汗水湿了一大片，额头和身上的汗水，还是热的。

"又是梦！"他自言自语之后，起身去洗手间冲了个凉水澡，换上宽松的海南特有的绿色椰林T恤，晃动着微胖的身体坐在桌前，打开笔记本电脑浏览当天的新闻。

网上蹦出一个消息，"阿里巴巴奇虎爆流氓软件口水战，谁比谁更流氓？"

"老周不是做流氓软件的吗？怎么又出来杀流氓软件了？又是炒作吧？不好好做软件，整天炒作有什么意思？"他早已厌烦那些网上的口水官司，不过，让他感兴趣的是，网络江湖上传闻，前雅虎中国董事长周鸿祎以前做流氓软件起家，离开雅虎之后，突然做了一个查杀流氓软件的软件，摆出一副清理门户的架势。

"流氓软件之父"金盆洗手，在他看来，这倒是挺有意思。

"管用吗？不会是虚张声势吧？我来试试看。"他顺手下载了一个360安全卫士软件，因为他也挺讨厌流氓软件拖慢了电脑速度。

软件下载之后，他按照指令轻轻敲击了两下键盘，360安全卫士软件快速运行起来，随即蹦出一连串询问弹窗，先是询问是否杀掉3721上网助手，接着是百度搜霸。

"疯了吧，真的连自己起家的软件都杀啊？"他用鼠标点击了一下页面的提示后，两个流氓插件迅速被消灭。

这款软件竟然挺好用，他一连串儿清理了十几个流氓软件。

"这个老周，有点意思。"他随后点开了奇虎360的官方论坛。他更感兴趣的是，这些制造流氓软件的家伙，是怎么挥刀自宫的。

网络论坛上基本都不用真名，每人都用一个化名，也就是"马甲"。

他懒得在论坛上起名，随手打上了马甲的两个字母MJ，有人占用，他又加了个后缀001，发现这个头号名字也早已被人注册。随即，他又在MJ001后面加了一个1，留下了自己网络江湖的名号MJ0011。

这个ID，开始了他在360官方论坛的BBS征程。

他的兴趣爱好和19岁之前的人生跌宕，都是从BBS开始的。

他，以及MJ0011，现实中的名字叫郑文彬，一个不会被轻易记住的普通名字。

郑文彬是安徽舒城人。2002年，15岁的郑文彬以超出录取线100多分的成绩，考上安徽省重点高中舒城中学。在财政局工作的父亲见儿子成了学霸，一高兴就奖励他一台学英文的电子词典。父亲的本意是让他学英语的，但郑文彬发现词典里竟然有一些编程的功能，可以自己写程序、做游戏。

于是，编程序就成了少年郑文彬醉心的游戏。

电子词典满足不了郑文彬的需求，父母又给他买来了电脑。郑文彬经常沉浸在各个技术论坛里，并从BBS的网友帖子中开始了他的技术积累。

父母发现，郑文彬吃过晚饭就钻进自己的房间里，基本上每天到凌晨四五点钟才熄灯睡觉。父母以为他酷爱学习，觉得这孩子懂事、争气，心里美滋滋的，也就没有管他。

可父母哪里知道，晚上不睡觉，白天睡不醒的郑文彬，因为沉迷于程序编写，学习成绩一落千丈，从前几名的学霸迅速变成学渣。

舒城中学的高考录取率超过90%，等到郑文彬高考时，父母傻眼了，学霸儿子竟然只考上了个很辏的"三本"。此时，父母才知道电脑害了孩子，伤心欲绝的父母无力回天，郑文彬却一副无所谓的样子。

更让父母如鲠在喉的是，只到合肥读了几个月大学，郑文彬竟然连大学都懒得上了。

在合肥上大学的三四个月的时间里，郑文彬把图书馆里面有关电脑程序的书看了一遍，觉得再也学不到他要的新东西。问老师，老师也不比这些图书更专业更精通。

学不着新东西还学什么劲？他决定退学。

退学能干什么呢？郑文彬早有盘算，他在BBS里聊天时，认识一个做电子词典的老板，这个老板正在破解和研发一项新的电子产品。每次遇到困难，都是郑文彬在论坛上帮他解决问题。一来二去，这个老板力邀郑文彬到深圳加盟他的事业。

2005年11月，只上了不到4个月大学，还不满18岁的郑文彬开始了人生第一次远行，直接从合肥飞到了深圳。

郑文彬帮那位老板做完产品设计之后，很快又无事可做了，便开始在深圳接一些电子设备的程序设计项目。半年后，郑文彬突然发现自己一个月竟然收入达到5万元左右。

这个从BBS上成长起来的天才少年，对金钱并没有什么概念。反正在深圳衣食无忧，他干脆就天天住在深圳上沙一带的酒店里研究程序。正是在这个时期，郑文彬开始深入接触到一些底层的编程技术，比如内核驱动、安全攻防。

每个男孩都有救世主一样的英雄梦想，看过《黑客帝国》的郑文彬，太想当一个救世主了。他的梦想就是成为中国的顶级黑客，像《黑客帝国》里的救世主尼奥，去拯救这个可能即将陷落的世界。

对于网络安全攻防的热爱，像南中国的热风一样从未降温。在酒店里住了一年，郑文彬给北京、广西等地的公司、政府都做过外包的电子设备项目。

2006年11月，一位做程序的朋友请郑文彬到海口玩。来到海口之后，一边游山玩水，一边在这家酒店住了一个多月，过着海边散步累了回酒店上网的悠闲日子。直到一个月后，闭门不出的郑文彬一场大梦之后，登录360官方论坛，成了360官方论坛里的活跃分子。

郑文彬在论坛上玩得风生水起，很快成为论坛版主。

论坛上，不时公布一些连360安全卫士都查杀不掉的流氓软件。郑文彬自告奋勇地说："我来试试！"

有时候是几天，有时候是几个小时，郑文彬帮助360杀毒团队对一些流氓软件进行专杀，并一次次获得成功。

MJ0011成了论坛上的狠角色！立即引起了360安全卫士负责人的注意。

这位360官网的版主与郑文彬惺惺相惜，在论坛上和私下里，两人的聊天从春风化雨循循善诱，再到热血沸腾壮怀激烈。最后，360的这位版主向郑文彬发出英雄帖："来北京加盟我的战队吧，这里有你的战场！你可以砍菜切瓜、快意冲杀！"

"杀毒我倒是挺感兴趣，不过我在这边收入还可以，过得也挺好挺自由，不愿意过去。"郑文彬拒绝得很实在，自己一个月轻松就有10万元的收入，突然去给别人打工受约束，实在情非所愿。

郑文彬的拒绝，哪里抵得过这位聪明绝顶的版主："不用急着签工作合同，你来看看，要是愿意帮我们做一些东西，我们付费给你，这样好不好？"

此时，正好郑文彬在网上认识的一个苏州朋友，也热衷于网络安全，他也想到奇虎公司看看，力邀郑文彬同赴北京。

2006年12月底，临近元旦的一天，两人相约在北京首都机场相见。

12月份的海口还热得开空调，胖胖的郑文彬出发前，预想到北京比较冷需要找件厚衣服，找来找去，找到最厚的是一件长袖T恤。一下飞机，零下四五度的寒风让郑文彬不禁打了冷战！

不知道此行是吉是凶！管他呢，两人从飞机场打车直奔市区买了一身棉衣，才拨通了奇虎公司那个版主的电话。

两人冒着寒风赶到位于四惠桥西北角的奇虎公司。见面之后郑文彬才知道，这位版主就是当时在网络界大名鼎鼎的360安全卫士负责人，时任奇虎360安全卫士的产品经理。

360安全卫士负责人很忙，寒暄了两句后说："我还有别的事儿，今天晚上我安排360安全中心的两个哥们接待你们。明早你们再来公司，我带你们见老周。"

郑文彬内心微凉，热血沸腾地跑到北京，竟然安排两个陌生人简单接待，岂是待客之道？看来，360安全卫士负责人并不是他想象的尼奥的伯乐墨菲斯。

陪他的人中有个叫余和的技术员，郑文彬与余和聊天后才知道，360整个安全团队只有区区10个人，的确忙得不可开交。

郑文彬释然了。

第二天，360安全卫士负责人带着郑文彬见到了奇虎公司董事长周鸿祎。

没什么寒暄，聊了几句，周鸿祎就一眼看出了郑文彬的疑虑，他抛出一个问题："在论坛里面帮网友解决问题，你跟他都是版主，你俩比较一下，一天最多能回多少个解决疑难问题的帖子？"

郑文彬如实回答："不眠不休，三四千个吧。"

周鸿祎微微一笑："在论坛里帮人解决问题，每天三四千是极限了吧？如果我给你一个更大的平台，是不是更有意思？"

"多大的平台？"郑文彬显然被吸引了。

"一天帮几千万，将来甚至几亿人吧，感兴趣吗？"周鸿祎笑眯眯地看着郑文彬。

一句话把郑文彬给镇住了，帮几亿人，这不就是拯救世界吗？他几乎没过脑子一般，抢着回答说："感兴趣！感兴趣！"

周鸿祎说："除了兴趣，更重要的是责任。你得用自己的技术和经验保护用户信息安全。如果用户上网没有防护，就如同一个小孩抱着黄金在大街上裸奔，网络安全工程师就是匡扶正义、除暴安良，责任就是帮助和保护用户。你要做的不是炫技，而是成为网络安全英雄，这是我们与黑客的最大区别。"

"这没问题，为了你说的那个责任，我决定了，跟你干！"一直专注于技术的郑文彬，头一次听到自己的技术可以帮助成千上万人，甚至能成为网络安全英雄，他内心里小小的英雄情结被激发出来，几乎没做任何考虑，就答应下来。

直到要签订入职合同的时候，热血沸腾的郑文彬在朋友的提醒下，才想起来根本没跟周鸿祎谈报酬问题。

"我冲的是周鸿祎，又不是冲钱去的！"本来对金钱就没什么概念的郑文彬，毫不在意。他在意的是，周鸿祎可能是那个认定他是救世主的伯乐墨菲斯，会引领他在黑客江湖中快意恩仇！

话是这么说，那时候郑文彬单打独斗，每月能赚10万元左右，到奇虎公司的收入却只有区区几千元，差别还是挺大的。

他在警方之前揪住了熊猫烧香

所谓互联网安全技术，就是"互联网+安全技术"。

加盟奇虎公司之后，郑文彬成为奇虎360安全团队的一名技术员，负责360流氓专杀软件。

此时的360安全卫士团队全部加起来只有10人，除了负责整个项目管理的产品经理，再去掉运营、客服等，杀毒一线的技术人员只有郑文彬等三四个人。

后来360公司成为国内最大的网络安全产品及服务供应商之后，很多人感兴趣的是，谁是奇虎公司向流氓插件开第一枪的人。在郑文彬的记忆中，开第一枪的那个人叫余和，也是郑文彬加盟奇虎公司之后亦师亦友的好伙伴。

坐在郑文彬对桌的同事余和，是郑文彬进入杀毒领域的第一任导师，他为人平和，不怎么爱说话。

进入360之后，郑文彬才发现，在此之前他帮别人做电子设备，使用的是底层编程语言。而余和开发安全程序，使用高级编程开发软件，郑文彬完全不会。这就相当于两个世界的语言，只懂中文的郑文彬面对操着流利英语的余和，完全傻掉了。

"怎么办呢？"郑文彬挠着头。

"学呗，我来教你，有不懂的你就问我，反正我就坐在你对面。"余和也不多说。

只能边学边干了。晚上回到租住的房子，郑文彬熬得通宵达旦。第二天到单位，把不懂的问题提出来，余和再逐条地教给郑文彬。

即便这样，也会遇到这样那样的问题。一旦写程序卡住了，郑文彬只好问余和："又卡了，下一步该怎么写？快来教我。"

余和基本不抬头，接茬告诉他一个指令，问题立即迎刃而解。

在写程序时，大多数程序员能记住经常用的程序指令，但不经常用的技术参数怎么用，差不多所有程序员都需要查手册。

在请教的过程中，郑文彬才领教了余和这位程序高手的厉害。在Windows手册中，有几万个功能接口，余和竟然能把所有接口的功能和指令背得滚瓜烂熟，操作起来根本不用去查。郑文彬只要遇到某个功能接口搞不清楚，一问余和这个功能需要什么指令，余和随时都会不假思索地告诉郑文彬。

这种过目不忘的天才，郑文彬也只是听说过，但亲眼见到还是第一次。

而郑文彬的学习速度，也让天才余和惊诧不已。

在余和的调教下，郑文彬几个月就很快打通了两种程序语言的障碍，开始杀毒软件的设计。就像一个中国孩子到了美国，不但三五个月内学会了英语，还突然做起了博士论文。

实际上，这种令人惊诧的学习进度，付出的是超乎常人的精力消耗，得到的却是极大的身体伤害。郑文彬每天只休息三四个小时，而只比他大10岁的余和更是长期失眠，整日整夜睡不着觉。到医院一查，余和患有长期高负荷工作带来的严重神经衰弱症。

正是这种肉体上高强度的付出，才使他们在网络安全领域总是快人一步，也让郑文彬在安全软件的构架上有了初步感觉。

郑文彬发现，与一般流氓软件不同的是，大公司的流氓软件多数都有很强的内部保护。如某著名网络公司的上网插件，是一个德国专家帮他们设计的一套保护系统，国内没有这么高的技术把它清掉，一般的杀毒技术也杀不掉它们，导致很多的网民有插件也清除不了。

打通编程语言关口的郑文彬，就像练武术打通了任督二脉，开始在余和带领下专注于研究新的杀毒技术，清除顽固病毒的底层保护。

经过半年左右的清理，师徒两人联手，基本干掉了所有的流氓插件。

360安全卫士在低调中成长，增加了漏洞修复、查杀木马、装机必备、体检等功能。到2007年，360安全卫士每天安装量高达40万，安装总数达到数千万。

360安全卫士名动天下，少不了国外杀毒软件卡巴斯基的功劳。360安全卫士推出时，考虑到奇虎公司自身毕竟不是专业做安全的，贸然抛出一个自己开发的流氓克星软件，背后没有强大的安全技术支持，必然会全军覆没。进入安全领域之初，奇虎公司找到曾经的合作伙伴卡巴斯基，与他们达成协议，延续了以往的合作模式：奇虎每年向卡巴斯基支付数百万元，卡巴斯基提供杀毒软件，把卡巴斯基与360安全卫士捆绑起来，提供给用户。

奇虎公司进入安全市场，之所以把目标锁定在流氓软件上，是因为当时杀毒厂商并不认为流氓软件是病毒，所以并不查杀流氓软件。而周鸿祎是公认的流氓软件之父，他出面清理流氓软件，别人也会认为是自己清理门户，不会招致大多数杀毒厂商的抵制。

事实上，大部分流氓软件是国内互联网的大牌公司做的，杀毒厂商跟这些互联网公司都有切不断的联系，因此互联网界有一个不成文的默契：杀毒厂商不把流氓软件当病毒，也不会去查杀。因为谁查杀流氓软件就是断人财路，自己又不得利。

清理流氓软件意味着把同行得罪光。每个有名的流氓软件背后都是一家大公司，剜大公司的心头肉，这和一场火并差不多。

郑文彬作为冲锋在前的杀毒战士，又必须打好这一仗！

与此同时，普通用户盼望清理流氓软件，就像受压迫受剥削的老百姓盼救星解放军一样！

当时的互联网用户，几乎所有人都为流氓软件头疼不已，无论是开机还是上网聊天查找资料，都卡得不行，而且随时都会跳出一些流氓软件，引导用户一不小心就点进黄色网站，而且无论怎么删都删不掉，多数用户无奈之下只好重装系统。有的用户几乎每个月都要不厌其烦地重装一次。360安全卫士一出场，立即受到欢迎，大部分流氓软件都被删除。

因为360安全卫士瞄准的是流氓软件，推出之始并没受到传统杀毒厂家的很大阻力，他们都以为周鸿祎这是在清理自家门户，抢不了自己的地盘。

但最后，360安全卫士因为查杀了雅虎助手插件，最终升级成了道德指责和封杀，升级成了一场官司，升级成了一次互联网界的震动。这是郑文彬始料未及的。

清除流氓软件看似是周鸿祎的小试牛刀，但奇虎公司迅速成为互联网世界斜刺里杀出的一匹黑马，令同行惊诧。尽管与瑞星、金山和阿里巴巴等几家互联网公司争到了法庭上，但360安全卫士爆发式增长，很快成为装机量最大的安全软件！

奇虎360闯入安全市场正是生逢其时，在清理完流氓软件之后，郑文彬匆匆找到周鸿祎报告："一种比蠕虫更厉害的新病毒，最近非常猖獗！"

"什么病毒！"周鸿祎仿佛发现新猎物一样两眼放光。

郑文彬解释说："这种病毒叫木马！就像特洛伊木马一样，伪装进入电脑程序后散布病毒，这种病毒跟人身上的癌症一样，只要发现就是晚期，不但能直接搞乱电脑，甚至远程控制电脑程序。黑客可以通过木马控制盗取银行账号、游戏密码，远程控制他人电脑等手段，窃取网民信息，把整个互联网搞得阴云密布。我敢断定，木马背后肯定有着巨大的利益驱动！也肯定不是以往独行侠式的黑客单打独斗，而是很多黑客联手作战。"

"咱们有没有办法干掉它？瑞星、金山那些杀毒厂商有没有好招数？"周鸿祎问。

"木马泛滥速度很快，有人在网上叫卖木马。传统杀毒厂商也措手不及，因为木马变种很多，暂时都还缺乏有效的杀毒程序，只能出来一个杀一个。不过，我相信瑞星、金山他们会很快开发出来杀毒程序，我们团队人少，但估计也不会比他们晚！"郑文彬谨慎地说。

周鸿祎说："传统的杀毒厂商采用的模式，是先卖一个光盘，用户装在电脑上之后，再适时更新病毒库，木马可能在任何一个时间段进入用户电脑，而用户不可能不间断地升级杀毒程序。即便跟他们同时开发出来杀毒软件，我们也可以第一时间发布，可以与瑞星、金山他们来一个赛跑！"

肆虐互联网的木马让郑文彬打了鸡血一样兴奋，就像江湖高手面对另一个高手，忍不住挑战一样，他对周鸿祎说："我打算编写一套针对木马的专杀程序，怎么样？"

"当然，马上开工，现在就干！"周鸿祎说。

从2006年底到2007年初，短短的两个多月时间，憨态可掬的熊猫图标占领了无数电脑的屏幕，一个名为"熊猫烧香"的病毒不断入侵个人电脑、感染门户网站、击溃数据系统，亿万用户叫苦连天，杀毒厂商焦头烂额，病毒作者被黑客江湖追捧，甚至《2006年度中国大陆地区电脑病毒疫情和互联网安全报告》中，也把熊猫烧香评为"毒王"。

"跟上去，看看这个熊猫烧香有什么特点？"余和站在郑文彬背后，两人盯着面前几台电脑上频繁出现的熊猫图标。

"熊猫烧香病毒几乎一夜之间控制了全国数百万台电脑，熊猫一声号令，中毒的电脑就乖乖献出账号密码，并充当它攻击网站的打手。因感染手段丰富，熊猫烧香病毒很快四处传播，病毒大潮犹如洪水，惊涛之下，无人能挡。"郑文彬解释说。

满头大汗的郑文彬噼里啪啦敲击着键盘，突然，他指着电脑屏幕上的一串字符，回头对余和说："沿着这个病毒的相关信息，我捕捉到熊猫烧香病毒的源代码含有一个whboy字样的符号。在此之前，含有whboy源代码符号的系列病毒曾经出现过，不知道是不是一个人开发的。"

余和说："很可能，目前的木马病毒是根据国外病毒的源代码改写的，真正原创的成分非常少。"

郑文彬说："以前与whboy符号相关的病毒出现时，并没有明显的特征，所以我没怎么注意，根据这个源代码，我怀疑熊猫烧香与以往昙花一现过的木马病毒，可能出自同一个作者之手。"

"你再查查，相较于其他感染性木马病毒，熊猫烧香的感染性怎么样？危害程度大不大？"余和着急地问。

"这个木马病毒比较胆小，除了窃取密码之外，没做任何破坏性操作。不过奇怪的是，以往的木马病毒很少用某种符号来公开显示病毒，大多用户只有在丢了账号之后，才会发现自己的电脑中毒了。而熊猫烧香不一样，只要感染电脑，就会显示熊猫烧香的图案，高调到唯恐别人不知道。这小子有暴露癖？反正有点炫耀的意思！"郑文彬说。

"只要是炫技的家伙，一般武艺都不怎么高，花拳绣腿就会有软肋，如果去掉修改图标这个过于明显的中毒特征，熊猫烧香感染电脑的数量，在所有木马病毒里并不是最大的，危害也并不像媒体报道的那么巨大。你查查这小子有没有留下注册人的信息？"余和笑了。

沿着whboy这个代码，郑文彬找到了熊猫烧香病毒的首页。在首页上，郑文彬几经搜索，竟然找到了注册人的信息。打开一看，是一个武汉的地址。

"快看，whboy，就是武汉男孩！老周就是湖北人！"郑文彬笑着指着电脑上的一串字符说。

"要注册域名就要填家庭住址和电话，你继续搜索下去，看看能否找到这个黑客的蛛丝马迹？"余和顾不上跟郑文彬玩笑。

郑文彬噼里啪啦敲击了一串儿电脑字符之后，指着电脑说："武汉男孩竟然填写了真实的个人信息。你看，他留下了真实的名字李俊，还有自己的家庭住址。估计这是个初出江湖的黑客，他也许并不知道，对于高手而言，这是暴露身份的致命线索。这个雏儿，用他的这段代码扭曲和暴露了自己。"

余和不屑地说："黑客炫技！这个武汉男孩只不过是通过制作一个让人记住的形象，来证明他是网络世界的熊猫。比起你郑文彬，他哪里是熊猫？狗熊而已，你才是熊猫呢。既然找到它的致命要害，你赶紧把这个病毒查杀了吧！"

后来名动天下的武汉男孩李俊，此时当然不知道，当他把自己和同伴共用的代号"whboy"写入病毒的时候，就给自己的犯罪留下了蛛丝马迹，这个踪迹在李俊被警方抓捕之前一个月，就被郑文彬与余和查到了。

遗憾的是，那时候杀毒行业并没有构建一个有效的报毒规则，各家安全公司的高手发现病毒之后，都到软件更新评测的网站去发布消息，提醒业界注意，或者共享自己的开发杀毒程序。追踪到熊猫烧香的木马病毒之后，郑文彬把自己的这个发现，发到中文业界资讯网站CnBeta上。

郑文彬公布了熊猫烧香相关信息之后不久，湖北省公安厅2007年2月12日宣布，湖北公安厅网监部门一举侦破了熊猫烧香病毒案，抓获了25岁的武汉新洲区人李俊。从病毒泛滥到被抓获，李俊通过自己出售和由他人代卖的方式传播熊猫烧香病毒，在网络上将病毒销售给120余人，非法获利仅仅10万余元。

也就是从李俊开始，很多人通过熊猫烧香才第一次知道黑客的生财之道。

2007年9月24日，熊猫烧香计算机病毒制造者及主要传播者李俊等4人，被湖北省仙桃市人民法院以破坏计算机信息系统罪判刑，李俊被判有期徒刑4年。

李俊被判刑后，余和与郑文彬聊天说："这个李俊虽然谈不上黑客高手，但他的教训足够深刻。就像他自己说的，想过普通的生活，就会遇到普通的挫折，想过上最好的生活，就一定会遇上最强的伤害。你想要最好，现实世界就一定会给你最痛。能闯过去，你就是赢家，闯不过去，那就乖乖做普通人。"

郑文彬笑笑说："那我还是乖乖做普通人好了！"

2009年12月，提前出狱的李俊高调进京求职，瑞星、江民直接端出了闭门羹。李俊也来到奇虎求职，面试之后，证实了郑文彬跟余和当初的判断，李俊只不过是入门级的黑客。奇虎婉言谢绝了李俊的求职。

失落的李俊黯然离京，仅仅两年之后，李俊与他的伙伴在浙江丽水开设网络赌场，所涉赌资超过7000万元，案件为公安部督办大案。李俊再次被法院以开设赌场罪判刑3年。

当余和与郑文彬聊起李俊被再次判刑的消息时，余和慨叹地说："没有浪子回头的温情，没有国家招安的人生转折，李俊的黑客人生也被病毒侵蚀了。他一次次以极端的方式冲上巅峰，然后迅速跌落。这个自以为天才的黑客少年，在人生路上反复染毒，为什么？"

"证明自己的方式有很多种，就看他选择什么样的人生。他选择了做怪物，我们只好做打怪的奥特曼！灭病毒的尼奥！"郑文彬跟余和相视一笑。

"成为黑客还是网络安全英雄，其实仅仅差之毫厘。在黑客的世界里，只要你是技术高手，其他人都会佩服你，追捧你，崇拜你。就像进入江湖世界，那里有高手的自尊、侠客的成就，也有令人不齿的江湖败类。不过，我现在关心的是，你从这次熊猫烧香的泛滥，发现了什么？"余和问。

"熊猫烧香引发了用户对杀毒程序的依赖，但杀毒软件价格动辄在百元以上，中国个人用户都没有花钱买软件的习惯，杀毒软件普及率偏低，所以很多人就遭到木马侵袭。"郑文彬分析道。

"我们能不能做一款覆盖率很高的杀毒软件，免费提供给用户，这样的话，像熊猫烧香这样的病毒，就不可能大面积爆发了。"余和说。

"我赞成免费！不过，这样一来，就断了黑客的财路啊，断人财路，必遭报复啊！"郑文彬直言不讳。

余和笑了："魔高一尺，道高一丈。有咱们在，怕什么？大不了把这些黑客高手招到我们麾下，由你这个韩信做总指挥，带着他们去冲锋陷阵。韩信将兵，多多益善嘛！"

对阵机器狗

写病毒的黑客，永远不缺乏媒体关注，尤其是其中的佼佼者。不少媒体有意无意地把这些病毒作者捧为"电脑天才""超级黑客"，这种现象不仅出现在国内媒体中，甚至国外也有类似的现象。比如被热捧的号称世界头号黑客的米特尼克、CIH病毒的作者陈盈豪。

然而，很少有人关注到，在与黑客博弈的战场上，郑文彬这些默默无闻的网络安全英雄们，却时刻枕戈待旦，守卫着网络的安全。

在熊猫烧香之后，郑文彬还成功阻击了一种更为猖獗的"机器狗"病毒。

2007年前后，中国大街小巷冒出了数以万计的网吧。很多买不起电脑、家里上不了网和父母不让上网的年轻人，纷纷拥进了网吧。

网络游戏吸引了众多上网的年轻人。网络游戏都需要密码，密码关联着购买网络武器的虚拟货币，盗走游戏密码等于盗走了玩家的货币，这是一个巨大的损失。

当时，网吧对付病毒和木马的撒手锏是一张还原卡。如果电脑不幸染毒，就用还原卡重启一下，电脑就会自动还原成正常程序。网吧里的电脑之所以不怕中病毒，靠的就是这张还原卡。

但不久之后，很多网吧集中反映，一种新的病毒以迅雷不及掩耳之势，冲击了中国几乎所有的网吧和大多数个人用户。郑文彬上网查看之后发现，这个病毒没有名字，中毒后显示的图标是SONY的机器狗阿宝，就像之前的熊猫烧香一样，网民给它起了个名字叫机器狗。

而与之相关联的，还有另一种"机器狗战士"，破坏性极强，2006年由美国波士顿动力公司研制，它功能强大，稳定性以及方向感方位感极强，可以跟随士兵在崎岖地带作战。网民随即把这种病毒称作机器狗。

全球反病毒监测中心也发布紧急病毒预警：机器狗新变种大规模爆发！短短几天时间，郑文彬他们接到数百位用户的求助电话。

郑文彬立即把这个情况报告给余和说："这个机器狗的厉害之处在于，它是一个典型网络架构的木马型病毒，病毒将自己保存在系统中，定期从指定的网站下载各种木马程序，来截取用户的账号信息。"

"这个病毒的感染是什么样态?"周鸿祎问。

郑文彬说："机器狗的中毒症状是，用户打开'我的电脑'，或者打开浏览器，在只开一个窗口的情况下，机器狗木马就会把打开的窗口关闭，桌面进程就会重启，而在这个过程中，玩家的游戏装备就会被疯狂盗取。"

余和说："网吧的电脑上不是装了还原卡吗？你的意思是，这个病毒穿透还原软件后进行感染和攻击？"

郑文彬解释说："机器狗除了疯狂攻击电脑之外，谁也不知道它从哪里来，到哪里去。网吧和个人用户大面积被感染。机器狗病毒新变种频出，互联网面临一场狂犬病考验。"

余和分析说："那用户的办法只有一个，只能选择重装系统。感染硬盘，盗取游戏密码，这很可能是针对网吧的用户设计的病毒，黑客的身后有着巨大的利益。"

郑文彬回答说："对，机器狗就是一种病毒下载器，它可以给用户的电脑下载大量的木马、病毒、恶意软件、插件等。一旦中招，用户的电脑便随时可能感染任何木马、病毒，这些木马病毒会疯狂地盗用用户的隐私资料，比如账号密码、私密文件，也会破坏操作系统，使用户的机器无法正常运行，它还可以通过内部网络传播、下载U盘病毒和攻击病毒，能引发整个网络的电脑全部自动重启。机器狗就像潜伏到电脑内部的特务，随时发出信号召唤敌人来攻击，这招太损了。包括《传奇》《魔兽世界》《征途》《奇迹》等多款网游账号和密码都被盗，严重威胁游戏玩家数字财产的安全。"

余和说："那我们要注意这批黑客的动向了，从病毒的升级进化分析，第一代黑客是炫耀技术引起关注，这样的高手我们可以招到麾下；第二代黑客是制造病毒破坏系统训练攻防，这也不可怕，也可以为我所用；但第三代黑客有一部分已经完全从量变到质变，他们写病毒的目的只为一个字，钱。他们写病毒、传播销售，再到洗钱分账。黑客制造病毒，在李俊之后已经形成黑色的地下产业链，触目惊心啊。你经常泡在反病毒论坛里，要密切关注那些高手们的帖子，他们是杀毒高手，也可能是制毒高手。"

黑客打造的黑色地下产业链之嚣张，令余和与郑文彬怒不可遏，就像江湖高手面对敌手的恶意挑战，必然亮剑一搏！

郑文彬的判断没错，机器狗就是剑指网吧而来，而且是针对所有的还原产品设计的，破坏力很快超过熊猫烧香。

就在广大网友对机器狗病毒深恶痛绝之时，机器狗作者竟然浮出水面，而且公开在网上叫卖，公然留下联系方式，甚至在博客里叫嚣：够网络警察玩几年！

"别麻烦警察叔叔了，有我在，就先把你给收拾了！"郑文彬微微一笑。

在机器狗病毒作者专门注册用来出售木马病毒的网站上，木马病毒生成器的价格从数千元到数十万元不等。这些制售木马病毒的作者们牟取的黑色利益显然相当不菲，可想而知，在购买了这些高价的"重型武器"后，木马病毒作者们会变本加厉，疯狂地盗窃、抢夺普通网民的虚拟财产。

地下黑色产业所带来的巨大经济诱惑，让一批无良黑客铤而走险，有恃无恐。机器狗横扫各大网吧，盗取网游账号无数，堪称病毒界的血滴子，一杀一个准。

郑文彬在完整版的机器狗出售说明上，还看到这样几行文字：

1. 如果您已经决定购买代码请联系客服付5%的定金。

2. 买一张到USA的机票，具体地址我们告诉您，告诉我们您到达的时间我们好去接您。

3. 到我们团队的驻地拿代码，我们为您现场调试，您在我们驻地的消费以及往返机票费用我们全包。

USA？难道这是一个藏身在美国，制作木马病毒的专业犯罪团伙？

如果机器狗的作者果然藏身美国，遥控着国内的木马病毒，同时又向国内木马病毒制作者高价贩卖先进的病毒木马技术，不禁令人觉得毛骨悚然！

郑文彬连续跟踪，发现机器狗制作者相当狡猾，只留下了一个电子信箱用于联系，但仅凭这个联系邮箱找不到任何有用的信息，追踪机器狗作者藏身之处，极其渺茫。

倚天不出，谁与争锋？眼下最要紧的是先阻止这个病毒的肆虐。

郑文彬连夜熬通宵，研究机器狗木马病毒症状之后发现，机器狗主要有两个中毒症状，一是如果360安全卫士无法打开或者打开之后被关闭，系统变得非常慢，系统时间莫名其妙被更改。"我的电脑"图标不正确，输入法无法打开，说明可能中了机器狗。二是打开C:\WINDOWS\system32文件夹，如果在属性窗口中看不到文件的版本标签，说明文件已经被病毒替换，已经中了机器狗病毒！

机器狗病毒生命力相当顽强，仿佛是打不死的"小强"。

针对这款病毒的特性，郑文彬很快开发出了360安全卫士"打狗秘籍"。《360顽固木马专杀大全》一经推出，立即成为机器狗的天敌！

这款《360顽固木马专杀大全》，集成了数种顽固木马专杀工具，用户可以"一箭多雕"，只要下载一个，就可以查杀数十种顽固木马病毒。

自此之后，360确定了一个杀毒原则：木马不过夜！

机器狗病毒为祸互联网，也引发了一场杀毒厂商的集中大围剿。在360安全卫士挥动"打狗棍"围猎机器狗之后，同仇敌忾的各大杀毒厂商，也有效针对机器狗病毒的传播特点，纷纷推出专杀工具。

一时之间，杀毒厂商众志成城，有效阻击了机器狗入侵。机器狗在猖獗了一个阶段之后，气焰渐渐消散。

但很多没有安装杀毒软件的电脑，不幸成为机器狗的猎物。机器狗肆虐期间，香港演员陈冠希轰动一时的艳照门事件，很多人怀疑是被机器狗木马控制之后，盗取了有关图片视频。

郑文彬怀疑，机器狗病毒不是一个人而是一个专业制售木马病毒的犯罪团伙，他希望公安部门能够介入，打击并消灭这种可能藏身国外、专门贩卖木马病毒的黑色产业，还广大网民一个干净的网络环境。随后，郑文彬将相关信息报告给了警方。

但警方介入之后发现，随着360、金山等各大杀毒厂商纷纷推出了自己的打狗软件，机器狗病毒不再猖獗，作者隐身于江湖再未现身，去向成谜。

自此，机器狗病毒成了一桩悬案。

奇虎抓耗子

藏身于国内的木马病毒作者，却没有机器狗作者那么好的运气了。在机器狗之后，郑文彬等一众杀毒战士，联手警方逮出了一批"小耗子"，挖出一条完整的木马产业链。

木马病毒猖獗时，很多反病毒论坛、贴吧上，一些黑客高手竟然公开发布招生广告，宣称长期收徒，传授灰鸽子、抓鸡、DDOS攻击、木马制作、网站入侵、网站挂马、木马脱壳、免杀、捆绑服务器的制作与维护、网吧安全与入侵等，甚至还有大量黑客打出广告，表示有能力承接各类黑客业务，只要付上足够的价钱。

木马病毒倏忽来去，隐藏在角落里的黑客自以为能够逍遥法外。但在360确定的木马不过夜的杀毒原则之下，360早在警方立案调查之前，就和一种叫"小耗子"的木马展开了交锋。

2007年10月7日上午9点开始，湖北省麻城市黄金桥区电信互联网突然中断，长达3天的时间里无法正常运转。中断网络的包括麻城市公安局、检察院、法院在内的45家单位和5家网吧。

几乎所有单位都拥到麻城市电信部门查询，但技术人员无论如何也查不到原因。

与此同时，网吧老板小赵跑到公安局报案说："我接到一条信息，黑客让我给8000元消灾费，买他的软件就能恢复网络，否则就让我的网吧瘫痪。"

麻城公安局网监大队抽调技术高手，迅速介入此案。

警方侦查发现，这个信息就发自湖北麻城，说明敲诈者身在麻城，甚至可能熟悉赵老板，更可能是对网吧非常熟悉的上网人员。于是，警方在麻城网吧展开秘密监控。

很快，24岁的高麻城被警方抓获。警方以为抓到了一个大家伙，但审讯时发现这只不过是一只小耗子，他满腹冤枉地说："打电话发短信要钱是我干的，赵老板跟我有仇，我才想出这一招敲诈他的。但网络攻击不是我发动的，是山东人韩青岛干的！"

"韩青岛干什么的？你们怎么认识的？"警方继续追问。

高麻城委屈地说："我也是发动攻击前一天刚在黑鹰网上认识的，韩青岛说他是小耗子木马的全国总代理，专门干的就是控制'肉鸡'，攻击小城市网吧的。我在网上跟他聊天，才突发奇想，试试能不能在麻城赵老板的网吧出出气顺便赚点钱。我本来有工作单位，不信你们去查。"

警方一查，这小子果然没说谎。

"那你们是怎样发动攻击的？"警方继续审讯。

"我就是打探到赵老板的电话，查到了他们网吧的IP地址，然后告诉韩青岛，由他发动的攻击，造成网吧传输阻塞、掉线。总共集中攻击了两次，10月7号一次，第二天又发动了一次。"高麻城说。

"你有韩青岛的联系方式吗？"警方问。

"只有QQ号，别的没有。"高麻城如实回答。

韩青岛发动的这次木马攻击，在湖北麻城造成直接经济损失13万余元，间接损失无法估算。麻城警方层层上报后，公安部将此案列为督办案件。

审讯高麻城之后，麻城警方迅速调集警力展开对韩青岛的追击，但韩青岛像人间蒸发一样，在网络上消失了。

茫茫人海，要奔赴山东去追查一个名字都不知道真假的韩青岛，谈何容易？

由于网络攻击证据采集很困难，起诉证据不足，麻城警方只能将这起网络攻击案暂时搁置，但侦破工作并未就此完全停止，韩青岛的动向始终被麻城警方重点监控。

召唤"肉鸡"是远程控制木马发动网络攻击的主要方式。所谓"肉鸡"，就是那些没有安全保护而被木马控制的电脑终端，被控制的"肉鸡"是黑客取之不尽的财富宝库。在黑客网站上，"肉鸡"被公开叫卖，每只"肉鸡"的价格低至0.1元，高则1000多元。

郑文彬发现，"肉鸡"之所以受欢迎，一是黑客买到"肉鸡"后，首先将"肉鸡"的银行账号、游戏账号、密码、游戏装备、游戏币和QQ币等盗出来，然后打包批发卖给销售商，销售商再去非法销售。

二是黑客可以控制"肉鸡"点击广告、提升一些网站的流量和排名，从广告主那里收取广告费。

三是指挥肉鸡发动网络攻击。黑客能控制数万甚至数十万只"肉鸡"充当网络战士，在同一时间段内攻陷某一网络站点，使一些网吧和中小企业不得不破财免灾，只要交了"保护费"，网络马上就会恢复平静。

韩青岛在湖北麻城搞过一次闪电突击之后，扔下同伴高麻城遁入地下。但他对在麻城的战果念念不忘，终于在时隔一年半之后的2009年3月，韩青岛再次向麻城发动了攻击。这次他通过木马窃取了女孩小周的"艳照"，敲诈数额5000元。

心里没鬼的小周马上报案。麻城网监警察在小周的电脑内，发现大量小耗子等远程控制木马程序，而且攻击手段与上一次的攻击非常相似。网监警察仅仅用了4个小时，就锁定了韩青岛的位置。

2009年4月，麻城网警抓获了韩青岛。警方从他的电脑中发现大量木马程序，小耗子木马下载器也在其中。

韩青岛被捕后十分抗拒，他只承认敲诈了小周，却拒不承认发动"肉鸡"

攻击网吧。他侥幸地认为，那个案件已过去近两年，电子证据已毁灭，况且他与高麻城也只是网上联络从未谋面，警方不可能查到他。

但他还是低估了网络警察的实力，办案民警连续几昼夜工作，终于在韩青岛的电脑中发现了两个电子银行登录记录，而其中一个电子银行账号，正是敲诈麻城赵老板网吧时留的银行账号。在铁证面前，韩青岛低下了头

在审讯中，韩青岛承认说："我是小耗子的全国总代理，小耗子可以秒杀一般的安全软件，但唯独360安全卫士很难对付。所以小耗子的作者落雪的瞬间非常痛恨360，每次升级程序在绕过360杀毒程序时，都要绞尽脑汁。"

"'落雪的瞬间'是谁？他在哪里？"警方继续追问。

"我也不知道，我只知道他网名叫'落雪的瞬间'。"韩青岛如实回答。

"没有任何联系方式吗？"麻城警方紧追不放。

"只有一个网名，别的什么都没有。都是他主动联系我，我从不主动联系他。"韩青岛说。

抓不到幕后黑手，这个公安部督办的大案就不圆满，起码是最大的遗憾！

"再黑的黑客也有惧怕的对手啊！马上向公安部网络安全保卫局汇报，通过国家计算机应急中心联系360的专家，挖出幕后黑手！"麻城警方领导做出指示。

麻城警方立即赶赴北京，通过公安部网络安全保卫局找到奇虎360公司，根据警方提供的线索，360公司立即责令郑文彬等杀毒高手，全力配合麻城警方。

听完麻城警方提供的木马分析和查杀数据之后，郑文彬说："最近一个时期小耗子木马猖獗，为了绕过我们的狙杀，变种频出。每次出现新的变种，我们都会在第一时间将样本截获，不断强化防御能力。我们还破解过小耗子代理商韩青岛的统计后台，发现仅通过韩青岛，小耗子木马一天时间就感染了5781台电脑，控制的肉鸡电脑总量达到17万台，这足以说明小耗子十分猖獗。但它们再猖獗，也逃不过我们猎手！"

"能不能帮我们抓到写病毒的幕后黑手？"麻城警方关心的是小耗子背后的作者。

"应该没有问题。"郑文彬信心满满。

随后，郑文彬配合警方调取了大量关于小耗子木马的数据。他对小耗子进行分析后发现，小耗子用于升级的服务器，竟然隐藏在广东省东莞市的电信机房中。尽管韩青岛已经落网，但写病毒的幕后黑客仿佛并不知情，仍然不断更新着木马的变种。

郑文彬发现，小耗子木马在半年内就赚取了超过200万元的巨额黑色利益。

沿着这个线索，郑文彬循线追踪，很快查到写病毒的人隐藏在安徽。麻城警方随即赶赴安徽，将小耗子木马的作者杨滁州抓获。这个只有20岁的小伙子，就是网名"落雪的瞬间"的黑客！

在郑文彬的帮助下，麻城警方又从河北石家庄抓到两名销售小耗子木马的下线。

郑文彬发现，小耗子传播木马的主要途径，是向深圳一个流量商购买流量挂马。随后，麻城警方顺藤摸瓜在深圳将流量商抓获。

郑文彬对麻城警方分析说："流量商是这条产业链中最大的推手和幕后大老板，在木马产业链中扮演着非常复杂的多重角色：首先是向一些网站站长收购流量，这部分流量既可以出售给小耗子木马的下线传播者，也可以由流量商自己挂马。所挂的木马也分为两种，一种是直接窃取网游账号获利，另一种是推送伪造的QQ中奖消息，结合钓鱼网站进行网络诈骗，而这些木马通常也是由流量商以低价雇用程序员编写。"

麻城警方调查后发现，深圳的流量商一个月的收益达到10多万元。

至此，可以说本案已经大获全胜了！然而，更大的惊喜还在后面！

只有20岁的杨滁州在黑客界颇有名气，在对杨滁州的审讯中，警方好奇地问："你小小年纪，在哪里学来如此高超的黑客手段？"

杨滁州自负又满腹怨气地说："在黑鹰网啊，我也是在黑鹰网认识的韩青岛。我们分工明确，我写木马，他销售。我没拿到什么钱，钱都让韩青岛赚了。"

"黑鹰网？"麻城警方再次听到这个韩青岛与高麻城相识的网站，立即警觉起来，连忙讯问："这是个什么网站？"

"黑鹰安全网，专门培训黑客的网站，全国公认的规模最大的三家黑客培训网站的老大啊。"杨滁州不无得意地说。

大鱼背后有大鱼？麻城警方立即再次提审高麻城和韩青岛，发现他们都是黑鹰网里的同门师兄弟。

麻城警方立即上报黄冈市公安局和省公安厅，同时上报公安部。黄冈市公安局、麻城市公安局成立"猎鹰行动"专案组，由公安部统一协调指挥围猎黑鹰，打掉这条黑色地下产业链！

经过郑文彬等奇虎360公司的杀毒人员测定，黑鹰网所租用的服务器分别位于浙江温州、安徽黄山、河南漯河，而主要犯罪人员在河南许昌。公安部立即协调四地警方，统一行动。

郑文彬他们配合警方调查时发现，河南人李许昌曾是一名黑客高手，2006年初在网上与张河北相识。张河北听说做黑客能赚大钱之后，两人商议成立一家实体公司，通过制造和传播电脑病毒赚钱。

2006年3月，李许昌、张河北联合成立了黑鹰科技有限公司，注册资金100万元。李许昌担任董事长，张河北出任总经理。在3年时间里，黑鹰网共发展收费会员1.2万余名、普通注册会员17万余名。成为该网站收费会员的，每人每年需向该网站交纳200元至996元不等的会费，才能学到各种类型的黑客技术。黑鹰安全网开办以来，收取会员会费逾700万元。

为了招收更多会员，让他们尽快掌握各类木马程序，黑鹰网开办了网络教学，利用新浪网的UC聊天室进行团体授课，开设营销课程，教授学员如何赚钱，如何使用木马软件，同时还定时对木马程序更新、升级。而在黑鹰安全网上，先后提供了3000余款木马、病毒程序，供会员下载使用。

黑鹰安全网成为全国最大的黑客培训网站。

在公安部的统一指挥下，专案组前往河南许昌"猎鹰"。浙江温州、安徽黄山、河南漯河等警察统一配合行动。

2009年11月26日，警方在河南许昌将李许昌、张河北抓获，查扣黑鹰网所有服务器，冻结涉案资金170余万元。随后，公安部又分别捣毁了全国三大黑客培训网站的另外两家。

围猎黑鹰一战，6名涉嫌木马制作、代理、传播和销赃的案犯尽数落网，这是国内首次成功破获一条上下游完整的木马产业链。

2009年2月28日施行的刑法修正案确定了提供侵入、非法控制计算机信息系统程序罪这一新罪名。据公安部通报，"黑鹰安全网"案名列全国十大网侦精品案件之一，创下全国打击黑客培训网站第一案、打击黑客犯罪适用新刑法修正案第一案。

先行落网的黑客韩青岛和高麻城，因犯破坏计算机信息系统罪，分别被判处有期徒刑两年和一年。随后，麻城市法院做出一审判决，李许昌、张河北犯提供侵入、非法控制计算机信息系统程序罪，被判处有期徒刑1年零6个月。

而周鸿祎老家的湖北网络警察，在奇虎360的帮助下屡破网络大案，成为全国网络警察中无坚不摧的一支劲旅！

卡巴斯基退场逼出双引擎杀毒

几场围猎木马的战役打下来，周鸿祎在公司会议上说："木马地下黑产业的危害远远超过我们的想象，互联网上没有安全软件的电脑就像在风雨中裸奔，大量裸奔的电脑成了木马赚钱的乐园，这对网民的上网安全构成了极其严重的威胁，我们必须无偿给他们提供安全保障！"

"只有用免费安全软件把全体网民都武装起来，让木马赚钱越来越难，才能真正遏制木马产业的危害。但目前的格局是，各大杀毒厂商都在收费，我们如果收费，很难做大做强。如果不收费，那就意味着向各大杀毒厂商宣战！要慎重考虑一个完全策略！"很多人纷纷质疑。

"不管三七二十一，先搁置争议，做起来再说。有不同意见，可以坐下来慢慢谈！"周鸿祎说。

然而，令周鸿祎万万没有想到的是，内部的争论还没有平息，外援就来叫板了。曾经合作愉快的外援卡巴斯基，眼看一年的合约到期，向奇虎360公司提出了要求，要终止合作。

周鸿祎不得不坐下来跟他们谈判："有什么要求，提吧。"

卡巴斯基负责人回答得很真诚："一年从你这里拿几百万太少了。卡巴斯基现在的装机量中国第二，所以我们准备回到收费模式。"

周鸿祎毫不客气地指出："知道不知道，你们这装机量的中国第二，是我老周拿钱买来免费送出去。知道吗？没有360安全卫士带你们玩，你在杀毒市场根本排不上队！"

对方有装机量垫底，也毫不退让："除非你能答应我们的条件，提高卡巴斯基的使用费，否则，没什么可谈的！"

周鸿祎当即怒了："当年你们吃不上喝不上，我给你吃了口饱饭，你还当起少爷来了？对不起，老子不伺候了！我带你玩是看得起你，以后我还就不带你玩了。"

双方的合作就这么崩了。

卡巴斯基的退场，就像作战时两翼撤出，主力失去了护卫。又像对阵的拳手，自己露出了软肋，即便有再强大的拳头，防守出了问题，也会被对手轻轻击倒。

形象一点说，杀毒软件需要一个发动机，就是所谓的杀毒引擎。作为杀毒软件供应商，做杀毒软件就像造飞机，360掌握了飞机的制造技术，却不掌握核心的发动机制造专利，这是人家国外才有的知识产权。当务之急是需要把这个发动机买过来，装在奇虎这架飞机上，奇虎才能飞起来。

奇虎自己的技术人员只有十几个人，临时制造一个发动机，仓促上阵研发，在时间上显然等不及，怎么办？

无奈之下，奇虎公司买来罗马尼亚Bitdefender公司一个杀毒引擎，先临时救急。随后，周鸿祎紧急飞往德国去找一家叫小红伞的公司。

小红伞（Avira AntiVir）是一套由德国的Avira公司所开发的杀毒软件。这是一款国际知名的杀毒软件，在系统扫描、即时防护、自动更新等方面表现不俗。小红伞采用高效的启发式扫描，可以检测70%的未知病毒。在专业测试中，是所有自主杀毒引擎的防病毒软件中侦测率最高的。

然而，飞到德国的周鸿祎却扑了个空，人家老板没在国内，周游列国去了。

回到国内之后，周鸿祎心里更凉了。郑文彬向周鸿祎的汇报更是雪上加霜："我们用360安全卫士整合罗马尼亚搜索引擎的过程中，出现了很多问题。在扫描病毒时，经常不知道什么原因就突然死机了。因为对方的软件很复杂，谁也搞不懂出了什么问题。"

彻夜未眠的郑文彬红肿着眼睛，满头大汗地坐在电脑前冥思苦想，周鸿祎拍拍郑文彬的肩膀问："想到什么解决办法了吗？"

郑文彬说："没有。跟对方沟通没有反馈，唯一的办法就是赶紧飞到罗马尼亚跟他们沟通！"

但公关部门回答说："这个办法行不通，我们已经想过很多办法了，但是签证办不下来，罗马尼亚的签证太难弄了。即便疏通关系，签证也要等很久才下来，再想别的法子吧。"

周鸿祎对郑文彬说："要不，你去一个罗马尼亚附近的国家，然后想办法偷渡过去，怎么样？"

郑文彬可不管这些，当即答应说："这个好玩，行啊。"

周鸿祎说："我记得你们团队有个侦察兵出身的吧，就让他跟你一起去，给你当保镖，去罗马尼亚把问题给我解决了。"

"真的？行啊！"不怕事小的郑文彬抢着答应下来。

"行什么行？赶紧想别的办法跟罗马尼亚那边沟通，看看怎么解决。"周鸿祎开了个玩笑，眼见郑文彬当真，他自己也笑了，"你这小子一根筋啊，你真带着侦察兵偷偷跑去了，我是等着警察来，还是等着外交部的人来？"

郑文彬失望地笑着说："那算了，依靠别人的技术，不如自己开发。杀毒搞不过外国人，我就不信了！"

周鸿祎拍拍他的肩膀说："跟你商议个事儿，行吗？"

郑文彬问："你说，老周。"

周鸿祎神秘地笑笑："爱吃西餐吗？"

无肉不欢的郑文彬不明就里："爱吃啊。"

周鸿祎继续神秘地笑："想吃小灶吗？"

郑文彬如实回答："想吃。"

周鸿祎笑笑："天天、顿顿，24小时，你想吃啥，我找人给你做啥，行吗？"

郑文彬笑了："老板，你开玩笑呢吧？"

周鸿祎突然拉下脸，装作严肃地说："不准喊老板，就喊老周。但身为老板，我不能跟你开这玩笑，老板的话在吃饭这个问题上就是金口玉言，一字不能改的。"

郑文彬嘟囔说："那我信了吧，谁让你是老板来着。"

周鸿祎虎着脸说："不能白吃，知道吗？"

"怎么，还要钱啊？公司吃饭不是免费吗？"郑文彬说。

周鸿祎笑了："天下哪有免费的午餐？但你可以有免费的全天候餐。现在罗马尼亚这个软件就是一粒种子，你把它的基因给我破解了，搞出一个杀毒引擎来。记着，要比罗马尼亚那个高级，好不好？思路上的问题你随时来找我，吃饭的问题你找王师傅！"

"哪个王师傅啊？"郑文彬望着周鸿祎转身而去的背影，还没忘了吃的问题。

"丽都饭店大厨王师傅，专做西点的大厨！我给你挖来了！"转身走远的周鸿祎甩下一句话。

郑文彬当然没偷渡去罗马尼亚，最后只能熬过无数个通宵分析遇到的问题。过了一段时间，罗马尼亚的工程师飞来中国，帮助郑文彬解决问题时，惊奇地发现郑文彬已经把这个软件的核心内容破解出来了。

一年之后，郑文彬带领团队，设计了独立的搜索杀毒引擎，要比罗马尼亚的版本更高级。

周鸿祎没有食言，他果然从丽都大酒店挖来大厨王师傅，员工们只要饿了随时到食堂，随到随吃。周鸿祎还特意嘱咐王师傅对郑文彬网开一面，24小时随时可以下楼找王师傅要吃的。

王师傅跟郑文彬混熟了之后，悄悄对他说："大家吃饭的时候你不要来，你等饭点过了再来，我给你开个小灶，单独炒个菜，好不好？"

"这有什么不好的？"吃饱喝足的郑文彬，乐得屁颠屁颠地走了。

后来奇虎360上市，王师傅也拿到了与其他员工同样多的股票。在互联网公司中，拿公司股票的厨师，好像除了老王之外并不多。

周鸿祎之所以坚决要掌握杀毒技术的自主知识产权，是因为他认为依托国外杀毒技术开发的产品，说到底还是个卖软件的，终归受制于人。如果能够打造一款自己的杀毒引擎，就等于自己能造发动机了，即便买来的杀毒引擎突然"空中停车"，自己的杀毒引擎依然保证能够杀毒，等于一架飞机有了两个引擎。

尽管后来360依然与罗马尼亚这家杀毒软件有着良好的合作，但360使用的已经是由郑文彬他们开发的杀毒引擎了。

给微软找漏洞打补丁

2007年4月，360安全团队突然接到大批网友求救。网友说，一进入网站，只要点击一个网页或者下载软件，就立即中招，电脑马上瘫痪。

客服人员立即将这个情况传递给了郑文彬。

"多少人报告中毒？又是木马吧？"郑文彬问。

"没法数了，你去论坛看看吧！"客服说。

当时求救的方式就是在论坛上发帖子，当时360使用的论坛系统能容纳10万到20万网民同时在线浏览聊天，但是发生了这种爆发性的病毒事件，大量网民同时来论坛求助，论坛系统撑不住，就打不开了。郑文彬进入论坛后发现，几十万网民在论坛上留了求救帖子，用户们纷纷称：我什么也没有干，就是上网下载不知道什么东西，就中了流氓软件。

按照网民的求救，郑文彬进入网站发现，这些木马主要利用含有漏洞的图标进行攻击，进入一个网站后，只要浏览到网站里的图标，就会中病毒，而且网民无论是通过浏览器浏览，还是用各种看图软件打开，或者在即时聊天窗口、电子邮件、Office文档里查看这些图片，就会中招！

哪怕只是看了一个QQ表情！

用户自己当然不知道是怎么回事，郑文彬沿着用户的踪迹进入几个网站搜寻，发现这些网站和网页都被挂了木马，就像被人们常常走过的路上埋满的各种各样的地雷一样。

郑文彬发现，这次挂马的范围不但包括IE浏览器、Office软件以及Windows自带的图片浏览工具，还波及了几乎所有能查看、展示主要图片格式的第三方软件，包括主流聊天工具、浏览器、看图软件和视频播放软件。

这种大面积的挂马，以前还很少发现。根据经验，郑文彬立即做出判断："攻击者将木马藏在文件中，很可能是浏览器有漏洞！这是一种新的病毒攻击模式！"

"漏洞是什么？"客服人员对于漏洞知识了解并不多。

郑文彬解释说："通俗一点说，漏洞就是那个隐藏在草丛之下的蚂蚁洞，平时根本看不到，只要洪水到来，千里之堤毁于蚁穴，结果是洪水肆虐，哀鸿遍野！"

"那这个漏洞哪里来的？"客服人员听郑文彬突然用这么诗意的语言说了一番，还是有些蒙。

"说白了，漏洞是微软一出生就带来的缺陷，而且是不可避免的缺陷，就像你个子高我身体胖一样，每个软件都带有独特的遗传基因，攻击者就是利用这个固有的弱点挂上木马，有针对性地进行攻击。比如长城，漏洞就是万里长城上那块松动的砖，或者是肉眼看不到的细小裂缝，朔风吹过，孟姜女的泪水就可以泡倒！只需要一个小口子，整个国家就会被强虏的铁蹄踏遍！江堤不能杜绝蚁穴、长城无法防止裂隙，在网络世界里，漏洞永远不可避免。黑客就是瞄准漏洞攻击的那成千上万的蚁群，无处不在的风声。"郑文彬的话语突然变得充满诗情画意。

"那就是没办法了？微软那么强大的技术实力，难道他们不知道自己的软件有漏洞吗？"客服说。

郑文彬说："他们当然知道，也每月发布一次软件，补上他们发现的漏洞。但美国人定了规矩就是用来执行的，绝不走样，不像我们东方哲学的随机应变。正是这个每月一次的死板规定，让那些黑客钻了漏洞，挂马攻击！浏览器的漏洞难以避免，比如说你访问一个网站，你很小心，不会去下载软件，但其实一打开浏览器你就中招了。就等于只要出现一个新漏洞，全国几亿网民都有被攻击的危险。作为网络安全公司，我们有责任来给用户提供保护。"

"那你打算怎么办？"客服问。

"衣服破了就要打补丁补上，我们做个临时补丁打上呗，堵上漏洞，黑客就没法挂马，问题就会迎刃而解。"郑文彬说。

很快，郑文彬针对这个漏洞设计了一个临时补丁。

为正规软件打完补丁之后，郑文彬发现还是没法完全解决这次漏洞危机。后来经过调查才发现，很多用户使用的是盗版的微软操作系统。

中国文化中有一种比较厉害的绝招是山寨，无论什么样的东西都能很快做出山寨版。收费很高的微软操作系统当然也会有山寨版，但山寨版的操作系统有一个致命缺陷，就是打不了补丁。所以，操作系统的盗版用户大面积受到这次震荡波木马的攻击，威胁到系统的安全。

郑文彬没那么强的是非观，在他看来，只要是电脑用户都是上帝，不论是正版还是盗版用户，都要先保护下来再说。

在此之前，微软会针对发现的漏洞，在后台为用户打上补丁，因此没有出现大面积的漏洞被攻击的事件，普通用户对漏洞补丁更没什么概念，觉得不打也无所谓。直到这次受到大面积木马攻击，用户们还不知道被攻击的原因。

因为微软是一个月补一次漏洞，这次因漏洞引发的攻击，微软没有及时打上补丁，用户只能眼睁睁看着自己受攻击而束手无策。郑文彬通过分析，查找出微软的这个漏洞，立即开发出针对这个漏洞的补丁，通过360安全卫士提供给了用户。

查漏洞打补丁的功能一面世，立即受到普遍欢迎。

查漏洞打补丁的技术含量很高，当时国内只有为数寥寥的顶级高手才能做到。为了不至于让微软感到难堪，郑文彬起名为临时补丁。因为微软是在每月的第二周固定推出，郑文彬就在微软发布之前的空当期内，推出临时补丁，等微软解决问题的补丁发布、用户补上了系统后，再撤回临时补丁。

以微软睥睨天下的技术实力，其他安全公司提供个临时补丁，他们并不觉得是多大的事情。他们能做的就是在网上发布一份声明，对打补丁的高手进行口头上的奖励。

即便这样的口头表扬，对全球所有网络安全英雄而言，都是天大的荣誉，每一次微软的致谢都是一枚硕大的勋章。

帮全球网络界老大拾遗补阙，这种荣耀不是谁都能得到的。

当然，随着郑文彬等网络安全英雄不停地给他们的漏洞打补丁，微软也意识到临时补丁的重要性，开始学会变通，慢慢也开始推出临时补丁。后来，针对一些特别紧急的高危漏洞，微软开始发布超常规补丁。

查漏洞打补丁除了杀木马之外，一个意外的收获是，每次系统漏洞遭到攻击之后，就有很多用户下载360安全卫士，极大带动了360安全卫士的装机量。

每次针对突发状况，郑文彬总是在第一时间独家推出完整的解决方案，能够同时修补Windows系统和第三方软件中存在的漏洞。

每一次成功打补丁，微软公司都会在网上发布致谢。这是唯一的奖励。

截至2016年5月，这个数字为103次！郑文彬清楚记得自己受到微软表彰的次数。这份荣耀，国内无人匹敌！整个东方无人匹敌！

而在过去的岁月里，郑文彬带领的360安全团队向谷歌、微软、苹果等全球各大IT巨头，仅在2015年就提交了上百个漏洞报告并获得公开致谢，发现漏洞数量仅次于谷歌安全团队，位列世界第二，被誉为"东方最强白帽子军团"。

帮微软打补丁，就像帮秦始皇修长城，给长江找蚁穴，这种成就感，只有站在峰巅的人才会领略到。

在连续发现几次非常危急的漏洞并成功狙击了黑客的侵入之后，在郑文彬的建议之下，2013年360公司组建了一支专门挖掘漏洞的攻防团队，郑文彬成为这个特殊团队的核心与领袖。

在此之后，郑文彬从单打独斗变成小分队作战，抢在黑客之前发现这些漏洞。只要发现任何一个黑客在利用漏洞发动攻击，即便微软尚未知觉，360漏洞团队就会第一个抢在黑客前面提供补丁。除了微软自身之外，当时中国只有360公司义务帮助查漏洞打补丁。随着防线越来越牢固，黑客利用漏洞的机会越来越少。

微软没有给郑文彬发工资，但却给360带来了巨大的合作机会。

2015年7月29日，微软正式发布新一代操作系统Windows 10。新系统将统一PC、平板、手机和Xbox等多个平台，在性能、安全性和用户体验方面都有全面提升，并对系统底层、开始菜单、操作中心等做出多项改进。"Windows 10是迄今为止最好的Windows版本。"微软首席运营官Kevin Turner在公开场合曾这样表示。

与以往不同，此次微软选择与360公司合作，为中国用户提供升级服务。360针对Windows 10推出了包括一键升级、24小时救援热线电话、专家在线全程陪护和10万线下维修店升级等完善的服务体系，全程护航国内用户升级、安装和使用Windows 10。

除此之外，Windows 10还加强了安全性的设计。Windows 10的内核版本直接从6.4提升到了10.0，操作系统的底层架构和安全特性发生了多项重大变化。郑文彬负责这次与微软的安全合作，微软系统中显著加强了对于字体解析引擎的安全防护，引入了非系统字体禁用和隔离用户模式字体渲染引擎两项举措。

此次两大巨头合作的结果是，用户只要确认需要升级，一觉醒来，电脑可能就变成了Windows 10的新程序。

"我原来的应用还在吗？我原来的用户习惯还在吗？我的数据会不会丢失？"不少用户提出这样的疑问。郑文彬称，360为Windows 10用户提供安全护航，可以提供安全备份、极速下载、技术专家全程指导服务，甚至，如果用户不满意新系统，还可以一键还原到原系统。

据最新统计报告显示，目前中国国内使用Windows操作系统的电脑市场份额不低于97.1%，而目前超过96%的中国电脑用户都在使用360的安全产品。

从郑文彬帮助微软用户打补丁开始，已经为中国用户打补丁累计超过1800亿次。这个数字，应该可以用天文数字来形容。

如果说郑文彬亲自掌控的挖漏洞的攻防团队是他的撒手锏、血滴子，那么他统领的近500人的安全团队，就是360的御林军。我们电脑上常用的XP盾甲、360云查杀、360云防御等都是出自他们之手。

经过近10年的磨砺，郑文彬对于网络安全，也从兴趣转为责任。他经常对同事说："网络安全的攻防永无止境，只有不断创新和进步，才是最好的安全解决方案。"

郑文彬进入奇虎360之后，一清插件，二灭木马，三补漏洞，很快在360

内部成了大神级的人物。当时的360安全卫士属于安全辅助软件，并不是严格意义上的杀毒软件。360挥刀杀入安全市场，就必须帮没有装杀毒软件的用户解决杀毒问题。

奇虎360调整市场策略确定进入杀毒市场决策之后，原360安全卫士负责人成为360杀毒软件开发的负责人，但在360杀毒软件上线的紧张时刻，他突然提出辞职。

在周鸿祎与360安全卫士负责人的博弈中，周鸿祎的底线之一是：你走可以，但不能挖走郑文彬，把他给我留下！

360安全卫士负责人爽快地答应了。事实上，在360安全卫士负责人决定离开时，也跟郑文彬谈过，但郑文彬婉言拒绝了："老周对我不错，我决定留下！"

360安全卫士负责人出走后，奇虎公司正式挥师杀毒领域。奇虎高层注意到，在此之前，中国互联网软件推广过程中，共发生了两次收费PK免费的战争，前两次战争分别发生在电子邮箱、电子商务领域，每次战争都是以免费的胜利而告终，并带来更好的产品、服务和商业模式。奇虎公司内部达成共识，互联网安全软件免费是大势所趋，至于带来什么新的商业模式，谁都不知道，但有一点是实践证明了的，只要有用户支持，就会创造新的商业模式。

周鸿祎力排众议，做出推出免费杀毒软件的决策。尽管周鸿祎觉得这个决策事关自己的声誉与梦想，但多数人都认为周鸿祎在进行一场豪赌！

2008年7月17日，奇虎公司召开新闻发布会，宣布正式推出杀毒软件，并宣布永久免费。周鸿祎在发布会上豪情满怀地说："杀毒软件市场，到了重新洗牌的时候了！"

周鸿祎当然明白，推出安全免费软件，就等于把以前做安全的公司全得罪了。瑞星、江民、金山，人家可都是靠卖安全软件生存的。而且那时候，这几家杀毒厂商都是大款，周鸿祎的奇虎公司却是个穷小子，公司一分钱没挣呢，全靠投资人给钱做公司。而听说周鸿祎要搞免费杀毒，着急上火的投资人恨不得给周鸿祎下跪！

而用户们最关心的是，你奇虎360宣称免费，会不会永久免费？好不好用？

很快，奇虎公司为仓促上阵而吞下苦果。360免费杀毒软件推出不久，很多用户发现，这款杀毒软件只是将罗马尼亚厂家的软件汉化后，就投入市场，并没有更多的创新与进步，安装后不是死机就是查杀不了病毒。郑文彬他们在做杀毒第一个版本时遭遇了滑铁卢，当时引进罗马尼亚的一个软件，采用的方法是包装罗马尼亚的杀毒引擎，再加上360的杀毒程序帮用户解决问题。

本来360安全卫士挺受欢迎，但360杀毒的第一个版本做得实在很差，推出之后，网上骂声一片。便宜没好货，很多用户发现不好用的时候，立即边骂边卸载了360杀毒软件。

把心提到嗓子眼的杀毒厂商们，本来拉开架势准备与周鸿祎一决雌雄，这下都纷纷笑了：傻小子睡凉炕，全凭火力壮，周鸿祎闯进杀毒市场，完全是祎浑水来搅局了，这下丢人现眼了吧。

当一种产品免费的时候，用户选择你很容易，卸载也只在举手之间。新上线的杀毒软件因为存在缺陷，很快被用户弃用。眼看着360杀毒软件装机量一路走低，奇虎公司高层急得像热锅上的蚂蚁。

此时的奇虎人心浮动，风雨飘摇。360安全卫士负责人出走之后，再遭遇用户的信任危机，360安全团队虽然勉强聚拢起来，但人心已经完全涣散，让这个团队攻城拔寨去打攻坚战，谁心里都没底。

为确保攻克杀毒软件，奇虎公司拉开架势，从奇虎搜索团队临时抽调了几个可靠的帮手，与郑文彬他们成立了360杀毒应急小组展开攻关。

攻关成功也就罢了，一旦失利怎么办？那就意味着满盘皆输！周鸿祎在电光石火之间想到了他担任天使投资人时期曾经投资过的一个人：波波虎公司的掌门人朱翼鹏。

攻克杀毒软件难关，必须同时展开内外两条战线作战。奇虎360力邀外援朱翼鹏加盟，请他带领突击小分队连续突击。

在奇虎360内部团队，总负责人是周鸿祎，其他参与者全是奇虎公司的一流高手。

其次是首席技术官李钊，他是周鸿祎上大学时候的师兄，更是引导周鸿祎进入方正的引路人，是资深技术大咖，鲜有敌手的程序高手。后来360上市，李钊一人占了公司1%的股份，可见他在业界的分量。

第三个技术大咖叫赵君，业界名头响亮，现在是360公司独当一面的业务经理。

第四个是郑文彬。

救火队长朱翼鹏果然不负众望，他带领四个人的突击队外线作战，重新打造出了一款全新的360杀毒软件。随后，郑文彬团队在朱翼鹏开发的杀毒软件基础上，进行了细致的测试，并把杀毒软件的容量缩小，以便快速下载安装同时少占内存。这款软件不但能够查杀硬盘和网络病毒，同时也能查杀U盘等外接硬件的病毒，阻断可能携带病毒的外接硬件对电脑的侵袭。

时隔一年之后，奇虎360再次发布杀毒软件。这次经过两个团队用一年时间打造的杀毒软件一上线，市场就迅速产生巨大变化。瑞星、江民、金山三大杀毒软件的市场份额均出现了不同程度的萎缩，360的用户数量暴增，大有跃居行业第一的趋势。

仅仅半年之内，360在杀毒市场上就占有了三分之一的份额，超过了带头大哥瑞星，跃居行业第一。而在此前的9年时间里，瑞星连续排名第一。

周鸿祎踌躇满志地对媒体宣称："网民是互联网商业价值的创造主体，360杀毒的使命就是彻底扭转花钱才能买到安全的历史。"

周鸿祎一手推动的免费杀毒，必然会爆发一场与杀毒厂商的战争。此后360与众多杀毒厂商展开了旷日持久的大战。

开创中国网络安全云时代

2008年8月，新款杀毒软件推出之后没有多久，郑文彬下楼的时候一脚踩空，200多斤的体重瞬间转移到一条腿上，郑文彬只听到耳朵里传来咔嚓一声，这刺耳的声音伴着剧疼和冷汗，瞬间把郑文彬击倒在地。

去医院一拍片子，腿骨折了！

打上夹板和石膏的郑文彬，再也动不了了。

重伤也不能下火线，郑文彬的工作场地从办公室搬到自己的出租屋。郑文彬来北京后，在公司附近租了一套90多平方米的两居室。郑文彬之所以看中这套房子，原因是有一个30平方米左右的客厅，摆满巨大松软的沙发，回到家他就随时可以把自己摔进沙发里。

这个客厅随着郑文彬腿部骨折，很快成了360的会议室和研发中心。每天一上班，周鸿祎安排好公司的事情，就带着团队直奔郑文彬家，几个人身子往沙发里一摔，就开始争论上了。

在郑文彬家的客厅里，周鸿祎抛出了一个令人挠头的问题："杀毒软件推出之后，我发现一个大问题，传统杀毒软件包括我们的软件，杀毒速度普遍很慢，而且天天要更新。这个问题不解决，我们就无法在这个行业处于领先位置。我们最早是做搜索的，我们的服务器做云端的能力很强，能不能把杀毒软件放到云端？"

"全世界还没有人做这种杀毒技术的，如果发挥我们的长处，这个思路应该是我们做杀毒产品的思路。"郑文彬接话说。

赵君补充说："安全对于每个用户来说都是很重要的事情，谁也不想让自己的电脑瘫痪。以前的杀毒软件普遍存在一个问题，就是只利用了互联网的传输功能，并没有太好地利用互联网的计算功能。用户还是每次上网之后连接到杀毒软件厂商的网站上，下载病毒库，然后依靠自己的电脑进行查杀。这对用户来说是一件很麻烦的事情。长此以往，客户机上的病毒库会越来越大，占用越来越多的计算资源，最后使得系统越来越慢。我们在使用电脑的时候就有这个体验，往往是把某个杀毒软件卸载之后，速度明显提升了一个档次。"

"因此，老的杀毒模式可能已经走到了尽头，我们必须拿出一个新的杀毒模式。能不能把原来放在客户端的分析计算能力，转移到服务器端上？这样，客户端的容量大大减小，电脑速度就快了。"周鸿祎提出了他的设想。

郑文彬不无担忧地说："这对我们提出了更高的挑战，意味着我们必须在最短的时间内分析出用户的电脑是否已经被病毒感染了。但是，单纯依靠收集病毒特征，被动地防御还是挺难防住的。要知道，每个小时全世界会产生两万多个新病毒。"

郑文彬提出自己的担忧后，见周鸿祎、赵君等几个人没有插话，只好直接说出自己的见解："我的设想是，在病毒进入计算机之前进行拦截。因为病毒进入计算机，需要经过传输，而在传输过程中，只要我们发现并提示是否有病毒，并且阻止病毒进入电脑，一切问题迎刃而解。国外有专家提出过这个人工智能的设想，就是利用云端技术，而我们恰恰擅长这个技术。"

周鸿祎分析说："我们做搜索，云端技术已经很成熟，比如要搜索东西，怎么分类，已经做得很好。但我们需要看看，全世界最牛的安全公司，他们怎么样杀毒？他们有很多的分析员，有的杀毒公司在菲律宾就招了2000多人，那边的人力成本便宜，请他们专门分析病毒。2000多人什么概念？当然我们招不了这么多人，我们可以利用人工智能，去学习一些分析病毒的方法。"

赵君说："我们都不太懂人工智能技术，但可以找一些人工智能专家，讨论一下这个问题，能不能用人工智能帮助我们杀病毒。"

周鸿祎说："我也注意到了，国外有最前沿的杀毒公司在论文中提到这个设想，但他们只是理论上的探讨，谁也没做出产品来。所以我们可以先来实践一下，看看能不能实现。"

郑文彬天生具有一种直觉，能从成千上万的可能性中挑出最好的路径。他说："那就真的是机缘巧合了，一个做搜索的公司去做杀毒软件，有先天优势。我们在搜索中先有人工智能的云端技术，再加上杀毒技术，两下合并起来，说不定搞出个核裂变。"

郑文彬一激动，顾不上腿疼，一下子站起来："这样一来，就把人力解放出来了，我们把病毒的所有特征和指标做出来，就等于一个过滤网，无论什么软件从这里过一下，人工智能就能分析判断是不是病毒。这办法很多人想过，没在杀毒上做过，都停留在理论的阶段模型上。我们有几个亿的病毒样本数据，用人工智能调整模型，提高判对判错的能力。我看过国外一本书，说的是一位非常优秀的画家同时做顶级黑客。我觉得做安全软件一样，不仅仅是技术的事情，如果把技术思维和艺术家的奇思妙想结合起来，就会出来很新奇的点子。"

这个观点得到大家的赞同，在大家看来，病毒的发展激励着反病毒思维和技术的进步。周鸿祎说："现在通过提前给病毒画像，病毒来了再作对比的情况就会越来越少。主动防御成为更为广泛的杀毒手段，因为病毒都有一定目的和行为，我们可以利用先进的技术分析它的行为，防御此类以及与其类似的病毒。我们的安全团队已经构建起一套自动化的病毒处理系统，大多数的病毒检测、分析和处理都能靠这套系统解决，系统由云端控制，到时候只需要升级云端就行。这样就可以省出更多的人力负责开发安全产品或者分析更为复杂的病毒。"

"站在云端俯视大地，就像雄鹰在高处，可以随时发现猎物的出现，这样可以根据病毒威胁的趋势变化，进行数据挖掘，具有实时发现、动态调整和快速剿灭的特性。"郑文彬说，"无论是快速爆发的大规模攻击威胁，还是针对特定用户的定向攻击，都可以第一时间发现并进行处理，这可以解决传统反病毒技术的时间差问题。"

"既然问题谈透了，你们这就着手去做吧！"周鸿祎一锤定音。

2008年，"云"成了IT行业最热门的名词。自从Google推出"云计算"以来，IT行业的各大厂商无一例外地卷入了一场"云的战争"。从"云计算"延展开来，很多IT厂商也根据自己所处行业的实际情况推出了相应的"云计划"。

所谓"云"，其实指的是后端（服务器端），也就是平时我们很少能够看到的那一端，正因为平时难得看到，所以有一种虚无缥缈的感觉，也许就是因为这个原因，才被称为"云"。我们平时能够看到的是什么呢，当然是自己用的电脑和手机这些东西了，也就是所谓的"客户端"。

传统的病毒查杀技术落后，是云查杀兴起的原因之一。传统的通过病毒库来识别病毒这种技术远非完美，经常会出现新病毒查不出，不是病毒却被冤枉的现象，给IT界带来很大的损失和纠纷。

云安全思维确定之后，郑文彬带领杀毒团队联手人工智能专家，很快把人工智能杀毒模型做到稳定的水平，领先于全球各大安全杀毒厂家。

云查杀是刈传统安全技术杀防能力的一次解放，云查杀是在传统特征查杀的基础上，结合云计算和大数据分析，进行创新和改进。客户端收集本地样本在各个维度上的信息，发送到云端进行鉴定识别。

而发动攻击的黑客，难以快速定位安全软件的检测方式，也就无法快速进行免杀和变形。同时，识别和杀毒在云端完成，避免了传统杀毒软件将病毒数据库存储在用户计算机上所消耗的性能和存储成本。无论是快速爆发的大规模攻击威胁，还是针对特定用户的定向攻击，都可以第一时间发现并进行处理，解决了传统反病毒技术的时间差问题。

云安全打通了病毒的发现和处理两个部分的障碍。也就是说，病毒还没到电脑上呢，就在云端被识别和查杀了。等于有个孙悟空腾云驾雾，手搭凉棚给所有用户站岗放哨打妖怪。

随后，360推出了使用人工智能机器学习的方式，自动分析和鉴定恶意软件的QVM技术，并将其应用到本地防御与扫描引擎中。

人工智能技术本身并非高不可攀，但如何教会机器准确地利用人类的经验，确保在误报和漏报之间实现平衡，是基于人工智能技术的恶意软件识别能否成功的关键，也是这些探索和尝试的最大难点。而帮助郑文彬突破这一难点的关键，正是云安全技术积累的海量样本，以及通过大数据的方法对海量样本的分析和处理。

最终，借助人工智能技术，通过海量云端数据训练锻造的QVM引擎不仅针对恶意软件的检出能力远远超过绝大多数其他安全产品，在误报比率上也比传统安全软件低了很多，真正实现了高速、精准识别的目标。目前，QVM引擎的开发已经到了第三代，并被部署到了云端的自动分析系统上。

互联网安全技术正在经历颠覆与重塑，360敏锐地抓住了这样的趋势，实现了技术上的弯道超车。

沿着这个思路，360在国际上首次推出了云查杀。这款智能防御安全软件的优势在于，在病毒还没有进行破坏的时候，安全软件就发现它有问题，把它给拦住。就像大街上的万人之中有一个小偷，他没下手的时候你不能抓他，但你可以随时盯着他。只要他刚刚把手伸出来，孙悟空就在云端看到这个微小的动作，然后一棍子将妖怪撂倒在地。

无论是白帽子还是黑帽子，所有的黑客都是创造者，像建筑师、作家一样。

云查杀上线之后，郑文彬发现，有一些新出来的软件和病毒，云查杀无法分辨是好是坏，也不敢杀它，但在云端可以实时监控。如果是病毒，只要发现它做违规的操作，就立即抓住它。但另外一个问题是，如果不是病毒呢？整天监视着别人的正常软件也不是个事儿啊，尽管机器不是人，监控那么多海量的软件也累啊。

怎么处理这个问题呢？

360的解决办法是，形成独有的云安全技术体系、智能引擎和白名单收集技术。

用户屡屡中招，是因为现在的病毒更狡猾。郑文彬注意到，在此之前的杀毒模式是找到病毒后给它画个像，如果再遇到攻击，就通过启发式方法找到它。但现在的病毒木马和漏洞更复杂，只是通过画像来寻找病毒的方式落后了。

另外，层出不穷的病毒木马、漏洞在类型上也有了变化。郑文彬注意到，以前是感染性的病毒占主流，但现在窃取用户虚拟资产或网上银行的病毒木马增多，恶意流氓软件、插件、钓鱼网站越来越让用户烦心。

传统杀毒技术是基于本地病毒库来防护和查杀的，也就是俗称的黑名单。传统杀毒软件体积庞大，占用用户大量电脑资源，同时病毒库保存在用户电脑上，更新速度很慢，一旦用户忘记更新，杀毒软件基本形同虚设。这样的先天缺陷导致杀毒软件很难第一时间对付最新的木马和病毒，所以才会发生震荡波、熊猫烧香之类的大规模电脑中毒事件。用户当时的深刻感觉是花钱买了杀毒软件，不管用还导致电脑很卡。

区别于传统杀毒软件，360云安全体系在服务器上不仅有黑名单，还收集了国内最全的白名单，覆盖了99%以上网民常用的操作系统和应用软件。也就是说，只要一个文件不在白名单中，它就很可能是新的木马病毒，360云查杀引擎会限制它的敏感操作，而且尽快进行安全性鉴定，一般在30秒以内就能捕获网上新出现的木马病毒。因为大部分运算都在服务器上进行，不会像传统杀毒软件那样用起来很卡。给用户的直观感受就是杀毒软件变小了，不用总更新病毒库，但防护能力却更强了。

在360白名单机制和云查杀技术刚刚推出时，并不被业界看好，但随着360产品迅速被用户和市场接受，国内外一些老牌安全厂商纷纷开始效仿、跟随360的网络安全新理念，白名单机制和云查杀技术如今已经成为国际上安全软件的一个标配。

这不仅让中国网民率先免费享受了世界领先的安全技术，而且也是中国互联网行业罕见的引领某行业互联网产品世界潮流的成功案例。

做程序在很多人眼里是很枯燥的，但对郑文彬来说，却是一种艺术创作。技术做到一定高度，最后就变成了艺术。

2010年1月27日，360安全卫士发布第二代木马"云查杀引擎"，向各种经过"免杀处理"的木马程序全面开火。第二代云查杀引擎采用了360独创的"程序分级控制"技术，可将电脑中的所有程序按安全级别进行分级管理。该技术彻底改写了传统杀毒软件无法识别未知木马的历史，即便是那些经过免杀处理的未知木马，也难逃360的超级法眼。

所有木马都在做两件事，首先是想方设法潜入用户电脑，然后挖空心思让自己运行起来，进而盗取用户财产和隐私。传统杀毒软件对付木马的做法是一刀切，能识别的木马就杀掉，识别不了就放过，自然就漏掉了大量未知木马。而采用了程序分级控制技术的新版360云查杀引擎，不光能查杀近亿种已知木马，还能有效管理所有陌生程序的危险行为。

郑文彬说："如果把木马比喻成藏在用户身边的炸弹，360云查杀引擎就能确保把炸弹引信拆除，让它变成不会起爆的哑弹。"

新版云查杀引擎再度通过技术创新，大幅增强了对未知木马的查杀能力，可实时秒杀所有木马、恶意软件等风险程序。

"我们不敢说能够百分之百检测一个陌生程序是不是木马，但绝对能够保证把所有木马变成无害的死马，真正保护用户的上网安全，至少现有的木马技术，还没有能突破360木马云查杀引擎的特例。"郑文彬自信地表示。

超级火焰

郑文彬发现，艺术家、建筑家、发明家等创造力丰富的族群，似乎特别容易做梦，经常能从睡梦中得到灵感。德国著名的有机化学家凯库勒，在睡梦中看到一条蛇咬着自己的尾巴旋转，就提出了由6个碳原子构成的苯环的概念。

做梦，本来是郑文彬生活中的一种特殊状态，在一个时期内，却变成了一种常态。

10年来，郑文彬每天睡眠时间基本维持在四五个小时之间，只有状态比较好的时候才能有六七个小时的睡眠，只要差一点点就睡不着。就像时刻盯着前沿阵地防止敌人打冷枪的哨兵，郑文彬在与黑客的战斗中，长期处于高强度的精神状态之下，慢慢把自己修炼成了神经衰弱。

他最大的奢求是能够多睡一点，但一进入梦乡，就会有黑客袭来，就会进入梦中的战场。每次醒来，他都认为睡得很沉，但实际上睡眠质量因为梦的打扰，其实并不好。

梦多了，以至于他经常分不清现实和虚拟世界。

在没醒来之前，郑文彬看到的世界，都是程序建造的。他甚至通过每个窗户，看到窗户后面所写的程序代码。有些程序，冥冥之中仿佛是在梦中完成的。

直到完全醒过来，回到现实世界，他还能够清晰地回忆起来。在他看来，无论现实世界还是虚拟世界，都是息息相关的，这个世界的一切都是通过程序安排的。

日有所思，夜有所梦。当郑文彬整天琢磨程序的时候，所有的程序代码在梦里出现的时候，就变成具象的实物，他眼前的整个世界都是可以自由操纵的数字化世界。

郑文彬之所以成为业内高手，是因为痴迷，热爱是成功的要素。没有深入就没有深情，没有深情哪里来的梦幻？

甚至在现实生活里，他都像是在梦游的状态中。

在360工作的9年时间里，郑文彬名满天下，在内部也是神一样的存在，但他走在四惠桥或者酒仙桥的360总部的楼道里，能认出他的人很少，他所认识的人也极少。事实上，这位360公司的首席工程师，生活中也是很平凡的一个人，他木讷、迟语、憨厚、可爱、不谙世事，可他是黑客江湖中令人闻风丧胆的超级防火墙。

只是在技术上比普通人走得更远，影响了更多人，比如我们电脑上用的XP盾甲、360云查杀、360云防御都是出自他手。但是在生活中，正如他所说的那样，只是职业不同而已，其他和普通人并没有什么不同。也许这个世界上并没有那么多的不平凡，有的可能只是一份执着追求，一份不懈努力。

9年来，郑文彬几乎每天都在与网络木马和漏洞过招。同时，郑文彬也明白，即便能够主动防御，即便有先进的云查杀系统，即便有难以逾越的防火墙，也无法百分之百阻挡病毒。与病毒制作者你来我往地交手，是一个艰难的博弈过程。

2012年6月2日，全国各大媒体转载了来自新华社的消息：《席卷全球的"超级火焰"病毒已入侵中国》。

由新华社发布消息宣布一种病毒的来袭，是前所未有的，可见这种病毒的猖狂与可怕。这则消息称，政府机构、大型企业一旦感染，将迅速蔓延，面临机密信息泄露的风险。国外多家网络安全团队指出，超级火焰病毒很可能是由某些国家投入大量资金和技术支持而研制的，目的为用于网络战争。

郑文彬迅速投入超级火焰的阻击战中！

郑文彬研究发现，如果说以往的蠕虫、木马等病毒都是小蟊贼和江洋大盗，那么，超级火焰这种用于网络战争级别的病毒，就是正规军，就是战争机器，这是令所有网络安全人员都不寒而栗的。在此之前，伊朗国家计算机紧急情况应对小组发布声明说：经多月调查，已确认一种名为超级火焰的新型电脑病毒，并且这种病毒可能与伊朗境内部分机构出现的大规模数据丢失事件有关。

超级火焰入侵伊朗、以色列、巴勒斯坦、叙利亚、黎巴嫩、沙特和埃及等中东国家和地区的大量电脑，收集信息情报，已经查明有几千台电脑中招。位于日内瓦的国际电信联盟称，这个病毒超过已知任何一种电脑病毒，是一种危险的间谍工具，世界范围内受感染电脑数量会更高。

郑文彬注意到，超级火焰区别于其他木马程序的主要功能是，超级火焰只收集情报和数据而不进行破坏性攻击。俄罗斯网络安全公司卡巴斯基实验室发言人维塔利·库柳克介绍：这一病毒呈现木马病毒和蠕虫病毒的部分特征，可谓目前结构最复杂的电脑病毒，它的独特之处在于，普通电脑病毒往往采用精练的编程语言，以达到瘦身隐藏目的。而火焰病毒是一个庞大的程序包，包含20多个模块，其大小约为20MB。这种病毒不会中断终端系统，其目的只是收集情报；除了具备普通电脑病毒的数据窃取手段之外，病毒还能记录来自电脑内置话筒的音频数据；通过蓝牙信号传递指令也是火焰病毒罕见的功能。它能启动被感染电脑的蓝牙设备，使它成为攻击周边蓝牙设备的灯塔。

郑文彬研究发现，火焰病毒的设计十分复杂，绝非普通开发者能够独立完成。而且病毒的攻击范围很窄，主要针对企业、学校和科研机构。它既没有被用来盗取银行账号，也有别于黑客常用的工具。

郑文彬惊奇地发现，火焰病毒借助局域网络、打印网络和USB接口等传播。在北美、欧洲和亚洲等地区，大约有80个服务器被超级火焰操控。这种强大无比的病毒，从复杂程度和功能效力，均超过已知的任何病毒。从规模上看，超级火焰作为一种网络间谍战武器，背后必然是一支看不见的黑客军团。

通俗一点说，超级火焰就像《潜伏》里的余则成，更像执行斩首行动的美军特种部队，在悄无声息中完成谍报行动。

超级火焰引发了各国的恐慌，也引起国与国之间的口水战。伊朗怀疑以色列参与设计了该病毒，伊朗媒体公开指称，美国和以色列具备设计"火焰"病毒的能力，利用电脑病毒攻击伊朗关键行业及核设施系统是西方应对伊朗核计划的手段之一。而以色列分管战略事务的副总理摩西·亚阿隆则直言不讳地宣称："通过超级火焰等电脑病毒发起攻击等方式阻止伊朗核活动的做法合理。"不过，以色列随后否认他们与超级火焰病毒有关。

但多数网络安全技术人员推测，从火焰病毒的复杂结构和广泛攻击范围看，超级火焰背后可能有某国官方机构支持。

对此，中国顶级密码专家王小云在初步分析超级火焰之后认为，这种间谍级的病毒，用正确的方法开发出来需要8到10年，而破解它，即便方法正确，也需要8到10年！

破解超级火焰显然从时间上已经来不及。唯一可行的办法就是找到它入侵的漏洞打补丁，阻止超级火焰的入侵！

这是一场事关国家安全、命运的阻击战。郑文彬研究发现了一个有趣的现象，超级火焰病毒竟然采用游戏语言编写，而且与超人气游戏"愤怒的小鸟"的语言相同。构成火焰病毒的主文件有很多个，各病毒文件各司其职，共同完成系统入侵和情报收集，一旦感染病毒，就像奇袭白虎团的侦察排一样，无往不利！一旦发动攻击，无坚不摧！

更令人胆战心惊的是，这个病毒早已启动入侵程序！之所以最近才被网络安全行业发现，主要因为火焰病毒利用微软数字签名欺骗漏洞，伪装为微软签名的文件。

也就是说，即便被火焰病毒入侵并盗走了文件，几乎所有用户都茫然不知！

亡羊补牢犹未为晚，必须针对超级火焰病毒拿出解决方案。郑文彬立即根据病毒特征找到漏洞，360安全卫士在第一时间为全体用户推送了补丁，保护中国网民的电脑有效"灭火"。360安全卫士建议所有用户，特别是政府和企业用户，尽快使用此专杀工具彻底查杀。

与此同时，微软也已针对漏洞发布了补丁。国内瑞星、金山等多家杀毒厂商同仇敌忾，纷纷推出了自己针对超级火焰的专杀工具。

超级火焰从中国的计算机用户中盗窃了什么，对中国造成的损害有多大，目前没有任何机构做出确切统计，实际上也难以统计，因为超级火焰来去无踪，谁也不知道自己丢过什么。

而在对超级火焰的阻击战中，以360为代表的国内各大安全厂商群情激奋、合力阻击，在第一时间内御敌于国门之外，却是罕见的同气连枝。

人机大战中的东方白帽子军团

网络安全的本质是攻防对抗。在网络安全攻防中，郑文彬具有一种钻洞打墙的直觉，就像高手对决时一出手便能分出高下。

简单来说，只有了解攻击的方法，才能升级防御的手段，只有开辟接受攻击的试验田，才能促进安全防护的水准。

随着对网络安全问题研究的深入，郑文彬开始把视野拓展到国际黑客大赛上。自从2013年360公司组建以郑文彬为核心的攻防实验室之后，这支阵容豪华的战队跃跃欲试，准备到国际擂台上一展身手。

Pwn2Own是全世界最著名、奖金最丰厚的黑客大赛，由美国五角大楼网络安全服务商、惠普旗下TippingPoint的项目组ZDI（Zero Day Initiative）主办，谷歌、微软、苹果等互联网和软件巨头都对比赛提供支持，通过黑客攻击挑战来完善自身产品。

这是全球顶级的黑客大赛，也是郑文彬梦寐以求的战场！

在2015年3月的Pwn2Own大赛上，郑文彬率领的团队名为360 Vulcan Team。

Vulcan是著名科幻电影《星际迷航》里象征着理性和智慧的星球瓦肯星，Vulcan人素以高智商和冷峻的逻辑思考著称。"生命不息，破解不止"。这是360Vulcan Team所有成员的极致追求。

出战之前，郑文彬给自己队友鼓劲说："你要了解攻击者是怎么思考的，如果不懂得攻击，就不知道如何防护。攻防都是互相影响的。我们之所以参加这个比赛，就是看对手是怎么攻击我们的，就可以学习到很多技能。当然，我们也要给他们猝不及防的完美攻击！"

郑文彬的打法很简单，斩首行动！就像美军三角洲特种部队直取敌人中枢！

首次参赛，360战队利用他们独立发现的多个高危漏洞，仅用时17秒就成功攻破了Win8.1系统和64位IE11浏览器，成为赛事历史上首支拿下IE最高级别浏览器的亚洲团队。

没有经久不息的掌声，因为黑客们都是一群极端自负的家伙。面对这支来自东方的白帽子军团，西方黑客们只有久久合不拢的惊愕下巴。毕竟，在所有网络安全领域，浏览器安全是不可动摇的基石，就像作战时的指挥部。

郑文彬战队一出手，就端掉并控制了对手的指挥部，不能不令国外同行刮目相看。

大赛主办方惠普以及多家西方媒体给予360战队高度评价，微软安全专家Gorenc甚至用"令人惊奇"来形容360战队的攻击技术。郑文彬战队被外媒称为"东方最强白帽子军团"，成为亚洲唯一可与西方匹敌的安全团队！

郑文彬在国际赛场上小试牛刀便大获全胜。2015年11月6日，在韩国首尔举行的POC网络安全大会上，郑文彬带领他的安全战队再次出战，利用一个远程代码执行漏洞，通过对Edge浏览器的沙箱逃逸操作，成功攻破了Windows 10。郑文彬因此获得"最重磅黑客奖"，外媒称，中国超级黑客郑文彬，再一次让人难以置信。

2016年3月，郑文彬带队再次出征加拿大，仅用11秒就攻破谷歌机器军团！

2016年开年之后，人机大战的消息就从未间断。谷歌研究开发的人工智能阿尔法以5比0完胜欧洲冠军、职业围棋二段樊麾，并在2016年3月向世界最顶尖的围棋天才李世石发起挑战。消息一出，全球关注。

人们关注的，实际上是人类存在的价值。

人类在机器程序面前有一个劣势，在长时间较量后，人类会犯错，但机器不会。而且人类的运算速度远远不如机器，所以从理论上说，机器程序只要经过足够的训练，就能击败所有的人类选手。

在历次人机大战中，人类在电脑面前最终一败涂地。人们对自身智力的安慰就是，还有变幻莫测的围棋。毕竟，围棋是机器难以完全模仿的东方智慧！是上升到哲学层面的智慧！

2016年3月9日至15日，在韩国首尔进行的韩国围棋九段棋手李世石与人工智能围棋程序阿尔法之间，进行了五番比赛。最终结果是，谷歌开发的人工智能阿尔法围棋以总比分4比1战胜人类代表李世石。

在这次人机大战中，谷歌完虐李世石。谷歌的技术底气，来自于他们拥有世界上最多最强的技术专家。

在黑客领域里的技术突破永远没有极限，随时都有可能出现更高的安全难关。但郑文彬更相信，他和他的团队还会创造更大奇迹。

两天之后的3月17日，另一场大赛悄无声息地进行着。新的一场世界黑客大赛Pwn2Own在加拿大温哥华举办。这次亚洲共有5个代表队出战，腾讯派出3个安全团队，360战队依然由郑文彬带领，还有韩国一位传奇的独行黑客。

郑文彬带领的360战队，放开其他可以轻松摘取的奖牌，直奔难度系数最高的决赛而去。郑文彬的打法依然是不与底层部队交手，直接命中对方神经中枢！

比赛现场，主办方将一台经过层层防护的笔记本放在现场指定位置，通过一根网线将笔记本连接到360Vulcan团队的笔记本上。主办方用浏览器打开Vulcan团队笔记本上的网页，Vulcan攻击11秒后控制了主办方的电脑。

用时11秒！郑文彬团队攻破了本届赛事难度最大的谷歌Chrome浏览器，并成功获得系统最高权限，控制了浏览器。

这是中国安全团队在Pwn2Own历史上首次攻破Chrome。

谷歌浏览器代表着谷歌安全防御技术的最高水平。除了全球闻名的"黑客天团"以外，谷歌还拥有上千台服务器以深度挖掘技术对谷歌浏览器等产品进行漏洞测试，其计算能力完全不亚于刚刚在围棋"人机大战"中战胜李世石的阿尔法。

同时，谷歌浏览器还拥有全球唯一能够锁定Windows内核攻击面的沙箱系统。当沙箱上锁后，攻击代码对外部的资源不再具有访问权限。谷歌浏览器也因此在历届Pwn2Own大赛中成为黑客面临的终极挑战。最新版的谷歌浏览器安全系数相比以往更高，攻破谷歌浏览器并获得系统控制权，几乎被认为是"不可能完成的任务"。

沙箱是近年兴起的一种防范漏洞攻击最有效的安全技术。如果在电脑中运行危险代码，会通过沙箱隔离令其不能随意获取电脑中的数据和操控权，从而达到保护电脑安全的目的。苹果的操作系统、谷歌的浏览器和360XP盾甲都采用了沙箱技术，以防范未知漏洞的攻击。目前在国内，只有360在XP上实现了完善的沙箱防护。

也就是说，即使黑客发现新的漏洞，没有沙箱逃逸技术，也难以利用漏洞侵害360用户。

由于安全大赛是为了促进各大公司改进自己的产品，所以历次大赛中被攻破的漏洞详情并不会对外公布，而是会交给厂商进行修复。所以目前掌握这套漏洞的人，只有360战队和谷歌。

尽管被攻破，但郑文彬令人惊诧的攻防手段，却令谷歌团队赞赏不已。毕竟，360战队能够攻破谷歌浏览器漏洞，大大降低了漏洞被外界发现的概率。

谷歌的阿尔法，打败李世石用了四个小时，而中国黑客战队，攻破谷歌浏览器只用了11秒。

黑客大赛上东方力量的崛起，已经成了圈子里津津乐道的话题。

这次胜利代表了中国顶尖黑客在国际较量中完虐其他国家的黑客，他们值得拥有欢呼和掌声。

当然，郑文彬他们之所以用如此快的速度攻破谷歌浏览器，是因为在赛前他们做了充分的研究。在比赛现场，只要把预演的攻击流程，重新呈现出来就可以了。

郑文彬团队当然有他们与众不同的绝招，他发现使用单一的漏洞攻击很难攻破谷歌浏览器，这次攻击，他使用了四个漏洞的组合攻击。就像韩信围住项羽，玩了一场四面楚歌。

从2006年12月进入网络安全领域，郑文彬用不足10年的时间，成为国内外知名安全专家。在中国国家信息安全漏洞库中，有14位特聘专家，郑文彬是最年轻的一个。在业界，他还有很多称谓，"国内内核第一人""驱动神童""东方最强白帽子军团核心"。

这次出战加拿大，中国有4支白帽子军团出征，腾讯一次就派出三个安全战队出战，中国安全战队都获得了不俗战绩。但只有郑文彬率领的360战队把主要目标锁定在坚不可摧的谷歌浏览器，至于之前的其他项目，则纯属热身，郑文彬根本就不屑一顾。

连续两年，360战队都果断挑战了世界黑客大赛的最高难度奖项，两次都为世界奉献了令人惊艳的表现。在世界舞台上，证明中国拥有领先的网络攻防技术实力。

郑文彬和他的东方白帽子军团，为何总能创造奇迹？

360战队有一句团队座右铭，或许可以给出最简洁的答案，那就是"生命不息，破解不止"。

这听起来，仿佛有点愚公移山的意思。也许一个数字就能说明问题。

很多人眼里的郑文彬是神童，是天才，但郑文彬说：哪里有什么天才，你想比别人牛，你就得付出比别人更多的努力和时间，我所有的能力是付出的时间比较多。美国有个作家说过1万小时定律，不管你做什么，投入一万小时，就能成为专家。其次是要有细心有耐心，研究任何东西，必须一直跟踪下去，直到把这个细节核心剥出来。同时，还有责任感的驱使，服务几亿网民，那种英雄主义的荣誉感是无法替代的。

爱好、专注与全身心的投入，这些都是所有人能够成功的基本要素。但在实践中，还要善于将奇思妙想付诸实施。郑文彬并不是人工智能专家，但凭直觉，他认为人工智能可以与安全杀毒结合起来，尽管人工智能不是郑文彬的特长，但他想到了，然后联手人工智能专家，把自己的奇思妙想，通过跨界变成了现实。

郑文彬安全团队奉行的"1万个小时"成功哲学，来自于美国作家格拉威尔关于成功学的著作《异数》中的一个重要结论：要成为某个领域的专家，需要在专业上花费1万小时。

郑文彬之所以有今天的成功，是每天超过10个小时钉死在电脑面前，按照这个时间计算，他9年时间里足足在电脑前面枯坐了3万小时。

郑文彬对很多人说："如果你下到了这个功夫，你也可能成为顶级专家！"

成功本来就没有秘诀，正确的方法加上足够的时间付出，愚公也能移山！

郑文彬坦言："在黑客领域永远存在未知的技术难关，不断挑战不可能的极限，才是我们的使命与追求。"

下一步是什么

在很多人看来，郑文彬像一座壮实的铁塔、一堵密不透风的防火墙，这一点毫不夸张。当他像推土机或者坦克一样移动到你面前，凭借经验你会闪到一边，与如此孔武有力的人发生肢体冲突可不是什么好事情。

实际上他看似壮硕的身体，因为长期熬夜已经受到严重损害。这里我说的不是他的蛮力，而是他装着无数奇思妙想的硕大脑袋里，下一步会有什么样的新想法蹦出来。他对产品的苛求，已经上升到美学和艺术的层面，他用程序构筑的网络世界，提供给我们的不仅仅是一种工具，而是一种艺术。

因此，值得我们追问的是，究竟是什么样的动力，让郑文彬如此追求完美不舍昼夜。

在他面前，成功的定义不是技术创新，而是只有他本人才能完成的登峰造极的攻防艺术。

郑文彬不论做软件还是查杀木马，他的想法简单又极具颠覆力，不断创造出一些别人没有想过的产品，影响他人、改变世界。他说，当一个人朝着自己梦想的方向拼命奔跑的时候，路上的风、天上的雨、身边的路人，都不再是你的对手，因为此时你的对手只有你自己！

网络安全攻防，在《黑客帝国》等影视剧里，这个职业充满了紧张与刺激，但现实中的网络安全攻防远没有那么戏剧性。郑文彬说："事实上这个领域里的同行们，99%的人永远也不会取得成功。"

在漏洞攻击的过程中，为了找到一处可能存在的漏洞，郑文彬和他的团队先后会尝试几十种攻击方法，经常夜以继日地破解了几个月，一种攻击路线在最后的关键两步被证明是不可能的，只好第二天从零开始再找下一种破解方法。如此坚持很长时间，才可能成功攻破一个漏洞，并找到打补丁的方法。

郑文彬说："现在看来，当初选择这个领域是有很大风险的，可能永远不会取得实质性的成果，我只是对探究未知事物充满兴趣，就像一个淘气的孩子喜欢去掏鸟窝，至于是掏出鸟蛋还是一条毒蛇并不重要，我享受的是爬树的过程。"

大量的网络泄密事件和信息安全事故均与漏洞的存在息息相关。随着国家对网络安全问题的认识越来越清晰深刻，郑文彬的重要性越来越凸显。为了实现漏洞资源共享，有效降低漏洞风险，2013年，中国信息安全测评中心组建了中国国家信息安全漏洞库(CNNVD)，开展漏洞分析相关的技术研究。

作为国际顶级安全专家，郑文彬成为中国国家信息安全漏洞库14位特聘专家中最年轻的一位。

网络安全问题至关重要，这不仅关乎个人信息安全，更是国家安全战略的需要。最令郑文彬高兴的，作为东方最强白帽子军团的核心，在他和他的同行推动下，国家网络安全体系正在行业标准化道路上不断前进。

过去10年间，网络安全技术经历了一场深刻的变革。基于特征码识别的传统软件杀毒技术退出历史舞台，取而代之的是云查杀。以郑文彬为代表的东方白帽子军团，在互联网技术与互联网思维的运用中，颠覆、重塑了传统安全产业的商业模式和技术模式。

不过，当所有人都被网在互联网之中，网络普及带来的是安全形势的急剧恶化：恶意程序数量爆发式增长与进化，海量的新型网络攻击方式威胁着万物互联互通的发展，间谍级、军队级病毒发动的网络战定向攻击，以及未知的核裂变级别的高级病毒威胁。

下一步是什么呢？

郑文彬预测，以大数据分析、未知威胁检测和"云＋端＋边界联动"等为代表的新型安全思维，将成为引领网络安全发展的潮流。而在下一场新技术变革中，互联网技术与互联网思维的交叉碰撞，必将成为网络安全变革与发展的核心。

《中国作家》2016年第7期

我上辈子是中国人

陈　新

爱，不一定在其身体出生的地方，但一定在其灵魂驻留的地方！

——题记

我为什么会讲中国话
我为什么那么喜欢吃苦瓜
我的朋友们都说我像鸡蛋
外面白里面黄
That's what I am!
我小笼包和饺子吃不烦
《红楼梦》放不下我看了又看
我从小崇拜李小龙
杜甫的对雪让我好感动
我上辈子一定是中国人
或许你想我奇怪
连我都不能否认
你们都叫我老外
我叫你们同胞们
因为我上辈子一定是中国人

中国女孩子最美丽
我每天梦到章子怡
康熙来了在我电视上

崔健伍佰黑豹的音乐好棒

虽然我有蓝色的眼睛

我早已看过《西游记》和《道德经》

我人很高但比不上姚明

我求你听我唱

我求你Hear Me Sing!

我上辈子一定是中国人

或许你想我奇怪

连我都不能否认

你们都叫我老外我却叫你们同胞们

因为我上辈子一定是中国人

老天让我知道我是什么人

我有个中国灵魂锁在老外的身体里面

我上辈子一定是中国人

或许你想我奇怪

连我都不能否认

你们都叫我老外我却叫你们同胞们

因为我上辈子一定是中国人

"19世纪是英国人的世纪；20世纪是美国人的世纪；而21世纪则是中国人的世纪。"

这是20世纪70年代，世界知名学者、英国历史哲学家汤恩比博士在自己的论述中说的一句话。

汤恩比博士说21世纪是中国人的世纪，不是指中国的政治，也不是中国的军事、科学技术，更不是中国的工商业，而是指中国文化。他认为以中国文化为主的东方文化和西方文化相结合的产物，将是人类未来最美好和永恒的新文化。

汤恩比的预言正在得到证实。如今，中国文化正受到世界热捧。孔子学院大行其道、世界各国掀起汉语热的现象已不必赘言，这里要说的是老外那种发自肺腑的热爱，对中国文化的热爱！要说的是中国音乐在世界百花园中绽放的馥郁。

今天，有一支纯美国乐队正在美国、欧洲，甚至是全球刮起一股旋风，各种肤色的"粉丝"也呈几何级增长。没人想到，他们如此走红的原因，却是因为他们出了一张又一张纯中文专辑，更因为乐队主唱自称自己上辈子是中国人，且将自己的这种对中国无法割舍的情怀写进一首名叫《我上辈子是中国人》的歌曲中，这支乐队也因此成为世界首支也是唯一一支创作、演唱、表演中文歌曲的西方乐队；他们优美的歌声给广大歌迷带来了享受，也让正处于世界经济低迷状态中的歌迷看到了逆势成长，并傲然屹立的中国的伟岸，并从中国情结中看到希望！

这支乐队的名字就叫赛日（SIRIS），是由来自美国费城的麦克·马雷和帕特里克·马雷兄弟俩组成的双人乐队。

美国乐队何以要高调地创作并演唱中国歌曲？他们有着怎样的人生故事和艺术经历？他们是标新立异地作秀，还是深入骨髓地热爱中国文化？

一串问号后面是一个个感人的故事！

第一章　　我爱你，中国

1

有这样一首令人落泪且凄美的大爱之歌。

在100多年前春末一个阳光明媚的上午，一位面容憔悴、衣衫褴褛的母亲牵着一个皮包骨头、蓬头垢面且衣服同样破烂不堪的小女孩，在一座城市一条条街道的一个又一个垃圾堆中寻找能变卖的废品，沉重而又不值钱的废品压得这母女俩气喘吁吁。

累。食不果腹。被贫穷刀割。

小女孩和母亲感觉身上的负重像山一样压迫着自己，由于缺营养，纤细的腿重似千钧，饥饿更如毒虫一般噬咬着她们的胃，又像针尖一样扎得痛。但她们不敢停下来，只得继续翻找垃圾堆，以期能够寻找到点滴的可食之物，以及可以变卖成钱的别人抛弃了的废物。

"妈妈，这有半块面包。"小女孩惊喜地找到了一个已经变酸的面包，欣喜不已地对母亲说。

"唉，上帝保佑！终于给我们送来了面包啊！"母亲因疲倦而有些变形的脸上露出了欣喜的表情，这种表情在阳光下显得那么干涩而扭曲。

虚弱的她们靠在一堵高墙下歇息，分享那半片面包带来的欢乐和舒心。

在她们的头顶，一朵一朵白云在蓝天上悠闲地飘过；在她们身边，一阵一阵清风浪漫地拂过。但无论是白云还是清风，都如从她们身边经过的人们一样，一点也不在乎她们的欢乐与哀愁，她们仿佛空气一般不存在，又或者如垃圾一般令人厌弃。

这时，把阳光切成两半的高墙里面传来悦耳的声音，这声音像是金属撞击声，又像是废弃的红酒瓶的碰撞声，更像照在她们身上的太阳一般温暖。

"妈妈，什么声音啊，这么好听？"从未听过这种美妙声音的小女孩好奇地问母亲。

母亲笑了笑，摸着女儿凌乱的头发，有气无力地说："孩子，这是弹奏钢琴的声音。"

不一会儿，又有琅琅且整齐划一的读书声传出，童声童语，清清脆脆，如早晨刚刚露出水面的荷尖，美丽而鲜嫩。

这种如风景般的声音又让小女孩心生好奇："妈妈，墙里面的小朋友在大声地叫什么？"

"宝贝，他们不是在叫，是在读书呢。"

"读书？读书发出的声音？"

"对，他们在读书！是读书发出的声音！"

这时小女孩按捺不住："妈妈，我也要去读书，也要去弹奏钢琴。"

这时母亲无奈地告诉小女孩，这是贵族学校，咱们穷人家的孩子没有资格去这样的学校读书。

母亲的话让小女孩很失望，她先前阳光的心空顿时布满了雨做的云，心灵窗户的眼睛里也变得小雨淅沥。

小女孩像问错话似的，不再说话。

然而，小孩子总是有很强的好奇心。

此后，只要有机会，小女孩都会跑到这所贵族学校的围墙外面去听里面传出的悦耳的声音，声音在她耳边缭绕，她那脏兮兮的脸上写满幸福和向往。

有一天，学校举办音乐会，动听的音乐如泉水喷涌，鱼贯而出，欢快得如春天阳光中的花儿一般令小女孩心动。于是她可怜巴巴地求看门人放自己进去看看这些身着霓裳羽衣的孩子们是如何弹奏出那么动听的音乐的。

可是，小女孩破烂不堪的穿着，污垢满身的外貌，不仅让看门人嗤之以鼻，还对她连呵带斥，怎会满足她进门去听听音乐这个愿望呢？

小女孩早猜到有这样的结局，但看门人冷漠地拒绝、野蛮的呵斥，还是让她晶莹的泪滴如断线的珍珠般落了下来，捂着脸跑开了。

墙里是孩子们天真美好笑语绵绵；墙外是小女孩倍感屈辱泪雨涟涟。

这种反差令人揪心，却又并不鲜见。

这时，一个男子一把拉住了小女孩，且声音温和地问她："小妹妹，谁欺负你了？"

"没谁欺负我，是我想进大门去看看美妙的声音是怎么产生的，可是我穷，没资格进去……"小女孩抽泣地说。

"哦，你有资格，要不你随我进去吧，我是这里的老师。"这个男子微笑地看着小女孩，并伸出了自己的干净的手，拉住了小女孩肮脏的小手。

面对男子的热情，小女孩将信将疑，但是美妙的音乐诱惑实在是太大了，终究打消了她心中的怀疑，她亦步亦趋地跟着那位男子走进了学校。

在校园里，小女孩看到了她想看到的，小脸上洋溢着幸福和欢乐。但在别人另类的目光中，她最终还是忍不住问起那位老师来：

"叔叔，既然富人和穷人家的小孩都喜欢这里，那么为何只允许富人的孩子来这里读书和弹奏钢琴，而拒绝穷人家的孩子呢？"

这个男子沉吟了片刻，然后微笑着弯下腰对小女孩说："哦，是这样的，因为这所学校现在还很小，小到只能容纳下富人家的孩子。将来等到学校扩建大了的时候，一定也会欢迎穷人家的孩子来读书和弹奏钢琴的。"

"叔叔，那请问学校什么时候扩建啊？我好想来读书和弹奏钢琴啊！"

"我们正在筹钱，有钱了就扩建，扩建了所有的孩子便都能上学了。"

这当然是假话，那位男子怕伤害小女孩的自尊而撒了这样一个稍一思考便能看穿的谎言。

但是这个纯真的小女孩却相信了。

不是说现在的学校小吗？不是说现在缺钱扩建学校吗？不是说今后学校扩建了穷人家的孩子便能进学校读书和弹奏钢琴吗？小女孩记下了这位好心的叔叔对她说的话，她盼望着这一天早些到来。

此后小女孩继续随母亲在城市里捡破烂，只是相较之前，她心中多了一个美好的梦想。

但是这个小女孩的命运是悲哀的，转眼两年过去了，有人却发现她在一个寒冷的冬日，冻死在了学校围墙外面阳光下的雪堆里。而在她被冻死之前不久，她的母亲也不幸得病身亡了。

看到这个可爱而又贫穷的小女孩被冻死的情景，曾经带她进学校的那位老师，在别人对小女孩死的地方不对而骂骂咧咧中悲伤得落下了眼泪，他顾不得小女孩身上的破烂与污垢，还有臭气，也不在乎那些自命清高的眼睛怎么看待他接受贫穷。他走了过去，用自己的怀抱温暖这个女孩，希望小女孩能够醒来。

但是，他的努力全都是徒劳。

更令他难受的是，就在他抱着女孩的时候，女孩身上掉下来一个皱皱巴巴的红色皮包，皮包破烂不堪，很明显是从垃圾堆里淘出来的、富人家的孩子抛弃了的皮包。

打开皮包，老师发现皮包里共有57美分，还有一张小纸条。纸条上用歪歪扭扭的小孩字迹写道："为了能把这所学校扩建得更大，使我和所有的穷孩子都能进到学校里面读书和弹奏钢琴，我一直在存钱，我把所存的钱都放在这个皮包里，这个皮包里的钱就是用来扩建学校的，我要努力……"

这位老师知道，由于小女孩无钱读书，她那认识一些字的母亲便在捡破烂的间隙教她识得一些字，也许这些字就是小女孩在母亲的指导下写的。

老师彻底被感动了：整天从垃圾堆中刨食的小女孩用了近两年时间，才积攒下57美分。但她不是把这些钱留给自己，而为了让全城跟自己一样的穷孩子能够进学校读书和弹奏钢琴，而想捐给学校用来扩建校舍。

故事到这里，还远未结束。

这位老师把小女孩和57美分的故事带到了课堂里，也带到了教堂里。每当他讲起这个故事的时候，小女孩花了两年时间来积攒的这份爱，顿时如同催泪弹，台下的听众无不被感动得热泪盈眶。

这个故事最终被新闻媒体知道了。当报纸报道出来之后，有更多人被感动了，也有不少人为了圆这个死去的小女孩生前的梦而为爱奔走行动起来：

一个富裕的房地产商读过这篇文章后，把一块价值不菲的地皮以57美分的价格卖给了这所学校用于扩建。尽管这块地皮按市价要值好几十万！

继而，建材商、珠宝商也捐起钱来；与此同时，一些市民也各尽其力，元元分分地捐钱……

就这样，短短五年时间，捐赠的数字便从当初小女孩的57美分增加到25万美元——在那个年代，25万美元可不是一笔小数字。

紧接着，更多善良且热心的市民无偿地投入劳力，扩建起学校来，最终将这所曾经的贵族学校扩建成了如今拥有商学院、法学院、医学院、药剂学院、牙医学院等17所学院、学生人数近4万人的赫赫有名的综合性高等学府。

这所用57美分建起来的大学，便是美国天普大学（又名"坦普尔大学"）。

这是一个真实的故事，多少人耳熟能详。

这个故事就发生在美国费城，天普大学位于美国费城。

今天，当人们慕名前来天普大学参观时，选择的第一个参观目标就是主楼的展览大厅。而在展览大厅里，最吸引人的便是大厅墙壁上悬挂着的一个衣衫褴褛、面黄肌瘦的小女孩的画像——这个不知姓名、年龄和出生地的小女孩，被公认为这所著名学府的始建者。

这个小女孩，便是我刚刚所讲的故事中的那个因为贫穷而被冻死的、心有大爱的小女孩。

就因为这个小女孩57美分的大爱和感动，如今，天普大学与美国其他名牌高等学府迥然不同的是，它对待家境贫寒的优秀学子一直都实行减免费用并辅以经济补贴。

不仅如此，甚至整个费城的市民都受了此感染。

费城是一个包容性很强的城市，这好比中国的成都——每有陌生来客问路，成都人都会详细地指点行走方向，甚至怕客人走了冤枉路，还会丢下自己的活儿，无偿带上一程。

这个小女孩的故事在著名的《钻石就在你家后院》一书中也有讲述，内容大同小异。

《钻石就在你家后院》的作者罗素·康韦尔，是美国顶级演讲大师。《钻石就在你家后院》由他亲自演讲超过6000次，历经50余年，他一生都在忘我无私地奉献，最终在工作中离开人世。康韦尔认为，我们每个人被带到这个世界上来，全都是为了一个目的——帮助别人，他无偿捐献演讲所得400万美元创办了天普大学。因而要说57美分创办了费城天普大学的说法既正确，也不正确，但要说与那个无名且穷困的小女孩有关，却一点也不为过。

57美分，多小的一笔钱啊！可是，它却能够建立起一所著名的世界性综合性大学。

同样，一件生活中的小事，也可能改变一个人的人生和信念。

当然，故事也是发生在美国费城。

2

美丽的蜻蜓在芭茅、蒿草、覆盆子、紫云英、刺槐等草木间轻飞。

红的、绿的、蓝的、黑的、黄的，有斑点的、没斑点的，薄如蝉翼的四片翅膀，灵巧，敏捷，承载着飞翔的梦想，在童年的世界里绚烂。

一只只，一对对。独自闲逛，成群嬉戏。

这是春天的信使，是花儿的精灵，是童趣的影迹。

在鳞次栉比的楼房间，依然有如此多彩、如此盎然的大自然、如此酣畅淋漓的原生态，麦克·马雷每每忆起，都会情不自禁地留下对过去岁月的凝眸。

斯库尔基尔河，是流经费城的一条美丽的河，被誉为费城的壁纸。

那是个仲春的下午，麦克·马雷童真的视线被蜻蜓牵引，在翠绿和童话般的世界里穿行。

费城是出名的公园城，费尔蒙特公园沿斯库尔基尔河延伸，占地1600公顷，是世界上最大的城市公园。

这不，不仅鸟语花香，还有蝴蝶与蜻蜓在自由飞翔，以及一些野生动物往来自如地与人类生活在一起，无拘无束，一点也不惧怕人类。

麦克·马雷是来河边看鱼的，却不承想，身边翩跹的蜻蜓却吸引住了他的视线，留住了他的脚步。

一只红蜻蜓飞了过来，停在了麦克·马雷眼前的一丛覆盆子的翠绿枝尖上。它有四五厘米长，身体停在那里一动不动。除了眼睛。但是它的尾部却一张一弛，似有血脉流动。当然，蜻蜓是昆虫，不会有血的，这一点麦克·马雷知道。他想，这可能是蜻蜓的呼吸方式。

这只红蜻蜓是警惕的，可能飞累了，因而它找了一处自己很喜欢的暂停地小憩。

强烈的好奇心，使麦克·马雷终于没忍住想用手去捉住这只漂亮的红蜻蜓来细细地看。于是他偷偷地伸出右手去，但觉得一只手恐难捉住它，于是又伸出左手，想左右手合力，用双手捧住它。

假如用一只手去接近蜻蜓的话，还能勉强接触得到，因为可以侧身；但是用双手去捧蜻蜓则臂短了，麦克·马雷只得往前倾。

然而，就在他的双手几乎要触到蜻蜓之时，却脚下一滑，跌进了河里。

这下麻烦大了，麦克·马雷不会游泳啊！

掉进水里的麦克·马雷不停地扑打，本想浮起来，游向岸边，却非但没有浮起来，反而还如秤砣落水直往下沉。而且他想呼救，可是一张口便有河水直往他鼻腔里钻，呛得五脏六腑都痛，呛得猛烈咳嗽，越咳嗽越呛水。

麦克·马雷渐渐觉得眼前和脑海里的世界都是光影迷离，意识因为窒息而开始模糊。虽然他能感觉到，自己每次挣扎之时头顶都能接触到新鲜空气，但他张大嘴，却怎么也够不着隔着几厘米水之上的空气。

我完了！这该死的红蜻蜓从先前在我的眼前飞，变成在我的脑子里飞。麦克·马雷有些绝望地想。

这时，岸边虽然也有人，但人们却忙着跑到公共电话亭去打求救电话，没一个人跳下水去救他。

就在麦克·马雷被淹得奄奄一息的时候，突然感到自己被一只手从水底托举了起来，游向岸边。

他得救了。但是救他的人却没有上岸，幸好救生人员及时赶到现场，从河水中救起了那个救他的人——一个与他年龄相差无几的黄皮肤孩子。

令麦克·马雷感激的是，这个孩子虽会游泳，但游泳技术并不好，要不是救生人员及时施救，他铁定会溺亡。之后，救生人员对这个孩子施行了好一阵人工呼吸，才将之救了过来。

这个黄皮肤的孩子是谁呢？

就在麦克·马雷跟随蜻蜓踪迹而放飞好奇、放飞童趣的时候，有一个黄皮肤的孩子在他附近不远处写生，而写生的主角也是一只蜻蜓。

这个黄皮肤孩子便是见麦克·马雷落水后，丢下手中的画板跳下河去救他的那个人，他叫托马斯·钟。

托马斯·钟是一位黄皮肤的华裔美国人，中文名字叫钟川，来自中国北京。

托马斯·钟自己也不怎么会游泳，却还在关键的时候跳下河去救人，这太让人感动了。当媒体就此采访托马斯·钟，问他怎么可以置生死于度外时，托马斯·钟解释说，他那时完全没有想到自己会不会游泳这事，而满脑子想的是如何救人——当时太危急了，他顾不得多想。

滴水之恩，当涌泉相报。钟川救了麦克·马雷，这让麦克·马雷很感激。

然而，当麦克·马雷的父母带着麦克·马雷来到钟川家，要以一笔丰厚的酬金感谢钟川时，钟川及其父母却婉言谢绝了："钟川当然不是为了钱而跳下河去救人的，因为这种挣钱方式风险太大，简直就是玩命，何况他的游泳技术不行，水性不好。但见死不救，那便是缺德。老子说'上德不德，是以有德；下德不失德，是以无德'。"

麦克·马雷听得似懂非懂："'老子'？'老子'是谁？我认识吗？"

"'老子'是中国一位很伟大的思想家，如果活着的话，得有2400多岁了，你当然不认识。"钟川的父亲笑着说，"'老子'刚才那句话的意思是说，真正的有德行者，其德行是出于自然、淳朴、简单、内在、主动，所以表面上看是没有'德'的痕迹，实际上是德的随时运行，这样的德才是真正的上德。而普通的人所追求的德的操守，其表现都是受金钱、财富，或者其他因素左右的，这种德是表面的、外在的、形式的、被动的，所以虽然有'德'的种种表现，其实与真正'德'的自然性质相差甚远。这样的'德'则是下德。"

怕麦克·马雷听不太懂，钟川的父亲又说："比如说，天普大学那个无名小女孩57美分的创建故事为什么感动了费城人民呢？就因为她艰难存钱，希望扩建学校，其爱既是救自己，也是救别人。"

钟川父亲的话依然让麦克·马雷听得云里雾里，但他却很感动，他觉得钟川救了自己还不要自己感恩，钟川真好，中国人真好。

麦克·马雷（Micheal Malay）1974年5月23日出生于美国费城。麦克·马雷的父亲是一位很有名的建筑工程师，母亲是银行职员，他还有一个比他小两岁的弟弟，名叫帕特里克·马雷(Patrick Malay)。

被钟川救了之后，麦克·马雷觉得自己真幸运，也幸福。他就如蜻蜓的飞行速度一样，在轻快与欢乐的中国情结中成长。

3

因为在斯库尔基尔河被淹且被救这事，麦克·马雷与这个名叫托马斯·钟的人成了朋友。

麦克·马雷第一次到钟川家去玩时，听到钟川与其父母说着一种非常好听的语言，他觉得太有趣了，于是他知道了汉语；再看到钟川母亲手中捧读的书上印着的方方正正的汉字，他感到耳目一新，比如"日"字就像太阳、"月"就像月亮、"山"字就像一座山、"人"字就像人、"门"就像一扇门……多形象啊，文字也可以像画画一样，简直生动有趣！

因为对中国人的印象非常好，爱屋及乌，麦克·马雷便时常到钟川家玩，并请钟川教他学说汉语，学认汉字，偶尔还跟着钟川学习汉字书法。

美国著名的物理学家理查德·费曼（Richard Feynman）是1965年诺贝尔物理奖得主，他所提出的费曼图、费曼规则和重正化的计算方法，是研究量子电动力学和粒子物理学不可缺少的工具。麦克·马雷看过关于理查德·费曼一本由他口述，理查德·费曼的好友、晚年时和理查德·费曼一块打鼓的L.莱顿整理的名叫《你干吗在乎别人怎么想》的书，里面有一段文字让他对中文字和中文书法感受尤为深刻：

艾莲除了琢磨游戏之外，还买了一本叫作《中文字的音与形》的书。那是本很可爱的书，我一直保存到现在。书里有五十来个字，都以极漂亮的书法写出，旁边注着什么"三女成奸"之类的东西。艾莲买了专用的宣纸、毛笔和墨，开始练习书法。她还买了本中文字典，以便知道更多的汉字。

有一次我去看她时，艾莲正在练书法，她自言自语地说，"不对，写错了。"

我这个"伟大的科学家"说，"你什么意思啊？这字怎么写只不过是人为的惯例罢了，并没有自然法则来规定它非要怎样，你爱怎么写就怎么写。"

"我是说，从美的角度来看不对头，问题的关键在于平衡，在于感受。"

"这样、那样，我看没什么区别。"我争辩道。

"来，"她递过毛笔，"你自己试试。"

我写了一个，然后说，"等等，让我再写一个——刚才那个太散了。"(我还是不松口说写错了。)

她问，"你怎么来定义那个字应该多散才对呢？"

我明白了她的用意。那些笔画都有一定的方法才能写得悦目。美学的规律是一种特殊的东西，我不能定义它。因为我不能定义它，我就不承认它的存在。可事实上，从刚才的经历中我领悟到它是存在的。从那以后，我对艺术有了一种惊奇神往。

在那一阵，我在奥伯林上大学的妹妹乔安寄来了一张明信片，用铅笔写着些中文字。

乔安比我小九岁，也在学物理。有我这样一个哥哥对她着实不容易。她总是试图找一些我不能做的事。这回，她悄悄地在学中文。

我不懂中文，可有一件事是我平生兴趣所在，就是花无穷的时间去解谜。那个周末我把明信片带着去见艾莲。她教我怎么以偏旁部首和笔画来查字典。有趣的是每个字有几个意思，你必须把几个字连起来才能弄懂它们说的是什么。

我极其耐心，终于解开了字谜。乔安写的是诸如"我今天很愉快"之类的话。可有一句我不太明白——"我们庆祝了这里的造山节"。以为是我弄错了，后来才知道在奥伯林还真有个神经分分的"造山节"，我还真翻译对了。

那些词句都是日常琐语，可我知道乔安写中文是在向我显示呢。

我从艾莲那本书里横挑竖挑地拣了四个字，似乎可以凑成一句，然后拿起毛笔大练特练，每个字都写上50多遍，从中挑比较漂亮的，由艾莲认可，排成一行。我用尼克的相机把我的杰作照下来留念，然后，把写好的纸卷好，塞在一个筒子里寄给我妹妹。

她接到后把纸卷打开，却不认识那些字。她以为我是随意挑了四个字，于是找到她的中文教师。

中文老师看到这些字后第一句话是，"书法相当不错嘛！你写的？"

"呃，不。它们什么意思啊？"

"老兄亦言。"

我真是坏透了，总不让乔安有机会赢我一次。

同是美国人，同样感受中国字，也同样被中国文化折服。理查德·费曼是非常自我的诺贝尔物理奖得主，他都能被中国字和中国文化折服，这不能不说中国文化真是有极大魅力啊！从此，麦克·马雷对中国字和中国书法也有了更深层次的理解及崇拜。

在钟川家，麦克·马雷还听了不少中国歌曲，其中最令他感慨的便是《我爱你，中国》：

百灵鸟从蓝天飞过
我爱你中国

我爱你中国

我爱你中国

我爱你春天蓬勃的秧苗

我爱你秋日金黄的硕果

我爱你青松气质

我爱你红梅品格

我爱你家乡的甜蔗

好像乳汁滋润着我的心窝

我爱你中国

我爱你中国

我爱你中国

我爱你中国

我爱你碧波滚滚的南海

我爱你白雪飘飘的北国

我爱你森林无边

我爱你群山巍峨

我爱你淙淙的小河

荡着清波从我的梦中流过

我爱你中国

我爱你中国

从小喜欢音乐的麦克·马雷，那时与弟弟帕特里克·马雷正在学习流行音乐的欣赏。麦克·马雷觉得《我爱你，中国》这首歌不仅曲调动听，而且歌词也很优美。整首歌节奏自由，气息宽广，旋律起伏跌宕，仿佛把人们引入了百灵鸟凌空俯瞰中国大地而激昂高歌的艺术境界。被歌声包围，麦克·马雷感觉音乐轻盈空旷，气势蓬勃，人随旋律而翱翔，心随百灵鸟的美妙叫声而起舞，给人以清新炫美之感。

小学时，麦克·马雷最爱看的一部动画片，名叫《大闹天宫》，简直百看不厌。

精致、考究的角色造型；和谐且独具中国水彩画特色的色彩运用；一丝不苟、精细生动、丰富细腻的角色神情动作；场面气势磅礴精益求精；背景配乐恰到好处；张弛有度、抑扬顿挫的角色配音；简洁精彩的人物对话；鲜明的民族特色，给麦克·马雷留下了深刻的印象。

那时，他时常与弟弟帕特里克·马雷学着《大闹天宫》里孙悟空或者太白金星的一些腔调说话，拿着一根棒子照着孙悟空的动作蹦上蹦下，挥来舞去地操练。

那段时间，麦克·马雷还喜欢看一部中国电影，也是百看不厌，那部电影便是李小龙主演的《猛龙过江》。

《猛龙过江》讲述了这样一个故事：新年前夕，香港青年唐龙（李小龙饰）受远在罗马经营餐厅的陈清华（苗可秀饰）之叔父所托，远赴罗马助陈清华一臂之力。因为陈清华从父亲手中接管餐厅不久，当地的商业集团看中了餐厅所在的地皮，而陈清华想守住家业不愿出售，商业集团便使出下三烂手段，日日派流氓骚扰，令餐厅生意难以为继。唐龙甫到罗马，因语言不通闹出不少笑话，陈清华则以为唐龙是律师，岂料是一莽撞的乡下青年，不免失望。餐厅众服务员为了抵御流氓，自发学习空手道，但仍然被对方欺侮，危急时刻唐龙出手，将一众流氓痛打。不甘失败的商业集团欲置唐龙于死地，陈清华担心其安危劝唐龙离开，面对将陈清华绑架的下流对手，唐龙忍无可忍，与商业集团聘请的众多高手展开连番搏杀……

《猛龙过江》不仅仅是一部武打片，而且是一部融入了人生哲学的功夫片。麦克·马雷喜欢该片的原因，也在于此：一是武打动作十分精彩，二是有很深的人生哲理。

"在这个有刀有枪的世界，无论唐龙走到任何地方，都需要福星高照。"《猛龙过江》里的最后一句台词，给麦克·马雷留下了深刻的印象。然后镜头一切，便是唐龙孤身上路的背影，固定的镜头，背影由大到小，变成一点，直至消失，然后电影结束。

毫无疑问，看过《猛龙过江》之后，麦克·马雷狂热地喜欢上了李小龙，并成了他坚定的、忠实的粉丝。麦克·马雷在看《猛龙过江》时，不仅仅被李小龙深厚的功夫和高尚的人格魅力所吸引，还在电影中感受到了强烈的中国元素，产生了强烈的中国情结。

第二章　我的中国心

1

因为费城有不少华人华侨，中餐是费城最受欢迎的美食之一。

跟钟川成朋友后，麦克·马雷真是享口福了，他时常以玩的借口去蹭饭，享用美味且免费的地道中餐。宫保鸡丁、回锅肉、鱼香茄子、京酱肉丝……不少中餐名菜，他都在钟川家品尝到了，而且不止一两回地品尝，俨然成了家常便饭。

在钟川家，麦克·马雷还吃了一种碧绿如翡翠，且切成片状和肉炒熟的食物，这种食物初入口时其苦难咽，但咽下之后却又回甘，且满口清香。这种呈青色片状的食物是苦瓜，钟川父母在自己花园里种的。

其实吃苦瓜时，除了感觉到怪怪的苦之外，麦克·马雷倒也并没有觉得苦瓜菜有什么十恶不赦的毛病。只是相比较而言，苦瓜菜远不能比宫保鸡丁这样的菜给人留下的印象好。

第二天，麦克·马雷又到钟川家去玩，时逢吃饭，钟川家的餐桌上又有苦瓜这道菜。桌上，当钟川父母叫麦克·马雷多吃这道菜时，不喜欢吃苦味菜的他脸上露出了为难之色："这道菜很好吃吗？我见你家连接两天都保留这个菜品，想必是你们家很喜欢吃这道菜了？"

"我们家是比较喜欢这道菜，而且不只我们家里人喜欢这道菜，很多中国人都喜欢这道菜。"没想到这时钟川说话了，"因为这道菜的功用是清火。当然，我们也并非天天吃这道菜，你来时餐桌上保留这个菜肴的原因，正是因为你。"

麦克·马雷有些吃惊："因为我？"

这时钟川的父亲微笑着看着麦克·马雷，问："你没觉得你脸上的感觉好多了？"

麦克·马雷更加迷惑："我脸上？我脸上能有什么感觉？"

钟川问："是不是没以前痛了？眼睛的感觉也比之前好多了？"

"你是说皮肤上那些小包包？还有有些红肿的眼睛？"

"对呀！"

"这跟苦瓜有什么关系？"

"当然有关系了。"钟川的父亲说，"苦瓜不仅是菜，还是中药，能够清热解毒，消除面部皮肤上的丹毒之类的脓包，或者痘痘，还能明目解毒。"

麦克·马雷恍然大悟。因为在此之前他也觉得奇怪，自从在钟川家吃了饭之后的第二天，他脸上已经存在了一段时间，且吃了不少西药也没治好的小脓包、小水疱症状却奇迹般地减轻了，他原来有些上火红肿、爱出眼屎的眼睛也变得清亮了，红肿情况也消了许多。他原以为是自己一直吃着的西药起作用的结果呢，却没想到这原来与苦瓜有关啊。

钟川解释说："我爸就是看到你脸上有丹毒，眼睛也有些红肿，所以当你来我家玩，且留你吃饭时，他特地炒了这么一盘苦瓜，希望你多吃些。"

麦克·马雷的表情写满感激："那为啥不先给我讲讲呢？"

钟川笑着反问："如果先给你说苦瓜能治病，你能信吗？"

麦克·马雷也笑了："也是，美国人不太相信中药，现在看来，自己没有试过中药的功效，却对中药另眼相待，这种做法是野蛮的。"

渐渐地，麦克·马雷对中国更加充满好奇，他投入地学习中国文化、自学起中文来。到书店去买一些中文课本，在墙上贴上自己写的汉字。当朋友们为此赞扬他时，他倍感自豪。

那之后，麦克·马雷知道了中国是一个历史悠久的文明古国，中国对世界科学文化的发展做出了卓越的贡献，特别是对西方文明进程的推动作用更是无与伦比。他还看到了英国著名学者弗兰西斯·培根对中国古代文明的称颂："中国古代最著名的几大发明已经在世界范围内把事物的全部面貌和状况都改变了，即在学术方面、战争方面、航海方面，并由此引发难以计数的变化来，竟至没有任何帝国、任何教派、任何星球能比这些机械性的发明对人类事业产生更大的力量和影响力。"

了解到一些与中国有关的情况后，麦克·马雷的内心受到了强烈震撼，因为追根溯源，西方世界的发达富有都是受中国人的智慧所推动，自己和所有西方人一样享受着中国智慧的恩泽，自己今天的幸福生活也来自于中国。从那时起，他心里强烈地产生出了一种念头：此生一定要踏上中国的土地，去亲身感受中国悠久的文明，饱览中国自然风光，学习中国文化。

上中学时，麦克·马雷看了一部与中国有关的舞台剧，这部剧虚构了三个神仙下凡寻找"好人"的故事，大致情节是这样的：

　　两千年来世上好人难以立足，民怨沸腾，因此三位神仙下凡来到人间寻访好人。但他们所到之处无论富人还是穷人都不愿给他们提供栖身之地。后来，有一位来自中国四川的名叫沈黛的贫困妇女收留了他们，颇为感激的他们便以付住宿费的名义给了沈黛一千多块银元。沈黛用这些钱开了一家小型旅店无偿地给邻居、商旅者提供食宿。

　　然而，这位贫民窟天使的善举非但没得到好报，反而还遭到抱怨。无助的沈黛只得戴上面具，以表兄苏达的身份出现。苏达待人苛刻，处事精明，把沈黛的旅店料理得井井有条。后来，从"旅途归来"的沈黛爱上了一位失业飞行员，但这个飞行员心术不正，且自私自利，他弄得沈黛的旅店濒临倒闭。为了挽救沈黛，表兄"苏达"又一次登场：他在一间破屋子里开设了一家卷烟厂，给沈黛的"客人"和其他人提供就业机会，残酷的剥削手段和严格的经营管理使工厂规模渐大，生意日渐兴隆。人们在感激"苏达"给了他们工作和面包的同时，也开始怀念起善良的沈黛来。于是终有一天，有人怀疑苏达谋害了沈黛，霸占了她的旅店，便报了警。在三位神仙乔装打扮的法官面前，苏达现出了沈黛的原形，道出了自己的苦衷："既要善待别人，又要善待自己，所以我活得很苦恼！"

这部剧名叫《四川好人》，是世界著名剧作家布莱希特(Brecht)写的一部戏剧。布莱希特曾经对中国传统文化有着浓厚的兴趣，曾写过一批从中国历史和现实中移植而来又被赋予深刻含意的作品，其中《四川好人》是其经典之作。

　　虽然《四川好人》所讲的故事并非发生在美国，但因其讲述的是中国好人的故事，因而麦克·马雷对中国更加充满好奇了。

　　大多数美国人从来没有详细地研究过中国，他们受媒体宣传的影响，心中的中国是一座神秘的堡垒，是一个不能擅自进入的世界。不少美国人盲目自大，经常以世界最强大的国家自居，认为把自己的意志强加给别的国家是他们理所当然的权利，甚至蔑视中国这样的发展中国家。

　　由于心中对中国充满着强烈的好奇，麦克·马雷高中毕业以后，决定到中国学习中国文化，看看真实的中国到底是怎么样的，是否如大多数美国人心中那样落后或愚昧，是否如自己心中想象的中国那么美好。

　　由于受麦克·马雷中国情结的影响，麦克·马雷的父母也对中国的一切充满着浓厚兴趣，尤其是弟弟帕特里克·马雷更是如此。

然而当听说麦克·马雷要到中国求学时，他们却犹豫了，都不确定麦克·马雷这样做是否正确，同时舍不得他离开家，离开美国。

好在麦克·马雷的弟弟帕特里克·马雷始终是他的忠实跟班，因而在麦克·马雷的意见与父母发生冲突时，帕特里克·马雷站在了麦克·马雷这一边，帮他劝说父母，最终让父母同意了麦克·马雷的决定。

虽然同意了麦克·马雷到中国求学，但麦克·马雷的父母悬着的心依然放不下，提醒他不要被中国人洗脑，别让中国人把他变成共产党。

麦克·马雷觉得父母的提醒有些可笑。当然，从未到过中国的他其实心里也没底——中国真如自己想象中的那般美好吗？

由于心中对《大闹天宫》的美好印象，以及想探究其诞生地的神秘，麦克·马雷把自己中国行的第一站选在了上海，报考了复旦大学，并最终被录取。

1993年8月，麦克·马雷飞越重洋，来到了上海。那天早上，从飞机开始下降那一刻起，他便觉得父母朋友，甚至自己当初的担心是多么可笑。中国哪里贫穷落后了？

上海，这座可谓特大的城市丝毫没有乡村的慵懒，而是节奏明快地在晨曦到来之前便醒了过来，人们匆匆忙忙地穿行在奋斗的路上，清晨的薄雾如素纱般罩在部分楼宇之间，与昏黄色的路灯光一起点染着城市的美丽。

高楼鳞次栉比，街上车水马龙，到处霓虹闪烁，华美恍惚又刺眼，给人的感觉亦幻亦真，上海的繁华一点也不比费城差。

2

失落是一种莫名的痛。

这世间的很多事情是充满戏剧性的。刚踏上中国的土地，一切新鲜劲才开始，麦克·马雷心中也充满着兴奋，但接下来发生的一件事，却让他倒抽了一口凉气，甚至还怀疑过自己对真实中国的感觉。

在报考复旦大学之前，麦克·马雷便对复旦大学的基本情况进行了了解，得知复旦大学创办于1902年，是由中国著名教育家马相伯创办，时名震旦学院。震旦开学一年多之后，因法国教会势力干预学校教务，篡夺校政，以至于绝大部分同学愤然退学。1905年，马相伯创立复旦公学，取名"复旦"意即不忘"震旦"之旧，更含复兴中华的意义。

走进复旦大学校园时，已是上午时分，天朗气清，惠风和畅，麦克·马雷的心情亦如天气，有一种仰观宇宙之大、俯察品类之盛的开朗与愉悦。

刚进正门，他便看到了耸立着的新中国的缔造者毛泽东的巨大塑像，而正门匾额上"复旦大学"四个潇洒的大字，他也提前知道了，那是由毛泽东亲笔题写的校名。

复旦大学真不愧是一所名牌大学，校园里青松翠柳，绿树红花，环境非常优美，学术气氛也非常浓郁。徜徉在偌大的校园里，可见校园莳花种木，堆山筑阁，景致大气迷人。校园里还有不少名人雕塑，以及名人名言，将复旦大学打造得清幽逸丽，钟灵毓秀，既如同一座公园，又是一座从事学术研究与传递的圣殿，不愧为文墨和诗韵的摇篮、灵感的源泉。

复旦大学高贵儒雅，宛若一位学富五车的先贤。曾在复旦任教的老师很多是知名人士，如鲁迅、邹韬奋、郭沫若、老舍等，美国前总统里根也访问过复旦大学。复旦大学的知名校友更是难以尽数，可谓"芳林新叶催陈叶，流水前波让后波"。

麦克·马雷最喜欢复旦大学的图书馆，虽然他认识的中国字并不多，但是摩挲着这一本本厚重的书，他能感受到一代代学人的背影业已远去，留下的千古文章却让人经久回味。因而每当他走进这藏书浩瀚的图书馆，置身在这知识海洋里时，他就感觉到异常兴奋和充实。

然而，刚进入复旦大学读书不到一月，一件不快的事便发生在麦克·马雷身上了。

因为喜欢《大闹天宫》，而该动画片的诞生地是上海美术电影制片厂，麦克·马雷才特地来到上海，成了复旦大学的学生。因而他到了上海之后的第一个愿望，便是去探寻《大闹天宫》诞生地。

这个机会终于来了，麦克·马雷到上海的第一个周末，便去了上海美术电影制片厂参观，在这里，他看到了与《大闹天宫》有关的不少故事。

《大闹天宫》在美国放映后，美国人很自然地将之与迪士尼动画放在一起比较。《综艺》周报发表评论说："《大闹天宫》是最好的动画片。"

美联社的报道也说："美国最感兴趣的是《大闹天宫》，因为这部影片惟妙惟肖，有点像《幻想曲》，但比迪士尼的作品更精彩。美国绝不可能拍出这样的动画片。"

《大闹天宫》摄制组成立于1959年12月，当时中国正闹"大饥荒"，但经过两年奋斗，电影还是于1961年成功播出。

《大闹天宫》是新中国成立后的第一部彩色动画长片，导演是有中国动画界"泰山北斗"之称的"万氏四兄弟"（老大万籁鸣、老二万古蟾、老三万超尘，老四万涤寰）中的万籁鸣。

当时"万氏四兄弟"地位已经相当高。万籁鸣一直希望好好拍下孙悟空、《西游记》，只是由于各种原因，找不到投资人。

1949年他去了香港，开照相馆，但心中的夙愿让他于1954年重回上海，到上海美术电影制片厂当导演。

自1954年起，万籁鸣在上海美术电影制片厂先后导演了《大红花》《墙上的画》《骄傲的将军》等彩色动画短片，但他梦寐以求的还是将《西游记》中最激动人心的"孙悟空大闹天宫"绘制成电影。

事实上，1942年，万籁鸣曾与几位弟弟共同绘制、导演了动画长片《铁扇公主》，主角也是孙悟空，但由于受到当时好莱坞画风的影响，《铁扇公主》中的"尖嘴"孙悟空倒像是中国版的"米老鼠"。

为筹拍《大闹天宫》，上海美术电影制片厂几乎调动所有精兵强将，全力投入。在人物造型、美术设计方面，美影厂聘请了在中央工艺美术学院执教的张光宇、张正宇兄弟二人。张光宇早在20世纪40年代就创作过孙悟空题材的漫画《西游漫记》，对民间艺术、传统艺术研究颇有造诣。美影厂还多次安排摄制组到北京等地出外景，并特意请来上海交响乐团、上海京剧乐队帮忙录制。

在万籁鸣的回忆录《我与孙悟空》中，他这样讲述《大闹天宫》第一次试片时的激动心情："那天美影厂试片室里挤满了人，每个人都全神贯注，屏声静气，紧盯着银幕。其中最焦躁不安的人自然是我了。等到室内灯光一暗，耳边立刻响起了乐团管弦齐鸣的伴奏音乐，锣鼓家什锵锵地敲起来，只见远处孙悟空腾空而来，瞬间就到眼前……银幕上的孙悟空演得如此出神入化，试片室中每个人也都看得出神了。我坐在试片室前排的座位上，不禁百感交集，激动不已，止不住热泪盈眶。孙悟空在笑，而我却在流泪……"

1961年，《大闹天宫》上集问世，获奖无数，好评如潮。《大闹天宫》下集紧接着开始筹拍，但很多上集中的骨干都被抽调到了其他组里，绘制断断续续。1964年下半年，《大闹天宫》下集终于完成，但得到的指示却是"暂时不放"。

1966年6月，年近70岁的万籁鸣被打成"牛鬼蛇神"，其中一项罪名即是

《大闹天宫》里的"玉皇大帝"影射党的领导。受当时政治风潮的影响，《大闹天宫》被怀疑是借古讽今，从而被完全否定，而且为《大闹天宫》绘制的大量手稿也都被付诸一炬。

转眼12年过去了，直到1978年左右，《大闹天宫》下集才第一次面对观众公开放映。

《大闹天宫》上下集在国外广泛放映后，西方影坛和第三世界影坛反映极好，它为中国赢得了荣誉。据不完全统计，从1964年《大闹天宫》被搬上动画银幕起，除了在全国各地频繁放映外，还曾向44个国家和地区输出、发行和放映；还曾参加过捷克斯洛伐克、西班牙、墨西哥、美国、英国、突尼斯、印度、意大利、希腊、法国、厄瓜多尔、葡萄牙、联邦德国14个国家和地区举办的18个国际电影节展映，并三次获奖，其中包括1978年第22届伦敦电影节的"最佳影片奖"。当时著名的影评人凯恩·拉斯金对该片做了颇为中肯的评价。

孙悟空蜚声国际，成为世界各地儿童崇拜的偶像。孙悟空在世界动画影坛上的崛起和广被认知，使得美国迪士尼旗下的米老鼠、唐老鸭、白雪公主与七个小矮人等再不能专擅其美……

走出上海美术电影制片厂展览馆时，美丽的上海已经华灯初上。从地球的另一半，到地球的这一半，除了眼前黄皮肤的人多了许多，以及满街的商店招牌上写的是中文字外，麦克·马雷觉得上海与费城并没有多大差异。

虽然来上海已经好几天了，但麦克·马雷还没有好好地逛一逛上海的超市，他想看看上海的超市与美国的超市都有什么差别，货架上所陈列的货物都有什么差别。

不幸的是，麦克·马雷在购物结账时却发现皮夹子丢了……

<h2 style="text-align:center">3</h2>

音乐是世间最完美的语言，生命因音乐而缤纷，因音乐而美妙。

麦克·马雷和弟弟帕特里克·马雷从小就喜欢音乐。兄弟俩自少年时代，便和朋友组织过学生乐队，在整个费城地区进行表演。

麦克·马雷到中国学习之后，喜欢英国摇滚的斯汀、爱尔兰U2和中国的张学友等歌手的帕特里克·马雷也进了一所音乐学院深造。

有人说过，人生就是一列开往坟墓的列车，路途上会有很多站口，没有一个人可以自始至终陪着你走完，你会看到来来往往、上上下下的人。人生是说不清的；命运是猜不透的；辉煌总会来的；霉头总会有的；命是必须信的；运是可以开的；人生是需要悟的；生命是需要爱的。

正因为人生得失无常，祸福互倚，或者说人生如坐列车，那么有音乐的人生旅途才有情致。

明媚的人生亦同一杯热咖啡，光有咖啡豆还不行，还要有牛奶和方糖相伴，方能香气馥郁，味道浓厚。而音乐便是人生中的牛奶和方糖。纵然尝遍人生百态，品啜千般滋味，快意的人生岂能少了音乐？

热爱音乐的人往往也热爱生活，音乐人的才能在于能将生活里的点点滴滴所见所知所想融入由音符组成的旋律里。其音乐作品往往都是自身的真实体现，音乐人通过音乐传递自己的感情、陶冶听众的心情。于是音乐便成了媒介，将人们的心紧紧相连，产生共鸣。

音乐如美酒，有了音乐的生活才滋润，有音乐的生活才陶醉。

麦克·马雷早晨醒来的第一件事，几乎都是播放一些或婉转或热情的音乐、歌曲，随着旋律的蜿蜒、飘逸，半梦半醒的心灵也会渐渐跃动起来，拉开窗帘，让清新的空气扑面而来，激发新的一天生命的活力，那种感受如艳阳破晓，韵律与晨光共舞，心情也共朝霞温暖、恬淡。

音乐无国界，音乐本身所表达的喜怒哀乐的意境能够打动不同语种的人，如果说打动程度存在差别的话，那么这种差别也只是听众自己对音乐的感受程度的差别导致的。美籍指挥家小泽征尔虽然从未听过我国的二胡名曲《二泉映月》，但他到中国访问，第一次听到此曲时，却被感动得泪流满面。

从大洋西岸来到东方中国，麦克·马雷在一个人独处时也难免有过思乡之情，那个时候，他特别感谢中国音乐，是中国音乐化解了心中的孤寂。虽然音乐无国界，但悠扬或激越的旋律在耳边轻轻回荡，他的心情便跟着音乐的流淌而变得忘我，仿佛一双熨帖的手抚过干渴的心灵，又如躺在旋律的云端，神仙般惬意飘游。而且，在音乐里，他也看到了天是那样湛蓝，蓝得如同宝石；云是那样的洁白，白得如同雪原；风是那样轻柔，柔得如同情人的手拂过发梢，花是那样鲜艳，艳得如同霓霞……

因为酷爱音乐，置身中国，接触到大量中国音乐之后，麦克·马雷深深地爱上了中文歌曲，像《我爱你，中国》《我的中国心》《万里长城永不倒》《其实你不懂我的心》《最远的你是我最近的爱》《中国》《黄土高坡》《我热恋的故乡》等歌曲，都是他百听不厌且最喜欢唱的歌曲，像崔健、腾格尔、童安格等歌星更是他心中的偶像。

平常，麦克·马雷也总是听张学友、童安格、腾格尔和崔健等偶像的歌曲，并从中学习中文词汇的用法和中国音乐元素的创作方法，与此同时，麦克·马雷还尝试着将一些歌曲的中文歌词翻译成英语歌词。由于喜欢摇滚，他翻译的第一首歌曲便是《黄土高坡》。

> 我家住在黄土高坡
>
> 大风从坡上刮过
>
> 不管是西北风还是东南风
>
> 都是我的歌，我的歌
>
> 我家住在黄土高坡
>
> 日头从坡上走过
>
> 照着我窑洞晒着我的胳膊
>
> 还有我的牛跟着我
>
> 不管过去了多少岁月
>
> 祖祖辈辈留下我
>
> 留下我一望无际唱着歌
>
> 还有身边这条黄河
>
> 我家住在黄土高坡
>
> 四季风从坡上刮过
>
> 不管是八百年还是一万年
>
> 都是我的歌

《黄土高坡》，这是多么动听的一首歌啊！

旋律简洁动听、高亢、豪放，歌词质朴亲切，言简意赅，堪称中国流行歌曲的经典之作，因而同样喜欢摇滚的麦克·马雷便将之翻译成了英文歌曲演唱。

没想到，麦克·马雷如此喜欢《黄土高坡》，他自己竟然跟黄土高坡也有缘。

本来那天从上海美术电影制片厂参观之后出来，麦克·马雷嘴里便是哼着这首刚刚学会的《黄土高坡》，甚至进超市时，他还一边选着自己要买的商品，嘴里一边哼着这首歌曲的旋律和半生不熟的歌词。然而，当他拎着一筐商品去收银台结账时，却发现自己的钱夹子丢了。

自己的钱夹子明明在出门时是揣在裤兜里的，怎么就突然不见了呢？他翻遍身上的口袋，都没有找到，急得满脸通红。

皮夹子丢了?! 这可怎么办？确认这一事实后，麦克·马雷可慌了，他原本美好的心情也一下子就消失到了自己尚不知道方向的黄土高坡去了。因为他的皮夹子里不仅有钱，还有银行卡、临时身份证以及护照等证件。作为一个老外，在中国没钱不行，没有护照更不行！

那段时间麦克·马雷很是郁闷。但令他吃惊的是，在一周之后，他却收到了一封鼓鼓囊囊的信，这封奇怪的信是用中英文两种文字写的，来信地址是西安市。

收到这封信后，麦克·马雷很奇怪：我刚到中国，根本没有朋友，更没有西安的朋友，这个从西安市寄信来的人是谁呢？他又怎么知道我的准确地址？

当拆开信封时，他很吃惊：信里居然装的是他的皮夹子。他清点了一下皮夹子中的钞票、护照、银行卡等物件，发现一样也没有少，不仅如此，还多了一件东西，这是一封信。信是用英文写的，看了信的内容，麦克·马雷才明白自己的皮夹子失而复得的经历：

原来，那天麦克·马雷从上海美术电影制片厂出来去超市购物时，将皮夹子丢在出租车上了，后来一个姓袁的先生在乘同一辆出租车去机场时拾到了他的皮夹子，但因袁先生马上要乘飞机回西安，因而并没有马上将皮夹子按皮夹子里面麦克·马雷证件上的地址送回，而是回到西安后通过挂号信将皮夹子寄给了他……

通过这件事，麦克·马雷觉得中国人真亲切，民风真古朴。开心不已的他竟情不自禁地哼起了《我的中国心》：

> 河山只在我梦萦
> 祖国已多年未亲近
> 可是不管怎样也改变不了
> 我的中国心
> 洋装虽然穿在身
> 我心依然是中国心
> 我的祖先早已把我的一切

烙上中国印

长江 长城

黄山 黄河

在我心中重千斤

无论何时 无论何地

心中一样亲

流在心里的血

澎湃着中华的声音

就算身在他乡也改变不了

我的中国心

麦克·马雷觉得，虽然中国并非是自己的祖国，可是无论如何，"不管怎样也改变不了，我的中国心。洋装虽然穿在身，我心依然是中国心"，而且他的经历把他的一切，"烙上中国印"，所以"长江、长城，黄山、黄河，在我心中重千斤。无论何时，无论何地，心中一样亲"。他甚至觉得自己"流在心里的血"也"澎湃着中华的声音"，"就算身在他乡也改变不了"，他的一颗"中国心"。

强烈的中国情结，对中国强烈的好感，也让麦克·马雷强烈地觉得自己虽是白人，有着白色的皮肤，但是内心却是黄色的，跟龙的传人的皮肤一样，因而自己就像一枚煮熟了的鸡蛋，外面白里面黄。想到这一点时，他还会笑着对自己说"That's what I am!"（我确定，我真就是这样的一个人！）

怀着对中国客观的眼光看中国，麦克·马雷觉得中国真的很亲切。

同时，他还遇到了很多在美国几乎不可能遇到的现象：乘公交车时，如果有老年人上车，总会有很多年轻人起身让座；中国人幽默诙谐，常常不经意的一句话，却能让人笑破肚子；中国人很讲礼节，很尊重外国人；中国人很能吃苦，几乎不计较是否在八小时之外加班的报酬……

到了中国生活一段时间之后，麦克·马雷才觉得自己可以嘲笑打算来中国求学时，父母及朋友对自己担心而臆想出的那些可怕结局了。因为中国的生活环境与美国的生活环境并没有太大差别，而且中国青年和美国青年的爱好性格也没有什么差别，比如说都一样喜欢打篮球、喜欢听流行乐、喜欢看电影、喜欢漂亮的衣服。

　　如果真要找中国青年与美国青年的差别，可能最主要的是体现在学校的课堂上，因为中国的教育形式就是死记硬背，注重事实和数据，而非分析和互动，也很少讨论。

　　还有就是中国大地在改革开放春风的吹拂下，正在发生着天翻地覆的变化，中国到处都呈现出欣欣向荣的景象。

　　转眼一个学期过去了，当麦克·马雷回到美国时，他原本想将自己亲眼所见的中国告诉亲人和朋友，却不承想，他的亲人和朋友见到他毫发无损、容光焕发地回到美国时，诧异和高兴之余，仍然问他一些让他很难堪的问题："你在中国的时候觉得他们的政府一直在监视你吗？你看到的中国家庭有自由吗？你可以跟他们自由交谈吗？中国政府监视你的电子邮件吗？"

　　他的回答当然是否定的。可是问者根本不相信他所说的话，仍然刨根问底，这让麦克·马雷非常难堪。

　　让麦克·马雷觉得闹心的是，美国人似乎不太愿意就中国问题接受新的观点，因为美国的新闻媒体报道的基调一贯都是偏执且戴着有色眼镜的。

　　他决定以自己的方式来宣传中国，让美国青年认识真正的中国，认识中国真实的国情，认识真实的中国人！

第三章　　最远的你是我最近的爱

1

　　　　青海的草原

　　　　一眼看不完

　　　　喜马拉雅山

　　　　峰峰相连到天边

　　　　古圣和先贤

　　　　在这里建家园

　　　　风吹雨打中

　　　　耸立五千年

　　　　中华民族

　　　　中华民族

经得起考验

只要黄河长江的水不断

中华民族

中华民族

千秋万世

直到永远

在费城演出中心，一个黄头发白皮肤高大的男子正在卖力地演唱这首名叫《中华民族》的歌曲，伴随着他优美歌声的，是激昂且恰如其分的摇滚音乐。

对，这个唱歌的人便是麦克·马雷。不过，他唱的不是中文版的《中华民族》，而是英文版的。而将中文歌词翻译成英文的人，就是他自己；对此歌重新编曲，配器者，也是他自己。

歌曲优美的旋律，饱蘸的激情，以及自豪的歌词，把台下的听众也感动了，跟着麦克·马雷摇动手臂或荧光棒，打着兴奋的节拍。

这是多么动听，又有意思的歌曲啊！台下的观众从来没有听过。因而当唱歌间隙，麦克·马雷简单介绍了此歌曲背后中华民族的大致情况时，台下观众如同观到"西洋镜"般兴奋得再次鼓掌、欢呼。

爱音乐的人，生活中如果没有音乐是无法想象的，这就像一个正常人没有呼吸一样可怕。

因而假期回到美国后，麦克·马雷又与弟弟帕特里克·马雷融入了曾经的乐队里四处演出。不过，身为主唱的他，在唱歌时，却不仅仅唱英文歌曲，唱自80年代蹿起走红之后，一直活跃于全球流行音乐乐坛的U2的歌曲，唱英国警察乐队主唱、著名摇滚歌手斯汀的歌曲，也唱中国的摇滚歌曲，而香港歌手张明敏这首《中华民族》便是麦克·马雷在这个假期间每演必唱的歌曲。除此之外，还有他最爱的范琳琳演唱的《黄土高原》、崔健演唱的《一无所有》，以及腾格尔演唱的《中国》、童安格的《最远的你是我最近的爱》、伍佰的《挪威的森林》等。

当然，当麦克·马雷在演唱会上唱中国歌曲之时，也并非没人喝倒彩。毕竟在当时的美国，戴有色眼镜看中国的美国人挺多的。不要说当时，就是现在也是这种情况。虽然情况在逐渐改观，但改观程度并不是很大。

当麦克·马雷演唱《中华民族》这首歌与观众之间互动之时，却有喝倒彩的人在下面吹口哨且大声质问：

"中国真有这么好吗？怎么我们所了解的中国不是那样的？"

"亲爱的朋友们，中国真有这么好啊！《中华民族》这首歌里唱的'喜马拉雅山，峰峰相连到天边'，稍有一点地理常识的人都知道，喜马拉雅山是世界最高的山，峰峦叠嶂，连绵不已，这难道不是真实的！再有歌词'古圣和先贤，在这里建家园，风吹雨打中，耸立五千年'，有点历史常识的人也都知道，中华民族的历史已经有5000年了，这可不是杜撰和吹牛吹出来的。再有，你们心中对中国的印象来自于美国媒体的宣传，而我则在中国留学，亲眼看到的中国就是这样的，这当然是真实的。"

而当他唱完《黄土高坡》与观众互动之时，又有观众吹口哨了："黄土高坡，多穷啊！中国就是穷，怎么说也穷。这不，中国自己创作的歌曲里也写自己穷了。"

听了观众对中国的蔑视，麦克·马雷笑着说："中国是有黄土高坡。中国人自称炎黄子孙，黄土高坡是中国人心中的圣地，是一种象征，这跟穷与不穷有何关系？再说了，《黄土高坡》里不是唱道，'不管是西北风还是东南风，都是我的歌，我的歌'吗？说明中国人心胸开阔、豁达、兼收并蓄呀！"

"再有，歌词'我家住在黄土高坡，日头从坡上走过。照着我窑洞晒着我的胳膊，还有我的牛跟着我。不管过去了多少岁月，祖祖辈辈留下我。留下我一望无际唱着歌，还有身边这条黄河'这也说明中国人是勤劳朴实，内心充满爱啊！"

麦克·马雷幽默的话再次将唱反调的观众噎得说不出话来。

我曾经问个不休

你何时跟我走

可你却总是笑我

一无所有

我要给你我的追求

还有我的自由

可你却总是笑我

一无所有

噢……你何时跟我走

噢……你何时跟我走

……

告诉你我等了很久

告诉你我最后的要求

我要抓起你的双手

你这就跟我走

这时你的手在颤抖

这时你的泪在流

莫非你是正在告诉我

你爱我一无所有

当麦克·马雷唱完崔健的《一无所有》与观众互动时，先前被他说得哑口无言的观众似乎终于找到了贬损中国的论据，中国百姓自己都承认自己"一无所有"了，中国还不穷吗？

听了观众的诘问，麦克·马雷再次笑着说道："这位观众朋友提出的问题非常有意思。不过呢，崔健先生的《一无所有》是支爱情摇滚歌曲，而不是经济歌曲，所以，是否一无所有并不能说明中国人穷与不穷，你能说感情上面的一无所有叫穷吗？能与经济上面的穷等同吗？再有，《一无所有》歌词里面唱道'我曾经问个不休，你何时跟我走？可你却总是笑我，一无所有'这不是对爱情执着的追求吗？恰恰，这句歌词也给了一直在美国流行的关于中国婚姻是通过买卖得来的那种不实论调一记响亮的耳光！你想想，如果婚姻是买来的，还需要可怜巴巴地对着心中的女神唱情歌吗？就完全没必要这样唱情歌了啊！这只能说明歌词中的那位小伙子心中的女神只想追求更高更好的生活，这却跟女神父母是否将她作为婚姻筹码卖成多少价是截然不同的两回事。"

说到这首歌时，麦克·马雷滔滔不绝，掩饰不住心中对该歌曲的狂热喜欢和对偶像崔健的狂热崇拜："美国一直举着人权的大棒来打击中国，说中国人没人权，那么《一无所有》这首歌的歌词里不是唱得明明白白吗？'我要给你我的追求，还有我的自由，可你却总是笑我，一无所有'，意思是自己想追求什么都可以，而且还有'我的自由'，这世界上能比有追求，有自由更值钱、更人权的东西吗？这是一首狂热的情歌，是中国年轻人对爱情追求的经典写照！歌词最后唱道'告诉你我等了很久，告诉你我最后的要求：我要抓起你的双手，你这就跟我走！这时你的手在颤抖，这时你的泪在流。莫非你是正在告诉我，你爱我一无所有。'歌词里明明白白地表明了，即使'我'一无所有，我的女神也会跟我走，因为她的手在颤抖，被执着的爱情感动得'泪在流'呀！"

麦克·马雷的精彩解释，让台下再次响起雷鸣般的掌声。

继而，麦克·马雷又演唱了童安格的歌曲《最远的你是我最近的爱》：

夜已沉默，心事向谁说
不肯回头，所有的爱都错过
别笑我懦弱，我始终不能猜透
为何人生淡漠

风雨之后，无所谓拥有
萍水相逢，你却给我那么多
你挡住寒冬，温暖只保留给我
风霜寂寞，凋落在你怀中

人生风景在游走
每当孤独我回首
你的爱总在不远地方等着我
岁月如流在穿梭
喜怒哀乐我深锁
只因有你在天涯尽头等着我

风雨之后 无所谓拥有
萍水相逢 你却给我那么多
你挡住寒冬 温暖只保留给我

这首歌麦克·马雷是用英文唱的，优美真挚的旋律，深厚浓郁的感情，台下观众明白，麦克·马雷心中最远的你，是中国，而他心中最近的爱，也是中国，所以"最远的你是我最近的爱"。他对中国真挚的感情最终让台下观众除了感动，再也找不到刁难的情绪了。

有意思的是，那之后，每当麦克·马雷开演唱会，前来听他唱歌的观众比以前更多了一些，而且当他再次唱响《我爱你，中国》《中华民族》《万里长城永不倒》《黄土高坡》《一无所有》《最远的你是我最近的爱》等歌曲的英文版时，对之质疑和喝倒彩的人反而越来越少了。甚至，当他接连唱了几首英文歌曲后，台下的观众还会大声地叫嚷起来，"唱中国歌曲！唱中国歌曲！"

因为总是说中国很好，天长日久，麦克·马雷的朋友笑着对他说，他到中国留学之后，变得像一只外面白里面黄的熟鸡蛋了。

由于总是在自己乐队的演唱会上唱中国歌曲，以至于自己在美国的歌迷越来越多，但临近复旦大学的又一个学期开学，麦克·马雷还是义无反顾地放下自己对演唱会的挚爱，重回复旦校园，继续过上那种被中国视为稀世珍宝的外国留学生生活。

重回中国，麦克·马雷继续如饥似渴地学习中国文化，学习中国音乐，学习中国历史，也把《西游记》《道德经》《红楼梦》等中国的经典书籍看了又看，背了又背。

与此同时，他还利用周末或者假期，尽可能地去游览中国的名胜古迹，感悟中国的悠久历史和文化，感受中国的民风民情。

为了对中国的经济腾飞做贡献，一年之后，麦克·马雷又改学国际贸易，希望将中国的一些独具特色的产品，尤其是偏远地区、经济欠发达地区的独具特色的产品卖到美国去。

麦克·马雷在美国时，曾经看过一些中国功夫影片，对真正的中国功夫充满着好奇。在美国时他也断断续续地学习了跆拳道、柔道、拳击等武术。跟同龄人比，他时常引以为傲，并在打架斗殴或者路见不平时"展现"自己的身手。到中国后，他依然冬练三九，夏练三伏，每日闻鸡起舞，持之以恒，从未间断。

到中国后，他也跟着复旦大学的体育老师学习中国功夫，并深深地感受到了中国功夫"卧似一张弓，站似一棵松，不动不摇坐如钟，走路一阵风，南拳和北腿，少林武当功，太极八卦连环掌"的神韵；"棍扫一大片，枪挑一条线，清风剑在手，双刀就看走"的魅力；以及"身轻好似云中燕，豪气冲云天，外练筋骨皮，内练一口气，刚柔并济不低头，心中有天地"的气概。

与中国文化相比，中国功夫在美国的知名度要大许多，原因就在于有李小龙和成龙这些功夫明星所拍的功夫片在美国有很好的市场所致。

练武，要有武德。"武"指持戈行进；"德"指道德情操。武德能明鉴善与恶、正义与非正义、公正与偏私、诚实与虚伪等道德概念。

中国武术的精神内涵包含儒家思想、道家精神、释家修养等精髓，要求既可启迪童蒙，正心修身，又能杀贼平乱，保护乡里，甚至定国安邦。

2

中国武术讲求以人为本，天地人一气贯通。因为人生天地之间，一呼一吸无不与天地连，一动一静无不与天地合。一个武人除了追求武艺，更要追求武德，要更常抱一颗"仁者之心"：出手是保护自己，而非伤害别人，而且出手的力度和分寸也很重要，屈人之兵即可。

在中国，麦克·马雷不仅感受到了中国功夫的厉害，也感受到了中国武术精神的力量和崇高。

1995年春的一天，麦克·马雷一个人去杨浦公园游玩，想体味一下中国人对公园的感情。

杨浦公园曾经是农村，但现在却变成公园，且遍植玉兰，俨然玉兰园。

麦克·马雷在美国时是不曾多见这种原产于中国的植物，他到上海后第一次见到这么壮观华美的花儿，自是兴奋不已。不过，他第一次在玉兰的娘家见到的玉兰倩影，是开在复旦大学的，绰约身姿跟芳华漫天、青春勃发的复旦大学女大学生没有二致。

当然，复旦大学的玉兰虽也漂亮至极，但不过是一两棵树孤独地开，一丛丛一簇簇，如乱云堆砌，似校花点缀，总让人不尽兴。

此时节，杨浦公园里的玉兰又逢春，华贵地开了，一开一大片啊！

这种像白莲花一样的花儿，大朵大朵绽放着纯洁与芬芳，展示着时间和挚诚的感动与美丽。麦克·马雷爱这种大气的花儿，这种花儿花瓣展向四方，白光耀眼，清香阵阵，沁人心脾。

多漂亮的花啊，开在树上，显得高端，花朵很大，很坦荡，显得大气，而且粉嫩纯洁、肤如凝脂……尽管生活对它来说同样是那么不顺，同样经历风刀霜剑，但它却在隐忍与磨难中坚守着自己的信念，向着春天的方向行进，而且要开就脱俗地开，不管不顾。

麦克·马雷是一个矜持的男人，他身上没有美国青年的豪放与外露性格，尤其是在感情方面。因而他几乎从来不轻易对哪个女孩说"爱"字。

可以不轻易对哪个女孩说"我爱你"，但见玉兰的他却乐意且发自肺腑地愿意对这样美丽的花儿说"我爱你"。他甚至禁不住用相机拍起这种兰心玉质的花儿的特写来。

然而清风不解风情，他专注、虔诚、执着地努力，但结果却都没照好啊——拍照时春风在诱惑地轻吹，花儿难免左摇右摆，花枝招展……难道风中的花总是这样模糊和看不清本质吗？

玉兰是上海市市花。在中国第一次见过玉兰后，打心底爱上了玉兰的麦克·马雷，还特地查过玉兰的资料。

玉兰——木兰科落叶乔木，别名白玉兰、望春、玉兰花。原产于中国中部各省，如今在北京及黄河流域以南均有栽培。古时多在亭、台、楼、阁前栽植。现多见于中国的园林、厂矿中孤植、散植，或于道路两侧作行道树，也有作桩景盆栽。木兰科玉兰亚属，落叶乔木。花白色到淡紫红色，大型、芳香，花冠杯状，花先开放，叶子后长，花期10天左右。中国著名的花木，南方早春重要的观花树木。

中国古代有不少文人墨客如同麦克·马雷一样被玉兰的曼妙身姿所打动，留下过很多墨宝。

> 绰约新妆玉有辉，
> 素娥千队雪成围。
> 我知姑射真仙子，
> 天遣霓裳试羽衣。
>
> 影落空阶初月冷，
> 香生别院晚风微。
> 玉环飞燕原相敌，
> 笑比江梅不恨肥。

这是明代才子文徵明所写的《玉兰》。

霓裳片片晚妆新，
束素亭亭玉殿春。
已向丹霞生浅晕，
故将清露作芳尘。

这也是明代一位名叫睦石写的同题诗《玉兰》。

刻玉玲珑，吹兰芬馥，
搓酥滴份丰姿。
缟衣霜袂，赛过紫辛夷。
自爱临风皎皎，
笑溱洧、芍药纷遗。
藐姑射，肌肤凝雪，
烟雨画楼西。
开齐，还也未，
绵苞乍褪，鹤翅初披。
称水晶帘映。云母屏依。
绰约露含日，
冰轮转、环参差。
问琼英。返魂何处？
清梦绕瑶池。

这是清朝朱廷钟的词《满庭芳·玉兰》。

……

正在麦克·马雷专注地欣赏着玉兰花儿的时候，忽然从远处一块平坝里传来了喧嚣之声。他侧头望去，看到一群人正在围观一个中国老人打拳，老人凌厉的拳法赢得众人喝彩。为了探究中国功夫的深浅，他便向这位中国老人发起了挑战。

这时，一个看上去弱不禁风、只有十七八岁的漂亮女孩走到麦克·马雷面前，用不太流利的英语对他说："先生，你是想比武对吗？那先跟我比吧，如果我败在你的手下，你再与他比吧！"

这个女孩多像一朵含苞待放的玉兰啊！白皙的皮肤如凝脂，似乎吹弹即破；黑发如墨，瀑布般飞泄；粉面含春，掩饰不住纯洁的娇羞；身材曼妙，如同风中摆柳……但，一朵花儿般柔弱无骨的她也敢跟我比武吗？

听了这个"不知天高地厚"的中国女孩的话后，麦克·马雷哈哈大笑起来："我可不欺负小女孩子！"因为女孩总是阻挠麦克·马雷向中国老人挑战，他便决定先将这个中国女孩摁倒后再说。

然而，当麦克·马雷出手后，却见女孩只轻轻一闪，便躲过了他势如猛虎的扑势，同时还顺势扭住他的胳膊，往前一拉……在人们还没看清楚是怎么回事时，麦克·马雷重重地摔在了地上。

自己1.94米的大个儿，怎会被这么弱小的女孩给摔在地上了？麦克·马雷尴尬地爬起后，不服气地再次朝女孩打去一拳。这次女孩又是一闪，并用粉拳从侧面朝着麦克·马雷打来重拳的前小臂打去。女孩看似柔弱无骨的拳头，却让麦克·马雷感受到似乎千钧之力——他又被打了一个趔趄，手臂上还迅速肿起一个血印。

在女孩面前吃了亏，且被看客嘲笑后，麦克·马雷顿觉羞辱，这时，他似乎明白了，看上去再柔弱的花儿，其实也是有味道的。比如玉兰，它不就芬芳沁脾吗？其实，哪种鲜艳和美好的绽放未曾迎霜傲雪？

但麦克·马雷顾不得怜香惜玉，他觉得在众人嘲笑的声音中扳回面子才是最重要的，不然自己这个近两米的男人如何下台？

他又第三次朝女孩打去，他想自己一定要狠一点，即使自己的拳头要挨着女孩娇弱的身子骨时收回些力道，也要在之前狠一点儿，起码应该让这个女孩吃那么一点儿苦头吧？不然自己太无用了。

然而这时那个老者却一只手一下子如铁钳般地抓住麦克·马雷的手臂，微笑着说："我女儿不懂事，要比武还是跟我来吧！"老人说，自己不还手，如果麦克·马雷三拳之内能将他打倒，就算自己输！如果不能打倒，就算麦克·马雷输！

这位老人也太吹牛了！麦克·马雷想，学过拳击的自己一定能在三拳之内把老人打翻！

麦克·马雷挑衅地说："你保证你不躲？"

老人微微一笑："我保证不躲！"

老人的回答让麦克·马雷既将信将疑，又顿时有了些许担心：他倒是对自己是否能将这个瘦骨嶙峋的老人打翻在地丝毫不担心，却担心自己出手太狠，会不会将老人打出什么问题来，毕竟老人上了年纪，而且身上没怎么长肉，又怎么受得了自己这个1.94米的大高个随便出拳都能有几百公斤力量的冲击呢？

然而，当麦克·马雷用足全力一次又一次朝老人的胸膛打去时，老人非但没倒，他的拳头还如同打在钢板上一样痛……老人的功夫如此高深莫测，麦克·马雷只好认输了……

"怎么样？服输了吧？"在麦克·马雷三拳打完之后，老人仍然毫发无损地笑着问他道。

麦克·马雷羞愧地说："我服输了，我服输了！"说话的同时，脸上又写满了崇拜。

"学武不在于比拼武艺谁高谁低，而在于强身健体。"老人依然满面慈祥地笑，"正如'老子'在《道德经》中所说：'天下莫柔弱于水，而攻坚强者莫之能胜，以其无以易之。弱之胜强，柔之胜刚，天下莫不知'，意思是，遍天下再没有什么东西比水更柔弱了，而攻坚克强却没有什么东西可以胜过水。弱胜过强，柔胜过刚，遍天下没有人不知道。"

又是老子，又是《道德经》。麦克·马雷怔住了，他觉得他不仅遇到了武术高人，而且遇到了常识境界上的高人。

于是，被老人折服的麦克·马雷便缠着老人要学中国功夫，而且虔诚得对老人倒头便拜。

看到麦克·马雷有很深的中国情结，也是真心热爱中国功夫，老人便收了他这个徒弟。

通过与老人接触，麦克·马雷才知道老人名叫袁德强，四川德阳人，在西安一所中专学校当体育老师，业余教人武术。老人的女儿名叫袁虹，18岁，刚高中毕业，英语较好。颇有意思的是，当袁虹得知麦克·马雷的真实姓名，且是复旦大学的美国留学生之后，惊奇地说："你就是Micheal Malay呀？我认识你！"

"你认识我？我怎么不记得你？"麦克·马雷听了袁虹的话后，努力地回忆着。

"我真的认识你呢，不信你听我说给你听听！"

原来那天傍晚，捡到麦克·马雷皮夹子的袁先生，正是袁德强，他请女儿袁虹帮忙，通过挂号信将之寄还给了麦克·马雷……跟他进行书信交往的人原来是袁德强的女儿袁虹。

得知他们之间原来早有缘分时，袁德强也笑了，刚好女儿从西安考到上海交通大学读书,他这次来上海就是送女儿报到的。

袁德强通过女儿的翻译对麦克·马雷说,袁虹从小就跟他习武,也有一身好功夫:"我在西安,她在上海,你要学武术倒是可以先向她这位师姐学!"还说他们可以互学语言,可谓一举两得。

袁虹明明比自己小,自己还要叫她为师姐,麦克·马雷觉得很新奇,也很有意思。其实他心里更多的是美意——他非常乐意与这个美丽大气且如脱俗玉兰一般的女孩交往。不要说给她当师弟,就是当她的徒弟也是一种极大的荣幸啊!

虽然麦克·马雷非常想学中国功夫,可袁虹却并不想真心地教他——她爷爷是老红军,根正苗红,很爱国,自己祖传的功夫凭什么教给老外呢?见袁虹总是教自己练腿、练臂力,却不教招式,麦克·马雷茫然:"中国武术博大精深,可你为什么总是叫我练这么浅的东西呢?"

袁虹笑着说:"万丈高楼平地起!没有基础怎么练成中国功夫?"

麦克·马雷想想,先点头,又摇头:"估计是师姐不想教我真功夫吧?"

袁虹故意严肃地逗麦克·马雷道:"你还挺聪明的!你应该听说中国功夫传男不传女、传内不传外吧?"

"可是你不是女的吗?为什么师傅却将功夫传授给你呢?"

"我父亲将祖传功夫传给我的原因是,他只有我这么一个孩子,家中没有男丁可以继承与发扬他的武术,当然就传给我了!"

听了袁虹的话,麦克·马雷突然开窍:"那我成为内人,你不就可以教我中国功夫了吗?"

"那你怎么才能成为内人呢?"

"我多学中国文化,当我所学中国文化超过你时,就应该算是内人了吧?你传授给我功夫就应该无话可说了!"袁虹觉得麦克·马雷说得挺有趣,便颔首同意了。

那之后,麦克·马雷废寝忘食地学起中国文化来,中国音乐和中国歌曲对有音乐天赋的他来算不上什么,麦克·马雷对中国传统文化也是孜孜不倦。经过一段时间的学习,有一次他与袁虹共同参加上海大学生关于中国传统文化知识的测试时,还取得了比袁虹更高的分数。

这些题实际上是很考人的,比如:

1.小明旅游,他不可能拍到下面哪种场景:

A 四面荷花三面柳;B 绿树村边合;C 古道西风瘦马;D 三更画舫穿藕花。

2.你认为孔子的性格应该属于哪种类型：

A 争强好胜，表现欲强型；B 优柔寡断，多愁善感型；C 公正无私，博爱仁慈型；D 处处桃花，风流文雅型。

3.苏东坡与词友夜游承天寺，请问他们不可能看到下面哪种景象？

A 小斋幽敞明朱曦；B 提灯的萤火虫；C 在松针稀疏处闪烁的小镇灯火；D 慈乌夜啼。

4.下列哪组服饰和配件，最有可能是古代女子的打扮？

A 玄端章甫；B 羽扇纶巾；C 拖鞋汗衫；D 云鬓花黄。

第1题的答案是D，因为其他都是正常现象。

第2题的答案是C，因为A是子路的性格，B是徽钦二帝的性格，D是段誉他爸的性格。

第3题的答案是A，曦者日光也。

第4题的答案是D，因为A是祭典礼服，B是诸葛亮专用服，C是现代邋遢男专用造型……

看到麦克·马雷认真地做过这些考题后，袁虹更乐意利用课余时间教授麦克·马雷的武功了。

那些日子，想到麦克·马雷独在异乡，远离亲人和朋友，袁虹还找机会带麦克·马雷去游览名胜。上海的多少公园里都留下了他俩的身影。

为了让麦克·马雷的中文水平提高，袁虹特地制作了很多中文卡片，使得麦克·马雷的汉语水平在突飞猛进的同时，自己的英语水平也得到了很大提高。

3

麦克·马雷在中国期间，不仅在复旦大学学习了国际贸易，学会了一口流利的中文，还业余从事英文教学和中英文翻译工作，并一直不懈地学习中国功夫。

看到这个可爱的高个子老外这么热爱中国，且有着一身文艺细胞，文艺圈、影视圈的一些伯乐也时不时地邀请麦克·马雷参加一些文艺活动，请他作曲，演唱，那段时间他还拍了不少影视剧和广告。

最令麦克·马雷荣幸的是，他还参拍了电影《青蜂侠》。

《青蜂侠》（*The Green Hornet*）是一个很出名的影视剧名。该作品原本是美国ABC电台播出的广播剧，当听众反响强烈后，又于20世纪40年代推出了漫画书。后来，见青蜂侠这位美国超级英雄的狂热崇拜者愈来愈多，于是1966年春，美国ABC公司又决定将之拍成同名电视剧。

在这部电视剧中，麦克·马雷的偶像李小龙饰演"青蜂侠"的助手凯托。但由于李小龙是华人，向来以商业利益为第一要素的好莱坞，不能容忍一个华人成为好莱坞的明星，公司为保证收视率，青蜂侠的扮演者请的是好莱坞当红明星。

尽管李小龙仅只是一个配角，但由于他在剧中尽力展现了灵活的拳脚和中国功夫，其出色的表演却盖过了男主角，因而受到美国观众的追捧，他也因此而成了美国家喻户晓的明星，并从此在美国站稳了脚跟。

《青蜂侠》不仅在美国播出时反响不错，在香港播出后也取得了巨大的成功。因而香港不少影视人想重拍其故事。

1994年，香港动作片导演林正英筹措资金，终于实现了翻拍《青蜂侠》的夙愿，以向心中偶像、国际巨星李小龙致敬。

该片由钱嘉乐、关咏荷、于荣光等主演。听影视圈中朋友介绍，麦克·马雷有着很好的中国功夫，于是林正英便特地邀请麦克·马雷参加了该片演出，出演男三号。自己打小便崇拜李小龙，万没想到有一天能够在翻拍李小龙的电影中扮演角色，麦克·马雷感到自己幸运至极。

之后，这么多年来，这段荣幸的经历时常被麦克·马雷向亲人、朋友和同学们提起，而每当念及，他脸上都写满了自豪。

拍过《青蜂侠》后，麦克·马雷对中国武术的热情更增了几分，因而向师姐袁虹学习武术也更加努力了。

与师姐袁虹相处和学功夫的日子转眼一年过去了，看到文武双全的师姐越长越漂亮，麦克·马雷内心便对袁虹产生了微妙的感情——他发现自己喜欢上了师姐。此后，喜欢浪漫的麦克·马雷便时不时地琢磨起如何向师姐表白自己的心迹。

有一天，袁虹在跟麦克·马雷一道逛街时，看到花店里的玫瑰鲜艳夺目，好似爱情的火焰在蓬勃燃烧，麦克·马雷顿时计上心来，他索性丢下袁虹，自顾自地走向街边一个花店，买了一大束玫瑰。

"师弟，你买这么多玫瑰干啥？是不是有女朋友了？要送女朋友鲜花？"

"是呀，我是有女朋友了呀！"见袁虹问自己，已经受中国传统文化熏陶的麦克·马雷显得有些害羞，更显得很开心。

"有女朋友了怎么不告诉师姐呢？还埋藏得挺深呀！"

"是啊，我就是想告诉你啊，这不我正准备着吗……"

"告诉我你有女朋友的事还要提前准备吗?"

"当然要准备，这可是天大的事啊!"

麦克·马雷的话让袁虹听得有些迷糊。

正在她琢磨着麦克·马雷这句话之时，麦克·马雷竟然当街单腿下跪，将手中那一大束刚买的玫瑰捧着递给了她:"师姐，我喜欢您，这玫瑰是送给您的!"

麦克·马雷的突然之举，吓坏了袁虹，也令她哭笑不得:"你要干吗? 你这样做多难为情啊!"

说着，袁虹连忙上前想扶起麦克·马雷，但麦克·马雷非但没有站起，反而还说她是他心中的女侠，更是女神! 他喜欢她! 狂热地爱上她了!

这哪跟哪啊? 大庭广众之下，以如此方式表达爱，怎么受得了，脸羞得绯红的袁虹有些生气地说:"虽然我年纪比你小那么多，可是你要记得，我是你师姐! 入了师门，就得按师门的规矩办，我现在命令你起来，你要再不起来，我就没有你这个师弟，不教你功夫了!"

见师姐如此不解人意，麦克·马雷只好站了起来，但为了让自己下台阶，他仍然坚持要将手中的鲜花送给袁虹:"你不愿意做我女朋友，那你是我师姐，师弟送给师姐鲜花总是可以的吧?"

看到麦克·马雷像个孩子似的央求自己收下鲜花，袁虹扑哧一声笑了:"那好吧，师弟有这份心，师姐就笑纳了!"

在袁虹眼中，麦克·马雷有许多优点:能吃苦，热爱中国文化，用情专一，且时时制造浪漫，虽然她内心深处也喜欢麦克·马雷，但她却有着种种忧虑。比如说自己是中国人，麦克·马雷是美国人，东西方文化的差异势必会影响到爱情的幸福，因而她将自己的心门关得很紧。

尽管如此，麦克·马雷却一直心中对这份爱充满着希望——有爱情的人心是敏感的，他甚至能够时不时地感受到师姐对他的爱。

还是很小的时候，麦克·马雷由于脸上生丹毒，长疱疮，在吃苦瓜后，这些折磨了他相当长一段时间，也让他相当苦恼的病却痊愈了。自那时起，他便对神奇的中药充满敬意。因而到中国留学之后，他身上有些小病小疾，也大多愿意吃中药，或者中成药，并通过这个过程来感受中药博大的内涵和神奇的力量。

麦克·马雷没想到，热爱旅游的他在旅游途中也能感受到中药的神奇魅力。

尚在美国，还没来中国复旦大学留学之时，麦克·马雷通过看书便知道中国人自称炎黄子孙，而炎黄是指中国人的始祖炎帝和黄帝。

炎帝，烈山氏，号神农氏，又称赤帝，中国远古时期部落首领，距今5500年至6000年左右生于宝鸡姜水之岸（一说湖北随州厉山），活动至两湖（湖南、湖北），葬于"长沙茶乡之尾"，即现在的湖南省株洲市炎陵县鹿原陂。

炎帝制耒耜，种五谷。立市廛，首辟市场。治麻为布，民着衣裳。作五弦琴，以乐百姓。削木为弓，以威天下。制作陶器，改善生活。他与黄帝结盟并逐渐形成了华夏族，因此有了炎黄子孙。

神农架因炎帝在此架木为梯，采尝百草，救民疾夭，教民稼穑，而让麦克·马雷很是向往。

麦克·马雷决定去神农架旅游一下，感受一下神农这位中华始祖尝百草的地方有着怎样的魅力。

1995年的仲夏，麦克·马雷带着袁虹，终于与同班的几个同学去湖北神农架旅游了。

"出门见南山，引领意无限。秀色莫可名，苍翠日在眼。有时白云起，天际自舒卷。"

虽然这是唐代大诗人、诗仙李白写陕西终南山的诗句，但是麦克·马雷将之用到神农架也可谓恰如其分。

神农架山高涧深，林海苍茫，奇草仙藤，清泉潺湲，千峰攒蔟，万壑争流，朝云暮雨，云蒸霞蔚，其景既宏大又妩媚，既旷达又朦胧，有神仙境界之缥缈，又有凡尘惬意之闲适。麦克·马雷感觉美不胜收，宛如天上人间。

其实，远古时期，神农架林区是一片汪洋大海，经燕山和喜马拉雅运动逐渐提升成为多个陆地，并形成神农架群和马槽园群等具有鲜明地方特色的地层。

行走于山水绿意翠云之间，体味重峦叠嶂林幽之秀美，麦克·马雷心驰神往，如同展翅飞翔。

神农架不愧是植物的乐土，苍松翠柏自不必说，奇花异卉已绝非点缀，更有银杏梳妆，鸽树起舞，"文王一支笔""头顶一颗珠""仙草江边一碗水""灵芝七叶一枝花"……生长于大都市的麦克·马雷对其绝代芳华，超凡脱俗大感快慰。

还有金丝猴、白熊、娃娃鱼、苏门羚、毛冠鹿、豪猪、鬣羚、豹猫、黑熊、野猪、黄麂、黄喉貂、红腹锦鸡、环颈雉、红腹角雉……麦克·马雷对以往只在电视上和书本上才看到过的一些珍稀动物也大开眼界，大饱眼福。

在神农架，时间好似凝固，喧嚣亦如停止，更有纯氧般的空气甘霖洗去心中的俗，瑞祥般的蓬莱紫气缭绕遁去凡尘的烦躁……

雨过初晴，紫竹河谷便成了云的世界，风起云涌，卷起千堆白雪；阳光抚慰处，还会升起五色光环，似虹非虹，美丽至极。

来自四川，看过峨眉山金顶佛光的袁虹说，这种美丽其实就是佛光，只不过它不是峨眉山金顶佛光，而是神农架佛光。

神农架成就了神农在中药、农业、文化等诸多方面的成就，难怪神农架是一个伟大、美丽且神秘的圣地。

穿行在神农架的怀中，麦克·马雷感到神农架的每一滴水都会说话，一滴滴晶莹都是沧海的结晶；也感到神农架的每块岩石都会书写，一道道印迹是对岁月洪荒的拷贝……

然而，正在麦克·马雷陶醉地欣赏着神农架的景色之时，他的肚子却突然莫名地痛起来，麦克·马雷在吃过自己随身所带的止痛药后，依然痛得不行。

在这僻山野岭，远离人烟之处，如何是好？

"神农先生在哪儿啊？您快出来救救我啊！"尽管麦克·马雷肚子痛得满头冒汗，他也没忘幽默，"您当年尝尽百草，自然知道哪种草能治我肚子痛，快告诉我呀。"

"哪用劳驾神农他老人家啊？这等小事，我来便行。"这时，袁虹笑着说。

"你真能行？我可痛得不行了，不只是拉肚子的问题，怕是这样下去没办法继续爬山了啊！"

"你这根本就不是拉肚子的事！"袁虹说，"如果是拉肚子，你吃那些西药还是有用的，毕竟杀菌来得快啊。但是你这肚子痛我猜多半是刚才吃了当地的农家菜，水土不服，或者说走的路太多腹肌痉挛而产生的疼痛。"

袁虹的话让麦克·马雷觉得有几分道理，但麦克·马雷却仍将信将疑："什么原因痛的，我不知道，我也无暇关心，我最关心的是你能不能让我的肚子不痛。这个才是关键啊！"

"说的也是，这世间病人不少，但真没必要让每个病人都知道自己生了什么病。因为有医生知道是什么病，病情如何就行了。"袁虹俏皮地说，"我试试吧，兴许能治你的这个痛。"

袁虹一边说着，一边走到一棵树前，从树上折下一根小枝丫，将枝丫上的树皮剥开来让麦克·马雷嚼："你嚼嚼这个树皮试试，看能不能治好你的肚痛，说不定嚼一嚼，分散一下你自己的注意力，肚子就不痛了呢……"

听了袁虹的话之后，麦克·马雷很诧异："分散注意力就不感觉痛了？唯心主义啊！与其让我嚼树皮分散注意力，不如我听随身听，听《我的中国心》，听《黄土高坡》分散注意力呢。"

袁虹不解释，继续笑着鼓励："试试吧，或许嚼一嚼试试就不痛了呢？我敢保证，这树皮没毒。"

嚼树皮怎么可以止肚痛？但麦克·马雷转念一想，也许师姐叫自己嚼点东西，是真的分散注意力吧？又或者，这就是一种中药？师姐没告诉自己，那是她在卖关子？唉，别管那么多了，人家这么热心，最起码也是对我的关心嘛。于是麦克·马雷准备大嚼起这种树皮来。

"等等！"正在麦克·马雷将这种树皮往嘴里送的时候，袁虹又打断了他，"好像我的肚子也有点痛了，可能是中午吃多了辣椒。要不让我先嚼嚼，分散分散注意力吧！"

袁虹一把夺过麦克·马雷手中的那种树皮，大嚼起来。

第四章　　美丽的天使

1

　　　　麦粒子没得苦李子圆，
　　　　郎口没得姐口甜，
　　　　去年八月把嘴亲，
　　　　今年八月还在甜，
　　　　将近甜了一对年。

　　　　姐儿门前一树槐，手抱槐树望郎来，
　　　　娘问女儿望什么，我望槐花几时开，
　　　　几乎说出望郎来。
　　　　远望姐儿穿身花，哭哭啼啼回娘家。
　　　　娘问姐儿哭什么，丈夫年轻传不得话（交谈），
　　　　误了女儿十七八。

姐儿住在花树坪，看倒看倒长成人。

脚穿花鞋花树下走，手拿花伞花树上行，

花上加花爱煞人

砍柴要砍枝子开，恋姐要恋人品乖，

人品乖来计策好，抓得拢来要得开，

隔山叫出点子来。

远望姐儿白漂漂，好像豆腐没开刀。

豆腐开刀一包水，情妹开苞水一飘

打湿小郎的白裤腰。

就在袁虹让麦克·马雷吃树皮的时候，山里传来了神农架山歌。山歌高亢悠扬，情深意长，就像唱给麦克·马雷与袁虹听似的。虽然麦克·马雷不太能听懂歌词唱的什么，但是一男一女的对唱，再加上优美且特色独具的旋律，还是让他叹为观止。

不过，此时，麦克·马雷不能将太多情愫放在对歌声的欣赏上，原因一是他肚子实在有些痛，同时，他也要看看袁虹吃了那种树皮到底有什么样的效果。

谁知，就在袁虹刚刚嚼了这种树皮不一会儿，她的嘴皮就迅速肿了起来，肿得就好像是被马蜂蜇了一样。看到这个情况，麦克·马雷呆住了，不知该如何是好，更不知道师姐让自己嚼这种树皮的用意何在。

袁虹肿得像两条香肠似的嘴唇翕动着，嘟哝出模糊的声音："没道理啊，不是说'肚子痛，吃杜仲'吗？怎么我吃了嘴给肿得这么大？"

正在袁虹大惑不解，麦克·马雷不知所措之时，这时跟他们一起旅游的麦克·马雷的同学在看过袁虹刚才嚼过的树皮后，却差点笑岔了气："你刚才吃的哪是杜仲皮呀！是漆树皮呢！看来你对漆树过敏，所以嘴皮才肿得这么高！"

这位同学来自于湖北本地。

这位同学说着又采了另一种树的树皮叫麦克·马雷嚼，同时也叫袁虹嚼。令麦克·马雷吃惊的是，就在他嚼过这种树皮后才10多分钟，麦克·马雷的肚痛竟然神奇般地减轻了。到20分钟时，肚痛竟然完全消失了。

见麦克·马雷的表情轻松了许多时，那个同学笑着问他道："分散注意力的结果是不是你的肚子不痛了？"

"真神奇，我的肚子真不痛了。"麦克·马雷用手摸了摸肚子，摸的同时脸上写满了惊诧的表情，"真不痛了！真不痛了！这种树皮真神奇！它是一种中药吗？"

"哈哈，你说对了，这种树皮真就能治肚子痛。"这位同学告诉麦克·马雷，这种树皮名叫杜仲皮，治肚痛非常有效，而且没有毒副作用，"关于杜仲，我家乡也有袁虹刚才说的那句话：'肚子痛，吃杜仲'。这可是前人积累下来的经验呀！"

这位同学说着，对袁虹做了一个鬼脸："不过，要真的杜仲才能治肚痛呢！"

30多分钟后，袁虹肿胀的嘴唇也渐渐消了下去。

虽然袁虹在吃树皮后嘴巴肿得很大，但是麦克·马雷却到底明白了师姐对他的一番爱意——因为自己也拿不准那种树是否就是杜仲树，所以她便先自己试试，这样做是为了保护麦克·马雷。

这个小小的经历，又一次让麦克·马雷既感受到了中国文化的博大精深，也感受到了师姐对他的爱。

所谓天下没有不散的筵席。

转眼，麦克·马雷结束了在中国的四年学业，在他即将回美国之时，便对袁虹非常依依不舍了。

麦克·马雷回国前夕的1996年8月20日，他请袁虹和一帮朋友去歌厅唱歌。虽然面对满屋的欢乐，但麦克·马雷的内心却如"寒蝉凄切，对长亭晚"，填满了离愁别绪。古人说过，多情自古伤离别，"从别后，忆相逢。几回魂梦与君同。今宵剩把银灯照，犹恐相逢是梦中"。

一腔心事，无与谁说，他索性为袁虹演唱了一首表达自己心境的名叫《等你》的歌：

> 用冷冷的眼神看清多少流浪路
> 执着的心没人能懂
> 站在来来往往的人群中等候
> 我相信

你知道我在等

曾经是最沉痛的一夜，你离我远去

茫茫人海，了无讯息

我用冷冷的心静静等候你的出现

我仍相信你知道我在等

等你，等你

过去和现在的你

管它风、管它雨

我就站在这里等你

等你，等你

今生执着等你

没有人知道我等的是你……

虽然麦克·马雷的歌声听得袁虹内心巨浪翻滚，视线也模糊了，但她还是稳如泰山，不露心迹。

袁虹冷漠的表现，让麦克·马雷倍感失落。"浮云一别后，流水十年间。欢笑情如旧，萧疏鬓已斑。"没想到这种影视剧中才会出现的场景，会有一天落在自己身上。

那天晚上，麦克·马雷十分清醒，纵然与没有承诺的袁虹离别后，留给他的是"杨柳岸，晓风残月"，但他也不能放弃、不愿放弃。他在送给袁虹那首伤感的《等你》之后，见没打动袁虹，他随即点了一首男女对唱的《铁血丹心》，与袁虹一起唱：

女:依稀往梦似曾见

心内波澜现

男:抛开世事断愁怨

合:相伴到天边

男:逐草四方沙漠苍茫

女:冷风吹，天苍苍

男:哪惧雪霜扑面

女:藤树相连

男:射雕引弓塞外奔驰

女:猛风沙，野茫茫

男:笑傲此生无厌倦

女:藤树两缠绵

男:天苍苍，野茫茫

女:应知爱意似流水

男:万般变幻

女:斩不断理还乱

合:身经百劫也在心间

恩义两难断

两人的歌唱得众人喝彩，也唱得袁虹的脸上红霞飞涨。

见时机到来，于是麦克·马雷又送了一件很特别的礼物给袁虹:"师姐，我在中国的日子里，你这么帮我，我都不知道该怎么感谢你，这条金手链你留作纪念吧!"

袁虹接过手链看了看，又还给了麦克·马雷，半开玩笑半认真地问麦克·马雷:"今天可是个特殊的日子，七月初七、中国的情人节，我可不能收你的礼物呀!太暧昧了!"

麦克·马雷乘胜出击:"对呀，正是因为今天这个日子很特别，是中国情人节，我才要送这个暧昧的礼物给师姐呢!"

麦克·马雷的话将袁虹的脸羞得更红了:"可是你这不就离开中国了吗?而且七月七是牛郎织女鹊桥相会的日子，你送我礼物却是在分开呀!"

"海内存知己，天涯若比邻。更何况你说过你大学毕业后还要到美国留学!"麦克·马雷说，"收下吧，你收下这条手链，我就放心了，因为我就将你的心给拴住了!今天笑着和你分手，但愿不日笑着把你迎接。"

麦克·马雷说着这番话的时候，竟然哭了。

想到自己与师姐这三年多来的一幕幕温馨往事，现在却要面临高山重洋的分离，没奈何自己只能在回忆中与之重逢，在梦境中与其相遇，纵然心如铁打，也会潸然泪下。

原以为别后悠悠君莫问，无限事，不言中。谁知面对即将离开的师弟，这时的袁虹没再矜持了，麦克·马雷别离的泪水，为记忆的长河增添了新的浪花；别离的祝福，为他俩再一次相聚拉开了序幕。

袁虹一直压抑的泪终于夺眶而出，她支撑不住，倒进了麦克·马雷的怀里，与麦克·马雷拥吻在一起。

1996年，麦克·马雷带着他对中国的热爱对袁虹的缱绻思念结束了在中国的留学生涯，回到美国。

刚回美国的那段时间，麦克·马雷也一直致力于发展中美之间的经济贸易。

因为身上洋溢着浓郁的中国气息，有一天，麦克·马雷的一个儿时朋友到他家玩，听说他在中国学过功夫，便半开玩笑半认真地问他道："中国功夫厉害是真的吗？你能给我展示一下你身上的中国功夫吗？"

听朋友的话之后，正在厨房做饭的麦克·马雷笑了笑，拿起一个拳头大的土豆对朋友说："你能只凭你的双手将这个土豆捏碎吗？"

"土豆这么硬，要将其捏碎，非借助工具不行！"

"如果有功夫，那这个土豆就没那么硬了！"麦克·马雷笑着说，"不信你看我徒手给你表演一下！"麦克·马雷说着，拿起那块土豆用手捏起来，于是那在朋友眼中硬硬的土豆好似遇到了榨汁机一般，不仅一下子被捏碎了，还嘀嗒流水。

这一幕情景将朋友看得呆住了。

又有一次，当麦克·马雷与一个女孩去郊外旅游时，突然听到一位女士的尖叫："我的包被抢了，抓贼啊！"循声望去，他们看到了三个男子手里拿着包飞奔而去。

突然出现的这一幕把女孩惊呆了。"嘿，宝贝，现在是你见证中国功夫的时候了！"

只见麦克·马雷说话间飞奔起来，如同电影中的特写镜头那般三下两下就朝着那三个抢包的人扑去，并很快便将包夺了回来。那三个男子向麦克·马雷反扑时，只见他手脚并用，只几下便将那三人打倒在地。

麦克·马雷的中国功夫如此了得，女孩简直看傻了！周围的人也发出啧啧赞叹，有的人甚至当即要拜他为师学习中国功夫。在人们的一片赞誉声和纷纷竖起的大拇指面前，麦克·马雷顿时有了一股中国侠士的自豪之情。

当人们得知麦克·马雷身上的功夫都是自己女朋友袁虹教授给他的后，都羡慕极了！

2

距离能够产生美，距离更能滋生疯狂的思念。

回到美国后，虽然麦克·马雷几乎天天都会给袁虹打电话，但他心中对袁虹的思念却非但没有减少，还呈几何级地增长。怕失去漂亮的袁虹，麦克·马雷总是煞费苦心地想着法子来表达他对袁虹的爱，以能牢牢地抓住他心中的女神。

琢磨之后，麦克·马雷觉得，没有比宣传中国文化、促进中美民间交流更能表达这种爱意了。

要宣传中国，宣传中国文化，仅仅显摆自己身上的中国功夫那是远远不够的，麦克·马雷明白还要利用自己所学的国际经济与贸易专业，以自己力所能及的方式来促进中美之间的民间交往。

随着时日的推移，麦克·马雷发现原来在大学里所学的国际贸易根本无法体现自己热爱中国的追求，也无法为中美文化交流很好地表达自己的感情。自己虽然长着西方人的外表，也有着相当西化的思想，但在中国的那段经历却使他对中国的文化传统有了很深的认识，并且能够了解到东西方文化的差异。音乐不仅是没有国界的艺术，更是一种心灵相通的语言；音乐，不仅是音乐，还是一颗跳动的心，一段不寻常的人生，一种文化，一种风土人情。

麦克·马雷希望运用这种无国界的语言，搭建起中美两个国家文化交流的桥梁，使美国能更多地了解中国的文化，并用音乐使中国更进一步地走向世界。

那段时间麦克·马雷也时不时地被美国的一些影视剧组请去写歌，给一些广告写歌。有一天，沉浸在对中国的思念、对袁虹的思念中的时候，麦克·马雷又放起了一些动听的中国歌曲，当他欣赏着腾格尔的《中国》时，他的思绪又回到了在中国的日子，又思念起在中国的朋友来：

挥挥手指尖有你
高天白云
大地上黄金舞蹈
身旁是你无边的麦浪

铁马冰河入梦

耳畔是你昨日的悲壮
旭日出海
眼前是你今天的辉煌

我所有的珍藏
所有梦想
都比不上你在我
心中的分量

抬头看不尽你
辽阔疆域
长城飞临华夏
群山是你雄浑的脊梁

凤凰浴火重生
彩翼是你转世的翅膀
牡丹花开
为你增添国色天香
我所有的珍藏
所有梦想
都比不上你在我
心中的分量……

　　而当麦克·马雷再一次听起袁虹最爱听的《我的中国心》的时候，为了让女友明白自己回美国后没有改变自己外白内黄的鸡蛋本色，他又突发奇想：我也要写一些《我的中国心》之类动听的中文歌。自己零距离地接触了中国传统音乐和流行音乐，吸收了华夏音乐的营养，他觉得自己打造这样的音乐作品并不难。

　　于是，麦克·马雷便拉着弟弟帕特里克·马雷重拾音乐旧梦，组成了一支能同时融入东西方两种音乐元素，特别是自创中文歌曲的、名叫"赛日"（SIRIS）的乐队。

"赛日"意为超越太阳，不断追求。他们哥俩的这支乐队很有特色：哥哥麦克·马雷是主唱，弟弟帕特里克·马雷是鼓手；麦克·马雷是一个既能写词，又能谱曲，还能配器的音乐全才；帕特里克作为一个录音师和巡回表演的鼓手，曾与 Little Richard，Three Dog Night，The Beach Boys，The Rip Chords 和 Mary Wilson 等许多重量级音乐人和团队一起表演过，有着丰富的演出经验和把握演出现场的能力。

有意思的是，曾经在麦克·马雷10岁那年落水斯库尔基尔河时，将他救起的钟川也加入了他们兄弟二人的赛日乐队，成为贝斯手中的一员。

1997年，在中国香港回归之际，为了表达自己心中的喜悦，赛日乐队发行了首张中文专辑《直到我最后一息》，这使得赛日乐队成为音乐史上第一支创作发行中文专辑的西方乐队。获格莱美提名的音乐制作人大卫·艾佛里参与了该专辑的制作，该专辑让赛日乐队初露锋芒。

得知麦克·马雷哥俩如此热爱中国后，袁虹很高兴，她特地从中国飞到美国请麦克·马雷吃饭，以表示祝贺。有了女友的鼓励，麦克·马雷对自己创作有中国元素的歌曲更有信心了，积极性也更高了。那些天，麦克·马雷带袁虹去见了他的父母，麦克·马雷的父母得知儿子爱上一个既漂亮又有功夫的中国女孩后，很开心，把袁虹宠得像个公主，还打开一直舍不得喝的陈年香槟酒祝福。

转眼间，1998年的西方情人节到了，那天空气中流淌着巧克力的味道，满街盛开着诱人的红玫瑰。袁虹多么希望自己能够去到美国，与麦克·马雷一起过一个温馨、浪漫的情人节啊！可又想到自己还是个学生，去美国也不是一件容易的事，便不再苛求什么了。

袁虹没想到，当她结束了一天的课程，走出教学大楼时，竟然看到麦克·马雷出现在了她的眼前——为了与她共度情人节，并在情人节这天给她一个惊喜，麦克·马雷特地提前安排好自己的工作，买好情人节当天能飞到上海的机票，从美国前来看她。如此浪漫的爱情，彻底打动了袁虹，幸福的泪水顷刻间迷蒙了她的双眼。

然而在那之后，麦克·马雷与袁虹之间的感情却出现了一次误会：那段时间，麦克·马雷因为忙着创作新专辑，并制作一个特别的纪念品，以送给袁虹，令其惊喜，因而好长时间没有主动与袁虹联系。当一个多月后紧张的工作暂告一段落，有时间重归浪漫时，他便迫不及待地给袁虹打起电话倾诉相思来。谁知袁虹在接他的电话时却冷冷地说："你不是已经有新的女朋友了吗？

还跟我联系什么呀?"说完就将电话挂了。

我什么时候有了新女朋友呀? 麦克·马雷如同丈二的金刚摸不着头脑。当他硬着头皮再次拨通袁虹的电话,低声下气地探问究竟时,袁虹冷笑着说: "你去网上看看吧,你跟一个漂亮女孩搂搂抱抱的视频都发在网上了,全天下的人都知道了,你还装什么呀!"袁虹说完又将电话挂了。

听了袁虹的话之后,麦克·马雷更不明白了,自己一直坚贞地爱着袁虹,什么时候有了别的女友了? 但想到袁虹振振有词,还说网上有视频,于是他便上网搜索起来。搜索结果果然有自己与一个漂亮女孩搂搂抱抱的视频,不过他看了那个视频后却哭笑不得:那个视频是自己拍的MV! 因为还没有配上音乐,乐队的同事就将其发到了网上,所以看上去便像一段暧昧的视频了。

但是,身在中国的袁虹却并不知道身在美国的麦克·马雷所拍的这个视频是MV原片,她看过这个视频后很生气,伤心地哭了几场,她没想到麦克·马雷与自己才一个多月没联系就有了新女友,还把跟新女友暧昧的视频发到网上,生怕有谁不知道,搞得像个新闻发布会似的,难怪给他打电话老找不到人。

袁虹自爱上麦克·马雷之后,随着麦克·马雷兄弟音乐粉丝的日益增多,怕那些"粉丝"夺走麦克·马雷,原本是一个骄傲公主的袁虹却变得有些不自信了、敏感了。

女友生这么大气,麦克·马雷觉得自己真是比窦娥还冤啊! 当他再次打通袁虹的电话,说明情况后,见电话那端的袁虹依然沉默着,为了逗女友开心,他便演唱起自己原本想给袁虹一个惊喜的《美丽的天使》:

你的笑容如旭日东升
每日照亮我的路
没有你我的生命不完整
你是我生命的全部
我们的爱永恒
如海如天
我们的爱永恒
永不会变
只要我一直有你在我的身旁
只要你让我有你我永不让你忘

你是我的生命/我美丽的天使……

你的爱入我的心如微风

悄悄地送来春天

请说你永世将为我心疼

永守在我的身边

我们的爱永恒

如日如月

我们的爱永恒

永不毁灭

只要我一直有你在我的身旁

只要你让我有你我永不让你忘

你是我的生命

我美丽的天使……

这首深情款款的歌，如涓涓细流，淌过袁虹的心田。隔着距离，麦克·马雷听到了袁虹的啜泣声："师姐，怎么了？我不是已经解释了吗？这些天里，我一直都在打造这首歌，作为你的生日礼物送给你，你怎么哭了呢？"

"亲爱的，我知道你爱我，不会轻易和我分手，可我就是不喜欢看到你与别人又拥又抱……"

"哈哈，师姐，我可没见过女侠也哭鼻子的哦，快别哭了！"麦克·马雷安慰袁虹说，为了表白他对袁虹忠贞不贰的爱情，他会出一张专辑，将《美丽的天使》这首歌作为其中主打歌曲："我要向全天下的人昭示，我是多么爱你！"

于是2000年，就在袁虹也到美国留学之后，麦克·马雷与弟弟帕特里克·马雷录制了他们的又一张专辑《时间的秩序》，这是兄弟俩的首张英文专辑，他们的首张英文专辑比他们发行的中文专辑迟了整整好几年。

《时间的秩序》自始至终贯穿着中国元素，无论是包装风格，还是词风、曲风都具有浓郁的中国特色。这张专辑共有12首歌曲，十二首歌中的三首：《时间的秩序》《马马虎虎》和中文单曲《美丽的天使》都有着浓郁的中国特色。

从这张专辑起，麦克·马雷和弟弟有了自己的唱片商标和制作公司。

最令麦克·马雷欣喜的是，他特地为袁虹而作的这张专辑中唯一的一首中文歌曲《美丽的天使》，更成为MP3.COM史上首次入围该排行榜的中文歌，一度排名11位，达到200万的下载量，卖出10万张CD和一系列的表演取得成功后，赛日的首张英文专辑被认为是一次独立的成功，这一现象也成了当年独立乐界的一次重大事件。

为此，音乐界传奇人物亚德里安·贝卢评价说："在这个充满雷同风格艺术家的世界里，能够听到这样一种新鲜而与众不同的声音，真是太棒了！"

2003年，赛日乐队再次在音乐界出新，他们的中文单曲《美丽的天使》成为第一首在苹果 iTunes 上出售的中文歌。

第五章　　我上辈子是中国人

1

麦克·马雷所创作的中文歌曲的灵感大都来自在中国的经历，每一首歌都是在唱一段他在中国发生的故事。在创作上，兄弟二人各取所长，采用了独特的多元文化途径，融入了东西方两种不同的元素，使乐队的摇滚音乐有一种别具一格的味道。

随着麦克·马雷兄弟的粉丝越来越多，麦克·马雷与袁虹之间又一次发生了误会。2004年的一天，袁虹无意间看到了麦克·马雷的办公桌上有一封打开的信，这封信写得非常暧昧，袁虹看到这封信后，醋坛子又打翻了，怒火冲天地找到麦克·马雷要让他解释到底是怎么回事。

"这不就是一个粉丝写给我的表达爱意的信吗？这有什么好奇怪的！"麦克·马雷解释说。

袁虹却不依不饶："是粉丝写的，怎么会有那么暧昧？我也有偶像，可是你见过我给我的偶像写过信吗？更不要说我对我的偶像那么暧昧了！"

争吵是柄双刃剑，无论刺谁都是双方受伤。麦克·马雷与袁虹在争吵中越说越气，最后袁虹哭着要与他分手："你比我大这么多，却不让着我，有你这样的男朋友吗？再说这事明明就是你错了！"

"我哪里错了？我做了什么了我？我有什么权利干涉别人给我写信呢？"看到女友如此不讲理，麦克·马雷也很生气，他涨红着脸寸步不让地说，"分手就分手！谁怕谁呀，我就不信我找不到比你还好的！"

于是拂袖而去，之后两人便没再搭理。

那之后，麦克·马雷也尝试着找别的女友，然而他知道，从与袁虹分开的那一刻起，他就倍感失落。没有袁虹的日子，他时常夜不能寐。当然也不时安慰自己。比如就时时听任贤齐的《心太软》。

偶然睡着，麦克·马雷却又从一个大致相同的噩梦中醒来：在一个铺着红地毯的宾馆里，跟着一位受人尊敬的人走，朝着宾馆的出口走。但前方的出口却越来越窄，呈漏斗状，像标准对数视力表的远眺表一样。在能够见到光明的地方，出口小得即使躺着也爬不出去，因为最小的地方甚至没有他的头大，可他必须爬出去，那位他尊敬的人对他说，他爬出去就能看到阳光了……

麦克·马雷的心抽搐而醒，痛苦万状，他似乎意识到，自己离开袁虹，便是一件极难的事，因而做着近乎相同的噩梦。

渐渐地，他不再听任贤齐的《心太软》了，而无意识地听起陈百强的《偏偏喜欢你》。

那段时间，痛苦不堪的麦克·马雷还创作了一首名叫《是什么道理》的歌曲：

> 你曾经说过我是你梦中的爱
> 你曾经使我相信你永不会走
> 曾经美好的心现在变成苦海
> 你一走对我说你永不再回头
> 我知道好事多磨但我不会轻易放弃
> 是什么道理，让我还爱你，让我还爱你的回忆
> 是什么道理，让我还爱你，让我还爱你的回忆
>
> 从来没有爱过的人都不会懂
> 一颗失去情人的心有多寒冷
> 离开我那天你说你的心不痛
> 然后把我脆弱的心碎了无痕
> 我知道人生有错，但我为何还在丧气
> 是什么道理，让我还爱你，让我还爱你的回忆

　　你曾经说过我是你梦中的爱

　　你曾经使我相信你永不会走

　　曾经美好的心现在变成苦海

　　你一走对我说你永不再回头

　　我知道总有一天你会后悔你的决定

　　是什么道理，让我还爱你，让我还爱你的回忆

　　麦克·马雷发现自己爱袁虹已经深入骨髓了，他离不开袁虹，离开袁虹后他不知道自己的生活该如何过。认识到自己的内心世界后，麦克·马雷也琢磨起他与袁虹之间矛盾存在的原因来。

　　麦克·马雷蓦然发现，袁虹跟他争吵的原因并不是粉丝给麦克·马雷写了比较暧昧的信，而是袁虹以一种女孩子通用的方式来表明她的存在感，表明他因为忙而忽视了对她的爱。深刻地意识到这一点后，他便主动就自己这方面的错向袁虹道了歉，又特地给袁虹创作了一首中文歌曲：《幸福》：

　　曾经以为幸福在远方

　　不停地追逐

　　曾经以为幸福在彼岸

　　不停地找寻

　　以为得到了

　　却不满足

　　幸福仍旧那么遥远

　　蓦然醒来终于懂得

　　幸福在眼前

　　幸福在心中

　　一抹阳光，一份笑容

　　享受到了便是幸福

　　幸福不是索取，幸福是给予

　　一份关爱

　　洒向人间便是幸福……

这首旋律优美、歌词颇富哲理的歌曲再次将袁虹感动得哭了，她也深刻地反省了自己，并就自己的无事找事向麦克·马雷道了歉。

2005年，麦克·马雷与弟弟帕特里克·马雷的赛日乐队发行了又一张中文专辑，这张中文专辑还特地以《幸福》作为专辑名。

令麦克·马雷和袁虹惊喜的是，这张专辑再次得到了评论界的普遍称赞，《幸福》这首歌不仅在费城华埠被广为传唱，《幸福》专辑也再次将赛日乐队推向了更广阔的国际舞台，巩固了他们在音乐史上的特殊地位。

同年末，赛日在中国大陆、台湾和美国配合该专辑的巡回宣传也获得了成功。凭借主打曲"幸福"，赛日乐队在2005年和2006年两年中成为中美两国主流媒体一直争相报道的乐队组合。

美国广播公司(简称ABC)电视新闻评价道："赛日乐队无疑打破了中西方文化交流之间的隔阂，他们被大众所接受，因为他们的作品中饱含着真挚！这对来自费城的兄弟组合也给摇滚乐带来新的格局，或许会改变整个摇滚界！"

美国MTV电视频道将他们的音乐描述为"充满魔力的音乐"，并说道："他们应该被大众所接受，因为他们的作品中包含真挚！"

2006年，赛日受邀在一些重要的电视节目中亮相表演，包括凤凰卫视的春节全球联欢晚会和MTV Chi摇滚节目为庆祝该台进入中国市场的一台推陈出新的音乐会。

MTV Chi是在美国为美籍华人而设的音乐电视频道，该频道于2005年12月6日在纽约市的MTV摄影棚开播。

就在这一年的国庆节，麦克·马雷与自己追求了11年的袁虹修成了正果。

倍感幸福、狂热地喜欢中国，且深爱着袁虹的麦克·马雷常常遗憾自己没有生长在中国，没有成为一个中国人，但麦克·马雷与中国的感情越深，却越怀疑自己上辈子是中国人。为此，他又创作了一首别具特色且非常动听的歌曲《我上辈子是中国人》。

2007年9月1日，麦克·马雷与帕特里克·马雷哥俩又出了一张中文原创歌曲专辑《我们都一样》，在这张专辑中，《我上辈子是中国人》是其主打歌：

> 我为什么会讲中国话
> 我为什么那么喜欢吃苦瓜
> 我的朋友们都说我像鸡蛋

外面白里面黄

That's what I am!

我小笼包和饺子吃不烦

《红楼梦》放不下我看了又看

我从小崇拜李小龙

杜甫的对雪让我好感动

我上辈子一定是中国人

或许你想我奇怪连我都不能否认

你们都叫我老外

我叫你们同胞们

因为我上辈子一定是中国人

中国女孩子最美丽

我每天梦到章子怡

康熙来了在我电视上

崔健伍佰黑豹的音乐好棒

虽然我有蓝色的眼睛

我早已看过《西游记》和《道德经》

我人很高但比不上姚明

我求你听我唱

我求你Hear Me Sing!

我上辈子一定是中国人

或许你想我奇怪

连我都不能否认

你们都叫我老外我却叫你们同胞们

因为我上辈子一定是中国人

老天让我知道我是什么人

我有个中国灵魂锁在老外的身体里面

我上辈子一定是中国人

或许你想我奇怪

连我都不能否认

你们都叫我老外我却叫你们同胞们

因为我上辈子一定是中国人

这首歌曲完整地书写了麦克·马雷那已经融入骨髓的中国情结，既是直抒胸臆，又是向熟悉他，却困惑他为何如此狂热地热爱中国、热爱中国文化，且有如此深厚的中国情结的亲人和朋友的解释和宣告。

歌曲视频放上网络后，有大量的网友发表评论。仅择优酷网上的部分网友评论摘录于后：

“epsbenjamin”说：“入了中国国籍算了。”

“623901963”：“如果动机不纯就马上滚蛋，如果真心喜欢中国就欢迎！”

“小TMD拽”：“哥们，这辈子也可以加入中国国籍嘛，认你个中国人，哈哈！”

“飞逝鱼”：“挺你帅哥！好Man的赛日！哈哈！”

“laker009”：“在很多中国人卷着舌头想把中文说得像英文的时候听到这样一位‘同胞’这么标准地唱中文歌，而且是原创，除了感动还能说什么？”

“吴下阿懵”：“哥们，请允许我们这么称呼你！你比一些中国人还中国人，爷们，纯的！兄弟我挺赞你！”

“超爱旭”：“‘你们叫我老外，我却叫你们同胞们’，这位‘同胞’的境界是每一位中国人的骄傲，也会让每一个中国人认同你这位同胞！”

“dusi12”：“我爱赛日！我爱你麦克！赞！赞！赞！喜欢喜欢！”

“lovisa123”：“你真好玩儿，建议来中国发展吧，绝对讨中国女孩儿喜欢。”

“爱赛日的歌”：“太棒了！真的是太棒太好听了！哪能搞到赛日的专辑？”

“jianli838”：“‘外面白里面黄’，比外面黄里面白的人可爱多了！”

“jennyl313”：“好听！好强！好大！”

"华夏巨龙"："'鸡蛋人'比'香蕉人'可爱多了。"

"chensuan"："不错，很喜欢他，赛日加油，我们支持你！"

"fiendboy1025"："要是有人唱《上辈子我是美国人》，大概又要被人民的声音轮奸了……"

"44783591"："呵呵，支持你，这哥们不错！他都那么热爱中国，我们为什么不呢？"

"东北楠"："看了这么多外国人都这么热爱我们的国家，大家应该很骄傲和自豪，看有些明星还入外国籍，真有点儿汗颜，喜欢这样的外国朋友来我们的祖国。赞！"

"刘德华之小飞"："赞赞赞！再不顶，我真不是人了！顶！"

"一般美丽的扯"："太NB了！我可以肯定地告诉你，你上辈子一定是中国人！支持你！！"

"情天娃娃"："赞！我们这个日渐强大的国家，有老外主动亲近我们，学我们的语言，唱我们的歌，欣赏我们的饮食、服装，这都说明了一个字：强！管他是为了赚钱还是为了真的爱中国！强是我们立于世界之本！就像很多人愿意去美国拿绿卡一样，也不是真的爱美国，就像我们考什么试都得考英语一样！！这就一个原因，你要是牛了，别人不服不行！"

当然，也有质疑的声音。

有一个网友在看过视频后，便留言道："非我族类，其心必异。他要不是为了什么目的，会出卖自己的国家吗？"

但是这位网友的这个言论刚刚发上网，便马上遭到了其他网友的无情反驳：

一位叫"喻远"的网友反驳道："果然，小人只会以小人之心揣测别人！鄙视！！！这不是出卖国家，这叫热爱，纯粹的热爱，你懂吗？别没事老跟政治扯上关系，真正的爱是没有界限的。算了，小人是不能理解什么大爱的。"

另一位名叫"碧姬塔"的网友反驳说："你什么都不知道就不要瞎说好吗？他们唱中文歌曲是真心喜欢中国，从小就喜欢。麦克小时候落水，是被一同龄华裔孩子救起的，那孩子自己也不会水，差点被淹死。当麦克的父母以重金酬谢时，人家却婉言谢绝，麦克就觉得中国人真好，和那孩子成了好朋友，越来越了解中国，越来越喜欢中国。后来，麦克上了复旦大学，有一次他的皮夹子丢了，里面除了钱还有护照临时身份证等重要证件，也是被中国人捡到还给了他。在中国的日子里，麦克真真切切地认识到了中国博大精深的传统文化，感受到了中国生生不息的传统美德，他学会了中国功夫并用此行侠仗义……麦克是真的真的非常喜欢中国，喜欢中国人，喜欢中国文化。"

"永远的国足"："你懂他跟中国的感情是吗？建议你去了解后再来发表言论。"

《我上辈子是中国人》不仅引起中国国内听众的强烈反响，还又一次引起了美国流行音乐界尤其是美国华人音乐界的轰动。

当西方媒体的记者不解地问麦克·马雷兄弟为什么自己是纯正的美国人，却要执着地创作并演唱中文歌曲时，麦克·马雷很认真地说道："因为我上辈子是中国人，才会和中国有如此深的缘分！才对中国文化痴迷……你别不相信，我可是信轮回的！"

麦克·马雷的话既幽默风趣，又耐人寻味。

但是，无论记者是否理解麦克·马雷和帕特里克·马雷兄弟所说的话，却都对他们赛日乐队的音乐作品给予了高度的评价。

美国星岛广播电台："赛日很优秀，他们的中文唱得非常好！很难得！"

美国 LA 1370 AM 电视台《娱乐追追追》："第一次听《幸福》我全身起鸡皮疙瘩，因为我觉得好感动！"

美国 LA 18 电视台："好棒，好杰出！"

TVBS："赛日主打歌曲《幸福》既新鲜又充满感情！"……

2

赛日乐队的音乐作品，令广大歌迷喜爱的原因在于："曲风清新，独特，歌曲触动心弦。听过他们的歌，就可以感觉到他们对人生正面的诠释！"这也是赛日乐队成立的初衷：透过真诚的音乐，做好人，做好事，珍惜现在！

虽然麦克·马雷走南闯北，见多识广，但费城天普大学那个无名的小女孩57美分建造一所大学的故事却一直珍藏在麦克·马雷的心中，经年未敢忘，且时时警醒自己，要多做公益，"修之于身，其德乃真"。

麦克·马雷很喜欢老子这句话："上善若水，水善利万物而不争……处众人之所恶……而攻坚强者莫之能胜。"他常常感叹"人生苦短"，告诫自己要在人生这短短的几十年中，在力所能及的范围里，尽量多去帮助他人，关怀他人，就像"缔造"天普大学的那个可怜且无名的小女孩一样，临死前钱包里也装着用来扩建学校的57美分，想的也是别人的快乐与幸福。

因为与袁虹的爱情而创作了《幸福》这首歌，这也给了麦克·马雷很多人生感悟。他的《幸福》这首歌的歌词里这样写道："幸福不是索取，幸福是给予，一份关怀，一颗爱心，洒向人间便是幸福。"

麦克·马雷在这首歌中道出了"幸福是给予"这个概念，他希望能够通过这首歌，不仅让更多人喜欢他们的音乐，看他们的人生故事，更重要的是能使更多的人懂得这个道理，一起分享这份幸福的真谛，生活在幸福之中。

麦克·马雷常常在思考应该怎样尽自己的力量为社会多做一点贡献。他记得韦唯有一首老歌叫作《爱的奉献》，歌中唱道："只要人人都献出一点爱，世界将变成美好的人间。"

自小结下中国缘后，麦克·马雷深深感悟出了这样一个人生道理：助人为快乐之本，一个人不可以游离于社会之外而得到真正的幸福，人们渴望生活在充满爱心、充满关怀的氛围中，而这种氛围是依靠每个人的无私付出来实现的。如果人与人之间没有相互关心、相互爱护，那么整个社会将会变成一个冷漠无情的社会，人与人之间除了私欲，将永远没有幸福可言。

麦克·马雷是个很有人格魅力的歌手，他对中国的感情之深厚，有时候让中国人都觉得无法理解，但却特别让人感动。过去的10年中，他和弟弟帕特里克·马雷的赛日乐队，成功地跨越了东西方文化的鸿沟，利用音乐架起了一座中美之间进行文化交流的桥梁，并且将这两个世界的音乐精华熔炼一炉，凝结出独树一帜的音乐榜样。

因为袁虹祖籍中国四川，麦克·马雷时常听袁虹说起四川的风景名胜，他也常从报刊网络上看到四川著名的风景，比如说人间天堂九寨沟、秀甲天下的峨眉山、幽甲天下的青城山，以及世界最大的佛——乐山大佛，世界最伟大的水利工程——都江堰水利工程等。

他还非常想看到大熊猫。虽然他在美国和上海也都看到过活生生的大熊猫，但是四川是大熊猫的故乡，去看看大熊猫的故乡什么样，也是他渴望的事。

在美国，熊猫象征着稀世珍宝，成千上万人追寻着它们的身影，所以美国永远都不会对熊猫厌倦。而且美国人与熊猫有着不解的渊源。

1809年，法国传教士戴卫在四川宝兴县发现大熊猫，当他将大熊猫皮张带回欧洲时，没想到在西方世界引起了轰动，掀起的热潮一浪高过一浪，近一百年来一直经久不息，以至于20世纪没有哪一个浪潮能够如此长盛不衰。从此以后，西方世界就兴起了到中国的寻宝热——他们所要寻的宝就是大熊猫。

在所有寻宝人中，也有美国总统罗斯福的儿子小罗斯福的身影。为了寻找到大熊猫，他曾数次前往中国，并经常性地生活在四川的原始森林之中。遗憾的是他一直没有抓到一只活体大熊猫，甚至一段时间连大熊猫的影子也难以觅见。后来好不容易发现了一只大熊猫，他本想用枪将之打伤，然后再为其治疗，以便带回美国圈养。然而事与愿违，他不慎将那只视若自己生命般珍贵的大熊猫给打死了。因为自己的莽撞，他后悔终生，直到临死的时候，他也在懊悔——他认为自己一生最不应该做的事情就是打死了一只大熊猫。他的这一懊悔以致成为他的临终遗言而被记录了下来。

除了寻宝者为大熊猫远涉重洋来到中国以外，还有大量外国探险家、科学家到中国寻找大熊猫，一位名叫哈克纳斯的美国动物学家就为此不辞劳苦长年地生活在中国的大森林中。遗憾的是，直到他后来客死四川，也没找到大熊猫的踪影。

为了完成丈夫的遗愿，哈克纳斯夫人也来到中国。本是美国著名服装设计师的她甚至放弃了自己所钟情的欣欣向荣的事业和万贯家财，同样深入到宝兴原始森林之中。

然而，哈克纳斯夫人也没有如愿找到活体大熊猫。后来一个很偶然的机缘，她用钱在宝兴县一位农民手中买了一只两个月大的熊猫幼仔带回了美国。

这只被取名为"苏尼"的熊猫幼仔是中国近代史上第一只出国的活体大熊猫，这也是美国民众首次见到的活体大熊猫。它很快成为美国第一个野生动物明星，在美国民众中掀起旋风般的狂潮。但是，"苏尼""旅居"美国之后仅两个月时间就死掉了。为此哈克纳斯夫人一蹶不振，不久后，她也抱憾离开了人世。

1939年，一位名叫沃尔特·兰斯的卡通画家利用人们对大熊猫经久不息的狂热，创作出大熊猫安迪这样一个卡通人物，熊猫又迅速成为轰动一时的文化偶像。从此后，全球的动物园都梦想拥有大熊猫，认为大熊猫是大自然制造出来的玩具。甚至英国一位公爵也下令伦敦动物园腾出空间以迎接熊猫的到来。但是由于政治形势的改变，使得西方阵营与中国的关系日趋冷淡，取得熊猫与中国所有物质的可能性都因此被冻结。这种情况一直延续到1972年，尼克松总统历史性地访问中国，大熊猫打开中美建交历史性新篇章。

当尼克松这位美国历史上第一位踏上中国土地的总统到来的时候，周恩来总理盛情地接待了他及其随行人员。不仅如此，第一夫人帕特·尼克松还意外地获得了一件非常特别也非常珍贵的礼物：出席国宴的时候，也许是桌上一个画有两只大熊猫的烟罐勾起了帕特·尼克松对往事的回忆，就座周恩来总理身边的她情不自禁地向周总理提起了见过熊猫的事情。接着她拿起那个画有两只大熊猫的烟罐说："我爱死它们啦！它们实在是太可爱了！"

听了帕特·尼克松的讲述之后，周总理说："你这么喜爱熊猫，我们政府会考虑送给你几只！"

"是香烟罐吗？"尼克松夫人问。

"不！是熊猫！真正的活体熊猫！"周总理强调道。

听了周恩来总理的话之后，尼克松夫人顿时高兴得惊呼起来。

就这样，帕特·尼克松如愿得到了两头名字分别叫作"玲玲"和"欣欣"的大熊猫。

从此以后，熊猫在西方文化中无所不在，世界野生动物基金会也选定熊猫作为该会的标志，象征全球所有濒临绝种的动物。

过去的30年，位于美国华盛顿州的国家动物园一直是玲玲和欣欣两只大熊猫的家，它们将无尽的欢乐带给了无数美国民众。它们之所以受到美国民众的狂热喜爱，是因为它们看起来都很特别，很爱玩耍，非常珍贵，它们好像是故事书中的动物，神奇而伟大！

……

跟每个美国人一样，麦克·马雷心中也有着深深的大熊猫情结。因为这个原因，他一直对四川充满着向往，也梦寐以求地想到四川好好旅游一下，并特地将这个旅游计划安排在2008年夏天。

3

然而，苍天有时候就好像是专与人的愿望相违的。

2008年5月12日，一场特大地震灾害在美丽的四川发生了。这个灾难不仅打碎了麦克到四川夏游的计划，也让他的眼泪簌簌地落了下来，让他的心也如被撕裂的汶川一样疼痛。

地震发生后，麦克和袁虹在第一时间向四川灾区的亲戚打电话进行了问候，之后又和弟弟帕特里克·马雷在第一时间向四川灾区捐献了自己的爱心，将自己部分唱片收入所得通过联合国儿童基金会捐助给灾区儿童，并表示将会找机会到美丽的天府之国捐助一座希望小学，帮助失学儿童重拾书包，走进课堂。

捐过款之后，麦克·马雷仍然觉得意犹未尽，心里空落落的：他觉得仅凭自己单纯的捐点款援助四川地震灾区，所起作用实在太渺小了。他想创作一首与汶川地震赈灾有关的慈善歌曲，以鼓舞善心人士为四川地震灾区捐款，因为星星之火可以燎原。麦克·马雷坚信，善良的力量总是最具感染力的！他的这个想法是受家乡费城那个小女孩57美分建成了天普大学的故事启发。

于是，有一天上午，他放下了别的事情，将自己关在家里，创作了一首名叫《上天祝福四川》的歌曲。

2009年4月初，麦克·马雷得知美国北加州巴蜀同乡会、美国硅谷四川大学校友会等牵头发起，与北美文化艺术联合会、北加州华人各团体一起联办，美国星·映像公司牵头承办，要在"汶川5·12特大地震"一周年纪念日来之际，在加州联合主办一次《跨越太平洋的爱》大型公益义演活动的消息后，他心里久久难以平静，想到自己小时候看过的《四川好人》那部戏，回忆起自己在四川5·12地震发生后一边看着救灾新闻，一边流泪的情景，他们决定以自己的方式表达那颗强烈的"中国心"。

于是，他主动找到美国星·映像公司董事长于静江女士，希望能够准许参加这台晚会的义演。麦克·马雷的自荐得到了于静江的大力支持和高度评价。

在得到于静江的首肯回到乐队后，麦克·马雷与弟弟帕特里克·马雷便马上投入到创作之中，将一年前所创作的《上天祝福四川》进行了重新编曲、配器，三天后，他们还创作拍摄出了中文歌曲《上天祝福四川》的MTV：

今天我没话说

只有眼泪在掉落

不愿相信眼前天摇地动

无数生命殒落

幸存的人们

已经无法用言语安慰

So I pray

上天祝福四川

上天祝福四川……

眼神呆滞空洞

那失去挚爱的悲痛

不愿相信太多天真的笑容

瞬间被大地淹没

幸存的人们

已经无法用言语安慰

So I pray

上天祝福四川

上天祝福四川……

这一天

使我们更坚强

这一天

使未来充满希望……

2009年4月12日，慈善晚会如期举行。晚会上，黑鸭子和声组合、著名音乐人郭峰、徐誉腾等人纷纷上台进行了表演。但是晚会上最出彩的莫过于麦克·马雷兄弟赛日乐队的演唱——当兄弟俩唱响《上天祝福四川》时，台下的观众听得泪水涟涟。听完他们的演唱后，又响起了经久不息的掌声。

演唱结束，麦克·马雷发表了自己的心声："当往昔的伤痛融入我们的记忆，人性的坚强为此升华。我呼吁爱心人士能持续关爱四川灾区的重建工作，尤其是对灾民的精神鼓励，激励同胞们自强不息，树立重建家园的信心和力量……"

麦克·马雷和帕特里克·马雷兄弟俩还含着泪向为四川灾民献爱心而设置的募捐箱献上了自己的一份爱心。

赛日乐队的精彩演出，被第二天的《世界日报》《星岛日报》《侨报》以及旧金山湾区的众多媒体纷纷报道。之后，《上天祝福四川》这首歌，又被一些爱心人士纷纷下载为手机铃声和彩铃。

当《上天祝福四川》的视频放上网之后，又感动了大量网友：

"三条爱乐"："随着中国的强大，会说中文的老外越来越多，连澳洲总理陆克文都会说中文。所以老外说中国话不奇怪。但现在，老外唱中文歌曲这么棒，还是原创的，这就稀罕了！简直不可思议，根本听不出是老外唱歌！最牛唱中文歌的老外赛日乐队代表作《上天祝福四川》，太感人了！还演唱了《我上辈子是中国人》《幸福》《是什么道理》《给我自由》等原创歌曲！不愧为最牛唱中文歌的老外！"

"毛毛好多啊"："这么好的歌，今天才看到，怎么电视台从来不放？"

"小狐狸决定放弃治疗"："SIRI您好，我是贵州电视台《为中国歌唱》栏目组的编导，在网上看到了您的节目资料，觉得你很符合我们的节目需求，请问方便给我您的联系方式吗？"

"shrek322057"："赞这么好的视频，可惜我今天才看到。我好感动！感谢你赛日，感谢你的祝福，感谢你的歌声！也祝福你！"

"艺荷香"："鸡皮疙瘩全起来了，好感动，好难过……满眼是泪……"

"我是大通人"："身为一个中国人，身为一个四川人，对《上天祝福四川》这首歌，我听一遍，感动得哭一遍。谢谢麦克·马雷！谢谢赛日乐队！"

"廖文娟廖"："好感动哦！真的是用心在唱！"

在采访麦克·马雷之时，他始终用标准的汉语回答记者的每个提问，这对于一个只在中国待了四年多的美国人来说，几乎是一件不可思议的事情。因为从一个比较客观的角度而言，汉语规范发音对于一个西方人来说确实很难掌握。而麦克·马雷却对自己所取得的成绩不以为然，他认为学习中文是他与生俱来的一种能力，"我觉得中文的四个声调很好听，就像音乐的音符一样，是有韵味和节奏的。我喜欢音乐，创作音乐，我也喜欢中国文化，学习中文对我来说，就是一种自然而然的过程。"说到这里时，迈克又特别强调说："当然了，还有一个很重要很重要的原因，那就是我上辈子是中国人！"

虽然麦克·马雷与帕特里克·马雷哥俩有自己的乐队，但他们却并没有把创作和演唱中文歌曲当成自己的专业，他们都有自己的私人公司，平常在没有演出时，一般都在美国宾夕法尼亚州自己的公司里工作，只有演出的时候才会去唱歌。

尽管这样，他们的粉丝却很多，有不少粉丝甚至在网络上发帖：

"呼吁所有的地球人，特别是中国人，无论你是小孩，或是学生，或是已经有工作了，甚至是年纪已经很大的老人，无论你是谁，都请加入这个特殊的粉丝阵营中。因为《我们都一样》《我们上辈子是中国人》，这辈子是中国人！"

目前，美国星·映像公司正在与保利演艺经纪公司讨论合作事宜，由美国星·映像公司为众多国内明星在美国安排演出，保利为赛日乐队在中国安排演出，并计划让麦克·马雷和国内顶尖明星同台演出，就像宋祖英和多明戈那样，让中西方歌手直接组合。

如今，麦克·马雷不仅继续义无反顾地积极创作自己的中文音乐，还打起了中文电视节目的"主意"。近段时间，他正在筹备制作一些节目，以一个美国人的身份，向美国民众介绍真实，且令人亲切的伟大中国！麦克·马雷说：现在中国的经济走向了世界，但文化还没有被充分认识，相信轮回的他坚信自己上辈子是中国人，他会执着地把中国最灿烂的文化、最吸引人的美丽通过音乐传达给全世界！

《中国作家》2016年第9期

诚品在苏州

范小青

早晨，从城南出发，我要到东边的苏州工业园区去。

现在，从苏州的这一头，到苏州的另一侧，早已不用穿小巷过短桥了，几乎一路的快速通道，出门，右拐，上东环高架，再右拐，到现代大道，直跨金鸡湖大桥，我要去的那个地方就到了。

那个地方就是诚品开在苏州的店——"诚品生活苏州"。

天气很好，连绵的阴雨似乎已经结束，久违的阳光，久违的蓝天，巍峨高耸的大楼，宁静而又充满活力的街道，金鸡湖微波荡漾，巨大的摩天轮缓缓轮回……坐落在这里的诚品店，和周边的这一切，是那么的谐和，那么的融洽，似一种情投意合的恰到好处，似一种志同道合的浑然天成。

而同时，它又是那么的醒目，那么的出众，特立独行的精致极品，独树一帜的匠心之作。

恰如苏州工业园区圆融广场上的那个著名的标志性的圆融雕塑，两个动态的圆，紧紧相叠，圆中有方，方圆一体。

它的圆，圆得有起伏，有曲折，是那种柔和有力的起伏，是顺势而为的曲折；它的方，则方得有变化，有动感，是不守陈规的变化，是行云流水的动感。

从地理位置看，诚品和园区圆融雕塑，它们在金鸡湖东岸比肩而站，执手共立。

其实，在苏州工业园区这片不断生长和变化着的土地上，标志性的建筑比比皆是，而我的思绪，却从这许许多多的印象中，一下子跳跃到了圆融那里。

圆融说的是中新双方的合作关系，更是说的传统与现代、科技与人文、今日与未来、中国与世界等等的关系。

也许，这正是我所理解的诚品和苏州的关系，从本质上，从内涵的最深处，从外延的各个方面，诚品和苏州，苏州和诚品，密切合作，相互交融。

只是，这一种理解，这一种认识，这一种感悟，并不是一开始就有的。

那时候，当我们听说诚品在大陆开出的第一家店落户在苏州的时候，欣喜，振奋，倍感骄傲，那都是毫无疑问的，但与此同时，我们的脑海里是掠过了 N 个疑问的。

第一个跳出来的，必定就是：为什么是苏州？

诚品是以大著称的。

2006 年 1 月 1 日开幕的台北信义旗舰店，上下共八层，是亚洲规模最大的书店；

诚品 20 年的时候，已经开出书店 50 多家；

2015 年，到诚品的人次达 1.8 亿；

这真是很大的概念。

诚品是以先进著称的。

诚品的经营理念并不是单纯的营销图书，而是集推广阅读、激发创意、深耕文化、提升心灵为一体的复合式操作；

诚品的经营模式不仅仅是卖书给读者，他们的工作需要读者共同参与，是一种集体创造行为；

诚品的经营范畴也从图书销售拓展至画廊、出版、展演活动、艺文空间和课程、文创商品（诚品行旅）等等；

这是创新创优的先进理念。

诚品是以开放著称的。

诚品，可以开在学校，开在医院，开在居民区，开在捷运站，可以开在任何地方，诚品早已不把诚品只当成一个书店，只当成一座大楼，诚品所到之处，就给那里带去了一个空间，任何的人，进入到这个空间里，吸纳到全新的文化形态，这种形态，足以影响他们的生活，甚至成为他们的生命的形态；

这就是诚品。

这只是我所了解和列举的诚品之一二。

而苏州——

毕竟从前的苏州，是个小苏州，再加上像我这样的苏州人，还会以小为荣，以小为乐，沾沾自喜的；

毕竟从前的苏州，是个旧苏州，而且许多人偏爱的似乎也是旧式的气息和记忆中的场景；

毕竟从前的苏州，是个传统的苏州，因为传统的厚重，因为传统的浓郁，因为传统的珍贵，苏州既要传承传统，又要丢开包袱大踏步前行，是两难的境界；

这样的苏州，能够接纳那样的诚品吗？

而事实上，这样的苏州，已经接纳了那样的诚品了。

新与旧原本就是紧密相连的，大与小也是经常相互转换的，绽开在传统大地上的先锋之树，因为它植根于深厚、滋润、肥沃的泥土，因为它呼吸着湖面上新鲜而充足的养分，它是枝繁叶茂的，它是生机勃勃的。

正如诚品的吴旻洁副董事长所说，她和吴清友董事长，早在新世纪初，苏州工业园区的领导就已经开始向他们介绍了苏州和苏州工业园区，他们也多次听闻金鸡湖的未来发展前景，但始终无法在心中勾勒出清晰的形象，始终没有能够想象出那是一幅什么样的图卷，那是一种什么样的场景，内心是充满疑惑的，一个"工业的园区"，为什么要引进书店？

一直到2009年，吴清友、吴旻洁和李介修总经理，第一次站到金鸡湖岸边，或就近观察，或放眼远眺，心中之疑，随之消失，不仅释疑，而且还大为惊讶。

大概，从那一刻起，吴清友、吴旻洁和李介修，他们的感受就已经到位了，心里都已经清楚了，眼前的这个位于苏州城东边的园区，无论它是工业园区，还是别的什么园区，其实它就是一种气质。

恰如诚品，诚品是书店，但它更是一种气质。

于文化，是如饥似渴的；于积淀和推广文化，是迫在眉睫、刻不容缓的。于是，诚品和苏州，两岸的两个品牌，终于相遇，终于携手，终于有了这个"诚品在苏州"的话题。

这是气质和气质的互融，是品相和品相之共生。

于是，诚品就成了苏州的一张新名片；而苏州，则成为诚品的一个新起点。

去香港购物，去台湾购书，似乎早已经成为我们的生活常识，只是我无法统计出，这许多年去台湾诚品的大陆同胞人数和他们购买的图书册数，其实我知道，这完全无须统计，数字自在人心，数字就是人心。我常常会听说，某一个熟人，在台湾诚品一下子买了几万元的书，我也常常听到，某一位同仁，正在推广宣介他在台湾诚品购买到的某一种图书。

我想，这，就足够了。

我第一次去台湾诚品，是在 1998 年，因为时间比较久远了，具体的细节已经记不得了，但是那一种震撼却是一直留守在心底里的。以至于时隔十年，到了 2008 年，我第二次去台湾，听说旅程中有诚品之行，竟然有一种老友重逢的激动和亲切。只可惜，这一次的行程实在太紧，只给了我们很短的时间去逛几万平方米的诚品，实在是太难为人了，加之旅行辛苦疲惫，我实在已无力登楼挑书。何况这一次，初秋时节，天气渐凉，我因行色匆匆，只带了夏季衣物，到了台北，才发现早晚已有几分凉意，急于添置一件外衣，于是，这个短暂的诚品之行，我竟没有去书店，没有穿越在浩瀚的书海里、将自己淹没在文化的气息中，却在一楼的一家小小的服装店里，买了一件薄薄的风衣，灰黑的颜色，大小不一的圆点。

留给我们的这一点时间，刚刚好。

从那时候起，往后每一个夏天，这些灰黑色的圆点，大小不一的圆点，排列有序又无序的圆点，就一直跟着我走南闯北，它虽然很薄，但是在空调过足的房间里，它就是温暖；它虽然很轻，但是心里却始终沉甸甸地搁着。只是每每回想起来，是否应该心生些羞愧呢？诚品以销书而驰名，我却在那里买了一件衣服。

其实我知道，那是不必的，诚品人也一定不会嘲笑我、轻蔑我。

因为其实我并没有错过诚品的文化气息，这件衣服是台湾设计，它现在就在我的面前，我特意看了一下它的商标，CHICA，MADE IN TAIWAN，台湾的牌子，台湾制造，它当然也是一本书，一本独特的书，它恰好传递了诚品的一个理念，将生活和书籍融合一体。

在台北诚品的那一个夜晚，我虽然没有穿越在浩瀚的书海里，但我仍然是淹没在文化的气息中了。

转眼又是八年。

有缘再一次相遇诚品，竟然是在我的家乡苏州。

"诚品生活苏州"开幕于 2015 年 11 月 29 日，我虽然一直还没有机会去过，但是这半年多，我基本上是个自觉自愿的宣传员，只要有机会，只要话题够得上，我会逢人就说，诚品的第一家大陆店，开在苏州。

呵呵，作为一个苏州人，这是一种什么样的感觉？

好了，在纸上绕了半天的路了，我其实早已经到达了，我终于来到了向往已久的诚品。

我见到了内敛优美的吴旻洁、温文尔雅的李介修、开朗热情的书店总监郎正中，还有干练聪慧的公共事务部资深副理余至美，等等等等。

就这样，我跟随着自己的疑问，走进了诚品。

为什么是苏州？

吴旻洁微笑着坐在我的对面，她的笑是那么的沉静，那么的安心。

大家都称她小吴董，这个称呼让人感觉特别亲切，就像诚品给人的感觉一样，你走进去，会很自在，很自由，很放松。

不过一开始我还稍有些担心的，吴旻洁给我的第一印象，好像不是一位话很多的人。

但是一旦开讲，吴旻洁几乎是滔滔不绝，不仅不带停顿，似乎连标点符号都省略了。

我完全理解，这是因为曾经的和仍然继续着的和还会继续进行下去的全身心的投入，这是因为这种全身心的投入带来的太多太多太复杂太复杂的感受，这是因为诚品人对于诚品事业的骨子里的生命中的挚爱和忠诚。

我已经被感动了。

但是我的疑问仍然在。

为什么是苏州？

吴旻洁又笑了。她的笑，我读懂了，其实不只是我这个苏州人，许许多多的苏州人和非苏州人，都向她请教过这个问题。

故事要往前推溯。

2009年前后，也就是诚品20周年那一段时间，吴清友董事长一直在思考一个问题：诚品已经走过了二十年，那么，诚品的后二十年，往哪里去？

就是从那时起，吴清友给了自己一个全新的愿望，诚品要从台湾出发了，要到更大更多的华人区去。

这个愿望，并不是在忽然间产生出来的，好几年前，诚品人的眼光就已经投出去了，越过海峡，来到了长三角。

在长三角区域，经济发展快速、文化积淀深厚、影响力大，知名度高的城市并非只有一二。

可以提供最理想的位置。

可以提供最需要的面积。

可以给予最优惠的政策。

可以提供你所需要的一切。

前提就是租房给诚品。这是诚品一直以来未曾改变过的驾轻就熟的经营方式。

终于轮到苏州了。在苏州工业园区，苏州人说，我不打算租房子给你，我给你一块地，让你自己建设你的诚品。

这个建议，着实打动了吴清友。

这个打动是有重量的，是够震撼的，因为它也许就会改变诚品20年以来一以贯之的租房开店的经营模式。

更何况，苏州工业园区从20世纪90年代初期起步，到这个时候，开发已经十分成熟，土地资源的利用已经到了极致，现在园区打算交给吴清友的这块地，是园区紧紧攥在手里的最后一块地方，也是园区地理位置最好的一块地方，堪称皇冠上的钻石。

所以，园区一直是舍不得放手的，园区的宗旨就是，这最后的宝地，一定要用在最需要、最重要、最关键的项目上。

既然它是皇冠上的钻石，这颗钻石是不会轻易出手的。

既然它是皇冠上的钻石，那就要让这颗钻石放射出最耀眼最灿烂的光芒。

现在，最需要、最重要、最关键的项目是不是已经出现了？

是的，现在诚品站在这里了。

诚品是什么？

诚品是一个项目。但诚品不仅仅是一个项目，诚品更是一个标志，是一种风气，是一种生活。比起一个大型的房地产项目，或者一个先进的现代化企业，它能够散发出更多的信号，它能够提供给人更多的联想，它能够创造出超越物质的无限的精神世界。

苏州人就是这样想的。这就是最重要、最需要、最关键的项目。

小苏州的大手笔，有力地推动了吴清友迈向苏州的步履，推动了吴清友第二个愿望的实现：诚品如果走出去，坚决不做游牧民族。

在全球电子化的背景之下，做实体书店，心，应该是宁静的，不要焦虑，人，不能是飘浮的，要有踏实感。而土地，就是一颗最大的定心丸。

这是第一块真正属于诚品自己的土地。

不再用自己的钱去贴别人的墙；不要再看着别人的脸色，担心到期的房子能不能续签、会不会涨价；不要再四处物色合适的店面来适应诚品的高要求……

走向华人区，不做游牧民族，正是这两个拓展诚品二十年模式的决定性的想法，决定了诚品走进大陆的第一步——

选址在苏州。

这是诚品为自己选择的一个全新的发展方向，这是在着力拓展诚品的创新意识，这是诚品二十年后的一个不一般的起点。

这是一个扎根落户生根落地的十分牢靠的作为。

这是要在一张白纸上画出诚品最新最美的图画。

苏州是什么？苏州是一种气质。苏州是大气的。

诚品是什么？诚品是一种气质。诚品是有气魄的。

那个时间，定格在2010年5月，从此，苏州和诚品，握住了手，有了共同努力的方向。

大家信心满满，志在必得。

可是当时的园区领导马明龙，却说了一句话：挑战刚刚开始啊。

此时此刻，吴旻洁坐在我的对面，她的一直没有间断的叙述，暂时停顿了，她回忆起当年的那句话，感慨万端。

挑战。

是极端的挑战。

想象不到的曲折。

几乎无法解决的难题。

六年时间。在建设"诚品生活苏州"的六年中，他们经历的风风雨雨，他们体会的酸甜苦辣，用普通的语言是无法表达出来的了。

所以吴旻洁说，如梦似幻。

简直就是做梦般的，不知道自己怎么会走到今天。到今天再回头想这一步一步的过程，都不知道是怎么走过来的。只要哪一步走错了，甚至踩偏一点点，都有可能前功尽弃，全盘皆失。

是的，在苏州工业园区，诚品有了自己的地。诚品做了20年的实体书店，早已成为独具一格的文化创意产业领导品牌，诚品的成功，闻名于世。

但是，诚品却没有造过房子，没有做过房地产项目，甚至一直都没有属于自己的一片土地。

投入的钱到哪里去找？

会造房子的人在哪里？

房产的营销由谁来做？

更难解决的，是两地的文化差异，两地的行事方式的差异，等等等等。挑战一个接着一个，难题一个连着一个。

用吴旻洁的话说，有一段时间真是焦头烂额。但是诚品人是不会退缩的，面对挑战，反而越战越欢，一步一个脚印，步步踩准了路子。

回头再想，如梦似幻，但正是因为每走一步，有清晰的理想在前面引路，有巨大的精神在支撑，还有那么多的考虑和调研作底子，有许许多多的成功与失败作对比，有苏州人那么多的支持和帮助，有诚品人那么多年积累下来的勇气和能力，这一步一步，就这样走过来了。

"诚品生活苏州"就这样站起来了。2015年11月29日，"诚品生活苏州"正式开幕。

今天，"诚品生活苏州"，和苏州博物馆、和东方之门一样，成为了苏州的地标。

这是诚品和苏州共同的荣誉，是苏州和诚品共赢的局面。

为什么是苏州？

答案就在这里。

苏州和诚品原本就应该是在一起的。

56000平方米的实体店？

时代走得真快啊，从电商到微商，几乎只用了一眨眼的工夫。

全球蔓延的实体书店倒闭、萎缩现象，一直在继续，还在继续，还会继续，假如摆出数据，不难想象那条下滑线是一个什么样的形状。

诚品却在这样的大气候之下，开出了56000平方米的实体店。

这是头脑发热？这是逆势而动？

无论怎么说，这样的一个逆行大拓展，都是令人十分震惊、令人生疑的。

那一天，我就是怀着如此的疑问，到达了诚品。

到达诚品的第一眼，我看到一个令人费解的现象，迎着正北门，有独立分开的两部分楼梯，左侧是电动扶梯，上下通达，右侧是人行步梯，由于这个步梯是从一楼直通三楼的，一眼望上去，楼梯高阔又遥远。

无疑我会选择乘坐电动扶梯而上。

奇怪的是，我却没有在电动扶梯上看到很多人，更多的读者和顾客，他们正在人行步梯上攀行，或者慢慢地沿梯而下，无论是上还是下，走梯的人远比乘梯的人要多得多。

人不都是愿意避难就易的吗？怎么在诚品这里，人们却选择了迎难而上呢？

抬头仰望时，我忽然有些明白了，有些开悟了，在我的眼前，台阶已不仅仅是一个登楼的通道了，这个高18米宽6米共72级的步梯台阶和整栋建筑是相连的，是一个整体。这个整体，是一种气流，是有着强大吸引力的气流，是一团氛围，能够将你容纳进去的氛围。站在这里，你就不知不觉地向它靠拢过去了。台阶的一侧，做成类似于时间轴的错落有致的书本样式，不仅使整个步梯大气而独具设计感，也使它更像是一片书籍的森林，一片文字的海洋。

谁不愿意走进这样的森林去探索，谁不愿意沿着这样的海岸前行，于是，那么多的人，舍易而求难，拾级而上了。

这是诚品打造出来的独特的力量。

好吧，我们上去吧——这里有15万种、50万册书图书，在15000平方米的实体书店里，图书的多元组合、求全求新，闪亮全场，中文简体、中文繁体，各种外文；文学、艺术、经济、哲学、政治、生活；这里有几乎所有你所想得到的书，这里还有许许多多你所想不到的书。

既保持了诚品图书多元组合的传统，又因地制宜结合苏州文化的特点，在诚品图书中突出了苏州元素，比如，苏州人和茶的关系是十分密切而且特殊的，茶对于苏州人，既是日常的、平民化的，又是有品位、高境界的，为此，书店专门设立了茶文化图书专柜和茶文化演示专场，请苏州本地的茶专家坐镇，开办茶文化讲座，营销茶文化图书。

在诚品的二楼和三楼，类似有创意的有地方特色的专柜专场隔三岔五，错落有致。于是，本来静默无言的图书，在这里，它们是鲜活的，是灵动的，就和读者的生活紧紧相连起来了，就和苏州的味道融合在一起了。

于是，读者来到诚品，就不是单纯的挑书，不是简单的买书，他们在挑书买书的同时，也走进了一种有品质的生活形态。

这种形态，既是诚品的，又是苏州的，更是具有国际视野的文化生活形态。

生活是纷繁复杂的，文化的形态是多面的，"苏州生活诚品"延续了诚品的经营理念，实施复合式经营模式，让图书和读者的生活融为一体，让书店与社会的脉动紧密结合，拓展出实体书店以外的四万多平方米的场所，设置商场、美食餐厅和咖啡厅；打造了多功能展演厅、艺文空间；更是在负一楼，邀约了苏州民间工艺大师，展示苏绣、缂丝、苏扇、核雕、桃花坞木刻年画等苏州传统手工艺的精品力作，更有大师现场操作，与读者顾客互动交流。

如此精心的设置打造，如此卖力地引进各种文化活动，举办讲堂和演出等等，使得苏州诚品店以最快的速度吸引了人气，以最完美的形象征服了人心，开幕仅仅七个月，这座设立了200个文化生活品牌，集书店、文艺沙龙、音乐空间、诚品居所的综合体，已经举行了300场的文艺活动，有400万人次参加其中。

这就是诚品的理念。

连同我的疑问也渐渐地被消解了，或许，以这样的理念开办实体书店，无论它有多少万平方米，无论它有多么大的场面，都不用担心在全球实体书店大面积萎缩的今天，诚品会如何在经营上保持水准甚至更上一层楼。

正如诚品人告诉我的，因为他们不是简单的商业操作，而是在自己的土地上深耕细作，他们有信心，有远见，不会急功近利，不会短期行为；

他们不是单纯的图书销售，而是在做推广阅读的工作，他们更多地着眼于阅读氛围的营造；

他们不是单方的经营模式，而是让所有读者一起参与的城市人的集体动作；

所以我想，假如诚品的图书是一颗种子，那么，它们将会在读者那里开花结果。

说实在话，一开始的时候，56000平方米这个数字，确实是让我惊诧、让我疑惑的，用如此之大的面积来开办实体书店，难道诚品人就不怕亏损，不怕蚀本，不怕难以为继？

现在我知道了，诚品人有底气，有魄力，他们有对市场的了解，他们有先进的理念，他们有丰富的经营经验，他们有对苏州的爱、对苏州文化的认同和融入。

苏州配得上诚品，诚品也配得上苏州。

其实我在采访中，始终有个问题挂在嘴边，几次我想把它拱出来，但一次次又被我咽了下去，一直到最后，我还是没有让它跑出来，或者说，我最终是没有开出这个口来。

那就是我们通常会最关心的：数字。

营业额，利税，之类。

走过了苏州诚品，听过了诚品人介绍的开在苏州的诚品，我觉得，我已经没有什么数字再需要了解的了，完全没有必要了。

在能够承受15年的亏损的诚品面前，还有什么数字是值得我们去了解的呢？

诚品是什么？

因为诚品的内涵太丰富、诚品的传达太精彩了，因为诚品的许多经验超出我们的常识，我的采访，在让我感动的同时，也让我的脑袋有点混乱了。

又一个疑问冒出来了。

诚品到底是什么？

或者说，诚品到底代表了什么？

吴清友曾经说过，诚品赔钱的15年，是我一生中最丰富的时间，因为这让我第二次看到了自己。

吴清友第二次看清楚的自己，就是那个了解了自己的生命态度的人，就是那个不想做太容易的事情、只想做自己觉得有意义的事情的人。

"当你不能改变世界的时候，必须要改变自己，要厘清自己的价值，保有心灵层次的安宁。"

这是诚品人的生命理念。

不仅是自己的个人的生命理念，还希望能够影响到更多的人，尤其是更多的年轻人；不仅卖书，更是引领生活方式，现代社会的生活方式很重要，决定人的品质和未来。

既然做的是有意义的事，就要把事情做到最精致，最到位，最有品质，这就是生命理念的指引。

苏州诚品的建设，靠的是以房养店，要想开出优质的书店，要想经营成功的书店，先要有优质的房产，先要有成功的房产。

在诚品居所建设的过程中，吴清友对每一个细节，都要求做到最极致，甚至连卫生间的瓷砖怎么选怎么贴，吴清友都会亲自过问，只有明确了自己的生命理念的人，只有具有坚定的理想信念的人，才会对每一个细节如此地尊重，才会让自己的每一步都走得那么稳健和踏实。

在苏州诚品还没成型的时候，诚品居所就已经闻名了，成为苏州最精致高端的楼盘之一。对第一次造房子的诚品来说，这一次支撑他们的好像不仅仅是经验，因为他们根本就没有造房子的经验，那是理念，是信仰，是早就融入生命的诚品事业，"生命终究是我们最重要的关口，而不是生意和钱"。

等到"诚品生活苏州"正式建成，和诚品居所互为依托，相得益彰。诚品的建筑和金鸡湖的环境是融为一体的，园林、湖水等苏州元素，低调、隽永的大器风范，为绚丽夺目的金鸡湖又增添了一道独具风格的风景线；同时，诚品建筑又巧妙地将金鸡湖的风光，引进建筑内部，在建筑和自然之间，搭建出了圆融平衡的效果。

诚品品牌的工匠理念，和诚品人的生命理念一样，渗透在诚品所有的举止行为之中。

诚品的品牌，就是讲究。这种讲究，和苏州的文化精神是高度契合的。郎正中给我们讲了一个故事，他的一位北京朋友，家中藏有一幅顾绣精品，因年代久远，出现破损，想要修复，曾在北京上海找过好些人，但是始终没有找到敢接这个活的人，后来听说苏州文庙有位老师傅能够修复，便拜托了郎正中。郎正中觅迹寻踪，来到苏州文庙，但当他找到那个地方时，心里顿时凉了半截，这是一家小到不能再小而且十分旧陋的店，店里坐的是一位普普通通的苏州师傅，他能够把这幅顾绣精品交给他吗？

苏州师傅接过顾绣，平静地点了点头，只吐出两个字：能修。

就是这种平静，这种淡定，让郎总心里有了底，果然，不多几天，顾绣修复了，主人十分满意，而郎正中则是从中看到了"苏作"的水平，领教了苏州工匠的厉害。高手在民间。苏州民间高手遍布。

今天我们可以看到，在诚品的负一层，苏州的民间高手聚集在这里，为全世界的读者和游客，展示"苏作"的水平与品位。

这是诚品人向"苏作"的致敬。

这也是苏州人向诚品的致敬。

接着，李介修也给我们讲了一个故事。

在"诚品生活苏州"的建筑设计中，有一个外行人几乎完全不能理解的方案，就是用清水混凝土板筑墙。清水混凝土是混凝土材料中的最高境界，作为高端建筑的墙面建材，有别于大理石、花岗岩、水磨石或者各种仿石瓷砖，具有最本质的美感，朴实无华，自然沉稳，是许多现代建筑材料无法媲美的。

但是问题来了，朴实，是一种简单而又高难度的境界，哪怕在质量上差缺一厘一毫，朴实就会变成粗糙、粗鲁；沉稳也是一样，只要偏差一点点，沉稳就是愚钝，就是笨重。承接"诚品生活苏州"建设的台湾一家公司和大陆一家公司，都是资质一流、品质保障的大公司，但是在清水混凝土墙板的制作工艺上，却是怎么做也做不到位，无数次的试验，无数次的失望，简直快要让人绝望。

就在这个希望、失望、绝望、再希望的周折过程中，谁也没有发现，有一位不起眼的接外包小活的本地小老板，他一直在旁边用心观察，细心琢磨，更没人知道，他回去以后，自己悄悄地做试验，反复地做试验。

终于有一天，他把他的样品带来了。

表面平整平滑，色泽均匀，棱角分明，无碰损，无污染，天然、庄重——清水混凝土该有的优质特质，全部体现出来了。

什么话也不用说了，他的样品合格了，这位姓陈的普通的苏州人，硬是攻下了大公司久攻不下的难关。

今天，我们在诚品店里走动，随处可见这种设计的完美体现，高贵的朴素，简单的高雅，比金碧辉煌更具艺术效果的墙面，将整个店衬托得愈加大气而柔软，愈加潇洒而温暖。让人置身建筑材料之中，感受的却是精神和文化的洗礼。

我没有机会见到那位陈姓的本地小建筑公司老板，但是我想，他将清水混凝土墙板做到精致极致的同时，一定也提升了自己的水准和品位。

诚品的工匠理念在苏州拓展延伸了。

苏州的工匠精神被诚品贴在墙上了。

好了，经历了种种的艰难曲折和精益求精，现在，"诚品生活苏州"已经敞开大门迎接八方来客了，我们走进诚品，我们置身于其中，感受着诚品服务的分享理念。

是的，服务的分享理念，既是诚品的独创，也是诚品带给苏州的一份厚礼。吴清友曾经问过自己：服务的意义到底是什么？

大概，几乎所有的答案，都会和金钱有关。从书店来说，服务得好，得到读者的赞许，卖掉更多的书，从而赚到更多的钱；从员工来说，好好服务，让顾客满意，和自己的收入和职位紧紧相连。

这个答案有错吗？

当然没有。

还有另外的答案吗？

有。

就在诚品。

在诚品，我们看到职员用双手恭敬地将书本递给读者，我们看到平和的笑脸、我们听到低声细语的解说，我们还知道，他们中间，有许多大学生甚至硕士生。

他们永远保持着春风般的笑意，他们想要得到的是什么？仅仅就是金钱的收入吗？

一天，李介修在书店巡查，来到二楼的文具区，文具区那位年轻的员工并不认得李介修，但是细心的他很快发现了李介修对于盐灯的关注，员工轻轻走到李总身边，耐心而又细致地介绍起盐灯来。盐灯是由天然的水晶岩矿石手工制成的，发热的盐灯就是一台天然的离子发生器，但是李介修眼前的这个盐灯，却看不出是怎么加热的。李介修并没有提出这个问题，也可能，只是在李介修平静的脸色中，瞬间掠过的一丝丝疑问，被员工准确地捕捉到了，他立刻主动向李介修介绍，加热的插孔在盐灯的底部。

李介修给我们讲述的这个小故事，其实是诚品每天都会发生、每时都在发生的，在诚品的员工看来，这就是一个十分普通的举动，这就是他们工作的常态。

因为他们知道，在优质服务他人的时候，也给了自己生长的空间，在读者满意的同时，自己的精神也饱满了，自己的素质也提升了。

这就是诚品服务的分享理念：精进自己，分享他人。这种服务理念，让诚品的员工不再是单纯的卖书人，不再是单纯的服务者，不再是单纯的为领取工资而工作的普通员工，他们把自己加了进去，他们已经知道，他们已经领悟，只要把每一次的服务都当成一次相互的分享，而不是一次简单机械的买卖，那么，"明天的我一定比今天的我更精彩"。

所以，在诚品，我们所到之处，我们所有看到、遇到的诚品员工，身上都体现着安静而又积极的工作态度和人生态度。吴旻洁告诉我，"诚品生活苏州"的员工共有300多人，其中有200人在书店服务，这些员工中的绝大部分，都是在苏州本地招聘的。

我们可以想象，在诚品到来之前，这许多的苏州的年轻人，恐怕并没有接触过诚品的理念，但是现在，他们接触到了，不仅是接触到了，而且是身在其中了，只在短短的七个月时间里，他们的进步是惊人的、令人欣喜的。

他们是怎么样的进步，他们是怎么样的表现，我想，我们每个人，走进诚品，答案就在那里。

这是诚品的影响力，这也是苏州文化和诚品精神携手共建的良好平台。

我们知道，每个人都有自己的生长空间，怎样才能看到自己的空间并且在这个空间迅速地生长起来了，人生的平台很重要，好的平台，能够让每一个人充分地将自己的那部分空间发挥出来，利用起来，一直到最大限度地提升、提高。

当然，空间是用不完的，因为空间本身也是一个不断生长的空间，你提升了，你长进了，很快，你又有了新的生长空间。

人类就是这样进步的。

诚品服务的分享理念，给年轻的诚品员工，提供了不断成长的空间。

好吧，现在，作为一名普通的读者、诚品的顾客，我们走进这个空间去吧。

我们本是要去体验诚品员工的服务理念的，但结果却发现，我们每一个走进来的人，也和诚品的员工一样，融进了诚品，成为诚品的一分子。

这，又是诚品的一个先进理念：诚品经营的互动理念。

在我的采访中，在吴旻洁娓娓而谈的过程中，我不断地提出我的问题，现在，我又有问题了。

诚品开幕半年多一点，你们的收获是什么?

吴旻洁未假思索，脱口而出：更多的收获在读者那里。

这句话给我留下极为深刻的印象，是因为它颠覆了我的传统理念，在我的想法中，我的这个问题，一定会使吴旻洁滔滔不绝地总结出诚品一二三四五六七的收获。

可是吴旻洁却扭转了我的思路，更多的收获在读者。

这是诚品与众不同的经营互动理念，也是一个不争的事实，诚品为读者提供平台和机会，或者说，诚品提供的是种子，开花结果是读者的事情。

我们完全相信，走过诚品这块地方，必定会结出不一样的果实。

这种书店与读者互动的模式，这种集体参与的概念，充分体现了"诚品是城市人的集体创作"的信仰。

诚品从无到有，诚品从小到大，都是借助民间的能力一步一步走出来的，那么，苏州的民间呢?

诚品营造的文明氛围，让每一个走进诚品的人，都自然而然被这种氛围所影响，他们不由自主放慢脚步，放轻声音。他们会发现，原来自己身上是有着那么多的文明细胞的。

当然，我们每个人身上也会隐藏着野蛮的细胞，但到了这样的场合，野蛮的细胞被扼制住了，文明细胞就生长出来了，壮大起来了。

苏州人，原本就是温文尔雅的，苏州人，向来是不张扬的进取，是低调的努力。

安静的苏州人和安静的诚品相互影响、相互作用，在良好的环境中，会让人的素质自觉地提升，而人的素质的提升，又帮助环境得到更好地提升。

苏州人讲究细节，这里到处是讲究到位的细节；

苏州人喜欢精致，这里到处是令人赞叹的精致；

苏州和诚品的互动几乎就是无缝对接，几乎就是完美呈现。

那一天我们坐在二楼的墨册咖啡低声聊谈，有一个小孩子在不远处嚷了起来，只是不等旁人用温和的眼光去制止，家长已经自觉地将小孩子管好了，一切都是那么自然谐和。

在茶文化图书专柜，开辟出专门的讲坛，隔三岔五由苏州的茶文化爱好者来开办讲座和开展讨论，苏州人之爱茶，之讲究茶，到了诚品，既是落到了实处，更是提升了理论，也算是一绝。

这只是一例而已。苏州文化中的许许多多，和诚品相遇，真是双方的幸事。

苏州人是喜欢怀旧的，诚品就设有老照片老相机专卖，这个店，不仅摆有各种老式相机，更有一间暗房，可以让怀旧的苏州人，或者其他的游客，自己亲手体验洗照片的感觉。

苏州是个老苏州，但苏州也是年轻人的苏州，诚品则是兼顾了老苏州和新苏州的多种需要，有吸引年轻人的运动型商店，有专属儿童的天地，还有在书店的各种位置的许多的公共座位——我在诚品，感受着自己的家乡和诚品的互动，内心是那么的欢喜。

2016年7月27日，恰好是我这篇文章收尾的时候，我看到了郎正中在朋友圈里的微信：诚品一万天。

1989年3月12日—2016年7月27日。

一万天。

吴清友在诚品一万天的这个时刻，用"万分感念"四个字来总结，感谢"为诚品点灯的贵人、同事、家人、朋友"，感谢"亿万形塑诚品的阅读者"。

我想，这是诚品走到今天的至关重要的理念。

在台湾，有一句话是属于诚品的：因为一个书店，爱上一座城市。

今天，在苏州，我想这样说，因为诚品在苏州，我们将更爱诚品，我们将更爱苏州。

《中国作家》2016年第11期

面向太湖　春暖花开

李　迪

太湖美呀太湖美，美就美在太湖水。

水里美，岸上也美。

这里讲五个故事，说说太湖沿岸警民一家，鱼水之美！

故事一：那多浪费火箭啊

马长林，湖州市公安局罗师庄社区民警，五十来岁，相貌平平，往人堆一扎就找不着了，如地上的庄稼林中的树。落脚当初，破车棚里一张桌子一张床，没人认识他。走出车棚，就像空气。直到有一天，他闹出了响动。

那时候，罗师庄很乱。开发伊始，土地变工地，农民成市民。外地打工者蜂拥，一网撒下去，捞上来口音都不对。就拿"吃饭"两个字说，听着都吓人：揢碗，切活，干翻！

人多好干活儿，人多事儿也多。于是，治安成了问题。

马长林奉命卷铺盖进庄，创建社区警务室。他枯坐车棚，鼻头儿拧成蒜。谁也不认识，如何开展工作？挨家走访吧，社区两万多户，累死没关系，时间搭不起。正闹心，忽听门外一声吆喝，啤酒瓶子废塑料的卖！旧衣裳旧鞋旧书报的卖！好么，真牛。收破烂的与时俱进用上电喇叭啦！马长林茅塞顿开，这不是最佳营销方案吗？我还发什么呆？于是，他也买来一个手提电喇叭，外配一个扩音机。喇叭拿在手里，扩音机拴在腰上。试试声音，喂，喂！震得山响。

没想到，刚一出门，收破烂的就堵上来，哎，这片儿破烂我包啦，你要收到别处收去！

得，碰上"破烂王"啦。马长林笑了笑，你没看见我穿警服吗？

收破烂的说，你捡个警服穿上就是爷啦？有本事穿太空服，两脚不着地，你飞！

马长林说，那多浪费火箭啊！

说完，自顾自往前走。收破烂的梗着脖子紧跟。

来到菜市场，只见人挤人。马长林乐了，一开喇叭，喊起来——

村民们，我是刚来的社区民警，我叫马长林！我住在村头车棚里。你们有什么事，就来找我！

这一喊，不得了，买的不买了，卖的不卖了，大人孩子，大眼小眼，齐刷刷全追他了。收破烂的一看，啊？真事儿啊！扭头就跑。

马长林接着喊——

村民们，我提醒大家，人多的地方保管好财物！家长带好孩子，老人留神脚下！出门检查水电煤，晚上睡觉关门窗！

菜市场里叽叽喳喳。有的说，真开眼！有的说，这呆子！还有的说，小心他耍起疯来砍人！更有一个黑小子跳到他面前，操起川音，你在这儿鬼叫些啥子？快早点儿滚！

后来，马长林听说，此人外号叫小黑，自称"罗师庄庄主"，手下"川军"百多号。大事不犯，小事不断。

马长林笑了笑，没理他，仍旧边走边喊。马路上，工地里，哪儿人多往哪儿钻，钻进去就疯喊，我是新来的社区民警！

想不到，第二天一早，就有人来敲门。

敲门的是姓潘的村民，马警官，我昨天听见你喊话了，你能帮帮我的忙吗？

好啊，你有什么事？

我们家，杨，杨……要生了！

啊，羊要生了？要找兽医？

不是羊，是人！

你老婆要生了？

不是我老婆，是杨，杨……

你别说了，快带我去！

两人脚打屁股蛋儿赶到潘家。原来，租住在他家的一个外地女孩儿要生。女孩儿姓杨，没结婚就怀上了孩子。

马长林问，这是谁干的好事？

潘村民结巴道，是……她男朋友……

他人呢？

嗨，偷东西被抓了。女孩儿不敢跟家里人说，又没钱上医院……

潘村民话没说完，一个胖女人叫唤着冲过来，羊水都破了，姑娘说话要生，大老爷们儿闪一边去！

只见她手里拎着一把剪子，肩上搭了一块毛巾，眼瞅要进屋接生。马长林脸都吓扭了，一伸手拦住，你别胡来！说完，用手机拨通妇产医院，我是民警马长林，我女儿要生了，请你们快来啊！

不多时，救护车哇啦哇啦，医生护士抢下了车。再不多时，出租房里传出女婴惊天动地的哭声。女医生走出来，抹着汗对马长林说，恭喜你，母女平安！

马长林也抹着汗说，有女万事足！

女医生笑了，呵呵，这话我要记下来，说给重男轻女的。今天真危险！马警官，你再忙，也不能连女儿的命都不顾了！

潘村民忍不住抢话，不是马……是杨……

马长林一把拽住他，大夫，多谢啦！你们先请回，我忙完了就去医院交费！

医生护士走了。马长林一看，接生婆还站在门口，哎哟，你怎么还在这儿？

接生婆说，马警官，您真是个好人。我等在这儿，就是想跟您说这句话。

马长林笑了，谢啦！刚才我说话不客气，请你原谅！

接生婆也笑了，看您说的！我也是看这孩子可怜才来的。

大姐，我想求你个事儿。

什么求不求的，您说！

求你帮忙照料几天，一切花费由我付。

嗨，我还当是什么事儿！这里交给我好了，不用您的钱！

第二天，马长林买好早点送去。只见潘村民已经把鸡汤、红糖煮鸡蛋做好了，接生婆也给女婴洗了澡。他鼻子一酸，差点儿掉了泪。

他放下早点，又赶到妇婴商店。想不到，在门口碰上了接生的女医生。女医生把两大包妇婴用品递给他，马警官，有女万事足。这算是我的一点儿爱心。

马长林抓抓脑壳，这怎么好意思？

女医生一脸坏笑，接着忽悠！那女孩儿属羊不属马！

马长林愣了。

女医生说，社区外来人感动得一塌糊涂，说要凑钱给你盖个警务室，不能让你住车棚!

马长林傻笑笑,还是好人多。

女医生说,马警官天下第一好!

接下来,马长林跟女孩儿商量,请她父母来伺候。女孩儿死活不干,说家里要知道了,非气死不可。没辙,马长林又去找男方的家人。好不容易在德清找到他母亲,老人说,我只知道儿子进了班房,想不到他还造了这个孽,让我丢不起人!马长林说,现在不是丢人,是救人!您儿子知道了也会感激您。将来他改好了出来,您们一家子有老有小多幸福啊!老人一听,眼泪哗哗的,说再难也要认下这没过门儿的儿媳妇。她跟马长林来到湖州,才住了两天,就想把大人孩子带回德清,说我们哪儿有钱在外面坐月子啊!马长林想想也好。他给老人装了五百块钱,又帮着买了车票,说往后有什么困难,就给我打电话。

一家老小走后,马长林还不放心,打电话告诉德清的警察朋友常过去看看。

后来,好消息传来,老人的儿子因为表现好减了刑,说话要回家了。老人感激不尽,特意托亲戚来罗师庄谢马长林,说您对我们外地人像亲人一样!

马长林哈哈一笑,我儿子也在外地工作,将心比心!

这时,潘村民走来,悄声对他耳语,您让我打听的事,我打听到了,小黑现在就在家!

哦,我去会会这位"庄主"!马长林说着,脱下警服,换上便服。

一出门,赶上瓢泼大雨。到了小黑家,像从水里捞上来。

小黑一看马长林找上门,心里敲起小鼓,忙说,那天我看您拿个破喇叭哇哇吼,还以为您是瓜老汉儿,就喊你滚。现在晓得您是个警察,良心还好,外来人生娃儿你都操心,我错喽!

马长林笑成弥勒,小黑,我今天不是警察,也不说那天的事。听你弟兄们讲,你心好仗义,特来跟你交个朋友。你们母子俩从四川来湖州打工不易,听说到现在也没找到工作。我过来看看,能不能帮帮你们?

小黑一听,低下头。

这时,潘村民扛着东西来了,有生活用品,有米、油,还有两大条肉。离老远就喊,小黑,快来接一下,这是马警官给你的!小黑愣住了。他妈妈常去菜场捡人家不要的肉皮,拿回来当肉吃。

马长林说,今天我没什么事,大家一起吃个饭。来,把肉切了,把饭煮上!

不一会儿,几个人香香地吃上了。马长林边吃边说,小黑,我打算给你找一份工作，怎么样？

小黑说，谁敢要我？

我试试。

咱俩打个赌！

赌什么？

你输了就请我的弟兄们吃个饭。

好！

马警官，你这牛皮可吹大了，我能叫来一百多人，你请得起吗？

你怎么知道我会输？要是你输了怎么办？

要是我输了，你喊我做啥子就做啥子。

马长林把饭碗一放，我要的就是你这句话！你带着一帮弟兄再疯下去，早晚会出事！

第二天，马长林找到他认识的电机厂厂长，求他收下小黑。

厂长说，罗师庄老大，对吧？你引狼入厂，不是要我老命吗？

马长林说，他人长得黑，心不坏。你先收下，如果他在厂里犯了事，就找我老马，就当他是我儿子。行不？

厂长说，老哥你都说到这份上了，我答应了。

马长林得寸进尺，他还有个妈，你也收下吧，干点儿什么都行。娘俩儿一起上下班，有伴儿不说，还能帮你盯着。

厂长说，你卖葱还搭蒜？

马长林说，葱蒜不分家。炖肉烧鱼，少一样也不行！

厂长说，我服你了！

第二天，马长林领娘俩来报到。一个进车间，一个打扫卫生。

小黑不但干活儿一级棒，在马长林组织社区义务巡逻队的时候，他登高一呼，把百十号弟兄们全都带了进来，维护治安，照料孤寡。小区人都说，"庄主"从良啦！

马长林呢，照样，每天天一亮，就带上"组合音响"，哪儿热闹往哪儿扎，我是社区民警马长林！

这天，他正喊话，忽听身后有人问，你当真是警察吗？

发问的是胡老汉。

马长林说，假了包换。

胡老汉笑笑，你当真是，我倒想找找你。

马长林站下脚，您有什么事，请讲。

胡老汉说，这个地方外来人太多，太乱，我晚上都不敢出门。你能解决吗？

马长林说，这正是我要解决的。当地人家家都把房子租给外来人，您是不是啊？

胡老汉迟疑了一会儿，是的，我出租了十七间。

马长林说，哇塞，大房东啊！您正是我要依靠的对象。

胡老汉瞪大眼珠儿，啊？

马长林拿出个本子，这个登记本发给您，家里有多少房客，身份证多少，手机号多少，您都登记下来交给我。

胡老汉问，登记这个干什么？

马长林说，就是为了解决您刚才说的事。咱们从登记外来人口入手。罗师庄现在所以乱，跟外来人口缺乏管理有很大关系。您登记了，我就能查到这个人有没有吃过官司，是好人还是坏人。

胡老汉摇摇头，我家里没住坏人，不需要登记。

马长林笑着说，坏人谁写在脸上？只要您登记，就能发现问题。

胡老汉将信将疑，收下登记本。

马长林叮嘱道，万一发现问题，您千万别出声，快来找我。

胡老汉说，真事儿似的，你们警察看谁都像坏人。

回到家，胡老汉端起茶又放下。心想，试试也好，说不准哪块云里带雨。正好有姓李的房客该交房租了，从他起，连收房租带登记。

胡老汉来到出租房，却见床上躺了三四个人，身上都刺了画儿。他看呆了。租房的时候，说只住一个，现在一下子冒出这么多！

他对躺在床上的人说，该交房租了。

找我们老大去！

胡老汉看看姓李的不在，跟这些"虫"说不上话，就走了。

晚上，他又去了，姓李的正好在。胡老汉要房租，姓李的说明天给！胡老汉说，房租明天给可以，但今天你们要登记，派出所要查。

姓李的说，你把本放这儿吧，登记好了明早连房租一起给你。

胡老汉放下登记本回屋了。第二天一早，他没去出租房，慌手忙脚跑去找马长林。马长林一听有情况，抬脚就往胡老汉家赶。快到出租房时，他把老汉拉到一边，说您别进去了，危险！说完，自己上去敲门。怎么敲也没动静，推门一看，人去屋空。登记本丢在地上，一个字也没写。

胡老汉吼起来，鬼！

马长林说，这回您信了吧？

胡老汉说，要不是你提醒，哪天我被他们抢了也说不定。往后，我要仔细登记，还要跟庄上老哥老姐们说，让他们配合登记，不要怕吓跑客人。万一住下个杀人犯，脑袋挪了家，钱有什么用？

说来也巧，没过几天，胡老汉再次惊魂。这天，他忽然接到马长林的电话，问他登记得全不全。胡老汉说，滴水不漏！马长林说，好，快拿来！胡老汉把登记本送到，马长林上电脑一查，问，304住的什么人？胡老汉说，油漆工，贵州人。马长林说，一口贵州腔，满身油漆味儿。没错，就是他！胡老汉问，他是什么人？马长林说，强奸犯！胡老汉眼都直了，乖乖，幸亏家里就我一个老头子！

马长林从登记本上抄下手机号，报告了派出所。所里的便衣找到油漆工的朋友，叫他打电话，约油漆工见面。这厮一到，直接拿下。

案发三小时告破。胡老汉说，多亏马警官喊话！

马长林喊话收到奇效，老百姓不但很快认识了他，还加入了他的义务巡逻队。很快，社区治安好了，本地人和外地人也团结了。

在警民联欢会上，大家欢迎马长林唱一个。他说，好吧，我就唱个老歌——

> 我们共产党人好比种子
> 人民好比土地
> 我们到了一个地呀方
> 就要同那里的人民结合起来
> 在人民中间生根开花……

歌唱完了。马长林落泪了。

老百姓都鼓掌，说这歌儿真好，唱的就是马警官。

他们不知道，这是毛主席在1945年说的话。

故事二：滴了嘎滴了嘎

说起自己的工作，绍兴市公安局百官派出所民警姚阳潮，伸手比了个"八"。

啊？你是八路？

老姚笑了，不，是八个字：有警处警，没警巡逻。

什么叫有警处警啊？就是一旦接到"110"转来的报警，立即赶赴现场，处置紧急或危险情况。有时一天接警六十多起，从早忙到晚，五十岁的人啦，苦不苦？老姚说，苦嘛苦，苦中也有乐儿。

这天早上，他接到一个报警，二话没说，迅速赶到住址。上楼敲门。半天，门开了，出来一个姑娘，看样子二十来岁。

老姚问，是你报的警吗？

姑娘说，木有错。

你需要什么帮助？

我肚子饿了。

啊，你就为这个报警？

是滴，有困难找警察耶！

你可以自己做饭啊！

我不会。

你可以出去吃啊！

饿了走不动。

你泡方便面啊！

那是垃圾食品。

你叫外卖呀，楼下就有麦当劳。

我不吃油炸的。

哎，还有小摊儿啊，我给你买碗馄饨好不好？

小摊儿用的地沟油，吃了得癌症！

哎哟，被姑娘这样一说，老姚都没词儿啦。

那你……不会是想让我做吧！

恭喜你答对了！姑娘说，我就是想让你做！冰箱里有面条，还有白菜、鸡蛋。你给我做一碗面吧。

老姚说，好吧，我给你做！

他煮了一碗面。姑娘一吃说咸了。老姚说手艺不好凑合吧！趁她吃着，老姚拉起家常。原来，姑娘是单亲，跟母亲过。现在母亲出门了，她自己宅在家。老姚问来问去，了解到她跟母亲的一个朋友宋阿姨关系很好，就要了宋的电话。临走时，他问姑娘还有事吗？姑娘说，有。老姚问，什么事？她说，中午我肚子还会饿。老姚说，拜托你别再打"110"了，我会想办法！

出门后，他很快联系上宋阿姨。宋阿姨答应马上去照顾女孩。老姚说，如果你给她煮面，一定少放盐！

你看，有乐儿吧。老姚全副武装出警，威风凛凛，想不到去煮了一碗面。还咸了。

回到所里，他又接到报警，又有一个小女孩求助。可别还是肚子饿啊！赶到报警地一看，是三个小女孩，两个十三岁，一个十五岁。她们说，我们要赶路，没钱了。老姚一听，不是本地人，你们是哪里的？三个孩子都不说。又问，你们要到哪里去？她们说要去余姚。干什么？去打工。老姚吃了一惊，你们是未成年人，不能打工。如果只是钱不够，我可以帮助你们。但我不能让你们去打工，这很危险，说不定会遇到坏人。三个孩子没了主意。老姚说，你们饿了吧，先跟我回所里吃点儿，好吗？

来到派出所，迎面碰上所长。哟嗬，老姚，你又捡人回来啦！

听听，老姚捡人不止一回了。

所里的女民警看见来了几个女孩，纷纷围过来说话。性别优势很快显现出来，半小时后，女民警告诉老姚，三个女孩都是四川万县的，她们听说余姚能打工挣钱，就背着家人跑出来。

接下来的工作就是老姚的了。他查到当地派出所，派出所很快就跟家人对接了。好家伙，家长在电话里就号起来。老姚说别哭了，快来接孩子吧！你们人生地不熟，如果找不到，就到一个目标大点儿的地方，我把孩子送过去。

这时候，天已经黑了。老姚买来饭菜，三个孩子饿坏了。可是，才吃了几口，就趴在桌子上睡着了，看着真叫人心疼。老姚把值班室的被子抱来给她们盖上，又脱下自己的大衣加在上面。为了不影响她们睡觉，关掉了大灯。

一个人，静静地。守着黑夜，守着寒风，守着孩子们。

就这样，等啊等，等啊等，耳不关闭，目不交睫，一直等到凌晨四点多，终于，听到汽车响，看到车灯亮。孩子们的亲人来了！

抱紧，痛哭，令人心酸的喊叫。家长们拉住老姚，要跪下，要磕头。老姚急忙扶起，不要谢，我求你们一件事，你们能做到，我就心安了。

家长们抢着问，什么事？

老姚说，回去不要打孩子！

听他这样讲，大人孩子再次抱头痛哭……

三个孩子刚回到亲人身边，一位老太太又迷了路。

她挑着一担行李，在长途车站走来走去，不知道该上哪趟车。不会问吗？问啦，一张嘴，滴了嘎滴了嘎，完全是机器人，还带金属音儿。问她要到哪里去？嘎了滴嘎了滴。姓什么？叫什么？滴了嘎滴了嘎。人家没辙，只好报警。

老姚赶到车站一看，哪是机器人啊，标准的中国老太太！

老人七十多岁，身板硬朗，衣着干净，一看就是居家过日子的。可是，她说什么，老姚脑壳晕；老姚说什么，她哇哇呜。问遍周围的人，个个张嘴结舌，眼睛瞪得像妖怪。亲，老姚都急出了汗。拿笔让她写名字。她头摇得人晕。不识字，不懂话，身上除去不多的钱，再也找不到任何有价值的线索。担子里挑的是衣服，像出门，又像回家。看看长相，清瘦利落，不像北方人；听听口音，语速快，发声怪，也可以认定是南方人。就算是南方人，地大物博，哪儿是她家？

不行，还得找能听懂她话的人。

这时，汽车喇叭响起来，嘀嘀嘀！

老姚心里一下子亮了，这儿是汽车东站，此地还有一个西站。那里的车，有到宁海的，有到台州的，还有到椒江的，也许老太太要去的是西站，也许西站有人能听懂她的话。

老姚兴冲冲带老人来到西站，逢人就让他们听老太太说话。上车的，下车的，老太太说傻了，听的人也听傻了。

突然，有个老倌叫起来，说老太太讲的是台州话，有两个字他听出来了：塘头。再听听，又哇哇呜了。

好吧，总算听出两个字。

老姚马上跑去问车站调度，塘头在哪里？

胖调度两眼一眯，哦，烫头在理发馆。

得，老姚也成老太太了。他赶紧改说绍兴话，塘头在哪里？

调度说，哦，你问塘头哦！塘头有很多哦，宁海就有三个哦，椒江也有两个哦！

老姚一听，晕菜！又问，台州有塘头吗？

调度说，台州没有塘头哦！你要去哪个塘头哦？

老姚说，我哪个塘头也不去哦！

塘头一拨又一拨，植物大战僵尸败阵。

这时，站上保安说，台州有很多人来这里开洗车店，开浴室，你去那些地方打听打听？

于是，老姚带着老太太转战南北。洗车店，浴室，到处打听。找到台州人，他们说老太太讲的不是台州话。找到宁海人，宁海人说塘头是有的，可老太太不是塘头人。还说，把她送救助站得了！老姚说，这不行！她不是流浪人，她不需要救助站，需要找到回家的路。

可是——

老太挑着担，老姚推着车，迎来日出，送走晚霞，回家路在何方？

走得皮塌嘴歪，问得稀里糊涂。没有结果，只能带老太太先回所里想办法。来到所里，碰上所长，哟嗬！老姚赶紧接上，我又捡人回来啦！

全所的人都被老姚叫来练听力，还是没人及格。天黑了，老太太睁不开眼了。老姚走投无路，只好把她送到救助站。他跟值班的说，这老太太迷了路，暂住贵站，拜托照顾，我明天再来！值班的说，老姚，你放心！

回到家里，老姚不放心。哇塞，整整走了一天，两腿打不过弯儿。我且如此，况老太乎？这样折腾，再把她累垮就麻烦了。不行，还得另想主意。想啊想，直想到脑壳进水。这时候，手机响了，是设置的叫醒铃。得，一夜没合眼！

但是，叫醒铃"叫醒"了老姚。有啦！

他去救助站接上老太太，来到所里，打开电话簿，从浙江各地的"110"开始，一个一个接通。以空中对接方式，让老太太跟对方讲话。老姚说，姐妹们，谁能听懂她的话，就跟我说一声，多谢啦！

求助完毕，老太太隆重登场——

滴了嘎滴了嘎，嘎了滴嘎了滴。

又是金属音儿，又像发电报。

听不懂，听不懂，还是听不懂。

不灰心，不灰心，还是不灰心。

就这样，一直打，一直打。

近来，电话打到了温州。对方说，哎哟，老太太说的是温州话，不是乐清人，就是瑞安人！

啊！老姚好激动，手都帕金森了。

马上打到乐清。乐清听不懂，又转战瑞安。

瑞安"110"一听，对，是我们瑞安人！

紧跟着，对老太太发出同样的金属音儿——

嘎了滴嘎了滴，您叫什么名字？

老太太猛然听见金属音儿，嘴皮直哆嗦——

我叫，遭殃倒霉！

啊？老姚叫起来，还有叫这个名字的！

瑞安那边笑起来，老姚啊，不是遭殃倒霉，是周英弟妹。

啊，周英弟妹？

不怪老姚脑残，说给谁听都哇哇呜。

好啦，名字有啦，往电脑里一输，各种信息都跳出来。

原来，老太太家住瑞安仙降镇。听听这地名，她就是一大仙！家里有儿有女儿，不好好待着，仗着身体好，常常飘出去，找这个老姐玩两天，去那个老妹家住两日。这回跟几个姐妹去庙里念经，走远了，回来迷了路。儿女们正急得火上房，她从天而降！

你看，有乐吧？

《中国作家》2016年12期

麦哈穆德和他的糖萝卜

纳莺萍（回族）

题记：只有经过地狱般的磨炼，才能炼出创造天堂的力量。只有流过血的手指，才能弹奏出世间的绝唱。

——泰戈尔

麦哈穆德降生在旧中国宁夏永宁县纳家户，归真于市场经济改革开放中期，终年八十岁。他是新中国培养的回族知识分子，官名儿纳殿帮，回族的经名儿麦哈穆德。他一生起伏跌宕，但是临终却说：我是幸福和满足的！

一切不幸都可以忍受、天下没有逃不脱的逆境

七十六年前，苦难的中国上演着战争的闹剧。这一时期，各地军阀你争我夺，天昏地暗。三十年代中后期，宁夏也不安静，发生了孙殿英、马鸿逵军阀混战。巨大的灾难将百姓推入痛苦的深渊，据资料不完全统计：死伤士兵达四万五千余人，冻死饿死的灾民有五千三百多人，小小宁夏尸横遍野。

因为战争，多少百姓无辜牺牲？马鸿逵统治宁夏期间，施行了残酷的抓兵，抓兵成为他历史上不可饶恕的罪恶。不间断的战争造成了马鸿逵部队兵源枯竭，马鸿逵硬性规定十八岁至二十五岁青年合格壮丁者，三抽一、五抽二，几年下来，适龄青年被抓光了。于是，他再下令十三岁至五十五岁的男人抽丁当兵。征兵期间，有钱的大户，雇佣穷人充数，也有贿赂成功逃避抓兵的；没钱的穷苦百姓，为了保全自己和家庭举家外逃的，或者自残身体造成断手断脚的比比皆是。为了逃避抓兵，有人用锥子刺瞎眼球，有人用利刀砍断手指，有人毁坏面容，还有的人用中药巴豆糜烂自己的下身或肛门，故意假造梅毒。每

年征兵令一下，所有部队、保甲长一起出动，四处抓兵，鸡飞狗跳，路断人稀，害得绝大多数贫民家庭只剩下老人孩子，情景十分凄惨。

麦哈穆德（以下简称穆德）和他的家人像所有穷人家一样艰难度日。有一天，昏暗的纳家户街道突然闯进来一大队人马，像是抢吃庄稼的蝗虫一般，黑压压扑向百姓家里。领头的几个人骑着高头大马，黄绿军衣配马裤长靴，头戴青天白日大盖帽，挎着盒子枪。跟随在身边的保长向乡亲们喊：今天马主席（马鸿逵）的部下刘副官到户里征兵，每家每户一个丁，有人的出人，没人的出钱，一户也不能少。这些人气势汹汹地在户里窜游，然后在乡公所安营扎寨，等着抓人。此时阴云密布，沉闷的空气令人窒息，户里的父老乡亲听说马鸿逵又来抓兵，心惊肉跳家家紧闭大门，大气不敢出，躲的躲，藏的藏。

穆德这年刚刚懂事，他上面两个姐姐出嫁了还有两个哥哥。大哥十六岁娶了媳妇才两个多月，养家糊口的重担挑在肩上，说啥也不能让大哥当兵。可是，家里还有两个够当兵条件的人！爹爹和二哥胆战心惊。爹爹为了这个事焦虑得嘴上起了一串水泡，焦躁得坐卧不安。他舍不得自己儿子被抓去当兵，谁都知道枪子儿不长眼睛，当了兵就等于有去无回。虽说二哥十三岁，但户里许多十二三岁的男孩都被抓兵了，爹爹觉得二儿子长得弱，或许挑不上呢！抱着侥幸心理，得到抓兵的信息时，他赶紧支使大儿子连夜从家里后院墙翻出去，顺着户里的小巷子爬过一个牛棚一个马圈，溜到户北城墙的一个洞口。从这个城墙洞爬出去就到了湖边上，钻进芦草往西北跑，神不知鬼不觉地溜进贺兰山清真寺藏起来，就能躲过这场灾难。

很快，保甲长带着马匪兵进屋了，没有抓到穆德的大哥，扑了空，气急败坏地将穆德爹一顿暴打命他顶兵，粗暴地连推带搡押他往乡公所走。穆德爹目睹老老少少不少乡邻被抓来押往一个方向，想找机会溜掉，可到处是马匪兵的岗哨，怎么也溜不掉。走着走着，他突然看见一个小满拉左手提刀右手提鸡对面走来，他奋力挣开马匪兵的手，抢到小满拉跟前夺过菜刀，马匪兵以为他想杀人，呼叫着吓得四散躲在墙角边，准备开枪射击。说时迟那时快，穆德爹大喊一声蹲在地上：狗日的，老子就是不当兵！话起刀落，咔嚓一声，将自己右手两个指头剁下来，顿时鲜血流淌。马匪兵们惊呆了，过了好一阵才反应过来扑上去把他摁住。穆德爹半卧在地上抱着自己的手，疼得面色苍白，衰弱不支。马匪兵连提带拉把他带到乡公所骂道：囊孙日的，想找死没那么便宜！老子今天必须从你家带走一个人！这时，他的二儿子跑进来，见到父亲滴血的手，立即号哭道：爹呀爹！咋剁手呀，儿子替你当兵就行啦！在场一个副官抽着烟眯斜着眼盯住瘦弱的少年问：不是家有三个男儿吗？把大的呼来就饶了你。说着命人把少年捆绑起来，放了残废的穆德爹。几个马匪兵跟保长逼着少年敲开了家门翻了个底朝天，只找到了更小的穆德。显然，这家抓不到第二个人了。这时乡公所里已抓了不少年轻人。有几家交不出人的，爹妈都被抓来捆绑在树上，马匪兵们用皮鞭挨个打他们，衣服打破了，肉被打烂了，马匪逼着他们交人。几天后，纳家户能抓的人都被抓走了，总算平静了下来，各家各户仍然惊恐地闭门不出。大部分男人包括男孩子被抓走了，户里的人家为失去亲人哀哀地痛哭，再也听不见年轻人的嬉笑声了。傍晚，家家户户早早熄灭了油灯，被黑暗和悲愤凄惨笼罩着。夜，死一样寂静，只有乌鸦不时地拍打着翅膀，哇哇地叫唤，野猫发出像孩子般的惨哭。

穆德二哥被抓兵后，大哥始终没有音讯，爹爹又气又急，手伤越来越重，兵荒马乱得不到及时治疗，手指感染化脓整条胳膊都变得肿胀溃烂，没过几天活活痛死了，终年五十四岁。穆德爹无常后，穆德妈伤心绝望，十分想念不知死活的两个儿子，她无法找到大儿子，便千方百计打听到了二儿子的当兵地址，背上馍步行三十里路赶到军营看儿子。军营不让她进去，她痴痴地等了大半天，终于等到儿子军训出现在操场上。人群里她很快认出了穿着军服的儿子，隔着铁丝网大喊儿子的名字，儿子仿佛听见了掉回头寻她，被带兵的狠狠踢了几脚。她这一来回六十里路，仅仅远远地看了儿子几眼。回来的时候她走得费劲，走得无比辛苦，又冻又饿过于劳累，到家后发烧打摆子，半个月撇下幼小的穆德和十五岁的儿媳咽下最后一口气。当穆德的大哥为躲避抓兵藏了一段日子跑回家来，刚刚上了纳闸桥已经有人告知他父母双亡的噩耗，他失魂落魄地往回跑，推开破旧的柴门，看见媳妇和不到十岁的穆德蜷缩于灰暗的炉灶旁瑟瑟发抖。

穆德大哥不到十七岁，可此刻，算是家里的顶梁柱了，他必须承担养家的重任。

日子极为贫困。穆德和哥嫂每天只能吃一顿主粮，多是赊借来的，那是杂米和萝卜做的稀饭，干重活需要加一个高粱面或麸子面馍馍增加耐性。麸子吃时间长了肚胀拉不下屎，人很痛苦。每到春季，青黄不接，用野菜当主食。荠菜、马齿苋、灰灰菜、扫帚苗……每天是一锅绿水。嫂子把几种野菜和在一起撒把盐放一把粗面粉，已经是最好的饭食了！不吃粮食容易饿，外面风一吹，腿软得打战。太阳出来时，嫂子带着穆德找野菜，附近的野菜都被挖光了！旷野上白茫茫的一片盐碱，像下了雪似的，最多的野菜是盐蒿子。盐蒿子耐盐耐碱，碱很重，可它还是碧绿的，只有碱太重的地方，盐蒿子变成紫色的，那种盐蒿子太老，不能吃，叔嫂便跑到很远的地方采野菜。苦苦菜、甜苦菜、车前草、娃娃菜，见什么挖什么。

苦难像乌云，远望墨黑一片，身临其境不过是灰色

苦难的年景慢慢有了改变，二哥把当兵积攒的一点军饷钱寄来补贴家用。土灶里的柴火又闹腾起来，柴火噼啪噼啪地脆响，铁锅里飘出饭香气，有粮食吃了，宅院里还养了鸡。大哥家添丁加人了，两个小侄子呱呱落地。穆德十二岁，考入马鸿逵在八里桥办的全公费职业学校。学校每周安排时间上山打收马莲草、让学生跟着教师实习造币、造麦芽菌、制作酱油、醋等，学校还培训学生做农产品加工方面的事情，做工增强了穆德的工业制造意识。

穆德十四岁那年，大哥把他送到吴忠清真大寺当满拉，读阿文，做礼拜，吃住在清真寺里。

孤苦伶仃的穆德生活在寺里，眼前常常出现父母的身影，有一天做完礼拜，他忧郁的眼神盯着窗外翻飞的燕子自言自语：

燕子在唱歌

有人在播种

那是我爹爹

一个心里只有安拉和庄稼的人

他不分昼夜挥动铁锹、锄头、镰刀

祈求你带来一个好天气

一个适宜播种、抽穗、杨花、收获的好天气

让我爹爹心想事成

萤火虫在飞着

有人在念经

那是我爹爹

天天跪在拜毯上用汤瓶洗涤眼眶尘埃的人

　　他虔诚地诵读《古兰经》信仰执着

　　祈求你照亮每一个洁净的时辰

　　让我爹爹心想事成

　　穆德蜷缩着瘦弱饥肠辘辘的身体，微闭双眼再次合掌默念，爹妈想得我愁肠，请真主慈悯有信仰的人，带我找到父母藏身的地方。

　　汲取着来自父母的温暖，穆德心里宽敞了。其实现实更加阴郁，日本人占领了内蒙古包头市，日机隔三差五轰炸兰州和银川。马鸿逵开始了新一轮的抓兵行动扩充兵力。又要抽丁了！穆德和大哥谁去当兵？大哥的两个孩子幼小，只有穆德去当兵。

　　少年穆德穿着肥肥的军装在炮火下穿梭。空气是沉闷的，环境十分险恶。每遇打仗，同龄孩子死伤无数，穆德不知道是否活到明天，心里时常充满恐怖，有时候他跟着部队行军，看见那些熟悉的田熟悉的树，树叶虽然是碧绿的，但是院墙弹痕累累。触目惊心的死人，死马横七竖八躺在路边水边，肿得胖胖的，空气里飘着烂肉、屎尿的臭味，令人掩鼻恶心。此情此景，穆德总会微闭双眼念一句清真言。一天太阳下山了，前边吵吵嚷嚷，尘土飞扬，部队还在行进，穆德清楚地感觉自己是苦痛的厌倦的，而此刻他听到一声断喝，穆德，营长叫你快去！他不知道发生了什么大事，惊慌失措地跑步到营长面前，营长并不说什么，拉他上马一阵疾驰。待进入一个古老的宅院，院子青砖铺地，瓦房连接，一排六间瓦房四周群厢环抱形成四合院。穿过三个院子，院子里都是树，树上结着果实，似乎是梨树，枝头沉甸甸地垂下头。树下栽种着野菊。进了屋，方砖的地面铺着地毯，似乎是个客屋，两头卷曲锃光瓦亮的案上摆着一色的古董，一面墙挂着古画，一张雕漆方桌两侧的太师椅铺着白色的狐皮。穆德站在宽大阔绰的屋里发呆，他没有见过这样的场景，耀得他眼花头晕。猛然他又听见一声喝叫：小子！把这个盆端出去倒了！他顺着喝叫跑去，弯腰端盆，一股臊气直冲脑门，满满一盆臊尿。接着他被使唤着从前院跑到后院，早已经不见了营长的影子，他明白是营长抓差让他干家务的。他见天给小姐太太端茶倒尿跑杂，早晚铺床叠被，挑水扫院。穆德不怕干活，他人机灵嘴皮子甜，几天下来营长家眷们喜欢上他，把他留在家里跑腿。如此一来，反让穆德侥幸躲过战火，避过灾难和饥饿保全了性命。

　　1945年国共开战，军长马步芳的81军调到固原（驻军在中宁）穆德所在的部队驻扎平凉一带，营长带着家眷调到别处驻扎了。把穆德交到81军202团特务排。春天的时候，这个团奉命攻打延安，穆德随部队到达大水坑当夜，弃枪逃跑。

没过半年，穆德糊里糊涂又被抓了兵，这次是接受甘肃团管局训练。他毕竟当过兵，比招来的其他学员熟悉军队操练那一套，结业后，被提升为上士班长，每月两块银元。从军不久，他所在连队奉命到甘肃静远征收新兵。从平凉出发，步行七天到达静远县。他们前脚一到，当地的乡保长后脚就来了，鞠躬哈腰一脸堆笑围着征兵的班排长转悠，整天像苍蝇一样盯住长官请客送礼笼络关系，无非是为自己亲属开脱抓兵。征兵的长官不管谁来当兵，只要有钱拿，有肉吃，乡保长抓谁来都行，只要把人头凑够数便大功告成了。所以，那些当官的，趁着征兵中饱私囊贪污腐化，找妓女，吸鸦片司空见惯。到了穆德这帮底层兵士，他们必须完成上司交代的新兵训练任务。静远收兵后，休整几天，穆德所在部队奉命到甘肃宁定县征兵。从平凉出发，身背30多斤的行装和枪支，步行20多天到达宁定县（今天的甘肃广河县），住在县里一家车马大店。走到了马鸿逵、马步芳的根据地，穆德一无所知，却意外认识了一位宁夏金积县小伙马效芳。老乡相见十分投机，经过马效芳介绍，穆德认识了他的母亲。老太太四十几岁，白皙干净的脸庞上一双眼睛和蔼而安静，见到穆德宽大的额头刀削似的眉锋高挺的鼻子，身材俊拔，即刻喜欢得眉开眼笑，抓着穆德的手絮叨起来。穆德获悉老太太16岁嫁入马家，30年未回宁夏了。在老太太家吃过饭，老太太提议儿子马效芳和穆德结拜为兄弟。在宁定驻军三个月期间，穆德成了老太太家离不开的客人。当团管局征兵任务完成开拔的时候，穆德忽然找不见了。

其实，穆德的逃离是老太太的主意，穆德向老太太透露过自己的心思，部队内部派系林立，尔虞我诈，他对国民党部队深感失望，老太太把穆德悄悄转移到东乡村藏身。30里路外，穆德藏在老太太的亲戚家住了十天，每天土豆、馓饭、玉米面窝窝头吃得饱饱的。

日子飞快，住在马家两个多月，前方还在打仗，华东的战事吃紧，拜把儿兄弟马效芳应征去青海军事学校培训，接着服役。穆德被老太太送到青海昆仑中学读书。次年，临夏和宁定三县十分需要师资，穆德被派去到世那务中心小学当教员。

1949年3月份，共产党在平陕一带战事接连胜利，宁定县时局很乱。学校基本停课。兰州解放后，王政的第一兵团向青海进军，路过宁定，恶战一天一夜，解放了宁定县，接管了政权。穆德随着局势的急速变化，成为一个身份混杂的人。他心情动荡，担心自己一个穷苦人家的孩子，这些年混在旧军阀家里，干妈视他如同己出，他从心里认了她。可是，共产党来了，他一夜间变成了共产党那边的坏人？因此胆战心惊地挨日子。让他没想到的是，穆德一类教职人员被共产党政府整顿一番便重新编制派往各学校任职，穆德还被任命了世那务中心小学的校长，他疑惑是共产党政府考验他，即刻召集旧学校的老师们开会，修整教室，通知学生到校上课。过了两个月，穆德把新学校办得十分出色，获得了新政府的表彰。很快，他被调回县政府教育科工作。其间，青海省尚未解放，马步芳尚在和共产党顽抗。当地贵族官僚，有钱的大地主，煽动不明真相的百姓闹事，土匪时隐时现。1949年9月，宁定县的土匪围困了县城，打了7天的硬仗，被王政一骑兵团从临夏赶来剿灭。有一天，干妈寻到他，透露土匪要抓他，整一整给共产党办事的人，催促他保命逃往宁夏。

对着困难摇头、就无权在胜利面前点头微笑

1949年10月1日深夜，穆德匆忙整理了行装，骑了一匹快马，揣着干妈做的干粮，趁着月色告别了干妈离开宁定县，跑了一天一夜到达兰州，卖了马儿，他搭乘一辆到宁夏的军车，回到纳家户。他没有想到，匆匆这一别，他与干妈成为永诀。穆德历经磨难回到纳家户，二哥已经娶媳妇独门立户。家乡依然穷困，大哥种田闲暇沿村卖烧馍，有时给驻军磨面。二哥挑了一个小百货担子，走街串户卖辣面子酿醋过日子。

1949年新中国成立，穆德考入农校进入中专学习。学校是省政府办的半工半读学校，吃大锅饭，国家发衣服。一年的工读生活度过后，他被分配到农研所当练习生，享受供给制，每月发35元津贴费。1952年农业厅选择根红苗正的青年干部到大学深造，穆德被保送西北大学财务系深造。大学有助学金，吃小灶，每日四菜一汤，1954年穆德学习期满毕业回原单位工作。

1954年7月穆德回到农研所，被定为技术员，每月工资63元。这年他与贫农的女儿索福亚结了婚，小日子十分幸福。每月63元工资养着妻子也资助着妻子的爹妈，一元钱买50个鸡蛋，五毛钱吃一碗羊肉泡馍，穆德感觉富得不得了。早在农校学习时，穆德学过农产品加工制造，实习过制糖，到农研所工作

后，他十分崇拜所长，因为所长是土糖制造专家。1954年冬天，农研所建起了一个小型制糖作坊，集中所里技术力量制糖。穆德黑糖做到白糖又试着做冰糖。1958年是"大跃进"之年，祖国各地轰轰烈烈办工业。宁夏糖厂开始筹建。说起制糖，历史表明，解放前美国人在永宁杨和镇办过糖厂熬过糖满足过回族群众喝糖茶的需要。因为宁夏的气候干旱，光照充足，土壤松软肥沃，昼夜温差大、利于糖分积累，又是一种在沙地、盐碱地种植的糖原料，所以，甜菜十分适合在宁夏的土地里生长。

正因为上述优良的原料条件，糖厂作为大型企业，于1958年底成立了，可是技术人才非常短缺！穆德便被推荐上来。穆德在农化所几年已成长为技术骨干，企业调他来不是让他当官来了，更不是享受！而是筹建糖厂原料实验站。

穆德招收了第一批工人，开着拖拉机赶着毛驴拉着行李到平吉堡筹建甜菜试验站，即种植糖萝卜。什么都需要从头做起。买土地，盖房子，招聘人员，面临的困难比想象的还多。

当穆德带着大队人马站到无边无际的野地里，平吉堡呈现的是无尽的荒凉和凄黯。荒野散发出清新、潮湿的泥土气息，除了望不穿的莽荡荒凉外，就是叫不破的寂静。没有房子，先打地窝子铺了麦草住人。安顿下锅灶解决吃饭，再打草翻整荒地，加班加点脱坯盖房子。房子墙砌了一半，呼呼的西北风一场接着一场刮，狂风带过一堆堆枯草和干树枝，瞬间，席卷着一种不可思议的愤怒，带着沙土迅速掩埋了地铺和锅灶，摧毁了生活的一切。穆德叫苦不迭，啥他妈的鬼地方！他诅咒着天气，鼓动工人们勒紧裤带与天斗一斗，不与天斗就被压垮了，难道逃跑吗？上级交代的任务怎么办？穆德的煽动像是一声进军号，瞬时铁锹挥舞杈子耙动，车拉人扛忙碌不停，天色由黄变成银灰又变成乳白，在人们不知不觉的时候，东方吐出了一缕霞光，每人的脸上都挂着汗珠子，蜗居厨房整整齐齐更加稳固地排列到眼前时，穆德开心地笑了。到平吉堡农场后，生活条件的艰苦超乎穆德想象，为了有效指挥出工收工，穆德在树上绑个喇叭，定点放起床号。出工是《东方红》、收工是《咱们工人有力量》！天天这两首歌，听得工人们提意见了，要求每周看场电影。平吉堡距银川较远，不方便放电影，穆德为此跑回去跟厂长恳求，由厂里联系放映队下来每周为大家放电影鼓干劲。果然，工人情绪大涨。周末的时候，空气里流动着喜悦的成分。下午收工，全队人马早早坐在草场上等着观看露天电影。放什么内容的片子？职工们竟然头一天就议论不休，有说科教片、打仗片的，也有说故事片、科幻片。放电影当天，职工们兴奋不已，饭也不做了，啃几口馍，炒了黄豆装进衣袋，早早占了位置等电影。电影开始了，放《刘巧儿》和《小二黑结婚》那天，银幕的两面全坐着人，有许多抢不到正面的位置只好坐在银幕的反面，人和景都是倒着的，他们依然看得津津有味，边看电影边嘎嘣嘎嘣嚼黄豆，沉浸在电影故事和音乐里。夜深了，不知不觉蚊子摸来了，平吉堡的蚊子又大又猛，嗡嗡地如同小飞机。蚊子借着黑夜和空气扇动翅膀攻击人，悄悄俯冲下来对准人的肉皮猛刺一剑，锐利的剑锋透过人的衣服进入毛细管，蚊子贪婪地吸血，吸得飞不动了人还感觉不到，电影把人吸引得忘记了一切。所以，每看完电影，大多数人都被叮得满身青包红疙瘩，又痒又痛。但下次看电影，大家已经好了伤疤忘了疼，早把蚊虫叮人那档子事丢到脑后，依然兴趣十足提着板凳看露天电影。

一天中午，穆德一伙人吃过饭去打柴，走到一片草滩，草丛密集高挑，他们看好地方挥刀，不大会儿工夫割了一捆，大约七八十斤。

烧饭取暖全靠柴火，穆德动员大家再砍点，砍着砍着穆德的刀突然碰上一个东西，以为是块石头，他拨开草一看竟然是个大土蜂窝，说时迟那时快，黑压压的土蜂一下子炸开，嗡的一声朝大家飞来。穆德忽然意识到什么，大喊快跑！他下意识用双手护住眼睛，只觉脸和胳膊被铁钉扫过一样剧痛，眼泪立即奔泻而下。蜂群过后，穆德手上、鼻上、胳膊、嘴上，都被土蜂叮过，其他人也遭到程度不同的袭击。穆德捂着脸往回跑，途中遇见几位同样中午出来打草的职工，见此状，说被这么多土蜂蜇脸马上肿成面包了，尽快用肥皂水反复冲洗被蜇处。回屋后他用肥皂洗，头、脸、胳膊到处是泡泡。蜂蜇过的地方特别疼，那种钻心的痛，尤其鼻子旁边的软骨更痛，火辣辣的，他坐立不安。奇怪的是一直未肿，一直到吃晚餐，蜂蜇过的地方奇痛无比，饭也不想吃了，头晕眼花，晚上睡觉略感轻些。由于劳累得挺不住了，他和衣躺下不知不觉睡着了。

第二天起床痛感顿消，感觉昨晚睡得香、睡得踏实。一问被蜂蜇过的人，都说怪了！原来腿疼脖子疼的人都不疼了，全身仿佛有种轻松的感觉。

拿镜子一瞧，被叮的部位，黑色的蜂针深深地扎在里面，听说蜂叮人，可以给人治病消毒，而失去蜂针的蜂也会死，穆德庆幸遇到了神医，他的关节痛从此被治好了。

刚来时，水利条件极差，穆德带着工人打井抽水灌田，人吃的水暂时到附近部队去拉，米面油盐菜所需生活用品从城里往那儿运。配置简陋落后，新房砌好时，是两排土坯平房，没等干透，大家就搬了进去。

深秋的时候，100亩荒地下籽种的甜菜即糖萝卜，如纺锤般壮实，大的重约7斤左右，小的也有3斤上下。糖萝卜三分之二卧在土里，三分之一露于土上，叶簇半直立叶子直径约10厘米，如伞如盖。田野里，大片大片深绿色的叶子遮盖着的萝卜和地面，就像深海里一只只小帆船。

这是一件足够轰动足够新鲜的话题，原料使糖厂的未来忽然辉煌起来，刺激着建设者们的神经，也鼓励着建设者们的积极性。糖原料战役初步告捷后，穆德有些得意，他在生产讨论会上慷慨陈词，从制糖讲到糖萝卜的利用价值。他拉出4000年前国外利用甜菜做饲料的事例，描绘抽取糖汁的糖萝卜，含有牲畜所需的一般营养物质外，还含有胡萝卜素，能补充饲料中的维生素A。他又补充了几个事例，什么古西方利用甜菜做药用、古罗马帝国用甜菜叶子治疗便秘和发烧、用甜菜叶子包裹治疗外伤等等。他讲得忘乎所以，把生产会变成了演讲堂！他的宗旨是尽快上马一个饲料加工车间！与制糖车间平行开工。他有点书生气也太超前，不知道自己的讲解正刺痛着一个人的耳朵和神经，那人忽然站起来打断了他的话，是生产科科长范大胡子。穆德一直把他理解成多疑而谨小慎微的人。此刻，范大胡子的脸上充满憎恶，抬起的胳膊颤动了一下，指着穆德吼，喂！你——你收起你那套！给谁演戏呢？这是生产会，不是表功会，说有用的！旁边有人低声附和着，对，对呀。

穆德忽然受到了当众批评，尊严受到侵犯，脸上一阵由衷的惊愕，他无法遏制自己的愤怒，想起范胡子一贯对自己横挑竖拣看不惯，便像弹簧般跳起来，厉声反击范胡子，小人！欺人太甚，老子在平吉堡受苦受累种甜菜，你还睡大觉呢！话音未落，他手中握的茶缸已经投向范胡子，他想让他知道他不是绵羊，他也会发威！范胡子的肩膀被砸中了，忽地跳起来，毫不示弱推翻了身下的桌子，一阵稀里哗啦，会场不欢而散。

尽管两人都受到了批评做了自我检讨，但此后彼此躲避着对方，心里已经结了梁子。按照生产计划，各车间进入试生产阶段，小火车从厂部穿过，满载糖萝卜的车皮开进洗涤车间。糖萝卜被卸进宽大的水沟里，像水车一样的车轮搅动起来，清洗刮擦着糖萝卜粗糙带泥的部位。一个多小时，丑小鸭变成了白天鹅！相貌丑陋泥巴裹身的糖萝卜，经过清洗整容，齐齐整整挤在皮带运输机上时，已洁白无瑕。糖萝卜经过切丝搅轧进入恒温糖罐蒸沸提汁，过滤后的糖渣被送出车间扔在空地上，而灌装的糖汁与糖蜜分离后，糖蜜进入管道流进酒精车间，成为制作工业酒精的原料，糖汁则经过熬制结晶干燥程序变成了白砂糖。

制糖生产试验成功了，正式生产即将开始。重中之重依然是甜菜问题，平吉堡原料基地的糖原料源源不断供应上来，可是远远不能满足制糖生产周期的需要，糖厂急切需要广大农民种植甜菜来满足糖厂对原料需求。

一个人自以为走向绝路，殊不知光明正要开始

1960年，党中央发出《关于严肃对待党内右派分子问题的指示》后，全国掀起了"深挖"党内右派分子的高潮，宁夏糖厂也毫不例外地开展大鸣大放！生产停下来，以阶级斗争为纲。反右运动开始后，划定右派分子和其他坏分子（历史反革命、现行反革命、坏分子）成为头等重要任务。

第一批右派分子被揪了出来，穆德的师长，他最敬佩的教授，学识渊博的农研所所长被打成右派，教授成了阶级敌人，穆德心里震动很大，愤愤不平。

1960年8月份，地方民族主义运动有指向地进行，定了指标在各部门抓捕回民干部，特别是技术干部。平时喜欢钻牛角尖，喜欢给组织给领导提意见，爱出风头的回族知识分子，一概被拉进黑名单。

穆德和其他几位回民干部，不幸被圈进了黑名单。运动一开始，矛头已经瞄准他们，尤其是穆德的个人英雄主义自以为是的臭脾气，成为范大胡子一伙人的抨击对象，遭到了小揪斗和大批判。群众运动面前，不讲原则政策，编造，诽谤，胡言乱语，乱扣帽子成为普遍现象。穆德看不到自己的险境，忙着找领导为农研所所长据理力争。他公开包庇右派！处境变得更加糟糕。国庆节前夕，他和几个回民干部被扣了坏分子帽子，其中有个回民因为饥饿偷了食堂一个馒头而已，也被打成坏分子。这天傍晚，穆德几个从办公室被推上一辆军用卡车，汽车沿西干渠西边土路向北开，到达目的地已是晚上七八点钟，他们被集中一间大房子里，坐在稻草上等处理。不一会儿进来个人，穆德朝那人请求，渴死了给杯水喝吧？那人气咻咻走到穆德面前，是个威武的男人，不由分说左右开弓抽了穆德两个大耳光，他的鼻子开始流血。那男人骂道：喝水吗？你以为到家了？他手指一扫，你们这些龟孙子，以为住店来了？以为请客吃饭来了？不剥皮抽筋还不反上天了？边骂着手里举起钢丝绳做的鞭子，照着刚刚拉来的几十个人扫过去。男人似乎不解恨，朝着人群又是一通鞭舞。穆德觉得额头冒汗，眼冒金星，恍惚之间看到这个人将鞭子向他的脚踝打来，他下意识

缩脚，那个人打空了，骂了句难听话甩鞭子朝穆德的屁股打了几下才完事。接着他去抽打别人，挨打的人嗷嗷叫着躲闪着，背和肩上挨了不少鞭子。当晚，昏暗的灯光下，穆德吃了送来的黑馒头喝了一点水，一宿未眠。天快亮了，他身子火辣辣地疼，嘴唇干裂着，凝聚着黑色的血，嗓子又咸又苦，一切发生得突如其来，他似乎看清了被人陷害的事实。他睁大双眼，向昏沉漆黑的牢房里望着，高高的铁窗上透着几颗星星，门外似乎有站岗的走动声。他爬起来借助微弱的月光，掏出随身装的小本子记下了这伤心的一幕。

穆德失去了自由，感觉给人劈面打翻一样，从人生的高峰忽然栽入黑暗的深渊。眼前发生的事，使穆德的血管疯狂地奔腾着，血液如火般燃烧，命运已经把他撂倒在这里，虽然身体失去了自由，思想却还像飞鸟般盘旋，愤怒而焦虑。他咒骂自己的坏脾气，后悔不知天高地厚地给领导提意见，明明领导在大会上信誓旦旦，为了党的繁荣壮大，为了表示个人爱党爱国的忠心和高度负责的精神，一定要提意见啊？领导的确反复动员下属提意见啊！此刻他忽然醒悟那一切不过是引鳖进瓮。他绝望地咒骂自己愚蠢！隐约看见范大胡子幸灾乐祸的神情。他痛悔自己一夜成为阶下囚，蹲在班房里失掉自由，吃着猪狗之食，睡着草铺，许多人挤在一起，大小便得事先报告，完全失去了人的尊严，活得不如一条狗。穆德感到人生完了，低沉下他原本骄傲的头颅，在枪杆子压制下去劳动。晚上他睡在又脏又臭的草铺上，老鼠跳来跳去，臭虫、跳蚤、虱子四处爬。几乎天天有饿死的犯人被抬出去。逐渐活着的人也浮肿起来。穆德的脸已经肿得像个吹起来的气球，其他人眼睛和他一样肿成了一道缝儿，眼泡子里汪着水，把眼睛挤得难以睁开，像是刀片割开一个缝隙。才来了几个月，穆德发现自己的嘴唇肿得向外翻卷着，头发干渣渣地竖起来，嗓音变得细软，说话时发不出声音。他们去劳动，走路时都仰着头，把视线抬高才看得清路，饿得浑身软绵绵的，走路像是踩在棉花上。为了保持身体的平衡，穆德用力迈出每一个脚步。他强烈地意识到，如果此刻死了就像是死了一只蚂蚁一样！他决定活下去，顽强活下去才能看见太阳，才能奔向前面的光荣，才能开怀大笑。于是，穆德利用劳动到草滩上挖野菜捋草籽，掏老鼠穴里的麦粒和玉米粒，运气好偶尔挖个土豆胡萝卜吃吃，多半是抢夺鼠类过冬的口粮生吞进肚，他甚至幻想出去当乞丐讨饭，也比蹲监狱好，关在这里，他几乎要失去正常人的判断。

沉重痛苦的劳改生活，使穆德不再笑不爱说话。不久，他被挑选出来，担任了管犯人的小头儿。有了相对的自由，多领一些饭食。这个机会对他十分重要，活下来才能见到自己的孩子和妻子，这是他活下去的最大动力。每每想到孩子，他的眼前，便出现了卷着团团雪粒的旷野，西北风发出尖锐冷酷的呼啸，来回疾驰上下翻舞，一个小姑娘的身影摇摇晃晃拉着一个小男孩儿挪动着双腿，他们喊着爸爸行进得十分艰难，似乎又冷又饿，就像被劲风猛吹的小草。那是他的一双儿女，他的心头肉，他心痛得快要窒息了，泪水奔流，他抹把泪水，握紧双拳告诫自己，绝不能听从命运的摆布，不能坐以待毙！

一段日子后，饥饿被他制服了，身体的肿胀消退了，新的痛苦又来了，肚胀排便困难。夜晚，穆德半蹲半跪在无人的墙角，费力地用手指掏着自己的肛门，将黑色的羊粪蛋一样硬的粪便一粒粒从肛门里抠出来。艰难的环境，他挣扎着自救着忍耐着。倔强的天性，催促他一边服刑一边给国家信访部门和中央领导悄悄写信申诉。信件一封封递出去，石沉大海，他几乎绝望了。可是他并不知道，北京已经派了调查组到银川落实他信中反映的乱扣帽子、乱打棍子、乱逮人的问题。那些信件经过国家相关部门和党的领导人层层转批，有一天，穆德忽然被叫去谈话，被判十年徒刑的穆德被改为劳教。天大的好消息！犯人们羡慕祝贺他即将恢复自由。穆德自己也感觉过去心脏和神经收缩的血液，忽然流畅起来，生命忽然灌满了力量！他又喜又惊，又悲又叹！喜的是，申诉有了结果，惊的是他这样的犯人给领导写信竟然得到落实。悲自己的处境叹自己的命运。很快他被转换到西湖农场，由敌我矛盾改为内部矛盾。生存环境知足了，树上响起喜鹊的叫声，两只喜鹊在树枝上相扑，眼前已经扎出一片新绿，穆德的心里充满渴望，恨不得自己变成鸟儿飞到广阔的天空去！那一刻，他踌躇满志，杀气朝天，他胸中起伏的肺，跳动的心，明辨是非的意志，能谈论的思想，希望，爱恋，爱妻，儿女，光阴，都激励他努力争取更好的结果！他继续申诉自己的冤屈。相信毛主席相信党中央会还他清白公道。1962年6月，他的申诉奏效了，他稀里糊涂又被解除了劳教指令回家。

穆德背着行囊回到银川家中，原来的家只剩下空房子，家里的破家具炕上几条旧被子，旧自行车以及锅碗瓢盆全部不见了。家里的东西早被偷窃一空。三个幼小的孩子被寄放在农村二哥的家里。11月的银川，已是夜幕低垂，星光凌乱，窗外的路灯惨淡昏黄，院子里那根老槐树孤独无靠，枝杈痛楚地伸向天空，他在屋里屋外徘徊，里外三个房间只亮着一盏黯淡的油灯。黑暗中，他颓然神伤，空荡荡的屋子里不时有老鼠窜来窜去，30岁出头的穆德几个晚上都无法入眠，无尽的愁绪从胸中漫向大脑，他蹲在炕上等天亮。邻居们看他实在可怜，凑了几斤米和几斤面一些煤，街道办事处给他安排了一份工作，即每天在大街小巷捡砖头扫垃圾，向房修合作社交送，一天能挣1.9元钱。总算有了生活来源，派出所也常常资助些钱粮，帮助他渡难关。

生活可以从头再来吗？冤屈怎么办？穆德并不甘心，这样不明不白的关押又放回来，连个平反的结论都没有，这怎么可以？一定要等这一天！派出所的一位老民警介绍他去机砖厂工作，拉土、烧砖、出窑。活虽苦月薪57元，算是高工资。老民警是汉族，心地善良，他说穆德你背砖虽然苦，但可以挣钱养家！他劝他为孩子着想。穆德觉得老民警说得对，他背砖去了。穆德背了两年砖，用省吃俭用的钱置备了铺盖、桌椅板凳以及锅碗瓢盆，生活又有了着落。

1965年春节后，穆德经堂兄介绍到银川铁路局二队工作，那里正需要人。

1965年6月穆德正式属于铁路员工，工资待遇不错，劳动量轻，他每天从黄羊滩走20里铁路，查视路基安全，比背砖体面轻省多了，他喜欢这个工作。穆德做事认真，也属于文化比较高的人，不久被调到兰州电务段，看材料仓库。月薪70元，加每月补助外勤费4元，食宿免费，回银川乘火车免票。仿佛又回到当初的经济地位了，这么好的待遇使穆德百感交集，仿佛阳光又照耀到他的身上暖洋洋的。

时常，从兰州到酒泉，再从银川到天水押车送建筑材料，穆德心情十分舒畅。三年过得极快，穆德从心里希望留在铁路，永远这么活着算了。就在他如此想的时候，天意所在，他到武威车站送材料时，火车出轨他被甩出来摔伤了腰腿，送到兰州骨科医院治疗，三个月痊愈出院后，单位不催他上班，定他工伤补了点钱让他在家休养三个月。

休养的日子，穆德清闲了，但是脑子、心思似乎涌满了悲哀的往事，这些往事两年来似乎已经升华散尽，凝成了极纯粹极细微的气体，表面包裹着一层光滑浑圆，像乌鸡白凤丸似的薄薄的蜡衣，他相信早已丢弃那段不堪的往事，不再找领导要平反结果了。因此，他表面上流露的是寡淡、沉静，像是春天的冰无波无痕。可深藏心底的切肤痛、彻骨痛、剜心痛变本加厉留在原地，只要有机会，就会跳出来折磨他。他坐在床沿上，点着了一支烟，吸了一口，呆呆地看着缥缈的烟雾，鼻子一酸一串眼泪流下来，越想越恨，吸完烟穆德狠狠把它掐掉，他的口和心同时发辣，只想找个地方狂喊一阵，把胸中的血都喷出来才痛快。他再次奋笔疾书，给领导写信要求平反，他不能这么混日子。

1966年10月，"文革"来了，红卫兵开始串联，银川糖厂一片混乱，几个和他同样命运的人，受过迫害的人串联他一起造反。政治形势忽然护佑起穆德这些曾经倒霉的人。但是社会秩序已经混乱，所有部门都处于停工状态无人正常办事，平反的事情再次被搁置起来。

1968年10月，是穆德大喜的日子，他的冤情经宁夏工业厅甄别为错案，一段冤情终于见了天日，他被彻底平反恢复原职。已经快四十岁了，他手里捧着组织命令心潮澎湃，抚摸着文件下方圆圆的红印章，鲜红透亮，那仿佛是一面召唤的旗、鼓起的帆，是对他满满的信任与肯定。文件下达之后，糖厂以当年每月工资63元标准，补发他9年的工资7000元，赔偿他精神损失1000元。

天晴了，阳光黄灿灿的，穆德背了9年的黑锅与失去尊严的生活从此彻底宣告结束，他感到扬眉吐气。对于过去，他战栗那个以阶级斗争为纲的年代。为什么会那样？这难道是他一个人的切肤之痛？他想，绝不是他的个人之痛、家族之痛、人群之痛，而是整个民族的痛。冤了一层人，埋没了一层人的青春！毁掉了一层人的梦想！也摧毁了一个正在发展中的企业。还好！那个年代已经过去了。

生活好比橄榄球比赛，原则就是奋力冲向底线

回到糖厂，穆德满含热泪，他知道糖厂是宁夏回族自治区的同龄人，是土生土长起来的企业。可它的命就那么坎坷？穆德回到糖厂，农建13师即前身中国人民解放军农业建设第13师（后撤销，所属单位并入自治区农垦局），接收了银川糖厂。糖厂再次蓬蓬勃勃开始建设。生产那天，穆德捧着个瓷碗去食堂打饭，广播里播着"雄赳赳气昂昂跨过鸭绿江"的曲子。工厂仿佛是军队，厂长换成军人，工人们都是从农建13师各团抽调来的北京天津插队知青。工人素养高了，实行军队管理制，早晨六点半广播吹起床军号，四层楼里住的工人们沸腾起来了，洗漱、整理，到食堂打饭，八点准时进车间，点卯做操，一切有条不紊。车间主任被叫成连长，往下推，是排长班长副班长，糖厂以崭新的面貌呈现于穆德面前。

然而，穆德再次回到了原点，筹备糖原料，继续从事糖萝卜事业。命运仿佛故意和他开玩笑一样，把他和糖萝卜紧密连到了一起！

穆德如何把他的糖萝卜梦做得五彩纷呈？没几个人关注他！几年后，人们忽然看见了宁夏省报如此报道：宁夏甜菜糖业研究高级农艺师穆德，多年参加

育成"六盘山"一、二、三及"宁甜"201四个甜菜品种,主持培育"宁甜"三个多倍体甜菜品种,主持培育居国内领先的耐丛抗病单(双)粒型甜菜杂优品种和耐丛折病单粒型甜菜雄性不育"Nm101A、B"系,其中"宁甜"301品种先后获农垦部、宁夏回族自治区科技成果二等奖,"宁甜"302、"Nm101A、B"系先后获宁夏回族自治区科技进步三等奖。穆德发表研究论文多篇,如《甜菜糖分减产的思考》《甜菜不同栽植密度对产量影响的初探》等,为糖业生产研究提出了十分重要的成果,做出了重要贡献。

之后,人们发现穆德一年接着一年地痴迷在试验中。他的眼里、梦里,只有糖萝卜丰硕的、瘦弱的、萎靡的、生病的模样。各种长相的糖萝卜就像是他的孩子让他牵挂不已。甜菜褐斑病出现时,大量的糖萝卜遭到毁坏,没等收获的季节,糖萝卜已经烂在田里。甜农万分着急,这可怎么办呀?洒农药喷药水,能想的办法都使用了,全没用!专业人士都清楚,甜菜褐斑病是一种普发性真菌病害,危害到糖原料的产量,他们想起了穆德能治。

穆德不负众望,为了研究治理甜菜褐斑病的农药,吃住在农村。他以严谨的治学态度,筛选出高效低毒低残留的新型农药,对症下药,替代了甜菜长时间使用的抗性农药,经过田间药效试验,褐斑病得到了防治。

那一年,秋风四起、寒气凝霜,糖厂排队送糖萝卜的拖拉机大马车小卡车一排就是几公里,糖厂的原料源源不断运来了,制糖机器欢快地转动着,高高的烟囱冒着白烟,空气里弥漫着甜甜的味道。制糖工人们忙碌着,雪白的砂糖躺在绵绵不断的运输皮带上,被缓缓送进了包装车间。

穆德这家伙真是痴心不改!他的同行如此评价。人们逐渐了解到,穆德要是找不见了,一准在农村地头上能找见他。北到平罗姚伏、惠农、红果子镇,南到吴忠马连渠乡、板桥乡的田间地头。太阳火辣辣地照着,穆德穿件白色短袖头上顶个粗草编织的草帽,当地农民经常看见甜菜地里穿梭着一个中年男人的身影,一会儿蹲在生长的甜菜前久久凝视,还不停地记着什么;一会儿站在田埂上瞭望,一手插在腰杆上,另只手搭凉棚往远处看。时间长了农户都熟悉了他,他就是耐心地为甜菜种植农户提供种植技术提供病虫害防治的那个人。20年如一日,穆德不是农民却比农民还爱土地。1985年,随着种植年限的延长,不少甜菜种植者目光短浅,只追求产量不顾质量的现象越来越严重。连续三年糖分下降。甜菜含糖降到全国平均线之下,退居第八位。仅银川糖厂1985年收购的甜菜,因糖分降低就比正常年份少收入400万元。糖厂一下子变成了亏损企业。

这个问题引起了厂领导的高度重视。为了恢复和发展全区甜菜质量，1986年，市场经济如火如荼，银川糖厂围绕着提高甜菜糖分采取了十项措施：加强原料工作、开展科学实验、解决生产中的疑难问题，以及交通工具及甜菜栽培技术服务问题等。同时，糖厂申请财政拨出600万元资金从外地引进高糖高产新品种，逐步改变甜菜品种单一、混杂退化的现象。

在姚伏区，有一户姓罗的农户种了十余亩甜菜，信心满载，等待收获季节收到一笔不菲的收入用来盖新房子。由于没有掌握种植技术，产出来的糖萝卜个头很小，"卖相"不好。老罗一直为这事愁得打退堂鼓，准备来年改种其他农作物。穆德了解后，主动找了老罗，开了一张"科技处方"，还手把手地指导和培训他。秋天的时候，老罗地里糖萝卜长势很旺，冬天交萝卜后卖出了好价钱，是往年产值的两倍。看到自己的付出有了成果，老罗高兴地逢人便夸：那个萝卜头神了，只要他来治理糖萝卜，保准啥样的萝卜都乖乖地听他摆布！从此，"萝卜头"成了穆德的绰号，很多区域的甜菜种植与萝卜头的名字一起蓬蓬勃勃发展起来。

穆德并不满足一地一区取得的成绩，他疯了一样奔波在银南银北的甜菜地里，根据独特的气候土壤条件，针对周边农村百姓生产甜菜规模小、种植分散、品种单一、产量较低，不易保存、技术含量低，运输难度大，不能满足企业需求问题，积极普及和推广自己甜菜栽培防病方面的研究成果，带领同行们一起深入田间地头，起早摸黑，针对区域差异反复和甜农交流，共同探讨甜菜增产的经验。同时，穆德到农科院引进了5个甜菜新品种，在各村做起了引种实验及高产栽培实验。

通过蹲点培育，取得了意想不到的效果，甜农可以通过种甜菜每亩收入超过1万多元。在5个品种取得了成功后，1988年，穆德通过培训、实地指导发展了200多亩甜菜基地。穆德是个不把事情做精致绝不罢休的人，经过不断摸索开拓创新，甜菜亩产值已达近2万元，他迅速带动了周边乡镇发展800余亩地甜菜。

那一年，在贺兰、永宁、银川郊区等周边市县，提起穆德的名字，甜农没有一个不熟悉他的。很多年以来，穆德穿梭在300户甜农之间，指导甜农发展甜菜种植，村里的群众有不认识镇党委书记的，可没有不认识穆德的。他走到一个村镇，都有一群农民围着他问这问那。区农垦局王局长有一次在会议上说：有几次和穆德一起下乡，刚下车，就见有农民群众热情地围上来，我以为找我解决事来了，没承想找穆德说糖萝卜问题的，把我个局长晾到一边去了！为何呀？你不能为农民利益提供服务呀。穆德一个推广种糖萝卜的人，比我个当官的受老百姓认可，你们想想深层原因！

1991年，宁夏随着国家政策要求，投建了平罗糖厂和青铜峡糖厂，统共有了三家糖厂，谁来占领市场？原料争夺大战的硝烟弥漫。三家制糖企业互争原料，哄抬物价，导致甜菜收购质量下降，最终影响到企业的经营效益，三家糖厂全部亏损，制糖企业再次走进低谷。

此年，是改革开放第12年。由于制糖厂长期管理体制不顺，基地不稳，原料不足，投入生产的三家糖厂步履艰难。穆德凭着技术专家头衔，贡献制糖业的名声，被吸纳到政协当了委员。糖业急需技术人才，穆德也成了炙手可热的人物，三家企业均列出优厚的待遇抢他加盟。穆德考虑再三，觉得自己还是吃技术饭稳当，至于当副厂长，提高工资，他摇头，不当官！绝不！自己的性格自己知道，官场不是他这样性格人待的地方，他一辈子都忘不了进劳改队的情景。

穆德不知道，有家德国甜菜公司发现了他，已经联合港商来宁夏种糖萝卜。他们算了一笔账，如果在宁夏以11吨甜菜制作1吨乙醇（酒精），按国内甜菜价格320元1吨计算，仅原料一项每吨乙醇便可收入人民币1600元。于是，德国和香港甜菜公司开始行动，获得自主知识产权后，建立了生产示范基地，直接用甜菜生产乙醇。这一切开始运作的时候，宁夏糖业界处在相互竞争倾轧、保守循旧的狭隘时期，分化瓦解就在眼前，宁夏糖业故步自封。

1994年，德国人通过各种途径寻找穆德，寻找宁夏甜菜萝卜头。他们甚至掌握了他的处境，获悉穆德领取每月600元薪水，64岁的年纪，以企业高工身份在农民的田里穿梭。

是的，穆德乐此不疲地蹲在老百姓的萝卜地里进行田间观察记录，盯着甜菜植株长势，叶片大小，抽薹、开花、结果。他关注着糖萝卜的发育成熟，关注着一亩地能收获多少糖萝卜？他一头扎进了治理甜菜病害蚜虫病，还有地下害虫、天野萤这些病的防治。不停地写研究报告，他的研究得到推广，方法简单，一用就灵，甜菜蚜虫病很快获得控制。

接着是针对甜菜空心病，穆德很早以前已经寻找到了原因，明确了主要原因是硼素营养不足。需要加强土壤的硼素营养。甜农按照穆德推广的肥料解决了硼素营养后，糖萝卜空心病得到了根治。

德国人看见了穆德的利用价值，看准了他的技术研究成果。他们感慨：同样的一杯美酒，出厂价值20元，进入专卖店却要200元，穆德萝卜头就像那杯美酒，价值200元，可目前只有20元的价值。他们直接发函件邀请穆德做技术顾问，并且开出了优厚的条件。人生，再次为穆德打开了一扇门。

随着改革开放的深入，企业运作维艰，大部分企业纷纷倒闭，宁夏三家糖厂也逃脱不了厄运，先后停产关闭，工人纷纷下岗，穆德的甜菜事业走到了尽头，他为之奉献一生的企业消亡了，他的糖业理想破灭了。

就在穆德生命进入66岁时，以为自己百无一用的时候，机会悄悄降临到他的身边。

每人心中都有两盏灯，一盏是希望之灯、一盏是勇气之灯

驻北京的KMS公司（德国甜菜种子公司）董事长舒伯特先生忽然电话约他，舒伯特先生简单谈了自己的打算，综合意思是，他从某科研杂志上拜读了穆德发表的论文，费了一番周折才找到了他，希望与他合作。

穆德决定大胆挑战自己，与人生博弈一次，老了吗？国家总设计师邓小平先生不是耄耋之年还在做事吗？改革开放的利好政策摆在那里，邓小平鼓励一部分人先富起来！这个信息对他这个历经坎坷的人来说像生命一样重要，他遗憾如此宽松的社会环境他逢遇得太迟，再早十年多好？他将凭借他的技术智慧执着精神成为一名对社会有所作为有所贡献的人，一个有意义的人！他心底鼓励自己，与时俱进，紧追时代的脚步。用十年时间？他算了算自己的年龄，再干十年？一切都来得及！他决定与德国人合作，实现他的糖萝卜理想。

他飞到了北京，见到了舒伯特先生，毫不犹豫地畅谈自己的计划，谈推广自己的科研成果与德国甜菜种子的打算。舒伯特先生非常赞赏，对他的业务专长崇拜信任，很快赠送他一批优良种子，这批种子价值12万元，支持他在宁夏做甜菜种植发芽及防治病虫害的实验三年，三年之后德国公司提成穆德获利的25%。

至此，穆德跳进了市场，开始了经商生涯！多年来，他的科研成果曾经在全区推广过，经过不懈的努力，他的研究成果已走完了各种程序走向了完善，剩下的事情是组织实施了。组织实施他的科研成果，靠团队来干，靠资金。他成立了一个公司，合法进口德国优良甜菜种子，与德国甜菜种子公司建立合作

关系，取得合法手续之后，他利用多年在农村工作的经验与人脉，把优良种子推销给甜农。农民们信得过他，争先恐后领取种子。

春天的时候，一场细雨过后，阳光温暖地照着田野，新耕泥土散发出一股清香，路旁田边已经泛出一片青绿，一丛丛野花迎着春风开放，甜农们迫不及待地把种子撒在地里。逐渐，土里欣欣向荣地长出一片片绿盈盈的嫩叶，在春风的吹拂下，瞬时渲染成一片锦绣！经过了夏天，田里绿成了海洋，波涛起伏，一转眼，远远近近的糖萝卜叶子像是伞盖，遮盖着硕大饱满的糖萝卜，那些萝卜似乎是绿海里的一座座岛屿忽隐忽现。太阳的热力烤透了糖萝卜饱和的水分。收获季节到了，经过检测，糖分高出了预想指标，丰收是必然的。田野骚动起来，人喊马嘶车响，甜农们忙碌地挖萝卜，去泥砍叶装车，运到收购站过秤领钱。甜农一年的任务完成了，他们感激穆德，感激他给他们带来了赚钱的机会。第二年的时候，穆德推行新时期种植甜菜办法，培训甜农，重新认清新时期市场方向，增强种植知识寻找利润空间。政策好了，有了平台，农民看的就是怎样提高收入。很快，有的乡搞起联合投资购置压榨机，将收获的糖萝卜切丝浸提后，经过双螺旋(或单螺旋)压榨后再经过烘干水分，提取干物质。程序简单成本不高，却带来了意想不到的市场效果，推动了牛羊猪肉市场的发达。因为糖萝卜干物质中含有丰富的氨基酸、维生素和微量元素，消化养分高，发热量高，与高蛋白的精饲料粗饲料搅拌一起，是养牛养羊养猪的理想饲料。

这样的市场，鼓励了穆德的野心，在经济环境里大展身手，以农村为舞台，继续种糖萝卜，是他初心的冲击。长年的阳光照晒，他的身体是坚韧强壮的，同他敏锐的思想一样，都具备了一种潜藏不露的爆发力，他安静时如一头猛兽懒洋洋地晒太阳，时机到来，会突然蹦跳起来向前冲去。他相信，依靠改革开放政策鼓励，依靠德国甜菜公司提供的优良产品，他会做得越来越好。因为人生顺心得意，他的面孔已经隆起容光焕发，洋溢着对生命的欢乐情绪，说话也充满了幽默和机智。深秋天，寒风阵阵，他穿着米色的风衣，戴顶驼色的礼帽，看起来好像一位有修养的绅士，捧着一个笔记本，在糖萝卜地里走走记记。花甲之后，他的丝丝白发已经露在帽子外面，稠密齐整的胡须槠灰白夹杂，眼睛含着一种冷静的有所思虑的神情。他选择研究的甜菜丛根病防治服务工作引起科委和农垦局领导的支持帮助，特别是农垦局王局长很感兴趣，视察基层工作时，当场任命穆德为甜菜示范研究组组长，派他驻甜菜重病区巴浪湖农场主持各个示范点的工作，科委在经济方面给他大力支持。

不久，穆德宁夏甜菜丛根病防治中心正式成立了，重点治理种子疑难问题。有了合法机构，穆德和德国公司协商独家推广德国种子产品，这样免除海关报关税，德国海运税等。新的奋斗目标就这样开始了。德国人很快寄来300公斤精良品种。连续三年，德国人到宁夏来参观穆德的试验田。1998年，科委、农垦局的同志和同行都来参观穆德的科研成果，他得到了行业高度认可。穆德得到了科技局颁发的审定证书。至此，穆德的科研成果成为合法专利品，先后向哈尔滨、吉林、新疆、内蒙古、甘肃酒泉等地推广。

逆境给人宝贵的磨炼机会。只有经得起环境考验的人，才算是真正的强者。自古以来的伟人，大多是抱着不屈不挠的精神，从逆境中挣扎奋斗过来的。

大批企业倒闭或者转制，工人下岗前景灰暗，人到愁来无处会，不关情处总伤心。穆德却在奋斗！不挑担子不知重，不走长路不知远，新的市场新的机遇，给70岁的穆德带来了好运！之前，1999年，他率先在银川市中心买了两套商品房，一套住宅，一套商用房，带头致富，改变了妻儿子女的生活质量。他的心年轻时尚，将自己新住宅装修得也很年轻时尚。第一次，他把心和目光投入家庭，他心中充满喜悦，决定不再做任何事情，充分享受生活，写字画画，打打麻将，让晚年幸福地过。

2008年的时候，穆德在日记里这样写道：当我总结人生的时候，回头看我的人生，我靠自己的奉献与坚持，得到了人际之间的互助，友谊、友爱和和睦相处。我收益合理、干净，这是我最大的幸福和满足。我认为：人活着总要有点奉献精神，对社会、对父母、对家庭亲友，要用这种精神，受人尊敬的精神为人处世。如果处处都为自己的利益着想，自私地生存，何能幸福？有的人不会做人，不关心他人，不互助他人，不友爱他人，这种人活得狭隘没有意义。所以努力做好人，不会做学着做，做不好改良做，这样做人，快乐而幸福。

日记的最后他写道：人生短暂做人难，创业更难，需要奋斗终生。我本着这个道理走过一生，活到80岁，还能够乘车去政协开会，还能帮助年轻人新成立的甜菜种子公司做宣传，体验活着的意义。因此，我是满足的、幸福的。

2008年底，穆德忽然脑梗，平静安详地走完了他的一生。

寻找师傅

山　哈（畲族）

> "人有三尊，君、父、师。"
>
> ——《白虎通·封公侯》

引 子

　　从地图上看，杭州是一只美丽的蝴蝶，而东面的余杭区，则是那只漂亮的左翅。余杭区是一个古老又年轻的城区。说它古老，是因早在6000年前的马家浜文化时期，已经有先民在此生息繁衍了，后来，余杭之名，又多见春秋史籍。当时，余杭属于吴、越的领地，比邻富庶天下的杭州，小安偏居。说余杭年轻，则是它2001年方撤市设区，融入主城，成为杭州的一翼。现在看来，1993年创设的余杭经济开发区可以说是余杭发展的一个缩影，原本江南水乡的一片田野，如今有了成片的高楼大厦，有了花园式的厂房，有了笔直宽阔的东西大道。都说栽得梧桐树，引得金凤凰，我所走访的"三只"药业界的"金凤凰"，都是设区后良禽择木而居。

　　随着采访的深入，一个话题在脑海里跳了出来：寻找师傅。

　　自古以来，中国人对"师傅"和"师父"怀着深深的敬意，常言道："一日为师，终身为父。"写一个企业，不能不写传承，不能不写师傅和徒弟的关系。正是师徒关系构成了企业的文化核心，这里既有技术层面的传承，更有人文方面的潜移默化。

　　如今，"师父"早已褪去了宗亲的印痕，传道授业者早已成为令人敬重的"师傅"。

　　小时候，我母亲常常会指着医师对我说：叫药师傅。

师傅王贵忠

每天清晨六点半,家住翠苑一区的王贵忠就早早起了床。今年58岁的老王麻利地收拾好家,轻轻带上门,大步赶往翠苑公交站台,风雨无阻,他要赶这趟七点钟始发的厂车。这辆和杭州马路上行驶的公交车外观一致的厂车,属于民生药业集团全城九部班车中的一辆,这九辆班车每天就像九条金鱼,从杭州城区的四面八方出发,在城市的车水马龙中游动,最后穿城而过,总能在八点前游到一个共同的目的地:余杭经济开发区民生药业集团。

上了车,王贵忠找到自己的位置,一年坐下来,大家几乎认可了自己的座位。每天这个时候,是王师傅每天睡一小时回笼觉的美好时光。自从2014年初从市区的余杭塘路搬到余杭区后,王师傅已经适应了现在这样的日子,现在,他头一落靠背,眼睛就如拉上了帘子。

初冬的江南晨光明媚,光影穿过楼群和树叶,斑斑驳驳落进车厢,落在王师傅关上了双眼的脸上,汽车走走停停,轻柔如摇篮一般晃动着,周围响起了起起伏伏的鼾声。

师傅王贵忠是1976年进的民生药厂。

那年我正好20岁,高中毕业,当时街道通知我:民生药厂要招工了。民生药厂属于地方国营,当时叫杭州第一制药厂,那个时候的杭州伢儿都相信进工厂吃劳保。当时招工还要政审、考试,我这一批,有六十多个一起招进来的。

那时候,我住下城区,家四周丝绸厂比较多,天天路过这些厂区,总能听到里厢边机器咣当当,咣当当,很是羡慕。民生药厂离城区比较远,厂区四周当时还是农村,有田,有桑树。接到录取通知后,我报到前一天悄悄遛进厂区考察了一下。记得偌大的厂区静静的,空气中弥漫着淡淡的药水味,说不上好闻不好闻,厂区里走的人不多,偶尔遇到的,大多穿着白大褂,神情严肃,倒像是做药厂的样子。厂里的树都很高大,马路也很宽畅,环境干净清爽,心里一下子就喜欢上了。

一进厂,我被分到大输液的蒸汽车间,面对的是数不清的500毫升大瓶,工作就是蒸汽消毒、配料灌装。

从1976年到现在快退休了,我这辈子都在民生药厂,前前后后跟过五个师傅。当然，印象最深的还是第一个师傅沈秀清，她是我的第一个师傅，我是她的最后一个徒弟，带出我后，没半年，她就退休了。

那天，厂办领导把我送到调配车间，指着瘦瘦小小的沈秀清说：这是你的组长，也是你的师傅，以后你就跟她了。那时候的人关系挺简单的，就连拜师这样的大事也没啥花式。就这样，简简单单的开场白，我平生有了第一个师傅。

沈秀清是民生药厂的老人了，算起来她应该是公私合营那一拨的职工。那时候，大输液车间没什么现代化的设备，就是几只不锈钢大桶，放进蒸馏水后，按处方比例添加原液，比如，加5%、10%的葡萄糖，这些全靠手工操作，经常是沈师傅看着我调配方，指出这里那里的关节点，做药的人来不得半点马虎，那可是人命关天的事。三个月后，她认为我可以上岗了，才放手。

沈师傅走的时候，厂里举行了老职工退休欢送会。那辰光，退休是件很光荣的事，好的单位要敲锣打鼓，送"光荣退休"镜框，送大红热水瓶、脸盆，离开厂时，胸口还要别一朵大红花。

沈师傅走的时候，最后一次到车间来转了转，她拿了块抹布，东擦擦西擦擦，也不讲话，看得我们一帮徒弟心里酸酸的。

在大输液车间我做了两年，后来听说厂里要办个制药中专班，凭着高中生的底子，我大着胆子报名，全厂一千多个人，最后有17个人通过文化考试，录取脱产读书。我读的是药剂学，这个中专班是自己厂里办的，当时厂里有个教育科，有自己的教师，外聘的也有。经过两年集中学习，专业知识提高不少，两年后，回到针剂车间，到了小针部门做实验，专门做新产品试制，老产品工艺改制。记得民生畅销很多年的门冬氨酸钾镁就是我们这些中专生做出来的，门冬氨酸钾镁是电解质平衡药，后来一直生产了二十多年，成为民生药厂的拳头产品。

想想老底子的厂，一千多人，开个运动会，搞个篮球比赛都热乎乎的。厂部还每半个月停工开一次全厂大会，开会的时候，礼堂里黑压压一片，书记厂长的声音透过喇叭洪亮有力。

其实，那时候物质生活并不富裕，刚进厂时，我领15块工资，还有两块钱的米贴。印象最深的是年底评先进，上台领个脸盆，拿张奖状就开心得不得了。除了工资，平时也没啥福利，后来，在余杭办了个养鸡场，从那以后，逢年过节，一车车鸡拉来，你一只我一只，闹忙得像集市。别的厂职工看了都眼红：还是你们民生靠得牢。

你看，一眨眼，当年的青工王贵忠，已经快成为退休老头儿了，再过两年，我就六十了，民生经过几次改制，已经由国营企业改制成股份制企业了。像我，退休工资也由社保发，退休后同厂里实际关系不再像原先国营厂那辰光密切了。

你问我，带过几个徒弟？说实在的真的数不过来，不过我想想，正正式式拜师认徒的有过五个。

2004年后，厂里每年都要举行"拜师带徒"仪式，每次开会的时候，也是风风光光的，大红会标墙上一挂，师傅和徒弟一对一签字画押。"拜师带徒"年年搞，十年下来，有288对师傅徒弟结了对子。我因为徒弟带得好，又超过三次以上，被评为内部培训师。

我手里有一张"杭州民生药业集团有限公司2008年第五批'拜师带徒'考核表"。考核表师傅栏里填着"王贵忠"，徒弟栏里填着"黄双英"，有一段专家评语是这样说的："此次拜师带徒的目标是徒弟掌握小容量针剂产品的配制、过滤、手灌封，封口等技能，以便于对各种产品进行生产前小试，判断分析小试方案可行性及结果。师徒间有良好的互动，师傅身兼组长工作繁忙，但仍能细心教导，徒弟也能虚心学习，推陈出新，基本达到了预定的拜师带徒效果。"

我没有采访到黄双英，听说她已经离开民生了，但她是这样评价王师傅的："2008年度的拜师带徒活动已近一年。2008年对于师傅王贵忠来说是很繁忙的一年。调配小组处于缺员状态，身为调配分析组的组长，不仅要管理好整个小组，很多工作都要他亲力亲为。这么繁忙的情况下他还是抽出了时间来教我小试技能。通过一年的学习，经过师徒双方的共同努力，我已熟练地掌握了小容量注射剂的配制、过滤和手工灌封、封口等技能。同时，对小试的目的、方案和结果能作出分析和判断。基本达到了拜师带徒协议中所规定的要求，使自己的专业技能水平又上了一个台阶。应用所学知识，相信在我今后的工作中会起到一定的作用。"

在第五届"拜师带徒"活动结束的时候，王贵忠又一次拿到了"合格奖"："……一年来，王贵忠等20名同志，积极履行'拜师带徒'签约的师傅职责，悉心传授，徒弟认真学习，师徒双方在教学中，知识、技能等都有了长足的进步，为提高企业各项工作的质量奠定了基础。经考核，全部合格。根据'拜师带徒'约定，给予王贵忠等20位师傅，每人720元奖励，给予徒弟适当的物质奖励……"

2014年4月，民生药业集团工会在综合楼大会议室举行了第十一批"拜师带徒"签约仪式，又有26对员工签订合约结拜为师徒，同时，第十批21对师徒受到了表彰奖励。

民生药业党委副书记，工会主席王自强在仪式上说：今年是民生"十二五"发展战略的第二年，也是民生"二次创业"的关键之年，这项"拜师带徒"活动，既是提高员工素质和劳动技能的一种载体，又能培养造就爱岗敬业和专研的员工队伍，促进公司的不断发展。王副书记要求师傅发扬传、帮、带作用，徒弟要虚心地把师傅的宝贵经验学到手，成为公司发展的重要人才。

在民生药业集团，传统的师徒关系被赋予了新的形式、新的内容。在这家现代化的著名制药企业，"拜师带徒"作为传统文化的血脉得以保留延续、开花结果，那种植根人心的师徒关系没有因为市场经济而凋谢，没有因为现代化而疏远，人际关系因为师徒的存在而多了一份温情，因为师徒的存在而多了一份责任与担当，多了一份尊敬和关怀。

祖师傅周师洛

1977年2月，当民生药厂新员工王贵忠喜气洋洋开始规划自己人生的时候，远在宁波的乡村，有一个80岁的老人悄无声息溘然长逝，老人的去世在周围并没有引来多少关注，尤其是他的身世，更不被别人所知晓。直到1984年，当这位老人沉冤昭雪时，人们忽然才发现，哦，原来那个清瘦的周师傅，是一生吃苦无数、赫赫有名的民生药厂创始人周师洛。

如今，走进民生药业集团公司，第一眼看到的，便是这位老人。

我去的时候，周师洛便坐在那里，穿着西装，大耳大脑门，脸颊清瘦，目光炯炯，不苟言笑。这座半身雕像的底座上，一段介绍非常简单：周师洛，1897年生于浙江诸暨，1977年病逝于浙江宁波。1926年6月，周师洛等7人筹资创办了杭州民生药厂的前身——同春药房。百年身后事，评说任由人，站在周师洛面前，我想越是简单的背后越不简单。

我对周师洛感兴趣的倒不是因为他是民生药厂的创始人，我最感兴趣的是：在20世纪初，在西药被东洋人、德意志人、美利坚人瓜分的中国，是什么原因成就了民生药厂的前身——同春药房？

民国的时候，民族西药工业相当落后，只有杭州的"民生"与上海的"海普""新亚""信谊"，号称我国"四大药厂"。正是这四家药厂，支撑了整个中国的民族西药工业。若按创办时间顺序，民生制药位居第二位；但民生一开始就生产制剂和针剂，是名副其实的西药厂，应该是国内第一家西药企业。

现在，我手里握着一份泛黄的珍贵资料，这份行楷印刷的33页资料的作者不是别人，正是周师洛。这份《经营民生药厂26年回忆录》，为我们勾画出一幅近代民族医药工业的创业史卷。让我们随着周师洛的目光，回到那个动荡不安的岁月吧。

恍惚中，我看见一个老人，坐在低瓦度昏暗的白炽灯下，正一笔一画认真地回忆自己和民生走过的非凡道路。

> 我出生于浙江省诸暨县吾家坞山村，世代业农。我于1897年（光绪23年）出生，六岁时，大哥进取清朝末科秀才在家办私塾，我七岁上学于大哥处，1912年毕业于翊忠高小，1915年毕业于诸暨县立中学。那时二哥要我进师范或法政，因家中常遭地主恶霸的欺侮，倘我进师范法政后可以结交一些官僚豪绅，家中可以免受别人欺侮。我不同意他的意见，因师范毕业只能做个教员，法政毕业只能做个律师，还不如学医药和工业，可以自力更生发展生产。遂于1917年考入浙江公立医药专门学校药科，1919年与连瑞琦等参加过五四运动，至1920年夏毕业。毕业后与同学汤伯熊、姚典、冯继芳等到诸暨开设诸暨病院，我负责药局，至1922年因族侄周恩溥医专毕业后，留日回国，开设同春医院，邀我去主持药局，我就到杭州同春医院，七月浙江公立医药专门学校成立附设诊察所，我由老师周冠三介绍担任该所药局调剂员。1923年春杭州第一师范发生中毒案，街头巷尾传说纷纭，谓系狐仙作祟，我未信之，去该校视察，情况非常严重，系头天晚膳中毒，全校六七百人，几无幸免，当即建议校长何炳松，化验饭食，结果证实为砒霜中毒。当即用砒石解毒急救，因毒太重，定量结果，每碗内砒霜含量达到致死量的六至七倍，虽经急救，而死者竟达二十八人。事后确认，砒霜系该校会计贪污事发，怀恨下毒。

从回忆录上看，当年杭州第一师范中毒案对周师洛走上制药道路起着不同寻常的作用，他意识到：没有好药化解，只能眼睁睁看着28人死于非难。

后来，周师洛经朋友介绍，进入杭州中英药房担任药师，除配方外，同时试制针药，供应医师和部队的需要。所用设备因陋就简，没有煤气灯，安瓿封口就用酒精灯装上吹管和二连球送气，试制成功后，周师洛建议老板扩大生产，屡遭拒绝，萌生了辞职自办药厂的念头。

一个穷孩子要办药厂几无可能，好在周师洛有几个铁哥们。1926年6月，周师洛和当年药科同学范文蔚、沈仲谋、冯继芳、陈树周、田曼称等七人决定筹资一万银元，创办"同春药房股份有限公司"，囊中羞涩的周师洛回老家向大哥借田二亩六分，抵押得现款250元，再向股东韩士芳借得250元入股。因股东大多是医药界和医专同学，所以业务发展迅速，起家时主要贩卖国外的医药原料和化学药品，同时开始制造针药和各种成药丸散膏丹等，以民生制造厂化学药品部名义出售。获得资金后逐渐转向制造，以国货抵制外货，满足国内需要。

1927年，一笔军队的采购大单给民生制药提供了发展机遇。那年，国共合作后，北伐军来到浙江，由白崇禧为东路前敌总指挥的部队先到杭州，他的军医处长李镜湖是医专同学，就向同春药房采购卫生材料三万元。

周师洛冒险接下了这一大单，派人转道宁波、上海采购，货到款清在医药圈内树立了良好口碑。后来，上海的中英、五洲、华美、中西、中法、万国、科发、济华堂等药企都纷纷委托同春药房代销，代销的好处就是销售款项可以有三四个月的沉淀期，资金一活，民生的生产有了资本，慢慢有了自己的厂房，有了自己的品牌。

从同春到民生，周师洛是怎么想的？

民生药业集团公司总部的一楼有一个企业展览厅，里面收藏着一些民生药厂珍贵的史料，其中就有一份当年《民生医药》的创刊词，周师洛在其中阐发了自己关注民生、医药救国的思想。

"民生"为三民主义之一，意义的重大，事实的需要，先总理"三民主义"一书中，早已经昭示我们了。

"医药"直接关系到每个人生命，常言道，好死不如恶活，没有剧烈的刺激，谁也不愿自寻死路。可是英雄只怕病来磨，于此而需求救济，便不得不乞灵于医药。

"东亚病夫"是我们中华民族最不名誉的一个绰号。医药的不深求,不进取,影响于民生极大,这个绰号,便成了世袭似的,而永远地无法卸除。

是的,事实告诉我们,天灾人祸,民不聊生,医药学术,沦落人后,民穷财尽,更无力于求医药,有心人都兴着其亡之叹,然而处于惊涛骇浪之中,岂是一叹可了的么?必也人尽其职,分工合作,奋力前进,殊途而同归,"医药""民生"也许可获最后的成功!

……

但激情澎湃的周师洛怎么也没想到,医药救国的道路竟是如此的曲折艰辛。

1926年6月,民生药厂初创时期经历了军阀战乱幸存;1928年2月,一万七千块现大洋在上海采购药物时被盗,几乎置民生于死地;1933年淞沪大战爆发,局势动荡,民生又一次面临经济危机;1937年12月,杭州沦陷,为了避免日伪政权的控制和利用,周师洛响应省政府令,把民生药厂分批撤出杭州,辗转于苏浙皖闽赣五省,八年抗战经历了无数磨难,直到抗战胜利回迁。

1949年,民族正义在周师洛身上再一次闪光。当时,国军溃败逃台,董事长罗霞天极力主张把工厂迁往台湾,周师洛严词拒绝。由于他的反对,"民生"得以在大陆幸存。

解放以后,民生药厂和大多数旧社会过来的企业一样,经历了"公私合营""社会主义改造"成为地方国营工厂。周师洛的人生也因为"三反五反"于1952年坠入谷底,蒙冤32年,那是后话。

后来的民生药厂,假如周师洛还能活着见证,一定会开心释怀。1985年,他一手创办的民生药厂,经历了无数风雨后,又从"杭州第一制药厂"更名为"民生药厂"。那些日子,举国上下,谁人不知"21金维他"?一家心系"民生"的企业,以赤诚之心,把抗肿瘤类药、抗心血管病类药、治疗肝病用药、大输液等源源不断交给急需的患者手里。

2013年12月16日,临平大道36号的民生新厂彩旗飘扬,鞭炮齐鸣。这座总体投资7亿多、占地11.4万平方米、建筑面积12万平方米的新厂,严格执行了国家新版GMP要求,建立了现代化的各类针剂、输液、片剂、胶囊等制剂和眼药外用药等生产厂房及其他各辅助设施,设计产能比老厂区提升两至三倍,设计年产值近20亿元。

董事长竺福江站在新厂房的土地上对员工们挥臂感言:功崇惟志,业广惟勤。民生人要将搬迁新址作为一个新的历史起点，面对新机遇与挑战，坚守"发展企业，贡献社会，造福员工"的宗旨，坚守尽心尽力尽责的精神，把企业做好做强。继续发扬坚韧不拔、勇于创新的精神，努力实现民生人的"三个梦想"，为人类的健康事业和地方经济做出新的贡献。

历史常常和我们开一些不大不小的玩笑，比如民生药厂，这家流淌着中国企业家实业兴国，西药中兴梦想的药企，在创设之初以股份制企业走入市场，在岁月更替中经历了公私合营、地方国营、厂长负责制等等体制改革后，最后又回归到原点，成为一家现代股份制企业。当然，如今的民生药业，不再是周师洛他们的私人股份，如今的民生，更多寄托了民生人再次创业，走出国门的理想。

离开民生的时候，我又站在周师洛雕像面前默默对视，西下的阳光正透过巨大的玻璃门温暖地洒在他的身上，有了阳光，周师洛的嘴角仿佛多了一丝笑意。

我想，如果在民生药业，想找一位"最老的师傅"聊聊，那便一定是他了，周师洛，一位有着民族工业振兴梦想的中国药师傅。

台湾师傅王昭日

世上的药，传说都是"神农鞭草"而得。

中药服务华夏数千年至今仍深得国人信赖，只是在现代制药面前，"神农鞭草"早已过时，中药西制，摆脱陶罐煎取的束缚也早已成现实，提炼、萃取中药主要药用成分，便是现代"神农"们的工作。

在台湾独资的杏辉天力药业公司，我意外发现了一味传奇的中药，同时也结识了台湾师傅王昭日。

说起这味药的独特，是因为这味药是江湖上传闻很神奇的壮阳神药：管花肉苁蓉。也有一种说法它是"沙漠人参"，传说成吉思汗就是吃了它，转败为胜，神勇杀敌，最后统一了蒙古，开创了新时代。

在大陆拓疆十多年的杏辉天力总经理游能盈先生是个白面书生，说起肉苁蓉，他更是如数家珍：肉苁蓉只寄生在沙漠的梭梭林根系上。杏辉天力或许是第一家在大陆从事肉苁蓉制药的厂，早在2002月，他们就在新疆和田县创办了"和田天力沙生药物开发有限责任公司"，现在有500亩科研基地和5.7万亩GAP生产基地。

但从管花肉苁蓉中提取有效成分却不是件简单的事。

在远离新疆万里之遥的杭州，杏辉天力药业集团有着体量巨大的厂房，那些方方正正的巨大"盒子"被掩藏在高大、修剪得精精神神的柏树后面，在这里，我没有听到机器轰鸣的声音，也没看到工厂惯有的高矗烟囱，当然，也没看到肉苁蓉如何从植物成为齑粉的过程，因为工厂有着极严格的防菌要求，不便参观。

其实，我内心对台资企业的经营模式更感兴趣：这里的师傅又是怎么带徒弟的呢？

王昭日博士就坐在我跟前，他是台湾来的师傅，是杭州杏辉天力研究所的所长，奔五的人，长得白净、壮实。显然，因为是初次见面，有点局促。

我们公司也有师傅带徒弟啊，只是说法不一样，台湾人叫技传，而且有一套严格的制度规定。

在杭州杏辉天力最核心的部门要数我们这个研究所了，全所25人，三个博士，两个是本地的。

我到大陆才一年，原来在台湾总部做研发，总部搞研发的人比较多，有一百多人。我的课题主要就是中草药这一块。杏辉天力是一家跨国公司，除台湾总部外，加拿大有一家，大陆有杭州和新疆和田两家。

说到技传，我们大多是老师和学生一对多，每个学生也是同仁，他们专长不一样，个性也不一样，必须用实际行动去帮带。医药研发和传统技能不一样的地方是：科技上的东西更适合以老师带学生的方式传授。在杏辉，我建立了一套技术标准、体系，遇到问题，不是先告诉他们怎么做，而是首先让他们去查找资料，自己讨论寻求解决的方式。比如在植物有效成分提取上，我会先要求功效做一个报告，提取做一个报告，专利可行性再做一个报告。在完成报告评估后，请同仁再往下做，做的时候就开始做分工了，提取的专门做提取，分析的专门做分析。

王昭日是三个孩子的父亲，也是台湾医学界的资深博士，但从他身上却看不到丝毫权威的傲气，用新员工黄佳慧的话说，他更像一个大哥哥。

这位"大哥哥"讨人喜欢的一面是总能和80后玩到一处，附近的黄山、塘栖、周庄、西湖景区都留下了他们的足迹。特别是当课题遇到瓶颈时，王昭日会带着他的团队出去"放松放松"。那次，ST02项目又卡住了脖子，大伙想尽了办法，提纯度依然达不到生产所需要的标准。第二天是双休日，王昭日建议去不远的上海金山"放松放松"。

和往常一样，大家聚在一处喝茶，聊天，忽然，不知谁高高举起茶杯说：假如把温度提高十度二十度，再改进一下过滤回流的办法，ST02会不会提高提纯度呢？大伙一听兴奋不已，你一言我一语，"放松"活动又成了学术研讨会，于是急急结束了"放松"赶回实验室。

果然，这一实验取得了令人满意的效果，连师傅王昭日都直拍脑袋：我怎么就没想到呢，我怎么就没想到呢。

杏辉天力研究所里，大多数是70、80后，这些独生子女出身的员工身上，有着与他们父辈不一样的独立性，少数人还缺少团队精神。一次，王昭日从台湾回来，除了带回台湾特产外，还带了一包名叫《执行力》的书，这是一本在台湾企业很有影响的书，他觉得企业目前最缺的就是执行力。他像发台湾特产一样把《执行力》发到每位中层干部手上，又按照全书九个章节，让他们任选一个章节，做一次读书分享报告。同时，他让员工投票打分，评分高的，奖励购书券一张。这件事，前后花了九个礼拜，最后得到的效果喜人：大家都爱看书了，企业执行力文化也无形中得到了加强。

走进现代化的杏辉天力，依然能感受到浓浓的儒家文化细节，比如高大门楼的两侧，置放着一人多高的花瓶，寓意"进出平安"；而门厅里，最显眼处还供着一尊观音像，观音前电子蜡烛长明着，因为不是特别的日子，香炉里剩着燃尽了的香尾巴，三只酒杯是空的。这些，总让人联想到这些摆弄高科技设备的人，心里存续的对神灵的敬畏。

我对总经理打趣说：您的名字很好啊，姓游，名能盈，就是说走到哪里都能赢啊。大伙听得哄堂大笑。

杭州杏辉天力就是游总全程跟进落地的项目，杏辉与杭州结缘已久。1999年台湾大地震的时候，他们收到一份特殊的问候。原来，先前他们在考察杭州时，与老余杭一家叫天力的医药企业有过接触。没想到，当台湾遭灾时，天力老总专门发来邮件表示慰问。

隔年西博会的时候，游能盈和总经理受邀来到杭州，有点时间，就一起去老余杭拜访天力，应了那句无心插柳柳成荫的老话，聊着聊着，仅一个星期，双方就谈妥了杏辉出资1700万收购天力的方案。这家由国企转制而陷入困境的企业，迎来了新东家，游能盈对一百多名员工说，新厂房在余杭新区建成后，有职工宿室，我们热烈欢迎老员工过来。结果，天力80%老员工都穿过整个杭州城市跟了过来。

"杏辉"是"心灵光辉"的别称，早在1977年台湾起家的时候，杏辉人便在企业文化高地确立了两个字：诚与静，诚以待人，处事以静。

游能盈说，在杏辉，企业文化最重要的底色，就是最最简单的三句话：请，谢谢，对不起。简单的礼貌用语正是构建人与人之间和谐关系的基础。这家只有163名员工的企业，2014年的产值达到1.1亿元。

杭州是个宜居的城市，从2010年开始，每年11月都要举办国际马拉松赛，这已成为国内最重要的马拉松赛事之一。

自从杭州有了马拉松赛事以来，杏辉天力总会第一时间报名参加，他们把它当作一年一度的企业文化来经营。

2013年11月3日，西子湖畔拉起了警戒线，人们在道路两侧为奋力奔跑的参赛者加油，前头跑得快的，有人已经穿过湖滨步行街跑到了南山路了，跑得慢的，还落尾巴掉在北山路一带。

师傅王昭日穿着短衫短裤，跑在杏辉天力队的最前头，他不时回头，大声喊着：保持节奏，调整呼吸，不要抢快，慢一点，坚持就是胜利。

这一天，杭州的天格外蓝，碧空如洗，阳光温暖，秋天的金黄把素颜西湖装点得色彩斑斓。

采访结束的时候，王昭日笑着说：马拉松最考验人的意志力，只要还能跑，杏辉人永远都不会放弃奔跑的机会。

法国师傅卫平

印象中法兰西是一个浪漫多情的民族，但法国杂志《Esprit》编辑 Paul Thibaud 自豪地说："我们有多么视自由和平等为权利，就多么有义务以博爱去尊重他人。"

医者仁心，制药的人也应该有一颗博爱的心。

走进杭州赛诺菲民生，我被大门前一座黑色的大理石纪念碑所吸引，这座纪念碑上用金字镌刻着中法英三国文字：深切缅怀赛诺菲亚洲区高级副总裁卫平（1968—2011）。

长得小巧优雅的代萍萍总监告诉我：赛诺菲在中国有六家生产基地，六家基地的大门前，无一例外都安放着这块统一制作的纪念碑。

卫平是谁？卫平怎么啦？

在代萍萍眼里，卫平（Thomas Kelly）是个地地道道的中国通，他能说一口流利的中文，更不容易的是他的骨子里，早已融入了中国文化。从1993年入职西安杨森，到后来的诺和诺德，再从先灵葆雅到赛诺菲-安万特，卫平深耕中国药业几十年，从药企市场拓展一直做到中国区赛诺菲副总裁。

卫平在中国高速拓疆扩土，他领衔赛诺菲后，每一天都在中国的天空上飞翔。卫平坚信中国代表着未来，中国的发展只有一个方向，那就是前进，前进。更好的医疗服务，更好的药品会给富裕后的中国人带去最重要的东西：健康。

拼命三郎法国人卫平把整个中国市场拓展计划细化到具体的几百个城市，如果不是因为太过劳累英年早逝，他所领导的赛诺菲会如他的梦想，让法国和中国的联系从未有过的紧密。

从1982年进入中国市场以来，赛诺菲这家在全球有11万员工，业务遍及全球100个国家，112个生产厂家的跨国医药企业，仅2012年度净销售额就达349亿欧元。

一直坚持"超高超快增长"发展思路的赛诺菲，在中国大肆招兵买马，并购企业、建立工厂。2010年，赛诺菲与杭州民生药业组建了合资公司，核心资产包括民生药业的拳头产品"21金维他"。接着，又在2011年以5.206亿美元收购了药品生产商兼分销商太阳石集团，并借此拥有了国内最大的小儿感冒咳嗽药品牌"好娃娃"，同时也拥有了太阳石集团在感冒咳嗽和女性健康领域的强大平台。

这两项交易使赛诺菲获得了渴望已久的品牌和渠道。2012年，赛诺菲在华销售额超过10亿欧元，成为中国第三大处方药物公司和第一大跨国疫苗公司。

被赛诺菲CEO魏巴赫称为"赛诺菲的核心市场"的中国，正在逐渐成长成为这家法国医药企业可靠而巨大的盈利支柱。

2011年11月3日，在山东忙于收购太阳石的赛诺菲中国副总裁卫平因心脏病不幸谢世。

这位法国师傅的离去，并没有影响赛诺菲在中国的布局脚步，截至2012年底，赛诺菲在中国拥有7000名员工。并在上海建立了研发中心，北京、成都配备了研发团队，具备了从药物靶点发现到后期临床研究的整体研发队伍。

如今，我还能在互联网上读到卫平在中国各地与政府官员见面、商谈的新闻，还能看到他和媒体互动的镜头，可惜，那位充满活力的法国人现在只活在赛诺菲人的记忆里。

与浪漫主义不同的是，在赛诺菲民生，我只看到两个字：严谨。

总监代萍萍的办公室墙上，我被密密麻麻的中英文提示所吸引，那块叫做QC管理看板的黑板上，标注着赛诺菲民生的生产计划、存在问题、各项进度。可以说企业各条线会聚的所有问题、目标管理都集中在这里，可以说，总监办更像是一场战役的指挥中心，而代萍萍墙上的QC板，无疑是作战地图了。

这是我在其他药企所不见的，如果你以为这只是总监才有的QC板，那就错了，在后来的走访中，从科室到最基层的操作间，墙上无处不有QC看板，法国企业文化中的严谨，在这里被发挥到了极致。

赛诺菲和民生药业好比一对模范夫妻，早在1995年，赛诺菲安万特就曾牵手民生制药有限公司，到了2010年，民生药业以拳头产品"21金维他"作为嫁妆，按4∶6比例共同成立了"赛诺菲民生"合资公司，现如今，民生药业和赛诺菲民生共伴共生，却因为文化基因的不同，形成了两种不同的企业文化。

和"21金维他"一起嫁到法资控股"赛诺菲民生"的，还有当时几十位民生药业的"老人"。

我叫孙华强，1957年出生，全家两代都是民生药厂职工，我父亲今年84岁了，叫孙寿炎，解放前就在民生制药厂工作，说起来还是民生的中层干部。我是1977年进入民生药厂的，实际上，1974年就算民生药厂的人了，为啥呢？因为当年城市青年都要上山下乡，为了不让子女到边疆吃苦，也算是规避政策吧，民生药厂和富阳万仕那边一个公社签订了协议，租了一块土地，搞厂社挂钩，把我们十个民生职工的子女下放到万仕接受贫下中农再教育。

"文革"结束后，我就作为知青回到了民生药厂，眨眼就是一辈子。两年前，我从赛诺菲民生退休了，退休后又返聘回赛诺菲工作，你问我为啥愿意返聘？其实想聘我的杭州药厂很多，有的开的条件也很高，但我还是愿意每天来来去去坐两三个钟头车到赛诺菲来做，为啥？一是我对赛诺菲有感情，二是赛诺菲能给我除了钞票以外的东西，比如尊严。

我这一辈子跟过两个师傅，一个是李海龙，现在还在民生药厂做采购物流经理，另外一个是张志良。在民生药厂跟师傅还是老传统，多少带着点师徒感情，而在法国企业里，一切都是有量化标准的，哪一道工序怎么做，程序怎么样，标准怎样都非常具体，上岗前都会集中培训，每个岗位墙上也都有 QC 板，细化到每个人都清楚自己做什么，怎么做。可以这样说，只要识字，只要严格按标准化程序操作就不会出错。

在赛诺菲我也当过师傅，但我们这一辈人文化不高，外语也看不懂，主要是讲具体操作的经验，一般都是集体上课，赛诺菲这点让我很佩服，他们有个分级制度，每个办公、工厂区域都是用指纹开门的，你没有这个区域的权限，就进不了这个区块，同样，每个区块的员工只要做好做精本职工作就可以了，不需要额外学习更多的生产技能。讲得通俗一点，赛诺菲民生好比一架精密的机器，每个员工就是机器上固定的一个零件，只有每个零件良好，才能保证机器优质高效运转。

"70 后"韩献伟是浙江金华人，大学毕业后，他一直在杭州几家外资企业的设备动力部门工作，来到赛诺菲民生后，他分管着整个生产基地的设备管理。说起赛诺菲，他认为赛诺菲全球就像一个大家庭，你在这里生活，工作，成长，只要努力，你是有空间的。去年，印度赛诺菲一个小伙交流到杭州工作了一年，回去担任了更好的职位。而他，也因为赛诺菲，有了一个法国女儿。

原来，赛诺菲集团有个为期两周的暑期子女交换项目，这个交换项目规则是：只要是赛诺菲员工，子女年龄在 12 至 18 周岁，都可以通过官网报名，输入孩子年龄，性别和选择交换的国家。交换周期为两周。

2013 年 3 月，韩献伟给孩子在官网报了名，两周后集团负责交换项目的主管 Annie 发邮件给他，提供了法国赛诺菲一位愿意来中国参加暑期项目的孩子的信息，通过邮件沟通，双方父母达成了交换意向。

韩献伟后来的法国"女儿"叫 Ellisa，12 周岁。去年 7 月 6 日 Ellisa 乘飞机来到中国，到中国父母家后，Ellisa 对一切非常好奇，吃惯了西餐的她对中国菜更是赞不绝口。

中国"爸爸"带着 Ellisa 游遍了西湖、运河，还带她去博物馆了解中国灿烂的历史文化。

游完杭州不算，中国"好爸爸"还特意安排两个孩子到北京旅游，把故宫、长城看了个遍，两周后，Ellisa 要分别了，韩献伟为 Ellisa 一家人精挑细选了丝绸、茶叶、工艺伞等纪念品，登机的时候，Ellisa 紧紧抱住韩献伟，流着泪恋恋不舍。

8月，韩献伟也把女儿送上了去往法国的飞机，在法国，法国"父母"也领着她游览了世界最浪漫的都市，女儿在电话里大声说：爸爸，我爬上埃菲尔铁塔了，我还看到凯旋门，好高好大啊，我还去了卢浮宫，里面的油画真漂亮。爸爸，法国的天好蓝好蓝啊，河水也特别特别清。Ellisa一家人还带我去吃了法国奶酪，吃了法国大餐，爸爸，我好幸福啊……

电话这头，韩献伟听着听着都醉了，两个12岁的孩子，在她们最纯真的年代，种下了两颗美好而快乐的友谊种子。而这一切，都受益于赛诺菲全球大家庭。

这是一个人人都可以成为师傅的时代，这也是一个师傅口语化的时代，假如在菜场，假如在马路上，假如有人大声在你背后喊你一声"师傅"的时候，千万别激动，这时候，师傅，只是代表了一个随意的称呼符号。

历史像一匹信马由缰奔驰的快马，载着我们飞快地前行，一些手工行业早早被我们抛弃在历史的烟云里，而与那些时代相生的称谓，比如师傅，已经不再具有原来的内涵。

但在工厂里，在企业里，师傅，这个称呼，永远都会带着他们从心底里流出的尊重。

那是真的师傅。

《民族文学》2016年第7期

独龙江帮扶记

余秋尚 （傈僳族）

独龙族是我国22个人口较少民族之一，也是云南省16个跨境而居的民族之一，人口总数排在全国56个民族中第51位。贡山县独龙江乡是独龙族的唯一聚居区。由于历史、自然等诸多因素的制约，独龙族经济社会的发展与其他民族差距较大。独龙族唯一聚居区独龙江乡地处中缅、滇藏接合部，全乡辖6个村委会41个村民小组。截止到2014年，全族农业人口总户数1068户，总人口4132人。据说"独龙族一生只洗澡三次，出生洗一次，结婚一次，死亡一次"，现在已经消除，独龙族帮扶工作队是如何把村民赶下河洗澡、如何放炸药开会等故事你们会觉得很好奇或很荒诞、很无趣，但那是真实发生在我们身边的故事，或许，一个民族跨越式的发展方式可以有一千种，但过程和结果只有一个。

用时代楷模高德荣老县长的话说，独龙族人民获得了三次解放，第一次解放是新中国成立，使独龙族人民获得了民主政治权利，实现了从"野人"到人的跨越；第二次是独龙江公路的修通，使独龙族人民获得了从封闭到开放的发展环境；第三次是实施独龙江整乡推进独龙族整族帮扶行动计划，独龙族从贫困迈向小康，实现发展的大跨越。下面，我们讲的故事就是独龙族的第三次跨越。

2009年10月13日，时任云南省省委副书记李纪恒同志到独龙江调研。看到独龙族群众依然过着刀耕火种、近似原始的生活，村里还没通电、没通路、没有信号，饥饿时靠挖树皮草根过日子，人均收入还不到700元。座谈会上，李纪恒在独龙江乡干部群众面前即兴以《草原上升起不落的太阳》的歌词表达出"绝不能让一个兄弟民族掉队"的决心和信心，他忧伤地唱起："如果有人来问我，这是什么地方，我就忧伤地告诉他，这是贫穷落后的独龙江。"接着说，"再过三五年，我就会这么唱给大家'如果有人来问我，这是什么地方，我就骄傲地告诉他，这是美丽富饶的独龙江。'"从此，轰轰烈烈的怒江州贡山县独龙江乡整乡推进独龙族整族帮扶计划拉开了序幕。

次年1月云南省委省政府全面启动独龙江整乡推进独龙族整族帮扶工作，同月，怒江州委下派独龙江帮扶工作队翻雪山进驻独龙江全面展开帮扶工作。

人类历史长河中，贫穷和饥饿从未离开过，但人们一直与它宣战。

一、雪山话别

天地之间白茫茫的一片，雪花纷纷扬扬地从天上飘落下来，大雪覆盖了路面，车子已经不能前行，同行的两辆车子，一辆三菱越野，一辆皮卡车，皮卡车上面拉着行李与货物。两辆车陆续下来八个人，穿着清一色的迷彩服，先后去皮卡车上取行李，一人拿起一大包行李，行李显得特别沉重。

同行的工作队吴副队长向熊队长辞别说："队长，你别送了，前面雨雪大，路封了就回不来了。"熊队长，普米族，身材高大，戴着一副眼镜，曾经在独龙江工作过，对独龙江的环境很熟悉。

熊队长表情凝重："这次离别，怕明年6月份才能见到兄弟们，还是送送吧。"

同行的队员汪新晨也向熊队长用普米语担心地搭话："熊队长的心意，我们大家都领会了，前面大雪纷纷，很危险，而且你腿不好，这里有我们吴副队长带队，我们一定会安全到达的。"汪新晨，普米族，独龙江帮扶工作队队员，时任独龙江帮扶工作队办公室主任，和熊汉峰队长是同一民族。独龙江帮扶工作队队员都是各个单位抽调，有的是州里的，有的县里的，都是曾经在基层有过多年工作经验的同志，有汉族、怒族、傈僳族、白族、普米族等民族，他们为了"决不能让一个民族兄弟掉队"而聚集在一起。

熊队长用普米话回汪新晨："别说了，就送一程吧！"

同时，吴副也向熊队长担心地搭话："有这么多兄弟为我们出生入死，我们会全力以赴搞好独龙江帮扶各项工作，请你放心。队长你就先回去吧！我一定会安全地把他们带回来，一个都不会少。"吴副为吴国庆副队长，时任独龙江党委副书记，怒族，曾经在独龙江乡农技站干过6年多技术员，所以他对于独龙江也非常熟悉。

熊队长向大家说："大家不要劝了，此去一别，大家就要封山了，由于身体原因，没能进去跟兄弟们一起同甘共苦，我内心十分内疚，就让我再送一程吧!"

队员们背起的行李显得特别的沉重，一步一步向雪山垭口艰难地挪动，高海拔加上天气寒冷，大家不停地喘白气，走了差不多十五分钟，已到垭口隧道，隧道洞口已被大雪覆盖一半，白茫茫的一片，有经验的队员戴起墨镜，小余没戴墨镜，很刺眼，所以尽量把眼睛眯成一条缝。小余，工作队队员中年龄最小的一个，刚刚大学毕业，单位原本没派他去，是他自愿报名去独龙江。

在隧道口入处的一小块平地里，大家在那停住脚步，吴副队长从背袋里拿出一瓶酒，汪新晨也积极配合吴副队长从背包里拿出一沓纸杯，每一纸杯倒一点酒，然后递给每个人，说："在雪山，只有喝点酒才能抵御寒冷。"

小余冒着寒气说："吴副队长，我不喝酒，也从来没喝过酒，等一下我在雪山喝醉了就不好了。"

吴副队长提醒说："在雪山，酒能抵御寒冷，再说这是队长的告别酒，你一个大学生连一点礼节都没有?"

小余还是胆怯地接下了纸杯。

熊队长大声地喊话："与君终有一别，开展工作的同时，愿我的兄弟们在里面多多保重身体，一定要健康地出来。"然后又对着吴副队长说，"他们要是不健康地出来或出了什么问题，我就拿你副队长是问了。"

吴副队长大声喊道："请队长放心，我们一定在独龙江踏实开展工作，并且我保证一定会在明年安安全全地把兄弟们带回来。"

熊队长目送着队员们一个个走进狭小的隧道，叹息地对着司机丰学明说："此去经年，我担心的是队员们的身体和安全，去年就有死亡例子，不能再有兄弟牺牲了。"

隧道幽长，只有米粒大的光从对面洞口照射进来，时有雨水滴下，仿佛探险的原始溶洞。

吴副队喊话："大家休息一下，统一一下意见。"声音在隧道里有回声，大家都能听得很清楚，停了下来，吴副队长大声提醒似的喊话："我知道你们都是从各个单位抽调过来的精英，但是独龙江条件跟外面不一样，以前就有队员死伤经历，我希望没有做好充分思想准备的同志马上赶回去。现在跑步追赶熊队长，一起回去还来得及。"

汪新晨也紧接着吴副队长说："确实，去年我跟副队长进山，由于独龙江乡没有上好的医药，有个队员死了。"

大家都默不作声，吴副队长再次提醒大家："前面路途艰险，越是困难的地方，我们越要坚强，越能激发我们的斗志，也是因为如此，才派我们进驻独龙江。同志们，一路努力，一路珍重。"

大家继续前进，雪越下越大，身上已经覆盖一层厚厚的积雪，高海拔的稀薄空气让大家不停喘气，雪已到膝盖处，走路相当吃力、艰难，天地一片苍茫，公路已经被雪覆盖。

吴副队长在最后面喊道："最前面由经验丰富的老余同志带路，大家紧紧跟着他，一个也不允许掉队，不允许休息，一刻也不能停顿。"他说的老余，就是余茂祥，傈僳族，时任移民局副局长，他是第一批工作队员，经常翻越雪山参加独龙江独龙族移民工作。

小余第一次走在这种雪山上，不停地大口大口喘出白气，下半身已经全部是雪，上半身已经被雨和雪覆盖，使出全身的力气在努力移动，向赵福元询问："赵大哥，还要走多久？"赵福元时任贡山县农业局副局长，曾经在独龙江工作过，工作队队员都是从各个单位抽调的基层工作经验丰富的领导干部，只有小余年纪最轻，而且还是刚刚参加工作的大学生，所以吴副在隧道口的那段话就是讲给小余听的，希望他知难而返。

赵福元不停地喘出白气回话："还有十分钟，再坚持一下，我们车子就在前面了。"

大家已经疲惫不堪，低头赶路，突然后面的吴副队喊："大家快跑，雪崩来了。"

此时，大家紧忙反应，有的躲避，有的快跑，小余虽做出躲避姿势，但来不及了，一小堆雪块已经打在小余身上，部分砸在小余的侧脸上，都砸出血，大部分雪落在小余身旁的空地上。

吴副队长边着急边关心询问："小余伤得严重吗？"

小余边擦脸上的血，边回答："不是很严重，被雪划破了一点皮。"

吴副队队长小声叫道："嗯，那好吧，小余你要坚持住。"然后对着大家小声地喊，"大家紧紧跟在老余后面，再走十分钟左右，独龙江乡政府的车子在那里等我们，用最快的速度跑，一定要拼命，你不拼命雪崩就要你命。"

走在最前面的老余小声喊话："大家紧紧跟着我跑，刚刚那个就是要来大雪崩的前兆。"

"快点，把感觉不贵重的物品全部丢了，这样跑得快一点。"赵福元在中间小声插话。

小余已经感觉不妙，要是埋在雪山上就完了，没有什么东西比生命更宝贵的，身上背着的大行李包丢了，大家也陆续边跑边把身上背着的东西丢了，用最快的速度逃命。

生命迸发出来的能量不可估量，大家的速度很快，跑到五百米处，只觉脚下的雪地在轻微地颤抖，一种如汽车引擎轰鸣的声音从雪坡的山头越来越响地传来。一座小山似的巨型雪块发出雷鸣般的响声朝他们刚刚丢弃包包的那个地方飞速扑去。

吴副队长欣慰地小声说："大家安全了，总算捡回来一条命，休息一下，来接我们的车子就在前面了。"

大家躺在雪地上，大口大口地吐出白气，谁都不说话。

小余不停地喘气，不停地流泪，泪水和雨水和在一起，只能不停地擦拭。

赵福元看到了小余的表情，小声笑道："大学生哭了，哈哈！"

"哈哈！"大家笑了起来。

"走了，车子就在前面，小余，你要坚持住，你是最优秀的。"吴副队长鼓励小余。

大家起来，拖着疲惫的身影，一步一步走着。

一会儿，两辆三菱车就出现在公路边，被雪盖着薄薄一层，貌似等了好久，显然两个司机已经在车内久等了，然后睡着了，一个睡在驾驶位，一个睡在副驾驶位，吴副队长来到车前，敲醒了在内的司机。

大家围在后备厢旁，喝水的喝水，吃零食的吃零食。

司机不解地问："你们的东西呢？"

吴副队长："遇雪崩丢了。"

司机："哦，人员有没有受伤？"

吴副队长："没有。"

司机："你们真幸运，这里的雪崩每年都死六七个人的。"

吃完大家陆续上车，只是没讲话，小余一脸阴沉，心想：命也差不多丢了，得想办法调回去。

吴副队长、赵福元、老余、小余坐在前面一辆车子里，吴副队坐在副驾驶，小余坐在后排赵副和老余中间，清一色的泥巴路，下雨，坑坑洼洼，车内晃来晃去，小余尽量不讲话，恢复元气。

吴副队长："赵福元，等会儿到了乡政府，你叫罗新带小余去医院看一下。"罗新，独龙族干部，家原本就在独龙江，所以对独龙江的情况很熟悉。

吴副队长非常认真地叮嘱："全面封山与外界断绝的情况下，你们随时要记住，任何一点病都不能马虎，要学会自己照顾自己，前些年，这里有个士兵得了阑尾炎，如果在外边，这是一个小手术，但在独龙江，做不了，所以死了。"

夜色已经笼罩，只有车灯照射处才依稀可见前面的路面和路旁的树，到了晚上九点，已到乡政府。大家都饥肠辘辘，吴副队长道："大家都饿了，先去吃点东西。"

到了食堂，桌面上放着两素三荤一汤，大家因为肚子饿，争先恐后吃了起来。这时进来了两个人，一个中等身材，微胖，戴着眼镜，另一个也戴着眼镜，身材偏高，一进来就跟吴副队长握手："辛苦了，辛苦了。"

吴副队长回道："不辛苦！"转向大家介绍，"大家注意，这位就是独龙江乡党委彭书记，这位是我们工作队段副队长，他是州公路管理站站长，之前就在独龙江。"

段副队长喊道："知道大家安全到达，我就放心了，辛辛苦苦翻越雪山过来，老县长（高德荣）很牵挂，一直在等你们，吃完到他家火塘压压惊。"高德荣，时任独龙江帮扶领导小组副组长，是怒江州人大常委会副主任，后来因为独龙江帮扶建设成为时代楷模，这个是后话了。

二、放炸药开会

屋内稀疏阳光从木板房的空隙处照进来，屋内零散地散落着几本书，几件衣服，显然很乱，不远处鸡鸣狗吠，木板门咚咚的响，吴副队长大声喊："小余，起床了，等会儿下乡去！"

惊醒正在梦中的小余，小余马上起身，心想：这老头是不睡觉么，这么早就喊，要是换作在县城，我才不干呢，但在独龙江没办法，没有电、没有信号、找柴生火做饭样样都要靠他，闹翻了没有好果子吃。

只能装作很积极的样子，边起来边穿衣服，回话："队长，我早就起来了，今天去哪里下乡呀？"

吴副队长用提醒的口吻道："向红小组，远得很，准备四天的生活用品，蚊子、蚂蟥、毒蛇特别多。"

两人各端起一碗饭吃，汤锅里面煮着一锅青菜和猪肉罐头，吴副队长说："这叫正宗的火锅了。"

小余有点难咽地吃着，吴副队长看出了小余的心思说："这算是我们两个吃得最好的了，老百姓吃的是退耕粮和白开水，你要学会适应生活，不然你会活不下去的。"

小余有点疑惑地问："难道他们不种菜吗？"

吴副队说："独龙江的气候是种不出菜来的，所以我们下一步要盖蔬菜大棚，手把手教他们种菜，还要教他们学会买菜卖菜，这也是独龙族整族帮扶的一项政策。"

小余又不解地问："这些还用得着教他们吗？"

吴副队长回答："等你从向红小组回来就不会问这些问题了，而且你会发现问这个问题的愚蠢。"

小余和吴副队已经出发，吴副队长背起一大包的东西，鼓鼓的，不知道是什么，腰间挂着一把砍柴刀，一身迷彩服，非常像一个长期在野外工作的专业人士，对小余小鲜肉的牛仔裤是严重鄙视。

小路，被杂草稀疏覆盖着，只有认真看，才能分清楚路，看样子路很少有人走过。吴副队长用带点介绍的口吻说："今天，我就带你真正体验一下，什么叫做贫困，只有了解真正地体会，你才会想到我们能为他们做些什么，改变些什么，有些东西，只有亲眼看见、听见，你才会体会和思考。"

走过竹林，竹林很大，但是不高，三四米左右，竹节有刺，有的竹子上面有苔藓，有点像原始的竹林，吴副队长用刀砍下路边的一根竹，熟练地去枝和刺，砍成两截，每截一米左右，递给小余，"等一下过江和打草用，现在开始走路要看四面，看看有没有蛇之类的。"

听到有蛇，小余害怕了起来："蛇多不？"

吴副队长回答："毒蛇很多，所以小余你要记住下乡法宝，棍不离身，没有路的地方打一下草，所谓打草惊蛇，在外上厕所也一样，以前就有村民上厕所被蛇咬的例子。"

小余问吴副队长："怎么不见村民呀，是不是我们走错路了？"

吴副队长说："我在独龙江快十多年了，每一条都一清二楚，跟着我你放心。村民三四个月才下来一次背盐巴和粮食，所以一般路上见不着人。"

小余又问："那他们吃什么？"

吴副队长说:"以前没有粮食的时候,上山打猎,下河捕鱼,靠野菜树根等,一切能吃的来充饥,现在我们基本上全面禁止这些行为,发给他们退耕粮,几乎家家户户都有米。"

河边清澈,被两旁郁郁苍苍的小灌木覆盖,耳边是流水哗啦哗啦的声音,吴副队长说:"休息一下,我们杀一下蚂蟥,不要喝河边的水,会得痢疾的。"

小余往裤子一看,密密麻麻的有一堆东西从裤子往上爬,大叫了起来:"好多虫子呀!"

"别动,这就是蚂蟥了。"吴副队长从口袋里拿出白色的盐巴,往小余裤子上抹,小余已经害怕得发抖,"男人一个,怕什么蚂蟥,你在独龙江,怕蚂蟥、毒蛇的话,劝你早点调回去。"

盐巴一抹,几百只趴在小余身上的蚂蟥往下掉,蚂蟥身体软软的,那么多蚂蟥,看起来恶心。吴副队长已经边脱裤子边检查裤子里面,大腿旁已经出血了,说:"你看,里面也会有的,你也好好检查一下,这就是蚂蟥吸完我们的血之后掉的。"马上脱了裤子看,有三四处已经出血,还有的正在吸血,圆溜溜的一坨坨,小余一拨开,更多的血从身子里喷出来,看起来很恶心。

吴副队长递给小余一包盐巴:"争取每个身体角落都擦一下盐巴和风油精,这样蚂蟥就少爬你了。这里还有比蚂蟥更厉害的东西,就是马鹿蛇(虫子),咬你一口,你就得掉一块肉。"

杀完蚂蟥,他们继续出发。中午,太阳从高密的树叶间隙照射下来,无数的光线透露在这边树林子里面,可以听见鸟儿的清鸣。

下午,走到木板房,茅草盖顶,四角柱子,茅草屋檐边由于长年生火被熏得漆黑漆黑,有两间,每间20平方米左右,吴副队长用独龙语喊并敲门:"喂,有人吗?"房间里面出来一个中年男人,主人个子矮小,面色黑乌乌,没有穿鞋子,衣服也很脏,臭得使人无法靠近,宛如电视剧里的乞丐,男子用独龙语回:"领导你好!"

吴副队长向小余介绍,"这位是向红这个村的组长,你喊他熊组长吧!"

熊组长用别扭的独龙方言说:"汉话很不会讲,你们辛苦了。"

进入房间,仿佛回到石器时代的生活,大人小孩们围在火塘旁边,五个人,孩子们没穿衣服,上身漆黑,见到小余他们两个就躲起来,看来很少见过陌生人,用独龙话吧啦吧啦讲着,小余问吴副队长:"你会讲独龙语呀?"

吴副队长自豪地说:"我是怒族,现在怒族语言、傈僳语言、藏族语言、独龙语都会说。"

主人递过来已经在火塘烧好的洋芋，放在一个小竹篓里，一人一杯茶，小余怀疑地问吴副队长："怎么不见其他村民呢，我在各村简介上看了，这里有30多户村民。"

吴副队长边吃洋芋边说，"这里住户分散，一个山头才有一户，如果一家家喊过来，可能一个月他们都没办法聚齐，开不了会议，所以这边的人约定，晚上天黑前两声炸药爆炸声为开会信号，等一下你负责这边安全，我负责炸药爆炸安全，不能伤到人。"

小余不解地问："放炸药开会？这个确实有点新颖，那爆炸声每户都会听得到吗？"

吴副队长回答："不会，但是可以一家传一家相互通知嘛！"

小余还是不解地问："那炸药呢，村民从哪里弄来的？"

吴副队长回答："炸药属于违禁用品，只有组长家里才有，以前乡里每次召集开会，一家一座山头，以前靠刻木结绳传递信息，几个月也开不了一个会议，后来特向上级领导报告，申请审批的。"

熊组长从家里拿出一个袋子，上面覆盖着一团团黑漆漆烟熏出来的烟浸，打开一层又一层的包装纸，几乎剥开十层拿给吴副队长，翻着泛黄的笔记本，吴副队长认真地检查每一样东西，每一样记录，最后在烟熏黄的纸上签字画押，之后跟熊组长用独龙语说："可以了。"

过了十分钟左右，就听两声巨响，震耳欲聋，房子都感觉微微地震动，之后小娃娃跳了起来，放炸药好像跟过节似的，开会信息准确地传递了出去。

晚上，熊组长拿了一只鸡杀，独龙鸡，不大，一公斤左右，吴副队长说，"小余，这次是你第一次来这么艰苦的地方吧，今天好好喝点鸡汤，明天你会腰酸背痛的，我们开完会后天才回去。"

小余疑惑地问吴副队长："开会不需要一天吧，几个小时就够了。"

吴副队长回话，"你不懂呀，他们一家一个山头，有的很远，即使早早地来开会，也会晚上才到，我们会议估计五六点左右才开完。"

小余不解地问："那么他们回不去怎么办？"

吴副队长对小余说："能怎么办，在组长家旁搭帐篷睡觉。"

小余要继续问又停止，心想：这个地方确实是太偏僻了，生在哪里我们选择不了，决定不了，要是我生在这里，可能现在我还在某个山头打猎呢。

睡觉前，主人把最好的被子借给他们两个，八个人，祖孙三代人一个接一个一起睡在二十平方米不到的木板房，感觉这才是真正的祖先生活。

第二天早上，吴副队长已经起来，正在生火，发出的微小声音吵醒了其他正在熟睡的人，其他的人也相继起来，只有小余还在继续睡着，吴副队长喊："小余，起床了。"

小余睡眼惺忪地起来，手脚感觉一阵疼痛，小余说道："感觉全身都疼。"

吴副队长回道："昨天走了那么长时间路，疼就对了，起来活动一下，以后慢慢就会适应。"

小余回应："感觉脚不听使唤，站不起来了。"

小余的膝关节发肿，肿得很大。

吴副队长对着熊组长（独龙语）："给小余帮忙一下。"

他们不停地捻小余的腿，吴副队长和熊组长一人拉一个肩膀，把小余扶了起来，吴副队长说："现在开始你要不停地开始活动，要是不活动，明天更严重，我们两个就回不去了。"

小余回答："好的。"

村民们陆续赶来开会，各个都穿得很脏，感觉几年都没有洗过，鞋子好一点的穿着胶鞋，坏一点的就没有穿鞋，头发也感觉好长时间没有洗过了，有一种无法忍受的味道，唯一一种特别的就是自带水酒、米、鸡蛋等等，有的还带蜂蜜、独龙鸡，小余看了很奇怪，就问吴副队长："怎么村民来开会还自带东西呀！"

吴副队长说；"鸡蛋、蜂蜜、独龙鸡有些是带给我们两个工作队的，知道我们辛苦，特意给我们的。有些是路远，怕今晚回不去，在我们这里做饭吃，他们明天早上才回去。"

还提醒小余了一句："要是村民给你鸡和鸡蛋，你拿着，要给他们一些钱，我们工作队的纪律是不能拿群众一针一线的。"

下午，稀疏的太阳光照下来，村民有三十多个，有的抱着鸡，因为害怕跑了所以抱着，有的提着米、鸡蛋等东西的，放在他们身旁，熊组长在一个个地清点人员到齐了没。

熊组长用独龙语跟吴副队长说："人都来齐了，可以开会了。"

吴副队长用独龙语发言道："今天我们在这里召集大家，有重要事情跟大家宣布，独龙江乡整乡推进独龙族整族帮扶项目已经启动，号召大家搬下去公路边，给大家盖房子、交给你们种植技术，搞生产发展。"

吴副队长用独龙语缓口气说，"你们看，我们在这里看不了电视，手机也用不了，去趟小卖铺买包盐还要走两天路，我们只有搬下去，才能富起来，只有搬迁，才有出路……"

吴副队长说道："为了我们子孙后代的幸福，搬迁刻不容缓。"

有的人激动得哭起来了，边流泪边用独龙语讲着："感谢政府给我们搬迁，我们也不想在这里，没电、没信号、没教育条件，我们早就想搬迁了，可惜山下没有地。"

吴副队长继续说："我们政府会协调给你们地，给你们林子，还要给你们房子，要让你们跟其他民族一起奔小康。"

这时，更多的人激动得哭了起来："我们终于等到搬迁的一天了，感谢党、感谢政府，没有你们就没有我们的今天。"

吴副队长看大家很激动，后面就没有继续讲了只是说："各位父老乡亲，我们静一静，现在我们有请我们独龙江新来的工作队大学生给我们宣传帮扶政策。"

小余连忙翻开那天的开会记录："独龙江整乡推进独龙族整族帮扶政策是省委、省政府做出了用3至5年的时间实现独龙族整族跨越发展的承诺，也是坚决按照'决不让一个兄弟民族掉队''决不让一个民族地区落伍'的庄严承诺……"

最后熊组长用独龙语讲："政策刚刚已经宣传很到位了，希望各位给今天没来的人员互相宣传，现在我们开始生火做饭。"

大家开始忙活起来，有的劈柴，有的生火，都在各忙各的，妇女们把拿过来的水酒放进茶壶里，兑点水，拿起竹杯，向大家发酒。

这时吴副队长用独龙语讲："在公路边地点已经选择好，只要你们同意，我们就马上动工给你们建房，希望你们以后有什么事、有什么困难都和我们交流，我们都会想办法帮你们解决，来我们共同喝一口。"

第二天早上，吴副队长和小余打好包袱，准备回家，吴副队用独龙语向熊组长嘱咐着："一定要在我们约定的时间集合，然后搬迁下来，我们也是马上组织建房子，在房子还没盖好那段时间，我们安排给你们住救灾帐篷。"

熊组长激动地握着吴副队的手用独龙语说："没有党和政府就没有我们的现在，我们一定会好好珍惜这次难得的机会，全力配合搬迁下来，请政府放心。"

三、把村民赶下河洗澡

一回到乡政府，又感觉到了现代信息，几个小卖铺，几个饭店，几个菜摊，人员熙熙攘攘，买菜的、闲逛的、赶路的样样齐全，而且由于独龙江的大规模的建设，外面的人大量拥入，独龙小镇一时热闹了起来。对于小余来说，看到了热闹才感觉到自己还活着，还有很多事，很多人，都需要联系，吴副队长说："好久没有感觉到现代气息，好好给家里打电话报平安。"

小余说："今天我一定要打爆电话，哈哈。"

吴副队长问："此行最大的感受是什么？"

小余说："感觉自己回到原始生活，一回到乡政府又感觉回到了现在信息生活中，变化太快，反应不过来。"

吴副队长说："等你习惯了，就会没事了。好好去打个电话吧！"

小会议室有刚刚从各村委会回乡政府休整的十多个队员，吴副队长、段副队长坐在最前面，吴副队长先说："今天我们开一个简短的碰头会议，大家交流一下这几个月来的心得体会，为我们以后的工作顺利开展打下基础，下面一个个发言。"

汪新晨讲道："我觉得素质提升这方面，虽然能在短时间之内带来效应，但是要成为长效机制，需要长期定人来抓，久久为功。"

老余接着讲道："我觉得要让独龙族发展致富，必须要改变他们原有的观点和认识，然而这是长期的工作，我们不仅要手把手教他们，让他们积极接受新的东西，并且让他们认可这是好东西，这是我们值得思考的。"

大家你一言我一语

段副队长吩咐道："多种一块地，少喝一点酒，自己家园自己建，自己家业自己创等等内容我觉得这些观念要经常灌输给他们，只有自力更生，自我发展才是长久之道。"

又一天早上，汪新晨带着小余去小卖铺，小卖铺东西不多，多数为日常用品，也卖独龙毯、独龙马褂、独龙包包，铺面不大，但是独龙味道很浓。汪新晨在店里，买了二十块香皂、二十把牙刷、十小袋洗衣粉，还有毛巾，小余不解地问："汪组长，买这么多搞什么。"

汪新晨组长回答："村民常年不洗澡、不洗脸，不洗衣服，不刷牙，这是一种不文明行为。作为工作队，我们有义务教会大家，这也是我们独龙族整族帮扶素质提升的一项重要内容。"

小余不解地问："确实，有的村民不洗澡，不洗衣服，我也发现了。但是这个叫他们洗就可以了，还要我们亲自组织？"

汪新晨回复说："我们工作队能做的，只能一点点地做，我发现要让他们接受现代文明生活，首先要从洗澡开始。"

小余说："也是呀，只有观念改了，才能进一步享受现代文明，但是他们能改吗？"

汪新晨说："这就靠我们长久坚持之功力了，而且也要让他们主动接受现代文明是好的。"

汪新晨拿出装在袋子里的一大袋洗衣粉，递给小余说："你也提一袋。"小余和汪新晨继续走在下村子的路上，一个背着一个小包包。

中午，普卡旺村民已经集中，村民个个都穿得少，衣服也感觉好久没洗了，头发稀疏直立，只有眼睛闪闪发亮，貌似又回到解放前的生活。

汪新晨开始讲："今天把大家召集起来，就是教你们如何搞卫生，个人卫生，集体卫生等文明生活培训。"

村民回应："我们上辈子都不洗澡，不刷牙，一个都没生病，我们不用搞。"

汪新晨说："你们愿意成为一个落后的民族吗？你们希望整天活在别人施舍下吗？如果你们不愿意跟上现代文明，你们，还有你们的子孙们都会被淘汰，所以，走向现代文明，让我们从最简单的洗脸开始。"汪新晨大声地向大家说，仿佛是一场激情的演讲。

汪新晨动员大家："明天开始，我们搞个展板，把大家名字写在展板里，不搞卫生的，我们要把名字写在上面。"然后转头向小余介绍，"这位是新来的工作队小余，他会每天早上来监督你们有没有洗脸、刷牙、洗衣服、洗被子等。如果你们没有做，他会记在小本子里，月底将开会公布哪些做得好、哪些没有洗脸。做得好的，我们将给一袋米的奖励，做不好的，我们将名字挂在展板里。"

汪新晨又继续说："现在我来教你们如何正确地洗脸。"汪新晨看着小余，向小余说，"小余，你先去帮忙打一盆水。"小余跑去打水，他转向村民继续说，"洗脸必须从洗手开始……"

教大家如何正确地洗手、洗脸、刷牙，村民也跟着他练了起来。"大家看，洗完脸，刷完牙就是很舒服，很有精神是不，你们每天都要坚持，做一个爱干净的人。"

汪新晨又说："只有爱干净，爱卫生的民族，才是一个进步发展的民族，希望你们今后一定要保持，我们会来检查，做不好的将批评，做得好的将奖励。"

汪新晨又反过来问大家："你们洗过澡吗？洗澡之后的那种感觉就更舒服。"

大家异口同声地回答："我们祖辈不洗澡，我们也没有洗过澡，我们照样身体很好，不需要洗澡。"

汪新晨反驳道："你们能活几岁，知道外面的人说你们的平均年龄几岁吗？"

大家摇头，汪新晨继续说道："他们说你们平均年龄只有四十五岁，而外面的人平均年龄七十岁，难道你们甘心被人这样说吗？你们是一个优秀的民族，甘愿被他们歧视吗？你们不能，所以，你们要学会洗澡，学会搞个人卫生和村内卫生，搞好了，我们就能长命百岁。"

村民激动地回应："我们愿意搞卫生了，你什么都别说了。"

汪新晨又继续说："你们想活久一点，还是已经活够了。如果觉得还没活够的今天我们分兵两组，女的由妇女主任带队，男的由我带队，今天，趁着阳光明媚，我们集体下河洗澡。"

村民回应："那给我们盖个洗澡的地方，我们就天天洗澡。"

汪新晨道："我们将在今年之内盖洗澡室，但现在还没建成，我们先在河里洗澡预热一下。"

清澈见底的河水，清得能看到河底的鹅卵石，大家兴致勃勃地往河边走去，汪新晨说："小余，今天你带头去洗澡，我在旁边监督他们安全。"

汪新晨把没洗澡的村民赶下去洗澡："你们还没下去洗澡的赶快下去。"

洗完澡，大家在回去的路上，有说有笑。

汪新晨对小余说："晚上我去乡卫生院找点甘草，我们大家煮一锅喝，不然村民们生病了不好。"

小余回汪新晨说："汪组长想得真是周到，晚上我去煮吧。"

洗完澡，大家又集合在一起，"你们说，我们搞完卫生后，舒不舒服。"

村民喊道："舒服。"

汪新晨继续说："以后小余会带你们一个星期去一次，我更希望看到的是，你们自己行动起来，我们的目标是多活几年，那我们只能多洗几次，大家说以后能不能做到。"

村民兴高采烈地喊道："能！"

四、习近平总书记接见

五年时间，独龙江乡整乡推进独龙族整族发展共投入建设资金13.04亿元，先后抽调118人次州委独龙江帮扶工作队队员进驻独龙江乡6个村26个自然村开展帮扶工作。当然还有很多事情，难以一一概说，经过五年的建设，独龙江乡实现了经济发展大跨越，基础设施大夯实，人居环境大改善，社会事业大改观，特色产业大发展，素质能力大提升的六大变化，特别是2014年隧道贯通，独龙族人民告别半年大雪封山的历史。

2014年11月3日，云南省省委书记李纪恒、省长陈豪再次调研独龙江，看到旅游小集镇中的学校、卫生院、敬老院、卫生公厕、博物馆等设施一应俱全，一栋栋民族特色新居宽敞明亮，特色生态民族旅游业逐渐兴旺，男女老少精神面貌焕然一新。

夜幕降临，在独龙族文化广场有一大火盆燃烧，升起熊熊烈火，火苗四处飞溅。一首动感的独龙族乐曲伴随着阵阵欢呼声，晚会开始了。听说省委书记和代省长一同来看望大家，各族群众聚集到广场，载歌载舞。

总结座谈会上，李纪恒、陈豪坐在最中间，州委书记、州长、县委书记、县长和熊队长等50多人依次而坐。

李纪恒书记深情地讲起自己5次进出独龙江的感触："以前每一次来独龙江，我都带着沉重的心情来，带着更沉重的心情离开。那时候，如果有人来问我，我会唱给他们《草原上升起不落的太阳》：'独龙江是什么地方？我会十分忧伤地告诉他，那是贫穷落后的地方。'但2010年后，在党中央、国务院的亲切关怀下，在国家有关部委和上海市及社会力量的大力支持下，省委、省政府启动了独龙江乡整乡推进、独龙族整族帮扶工作，累计投入11.155亿元，实现整族跨越。我现在会唱给他们《草原上升起不落的太阳》：'现在如果有人来问我，这是什么地方？我就会骄傲地告诉他，这是人间天堂独龙江！'"

李纪恒书记继续说道："独龙人民贫困不除，工作队绝不撤退。"

2015年1月20日习近平总书记在昆明会见独龙族代表，看见笋干、草果、野生蜂蜜等独龙江特有物产，习近平走过去，一一了解情况。习近平拉着高德荣的手坐在一张长藤椅沙发上，同大家围坐在一起，观看反映独龙族帮扶后生产生活巨变的短片。

从刀耕火种到多种经营，从过江溜索到开山辟路，从茅草房到砖瓦房，从人均可支配收入900多元到2000多元，短片中一幅幅生动的画面，反映了新中国成立60多年来尤其是近些年来独龙族群众生活的深刻变化，这个地处偏远、相对闭塞的民族正同其他兄弟民族一起迈向现代文明……

习近平一边看，一边同身边的高德荣、娜阿塔交流，不断询问："建一套新房多少钱？""原来出山要多长时间？"……

所有独龙族帮扶队员都在旁边目不转睛地看着电视屏幕，电视里面正在播放习近平总书记接见贡山少数民族干部。

习近平总书记说："我今天特别高兴，能够在这里同贡山独龙族怒族自治县的代表们见面。独龙族这个名字是周总理起的，虽然只有6900多人，人口不多，也是中华民族大家庭平等的一员，在中华人民共和国、中华民族大家庭之中骄傲地、有尊严地生活着，在中国共产党领导下，同各民族人民一起努力工作，为全面建成小康社会的目标奋斗。"

习总书记接着表示："你们生活在边境地区、高山地带，又是贫困地区，在新中国成立以前生活在原始状态里。新中国成立后，在党和政府关心下，独龙族从原始社会迈入社会主义，实现了第一次跨越。新世纪以来，我们又有了第二次跨越：同各族人民共同迈向小康。这个过程中，党和政府、全国各族人民会一如既往关心、支持、帮助独龙族。"

五年的付出与努力、牺牲与委屈，坚守与孤独都化在泪水中，所有的队员抱成一团，很紧，很紧。

一个民族的发展嬗变中，必然融入社会不同元素，好的坏的都会掺杂。其中，外力强有力的推动是不可少的，就像独龙江整乡推进整族帮扶。诚然，有其进化者必有其推动者，就如独龙江帮扶工作队，给予了一段跨越式的推动，然过程之曲折、创业之艰难，唯有亲历者才能亲身体验感受，是功是过，现在已成历史，那就用时间来检验它吧！

《民族文学》2016年第9期

景颇山上新童话

黄　玲（彝族）

一

我不是在写童话，而是徜徉于一个真实的故事中，被一群精灵般可爱的景颇孩子们深深吸引着。或许景颇山这样充满灵性的大山，原本就是一块生长童话的土地。远看，云雾缭绕的山头总是带给人神秘莫测感；近听，凤尾竹的摇曳中似能听到有精灵在歌唱。

我在暮色降临时走进的榕树根儿童活动中心，就像一处精灵出没的乐园。

这是一座童话般的建筑，现代元素和景颇风格结合得非常完美。宽敞的大厅铺着各种色彩的泡沫垫子，可以在上面翻跟头、跳街舞。四周沿墙摆满了高大的书架，上面摆放着各种适合孩子阅读的图书。还有吊在空中的小猴、小熊玩具，在头顶摇摇晃晃，让人以为它们真的活过来了。

错落有致的建筑结构，宽大的窗户，敞亮的厨房，让人有身在异国的感觉。而那些用来代替玻璃的竹子篾片，又有浓郁的景颇风格，而且就地取材，既环保又独特。清晨可以从竹篾的缝隙里漏进光亮，送来小鸟的欢叫和远处悠长清脆的鸡鸣声，让人确信这真的是景颇山上充满生机的黎明。

当这座屋子第一次突兀地进入我的视野时，让我瞬间目光迷茫，思绪凌乱。以为从门里会跑出系着围裙的外祖母，或者跑出几个长着长耳朵的兔精灵，飞出几只长着翅膀有着嘹亮歌喉的小鸟……在门前空地上果真有一些孩子，正在骑自行车玩。他们好奇地打量着来客。当你向他们打招呼时，他们却又会有些羞涩地低下头，骑着自行车嗖地滑出去好远，回头对着你微笑。

这些皮肤黝黑、长相俊美的景颇孩子们，就是榕树根的小精灵。当他们跃动时，身上有着勃勃的生命野性。当他们安静地坐下来时，眼睛里又有一份小鹿般的安详与纯净。他们是一些善变的精灵，可爱的精灵！

在景颇山的日子里，我的思绪经常会处于"穿越"状态，不自觉地就飘向童话的世界，把现实和想象混同为一幅驳杂的图景。

二

榕树根的主人出现在了门前，这是一对有着浓郁传奇色彩的夫妇。

男主人身材高大，却是高鼻深目，长了一头亚麻色的披肩长发。他叫乐安东，来自遥远的荷兰。当地人刚开始都以为他来自河南，暗自纳闷了好久：河南人怎么会长成这个样了呢？女主人身材娇小玲珑，皮肤白皙，穿一身紫花的景颇族筒裙，长发用夹子随意挽在脑后。她叫李旸，一个来自北京的女孩。曾经是涉外律师，环保项目高管，现在的她只有一个身份，那就是榕树根快乐的女主人。

他们的爱情经历和人生经历，听起来也很像童话呢！

一个出生在遥远国度的"老外"，竟然如此热爱景颇族文化，二十多年前就不远万里来到中国，不但深入研究景颇语言出版了专著，还会流利地讲景颇族的民族语言，跳他们的"目瑙纵歌"。一个出生在首都北京的"80后"女孩，爱上一个人便可以舍弃俗世之累，和他一起远走天涯，只为去追寻梦想和希望。

现实中的芸芸众生，有几人能真正舍下京城的繁华，来到边远的景颇山上安家？谁能放弃人生的诱惑，只为和一群景颇山上的孩子做朋友，陪伴他们的青春和梦想？一个曾经是博士、教授，一个曾经是律师、高管，有优裕的生活美好的前程，有令无数人羡慕的职业和物质条件。可是，他们却能听从心灵的指引，放下曾经拥有的一切，在景颇山上安下一个自己真正想要的家。

李旸微笑着说：我们只是在做自己喜欢的事。

自由、率真，为梦想而努力，这不是童话中的场景又是什么？

乐安东和李旸的故事，让人觉得只有童话里的人物才会真正脱去世俗的羁绊，如此浪漫，如此纯洁如花。现在，他们真实地站在我面前时，恍惚之间我觉得自己真的进入了一个诗意的世界。重要的是那些孩子们欢笑着，环绕在他们身旁的时刻，他们脸上也满溢着幸福和快乐呢！

阳光从晚霞中斜射过来，榕树根笼罩在一片灿烂的金色之中。

那一刻真的很美很美……

三

景颇山的舞蹈，带给我心灵的震撼，因为我看到了舞者的精神如花绽放，能听到他们的心灵深处深藏的力量和勇气。随着音乐响起，一群十三四到十五六岁，处于人生最美好豆蔻年华的景颇少年，他们开始在榕树根的活动厅里翩然起舞。他们挥舞长刀，跳起民族风情十足的景颇舞，真正给人静如处子、动如脱兔之感。一群方才还在门前嬉戏打闹的孩子，现在突然就沉静下来进入舞蹈的情境之中。从他们轻盈的舞姿和沉稳的步伐中，你能想象到他们的祖先漫长的迁徙之路和曲折厚重的历史。

从西北到西南，从历史到现实，一个古老民族行进的足音在舞蹈中如此清晰而生动。或许他们从小就跟在大人身后跳"目瑙纵歌"，在心里播下了关于民族历史文化传统的种子。那种子在心里生根发芽，又在舞步中开出了一片绚丽多彩的花朵。

更让我惊讶的是，这群景颇孩子还能跳街舞。

当这种来自大洋彼岸、带有浓郁青春色彩的舞蹈在景颇山上被跳响的时候，确实能带给观者强烈的震撼之感。音乐节奏突然加快，似乎有声音在远方呼唤着躁动不安的灵魂。街舞的动作优美而随意，却又能体现出一个人身上的生命激情与青春活力。和方才跳民族舞相比较，他们的表情变得更加轻松活泼，身体在激烈的舞动中变换出多姿的形状，像团火一样燃烧出激情，感染着观者。

几个七八岁的小小孩跟在后面，学习和模仿着他们的动作。

乐安东和李旸站在一边，做他们忠实的观众，脸上溢满了同样的快乐。没有他们的努力，这一切将只是个虚妄的梦想。而现在，这些孩子的舞技已经非常娴熟，每个人的生命激情都在舞蹈中开放出夺目的花朵。

他们为这些孩子付出的过程我没有亲眼看到，我所见到的已经是眼前这个美好的结局。李旸介绍，在没有跳街舞之前，这些孩子整天能做的事听起来很有些让人惊悚，打架、抽烟、喝酒，离毒品只有一步之遥。不能说跳街舞拯救了他们，最起码改变了他们，让他们从这个行动中找到自信，释放出青春的情绪。

我知道跳街舞对成长中的孩子好处多多，比如可以使人注意力集中，可以培养人的意志力，还可让大脑的思维能力、创造能力得到有效发挥。青春的热情澎湃需要宣泄的渠道，打架、抽烟、喝酒是一种渠道，从艺术的方向去努力，又是一种渠道。后者是更合理更人性化的渠道，它可以通向成功和创造。

这些孩子不但能街跳舞，还会绘画。在乐安东和李旸的辛苦努力和带领下，他们的舞已经跳到北京、上海，他们中一些人的画在北京展出，有人的画甚至已经走出国门到国外参展。奇迹像花一样在黑暗中绽放的时刻，是多么美妙动人。

这也是童话，把不可能做成可能，这对夫妻的手中难道有一根神奇的魔杖，可以点石成金，化腐朽为神奇？为了和景颇山的一份奇缘，他们把家安在这里，把它命名为"榕树根儿童活动中心"，这里是他们为景颇孩子建造的乐园。

我似乎有些明白，那些从七八岁到十七八岁不等的孩子，为什么一到周末都那么急切地奔向这里。他们的心渴望着一块飞翔的天空。

四

除了皮肤总是比当地人白和开口便是一口清脆的京片子，李旸已经努力把自己融入当地文化的氛围中。从她的衣着到饮食习惯，从她对景颇族历史文化的了解到她和当地人的交往，你很难把她和京城的"律师""白领高管"这样的身份联系起来。她已经把身上的标签封存在往事中，只执着于身边的新生活。

乐安东也是一样，几年下来当地人已经习惯了他与众不同的相貌，把这个能讲一口流利的景颇"载瓦语"的老外视为亲友。人家是个博士、艺术家，从荷兰不远万里来到中国，能放弃北外教授的身份迁到景颇山上定居，一切只是为了结下景颇族这一门亲，成为他们中的一员，听听都令人感动。

现在的他们会和当地人一样，挎着篾筐去赶街，在路边小店吃七元一碗的米线。当地人家修房建屋、婚丧嫁娶，也会给他们发来请柬邀请出席。他们居住的拱引村，已经为他们举行过隆重的"入寨仪式"，正式接纳这对独特夫妻的加入。一位当地大妈说："他们入了寨，以后鬼魂就和我们连在一起不分开了。"

这是怎么样的坚决！

可是，他们到底想要在景颇山扎根后做些什么，还是很让人费解。

猜测、流言曾经像雾一样包围着他们。有人说或许这是一对私奔者，老外带着小三避难来了，有人说他们大概是发了财准备外逃。有人说这二人不会是带着什么天大的不可告人的秘密吧？有人说或许脑子不大正常……

说起往事，李旸笑得合不拢嘴，像是在说别人的笑话。

笑完了才说，其实当初自己也不知道自己要做什么。只是喜欢这里的山水和人群，喜欢景颇族的文化，想在这里过一种自由自在的生活，就是这么简单。

可是后来，这对夫妇爱上了景颇山的孩子们，发现他们如同童话中的精灵一样聪明可爱，却又面临着成长的种种困扰。童话世界也不会全是美好的人和事，森林里会遇到大灰狼，还会有妖魔鬼怪出没。边境毒品泛滥的事实，给很多家庭带来新的灾难。很多成长中的孩子面对毒品的诱惑，正处于人生的三岔路口……

李旸说，他们愿意留下来，只是想做景颇山上孩子们的好朋友，陪伴他们走过青春的曲折时期，帮助他们找到人生的方向和自信。我喜欢她口中说出的"陪伴"这个词，这是一个满溢温度的词语，温暖而感人。

这样的故事在当地似乎已经成为一种模式：父亲吸食毒品被抓到戒毒所，母亲失去生活的信心，选择改嫁或者外出打工不归。年幼的孩子只能跟爷爷奶奶或者外公外婆一起生活，成了特殊的"留守儿童"。"不吸毒"，成了很多家庭对孩子的最高期望。于是和吸毒相比较，喝酒、抽烟、打架都成为可以容忍的行为。一个家庭对孩子的期望底限已经被降得不能再低。

说起这些事，性格开朗的李旸语调低沉起来，表情变得格外凝重。或许她也明白，以一己之力改变不了整个世界。但是从身边的事做起，帮助那些进入自己视野的人，为他们做些力所能及之事，这却是能做到的。

走过青春期的人都懂得，生命成长中的伤害很多时候是来自于孤立无援的绝望。这时候如果有一只温暖的手伸过来，有一双眼睛看着你，或者有一个人愿意停下来倾听你的诉说，世界就会变得很明亮，生命的方向因而会改变。

我突然领悟了，这对夫妇其实是一对脚踏实地的理想主义者。他们所传播的"自信和自我认同"理念，就是想为那些迷途中的孩子点亮一盏灯，帮助他们找到成长的目标和一份面对世界的自信。这是一个既简单又复杂的工程，也是景颇山上的榕树根儿童活动中心诞生的唯一理由。

五

后来明白，那些在我眼前欣然起舞的大男孩，那些在"榕树根"门前骑着自行车撒欢的小小孩，其实并不像我看到的那么单纯。每个人都有和他们的年龄不相称的"故事"，有让人伤感落泪的经历。童话世界并不全是快乐。

几年下来，他们的成长档案已经都装进了李旸的脑子。从2009年和乐安东第一次来到景颇山起，她已经在这块土地上生活了六年时间，安下了自己的家，实践了陪伴这些景颇孩子成长的诺言。现在随便指着一个孩子，她都能说出一段令人唏嘘的故事。她会不自觉地说出"我的孩子们"这样的话语。

一个叫干的大男孩，人长得英俊舞也跳得潇洒。可是父亲吸毒并身染重病的事实，却为他的青春染上了一层灰暗的色彩。他曾经对李旸哭诉父亲的"恶行"，小时候曾经那么好的父亲啊，现在竟然提刀追砍自己和母亲，把家变成令人恐怖的战场。李旸安慰他：父亲还是过去的父亲，他只是被僵尸咬了一口染了病毒，你要记住过去那个对你好的父亲，帮助现在这个让人恐惧的父亲……

在"榕树根"，干学会了跳街舞，学会了画画。"戒"了打架、喝酒、抽烟，能做一手好菜的他还计划着将来开个景颇风味的饭馆，开创一番事业。

李旸说这些景颇孩子们大多心灵手巧，从小就会做饭干家务帮助大人分担生活的担子，他们身上有许多闪光的东西。他们的心灵如同水晶，只是被残酷的生活给蒙上了一层灰尘。她和乐安东所做的就是拂去水晶上的灰尘，让孩子们的心灵放射出光彩。

在榕树根我见到一个只有四五岁大的小女孩，长了一双大眼睛，长睫毛，像洋娃娃一样可爱。可是她的注意力却不能集中于一件事或者一段话的表述上，总是不断地变换着对事物的兴趣点。李旸低声讲了这个孩子的故事：父亲吸食毒品，还有家暴行为。这个年幼的孩子曾经多次亲眼目睹过父亲提刀追砍母亲的行为，心灵上的创伤是很重的，刚来时她也会打别的孩子。现在好了许多。

还有一个叫乐的七八岁的男孩，放了学宁愿走几里山路来"榕树根"也不回家。他的故事和别人相似，也是父亲吸毒，母亲出走，现在跟外公外婆一起生活。外婆因为生活的重压，经常会打骂孩子们。乐放学后不愿意回家，总说家里有鬼，却愿意来到"榕树根"赖着不走。我看见一米九身高的乐安东在乐面前，俯下身跟他说话，完全就像一个慈爱的父亲。还那么细心地安排他吃饭，送他去学校，心里不由漾起一阵感动。

他和李旸现在还没有自己的孩子，似乎也没有这样的计划。或许就是因为已经把景颇山上的这些孩子，当成了自己的孩子。

这是怎样的情怀！大爱如水，润物无声。他们让我相信，真正的爱是没有国界，不分民族的。

陪伴和守望青春的成长，不是一个可以轻易许下的诺言。它需要付出代价，要用生命中最美好的年华去守护，用心灵的爱去抚平创伤，扬起理想的风帆。

望着玉树临风的乐安东和娇小玲珑的李旸，听着一群景颇孩子们对他们热切的呼唤，叫他们"安东老师""李旸老师"，或者直接叫"旸旸"时，我心里满满的都是感动。很多人奔走于城市的楼群间，为名利而各种奔忙时，他们在景颇山上默默地做着超凡脱俗而又功德无量的事情。

乐安东原本有自己的事业和追求，他可以做的事很多，比如在高校做外教，研究语言，绘画、作曲，过散淡的艺术家生活。李旸可以在京城做律师，月薪高达三万。无数人追求的都是如何让自己的生活更美好，他们却能舍弃别人艳羡的一切，来到景颇山上做"自己喜欢做的事"，帮助一群孩子找到人生的自信和目标。

这是什么样的人生境界？

他们的人生如同一面镜子，不经意间照出了我们的琐屑与庸常。

所以才会有那么多人想追随他们的足迹，来"榕树根"做志愿者，为景颇山上的孩子们尽一份心力。李旸说最长的待过一年，最短的只待了三天。来来去去中，有许多真正想献爱心的热心人，也见过一些"奇葩"式的人物。有人是真心来帮助孩子们，有人感情受了伤害，想来山上"疗伤"……

最后坚守在这里的，仍然只有乐安东和李旸，还有他们的一群景颇孩子。

2016年3月，"榕树根"还来了一位特殊的客人——云南省省委统战部部长黄毅。身为景颇族的黄毅部长，一见面就和乐安东用载瓦语亲切交谈起来。在参观了解了"榕树根"的情况后，他对这对夫妇的行为感慨不已，对他们研究宣传景颇文化，守护帮助景颇孩子的行为给予了高度评价和充分肯定。

2016年8月，乐安乐和李旸经过多方努力后，还完成了一件堪称大事的壮举：带着18个景颇孩子到京城"游学"，向世界展示他们的风采和才华。他们在北京参观了许多梦寐以求的地方，跳了大受欢迎的景颇民族舞，也跳了让京城观众震惊的街舞。孩子们每到一处，享受到了明星般的掌声。

我在想，面对成功乐安东和李旸的心情会是怎么样呢？

李旸的一番话让我回到现实。她说大孩子们要就业，下一步要考虑给他们做职业培训和找工作的事，小小孩们会进来，又会有新的任务要进行。没有时间去享受成功的快乐，心里永远都在想着下一件事怎么做。

把自己的生命年华无怨无悔地献给景颇山的孩子们，这就是他们的选择。只是做自己"喜欢做的事"，就会继续坚守下去。

有时候，做事的道理就这么简单而朴素。

坐在"榕树根"门前的台阶上，在孩子们快乐的喧闹声中，我突然想起美国作家塞林格的长篇小说《麦田守望者》的主人公霍尔顿说过的一段话："我将来要当一名麦田里的守望者。有那么一群孩子在一大块麦田里玩。几千几万的小孩子，附近没有一个大人，我是说——除了我。我呢，就在那混账的悬崖边。我的职务就是在那守望。要是有哪个孩子往悬崖边来，我就把他捉住——我是说孩子们都是在狂奔，也不知道自己是在往哪儿跑。我得从什么地方出来，把他们捉住。我整天就干这样的事，我只想做个麦田里的守望者。"

对生命的守望和陪伴，是一件需要有深广情怀才能坚持下去的工作。在"榕树根"的十几天时间里，我多次亲眼目睹了乐安东和李旸、孩子们在一起的快乐场景，为孩子展现的艺术创造力而感叹。时时被他们面对苦难仍能保持住的如花笑颜深深感动着。这其中，就有乐安东和李旸的汗水与心血。

我相信这对夫妇他们在做着最有价值的事情。

夕阳下的景颇山林中，倦鸟开始归巢，天边有绚丽多彩的云霞如诗如画。孩子们在"榕树根"的场院上奔走欢跳，乐安东的高大和李旸的娇小，构成了一道美丽的风景。他们的目光始终在孩子们身上游走，欢乐着他们的欢乐。

记得在交谈中李旸说过，她小时候的梦想是当一名童话作家，写受孩子们喜欢的童话给他们读。现在，她和乐安东正是走在实现梦想的路上，"榕树根"就是他们为景颇山的孩子们建设的快乐家园，他们用生命的激情在景颇山上书写着一篇最美丽动人的新童话。

《民族文学》2016年第11期

戈壁滩上的花城

陈玉福

说起"花城",人们自然而然地就会想到广州,其一年一度的迎春花市,已为世人所瞩目。然而在中国的西部,有一个叫镍都的城市金昌,竟然也被叫作"花城"。南方有花城,名正言顺,气候使然,地理造就。可一个西部戈壁滩上的城市也叫"花城",就有点匪夷所思了。

金昌是不是花城,我觉得自己还是有一点发言权的。17年前,我就住在金昌。之所以离开,就是因为当时金昌的环境非常糟糕。试想一下,一个被腾格里、巴丹吉林沙漠包围着的、建在戈壁滩上的城市,除了时不时地被沙尘暴侵袭外,还有空气中刺鼻的二氧化硫。实话实说,我就是不愿意生存在这样一个环境里,才"离家出走"的。2016年年初,我在北京的媒体上看到了一条激动人心的消息,金昌市不仅进入了全国宜居城市100强,而且还被授予"全国文明城市"称号。这真是"士别三日当刮目相看"啊,多年前的重污染城市,居然成了国家级文明城市!

为了探个究竟,我于2016年4月的一天下午,来到了金昌。在饭店用过晚餐后,我们就直奔"紫金花城"的中心地,位于甘肃有色冶金职业技术学院对面的"金川区紫金花卉示范种植基地"。在这里,我看到了刚刚泛青的570亩薰衣草基地。虽然现在还不是薰衣草开花的季节,但我脑海里仍然出现了一大片一望无际的紫色花海。路边的大广告牌上就是去年薰衣草盛开时的照片,在朝阳的抚慰下,那纯粹的、高贵的、特立独行的紫让人陶醉,让人惊叹不已。随行的朋友告诉我,现在是4月,到了6月,这里先是紫晕斑驳,紧接着薰衣草就会变成迷人的深紫色。这样的花期会持续到10月。

这时候,一位脚蹬球鞋、裤腿高高卷起的40多岁的女同志,和几个人说着话走过来了。突然,她一下子进入泥泞的树沟,拾起了散落在里面的一米左右长的紫叶碧桃树枝，痛心疾首地制止工作人员继续剪枝。工作人员告诉女同志，为了整齐划一，就把所有的树头都砍掉了。看着女同志裤管上、球鞋上的斑斑泥点，我断定她是一位园林工程师。她的话不紧不慢但很有分量："我们买来的树苗很珍贵，我们应该尽量保持原样，如果真要剪一下的话，最多不能超过17公分。远高近低，远密近疏，是路边景观带种植的基本要求。靠近马路边要种植低一点的树种，不要太密，因为树沟里我们还要种植薰衣草、马鞭草、鼠尾草等花卉呢。"我们悄悄地跟在了女工程师的后边。女工程师走到马路牙子边，说道，"树沟应该低于路面，这样积水不至于把马路弄脏，也让有限的水资源浇灌了树沟里的树木。而且，我们可以让市民把车子停在两棵树的中间，这样也有两个好处，第一让树荫把我们的车子遮蔽住，不会晒着，第二市民们停车难的问题也解决了。"我身边一位30多岁的同志告诉我，金昌市的车子可以停在马路牙子上面，不但不罚款，而且还不收停车费。

夜幕降临了，城市笼罩在五光十色的霓虹灯中。我们随着女工程师一行继续北行，到了金昌市北部防护林带前的紫金大道上。这是一条宽广、笔直的、十几公里的四车道大道。在路灯下的紫金大道旁，我们发现了刚刚栽种上去的马鞭草，小小的、足有10公分高的、绿茵茵的马鞭草已经在马路两边显出了一条颇具规模的景观带。可以想象，到紫色的马鞭草长成开花后，还有远处各种花卉相伴，一条真正的"紫金大道"便会展现在游客们的眼前。这是多么壮观的场景啊！细心的园林工程师第一个发现了问题，在马鞭草地里，有几株马鞭草被人给拔出来了。她捡起马鞭草说："我们要建议有关部门完善法规，破坏花草者，要给予责罚。"

正说着，两位青年驱车来了。在介绍中，我知道他们中一位叫许伟民，一位叫肖振华，是金昌市从北京大学、清华大学引进的研究生。他们分别是宁远堡镇、朱王堡镇的党委副书记。"今年夏天，我们金昌市要在这里举行'紫金之夏'花卉美食节，还有'紫金之夏'集体婚礼。"许伟民指着远处整整齐齐的白杨树说，"'紫金婚礼'上有一个特别浪漫的议程，就是一对对新人手牵手通过那里的牵手林，走在'1314'的林荫道上，憧憬美好的爱情生活。"我又一次来了兴趣："牵手林？"肖振华拉拉我："不要急，我们马上就会去那里的。"

"这是牡丹园。"刚刚赶来的金川区林业局一位自称是老赵的工作人员指着网格式的防护林介绍说，"靠近马路边的这一片，都是可以观赏的花卉园。"我看过去，在路灯映照下，各种形状的牡丹花在刚浇过水的、湿漉漉的地里傲然挺立，枝头上还有不少的花骨朵，个别牡丹花都已经开了，红艳艳的，特别好看。

终于到了牵手林。所谓"牵手林"就是人为地把两排笔直的白杨树的"手"牵起来，形成了一个天然的绿色的拱形长廊。这不但给夏天来这里游玩的市民、游客挡住了火辣辣的太阳，而且还赋予了它极其浪漫、极富想象力的内涵。林荫下的小道是用鹅卵石加水泥铺就的，每隔几米，上面都有石子排列的"1314"的字迹。"1314"，就是"一生一世"。

"牵手林"里的杨树是地道的钻天杨树种，碗口粗细，看上去大概有七八年的树龄。经过多年的相守相望、耳鬓厮磨，它们之间肯定已经产生了感情。可是，除了刮风时偶尔亲密地接触一下外，其他的情况下只能是默默地相望，低低地私语。现在好了，在人们的帮助下，完成了它们一生一世的愿望。我望着长长的绿色长廊隐没在远处的时空中，似乎望不到尽头……

我徜徉在牵手林里，脚下那些可爱的石子亲热地硌着我的脚，就像是在给我按摩。可爱的小石子，笨拙而又调皮的小石子，如果我的爱人在此，我会牵着她的手，相偎相依，和这些爱的使者们一样，一路呢喃，一路欢声笑语，直到永远……

正在我陶醉的时候，一位中年男士带着一位老人走来了，我们于是轻松地交谈了起来。他告诉我，他是金川公司的工人，因为老母亲患有抑郁症，所以，他经常带着老人来这里走这一条爱的小道。包括冬天，他也会陪着老人来转悠。经过半年的努力，老人原来很严重的抑郁病，竟然在这道上走好了。他笑着说："其实老人也需要爱，因为我爸爸早就去世了。我们这种爱，是母子之爱。"是啊，这位工人师傅说得太好了。走出"牵手林"后，我记住了几句挂在林中木牌上的话"择一城终老，携一人白首"，"风华是一指流沙，苍老是一段年华"……

在这过程中，同行的人悄悄地对我说，金昌市市委书记吴明明是2013年底才调来的，她对环保问题尤其重视，没来几天就考察金昌市的防护林带，建议在防护林网格中多种植各种花卉。我虽不认识这位吴书记，但对其产生了很好的印象。

我们夜游金昌花海的最后一站是自助洗车站。金川区林业局老赵对我说，这个自助洗车站是免费的，但洗车的水要引进防护林带里。这样既方便了群众洗车，还浇灌了花草树木，何乐而不为？来这里洗车的人很多，节假日高峰的时候，一个中午要洗近200辆车呢！

我们离开洗车站的时候，正好那位女园林工程师一行也过来了。她握着老赵的手叫他赵局长,这时我才知道这位老赵就是金川区林业局的局长。她看着洗车点地上的肥皂水皱起了眉头:"怎么?有人把洗衣粉带来这里洗车了?"赵局长点点头说:"就是,个别人不自觉,就把洗衣粉带进来了。"女园林工程师说:"这说明你们的引导有问题。我们免费给大家提供洗车服务,但是,危害树木生长的洗涤剂一类的东西是不能带进来的。"

"吴书记,你放心吧,我们马上制定相应的措施加以引导。"赵局长如是说。

"什么?"我惊得目瞪口呆,"她就是吴书记?怎么这么久,你们没有一个人称呼她'吴书记'呢?""女园林工程师"笑着说:"我是吴明明,错了包换。"

吴书记把自己当成了金昌人,而我这个真正的金昌人,在家乡需要我的时候,却当了"逃兵"。我离开金昌17年了,还从来没有过今天这样的感觉。"陈老师,我们该回去了。"吴明明书记的一句话,打断了我对自己的自责。

在灯火辉煌的马路上,我忽然疑惑:"吴书记为什么对园林工作如此熟悉?"后来我才了解到,1978年,吴明明以优异的成绩考入了甘肃农业大学,学的恰恰就是园林专业。这就难怪了。

几天后的一个中午,我采访了吴明明书记。她谈到,在20世纪50年代,老一辈金昌人在戈壁滩上爬冰卧雪、喝苦咸水、住干打垒房子、战风沙、斗饿狼、挖矿藏,受尽了千辛万苦,奋斗了几十年,才在戈壁滩上建起了这样一座有色金属工业城市。而我们今天有这么好的条件,我们要把金昌市这座资源型城市,打造成以旅游文化为主的"紫金花城",让它成为中国的"普罗旺斯"。我们的老前辈能做到的,我们为什么就做不到呢?

后来,我才了解到,金昌市的花卉基地除了金川区的紫金花卉基地,还有好几个呢。我之后去了金水湖畔的253亩薰衣草基地、龙泉公园马路边200多亩的紫金花卉景观带,还有骊靬古城旁边700亩的紫金花卉基地……从这些花卉基地中,我看到了金昌人民的雄心壮志和踏实行动。

一次次置身于这一大片薰衣草的海洋,我下定了两个决心。第一个决心是我一定要回来,和身边这些可爱的金昌人一起,在建设未来新金昌的过程中贡献我的一点点微薄的力量。第二个决心是,我一定要把金昌市"紫金花城"的建设过程、发展过程写出来。主意拿定后,我浑身上下产生了一种从未有过的神清气爽。

《文艺报》2016年5月6日

新疆一粒枣

金岳清

在农一师四团，我见到了老乡，一开始我并不相信，因为这里离老家有万里之遥。但小引的语气十分坚定，容不得我半点怀疑。他说："肯定是你的老乡，他真名我也不知道，绰号叫'老虎'。他在这里种枣。"

我还没有缓过神来，就看见一个黝黑的中年人从门口走进来，满脸是汗。门被他一推开，熠熠生辉的阳光突然间倾泻在屋里，屋里立刻明亮起来。他不高，偏瘦，有些木讷。小引指指他对我说，这就是"老虎"。"老虎"怯怯地伸出一双瘦硬的手，紧紧握住我的手，目光闪烁，半天说不出一句完整的话。我知道他是因为激动，所以不知道先说什么。我也不知道先说什么，一时词穷，只好说，你好，你好，老乡好。

"老虎"来自邻县，其实是邻镇，一江之隔。我很纳闷，他怎么会跑到这么远的地方来谋生？老乡大概看出了我的心思，挺挺身子，喝了一口水说，1986年春天来的，整30年了。起初是做木工活的，十四五个人，东南西北地闯，不知不觉就闯荡到这里。这里虽然地广人稀，但气候凉爽，更主要的是这里的人豁达厚道，特别淳朴、友善，所以，慢慢就喜欢了。

"我们刚来时，就把团部里的所有木工活儿全包了，还有职工家的木工活儿。我们为他们做办公桌、橱柜、凳子等等。后来，我们又在这里开了一爿家具店，11月份回老家，第二年春天再回来。因为这里到了11月份天气就会冷起来，没法干活儿。"老乡说。

小引见老乡打开了话匣子，没有了刚才的激动与紧张，就插话打趣说："老虎"，你的伙计都回去了，那你怎么留下来，莫非看上了这里的姑娘？老乡淡淡一笑，指指边上的女人说，这是我老婆，家里带来的，我们是1993年结的婚，婚后没几天我就带她来这里。人与人不同，伙计们见这里挣不了钱，都回去了，我们就留下来包果园。果园也不多，只有70亩，但也够我们夫妻两个忙活了。这70亩果园中，40亩种的是红枣，还有30亩种的是杏梅。原来我们种的都是苹果，种了有二三十年了吧，产量与质量都不行，于是就考虑转型了。我们这里的红枣虽然颜色不好，但很甜，因为种红枣是越热越好，这里夏天高温，光照时间特别长，当然，关键是我们的红枣不打药。这里的杏梅更绝，应该说是全新疆最好的，肉多，甜中带酸，因为这里日夜温差大，气候多变，还有水质好，水是来自天山的雪水；当然，最重要的是肥料，肥料最好是羊粪，这里的羊粪是个宝，按方卖，每方要120元，每年大概都要花上1万元钱买羊粪……

想不到木讷的老乡有这么多话，我尽可能不去打断他。老乡继续说，如果每年给果树上两至三次羊粪，平时勤锄草、浇水，红枣产量每亩会达到一吨。我想，我昨晚买的红枣是40元钱一公斤，这样算来，老乡光40亩红枣园收入就很可观，那还有那30亩杏梅呢！当然，老乡说的每亩一吨是鲜枣，没有经过加工的，但从老乡的口吻里，我还是听出了他的满足。

正说着话，老乡的手机响了，我以为是订枣的，原来是他女儿。老乡突然间眉开眼笑，说他女儿想见见我们，马上就到门口了。果然，过了两三分钟，一个漂亮的女孩走进门来，一点也不生疏，跟我们握过手，乖巧地站在母亲边上。老乡说女儿刚考上大学，分数不错，考了全团第一名，被湖南一所大学录取了，属于全国重点大学。老乡说话时，脸上全是喜悦与自豪。

出门时，老乡的女儿告诉我，她出生在台州，两三岁便随父母来到阿拉尔，在四团上的小学，读到三年级时中途转回老家，初中上的是学海中学。我说学海中学就在我老家的小镇上。听我这么一说，老乡的女儿很高兴。我问她这里真的很好吗？老乡的女儿说："这里真的很不错，维吾尔族的朋友很好，他们热情好客、淳朴善良，特别能歌善舞。我到他们家做客时，他们会给我放他们家小伙子或姑娘结婚时的录像，姑娘还会给我放彩妆比赛、婚纱设计比赛的录像。最热闹的是村子里有人结婚时，整个村子里的人都会过去跳舞、唱歌。你想想，整个村子老老少少都穿得花花绿绿的聚在一起唱歌、跳舞，那是何等的壮观！何等的开心！"女孩说着，便咧开嘴笑得灿烂。

我问她在异乡生活是否有不开心的事，女孩说："有啊！很早以前的事，你不提我都快忘了，小学一二年级吧，星期六，妈妈带我去维吾尔族朋友家串门，中午在他们家吃饺子，吃的是羊肉饺子，膻味很浓，我吃不下，哭了，妈妈俯下身来，贴着我的耳朵说：'不能浪费人家的一番心意，你应该把这碗饺子吃完。'我听了妈妈的话，就眼泪汪汪地把这碗羊肉饺子吃完了。当时，我不大懂妈妈话的意思，但我从妈妈的口吻里知道吃完这碗饺子的重要性。"女孩说到这里，咯咯大笑。

此时，女孩的妈妈大概听见了我们的谈话，回头一笑。我说，那你还记得第一次看到这片土地的感觉吗？女孩说太早的已经忘却，刚来这里读高中的那个冬天还有些印象。"那天我从阿克苏读书回来，下了车，四周全是白皑皑的大雪，牧羊人的矮房子全被白雪覆盖着，一块一块的，从地上长出来，像是白色面包；我想起房子里的人肯定在烤火、喝奶、聊天，觉得自己走进了童话世界里。"女孩说完，把目光落在我脸上，似乎在问：你还想了解什么？我突然想起来，我说你喜欢什么，她说，写作、画画、听音乐。毕业之后，要种枣树，培植父亲的果园，要培植出新疆最大最甜的红枣。

回到宾馆，已是夜里 11 点，躺在床上，满脑子全是老乡一家的影子。我想，老乡是粒枣，他身上蕴藏着热烈、红火和甘甜。这粒枣是浙江的、台州的，但他跨越大江南北，跨越巍巍昆仑山，落在这西北边陲、千里戈壁，落在这塔里木河流域的绿意里。也许是跋涉了千山万水，也许是熏陶了大漠孤烟，也许是经历了酷暑严寒，也许是沐浴了天山冰雪，这粒枣格外甜。

《文艺报》2016年6月21日

高铁与这个世界（节选）

王　雄

　　早在1985年，美国儿童文学作家克里斯·凡·艾斯伯格出版了一本名叫《极地特快》的小说，风靡一时。2004年，这部小说被改编成电影。故事里的小主人公克劳斯坚信圣诞老人的存在，并在圣诞节前夕的梦境中登上了通往北极的"极地特快"。无尽延伸的钢轨，穿过冰雪覆盖的田野，欢闹的列车一路狂飙，终于将这位小男孩和他途中遇到的伙伴送到了北极。

　　这部电影的奇幻美好想象在于，未来的钢轨，犹如血管一样将串联起整个地球村。于是，这世界将变得无比精彩起来，充满了更多故事。

　　从1825年英国修建世界第一条公共服务铁路算起，至今铁路已有近200年的发展史。从1964年10月1日通车运营的东京与新大阪间的东海道新干线算起，至今高铁也已经跨过半个世纪。

　　世界铁路经历了大建设，也经历了低潮期，随着高铁的出现，铁路迎来了再一次高速发展的机会。日本是世界上最早发展高速铁路的国家，20世纪50年代后期，日本经济复苏，日本政府明智决策，在工业经济发达的地区建设东海道新干线高速铁路。高铁为战后的日本插上了腾飞的翅膀。

　　高速铁路适应现代经济和社会生活对运输数量和质量的新需求，使人们重新认识到铁路的价值。继日本之后，德国、法国、意大利、西班牙等国相继建成高铁，并逐步形成了高速铁路网。高铁以其速度快、运能大、安全好和耗能低等其他交通工具无法抗衡的优势，越来越大地影响着这个世界。

"世界岛"的遐想

　　瑞典欧盟研究所研究员艾莲娜·卡尔森曾撰文指出："中国发展高铁是非

常明智的选择，将在找到新的经济支撑点的同时，占据未来新能源利用制高点……"

在国际政治学说中，一个重要的分支是地缘政治学说。在地缘政治学说中，最有名的论点之一就是麦金德的"世界岛"论。这位曾经的牛津大学地理系主任，提出了著名的"地缘政治学说"概念，他把欧亚大陆和非洲合称为"世界岛"，把世界岛最僻远的地方称为"腹地"。借助世界地图可以看出，这片陆地四周被大海包围，正是一片岛屿。

按照关于"世界岛"的遐想，中国实际上处于世界岛和边缘地区（即"内新月地区"），而沿边地区大多是世界岛的中心区域，地缘战略地位十分重要。在麦金德看来，海洋上的机动性，是大陆心脏地带的马和骆驼的机动性的天然敌手。

公元1492年8月3日，哥伦布带领航船从西班牙的巴罗斯出发。10月28日抵达古巴，他认为这是中国大陆的一部分，属于大汗的领域。他向当地的国王递交了依沙贝拉和菲迪南的国书。

1493年3月15日，哥伦布回到西班牙。人们都以为他找到了通往亚洲之路，哥伦布成了英雄，受到隆重欢迎。西班牙国王夫妇激动得热泪盈眶，他们为上帝赐给了他们无穷的财富振臂欢呼。按马可·波罗的说法，中国那个地方遍地是黄金。

这是个美丽的错误。直到1497年，伽玛绕过好望角到达了印度，才到达了真正的亚洲。直到1519年至1522年，麦哲伦船队绕过南美，环绕地球一周后，人们才终于明白了地球是个圆的。从此，浩瀚无际的海洋不再令人望而生畏，从此世界紧紧地联系在了一起。

中国的西部、北部、西南部，被认为是欧亚大陆"心脏地带"的一部分。撇开麦金德的大英帝国视角中所使用的"心脏地带"这个概念，从中国的地理空间角度来说，这一地区之所以被认为是历史的地理枢纽，原因是，中国的这一广大地域，是几大文明交会的地带。在全球范围内，或许再也找不到一个区域能够与这个地域相比，是重要的力量源泉，能够创造出比其他地区多得多的人间奇迹来。

熟悉西方地缘政治理论的人都知道，整部文明史就是陆上与海上的文明史，陆权的载体是铁路，海权的载体是船队，世界最主要的物流、人流、资源流，要么通过铁路，要么通过海洋来完成。

可以设想一下，在欧亚大陆建设高速铁路网，修建通往中亚、西亚、西欧、东南亚等地的高速铁路网，将来甚至要延长到北非。作为大陆支撑的海洋国家，中国要与有关国家联合建设高速铁路网，形成高铁丝绸之路，无疑是个明智的选择。从另一方面来看，如果修建亚欧非三块大陆的高铁，对于中国高铁走出去来说，无疑是一个巨大的"商机"，对沿线各国的发展也都具有重要的意义。

有理由相信，未来世界，除了跨越海洋的洲际长途飞行非得依靠大飞机之外，一国的境内交通甚至是跨国交通中，将有很大的一部分被更安全的高铁所代替。一旦如此，高铁产业的世界市场将非常巨大。先进高铁技术的拥有者，必将赢得主动权，赢得市场，从而站在一个国际产业标准、高铁技术标准的缔造者位置。

连通欧亚大陆构想

用铁路连通欧亚大陆，可谓"钢铁丝绸之路"。

早在 19 世纪末，就有"欧亚大陆桥"之说，意指俄罗斯的西伯利亚铁路。沙俄政府时期，为了把相距遥远的东西部连接起来，俄方修建了西伯利亚大铁路。这条铁路东起太平洋沿岸的海参崴，西至乌拉尔山东麓的叶卡捷琳堡，全长 9288 公里。

"新亚欧大陆桥"是相对旧亚欧大陆桥而言。它东起太平洋西岸连云港等中国东部沿海港口，西可达大西洋东岸荷兰的鹿特丹、比利时的安特卫普等港口，横贯亚欧两大洲中部地带。它的东端直接与东亚及东南亚诸国相连，它的中国段西端，从新疆阿拉山口站换装出境进入中亚，与哈萨克斯坦德鲁日巴站接轨，西行至阿克套，进而分北中南三线接上欧洲铁路网通往欧洲。

2004 年，哈萨克斯坦铁路迎来自己 100 岁的生日。此时，哈萨克斯坦政府也正倾力筹建一条西通欧洲各主要城市，东经中国抵达太平洋沿岸的"泛欧亚铁路干线"。

根据哈萨克斯坦的方案，"泛欧亚铁路干线"从中国东部沿海向西经新疆阿拉山口进入哈萨克斯坦境内，再横穿哈全境向西至里海的阿克套，然后转南进入土库曼斯坦。此后，"泛欧亚铁路"先后通过土库曼斯坦、伊朗和土耳其，再经过新建的 14 公里的博斯普鲁斯海峡铁路与欧洲铁路对接，最后抵达欧盟总部所在地布鲁塞尔，全长8000多公里。整个干线基本使用各国境内现在运行的钢轨，其中需新修的铁路有3923公里(包括哈萨克斯坦境内3083公里、土库曼斯坦境内770公里和伊朗境内70公里)。

高铁问世之后，欧洲就开始梦想建立一个泛欧高铁网。多少年来，尽管许多欧洲国家都有自己的高铁线路，但这些铁路系统几乎都是各自独立研发，存在较大技术差异，使得开通跨国高铁面临种种困难。

2007年5月25日，从德国始发的两辆高速列车穿越德法边境，抵达法国首都巴黎。列车时速达到320公里，将法兰克福和巴黎间铁路旅行所需时间从开通之前的6个多小时缩短到3小时左右。美国《芝加哥论坛报》报道说，TGV东线全线将把法国、德国、卢森堡和瑞士四国连接起来，涉及法国20个城市和其他三国的10个车站。美联社报道说，这条跨国高速铁路标志着酝酿多年的泛欧高速铁路网梦想已经开始逐步变成现实。

随着世界主要发达国家高速铁路正快速发展，欧洲高速铁路技术在谱系化、标准化、一体化、成熟性等方面总体上居世界前列，泛欧高铁的路线也已浮出水面。据美联社报道，根据长远规划，欧洲将打造两条高铁干线：一条途经法国首都巴黎、德国慕尼黑、奥地利首都维也纳和匈牙利首都布达佩斯；一条连接德国汉堡、法兰克福，法国里昂和西班牙巴塞罗那。

目前，除了在哈萨克斯坦的项目外，中国还在积极推动中吉乌铁路建设，从而形成中亚国际运输通道。中方在道路设计、施工和生产设备等方面表达了合作兴趣；俄白两国也希望中国能够参与巴拉诺维奇到布列斯特试点地段的招标中来。中国正在加快与俄罗斯的货物运输通道，从而形成东北亚国际运输通道。

当今世界上，已存在两个大陆桥，一是指美国大陆桥从纽约到旧金山，比经巴拿马运河的海运距离减少了一半。沟通大西洋与太平洋，连接俄、德、法、英等国的第一亚欧大陆桥早已闻名；二是东从中国连云港向西穿越阿拉山口进入欧洲抵达荷兰鹿特丹，全长1万多公里。1990年，中国西部城市乌鲁木齐至阿拉山口465公里的北疆铁路建成，与哈萨克斯坦境内的铁路接通后，形成了第二亚欧大陆桥（亦称亚欧新海大陆桥）。中国西部地区的产品通过这条通道进入欧洲，可节约时间和运费各一半。如果泛欧亚铁路形成，则构成第三座亚欧大陆桥，其意义、作用以及里程都将大于现有大陆桥。因为它可以东从中国上海、广州、香港等地，或以新加坡、越南等为起点，经昆明、大理、瑞丽入缅甸，经印度、巴基斯坦，到伊朗后分为两路，一路继续向西北到达伊斯坦布尔与欧洲路网相连；另一路则往西南经伊拉克等国到达埃及塞得港，与非洲铁路网相连，并可进入地中海。从上海出发，无论是到伊斯坦布尔，还是到塞得港，都是11000公里，里程超过第二亚欧大陆桥。

显然，从高速铁路本身所具有的技术经济外溢功能上看，中国参与和建设国际高速铁路，一定会发挥"时空压缩机"的作用，从而将中国的西部、东北部、东南部与其相接壤的周边国家连接成一个技术、经济、贸易的共同体，进而使所有参与建设的合作国共同受益，这种效应是巨大的，是值得称道的。

"一带一路"的魅力

西汉时，中国的张骞两次通西域，开辟了中外交流的新纪元。从此，各国使者、商人的驼队，沿着张骞开辟的道路，将中原、西域与阿拉伯、波斯湾、地中海紧密地联系在一起，成就了世界级的陆上东西大通道。在运送的货物中，由于丝绸制品影响最大，故得名"丝绸之路"。

隋唐时，一艘艘大货船从广州、泉州、杭州、扬州等沿海城市出发，将中国丝绸运往南洋和阿拉伯海，甚至远达非洲东海岸。形成于秦汉的"海上丝绸之路"，此时达到繁荣期。宋元时期，瓷器、香料的出口逐渐成为主要货物，这条海道又名"陶瓷之路"和"香料之路"。

千百年来，丝绸之路和海上丝绸之路，作为古代中国与世界其他地区进行经济文化交流交往的通道，极大地推动了人类的文明进步。

2013年9月和10月，中国国家主席习近平在访问哈萨克斯坦和印度尼西亚时提出倡议，共建"丝绸之路经济带"和"21世纪海上丝绸之路"。

"丝绸之路经济带"从中国至西亚并通往欧洲，"21世纪海上丝绸之路"则从中国经东南亚延伸至印度洋、阿拉伯海和海湾地区。中国倡导共建"一带一路"，旨在传承和弘扬古代丝绸之路精神，赋予时代内涵，焕发时代活力，实践时代价值，为人类社会创造新的物质和精神财富。

"一带一路"涵盖东亚、中亚、南亚、西亚、东南亚以及中东欧、东非、北非等国家和地区，总人口约44亿，经济总量约21万亿美元，分别约占全球的63%和29%。面对如此庞大的经济总量和人口数量，要实现"一带一路"的货畅其流、人便其行，大运量、高速度的铁路交通，无疑是最现实、最经济和最可靠的选择。

由此，中国与有关国家积极探讨完善跨境交通基础设施，逐步形成连接亚洲各次区域及亚欧非之间的交通运输网络，切实解决不联不通、联而不通、通而不畅等问题。毫无疑问，在"一带一路"这个大舞台上，高铁必将扮演十分重要的角色。

目前，中国已拟定了穿越中亚、俄罗斯及东南亚等方向三条高铁网建设计划，正在与俄罗斯、老挝、缅甸等17个周边国家进行洽谈。已经与多个国家达成意向，并进入探讨技术层面的阶段。预计到2030年，中国两条通往欧洲的，一条通往东南亚的高铁有望建成。

根据规划，中亚线路将从新疆维吾尔自治区首府乌鲁木齐出发，经由吉尔吉斯斯坦、哈萨克斯坦、伊朗等国，往东欧延伸；东南亚线路将从中国南部的昆明出发，经由越南、柬埔寨、泰国(或从昆明经过缅甸到泰国)，抵达新加坡；另一条则计划从中国北部的黑龙江省出发，穿越西伯利亚，连接到西欧。它和中国至俄罗斯莫斯科的常规铁路方向基本一致，被称之为"第二条欧亚大陆架之路"。

英国《独立报》报道说，中国发生的巨变如梦如幻，京沪高铁成为中国崛起的最新象征。中国已经拥有了世界最大的高速铁路网。这一工程还将扩大为一条"钢铁丝绸之路"。如果一切顺利，2025年就可以从哈尔滨登上列车，开始史诗般的旅程，经俄罗斯进入东欧和南欧，最终抵达伦敦。

2003年英国开通第一条跨国线路的高铁（HS1），从伦敦穿越英吉利海峡至法国巴黎，著名的"欧洲之星"就取道HS1轨道。2012年，英国首相卡梅伦宣布启动英国的第二条高铁（HS2）项目。2014年6月，国务院总理李克强在英国访问期间，中英两国政府发表的联合声明表示，双方同意在彼此市场促进关于轨道交通（包括高铁）设计咨询、工程建设、装备供应和设施维护等领域的实质性合作。中英有关部门签署了《铁路交通领域合作谅解备忘录》，确定了合作的政策框架。

加拿大《埃得蒙顿日报》报道说，中国正在与欧洲谈判修建高速铁路网，利用英吉利海峡隧道，该铁路网最终能够把乘客从伦敦带到北京，然后再送到新加坡。该文章称"新的高速铁路网可能比空中旅行还要好"，乘客能够在伦敦登上列车，两天后便在直线距离8100公里远的北京下车，还可以继续乘坐火车向前行驶，3天后在相距10800公里远的新加坡下车。而人们坐飞机从伦敦到北京也需要10个小时。

2014年10月13日，国务院总理李克强在莫斯科同俄罗斯总理梅德韦杰夫共同主持中俄总理第十九次定期会晤，并共同签署联合公报。李克强表示，中方愿与俄方加强经贸合作，推进构建北京至莫斯科的欧亚高速运输走廊，优先实施莫斯科至喀山高铁项目；增加双向投资，推动经贸、投资两个轮子一起转。

在李克强总理和梅德韦杰夫总理的共同见证下，中国发改委与俄罗斯运输部、中国铁路总公司与俄国家铁路公司四方签署高铁合作备忘录。随着中俄高铁合作备忘录的签署，意味着中国高铁有望在俄落地，一条"莫斯科—北京"欧亚高速运输通道的建设已经初见曙光。

早在2012年12月1日，中国首条也是世界第一条高寒地区长大高速铁路哈尔滨至大连的高铁投入运营。哈大高铁营业里程921公里，设计时速350公里，纵贯辽宁、吉林、黑龙江三省，全线设23个车站。根据最近30年的气象记录，东北三省全年温差达到80℃，是中国最为寒冷、也是温差最大的地区。中国高铁在这样冷的地方经受住了考验，显然为世界高寒地区修建高铁做出了示范。

2015年5月8日，赴俄罗斯参加卫国战争胜利70周年活动的中国国家主席习近平，在莫斯科克里姆林宫会见了俄罗斯总统普京。中俄之间将会见作为了两国元首的峰会。双方签署了包括共用格洛纳斯和北斗导航系统、信息安全政府间协议、莫斯科至喀山高铁建设等数十份协议。中国铁路总公司总经理盛光祖与俄铁路公司总裁亚库宁分别在高铁协议上签字。

莫斯科至北京的高铁全长超过7000公里，途经俄罗斯、哈萨克斯坦和中国三国。莫斯科—喀山高铁项目是欧亚高速运输走廊的试点项目，该项目西起莫斯科，向东南延伸到鞑靼共和国的喀山，中间穿过弗拉基米尔州首府弗拉基米尔、下诺夫哥罗德州首府下诺夫哥罗德和楚瓦什自治共和国首府切博克萨雷等重要城市，总长度为770公里，最高设计时速400公里。全线建成后，莫斯科至喀山间的列车运行时间将从现在的11小时30分压缩至3小时30分。项目规划在2018年世界杯之前动工。这条高铁最终将延伸至北京，将北京至莫斯科之间的铁路运行时间由6天5夜缩短至两天一夜。并以此打造"莫斯科—北京"欧亚高速运输通道。

2015年6月18日，在中俄投资合作委员会第二次会议框架下，由中国中铁二院工程集团有限责任公司参与投标的俄罗斯首条高速铁路的规划设计合同在圣彼得堡正式签署，成为中国高铁走出国门的又一单，也标志着中俄在共建丝绸之路经济带的实践中迈出了具有深远意义的一步。

挺进"泛亚铁路"

"泛亚铁路"的概念缘于泛欧铁路的概念，最初出现在1960年。当时几个亚洲国家对修建从新加坡到土耳其的贯通铁路进行了可行性研究，背景目标是提供一条长1.4万公里的完整铁路，纵贯中南半岛，连接新加坡及土耳其伊斯坦布尔，并计划延伸至欧洲及非洲。然而，碍于此后的国际社会的政治和经济障碍而搁浅。

1976年，泛亚铁路的构想得到扩展，一些连通非城市地区和港口的铁路也被纳入规划。泛亚铁路的名字被明确提出，则是在1995年。当年12月的东盟第五届首脑会议上，时任马来西亚总理马哈蒂尔提出修建一条超越湄公河流域范围，从马来半岛南端的新加坡，经马来西亚、泰国、越南、缅甸、柬埔寨到中国昆明的"泛亚铁路"倡议。这一倡议立即得到了东盟首脑和中国政府的认同。这时，欧洲因为修建了连接欧洲各国的泛欧铁路而使整个地区的经济社会得以快速发展。如果把东南亚乃至整个亚洲铁路连接起来，形成大铁路网，那么世界上第三个亚欧大陆桥就会应运而生。

2010年4月10日，亚洲18个国家的代表在韩国釜山正式签署《亚洲铁路网政府间协定》，按照协定的规划，修建四条横跨亚洲的黄金走廊，把欧亚两大洲连为一体。这条"钢铁丝绸之路"将连接28个亚洲国家和地区，总长约8.1万公里。

早在2004年1月，泛亚铁路已被列入中国《中长期铁路网规划》。泛亚铁路中国云南段将会取代滇越铁路昆河段的地位，拟定了三条线方案：一是东线方案，由新加坡经吉隆坡、曼谷、金边、胡志明市、河内到昆明。该方案全长5500公里，在中国境内北起云南玉溪，通过云南河口口岸与越南贯通。二是中线方案，由新加坡经吉隆坡、曼谷、万象、尚勇、祥云(玉溪)到昆明；三是西线方案，由新加坡经吉隆坡、曼谷、仰光、瑞丽到昆明。如果这样一个庞大的计划最终落实，将极大地促进和加强中国与周边国家的互联互通，给沿线国家和人民带来丰厚的经济利益。

由此，新的"丝绸之路"或"茶马古道"将成为中国西部的门户。中国所需的油气等资源将不再需要全都用船来运输，可以大大节约运输时间。这条"钢铁丝绸之路"对中国西部的发展有很大的促进作用，也可以快速扩大沟通东欧各国的文化、科技、物资的运输方式。据悉，"钢铁丝绸之路"所经过的国家也在开始计划，包括融资模式等问题的研究。

按照泛亚铁路的规划，泰国处于泛亚铁路中线，是泛亚铁路贯穿中南半岛的关键一段。根据中泰两国签署的谅解备忘录，中国将在泰国修建两段铁路。一段将从泰国北部廊开府抵达罗勇府的马普达普深海港，其间将通过呵叻府和沙拉武里府的景溪县，这条铁路长度为734公里。另一段将连接景溪县和曼谷，全长133公里。

据《印度时报》报道，印度铁路部门正在研究一项建设高铁的提议，高铁在将来最终将会把印度同中国连接起来。该报道称，中国想建造一条连接西南地区大多数城市的高速铁路线，包括新德里。最近，中国已经同几个中亚国家达成协议，使这项雄心勃勃的跨亚洲铁路工程得以推进，直接将印度、巴基斯坦、伊拉克、新加坡、俄罗斯和其他国家连起来。

中国政府设想，首先建设昆明至新加坡的高速铁路，全程行驶时间为10小时。这条高速铁路北起中国昆明，途经中老边境磨憨、著名旅游城市万荣、老挝首都万象等地。

目前，缅甸境内路段的勘测工作已经结束。由于地形复杂，中国通往缅甸的铁路只能达到每小时170公里的速度，虽然比一般铁路快，但距离高铁的速度还有一定距离。从马来西亚首都吉隆坡通往新加坡的高铁，作为泛亚铁路网最南端的路线，也已经被提上议事日程。

由于技术标准不统一，加之投资不足，早在2006年签署的《泛亚铁路网政府间协定》一直是纸上谈兵。丝路基金和亚洲基础设施投资银行（亚投行）的设立，为"一带一路"沿线国家基础设施建设搭建了新的融资平台。而今年正式实施的首个中国高速铁路国家标准，为各国之间实现铁路互联互通提供了有力的技术支撑。

泛亚铁路是一条以高速铁路为主、普速铁路兼之的快速铁路通道。它从中国的西南大理到缅甸、老挝、泰国，然后分支西经马来西亚到新加坡，东到柬埔寨、昆明至越南河内、胡志明市，是一条连通东南亚的经济大动脉。泛亚铁路规划分段修建，从西南出国，北上印度、巴基斯坦等地，与"钢铁丝绸之路"在伊朗相交，形成东欧至东南亚的快速铁路网，将更加密切中国和东南亚国家的友好互助关系。

泛亚铁路建成后，中南半岛东边的越柬可和西边的泰缅连成一气。中国大陆与湄公河流域3亿人口的政治、经济关系将更为紧密，使之成为具"全球意义的通道"。泛亚铁路为物资与人员流动所带来的方便，势必将提高经济活动效益，也能营造更加和平稳定的地缘政治环境。

《文艺报》2016年7月25日

指上的航行

江 子

他的手看到了一条路。那是可以让他免于恐惧的让他活下去的路。

刘龙溪留平头，眉浓且黑，嘴唇石头一样厚实。他有一张让人过目不忘的脸：特别长，是我家不远的医健盲人按摩店里脸最长的一个。人们不免怀疑：他是不是一匹马的前生？眼睛呢，是全盲的，白眼仁在眼眶里徒劳地翻过去、翻过来。偶尔（那多是闲下来的时候），他会抬头做眺望状——他的手里燃着烟卷。他的头微微抬起。他的白色眼球间或翻动。那是史前人才有的表情。

刘龙溪年龄不到三十，却老穿一身特别老式的、乡下裁缝做的深色衣服，让人觉得他老相。他还脱了牙，让人觉得更老了。他经常张开嘴笑着——他给人的另一印象就是总是呵呵笑。他的笑，因为他的盲，就不全是友好和善，还有在健全人面前的谦卑，与对自身命运的嘲讽成分。

他探出手指，摸索着来到按摩床边，铺好干净床单，口里称着"领导"（按摩行对客户的通行叫法），把手指搭在了按摩床上躺着的病者身体上。

与刘龙溪相识颇有些缘分。因为长期伏案工作，腰和颈就难免僵硬酸胀。有人推荐了离我家数百米外的医健盲人按摩店。第一次去，唯一没有上钟的、细胳膊细腿的老板娘给我按，力量跟蚊子咬差不多，我的不满让她后来竟招呼了4个闲下来的按摩师全给我上，按肩的按肩，揉腿的揉腿。4个人中，马脸、穿深色老式衣服的刘龙溪最有力气，手法也较为细腻。从此，刘龙溪就成了我每到必点的按摩师。

刘龙溪把手指按在了我的身体上。顺着手指，他会告诉我哪里有劳损点，告诉我它们形成的原因，嘱我平日起居应该注意的地方。他告诉我，他的家乡在萍乡上栗，那是一个以生产礼炮闻名的地方。可是他刘龙溪，生活穷困潦倒，大概一辈子没有需要使用礼炮庆祝的时候（他调侃自己，然后呵呵呵笑起来）。他说自己快30岁了，至今未婚，这一辈子可能也别想结婚了。他说自己力气大，他也不知道这力气是怎么来的（为配合他的说辞，他会把手指搞得嘎嘎响）。也许感觉我是个不错的听众，他告诉我的还有更多，其中有他可怜的身世与梦想。

他告诉我，他并非天生眼盲。10岁时候，他因患病导致视神经萎缩。他看着五光十色的世界一点点地陷入黑暗，他吓坏了。他感到天一点点地塌了。

他整日号啕大哭，茶饭不思。他想到死，觉得只有死才可以摆脱这种恐惧和绝望。然而，他挺过来了。他被当地的民政部门领着参加了按摩学习班。他的手看到了一条路。那是可以让他免于恐惧的让他活下去的路。

他学得认真，并且不满足。他恳求家人带他到省城的按摩学校学习按摩，提高按摩水准。他努力记下人体骨骼、穴位，练习掌控手指上的力度，捕捉每一处身体上的劳损点。

他毕业了，然后在省城"兜售"自己的手艺。他觉得只有在省城，他的技术才可以不断进步，并且可以有更好的收入。从一个按摩店到另一个按摩店，他遭遇了许多的不愉快，比如受到按摩店老板、同行的欺侮、嘲笑（他普通话说得实在糟糕，有很浓重的口音；他节俭，被同行认为是小气）；顾客的指责，甚至谩骂羞辱；他都熬过来了。

他由人介绍来到了离我家不远的医健按摩店。那是一家由姓王的全盲按摩师开的店。王老板天生眼盲，可他凭着过硬的按摩技术娶了弱视的妻子，生了健全的儿子，过上了正常人的生活，在岳父岳母的帮助下，开了这家生意红火的按摩店。刘龙溪从中受到了鼓励。他似乎看到了自己的前程。他干得可欢了。

他的技术赢得了人们的赞赏。他的生意越来越好。他笑呵呵的样子，人们看着也喜庆。许多人都点他的钟。他忙不过来。他每月的收入有3000多块，在医健按摩店，算是高薪了。

可是他父亲早逝，母亲身体不好，另有兄弟二人，身体倒是健全，但都不像他努力，甚至沾染上了赌博、酗酒的恶习，生活比起他或许还要不堪。他要用辛苦钱补贴他们，帮他们支撑起摇摇欲坠的家。

可命运并没有善待努力的人。突然有一天，他的妈妈不见了。妈妈查出了重病，为了不拖累可怜的儿子们，竟离家出走，杳无音信。他从按摩店请假，由赶来的兄弟领着回到家。他渴望找到妈妈，可他的兄弟都以没有线索为由不出门寻找。他是个盲人，又能到哪里去找妈妈？他们振振有词，而他束手无策，只能拍胸顿足，在家号啕大哭。

他重新调整自己的情绪，又折回到了医健。他早已习惯了命运的捉弄，学会接受上天的种种赐予。他继续给客人推拿、按摩。这是他的手艺，也是他安身立命的法宝。他未来的路，也就在这十指之间。照亮他的光，也由这十指做成的灯罩护佑。未来，他希望自己也能像他的老板一样，开一家按摩店，生意红红火火。他服务于社会，而社会给他一个安定的人生。

刘龙溪边按摩边不紧不慢地说着他的故事。那本是极其纠结艰辛的人生，但由于他轻描淡写的语气，并且总是带着他标志性的谦卑又似嘲讽的笑意，让人听起来就像无关痛痒的传说。他的话夹杂了太多的乡音，甚至有些是他自己组合出来的奇怪音节，让人听起来有了喜剧的成分，他的故事，苦涩纠结的浓度因此就得到了极大的稀释，终至于平常，终至于听者觉得向他表示同情都显多余。

然而，后来刘龙溪不见了。他离开了医健，甚至离开了南昌。有说是老板的岳父岳母看不起刘龙溪是乡下人，对他苛刻，平日言语对他颇不友好，又每次欺他全盲饭菜量都少于他人。有与刘龙溪相好的同事悄悄告诉了他，刘龙溪气不过，终于被迫辞职离去。又有人说他老家兄弟生活日益糟糕，为了照料他们，他只有回到萍乡老家，一个盲人做了全家的总管，将每天吃用生活安排得井井有条。同时他又应聘到当地的按摩店，虽然收入不及南昌，但总归是可以兼顾家人，算是两全其美。一段时间后有人说刘龙溪与几个人合伙开了一家按摩店，如他所愿做起了老板——他终于有了用自己家乡生产的礼炮为自己庆祝的机会。不知做了老板的他，是否会脱下那身老旧深色的衣服，换上更体面的行头？在医健，人们谈论起他来，说并不看好那多人合伙的按摩店的前程，说他人过于老实，又是全盲，在这社会上难免吃亏。也有说凭刘龙溪的过硬技术，在萍乡这地界那该是数一数二，以后不管怎样都冷不着也饿不着了。

身体酸胀痛的时候，偶尔会想到刘龙溪。不知这个苦水里泡大的人，现在是否过得舒心一些？疲乏的时候，是否会抽上两口烟，喝上两口酒？以前他偶尔有痛指的毛病，一痛起来就上不了钟，只好请假休息，不知现在是否会发作？再想起妈妈，他心里的难受是否会减轻一些？

"老汉"

他是不是就是靠手指，向他喜欢或喜欢他的女子传递他的心声？

又一次去医健，刘龙溪不在，说是母亲出走，他回家寻母亲了。"老汉"凑上前说要不我来给你按按？就依了他。果然是山重水复疑无路，"老汉"不逊刘龙溪。"老汉"的技术，不赖。如果说刘龙溪的按摩是深山砍柴刀刀有力，那"老汉"就该是月下抚箫声声动人。如果说刘龙溪是少林寺硬气功，那"老汉"就该是阴柔太极张三丰。

刘龙溪离开后，就让"老汉"做了我的按摩师。

"老汉"并不老，可能比刘龙溪小些。"老汉"是外号，他具体叫啥，我不清楚，只知道他姓宋，我叫他小宋。比起刘龙溪，老汉矮矬，结实，膀子粗，走起路来下盘稳扎，看着就像一座铁塔。

老汉不是全盲，他弱视，东西拿到鼻子尖大概能看清。他不用探出手指摸路。在熟悉的地方，人们难以发现他的残疾。他是先天的，从小到大，这个世界就都是模模糊糊的样子。他没有刘龙溪由明变盲的经历，内心就应该没有刘龙溪那样的痛苦记忆吧？

老汉一天到晚穿着运动服，夏天穿无袖短袖，冬天穿长袖，整个一职业运动员的装扮。老汉还真做过运动员，被选入省残疾人跆拳道队，参加过全国残疾人运动会，与诸多知名人物合过影，是医健按摩店里少有的见过大世面的人。

老汉善聊。天南地北，三侠五义，水浒三国，明史党史，鲁迅莫言，都能侃。他的交谈，周到得体，见解不俗，文雅有趣。老汉是个有文化的人。仗着了仅存的那点视力，老汉自幼读了盲校。他爱读书，会看报，有听收音机、上网的习惯。他的心，自然就比其他盲人辽阔亮堂活泛得多。知道我是写作的人，他竟然会在网上搜我的文章看，按摩的时候好和我交流。

老汉年纪轻轻但不简单：

残运会后，老汉与部分队友在省残联安排下去了按摩学校学习。他起点高，上手快。毕业后，他就开始在按摩业闯荡。

他毕业没多久就当起了老板。初出茅庐，他天不怕地不怕，揣着多年做运动员的积蓄，与一名同是跆拳道队友的按摩同学一起去了同学的老家景德镇，盘下了一家按摩店。

可是结果并不尽如人意：因经营不善等原因，他亏掉了多年的积蓄，留下几万块钱的债务，还亏掉了与合伙人的友谊。那可是与他多年一起练跆拳道的队友，相濡以沫的兄弟。

心伤透了的老汉回到了省城。从此他潜心在省城，应聘在按摩店里做起了普通的按摩师。他慢慢还掉了债务，从此再不提与人合伙开店的事。他说，他这辈子都不与人合伙，不然伤了和气失去了朋友，那是再多的钱财也弥补不了的损失。

然而，老汉是个热心的人。他成了他的按摩朋友圈里的军师。他以他的经验或教训，给许多开店的盲友出谋划策，还帮朋友选好店址。他略懂风水之术，会根据店面朝向等进行装修布局，采取各种方式为店面消灾避祸、藏风聚财。他为朋友选吉日吉时，管理开张事宜——天知道他是怎么学会这些的。他利用他的人脉，为朋友引荐优秀按摩师，为他们的经营做好规划。经他辅佐的生意，没有不兴旺的。而他分文不取。他在他的朋友中渐渐有了名气。朋友们乐于传播他的好名声。人们都说，老汉是这个行当里的高人。

老汉颇有女人缘。在景德镇时，他曾与一位瓷都女子恋爱半年，最终因女方父母反对未果。在医健，他偶尔会说起要早些下班回去陪准岳父喝两杯酒，暗示他正与这城市的某位女子恋爱，可后来说是未成。又一次，他见义勇为，将一位来自山西、正在南昌读书的女大学生从流氓的纠缠中救出，结果演绎出了女生爱上他的古老桥段，现在正恋爱中，未来如何不得而知。他似乎对女人颇有经验，曾经当着我的面骂他的一位同事——那位年轻同事受网恋蛊惑赴外省约会，最后铩羽而归，正失魂落魄，睁大着盲眼在角落里喘气。他骂：“还是个吃按摩饭的，女人对你是否有真情，一握手就会知道，手指会有感觉的。哪有懵里懵懂吃这种亏的。猪脑壳！”他是不是就是靠手指来向他喜欢或喜欢他的女子传递他的心声，讨得她们的欢心？

老汉终于积攒到了够给自己开一家店的本钱。他立马到省城桃花路挑选了一方风水宝地，盘下了一家店，按风水理念装修店铺，挑吉日吉时开业。残联的领导、受他帮助过的朋友们都来祝贺。他终于做成了一个人的老板。

他的生意自然是好的。他是我见过的情商最高的盲人按摩师。他善于处理与政府部门、邻里、同事的关系，没有不良嗜好，对打理按摩店又十分内行。

偶尔去桃花路找过几次老汉。只见他的按摩房里，用古代名书画为墙纸，显得格外有文化味儿。按摩店里所有的员工，都穿着各色各样的运动服。按摩店的走廊上、楼梯口，挂满了他练跆拳道时同各种名人的合影——在合影里，老汉身穿比赛的服装，人睁着弱视的眼睛，笑得灿烂而健康。

桃花路离我家实在太远了。已经有一两年没见到老汉了。不知他与那个山西女生怎样了。

吴国生

我的运气不算太好的国生兄弟，总会有时来运转的时候吧？

在医健，吴国生和我的关系最不一般。首先，我们是老乡。我是吉安吉水人，他是吉安峡江人，相距不远，乡音也差不多。其次我们是同龄人。我年长他一岁，虽然看起来他比我老相些。还有，吴国生是我的贵人。他用按摩治好了我的腰椎间盘突出症。那病老遭罪了，腿痛，直不起腰，我寻了多少医问了多少药，都未果，小半年了，可到了吴国生这儿，推拿，正骨，拔火罐，药酒推全套工序全上，一个月后，就跟什么事都没有一样。这个情，我得记着不是？

吴国生学按摩，跟苏洵考进士一样是大器晚成。他视力差，差到什么点位我不清楚，就知道他从小在家干农活，大的问题没有，但锄地会锄死苗，萝卜会当成姜。视力差并没有给他的生活带来大的困扰，他结了婚，生了女儿，过上了正常的生活。可后来他的生活发生了变故：他的妻子在一场车祸中去世了。锅冷瓢寒，吴国生开始不甘心在老家种地了，可他视力差，又不识字，怎么办？他把女儿交给了父母，到南昌入了按摩这一行。不久，他又结下了好姻缘，与一个丈夫生病去世的女人结了婚，从老家接来了女儿，在南昌安顿了下来。

吴国生是个心比天大的人。在南昌做按摩久了，他又不甘心了，听了一个同乡人的蛊惑，带着少量的盘缠摸索着杀向北京，最终在一个据他说很大的健身场所扎下根来。他占着高级技师的名分，一个钟150元的价位，拿着每月七八千元的薪水，听着南来北往的故事，吃着各种味道的消夜，别提有多美。

然而，他的命运里似乎总有一个力量在拉扯着他。他的妻子不断打电话要他回来，理由是他读初中正在叛逆期的女儿。她电话里说吴国生这么晚了你女儿还没回来。吴国生老师来电话了说你女儿没去上课。吴国生今天你女儿顶撞我了。吴国生不得了你女儿今天和我动手了。吴国生你再不回来你女儿就要跟着坏人跑了到时候你后悔都晚了不信你试试。

吴国生只好含恨回到南昌。他应聘到了医健，这样我才认识了他。他底薪加提成有三四千元。这在南昌按摩业也算是高薪，可体会到了好日子的他，哪里会满足？果然，几个月后，他偷偷告诉我他马上不在医健做了，以后到了新地方打电话告诉我。

不久后，就接到吴国生的电话，说领导耶，我在离你家不远的地方，名门世家后面，我的店名叫圣天元。你哪天来看看吗？过不久他又打来电话：领导耶，我们店正在搞活动呢，买一送一，1200变2400，活动时间快到期了，快来！过会儿，又电话：领导耶，哪天来看看我哟。你不支持我，我整天都不踏实哟。领导耶，带朋友来放松下，我请客！

吴国生开店了。与其他两个人一起，在离我三里路的地方转包了一个大大的店面，开了一个大大的上下两层30多个床位的按摩院。他取名不叫按摩院，叫健身会所，他说北京的公司就这么叫的，时髦！开店的租金、装修的钱要十多万，加上每个月的技师工资、水电，开支可不少！吴国生说，他把在北京赚的钱投进去了大半。

我应邀而去。为了支持他，还真交钱办了卡。圣天元名字好，看着就大气吉祥，店面很大，门脸颇为醒目，按摩店里宽敞明亮，吴国生领着我见了他的两个合作伙伴，个个都信心百倍摩拳擦掌的样子。我口头上祝福他们，可心里不免犯嘀咕：开个按摩店，需要那么大吗？店的位置并不太好，靠着名门世家这一小区，但在小区的背面，小区里的住户很少绕到后门行走，店面周围没有多少人气，商业不旺，隔壁一家小餐馆半死不活的样子。这店真能赚钱？

果然圣天元挺了大约半年，我还没用完一张卡，吴国生就悄悄告诉我，赶紧多来几次把钱用完，他要退出来了。生意不行，开销特大，每月都在亏钱。他已经亏了五六万了，心都紫了，没见钱进门只见钱出去，老婆天天和他吵，再不撤家要散了老本要折了。他有些沮丧，说话也变得喋喋不休。他问我，领导，你说我搞上门按摩，会不会有生意？我到小区租个三室两厅的房子搞按摩，会不会有人来？我要不要挨家挨户去送名片？在附近的建筑物上打广告有没有人看？

吴国生离开了圣天元。好长时间没有吴国生的消息。后来又接到了吴国生的电话：领导耶，我现在到了丁公路的方强馆，是连锁店耶，我在这里上钟，你哪天来？

丁公路离我单位不远，有一天中午休息时，我去了吴国生所在的方强馆。我在想，这个总是心有不甘的人，又要弄出什么么蛾子来？果然，按摩的时候，吴国生告诉我，开店亏大了，好久都没缓过来。巨大的亏空总要想办法填补。他神秘兮兮地说，他现在在炒股。他不懂炒股，可他有客户据说是股神级，推荐了"华丽家族"，9.2元成本，他买了10000股。全部的积蓄呢，就指望着它了。他咬牙切齿地说。

从此，我经常中午去丁公路的方强馆。吴国生给我说得最多的话题就成了炒股。他边按摩边问我，华丽家族，帮我看看，是多少了？可是那段时间股市行情并不好。我告诉他实情，他手上的力气明显就不够了。可不一会儿，他又加大了力气，边按边说，没关系，总会上来的。股神推荐的，错不了，这个票，不到10块以上我是不会抛的。

写文章的时候，我又看了下华丽家族，才8.80元，他还亏4000呢。真希望它能快些涨起来，我的运气不算太好的国生兄弟，总会有时来运转的时候吧？

"好轻松"的主人

我是在我家楼下的幼儿园门口遇上他的。他看起来年已不惑。他的手里握着拐杖。他走在盲道上。可是，幼儿园前的盲道有点扯淡，不知是有意还是无意，有举着指示牌的铁杆矗立在盲道中间。而盲道的左边是一个停车区。盲道的右边是一排景观树。

他的拐杖犯难了。它不知道自己的路在哪里。它试着往左，可它碰到了车的屁股，嘭的一声。它往右，那碗口粗的景观树又横在那里。我感觉它都要急了。

我走过去，牵住了他的手。我问他怎么啦，他说送娃儿上幼儿园呢。都走好几回了，怎么还走不对？我问他要去哪儿，他说要去"好轻松"，一个按摩店的名字，他是那儿的老板之一。

他说了"好轻松"的地址，可我不太熟悉，我要他说出周围其他建筑物的名字，他说了半天，我也没听明白。感觉离这儿不远。是呀，盲人送娃上学，能远到哪儿去呢。

我试着把他带到空阔的地方。我们之间有了攀谈。他说他是河南人，老婆是南昌人，他是"嫁"到南昌的。他们可都不是先天的！（仿佛不是先天的比先天的更有优势）他是小时候贪玩，被爆竹炸的。他老婆呢，被兄弟推倒在地，撞到了锐器。他们结婚多年了。有两个娃，一男一女。大的上初中了，刚才送的是小的。唉，负担重着呢，本来嘛，一个娃就够了，可家里老人不乐意了，说娃多热闹！孩儿们可都是健全人！皮着呢，管不住！

他们在南昌生活10多年了，一直做按摩。医健？知道，店不错。姓王的手艺不错。我原来也在里面做过一段时间。前不久自己开店，名叫"好轻松"，就是希望大家来了可以放松，轻轻松松。你不轻松，到我店里给你按一按，就轻松了。合伙人是南昌人。他不是全盲！他能够出门的！等下，我来打电话给他，要他接我。这儿是哪儿？红人KTV？喂，我在红人KTV，走岔了，一位好心人领着我，等你哈。

你没去过好轻松？那可不比医健差。我们的技师都是一流的，一个二流都没有！你来，我给你打折。对了，我姓魏。我们店没开多久。生意总会慢慢好起来的。领导，你来照顾照顾生意，生意说不定就噌地上去了。一定要来！不试试怎么会知道好不好？你是坐办公室的吧？听着就像领导。坐办公室的毛病多，一定要养成保健习惯！晚了可不好！喂！我在这儿！我是不是方向走错了？

我看到拐杖从地上抬起，变成了接力棒。他的合伙人牵着拐杖的另一头。他道了谢。他们向着人行道走去。远远的道路和人群就像水域，而他们俩，仿佛是胜券在握的泅渡者——他们借着拐杖和指间、眼睛里、心里的微光，要在这水域中开辟出一条路来。

望着他们消失的方向，心里不免有些软。唯愿这些靠手指博取生活引领前程的人，在这多艰的人世，心里的世界亮堂，指上的道路辽阔。

《文艺报》2016年8月5日

首草有约

李青松

深山无闲草，闲草也是药。

何谓药？与草有约，谓之药。

——采访札记

一

古代量器，从小到大，依次为：龠、合、升、斗、斛。

怎么计量呢？——二龠一合，十合一升，十升一斗，十斗一斛。斛，乃最大的量器了。

在古人看来，人的身体就是一个容器。身体羸弱即是容器空虚了，需要补之，填之，充之，使其满盈，继而强健。用什么补？用什么填？用什么充？还用问吗？当然是用规格最大的量器了。

石斛，不过是自然界的一种草，古人却用最大的量器来命名，可见此草在古人心里的地位了。那意思是少于十斗米不换的草，一斛相当于十斗嘛！——相当珍贵呢。事实上也确实珍贵。石斛这种东西往往生长在深山悬崖峭壁上，要得到它，可不那么简单。采药人攀爬过程中稍有不慎，就有跌入万丈深渊的危险。

黔西南山区，鬼魅般的喀斯特地貌，变幻莫测的气象，加之丰沛的雨水、弥漫的雾气，使得乔木、灌木、竹藤、草等植物在这里疯长。在这里，石斛是某些人的重要经济来源。

崖壁上晃动一个人的身影。他叫贡嘎，背着背篓正在那里采草药。他今天的运气不错，采到了一丛黑节草。贡嘎有些兴奋，心怦怦跳——因为一丛黑节草，就等于是一沓厚厚的钞票。

贡嘎的儿子高考刚刚结束，听老师的口风，儿子被民族师范学院录取应该不成问题。虽说学师范费用低，但总还是需要一些费用的。怎么说也得给儿子买件新衣服，还有脸盆、牙具之类的生活用品。他得迅速赚来儿子上大学的费用。攀爬崖壁采草药是很危险的，寨子里已有多人为此丧生。不过，在贡嘎看来，自己的这次冒险还是值得的。

下到崖底，贡嘎取下背篓，用一团苔藓小心翼翼地把那丛黑节草包好，轻轻按了按，又重新放回背篓里。他不经意地瞄了一眼崖壁，心里忽然又生出一种怅然的感觉——黑节草越来越少了。

贡嘎是个黑脸膛的布依族汉子，识字不多。贡嘎说，他从9岁就跟阿爸攀崖壁采黑节草，再有两个月就满50岁了，采药采了40多年，采到的黑节草汇集到一起，能堆成一座山了吧。他嘻嘻笑了。贡嘎说："小时候，阿爸就跟我讲，采黑节草不能挖绝，要挖一半留一半，留着过些年再来采。人不能把事做绝，弄绝了，下一代采什么呢？"

有人告诉贡嘎，黑节草是国家法律保护的珍稀植物，禁止挖采了。非法挖采要蹲局子的呢。

什么？蹲局子？——贡嘎的腿突地抖了一下，瞪大惊愕的眼睛。

二

黔地民间，把铁皮石斛称作黑节草。

尽管铁皮石斛属于稀有之物，身价不菲，但它从来都很低调，不张扬，无锋无芒，悄无声息地蛰伏在背阴的潮湿之地，守望着承诺和信念，与其相伴的是石砾、枯木、落叶、露珠和嘶嘶虫鸣，还有苔藓、苔苇、杂草、薄雾和满天星星。

从生物学角度来说，石斛的生长具有附生性和气生性，也就是说，它不是独立存在的，而是附着在石头或者树体上，通过根系吸收空气中的养分及自身的光合作用，来维持生长。石斛的生命力极强，采回的鲜条，在自然条件下，至少三个月以上的时间才能脱水。次年，石斛干条只要喝饱了水，就会睁开眼睛，伸展经络，舒展筋骨，昂扬饱满地发芽开花，生长出新根。

石斛作为药用最早见之于秦汉时期的《神农本草经》。屈指算算，距今有几千年的历史了。《神农本草经》中对石斛是这么描述的："味甘，平，无毒。

主伤中，除痹，下气，补五脏虚劳，羸瘦，强阴，久服厚肠胃。轻身，延年，长肌肉，逐皮肤邪热，痱气，定志除惊。"此书用词极讲究，"中"为何意？内脏也。能用一个字说清的，绝不用两个字，该用两个字才能表达准确的，绝不少一个字。寥寥数语，把石斛的功能和应用范围说得清清楚楚。

再看看李时珍《本草纲目》。李时珍不惜笔墨，连怎么栽植、挂在什么地方、怎么浇水都告诉后人了。尽管如此，李时珍还是没有写清楚，他所指的石斛到底是什么石斛呢？能入药的石斛可有几十种哩。不过，依照他的描述可以判定，他笔下的石斛应当是铁皮石斛了。

石斛，兰科植物中的一个大家族。它的种类很多，全世界有1500多种，我国有76种。秦岭以南诸省区都有分布，尤以云南、贵州、四川、广西种类最多。生长在人迹罕至的悬崖峭壁上，崖缝间，常年饱受云雾雨露滋润，集天地之灵气，吸日月之精华。资料显示，我国的石斛能够入药的有51种。

三

为了寻访铁皮石斛，也为了探求铁皮石斛与那片山林的特殊关系。2016年6月，我走进了大山深处那个童话般的山寨。

这是一个依山傍水的布依族村寨。全寨93户412口人。房子是干栏式吊脚楼，稀稀落落，散布在山坡翠竹丛中。吊脚楼全系木质结构，木料多为杉木或者枫香木。底层中空，上立屋架，两头搭偏厦，顶上盖青瓦或陈年杉皮，三间五间不等。

"人须栖其上，牛羊犬畜栖其下"——也就是说，楼上住人，底层养牲畜、家禽，置农具，设春碓、碾坊等。这种原生态的建筑，既可防蛇防虫防猛兽之害，又可避免潮湿，采光、通风也不错。实用淳朴的格调中，透着布依族人生存的智慧。

寨口，有几棵高大的古青冈树撑起一片天，蓊蓊郁郁气象万千。树枝上间或挂着红布条，随风摇曳。

近年，这个寨子因种植铁皮石斛而日渐闻名了。

山寨位于滇黔交界处的南盘江右岸，海拔在700至1000米之间，森林资源丰富。独特的地理位置，使得这里每年有6个月的时间大雾弥漫，空气湿漉漉的，特别适合铁皮石斛生长。

偏巧，我来的那天却是晴天。站在山顶放眼望去，大片大片的森林覆盖了山岭，起起伏伏，郁郁葱葱。到林中仔细观察发现，很多青冈树上似乎缠着一圈一圈的东西。询问之，答曰：那是种植的铁皮石斛。原来这是铁皮石斛一种仿野生的种植方式。

说话间，林中闪出一位背着背篓的布依族大眼睛女子，正往背篓里采着什么。只见她上穿蓝色对襟长衫，下穿百褶长裙，头上包着青色头巾，银耳环叮当作响。细看看，对襟长衫的领口、盘肩、袖口、衣角皆有织锦图案。大眼睛女子叫蒙阿妹，往背篓里采的东西就是铁皮石斛。蒙阿妹原在深圳打工，两年前的春节回家过年，就再也不去深圳了。因为一家石斛种植公司就在她的家门口，在家门口打工一个月也能赚三千多块，不比去外面打工赚得少，何必还要去深圳呢。

于是，蒙阿妹就给深圳那边的姐妹打了个电话，把深圳宿舍里自己的被褥、衣物打成一个包，快递回来了。

"还是在家门口打工好，花费少，还能照顾家里老人和孩子。"蒙阿妹一边采着石斛鲜条，一边抬头对我说。

我问："这鲜条采回去怎么处理呀？"

蒙阿妹："要先晒干，然后炮制加工成枫斗。"

"什么是枫斗啊？"

"就是螺旋形的小球球。"蒙阿妹用手指比画着，咯咯笑了。

这时，石斛专家孙老师闻讯赶来。孙老师从事石斛研究已很多年，发表过一些石斛生境及种植技术方面的论文。

我问孙老师："石斛为什么要种在青冈树上呢？"

孙老师："并不是只有青冈树上才生长石斛，杉木、枫香树、黄桷树、油桐、槲栎、樟树、乌桕上都可以长，只不过在喀斯特地貌的山区，青冈树更适合罢了。"孙老师取下挎着的相机，啪啪啪连拍了几张石斛丛生的照片，接着说，"铁皮石斛与青冈树有一种天然的依存关系。"

"何解？"

孙老师拍了拍身边的一株老青冈树说："这种树树皮厚，营养丰富，含水多，裂纹深，透气好，无杂菌，保湿。附生的铁皮石斛种上去，发根旺。"孙老师顺手掰下一小块儿树皮说，"更主要的是青冈树喜欢生长于微碱性或中性的石灰岩土壤上。"

"这跟铁皮石斛有什么关系?"我问。

"青冈树吸收的营养成分,正好也是铁皮石斛喜欢吸收的营养成分。不过,石斛不是从石灰岩土壤里直接吸收,而是通过自己的根系从空气、雾气和水分中吸收。"

我听得瞪大眼睛,差点忘记掏出小本子记下孙老师说的话。何老师兴致颇浓。他说:"青冈树还能预报天气情况呢!"

"怎么预报啊?"我很好奇地问。

"正常天气,青冈树的树叶呈绿色,但一旦突然变红,就意味着此地一两天内必要下一场大雨了。"孙老师说。

"这是什么原理呢?"

"青冈树的树叶叶片中所含的叶绿素和花青素是有一定比值的。长期干旱,即将下大雨之前,强光闷热的天气,使得叶绿素的合成受阻。而叶绿色和花青素是一种此消彼长的关系,在叶绿素弱势的情况下,花青素就呈现出强势状态,体现在叶片上就是红色。"

"长见识,长见识。"我说,"那就可以根据青冈树的树叶变化情况,打理种在树上的铁皮石斛呀!"

"是的,既要保湿、透气、增加营养,也要防虫防病防止烂根。"孙老师盖上了长焦相机镜头说。

其实,在自然界里,植物与植物之间,植物与动物之间,植物与微生物之间,甚至与细菌及其空气之间,都存在一种微妙的联系。

听了孙老师的讲解,我隐隐约约有点明白,当地布依族人为何要给寨口的古青冈树挂上红布条,每年六月六都要祭拜敬奉了。

四

不能不提黄草坝。

因为黄草坝是地球上唯一以石斛命名的地名。此地,后来设县。提出设县建议的那个人名气很大。纵观他的一生,他从未提出别处设县的建议。仅此一次,仅此一处。

那个人叫徐霞客。

那个地方就是现在黔西南的兴义。兴义之前叫黄草坝,其名始于明代天启年间，因此地盛产黄草而得名。黄草是什么呢?——就是石斛呀。兴义出产石斛16种以上。黄草是布依族人的叫法。

兴义是当之无愧的石斛之乡。就野生石斛的产量和品质而言，当年，全国没有哪个县能超过兴义。早年间，兴义每年收购的黄草都在35担（每担50公斤）左右。1951年20担。1964年是最高的年份——50担。之后，一直是每年20担，到20世纪90年代初期，黄草越来越少，黑节草（铁皮石斛）和金钗（金钗石斛）几乎绝迹。

黄草坝的山以陡峭高耸见奇。因之奇，徐霞客来了。

"透峡出，始见东小山南悬坞中，其上室庐累累，是为黄草坝。"显然，徐霞客是乘木船渡过滇黔襟带相接的界河——黄泥河，而来到青山环抱、碧水穿流的黄草坝的。在这里，徐霞客写下了长文《黄草坝札记》。

明代，黄草坝还是吐司管辖下的一个小镇。

徐霞客到此时正遇大雨，宿农家，"虽食无盐，卧无草，甚乐也。"他在札记中写道，"其地田畴中辟，道路四达，人民颇集，可建一县。"徐霞客为什么提出建县的建议，理由是什么呢?——在普安十二营中"钱赋之数则推黄草坝"。那意思，黄草坝这地方很富，应该归入朝廷体制内管理。可是，此地可以建县，却没有建县，长期属于布雄吐司势力所辖是何原因? 徐霞客写道："吐司恐夺其权，州官恐分其利，莫为举者。"老徐一语道破，两个东西在作祟，其一为权，其二为利。可惜的是，徐霞客的建议并没有引起当朝的重视，直到159年之后，也就是清代嘉庆二年，才在黄草坝设兴义县。

然而，兴义并没有取代黄草坝。布依族老辈长者还是习惯把兴义称作黄草坝。是的，记忆中扎根了的东西，是无法抹掉的。

黄草坝的地名至今还在沿用——兴义县城所在地就是黄草坝。

朋友说，赶圩的日子，黄草坝一条街上的中药材市场相当兴隆，蜿蜒数里。草药都是新鲜的草药，是采药人起早从山上采回来的，还带着露珠呢。

我问："有野生铁皮石斛吗?"

答："有还是有的，但很难遇到了，而且价格巨高。"

五

《千金要方》记述："安身之本，必资于食；救疾之速，必凭于药。"它告诉人怎样治病，但更重要的是它提醒人怎样不得病。现代养生理念提出，防病重于治病。提高人体免疫力，增强肌体抵御病毒侵袭的能力，从而使身体健康，才是养生追求的目标。

在一定意义上，与其说铁皮石斛是治病的，倒不如说是防病的。明代《本草乘雅》载，服铁皮石斛"补虚羸，暖五脏，填精髓，强筋骨，平胃气"。

什么样的铁皮石斛才是上品呢？

看似一根草，嚼时一粒糖。古代药学家张寿颐说："石斛必以皮色深绿，质地坚实，生嚼之脂膏黏舌，味道微甘者为上品，名铁皮石斛。"

近代名医张锡纯说："铁皮石斛最耐久煎，应劈开先煎，得真味。"

但是，也有专家主张，由于铁皮石斛最主要的成分是石斛多糖和石斛碱，水煎并不能保证多糖和石斛碱全部溶于水，因此，服用时应该把石斛也嚼细吞下。真正的铁皮石斛嚼后没有粗渣，也没有杂七杂八的怪味，只有微甘的黏稠感。甚好。

当然，用鲜铁皮石斛煲汤更是鲜美无比了（史料记载，这是乾隆的最爱）。这也没什么秘密，就是将铁皮石斛切成段，放在汤里，或与鸡，或与鸭，或与鹅，或与排骨、腔骨等，同时炖上一两个时辰即可。吃肉喝汤，美。不过，可别忘了锅里的铁皮石斛，要把它吃了，好东西才算没有浪费。

问题来了。

——在我们毫无心理准备、毫无应对准备的情况下扑面而来。

就在华盛顿时间2016年6月30日，110名诺贝尔奖获得者联合签名，在网上发表公开信，力挺转基因农业的时候，转基因中药已经悄悄进入了我们的肠胃。中科院某专家报告显示，枸杞、板蓝根、鱼腥草、人参、杜仲、甘草、桔梗、麻黄等几十种中药材已经实现转基因或正在进行转基因研究。

2005年，某课题组应用农杆菌介导法，克隆了某植物的基因，载入石斛兰体内，得到69个转基因株系，其中，有两个生根转基因苗。

这意味着什么？

意味着石斛兰已经有了另一个石斛兰——转基因石斛兰。

此乃幸耶？悲耶？好在石斛兰还仅仅是观赏花卉。

人类无时无刻不处在探索中，或许，转基因技术本身并没有错，但若把这一技术随便应用到中药材领域，那无疑是有风险的。

一些老中医开具药方时不免忧心忡忡，药房抓给患者的还是不是道地的中药？

中药材的药效与其道地性有很大关系，越是原产地越是原生态的中药材效果越好。随着资本市场的入侵，各种农药化肥超标、违规种植及转基因技术正一步一步向中药材逼近，中药材所固守的道地性和传统正在面临着崩溃，"中药"正在发生着变异，其流弊和乱象令人发指。

"中医将亡于药"并非危言耸听。

中药的本质是治病救人，而不是逐利，因此中药材的种植和发展只能遵道而行，切不可背道而驰。可是，对于任性的资本来说，这样的话是听不进去的。

这世界变化得实在太快——古代量器中的龠、合、升、斗、斛，先是淘汰了龠和合，后又以石代替了斛。直到今天，连斛的实物也没几个人认识了。我们总是喜欢改变，而坚守的太少。这是不是一种病呢？

病，乃潜伏的问题。人的问题，社会的问题，自然的问题。这世界，人的问题比人还多，社会的问题比堵车还堵，自然的问题比雾霾还糟糕。然而，这都不是问题，问题是药本身出了问题——纲目乱了，本草难找，那药无论怎么服用都不对。

问药，问李时珍，铁皮石斛还是首草吗？

然而，无论怎样，我都固执并且坚定地认为，最伟大的药不是在医生开具的处方上，它一定是深藏在大自然中。

一味药，可以改变一个人的命运。

一味药，也可以改变一个民族的命运。

《文艺报》2016年8月5日

关于"家+"

陆春祥

萧山湘湖，跨湖桥博物馆，有一组早期人类生活的场景，第一个是这样的：八根屋柱，支撑起一个小平台，平台的材质是松木板，地板上盖个小茅屋，一扇小门，门，屋，墙，都用厚厚的茅草制成。屋柱的下面，有几头猪，大小不一，形态各异。

场景的关键词，一间屋，几头猪，这是"家"的最原始意义。所谓"家"，就是有房，有猪，房子是栖身的场所，猪是财产财富的象征，有了猪，可以让生活更美好。仓颉造字时的想法，基本符合人类早期生活的实际。

其实，这种家的原始义，一直延续到八千年后的现代。20世纪，中国农村大部分家庭，都会养猪，几头，十几头，剩汤剩水，田野里的各类野草，就是猪最好的饲料。猪是农家银行，猪也是改善人们生活的必需品。

数千年来，"家"，至少生发出十几种引申义，但在浙江金华的寺平古村，我却看到了一种新的意义：家+。

一进寺平，组织者交代我们：下车后，会有"家长"来领你们，他的家就是你们的家，你们吃住，都在这户人家。

我被"家长"戴文汉（张根妹）领走。

张根妹，黝黑的脸，扎个马辫，中年大姐，话语简洁，颇显精干。

戴家临街的新屋，院子里的一排兰花，让我眼睛闪亮，她说家里养了不少兰花，院子里这些兰，大部分是老戴从山里挖掘而来，虽不精致，却有一种山野勃动的生机。

晚餐。春笋，咸肉，猪爪，螺蛳，香椿，马兰头，土豆，河鲫鱼，一色农家味道。有一个金华特色菜，烂菘菜滚豆腐，从没吃过，类似绍兴的臭豆腐，却更臭。这菜的窍门是，白菜切碎，撒上盐，一层一层装进坛子，烂足三年，味道才浓。烂菜一上桌，三下两下，碗里就没了，主人以为客人一定吃不习惯，我们却已大汗淋漓。当然，还有自酿的米酒，甜滋滋，经不住劝，几杯下去，有人就进入要扶墙的状态。

早餐。汤圆，皮是糯米粉做的，个头比一般汤圆大些，馅不是芝麻猪油白糖，却是可口的碎菜，张大姐说，这是正宗的金华汤圆。十二只汤圆，一只只以极快的速度滑进了我的胃，不剩汤。

寺平，居住着大部分戴姓人。

这座古村，建于明代初期，以"七星伴月"为主体构图，月是村中的一个形似月亮的大湖，七星是绕湖的七座殿堂，根据七星的方位，将七座殿堂一一对应，安乐寺、其顺堂、立本堂、崇德堂、崇厚堂、敦睦堂、百顺堂，分别都有不同的含义，代表力量、智慧、幸福、爱情、勇气、和气、圆满。七座殿堂的不同含义，就是人们对家的种种美好寄托和向往，希冀达到"天人合一"的理想境界。

我两次走进戴氏义塾。

前一天下午，嫌人多，闹哄哄，人们拍照喧哗，墙上挂着许多国外学子游学的照片，让外国学子领略中国传统文化，从私塾开始。

第二天早晨，六点多，村里的大广播就将我们催起，播新闻，放音乐，一派忙碌。高分贝，并不刺耳，却有一种熟悉，似乎一下子又回到从前的乡下，一村的热闹，就是从广播开始的。我又踏着鹅卵石古道，漫步到义塾。大院极空旷，阳光鲜亮，射在斑驳的砖墙上，仔细观察，那门楼，从门框往上，从屋檐往下，精细的砖雕，层层叠叠，各色图案，十几个层次，各层都有不同的主题，儒释道，虫鱼鸟兽，都在讲述不同的故事，内容海量，让人叹为观止。专家称赞，寺平有中国最漂亮的砖雕民居。

义塾的另一角，一位老人，蹲在阳光下吃早餐。

我问老人：高寿？

老人答：我年纪还轻啦，只有八十二。

我问：您住这儿吗？

老人答：是的，我的任务，是管理戴氏义塾。

我再问：有工资吗？

老人笑笑：有，一天十块钱。

我又问：您管这里多长时间了？

老人答：十多年了。

老人补充道：这是我们的家啊，我不在乎钱！我看到你们能来参观，很高兴的！

走在寺平古村，那些憨厚的村人，都会给你笑脸。是的，我们是到他们家做客的，中国人向来有好客之道，他们六百多年的家，保存完好，不仅如此，看看那些堂的名字，崇德、崇厚、敦睦，哪一个都是言传身教，教人向上向善。

到寺平的游客，都分散住在各农户的家里，家里各项设施比一般的家更俱全，村里有二十多户这样的家，这种形式，统称为家+，这是家的新模式，来寺平，让你感受另一个家。这里，既是有文化传承的大家，又是让你放松心情的居家。

寺平的北面，是九峰山。

兰谷东南峙九峰，芙蓉朵朵插晴空。

山岩下的九峰禅寺，始建于南朝天监年间，已有一千五百多年的历史。涯下山泉，如发丝细线，滴答着我的脸孔。进入禅寺，正堂的后方，有一个小门洞往岩石里伸，住持说，那是达摩面壁的地方。猫腰钻进，洞的面积约有几十平方米，一尊达摩像，双手合掌，似在冥想，苦念，但可以肯定地说，他一定是将这里当作他的家，在这个家里，他专心致志，力臻达到他理想的境界。当地提供的史料证明，达摩面壁九年，从嵩山到浙江的义乌，之后到汤溪，建了这座禅寺。达摩圆寂后，当地村民，在九峰禅寺最高峰的岩壁上凿岩缝，将其"悬棺葬"。

我往九峰栈道爬。

山峡的对面，是层层岩壁，层壁之间，尚未完全盛开的映山红，依然艳红，只是在蓝天下显得淡了些。摄影师，指着无数大小不一的洞穴兴奋，他小时候，经常看到对面岩壁上，有山羊在爬动，那些山羊，身材矫健，行走如平坡。也许，在野山羊眼里，那些峭壁上的岩洞，就是它们温馨的家，挡风避雨，冬暖夏凉，最最关键的是，它们有十足的安全感，没什么外物，能伤害它们。

岩洞依旧温暖，只是，野山羊，仅存在于我们的记忆中了，感喟。

不过，我的感叹，在金华市木版年画博物馆里，却变成了另一种文化传承影像。

南宋迁都杭州后，杭州、金华等地，就成为中国木版年画的中心了。在这个博物馆，我特地关注了数十幅和动物有关的年画，其中，《老鼠嫁女》，就有好几个版本。看其中的一幅：一只戴着官帽的老鼠，骑着老虎，在前面引路，四老鼠，是仪仗队伍，各举旗帜，有状元旗，有及第旗，大花轿，则由另外四老鼠合力抬着，轿中的新娘鼠，头戴艳花，身披红袄，边上呢，还有更多的老鼠，它们在卖力地吹打，也有抬着礼物的箱子，还有恭贺的猫们鱼们。活泼泼的老鼠们，抬着花轿，一路兴高采烈，向它们的家奔去。

人与动物，其实生活在同一现场，完全可以和谐相处，老鼠只是象征物，借喻体，它借代一切生命。子丑寅卯，鼠为大。

岭下，坡阳古街。

村口，一面硕大的心形笑脸墙，彩色，醒目，男女老少，张张笑脸，当然还有花朵一样的婴儿，他们笑得天真、自然，是那种各种烦事碎事统统抛诸脑后的释然，是那种可以任意东西舒张血脉的家的感觉。笑脸墙的边上，还有创建美丽家庭的标准，庭院环境，家居人文，勤劳致富，邻里和睦，爱心奉献，每一条，都有具体的标尺判别。

我走进居家养老服务照料中心，这又是一种家+。

小黑板上，今日购菜单醒目：肉53元，萝卜15元，笋11.5元，蒜6元，豆腐干25元，总共110.5元。

食堂用餐老人形象栏，我仔细看了，二十几位老人，最大的1921年出生，最晚出生的是1941年，有照片，监护人电话，他们每餐付两块钱，其余的村里贴补，或者来自于捐献。爱心榜上，我看到最近的三笔捐献是：2015年11月，陈桂有，猪一个，毛重260斤；2016年1月，朱金寒，人民币3000元；2016年3月17日，岭下成泰银行，米100斤，油2箱，餐巾纸1箱，纸杯1箱，塑料袋8捆。

居家养老，不离家，吃喝有地方，还少花钱。金华的大多数村，几乎都有这样的养老中心。老吾老，以及人之老，老人生活安逸。

在澧浦，我又发现了一个诗意的名字，琐园村。

抬头就是一条深深的古街，幽远深邃，街头有几丛玫瑰在调皮地笑着，我忍不住和古街合影。4月1日，江南春日午后的温度，蹿高到28度，我穿着红T袖，有人在边上调侃，敢这么露，身材还是有自信的。我笑，家嘛，随意！

琐园，大部分是严光的后裔。

我读古典笔记多了，总觉得这和笔记有关。急问导游：为什么叫琐园呢？原来是"锁"，一把锁的锁，严氏先辈认为，锁字不利于向外发展，将自己锁住，就是闭关自守，改成"琐园"，王字旁，就是玉，玉也象征人的品格，做人的操守，琐园就这么诞生了。

果然，在这个园里，严氏的后人，将严光的品德，当作他们传承的精神支柱。怀德堂，中间是严光的像，左右的对联，我们熟知，范仲淹所写：云山苍苍江水泱泱，先生之风山高水长。

祠堂里有一块匾，上有琐园村家规家训选登，摘录几条：

> 良田百亩，不如薄技随身。——严炎明
>
> 耕读为本，不可不务。——严勇岳
>
> 一头白发催将去，万两黄金买不回。——严锡文
>
> 每事宽一分即积一分之福。——严国升。
>
> 施恩无念，受恩莫忘。——严宗全
>
> 俭以养廉。——严伯寅

严光后人，将"山高水长"当作他们的精神标杆，他们无论行事修身，都以技能、耕读、惜时、宽容、报恩、勤俭等为标准，自觉践行。

小家，大国，原理其实相通，单薄的家训，却可以汇聚成强大的精神洪流。

琐园，往北往西，和我的两个家，都很近。

1980年9月1日，我从桐庐老家，到金华高村的浙江师范学院中文系报到。

桐庐富春山的钓台，是严光隐居的地方，他将自己藏得好好的，让老同学刘秀找不着，安心静静地过自己的居家日子。

金华高村，一片黄土，校外是大片田野。我们住在中文楼的四层，405室，那时正放映着一部电影，《405谋杀案》，怎么谋杀，全不记得了。我躺在草地上看书，一只牛悠然从身边经过，一只牛在抬头看天，那是真正的"牛经大学"。在这个充满书香的家里，我居住了四年整，那里，是我精神出发的地方。

现在，琐园关于家的故事，已经讲到了海外。

寺平古村的家+，坡阳古街的居家养老，琐园的严氏大家，当然，还有我的两个家，和萧山跨湖桥先民的家，时间虽然跨越八千年，实质却永远没变。小家，大国，我们，民族，都是心灵港湾。

《文艺报》2016年8月10日

永做太行一棵树

——追记河北农业大学教授李保国

高玉昆

他扎根山区30载，帮10万农民脱贫致富；他把毕生心血洒满太行，助农林科技星火燎原。他被习近平总书记誉为"新时期共产党人的楷模""知识分子的优秀代表""太行山上的新愚公"。他就是河北农业大学林学院教授、博士生导师李保国。回想3月初我采访他时，曾与他有个约定：得了空去看看他管理的红树莓产业园。然而音容宛在，斯人竟已去！

——题 记

一

走遍太行山的旮旮旯旯，随手指向一片果园，他都能脱口说出是谁家的。

从邢台县前南峪到内丘县岗底，从临城县凤凰岭再到平山县葫芦峪，每道沟沟坎坎都留有他的足迹。

绵延160里的燕赵太行山区成千上万的农民兄弟都是他的朋友。

有人把他誉为百姓心中的"科技财神"，引领大家摘了穷帽子，过上了好日子。

有人把他誉为太行山上的"当代新愚公"，愣是把世代寸草不生的荒山秃岭改造成了硕果丰收的林果基地。

在大学校园里，在各地讲台上，他是教授、博士生导师。可到了太行山区的村庄里，他就成了地地道道备受尊敬的"农民教授""土专家"。尘土飞扬，寒风凛冽的荒坡秃岭、田间地头，就是他三十多年永恒不变的课堂。

他是山区果农们的"贴心人""技术把式"。逢年过节，他是乡亲们争相热情相邀的贵客，一顿饭得轮流吃十来家炕头，哪家落下了都不高兴。

他十多年未曾更改号码的手机，存储着近千个通讯录，都是一串串奇怪的名字："井陉核桃""浆水板栗""平山苹果""岗底苹果""绿岭薄皮核桃"等，这都是他熟悉或不熟悉的果农朋友……

他每年在山里"务农"的时间超过200天。35年来的山区生活，他把一个"我"变成了成千上万的"农民"，他又把成千上万的"农民"都变成了"我"。

他皮肤黝黑，胡子拉碴，穿着朴素，一看就是一个地道的农民，说他是专家教授，陌生人都不相信。可就是一个这样的人，却30年如一日，扎根山区，为农民举办不同层次的培训班800余次，培训人员9万余人次，推广了36项林业技术，先后完成28项山区开发研究成果，直接帮扶100多个村庄，累计增加农业产值超过35亿元……

他先后荣获国家科技进步三等奖1项、省部级科技进步二等奖7项，省部级科技进步三等奖9项，并获河北省科学技术突出贡献奖；出版了《太行山板栗集约栽培》《绿色优质薄皮核桃生产》等专著，发表学术论文100余篇。

他又是一名普通的共产党员，他用实际行动把最好的"论文"写在了巍巍太行山上！

他生就一副朴实之相，纵使光环满身，脚踩的依然是太行砂石和燕赵故土，手拿的依然是钢锯和剪刀。

年届花甲的他，在谈及退休生活和未来规划时，曾憨笑着说，到那时，他想和老伴儿一起找个山村住下，愿做太行山上的一棵树，把根永远扎在这里。

2016年4月10日凌晨，他因突发心脏病，经抢救无效不幸去世，享年58岁——在跟邢台南和县红树莓产业园负责人周岱燕通完最后一个电话后，只睡了不到两个小时，就突然离开了这个世界。

就在他去世的第二天清晨，留在枕边的手机还不断地响铃，不知情的太行山区的老乡们还打来电话，向他请教和咨询果树种植技术。

他的电脑里还有没写完的论文，他的办公桌上还有他没完成的农业项目规划和正在批改的学生论文。

他是该歇一歇了，可他来不及告别，就把一身疲惫和劳累抛却，匆匆而去，未曾留下半句话。

二

　　1981年，李保国从河北农业大学毕业后留校任教。上班仅8天他就响应学校号召，第一个离开了校园，一头扎进太行山，搞起山区开发研究，承担起了山区开发与经济林栽培技术推广工作。从此，李保国便与大山结下不解之缘。

　　初到邢台县前南峪村，乡亲们见到李保国不由得惊讶起来，"这个人真土，咋看咋不像个大学教师哩！""以前来咱们村里讲授技术的，可都是头发梳得溜光，皮鞋擦得锃亮，穿西装，打领带，这个人咋这么土哩？"在山民们的一片疑惑声中，李保国走进他们中间，开始了长达30多年的"治山富山"之路。

　　李保国深知，农民兄弟与他这样的大学老师之间必然存在某种隔阂。首先需要消除这种隔阂，真正走进他们心里，才能开展工作。他认为自己长得又黑又土气，反倒是优点，朴实形象能一下子跟乡亲们拉近距离。

　　但光靠形象取得老百姓的信任，只是表面的。还要靠自己的真本事，那就是教会农民靠科技手段管理好自家的果树和林木，使他们在短时间内增收、致富，这才是令老百姓真正信服的"法宝"。老百姓服气，气儿顺，反过来才会全力支持自己，太行山区全面脱贫的宏伟计划才会逐步实现。

　　李保国总结，"迎着农民的需求找课题，农业科研才有生命力。"他常对河北农大课题组同事说："让农民亲近科技、掌握科技，农业科技工作者先要学会当农民。"

　　前南峪村一带多是光秃的石头山，就连野生的灌木，也因缺少水土滋养，生长得低矮瘦小。这里的山体现了太行山的普遍特点：土层薄、不涵水，土壤瘠薄、有机质少，再加上干旱少雨，基本上"年年种树不见树，年年造林不见林"。

　　为了摸清当地山区的"脾气秉性"，解决种树难题，李保国起早贪黑，白天跑遍山上的沟沟坎坎，晚上点着油灯彻夜研读，分析数据，寻求破解之道。"山当餐桌地当炕，躺在地上吃干粮"一度成了他的生活常态。有时，他还把乡亲邀到自己的临时住所里，促膝畅谈，虚心请教。制约山区经济果林业发展的"瓶颈"逐渐露出水面，让树木存活的惟一途径就是加厚土层。可土又从何而来？如何保证加厚的土层不被雨水冲蚀？随之而来的一个个难题又摆在面前。他绞尽脑汁，苦思冥想。在白天的翻山越岭中，在夜晚的油灯下，他的思索时刻没有停止过。

时间不长，李保国结合当地实际，联想外地治山经验和教训，大胆提出了"聚集土壤，聚集径流"的治山方略。就是自山脚底部沿坡而上每隔四五米跨度左右各开挖一条沟，一下雨，山上的水就会顺坡而下流到沟里来；再把山体表层的土统一收集到沟里面，这样就达到了有土、有水。大家听后，群情振奋，个个摩拳擦掌，恨不得马上就干！

通过"双聚"措施，前南峪村的山土厚了、水多了，树木栽植成活率从原来的10%一跃达到了90%。经过十几年的开发治理，前南峪村的沟沟壑壑呈现"洋槐头、果树腰"，变成了"太行山最绿的地方"。1996年，50年一遇的大暴雨重创了邢台西部山区，前南峪村却丝毫未受影响，一草一木皆无恙。如今的前南峪村，林木覆盖率高达90.7%，获"全球生态环境建设500佳"提名奖，当地百姓人均年收入达1.06万元。

邢台市临城县狐子沟地处干旱的太行山丘陵地区，鹅卵石密布，干旱缺水，开发难度大。这里从上世纪50年代就开始种树，种了死，死了种，再种再死。

被慕名请来的李保国通过采样分析发现，满山岗的乱石滩下都是强碱性的礓石层。乱石滩本来就不存水，礓石层又对植物根部破坏严重，树根本活不成。

在李保国指导下，河北绿岭果业有限公司带头在狐子沟干旱丘陵岗地开辟了治理战场。他们"挖走鹅卵石、打破礓石层、开沟建立保水层、聚水节水保水"，通过一系列治理，成功种植了薄皮核桃，使历史上的荒岗披上了"财富"绿装。很快，这些技术成果被广大荒岗丘陵区的农民"复制"推广，仅邢台市薄皮核桃种植就发展到60万亩，年产值超过20亿元。

三

2015年12月10日傍晚，常年在外奔波的李保国风尘仆仆回到家中，他兴奋地抱起小孙子亲吻时，却被一声"你是爷爷吗？"的生分质疑击痛心房，这个硬汉落泪了。

想起孙子那皱起的眉头、紧绷的小脸、稚嫩的童声，李保国心里横竖不是滋味，双眸噙满愧疚。

"我最对不起的就是这个家。没有老伴和孩子们的理解和支持，我啥也干不成！"

当年，从邢台山区回保定看望孩子和老人，至少要赶3个小时的汽车，再转乘7个小时的火车，经过10个小时的辗转颠簸才能到家。因路途遥远，工作太忙，李保国根本无暇顾及远在保定的家。

1983年李保国在前南峪村搞小流域治理时，儿子李东奇刚满1岁。在后来的日子里，前南峪人给李东奇起了个小名就叫"小流域"。小流域治理好了，可"小流域"却真的变成了地道的"山里娃"，一张嘴满口流利的山根话。

为了绿山富民，李保国为山区付出越多，亏欠家里的也就越多。

李保国的妻子郭素萍也在河北农大工作，当年也是课题组的主要成员。每每谈到跟着李保国辗转迁居于山区各地的经历时，郭素萍总不免生出诸多感慨。她说当年最对不住的是自己的老母亲，母亲岁数大了，需要照顾，可李保国工作起来不要命，也同样需要照顾。不得已，她想了个两全其美的办法，就是让老母亲和"小流域"跟上自己，同李保国一起到山里居住。可这一住就是4年多。

郭素萍常常跟着李保国一起在山里奔波，每天忙碌不停，经常过午贪黑，错过饭点。疲劳和困倦常在此时结伴袭来，李保国走上车朝座椅上一靠，"呼噜"一觉，哪里还顾得吃东西。郭素萍有时也顾不得吃饭，但始终不曾忘记叮嘱丈夫按时吃药。

去年冬季，李保国再次来到前南峪村指导果农剪枝。午饭后，他来到一处高坡，指着山脚下的那排破旧低矮的石板房说："这是当年我们住的地方，这些房子过去都是村子里喂牲口的地方，老百姓都没住过。可我为了让乡亲们信任我，就住在这里。"李保国边说边凝望着坡底。

"你还别说，这些房子说不定以后还真成文物了呢！"

李保国"呵呵"地笑出声来，笑得很爽朗。风吹乱了他的头发，黝黑的脸庞显得格外清朗。

四

李保国近年常说："国家给我发着工资，一个月八九千元，吃不清喝不清——这么多年，名、利，我没追求过，到最后我都得到了。我相信，你只要干点事就行了，终究会有人认可。"

有人曾问内丘县岗底村党总支书记杨双牛："你们一年给李保国多少钱？"杨双牛说："许多人都问过我这问题，都觉得我不给李老师钱，他就不会这么卖力地在村里搞服务。"

"其实，李老师根本不缺钱，但他又没钱！他在岗底搞技术服务，不仅有课题经费，还有项目经费，少则几万、几十万，多则上百万。可这钱一分也不属于他个人，一分一厘都要用到科研课题和扶贫正道上。"杨双牛十分了解李保国，对于别人的误会和诘问，他感觉有些不解和气愤。

李保国与杨双牛也推心置腹，无话不说，"我李保国在课题和项目资金上绝对是个'铁公鸡'。钱经我手不假，我只是个'过路财神'。凡经我手的课题费、项目费，谁要想打歪主意，没门！"事实就是如此，他无论在哪里搞服务，既不拿工资，也不占股份，不但自己不挣钱，有时还倒贴经费。

"不为钱来，农民才信你，才听你的。"李保国说。

当年在岗底村推广苹果套袋技术时，多数老百姓起初并不买账，"挺好的苹果套个袋子，不透气不着光，烂了咋办？"果农有顾虑，李保国不争辩，他赔着钱给技术打保票，自己拿出5万元买了30多万个苹果袋，开始在农民果园搞实验。他还许诺："套袋减了产，赔了是我的，赚了是大家的。"秋后一比，农民信服了，套过袋的苹果一只能卖50元，当场就有果品商订购。套袋技术从此迅速推广开来。后来，依靠李保国独创的128道标准化生产工序，岗底村的"富岗"苹果获得中国驰名商标，创造出一只苹果卖到100元的神话。

李保国活着的时候，前南峪村民把他奉为"恩人"，把他一心为民的事迹刻成碑文，矗立在村口；岗底村改革开放30周年成果展示厅里，一共五个部分的展板，四个部分里有李保国的身影……这种来自农民兄弟的热情、尊敬和爱戴，最打动李保国。

有一次，李保国行车至内丘县摩天岭村时遇上交通堵塞，进退不得。村民们听说他急着回保定参加一个学术会议，一位老乡自发喊道："把我家院墙推倒，让李老师的车过去！"不容阻拦，几个人一拥而上，将路边那个农家院完整的土坯墙扒开三米多宽的缺口，让李保国的车顺利通过。

"每当想起这些，我的心中就涌起一股热流。为了这些农民兄弟的真情，我愿意把自己的知识和能量全部贡献出来。"李保国真诚地说，"做老百姓喜爱的'农民教授'，我值了！"

2015年，李保国57岁。有记者在随他进山的路上问他："想过以后再做点什么，过什么样的日子吗？"

"我已经习惯了山里的生活。到时候，也许就和老伴儿找个小山村住下，做太行山上一棵树。"李保国双手紧攥一下方向盘，轻踩一脚油门，车在山路上飞驰起来。窗外飘过的那流淌不息的绿色，才是他心底的挚爱。

"我的根，永远扎在这里。"李保国慨叹一声，黝黑的脸庞上浮出那熟悉的憨厚笑意，随着车子在山路上颠簸，荡漾着……

五

鲁迅先生在《从百草园到三味书屋》里描写过的植物"覆盆子"，如今被誉为"黄金水果"，又有一个好听的名字叫"红树莓"，其果实为聚合浆果，柔嫩多汁，营养丰富，兼具止渴、祛痰、解毒等功效，可深加工为树莓酒、树莓饮料和口服液等，市场前景十分广阔。

2014年，红树莓做"媒"，把李保国和南和县"中国树莓谷"产业园董事长周岱燕二人牵系到了一起。

经过实地考察研究，李保国决定把红树莓列入他的课题组重点科技项目，给予全力技术支持，并作为健康产业大干一场。因此，红树莓项目也成了李保国生命中最后两年内投入精力最大的项目。

从结缘红树莓那天开始，直到他离世，这两年的时间里，不管多忙多累，李保国几乎每周都要独自驱车200多公里以上，从行踪不定的外地来到南和县红树莓基地，用自己的知识、技术为企业的发展提供支持。

帮助搭建高水准红树莓技术平台，李保国热心且无偿地调动和提供了很多宝贵资源，联系了一大批科研人才投入其中。短短两年时间，周岱燕与李保国结下了"亦师亦友亦兄弟"的深厚情谊。这两年，红树莓发展的每一个环节、每一项技术、每一个产品都凝聚着李保国的心血和智慧。

2016年4月10日，当周岱燕第一时间接到李保国助手齐国辉传来的噩耗时，顿时泪雨滂沱，悲戚难耐。手机两端同闻哭声，同哀共泣，其情难言。二人只言片语地相互劝慰，也显得那样苍白无助，竟一时语噎……

4月12日，周岱燕送完李保国最后一程，返回邢台时已近黄昏，他呼唤着老友的名字，仿佛和他一起回到他们的红树莓基地。夜深了，基地的灯还亮着，透过明净的玻璃窗，他盼着如往常那样，能看到李保国和他的学生们在埋头工作……

如今，李保国生前最为关切的红树莓新品种研制攻关已进入冲刺阶段，以他的名字命名的"保国一号""保国二号"即将面世……

送走李保国，我特意从太行脚下的山路返程。沿途两侧，林木葳蕤挺拔，亮晶晶的叶子一团团、一簇簇高耸枝头，闪耀着鲜嫩的翠绿，漫溢着灿烂的春光，好像都在向我招手致意。

它们许是听到了再熟悉不过的老朋友——李保国的脚步声。

《文艺报》2016年8月10日

龙跃虎门

许 晨

一

中国南海有个虎门港！

多么雄奇、多么厚重、多么响亮的名字。这个名字里面隐藏着波澜壮阔的历史，蕴含着丰富多彩的愿景。虽说近来因了地域关系更名为东莞港了，但其精神因子已深深融化在国人血脉里……

在举国上下大力实施"一带一路"战略构想的日子里，我慕名来到了美丽富饶的南海珠江三角洲，来到了这个令人神往的国家一类货运口岸。它位于广东省东莞市西南方向，距离闻名遐迩的岭南重镇——虎门镇不远。东莞虽说只是南粤的一个地级市，可在改革开放的年代里，发生了日新月异的巨变，一跃而成为国际制造业名城。奋斗、创新，是这里的发展主题和精神坐标。尤其"海上丝绸之路"节点城市的定位，给已经红火的"世界工厂"更添了一份生机，使其走上了新的崛起之路。

可以说，雄风八面的虎门港在其中扮演了重要角色。

这天，我在东莞作家丁燕女士的陪同下，驱车前往虎门港参观采访。事实上，虎门港总部并不设在虎门镇，而是在其周边的沙田镇。因为这一片航道水深浪平，更适合建大港，所以港口主体设在此地，统一管理虎门、麻涌、沙田等水面的码头泊位。

正式命名时，曾准备直接叫做东莞港，可负责筹建的有关部门领导多方征求意见，最后确定为"虎门港"，并请当时国务院领导人题写了港名。我十分感佩决策者的胆识，这是一个有相当远见的命名，可以说，港口尚在规划中，其名声就已远播海内外了。因为，它与当年的"虎门销烟"紧密相连、与中国近代史的开篇密不可分……

丁燕引领我来到了目的地——东莞市沙田镇政府。当地文广新局的王少文局长热情向我介绍情况。

"镇港?"我第一次听到这样的名称，感到十分新奇。

"不错，镇港是我们的简称，也是新形势下的改革创新工作……"

哦，这里全称是沙田镇虎门港。一个奇特的地名，可以说全国各地十分罕见，其间包含着东莞人实事求是、敢为人先的创新精神。我兴致大增——这里边一定有故事，而且是新世纪新改革的故事："好，我们的采访就从'镇港'这两个字开始吧!"

我们驱车沿着港口大道，来到了虎门港集团总部所在地，以及主码头——5、6、7、8号泊位参观。正是午后上班不久时分，高大宽阔的港口大门外排着长长的货柜车，准备进港，大门上方高悬着几个大字：虎门港集装箱公司。公务车小心翼翼地穿过拥挤且有序的堆场，来到了最里边的岸畔，几艘货轮正分别在泊位上装卸货物，一台台伸缩式装载机、龙门吊将一只只集装箱像老鹰抓小鸡一样提来提去，马达声声，车轮滚滚。我的耳畔蓦然响起了现代京剧《海港》的唱词："大吊车，真厉害，成吨的钢铁，它轻轻地一抓就起来。"

工作人员介绍说：虎门港是对国内外船舶开放的国家一类口岸，从立项到建设经历了漫长的过程，真正发展起来，还是在进入新世纪以来，特别是机制创新、镇港统筹管理之后，产生了巨大的活力，进而迎着"一带一路"的春风，发生了突飞猛进的变化。目前已经从内贸向外贸转化，业务遍布世界各地。2015年，东莞全港集装箱吞吐量完成336.3万标箱，其中虎门港集团完成250.3万标箱，同比增长9.1%……

我一边倾听，一边注视着远方，对面江心就是大虎山、小虎山、大小横档岛，也就是当年虎门炮台的所在地。心潮再一次沸腾起来。从被动挨打、国门洞开，到主动打开大门、拥抱世界，古老而年轻的中国真正强大起来了!

这一切的一切，是多么的艰苦卓绝，浸润着国人多少血汗啊!从虎门炮台到虎门港，乘车只有短短十几分钟的路程，可我们这个多难而不屈的中华民族，却蹒跚举步、负重前行，艰难跋涉了一个半多世纪……

二

虎门，堪称"南中国第一门"，不仅仅因为1840年的鸦片战争开启了中国近代史之门，也可以说1978年全国第一家"三来一补"企业落户虎门，打开了改革开放的先行之门。而管辖它的东莞市，则迅疾发展成为以外贸加工型经济为主的"世界工厂"。在这片2465平方公里的土地上云集着11000多家加工贸易企业：电子、家具、毛织、玩具、纸张，一个个响亮的制造品牌从这里走向世界。每天来来往往的货运卡车络绎不绝，甚至一度冒出了"东莞塞车，全球缺货"的说法。

在本世纪之前，这个岭南沿海城市一直没有自己的港口，每年本地各企业进出的原材料和产品，产生了成百上千个集装箱，却只能分别跑到广州的黄浦港和深圳的盐田港，再远一点甚至要到香港等地去中转。耗时费力增成本。如果能够从东莞运输的话，每一个货柜可以减少三分之一的费用。何况东莞位于珠江出海口东岸，拥有53公里的深水岸线，航道水深达13米，具备优良港口条件。因而，从20世纪90年代初，敢想敢干的东莞人便开始筹划建港。

然而，有时候看起来顺理成章的事，却并非一帆风顺。东莞建港经历了一段漫长而艰辛的过程。采访中，我结识了虎门港党工委委员、管委会副主任郭明海。他是最早参加港口建设的"元老"，从成立港口筹建办公室开始，直至发展壮大成虎门港集团公司，20多年来一直没离开这个大舞台。得知我的来意之后，他沉思了一会儿说："发展港口经济，发展沿海产业带，这是东莞人民多年来的大愿望。1992年就成立了港口筹建办，1997年，经省政府申请和国务院批准，将东莞沙田港与太平港合并，建设国家一类口岸，开展客货运输，正式定名为虎门港，英文名为HUMEN，有'巨人'的意思，并成立了建设指挥部。但搞了多年发展不大，原因是规划没有得到批准，开发的权限也不明确。虎门港发展的真正转机是在新世纪里……"

2005年5月18日，虎门港5号6号泊位动工典礼在东莞市沙田镇西大坦隆重举行，东莞人的"大港梦"就要一步步变成现实了。

西大坦，是沙田镇最西部的一个自然村，濒临狮子洋，长达20多公里的岸线和水湾，平坦宽阔，水深浪平，非常适宜建设港口，所以虎门港管委会总部和中心港区就设在这里。早在150多年以前，西大坦还是一片茫茫海滩，满目都是芦苇和莞草，人迹罕至。只有以船为家的疍民往来谋生，后来陆续围滩造田，上岸繁衍，形成了村落。

疍民即水上居民，因其早先居住的舟楫外形酷似蛋壳漂浮于水面，且常年于海上风浪搏斗，生命难以得到保障，如同蛋壳一般脆弱，故称为"疍家"。正是这样一个弱势族群，用勤劳的双手、非凡的智慧造出了滩涂沃野，创造了咸水种植法。鸦片战争时期，勇敢忠诚的疍民也做出了不可磨灭的贡献。两广总督林则徐招聘水勇抗击英军，熟识水性的疍家人踊跃参战。其中一个传说至今令人称道——

起初英舰进犯虎门，不识狮子洋航道水情，威逼当地渔民为他们引水。两名疍家子弟装成未见过世面的草民百姓，战战兢兢上了一只战船。"往左、直行、靠右……"英军一边听着指挥一边往海图上做着标记，试图就此侵入中国内江直逼广州。就在驶入大虎山与西大坦双夹的航道时，只听咚的一声巨响，船底撞上暗礁搁浅了。"引水员、引水员……"英军大副和船长气急败坏地喊叫着，可再也找不到两位疍家渔民了——他们早已跳入水中，潜向岸边。

前后动弹不得的英舰，成了虎门炮台轰击的活靶子。虽说最后并未能阻止列强侵略，但爱国群众的壮举却是可歌可泣的……

三

建设虎门港，这里的人民更是做出了巨大的牺牲和奉献。整个港区——包括西大坦、穗丰年和立沙岛上的泥州、大流等村的土地，大都在建设红线之内，西大坦村首当其冲需要整体搬迁。

俗话讲，故土难离。中心港区开工时，正是农作物即将成熟的季节，望着碧绿的田野水塘，人们心中五味杂陈。尽管已经讲明并落实了征地政策，也得到了村民们的签字同意，可事到临头，真是难以开动推土机一一铲平。一大早，不少村民拥到田间地头，难分难舍，眼眶湿润。虎门港管委会建设科科长郭志仕是清障负责人之一，本地泥州村人，深深理解大家的心情。他叫停推土机手，让乡亲们再看一看、摸一摸自己种植的香蕉、甘蔗。

过了许久，他站在高处缓缓讲道："说真的，我也不愿意铲掉。但为了建设自己的海港，值得！我们的新村即将竣工，将来依托港口搞经济，日子会更好更幸福！大家说是不是？"

"是哩！铲吧，铲吧！政府是为我们办好事哩……"

由此，5、6号泊位顺利开工，第一个搬迁新村——西大坦新区建成，疍民们洗脚上楼开始了新生活，虎门港发展建设驶入了快车道。2005年9月，虎门港管委会与新加坡PSA公司谈成合作事宜；11月，虎门港立沙岛油气化工码头动工；2006年9月，"蓝色文明通道"——港口大道正式通车；2007年9月，虎门港首个码头项目——三江码头及储罐项目投产；12月，虎门港服务大楼投入使用；2008年11月，虎门港第一个深水集装箱码头沙田港区5号、6号泊位竣工投产运营。

引进人才、改革体制，虎门港有关部门不断创新工作，派员去周边的广州、深圳、湛江等港口学习取经，从无到有，由小到大，突破全球金融危机造成的不利影响，将港口定位"内外通吃""改坐商为行商"。在搞好与新加坡PSA公司合作经营5号、6号泊位的同时，进而与中外运公司合作自主建设管理7号、8号、9号、10号泊位，开辟了立沙岛化工仓储专用码头。内贸外贸一齐接，周边外洋全都上；敲门扫街跑客户，搞好服务谱新章……

东莞有名的九龙纸业公司，在麻涌岸线两个泊位上一年进出货吞吐量30万个大柜，可是由于报关手绪复杂，时间拖长，企业颇有怨言。时任集团副总的蒙立军与工作人员逐个分析整理，看看问题到底出在了哪里。结果发现海关和检疫工作有重叠，往往是检疫人员开箱抽查之后，海关来了，还要再开箱检查，造成了时间和成本上的浪费。然而两个单位都是国家之门，缺一不可。

"这样吧，咱们能不能来个简便行事？"蒙立军将两个单位负责人请到一起，和颜悦色地协商。

"怎么简便？反正我们是按规定办，分毫不能减免。"

"我们也是！这方面没得商量。"

开始两家都强调自己的重要性，互不相让。老家在甘肃的蒙立军博士，既有西北汉子的豪爽，又有专家学者的细心，终于达成了谅解方案：码头做好详尽准备，货到抽查，两家同一时间派员一次过检，节省了程序和时间，赢得了大客户的信任。

凭着如此这般的耐心、细心、精心，虎门港犹如乘上了与时俱进的高铁动车，一路阳光一路歌，风驰电掣奔向前，集装箱货运量呈爆发式增长，各个泊位、码头全面开花，齐头并进，从2011年的50多万标箱运量，一举达到2012年的145万个标箱，突破了百万大关！甚而超越了几个"师傅"港口——深圳盐田港用了三年才到百万，而湛江、珠海等地更是望尘莫及。

横空出世的虎门港，犹如猛虎下山、蛟龙出海，引起各方瞩目，迅速成为国内发展最快的港口之一 ——然而且慢，他们就像一个初出茅庐的少年似的，也会不断遇到"成长的烦恼"。由于体制的原因，虎门港管委会是东莞市派出的机构，而其所在地属于沙田镇管理，互不隶属，又需共事，容易陷入掣肘、扯皮的旋涡……

最典型的莫过于征地拆迁，这可以说是基层政府新的"天下第一难"。虎门港希望不断引进大项目，加快前进步伐，可好不容易洽谈成功，却迟迟落不了地。因为土地是沙田镇管辖，所有征迁工作要由他们去与村民一一做工作、抓落实。由于政策性极强，利益关联不大，地方上缺乏积极性。

这真是急惊风遇上了慢郎中！这不仅仅是东莞面临的新课题，也反映了中国不少地方的通病。虎门港深深为之所累，有的项目谈成两三年，竟被一两个鱼塘牢牢挡住了。这可怎么办？敢为人先、有勇有谋的东莞人决心动大手术了！

2012年11月30日，沙田镇政府二楼会议室座无虚席，虎门港和沙田镇干部大会在此召开。东莞市委市政府宣布了一项重要决定：虎门港与沙田镇合二为一、统筹发展，任命邓流文为虎门港党工委书记和沙田镇党委书记、贾贵斌为虎门港管委会主任和沙田镇镇长。

掌声雷动。每一位与会干部都十分兴奋，说：这真是不唯上、不唯书，只唯实，以后就好开展工作了！

原来，东莞市委市政府从实际出发，认识到只有两家变成一家，港口和镇街才能心往一处想、劲往一处使，形成合力干事创业。可是如果改变行政建制关系，那是要上报省政府并经国务院审批的大事，一时半会儿难以实现，而港镇建设时不我待。于是，他们就想出了这样一个改革办法：虎门港和沙田镇统筹管理，两块牌子一套班子。

自从沙田镇领导也成为虎门港负责人之后，他们自然把港口建设作为分内工作，一通百通，势如破竹。为了便于管理，对外还是镇是镇、港是港，而在东莞内部则专门称呼：沙田镇虎门港。

这就是此文开头提到的"镇港"名称，全国独一无二的区域建制。都说广东人精明强干，看见绿灯大步走，遇到红灯绕着走，眼前又是一例。只要对发展虎门港有利，在不违背国家政策法规的前提下，使尽浑身解数突飞猛进。

一棋走准，满盘皆活。沙田镇虎门港统筹发展以来，每年的经济总量增长都在10%以上，表现出了强劲势头。港口集装箱吞吐量连年翻番递增，到了2015年，虎门港全港集装箱运输已经超过336万标箱，在全球100大集装箱港口排行榜中，名列第54位。同时，镇港GDP也首次达到百亿元。习近平主席提出"一带一路"经济战略以来，立即引发巨大反响。岭南东莞积极响应，迅疾寻找对接点，力争打造"一带一路"重要的节点城市。由此，沙田镇虎门港迎来了大发展的新契机。

四

"呜——"随着一声汽笛长鸣，一列挂有"中欧班列（粤满俄）X8426/5"的铁路集装箱专列，缓缓驶出位于东莞市石龙镇的广东铁路国际物流基地，车上满载着手机配件、机械、玩具、牙膏及漱口水等货物。它将在15天里跨越11000余公里，抵达俄罗斯首都莫斯科……

这一天是2015年12月25日15时18分，一个值得纪念的日子，标志着东莞向"一带一路"战略节点又迈出了坚定一步。而中欧班列上的大部分货物，就是由虎门港航运到石龙镇码头，再装车转运到中亚和欧洲方向的。通过这样的海铁联运，石龙与虎门港成为"一带一路"闭环上的交会点之一，构建起联通"一带一路"的国际物流大通道。

"一带一路"是"丝绸之路经济带"和"21世纪海上丝绸之路"的简称。这是一个在国际之间开展合作发展的理念和倡议，旨在借用古代"丝绸之路"的历史符号，高举和平发展的旗帜，发展与沿线国家的经济合作伙伴关系，共同打造政治互信、经济融合、文化包容的利益共同体、命运共同体和责任共同体。

从地理角度区分，东莞既有连接陆上丝绸之路经济带起点的广东铁路国际物流基地，也有面向亚非欧重要港口的21世纪海上丝绸之路起点之一的虎门港。在广东省政府统一部署下，他们抢抓机遇狠抓落实，一是举办广东21世纪海上丝绸之路国际博览会，会址就设在东莞市厚街镇。二是在东莞石龙镇设立俄罗斯产业园，并实现虎门港和石龙火车站水铁联运，开辟直通俄罗斯、中亚和欧洲的铁路货运……

目前，虎门港海陆联运"一带一路"业务已经开通。过去由于粤新欧的班列较少，珠三角货物发往中亚地区主要通过北方的亚欧大桥，成本高、时间长，如今虎门港与石龙火车站合力打造便捷通道，比此前模式可节省三分之一的时间，能够满足附加值高、时间要求紧的货物运输需求，从而搭建起南中国"海陆丝绸之路桥梁"。

这天上午，白云朵朵，海风习习，我再次来到虎门港集装箱公司码头上，但见吊车林立，铲车穿梭，几艘硕大的货轮停靠在岸边正在装载，一片繁忙景象。我看到一位戴头盔的工作人员站在旁边，手里拿着一个文件夹，还不时地指指点点，便走过去与其搭讪。

原来，他在东莞某科技公司工作，姓黄，是一个部门经理，今天来查看公司货物装船运往俄罗斯。这引起了我浓厚的兴趣，索性停住脚步不往前走了，与他详细攀谈起来："水铁对接联运，给你们企业带来哪些好处呢？"

"好处太多了！不但节省了时间，还省下了不少钱啦！"黄经理高兴地如是说。他们生产基地在东莞，不少客户是在中亚地区。而此前没有开通"粤新欧""粤满俄"铁路线时，公司货物只能绕道中转，运输成本较高，不利于企业发展。

"那现在呢？"

"现在一般来说，一个货柜从虎门港经石龙铁路中心，直达中亚和欧洲，比从外线中转一下，要节省1000元左右。一趟下来就是两三万元，而且还能保质保量保时交货，加强沿线国家客户的信任，你说这不是特大利好啦！"

我们听了，情不自禁竖起了大拇指。

这就是我们中国的虎门港——虽说由于工作需要，现已更名为"东莞港"了，但那种浸润着"虎门销烟"民族血性的基因，那种猛虎下山般虎虎有生气的精神，永远呼啸澎湃在南海珠江口上。

《文艺报》2016年10月12日

民不能忘

萧雨林

农历乙未年，也就是公元2016年，邓粮和一块石磨较上了劲。

准确地说，邓粮是为了一块石磨和一帮人较上了劲。

邓粮是襄阳铁路供电段的一名中层干部，但他经常被人提及的是他另一个身份——襄阳拾穗者民间文化工作群召集人。

拾穗者

襄阳，是一座人文厚重的历史文化名城。楚人的拓土开疆，两汉的沉浮兴替，三国风云，盛唐风流，两宋硝烟，都在这片土地上留下了可圈可点的重笔。刘秀、刘表、诸葛亮等史上留名的人物灿若星辰。这座城市遗留的人文符号俯拾皆是，也许正因如此，才有了拾穗者这样一群人。

时间退回到2005年。在襄阳市人大工作的李秀桦、大学教师邵爱民和工程师张玉涛在网络论坛上相识，出于对历史人文的热爱，他们常相约在节假日探访老街老巷。一天，李秀桦提出设想，即以整理、研究、保护和传播地方文化为己任，成立一个民间文保机构，得到了另外两人的积极响应。邵爱民则从法国画家米勒的作品《拾穗者》中得到灵感，把团队命名为"拾穗者"，意在拣拾散落民间的"文化之穗"。

十年过去了，这些拾穗者拾起的文化之穗还真不少，人数也由最初的三人增加到十五人。在他们的努力下，南漳古山寨被搬上了《中国国家地理》杂志，引起了国内外关注。在他们的推动下，老河口木版年画被列为国家级非物质文化遗产。他们的文化记录和研究成果，已汇成了两部厚厚的《拾穗集》。2008年，拾穗者被评为"薪火相传——中国文化遗产保护年度人物"。今年，邓粮作为团队召集人被吸收为中国文物保护基金会理事。

作为《襄阳日报》一名记者，我关注拾穗者群体长达十年。第一次采访"拾穗者"是在2006年，那时邓粮还不是召集人。在拾穗者这个民间文化工作群里，邓粮不是因为最有文化才被推举为召集人，他当上召集人是因为他的性格。

邓粮，看名字就知道是出生在那个"以粮为纲"的时代。怎么形容他的性格呢？他们曾经关注的老河口木版年画中，最具代表性的一幅作品叫"一团和气"。我当时就发现，"一团和气"这个词简直就是为邓粮量身打造的。邓粮属于那种长得很喜庆的人，小眼睛，厚嘴唇，笑起来的样子也是一团和气，常常让人产生粮食丰收了的联想。在这个由十余人组成的大家庭里，难免会因学术分歧和性格差异等问题发生争执，但只要邓粮一介入，好像什么矛盾都能被他三言两语轻松化解，而后就又是"一团和气"了。

然而，从2016年初开始，一团和气笑容可掬的邓粮像是换了个人，经常皱着眉头，一脸凝重。让邓粮耿耿于怀的，就是这块刻着"民不能忘"四字的石匾。

石匾受损

邓粮最早看到这块"民不能忘"四字石匾，是在2008年。那时，团队成员根据自己的研究方向做选题，有人做"老街"，有人做"岘山"，邓粮和团队成员杨家香选择做"汉江河堤"。发现"民不能忘"石匾，就在这期间。

在樊城沿江的大堤上，最能吸引游人目光的，就是那些形态各异而又不失古朴的码头与牌坊。其中，公馆门码头是现存码头中规制较完整的一座，由石蹬道和石平台组成，呈扇形。在码头平台的条石驳岸正中，镶嵌着一块长近两米、宽约四十厘米的大石匾。石匾上有阴刻楷书"民不能忘"四字，字体道劲有力，又不失圆润。初见这四字，就有种很特别的感觉驱使邓粮去探寻这四字背后的故事。

2015年4月，八省一市"万里茶道文化遗产保护工作推进会"在武汉举行，确定湖北为万里茶道申报世界文化遗产的牵头省份。对襄阳来说，码头与会馆，是与"万里茶道"密切相关的建筑遗迹。其中，樊城码头于2008年被列为省级文物保护单位，而"民不能忘"石刻为市级文保。这年12月，作为民间文保团队的召集人，邓粮随"万里茶道"申遗专业人员一起到樊城码头实地考察，就是这次考察中，他发现"民不能忘"石匾被破坏。只见一艘写着"襄水缘茶舫"的白色大船在固定船身时，把一根钢管打进了石匾左侧石缝中，石匾左上角出现了一处十多厘米长的缺痕，石匾上方的青石条也被整体撬走。邓粮顿觉心头仿佛压了块石头，当即打电话给襄阳市文物管理处主任邹劲。

"我希望能把经营襄水缘茶舫的船移走，同时修复石匾及周边环境。"邓粮对邹劲说。

在襄阳的文化主管部门中，几乎没有人不知道拾穗者。作为官方，他们对拾穗者的工作给予了很多必要的支持，邹劲也不例外。但是，几个月过去了，船还是没有动静。邹劲回复邓粮，这事属于海事局管，还涉及这块地方所属的米公街道办事处等单位。

对于邹劲的回复，邓粮有些不满，随后找到市海事局以及石匾所在的社区。结果，每个单位都有自己的一番说辞。问题久拖不决，邓粮很是焦虑，甚至考虑以志愿者身份向有关单位提起环境公益诉讼。

"我们的目的是保护这块石匾，不是跟部门作对。何不借助媒体的力量？"拾穗者成员楚山农向邓粮建议。

媒体介入

邓粮就是在这种情况下找到我的，那天是2016年4月5日。

"你说，多少会馆消失了，码头被破坏了，现在我们就剩下这点东西了，为什么不能保护好？"邓粮一脸凝重地说。和他认识十年了，我从未见他对哪件事这么上心。

4月6日，我和邓粮相约来到现场。在"民不能忘"石匾所处的公馆门码头，一共停了两艘船，一艘是趸船，供坐船过江的游人使用；另一艘就是这艘相当于水上餐厅的襄水缘茶舫。

我们以游客身份踏上了固定在石匾处的襄水缘茶舫，在船舱里点了几个菜，假装不经意地问老板一些问题。船老板倒也热情，说这艘船本身不是他的，是他从一骆姓船主手中租来的。

"老骆以前是渔业社的职工，后来单位破产了，海事局就允许他和另一个船主在这个码头经营。旁边的趸船和这个船都是他们的。"船老板说。

"您知不知道，固定船只的钢管旁边那块石匾是个文物？"

"以前不知道，去年有电视台的来报道过，才知道这是个文物。"

"那船刚好固定在这块石匾旁边，是你们选的位置吗？"

"那是老骆他们固定的。"船老板说。

当天晚上，我把石匾被破坏的情况和这块石匾背后的故事，加上一组石匾被破坏前后的图片，发在4月7日的《襄阳日报》上，打算报道发出后再去找文物管理处。

4月10日，我以记者身份联系了邹劲。邹劲对此事非常重视，请我们到市文物局解释情由。

邹劲告诉我，去年邓粮在反映"民不能忘"石匾被破坏的情况后，他们第一时间就到现场察看。但是经营"襄水缘茶舫"的船只的泊位属市海事局管辖，他们也先后找米公街道办事处和海事部门协商过。

"主要是文物管理处没有执法权，不能强制执行。"邹劲解释。

"那就没有办法了吗？"我问邹劲。

"你们介入的话可能会好一些，我们再以市文物局的名义给海事局等部门发个告知函，把码头和这块石匾的价值告诉他们，请他们配合。说实话，襄阳文物遗迹点多、线长、面广，文物保护工作就凭我们文物管理处这么一二十号人，远远不够呀！文物保护工作需要各部门的配合和全社会的参与。"邹劲说。

第二天，我和同事来到海事局。当时，海事局领导不在局里，我们把有关情况告诉了办公室主任，他让我们等回复。

4月13日，海事局电话告知，领导已做出批示，由樊城区海事处一行十六人前去协调，要求"襄水缘茶舫"的船主把船移走，并恢复文物原貌，请我和他们一起到现场。

没想到海事局行动这么快。但这毕竟是触动了船主利益的事，这事是我报道出去的，去的话会不会有危险，以后会不会遭报复？但若不到现场，跟踪报道怎么写？于是，我戴了个墨镜，约邓粮一起到了现场。

不出所料，船主的情绪一开始非常激烈。

"你们记者瞎尿写！不是我们，这块石匾早就被偷走了，我们把桩打在这儿，完全为了保护文物！"男船主近乎咆哮着说。

船主的妻子也大喊委屈，拿着一张报纸说："这些年，我们在江边救了多少想跳河的人啊！我们一直在保护这个文物，你们看，这是晚报报道过的……"

我一看，是晚报记者一年前写过的报道，文中也的确写到他们保护文物的事迹。情况变得有点复杂。这时，邓粮走到跟前对船主妻子说："大姐，我相信你们的初衷是好的，是想保护这块石匾，可是破坏文物也是事实。你看，这么好的石匾缺了一角，上面的条石也被掀掉了。"

这时，海事局的人也趁机上前做工作："我们帮你起锚，你们把船移到码头那一边，也没有多大妨碍。"

为了固定船只，锚杆要插入很深的水下，没有专业设备是无法拔起的。现在由海事部门帮他们起锚，船主和妻子的态度终于缓和。海事处用他们的设备把襄阳缘茶舫起了锚，船只终于移开了。当天，文物管理处也派了专人协调，最后船主的妻子竟非常慷慨地表示："好，我们保证移走。作为襄阳市民，保护文物也是我们的责任！"

4月13日上午十点，固定在"民不能忘"石匾上的船只总算移走了。

事有凑巧，就在报纸刚刊出"民不能忘"遗迹受损报道后，4月12日，时值全国文物工作会议在京召开，会上传达了习近平总书记对文物工作的重要指示，以及李克强总理对文物工作的批示。一时间，新华社等各大中央媒体以及新媒体几乎都在头条位置推送了中央领导关于文物工作的指示和讲话精神。其中，习总书记有句话让人印象深刻，他要求各级党委和政府都要增强对历史文物的敬畏之心，树立"保护文物也是政绩"的理念，这无疑是针对当前文物保护工作中存在的普遍问题而提出的。他强调，文物承载灿烂文明，传承历史文化，维系民族精神，是老祖宗留给我们的宝贵遗产，是加强社会主义精神文明建设的深厚滋养。

习总书记刚好在这时对文物工作做出指示，对"民不能忘"事件的处理和石匾的保护无疑起到了极大的推动作用。没过多久，襄阳市政府召开关于襄阳码头申遗工作的协调会，政府一位副秘书长在主持会议时三次提到，千万不要再出现"民不能忘"石匾受损这样的事了，要求海事、水利等各部门全力配合码头文物遗迹的保护和申遗工作。

5月12日，文物管理处在河南定制的四块文物保护标识牌也运到襄阳，分别立在了四个码头旁。

石匾与郑敦允

在做这个报道的过程中，我查找了与这块"民不能忘"石匾有关的史料。读过这些史料后，我终于明白邓粮为什么对这块石匾有着近乎执拗的珍惜之情。

这块石匾，与一个人有关。准确地说，是与清代的一个官员有关。

清澈的汉水穿城而过，把襄阳古城一分为二，也为这座城市留下许多美丽的传说。比如神女解佩的故事，是中国最古老的神话传说之一。然而，作为襄阳人的母亲河，汉水带给人们的并不总是温情与浪漫，还有无数次的水灾。历史上，地方官员无不把治理水患作为要务。早在三国时期，襄阳太守胡烈在汉江边筑堤以防水。唐代宰相张柬之是襄阳人，也曾把修堤作为对家乡的贡献。清道光八年（1828年），郑敦允出任襄阳知府，更把修堤列为事关民生的头等大事。

郑敦允，号芝泉，湖南长沙人。道光八年（1828年）八月出任襄阳知府，到任后秉公断案，扶良抑暴，深受百姓拥戴。在襄期间，他"不避艰巨，本之以精心，辅之以勤力，是以事无不举"。因是刑部出身，擅长听讼断案，"判决常至夜分，积牍为空。"这段文字，我是从清人周树槐的《襄阳太守郑公传》里读到的。

又据当时湖北学政贺熙龄撰写的《樊城新堤记》载，在郑敦允到任襄阳之前数十年，水患不仅让樊城百姓的生命财产安全受到很大威胁，也使樊城的商业发展受到很大影响（堤岸日圮，富庶渐减）。郑敦允认为洪水乃"生灵之大患"，决心把土堤修建为石堤。为了方便商船停泊靠岸和装卸货物，郑敦允把原来的自然码头也一并改建成踏步式石砌码头。

樊城石堤改建工程竣工时，郑敦允特建三瑞亭以示纪念，并欣然撰写《三瑞亭记》，详细叙述了筑堤缘由与始末。"古今事无险夷难易皆天地合而成。"郑敦允开篇即言"三瑞"乃天、地、人，坦言筑堤成功只是"能感天和享地利"而已，丝毫不以为是个人功劳。

喜庆的气氛还未散去，罕见的大水次年汹涌而来。公元1831年6月，汉水暴涨；七月，滔滔汉水冲堤毁岸，涌入樊城；八月，汉水复溢。这次大水亘古未有，所筑石堤塌陷过半，也毁掉了临江而立的三瑞亭。

此时，已经调署武昌粮储道的郑敦允痛感是自己失责，执意要求回襄阳守修堤防，并设法筹得万金，于1831年八月回襄阳。

听说郑敦允要回来，"襄人走迎三百里，日夜牵挽而至。"迎接郑敦允回襄。岂料，五个月后，郑敦允因积劳成疾逝在任上。

郑敦允离世当天，襄阳士民像自己的亲人离去一般痛哭不止，史料记曰：民哭公，如哭私亲。

清周树槐的《襄阳太守郑公传》中还记载着这样一件事，说的是郑敦允病逝后，其弟坐船前来襄阳奔丧。未到地点，船停在一处歇息，只见两人手拿长刀登上了船，很张狂的样子。船主是襄阳人，上前呵斥："你们想干什么，这是郑公家前来迎丧的亲人！"二人听后随即退下。船主告诉郑公的弟弟，二人是襄中巨盗，郑公曾捕获他们五人，杀了其中三个。郑公之弟问："难道他们不会因此仇恨吗？"船主回答："郑公一向持法公平，人皆信服，区区盗贼又敢怎样？"

对此，周树槐在文末感叹道："呜呼！公勤民而民不能忘，诘盗而盗不敢怨。"

郑敦允任职襄阳前后不足四年，其修筑石堤造福于民的功绩令民众始终不能忘怀。1835年秋，在郑敦允离世三年后，各方人士主动捐资修建郑公祠，选址公馆门码头西北侧，并在码头驳岸正中镶嵌"民不能忘"石匾一方，用以缅怀其功德，并把这段石堤命名为郑公堤。

心中有民，才使"民不能忘"。

当时，襄阳士民捐资刻下这块"民不能忘"石匾，就是想让后人永世不忘郑敦允的修堤功德和为民之心。然而，让人感慨的是，在不到两百年的时间里，很多襄阳人已不知郑公何人了。特别是在石匾受损后，有些部门对待文物的态度更让邓粮感到痛心。

本来，"民不能忘"事件到此也算有了个相对圆满的结果，但邓粮认为这事还没完。他争取到市文化主管部门的支持，开始了对码头历史的宣讲。当然，他每次宣讲的重点，都是这块"民不能忘"石匾和石匾背后的故事。

"按理说，郑敦允后来已经调到武昌了，就算河堤被毁，也不关他的事，这属于天灾。如果不是他修了石堤，樊城人民受灾会更加严重。但他还是认为自己失职，要求调回襄阳修堤。我们再看看当今的官员，有几个升了官后还要求再回来的？"每次说起郑敦允，邓粮都会说到这个细节。

于是，我强烈地感受到，邓粮为这块石匾所做的一切，从表面上看是一个民间文化团队为了维护一块文物的完整，实际上是对当今很多官员已经缺失的

"为民精神"的追寻与捍卫。我也由此想到，为民精神是中国自古就有的政治传统。孔子讲仁政，孟子讲"民为贵，社稷次之"。郑敦允的为民之心也不是天生就有的，而是与自古以来的优秀官风一脉相承。而共产党的"初心"和先进性从哪里来？这其中分明有着对中华民族优秀传统的继承。习总书记也说过，"中国共产党人始终是中国优秀传统文化的忠实继承者和弘扬者。"对襄阳来讲，"民不能忘"四字背后的意义，已远远超越了它作为文物层面的价值。

因此，在"民不能忘"事件的报道结束之后，我仍继续关注着邓粮的宣讲。有时，他带着一帮人在码头现场讲解，有时是在社区放码头的宣传片。无数人被他的宣讲所感动，这其中也包括不少党员干部。

一个雨天，一位机关干部约邓粮到米公祠石苑一游，邓粮便叫上了我。这位机关干部也是听了邓粮的宣讲后慕郑公之名而来的。之前，我只是读了有关郑公的文字史料，而米公祠石苑还存放着一块刻着"郑公祠"三字的石匾和与郑敦允有关的两块碑刻。枇杷树下，两块石碑并排而立，一块刻着郑敦允本人所撰写的《三瑞亭记》，一块刻着《新建郑公祠记》，为道光十五年赐进士出身翰林院庶吉士的光化知县陆炯所撰。经风沐雨近两百年，两块石碑字迹仍清晰可辨，一个刚劲，似藏为民之心；一个工整，可感崇敬之意。绵绵细雨滋润碑体，循着纹理滑落，似行行泪水。伫立碑前，我仿佛穿越到1832年正月初六，即郑敦允离世的日子，那一天，"民哭公，如哭私亲。"

正恍惚间，只听邓粮对这位机关干部说："一个官员，只有心中有民，才能让'民不能忘'。"

这位不愿我写出姓名的机关干部看着两块石碑，感慨道："郑公精神，民不能忘，官更不能忘！"

《中国文化报》2016年12月21日

评论：精炼地讲述中国新故事

李朝全

"2016·中国报告"中短篇报告文学专项创作工程，是中国作协自今年3月开始实施的一项现实题材创作扶持工程，旨在及时、生动地反映中国人民在实现中华民族伟大复兴中国梦过程中的重大成就和感人事迹，反映这个过程中涌现出的新人、新事、新气象、新风尚，讴歌人民创造历史的伟大实践，讲述中国故事，彰显中国道路，弘扬中国精神。

"中国报告"启动以来，得到全国广大作家的积极响应和热情参与。截至9月，共征集到申报选题500余项。经评审共确定了35项选题予以重点扶持。4月以来，《人民日报》《人民文学》《中国作家》《民族文学》《文艺报》等报刊先后刊发"中国报告"超过50篇。这些作品大多聚焦当下社会热点问题，深入基层、扎根生活，重点选取具有时代典型特征、人民群众关心的题材进行创作表现，刊发后在社会上引起了较大反响。

有些作品聚焦改革开放伟大实践，记录时代变迁和重大现实变革，书写中国梦新篇章。马娜的《小布的风声》，记述宁都县小布村在党中央扶持赣南苏区发展决策东风的吹拂下发生的惊人变化，老百姓从破旧的房屋搬出，住上了宽敞明亮、设施完善的新居，村里大力发展绿色生态农业、红色旅游，村民们办起微店，当起电商，老区脱贫致富正在逐步变成现实。过去小布的风是尖锐的、暴烈的，如今小布的风则是温柔的、暖人的。余秋尚的《独龙江帮扶记》，真实反映精准扶贫攻坚战对偏远落后的独龙江地区的影响，记述了独龙江通过实施整乡帮扶行动计划，实现大跨越。哲夫的《水土中国》从延川县梁家河村长期以来注重水土保持养护的生动事例出发，全面反映我国在水土保持、营造良好生态方面所走过的曲折道路以及取得的显著进展，讴歌水土保持工作者的责任担当、奉献牺牲精神。作品主题重大，具有长远意义及价值。王宏甲的《塘约道路》讲述贵州一个贫困山村党支部带领打工青年回乡创业，走新型农业合作化道路，经济社会得到快速发展的生动故事，探析农村未来改革的一条可行性道路。王雄的《高铁与这个世界》表现中国高铁的突飞猛进，及其对中国与世界紧密相连所发挥的作用，是关于科技创新和中国梦主题的一曲高昂乐章。许晨的《虎跃龙门》通过实地采访，如实记述当年曾见证过中华民族独立自强抗击外侮的虎门，如何成为连接海上与陆上丝绸之路的一个重要港口。喻晓的《拜访黄河站》则以随笔的形式，叙写作者抵达中国唯一的北极科考站黄河站后的所见所闻，将黄河的涛声与北极的冰天雪地联系起来，别有一番韵味。

有些作品从小处入手，着重描写现实生活中出现的新事物，表现在时代变革大潮激荡之下个人生活和命运的变迁。丁燕的《男工来到电子厂》，关注在东莞樟木头电子厂里工作的男工群体，反映他们艰辛的生存状况以及被改写了的青春。正是这群庞大的男工和女工支撑起了辉煌的中国制造业。黄传会的《再访皮村》，深入到北京的一处外来务工人员聚居地朝阳区皮村，采写新一代农民工富于朝气与活力的生存状态。丁一鹤的《东方白帽子军团》则将笔触集中于网络黑客中的道德黑客，即所谓的"白帽子"，通过讲述360网络安全首席工程师、反木马专家MJ0011（本名郑文彬）等人的生动故事，揭开网络安全的神秘面纱，指出网络安全事关信息安全和国家安全，是一项亟待引起全社会普遍关注的严峻课题。陆春祥的《关于"家+"》描写了浙江金华寺平古村居家养老方面的创新与创造，村里的老人都生活在一个新的大"家"里，有着共同的"家长"，吃住都在这里，享受着便利的各种公共服务，乐度晚年。这是社会敬老养老的一种可喜的新探索。

有些作品聚焦各行各业涌出的可歌可泣的时代英模及先进典型。徐艺嘉的《为祖国出征》描述的是十几年来中国航天员选拔、训练和备战出征的情形。在这个英雄的群体中，既有正式出征升空的航天员，还有一批直至退出航天队伍也未能真正出征的默默无闻的航天员。他们是事实上的"陪练"，没有获得站到聚光灯下的机会，但是他们也把自己的全部青春和热血、聪明与才智都献给了祖国的航天事业，他们的人生同样是光彩照人的。高玉昆的《永做太行一棵树》为将自己的一生都献给科技富农事业的河北农业大学教授李保国立传。这是一位甘愿生活在大山里的教授，朴实得如同泥土和农民的科技工作者，被人们称誉为"太行山新愚公"。作者表现了他身上的可贵精神。黄玲的《景颇山上新童话》刻画甘愿放弃都市优渥生活条件，来到景颇山创建榕树根儿童活动中心的一对夫妇。北京的"80后"女孩李旸和荷兰人乐安东志愿在大山深处传播文化，教景颇族孩子跳街舞，为他们"疗伤"，陪伴他们走过青春，找到人生的方向。而这些孩子，大多受到过各种不同的伤害。在这对志愿者的帮助下，他们走出了人生的阴影，找到了进取方向，融入了社会。山哈的《寻找师傅》通过对余姚一家制药厂制药师傅的寻访，揭示师傅和师徒传承是延续非物质文化遗产的重要途径，在这个时代，重新定义师傅，发现师傅的价值，弘扬工匠精神，不仅重要而且迫切。

李青松始终着力于生态报告创作，表现我国在推进生态文明建设方面取得的新进展。《鸟道》通过叙述云南巍山一条候鸟迁徙必经道路上所发生的变化，反映人们爱鸟护鸟和生态保护、生态安全意识的不断提高。他的《首草有约》生动讲述贵州兴义野生石斛采摘人的故事，表现人们对这种具有极高药用价值的草从采集到种植，从破坏自然到建设性开发利用的过程。

报告文学是文学的"轻骑兵""侦察兵"。尤其是短篇报告文学，在迅速反映现实新人新变面前拥有"短平快"、易于传播传诵等优势。报告文学在20世纪80年代曾有过一个辉煌期，那时的作品多是中短篇，篇幅也就三五万字，但往往都能引起强烈共鸣。"中国报告"专项创作工程在倡导作家尽量写短、短写，关注现实的同时，也是在倡扬报告文学的优秀传统：用这种富于中国特色的文体，为这个时代，为正在行进中的伟大梦想的实现过程，擂鼓助威，及时发出文学强劲的声音。当今时代的巨变与新貌，需要一大批优秀的报告文学作品进行描写和反映，"中国报告"或许能起到四两拨千斤的效果：倡导和鼓励更多的报告文学作品写短、短写，更加注重语言的锤炼推敲、艺术修辞的运用，在有限的篇幅内传达尽可能丰富深刻的内容，从而促进中短篇报告文学的兴盛，使报告文学创作迎来新的高潮。

《光明日报》2016年11月28日

附录二

"2016·中国报告" 已刊发出版作品存目

篇 名	作 者	发表报刊社及时间或期次
塘约道路	王宏甲	人民出版社2017年1月 《人民文学》2017年第1期
鸟 道	李青松	《人民日报》2016年6月15日
再访皮村	黄传会	《人民日报》2016年9月15日
一百万公里	王燕琦	《光明日报》2016年8月19日
小布的风声	马 娜	《人民文学》2016年第9期
为祖国出征	徐艺嘉	《人民文学》2016年第11期
屈原：魂兮归来	梅 洁、善 清	《中国作家·纪实》2016年第4期
普兰笔记	高宝军	《中国作家·纪实》2016年第4期
水土中国	哲 夫	《中国作家·纪实》2016年第5期
青春修炼手册	何宇红	《中国作家·纪实》2016年第6期
爷的疼爱妈的泪	张桂柏	《中国作家·纪实》2016年第6期
东方白帽子军团	丁一鹤	《中国作家·纪实》2016年第7期
男工来到电子厂	丁 燕	《中国作家·纪实》2016年第8期
希波克拉底誓言	王 松	《中国作家·纪实》2016年第8期
我上辈子是中国人	陈 新	《中国作家·纪实》2016年第9期
东方夜放花千树	郑万里、黄祖悦	《中国作家·纪实》2016年第10期
手绘银杏湖	周桐淦	《中国作家·纪实》2016年第11期
诚品在苏州	范小青	《中国作家·纪实》2016年第11期
阿 聪	梁 晴	《中国作家·纪实》2016年第11期
面向太湖 春暖花开	李 迪	《中国作家·纪实》2016年第12期

图书在版编目（CIP）数据

中国报告·2016：中短篇报告文学集 / 中国作家协会创作研究部 编著. -- 北京：作家出版社，2017.2
    ISBN 978-7-5063-9368-3

    Ⅰ. ①中… Ⅱ. ①中… Ⅲ. ①报告文学 – 作品集 – 中国 – 当代 Ⅳ. ① I 25

中国版本图书馆CIP数据核字（2017）第037018号

中国报告·2016——中短篇报告文学集

编　　者：中国作家协会创作研究部
责任编辑：史佳丽
装帧设计：张晓光
出版发行：作家出版社
社　　址：北京农展馆南里10号　　　邮　　编：100125
电话传真：86-10-65930756（出版发行部）
　　　　　86-10-65004079（总编室）
　　　　　86-10-65015116（邮购部）
E-mail:zuojia@zuojia.net.cn
http://www.haozuojia.com（作家在线）
印　　刷：北京明月印务有限责任公司
成品尺寸：170×240
字　　数：460千
印　　张：28.25
版　　次：2017年4月第1版
印　　次：2017年4月第1次印刷
ISBN 978-7-5063-9368-3
定　　价：55.00元